| 전북 지역 시문학 연구 |

국립중앙도서관 출판시도서목록(CIP)

전북지역 시문학 연구 / 최명표 지음. — 서울 : 청동거울,2007
p. ;　　cm. — (청동거울 문화점검 ; 47)

ISBN　978-89-5749-101-0　93810 : ₩18000
811.609-KDC4　895.7109-DDC21　　　CIP2007004127


청동거울 문화점검 **47**

# 전북 지역 시문학 연구

2007년 12월 21일 1판 1쇄 인쇄 / 2007년 12월 31일 1판 1쇄 발행

지은이 최명표 / 펴낸이 임은주 / 펴낸곳 도서출판 청동거울 / 출판등록 1998년 5월 14일 제13-532호
주소 (137-070) 서울 서초구 서초동 1359-4 동영빌딩 / 전화 02)584-9886~7
팩스 02)584-9882 / 전자우편 cheong21@freechal.com

주간 조태림 / 편집 이선미 최은영 / 마케팅 김상석

값 18,000원



ISBN 978-89-5749-101-0

이 책은 전라북도 문화예술단체 예술창작 역량
강화 지원 사업의 후원으로 진행되었습니다.

청동거울 문화점검 47

# 전북 지역 시문학 연구

최명표 지음

청동거울

예로부터 전북 지역은 백제 최고 가요 「정읍사」를 비롯하여 가사문학의 효시인 정극인의 「상춘곡」을 낳은 문향이다. 자연을 예찬하며 인생사를 노래하던 전북인들의 평화로운 시편은 동학농민전쟁과 일제에 의한 수탈을 겪으면서 동시대의 현실 문제와 밀접하게 연루되기 시작했다. 그러한 경향은 봉건 질서가 붕괴되던 조선 후기에 접어들면서 탄생한 판소리계 소설의 등장과 맞물리면서 민중들의 삶과 문학이 유리되는 현상을 예방하도록 작용하였다.

본서에 수록된 글들은 대부분 학술지에 발표된 것과 청탁에 의한 것이다. 제1부는 연전에 각 지역의 문학 연구 현황과 앞으로의 과제를 모색하는 자리에서 발표한 글이다. 문학의 중앙 집중화를 한사코 반대하는 일군의 연구자들이 모여서 지역문학의 물질적 조건을 점검하고, 나아가 지역문학의 위상을 제고하기 위한 전망을 시도하는 기회였으므로, 전북 지역의 전반적인 문학 연구를 개괄하며 소개하는 수준에 머물 수밖에 없었다. 이 글을 발표한 후로 필자는 지역 문학의 각론에 관한 연구를 꾸준히 진행하고 있으며, 본서는 소략하나마 그러한 노력의 일차적인 결과물이다.

제2부는 전북 지역을 대표하는 김해강 시인에 관한 연구이다. 해강 김대준은 1920년대 중반에 등단하여 현실 지향적 시편들을 다량으로 발표하면서 카프 조직과 정서적 소통을 시도했던 시인이다. 그는 60여 년 동안 전주를 떠나지 않고 시작 활동을 하면서 숱한 제자들을 양성했고, 지역 문단의 조직과 활성화에 진력하였다. 하지만 확실한 영문도 모른 채 그분이 과소평가되는 지역 문단을 돌아볼 때, 고약한 인심

을 목도하고 있는 듯하여 안타까움을 금할 수 없다. 이에 필자가 『김해강시전집』을 발간하여 기초적인 연구 풍토를 마련했지만, 여전히 그의 시세계는 다양한 관점에서 논의되지 못하고 있다.

제3부는 전북 지역 시인론이다. 유엽은 동인지 『금성』의 발간을 주도하면서 한국의 현대시 발전에 초석을 놓은 분이지만, 드라마틱한 일생에 묻혀 문학적 업적이 가려진 경우에 속한다. 그의 시에 관한 최초의 연구 성과이기 때문에, 가급적 전기적 생애를 복원하고자 노력했으나 소기의 성과를 도출하지 못했다. 나중에라도 그분의 생애와 소설을 포함한 전작품을 발굴하여 소개하는 기회가 오기를 기대한다.

야인 김창술은 김해강과 식민지 시대의 암담한 현실을 돌파하기 위해 온몸으로 시를 쓴 인물로, 한국 프롤레타리아시사에서 선편을 차지하는 시인이다. 그는 일제 말기부터 은거해 버린 까닭에, 전기적 사실과 함께 무학의 '노동자 시인'으로 왜곡된 채 논의되어 왔다. 필자는 수소문 끝에 다행히 그의 유족들을 찾아내고, 마침내 『김창술시전집』을 발간하여 문학사의 오류를 시정할 수 있었다. 이것이야말로 가난한 연구자가 누릴 수 있는 가슴 벅찬 특권이자 보람이다.

신석정은 자타가 공인하는 전북을 대표하는 시인 중의 한 사람이다. 그에 관한 글에서는 작금의 연구 분위기를 비판적으로 검토하면서, 특히 연구자로서 지켜야 할 객관성을 드러내고자 했다. 주권을 강탈당한 시대에서 목가적 시풍이 지닌 의미는 당연히 존중되어야 한다. 하지만 그것이 연구자의 주관적 개입을 옹호하는 근거로 작용해서는 안 된다. 그런 측면에서 연구자는 시인 못지않게 외로움 속에 유폐되어야 하고,

관계로부터 자유로운 고독을 상시 달고 살아야 한다.

무헌 유진오는 해방기의 문제적 시인이다. 비록 생사조차 속 시원히 밝혀지지 못했으나, 그는 해방 정국의 격동기를 온몸으로 살았던 이 지역의 유일한 시인이다. 그는 '인민의 계관시인'으로 칭송받을 정도로, 각종 정치 집회에 참가하여 소신을 밝히기를 주저하지 않았다. 그렇지만 그가 남긴 시편들을 읽을수록 여린 감수성의 섬세한 떨림이 전해지므로, 그는 서정시인의 범주에 편입되는 편이 옳을 듯하다. 필자는 『유진오시전집』을 준비하며 그의 가족을 찾아보고 있으나, 아직도 행방을 알 수 없다.

박봉우는 더 이상의 언급이 필요치 않은 '휴전선'의 시인이며, 그로부터 이 나라의 분단문학이 본궤도에 진입했다고 해도 과언이 아니다. 비록 이 고장 출신은 아니지만, 그는 전주에서 생활하며 각종 일화를 풍성하게 남겼던 불우한 영혼의 소유자였다. 정세의 변화로 남북 교류가 활성화되는 이 즈음에, 그의 시를 읽다 보면 선지자로서의 시인의 임무를 생각할 수밖에 없다.

강인한과 박정만, 이준관은 '백제녀 –정극인 –장순하 –이가림 –하재봉 –박형준 –박성우' 등으로 면면히 이어지는 정읍시파를 구성하는 주요 시인들이다. 세 시인의 공통점으로는 일관되게 전통적인 서정시를 추구하고 있다는 점이다. 강인한의 조촐한 서정, 박정만의 비극적 서정, 이준관의 따뜻한 서정은 저마다 미감을 달리 하며 정읍시파의 형식미학을 보여주기에 충분하다. 그들의 시를 읽노라면, 시인이 지닌 정서의 결을 보는 듯하다.

이연주는 불혹의 나이에 자진한 불우한 시인이다. 요절한 어떤 시인은 죽음조차 미화되어 변변치 못한 시적 성취 수준까지 상향되는 것에 비해, 갑작스럽게 사라진 그녀의 훌륭한 시적 성과는 동반 수장되는 아픔을 당했다. 여기 수록한 글은 실로 천박하고 편애적인 문단의 풍토를 접하며 썼다. 그녀의 시에 내재되어 있는 병적 징후들은 한 개인의 신체와 영혼을 골병들게 만드는 한국 사회의 고질적인 집단화 성향에 대한 고발로, 독자의 자동화된 사유를 전복시킨다.

제4부는 전북 지역 시인들의 시집평이다. 본서에 수록한 서평은 잡지와 신문의 요청에 의해 쓴 것들이라서, 시의성과 함께 원고량이 들쭉날쭉한 단점이 있다. 그렇지만 글의 길이에 알맞게 시집의 독후감을 조절했으므로, 글의 대강을 파악하는 데는 큰 무리가 없을 것이다. 또한 여기에 묶이지 않는다면, 그것들이 감당할 소외감을 해결할 방도가 없다.

끝으로 본서가 세상에 나올 수 있도록 경제적으로 지원해준 전라북도와 청동거울에게 사의를 표한다. 물질문명이 개벽한 세상일수록 인문학은 분명히 각광받아야 할 터이지만, 이 나라의 척박한 풍토는 글쓰기를 참담하게 만든다. 그 '외롭고 높고 쓸쓸한' 분위기 속에서 글을 쓸 수 있도록 도와준 시인들에게 경의를 표하며, 이 책에 수록하지 못한 다른 시인들에 관한 연구는 후속 과제로 미룬다.

2007년 겨울
'竹溪書室'에서 지은이

전북 지역 문학 연구의 현황과 과제

제1부

전북 지역 문학 연구 현황

# 전북 지역 문학 연구의 현황과 과제

## 1. 서론

인간의 언어 중에서 가장 먼저 습득되는 것은 공간 표지이다. 이러한 사실은 인생에서 공간의 중요성을 강조하기에 충분하며, 구체적 삶의 터전으로서의 지역에 대한 논의를 우선 과제로 대두시킨다. 인간의 삶은 공간을 매개로 한 상호작용으로 구성되며, 이 점에서 집단적 기억의 기록으로서의 문학은 설자리를 확보하게 된다. 최근에 이르러 지역 문학에 대한 연구가 본격적으로 거론되는 이유도 여기에 있을 것이다. 언어를 매재로 삼는 문학의 특성은 지역 거주자들의 공간에 대한 주의를 환기시키고, 그리하여 공동체적 정서를 확인하는 매개체로서 기능하게 된다. 문학 작품 속에 혼화된 지역의 정서를 통해 거주자들은 지역의 문학적/문화적 특질을 자각하게 되고, 마침내 정치적 발언을 통해 문학/문화 분권화의 필요성을 요구하기에 이른다. 이로써 정치의 분권화와 문화의 분권화는 동시에 추진되어야 할 현안 과제로 대두된다.

예로부터 전북 지역은 백제 최고 가요 「정읍사」를 비롯하여, 가사문학의 효시 「상춘곡」, 근대 소설의 전사였던 판소리, 한국 출판문화의 산실이었던 완판본 등 풍부한 문학 유산을 갖고 있는 곳이다. 이러한 문학사적 전통은 근대 이후에도 계승되어 전북 출신 작가들의 문학적 성취는 한국문학의 토양을 윤택하게 만드는데 기여하였다. 특히 동학 농민전쟁과 식민지시대에 발생한 호남평야 농민 투쟁 사건의 문학적 수용은 문학과 지역의 상관성을 드러내기에 충분하다. 이러한 문학적 성과에 비해 그동안 이루어진 지역 문학의 연구 물량은 영성한 편이다. 물론 이것은 전북 지역에 국한된 문제는 아니지만, 아직까지 지역 문학 연구 단체조차 조직되지 않은 것은 재고의 여지가 있다. 그러므로 지역 문학 연구는 소수 연구자들을 중심으로 이루어지고 있고, 도내 주요 대학에 지역 문학 관련 강좌가 활성화되지도 않았다. 예나 지금이나 대학의 공식적 문학 연구는 여전히 유명 작가들을 중심으로 논의되고 있다. 이러한 연구 경향은 한국 대학의 보편적 현상일 터이지만, 해당 작가들이 대부분 서울에 거주하고 있다는 사실을 전제하면 연구자들의 의식 성향은 여전히 편파적이고 '중앙'지향적이다. 서울은 정치적 '중앙'일 뿐만 아니라, 학문 연구의 '중앙'이며, 문학의 '중앙'이며, 무엇보다도 심리적 '중앙'으로 작용하고 있는 것이다.

전북 지역 거주 작가의 문학에 관해 지속적으로 관심을 기울인 연구자는 이운룡[1]이다. 그들은 전북 지역 거주 시인론과 시집의 발문, 해설 등을 주도적으로 집필하면서 문학 연구의 선편을 잡았다. 이들의 성과 외에 천이두[2]의 전북 정신에 대한 탐구가 진행되었고, 전북애향운동본

---

1) 이운룡, 「전북 시인들의 시와 의식구조」, 『한국시의 의식구조』, 신아출판사, 1995.
　　이운룡, 「지방 시대와 전북 예술의 위상」, 위의 책.
　　이운룡, 「전북 지역 동인지와 동인 활동」, 『언어와 시정신』, 신아출판사, 1997.
　　이운룡, 「전북 문학사론」, 위의 책.
2) 천이두, 「문학예술에 표상된 전북인상」, 『우리 시대의 문학』, 문학동네, 1998.

부에서 기획한 지역 인물 발굴 사업[3], 전주문화원 기관지『노령』의 지역 작가 전기자료 연재, 도내 신문 잡지의 작가 소개 등은 지역 문학 연구의 기반을 닦는데 기여하였다. 이러한 노력에 힘입어 전북 지역의 문학 연구는 점차 활성화되고 있다. 이에 본고에서는 현재까지 이루어진 연구 성과를 점검해보고, 앞으로의 연구 과정에서 극복해야 할 과제를 검토하기로 한다. 아울러 본고에서 언급하는 연구물들은 도내에서 발행되는 매체에 발표된 것과 도내 연구자들의 것으로 한정하였음을 밝혀둔다.

## 2. 전북 지역 문학 연구의 현황

### 1) 시 연구 현황

전북 지역을 대표하는 시인으로는 이병기를 비롯하여 유엽, 김창술, 김해강, 신석정, 서정주 등이 있다. 이병기는 한국의 근대 시조를 부흥시킨 시조시인이자 국문학자였다. 그의 명저『국문학전사』는 문학 연구자들의 필수도서이며, 시조에 관한 연구는 그로부터 발원한다고 해도 과언이 아니다. 그는 일제시대에 시조부흥운동을 일으키면서 국학에 대한 중요성을 강조했으며, 『문장』을 비롯한 각종 문예지의 추천위원으로 신예 시조시인들을 발굴하는데도 열심이었다. 해방 후에는 전북대학교에서 후학을 양성하기도 했고, 전라북도의 문학단체를 조직하고 후학들과 동인지를 발간하기도 했다. 그의 생가는 비교적 잘 보존되어 있어서 해마다 각지에서 내방객들이 찾아온다. 이병기의 시조

---

3) 전북애향운동본부 편,『전북인물사 Ⅰ-Ⅲ』, 신아출판사, 1983.

연구는 전북 지역의 전통과 관련된 것으로, 도내에서는 지금도 시조창이 행해지고 시조문학회가 결성되어 조선시대부터의 맥을 잇고 있다.

유엽은 1920년대에 극예술협회를 창립하여 연극의 대중화 운동에 앞장섰고, 자비를 들여 문예지 『금성』을 발간하며 근대시의 발전에 초석을 놓은 인물이다. 한국 최초의 근대 서사시 「少女의 죽엄」(『금성』 제2호, 1924. 1)을 발표한 그의 시세계는 범애주의에 입각하여 만물의 생명의식을 앙양하는 특징을 보인다. 그는 고향 후배 시인들의 문단 활동을 주선했을 뿐만 아니라, 계급문학이 득세하던 시기에 순수예술을 옹호하는 평문들을 다수 발표하여 1930년대의 순수문학파가 등장하는 기반을 마련해준 선구자이다. 시작 활동 외에 음악과 정치 등, 사회 전반에 걸쳐 폭넓은 관심을 보였던 그는 문재를 사장한 채 입산하여 산사에서 열반하였다. 1920년대 동인지 문단시대를 주도했던 그의 시에 관한 연구는 물론, 지금까지 작품의 정리 작업조차 전혀 이루어지지 않고 있어서 도내 연구자들의 학문적 나태와 편중성을 드러내 준다.

김창술[4]의 시에 관한 지역의 연구는 아직까지 미흡하다. 그는 한국의 근대시문학사에서 카프를 대표하는 '노동자 시인'으로 평가받고 있다. 그러나 필자의 연구에 의하면, 그는 무학의 노동자 시인이 아니었을 뿐더러, 해방후까지 전주에서 큰 포목상을 경영하던 유족한 시인이었다. 그는 식민지시대에 전주에서 포목상을 경영하여 얻은 이익금을 사회주의 운동자금으로 제공하고, 김해강과 함께 시집 『기관차』를 발간하려고 시도했다가 일제의 출판 불허 조치로 인해 좌절하기도 했다. 한국전쟁 중에 북한군에 의해 처형당하기 직전 탈출한 그는 솔가하여 상경한 뒤에 행방불명되었다. 김창술의 전기 자료와 전작품은 필자가

---

4) 최명표, 「김창술시연구」, 『현대문학이론연구』 제16집, 현대문학이론학회, 2001. 12.
　최명표, 「민족 현실의 시적 탐구 -김창술론」, 『작가의 눈』, 2003. 겨울호.
　장창영, 「민족 현실의 시적 모색과 지향」, 위의 책.

편『김창술시전집』(문예연구사, 2002)에 집약되어 있다.

김해강[5]은 그동안 연구 대상에서 벗어나 있었다. 그는 김창술, 채만식 등과 함께 이병기를 도와 전북 문단의 정지 작업에 앞장섰던 시력 60년의 시인이다. 1930년대에 그는 김남인과 함께 시전문지 『시건설』을 주재하였으며, 시집 『청색마』(명성출판사, 1940) 등을 발간하고 해방 후에는 고등학교에서 후학을 양성하는 등, 전북 지역에서 '학의 시인'으로 존경받는 인물이었다. 그의 사후에 제자와 후학들은 전주 덕진공원에 시비를 건립하고, 『청솔가지 위에 앉은 학의 시인 해강 일기초』(탐진, 1993)를 발간하여 고인을 추모하기도 하였다. 한국현대문학사에서 이른바 '동반자 작가'로 분류된 그의 시연구에서도 문제점은 발견된다. 기왕의 연구자들은 김해강 시의 원문 대조 과정을 생략한 채, 그를 저항시인의 반열에 올렸다.[6] 이러한 오류는 필자가 편『김해강시전집』(국학자료원, 2006)과 일련의 연구[7]에 의해 바로잡아졌는데, 그가 1940년대 초 친일시 4편을 발표하고 이전의 현실지향적 시정신을 훼

---

5) 지금까지 이루어진 김해강의 시세계에 관한 주요 연구 성과는 다음과 같다.
　이기반, 「김해강연구」, 『논문집』 제7집, 영생대학교, 1978.
　김　종, 「'태양'의 풍속과 '로망스'성의 시」, 『표현』 제11집, 1986.
　신은경, 「김해강론」, 『서강어문』 제5집, 서강어문학회, 1986.
　김해성, 「선학 같은 호남의 거목시인 김해강」, 전북애향운동본부 편, 『나라를 위하여 전북을 위하여』, 신아출판사, 1990.
　이운용 편, 『태양의 시, 학의 시인 김해강』, 대흥정판사, 1992.
　이기반, 「김해강의 서정시」, 『소라허형석박사화갑기념논총』, 태학사, 1996.
　전정구, 「김해강의 초기시 연구 –해방 이전의 시를 중심으로」, 『현대문학이론연구』 제15집, 현대문학이론학회, 2001.
6) 이운용, 「일제치하 김해강의 저항시」, 『하남천이두선생화갑기념논총』, 1989.
　이기반, 「김해강의 저항시」, 『교육논총』 제10집, 전주대학교, 1995.
7) 최명표, 「단편서사시론」, 『한국문학논총』 제24집, 한국문학회, 1999.
　최명표, 「김해강의 서한체시 연구」, 『현대문학이론연구』 제13집, 현대문학이론학회, 2000.
　최명표, 「김해강 초기시의 여성 이미지」, 『한국언어문학』 제47집, 한국언어문학회, 2001.
　최명표, 「김해강의 농민시 연구」, 『호남문학연구』, 한국분화사, 2001.
　최명표, 「매춘의 사회시학적 연구 –김해강의 시를 중심으로」, 『국어국문학』 제130집, 국어국문학회, 2002.
　최명표, 「여성으로서의 '살아가기'와 '살아내기' –김해강의 여성시론」, 『시작』, 2004. 봄호.
　최명표, 「김해강 시의 텍스트 검토」, 『김해강시전집』, 국학자료원, 2006.
　최명표, 「민족 현실과 긴장의 표정 –김해강의 시세계」, 『김해강시전집』, 국학자료원, 2006.

절한 것은 부인할 수 없는 사실이다.

　신석정과 서정주는 특별히 연구 성과를 거론하지 않아도 될 만큼 활발하게 논의되는 시인들이다. 그러나 전북 지역에서는 그들의 시작품 외의 행적에 관해서는 거의 논의하지 않고 있다. 이것은 두 시인과의 인간 관계, 특히 학연에 의한 금기 풍토가 낳은 결과로서, 지역의 연구자들에게 무언의 압력으로 작용한다. 서정주는 친일 시비와 군사정권과의 유착 혐의로부터 자유롭지 못하고, 신석정은 해방후부터 한국전쟁 기간까지의 행적이 투명하지 않다. 이러한 사정과 달리, 서정주[8]와 신석정[9]의 문학적 성취물에 대한 연구는 꾸준히 이루어지고 있다. 또한 '미당문학관'이 설립되어 운영중에 있고, 최근 제자와 후학들에 의해 '석정문학회'가 발족되어 추모 문학제를 개최하고 문학관을 설립하

---

8) 천이두, 「한의 여러 얼굴」, 『문예연구』, 1998. 여름호.
　송하선, 「『질마재신화』의 토속성과 설화성」, 위의 책.
　윤여탁, 「서정주 시의 논리와 시세계」, 위의 책.
　유성호, 「서정주의 『화사집』 연구」, 위의 책.
　이은봉, 「떠돌이의 의미망 혹은 정신 기재」, 위의 책.
　김동근, 「타자의 자화상」, 위의 책.
　장창영, 「서정주시연구」, 전북대대학원 박사논문, 2002.
9) 김상태, 「Thoreau와 석정의 대비적 고찰」, 전북대학교 교양과정부, 『논문집』 제2집, 1974.
　최승범, 「문력 50년의 시세계」, 신석정 수필집 『난초잎에 별이 내릴 때』 해설, 예전사, 1984.
　김민성, 「백목련 그늘 밑에는」, 석정문학회 편, 석정대표시 평설 『임께서 부르시면』, 유림사, 1986.
　이병훈, 「태산목의 꿈」, 208~215쪽.
　정　열, 「석정 시와 나」, 위의 책, 238~243쪽.
　황길현, 「빛깔있는 대화의 세계」, 위의 책, 244~248쪽.
　신희삼, 「나의 할아버지 석정」, 석정문학회 편, 『석정문학』 제9집, 탐진, 1993.
　박순호, 「잊을 수 없는 스승」, 위의 책, 198~201쪽.
　홍석영, 「巨岳처럼 살고 싶었던 淸秀한 시인」, 위의 책, 90~97쪽.
　허형석, 「신석정연구」, 경희대대학원 박사논문, 1988.
　오창열, 「신석정 시연구」, 전북대대학원 석사학위 논문, 1995.
　허소라, 「석정의 『슬픈 목가』 재조명」, 『문예연구』, 2002. 여름호.
　오하근, 「신석정의 『촛불』에 대한 오해」, 위의 책.
　강계숙, 「爬羅剔抉의 시정신」, 위의 책.
　박정선, 「풍경의 시학, 스며들기와 드러내기」, 위의 책.
　최명표, 「해방기 신석정의 시와 행동」, 『현대문학이론연구』 제17집, 현대문학이론학회, 2002.
　오하근, 「생활과 자연과의 괴리 –신석정 『슬픈 목가』의 반목가성」, 『한국언어문학』, 제56집, 한국언어문학회, 2006. 2.

기 위해 노력하고 있다.

전북 지역에서 해방기의 문제 시인으로는 무헌 유진오[10]를 들 수 있다. 그는 '시단의 결사대'의 일원으로서 정치적 신념을 행동화하면서도 서정시를 썼던 시인이다. 시 전작품을 살펴보면 그는 계급성을 앞세운 '인민의 계관시인'이라기보다는, 도리어 혼란한 정치 상황 속에서도 명편 「順이」처럼 전통적 서정을 형상화하는 데 노력한 시인이었다. 그는 『전위시인집』(노농사, 1946)을 발간했던 다른 문우들과 정치적 신념을 공유했으면서도, 그들과 달리 월북하지 않고 비극적 죽음을 맞이했다. 특히 그는 중동중학 동창생으로 막역한 친구이자 시우였던 김상훈과 엇갈리는 운명을 살았다. 김상훈이 양부의 도움으로 1949년 보도연맹에 가입하여 자기비판을 감행하고 자유의 몸이 된 데 비해, 유진오는 1950년 한국전쟁이 발발하자 형장의 이슬로 사라졌다.

그밖에 전북 지역보다는 타 지역에서 연구 대상으로 각광받는 시인들은 작고한 박봉우,[11] 신동엽,[12] 박정만, 고은,[13] 오세영, 강인한,[14] 이

---

10) 최명표, 「유진오시연구」, 『국어문학』 제35집, 국어문학회, 2000.
　　 최명표, 「'어머니'와 '순이'의 시적 갈림길 -김상훈과 유진오의 시를 중심으로」, 『문예연구』, 2004. 봄호.
11) 소재호, 「박봉우 시인의 전주에서의 삶, 그 흐린 하늘」, 『시와 시학』, 1993. 겨울호.
　　 노용무, 「박봉우시연구」, 『한국문학논총』 제22집, 한국문학회, 1998. 6.
　　 노용무, 「박봉우 시의 '나비' 이미지 연구」, 『어문논집』 제28집, 중앙어문학회, 2000. 12.
　　 남기혁, 「박봉우 초기시 연구」, 『작가연구』 제3호, 1997. 6.
12) 김완하, 「'錦江'의 비극적 구조」, 『문예연구』, 2004. 여름호.
　　 김응교, 「신동엽 시 '종로5가', '껍데기는 가라'와 일본어역」, 위의 책.
　　 조해옥, 「변혁 주체로서의 여성과 아이」, 위의 책.
　　 남기택, 「신동엽, 세 편의 에피소드」, 위의 책.
13) 유성호, 「고은의 시세계」, 『문예연구』, 2005. 가을호.
　　 한원균, 「발견과 여정」, 위의 책.
　　 이영광, 「고은 시의 역정」, 위의 책.
　　 노용무, 「고은 시에 나타난 군산 지역 형상화의 의미」, 위의 책.
14) 정　양, 「허명과 실명의 넉넉한 거리, 마침내 못 감춘 사랑」, 강인한 시집 『어린 신에게』, 문학동네, 1998.
　　 최명표, 「안으로 熱하고 겉으로 서늘하옵기 -강인한론」, 『현대시』, 2001. 7.
　　 최명표, 「체험적 시론집 『시를 찾는 그대에게』」, 《전북중앙신문》, 2003. 1. 11
　　 이창수, 「시를 잃어버린 시대에 대한 반성」, 『문예연구』, 2003. 겨울호.

가림, 김영석, 김형영, 이준관,[15] 하재봉, 유하, 남진우, 이동재,[16] 박남준,[17] 박형준, 오봉옥 등이다. 그리고 전북 지역에서는 작고한 정렬,[18] 이광웅[19]과 동시대의 시인들 중에서 최형,[20] 정양,[21] 진동규,[22] 이희중,[23] 강연호,[24] 안도현,[25] 김용택,[26] 복효근,[27] 심호택,[28] 오창렬,[29] 박


　　최명표, 「푸석푸석 날아가버리는 기억들」, 『문예연구』, 2005. 가을호.
　　최명표, 「강인한 시에 나타난 소문의 수용 양상」, 『한국언어문학』 제59집, 한국언어문학회, 2006. 12.
15) 최명표, 「비극적 세계관의 시적 표정 -이준관론」, 『아동문예』, 1991. 10.
　　최명표, 「언제나 아이들의 친구 -이준관론」, 『시와 동화』, 2005. 가을호.
　　최명표, 「이준관시연구」, 『한국문학이론과 비평』 제32집, 한국문학이론과비평학회, 2006. 9.
16) 박태건, 「뜨거운 날들에 대한 기억」, 『작가의 눈』, 2000. 여름호.
　　최명표, 「비문처럼 버벅거리는 삶」, 《전북중앙신문》, 2003. 5. 20
　　오창렬, 「지금은 쓸쓸한 참 자유인을 위하여」, 『작가의 눈』, 2003. 가을호.
　　김찬기, 「단정한 삶과 깐깐한 문학론」, 『문예연구』, 2006. 겨울호.
17) 최 상, 「즐거운 악몽과 무위의 시학」, 『작가의 눈』, 2000. 여름호.
18) 정 양, 「정범벅, 피범벅의 속울음으로」, 정렬 시집 『할말은 끝내 이 땅에 묻어두고』, 청사, 1985.
　　이경수, 「정렬 시인에게 있어서 죽음의 의미」, 『작가의 눈』, 1999. 겨울호.
　　박순호, 「말없는 산을 웃지 마라」, 위의 책.
　　백학기, 「정렬 선생을 만나러 가는 길」, 위의 책.
19) 전정구, 「눈이 맑은 시인」, 『문예연구』, 1998. 여름호.
20) 정철성, 「갈등과 저항의 시인 최형」, 『작가의 눈』, 1997. 봄호.
　　이재규, 「산마루를 서성이는 피 응어리진 꿈」, 위의 책.
21) 김익두, 「허무의 질량과 깊이 그리고 시적 비전의 문제」, 『작가의 눈』, 1998. 여름호.
　　이희중, 「겨울 풍경의 진정성」, 정양 시집 『까마귀떼』, 문학동네, 1999.
　　최동현, 「썩고 문드러져서 당당해진 느티나무」, 정양 시집 『눈내리는 마을』, 모아드림, 2001.
　　김병용, 「멀리 끝없는 길, 그 걸음을 견딘다는 것」, 정양 시집 『길을 잃고 싶을 때가 많았다』, 문학동네, 2005.
　　최명표, 「용이 되지 못한 이야기」, 『문예연구』, 2005. 겨울호.
　　최명표, 「소문의 시적 구현 양상 -정양의 시를 중심으로」, 『한국문학이론과 비평』 제34집, 한국문학이론과비평학회, 2007. 3.
　　이외의 정양 연구 자료는 정양, 『동심의 신화』(신아출판사, 2003)에 정리되어 있다.
22) 김치수, 「고향에서 부르는 행복의 노래」, 진동규 시집 『아무렇지도 않게 맑은 날』, 문학과지성사, 1999.
　　김치수, 「시를 통한 그림 그리기」, 진동규 시집 『구시포 모시조개』, 문학동네, 2003.
　　최명표, 「고단한 삶을 외로워하는 시」, 《전북중앙신문》, 2003. 5. 13
23) 이동재, 「누항에서 사막으로」, 『문예연구』, 2002. 여름호.
　　최명표, 「'기억'의 문학적 표정」, 《전북중앙신문》, 2003. 7. 15
　　전도현, 「시비평의 성찰을 위하여」, 『문예연구』, 2003. 가을호.
24) 최명표, 「굳은 살 배긴 그리움의 흔적 -강연호 시집 『세상의 모든 뿌리는 젖어 있다』」, 『문예연구』, 2001. 겨울호.
　　이희중, 「시인들, 별을 노래하다」, 『기억의 풍경』, 월인, 2003.
　　김동근, 「'내면'과 '현실'의 시적 거리, 그 모더니티의 미학」, 『문예연구』, 2005. 가을호.

성우[30] 등에 관한 연구가 현재진행형이다.

## 2) 소설 연구 현황

전북 지역의 소설가들은 이익상과 채만식이 기초를 닦은 이후, 해방 이후에 어느 지역보다도 활발한 소설 작품을 발표하고 있다. 성해 이익상은 언론인, 소설가, 비평가로 활동하면서 1920~30년대 한국 문단의 초석을 닦은 인물이다. 그는 일본 유학 후 귀국하여 김기진 등과 함께 카프를 발족시키는 데 기여했을 뿐만 아니라, 소설 작품과 평문을 발표하면서 당대의 문단을 선도한 인물이다. 그는 김해강, 김창술, 신석정을 비롯한 지역 작가들의 문단 활동을 적극 지원한 공로가 지대하다. 그러나 그에 관한 지역의 연구는 송하춘[31] 외에 거의 이루어지지 않은 실정이다. 그 원인으로는 작가의 조기 출향으로 인한 지역과의 소원, 전집의 미발간을 비롯한 자료 정리의 미흡, 작가의 가족사적 문제, 작가에 관한 지역 연구자들의 무관심 등이 복합적으로 어우러져

---

25) 이희중, 「삶을 사랑하는 시인들」, 『작가의 눈』, 1998. 여름호.
　　강연호, 「따뜻한 삶에 대한 믿음과 열망」, 『작가의 눈』, 1999. 겨울호.
　　전정구, 「동양적 감성의 시학」, 『언어의 꿈을 찾아서』, 평민사, 2000.
　　복효근, 「존재 방식에 대한 새로운 눈뜸」, 『문예연구』, 2003. 가을호.
26) 최　상, 「세 시인의 자기정체성 확인 방식」, 『작가의 눈』, 1999. 겨울호.
27) 우한용, 「사랑이 가득한 시심은 우주로 팽창한다」, 복효근 시집 『새에 대한 반성문』, 시와시학사, 2000.
　　전정구, 「텅빈 삶의 향기」, 복효근 시집 『누우떼가 강을 건너는 법』, 문학과경계사, 2002.
　　오창렬, 「관찰과 성찰」, 『문예연구』, 2005. 가을호.
28) 김익두, 「90년대 우리 시사 속의 세 시인의 길」, 『작가의 눈』, 1997. 봄호.
　　전정구, 「사소한 것들의 소중함」, 『언어의 꿈을 찾아서』, 평민사, 2000.
29) 김병용, 「죽음, 그 이후까지도 제 무덤을 지고 가는 달팽이의 길」, 『작가의 눈』, 2000. 여름호.
30) 복효근, 「오독, 시읽기의 또 다른 즐거움을 위하여」, 『작가의 눈』, 2000. 여름호.
　　강연호, 「세상의 상처에는 옹이가 있다」, 박성우 시집 『거미』, 창작과비평사, 2002.
　　최명표, 「가난한 견딤의 시학 박성우 시집 『거미』」, 『문예연구』, 2002. 겨울호.
　　이희중, 「산천이 키우는 시인」, 『기억의 풍경』, 월인, 2003.
　　장일구, 「가뜬한 영혼을 위한 추억의 헌사」, 『문예연구』, 2007. 가을호.
31) 송하춘, 「이익상연구」, 『일산김준영선생화갑기념논총』, 1980.
　　송하춘, 「전북 문학의 재조명 성해 이익상론」, 《전라매일》, 1996. 1. 6

야기된 결과이다.

채만식에 관한 연구 물량은 타의 추종을 불허할 정도로 많은 편이다. 그는 자타가 공인하는 전북 지역의 대표적 소설가로서, 그 대표적인 성과로는 우한용의 「채만식 소설 담론의 특성에 관한 연구」(서울대 대학원 박사논문, 1991)[32]를 들 수 있다. 그는 채만식 소설의 담론 특성으로 '담론의 대화 관계나 의미적인 다성성보다는, 작가의 통제하에 담론이 조직된다'고 보고, 단일논리적 담론은 소설의 전통과 연관된다는 점을 규명하였다. 도내의 채만식 소설 연구는 전북대학교에서 집중적으로 이루어지고 있는데, 그 연구 성과는 국어문학회 편, 『채만식 문학 연구』(한국문화사, 1997)에 집약되어 있다. 이 저작의 목차를 살펴보면, '1. 연구 현황과 과제 2. 문체 특성 3. 인물 패러디와 서사구조 4. 풍자성과 『탁류』의 문학세계 5. 일제 말기 소설과 현실인식 6. 희곡 작품에 나타난 역사의식 7. 언어 특징 8. 문학평론과 작가적 태도' 등으로 구성되어 있어서, 다양한 각도에서 접근하고 있음을 알 수 있다. 그리고 필자는 「궁핍한 날들의 삽화 -채만식의 동화론」(『아동문학평론』, 2004. 가을호)에서 채만식의 동화와 소년소설에 대한 접근을 시도했다. 최근 군산에 '채만식문학관'이 개설되어 운영중에 있다.

이근영은 전북 출신으로는 드물게 월북하여 '농민 작가'의 칭호를 받은 소설가이다. 그에 관한 연구는 전홍남에 의해 「이근영의 문학적 변모와 삶」(『문학과 논리』 제2호, 태학사, 1992), 「이근영론」(『한국언어문학』 제30집, 1992) 그리고 「이근영의 생애, 해방전의 작품 세계의 문학적 의미」(『작가의 눈』, 2000. 여름호) 등에서 거론되었다. 그에 의하면 이근영은 '농촌 사회의 황폐화와 이로 인한 농민들의 공동체적 정서의 해체 및 이산의 문제를 집요하게 다룬 작가'이다. 그 외에 공종구(「이근영 농

---

32) 채만식의 연구 목록은 우한용, 『채만식 소설 담론의 시학』, 개문사, 1992 참조.

민소설의 이야기 구조 분석」, 『국어국문학』 제119호, 국어국문학회, 1997)와 김재용(「비서구 주변부의 농촌과 농민소설의 새 지평」, 『작가의 눈』, 2000. 여름호) 등의 논의가 있다.

이정환은 병마에 시달리면서도 창작욕을 잃지 않았던 비운의 소설가이다. 그의 영애 이진은 「나의 아버지」(『작가의 눈』, 2001. 겨울호)에서 당뇨로 인한 실명 후에도 '매순간을 소설의 한 단락처럼' 살았던 아버지의 소설가적 삶과 가족의 곤궁했던 생활을 회고하였다. 임명진은 「소설 같은 인생, 인생 같은 소설」(같은 책)에서 이문구 등에 의해 고평된 그의 소설작품을 전반적으로 검토하였다. 이 글에서 그는 이정환의 『샛강』(『창작과 비평』, 1975. 겨울호: 1976. 가을호)이 윤흥길의 『아홉 켤레의 구두로 남은 사내』(1977)와 조세희의 『난장이가 쏘아 올린 작은 공』(1978)보다 앞서 산업화 시대의 왜곡된 사회상을 형상화한 점을 부각시키면서 연구자들의 조명을 촉구하고 있다.

하근찬[33]은 전후의 문제작 「수난 이대」로 유명한 작가이다. 그는 경북 영천에서 출생했으나, 선친의 항일 행동으로 인해 김제로 이사하였다. 학창시절을 전북에서 보낸 그의 작품에서는 호남평야의 수탈과 초등학교 시절의 경험담이 도처에서 출현하고 있어서, 식민지 농촌의 현실 상황을 미루어 짐작할 수 있게 해준다. 그는 필생 동안 전쟁의 폭력성을 집중적으로 천착한 작가로서, 인간의 신체에 강요된 규범의 비인간성을 폭로하기 위해 노력하였다.

최일남[34]은 전주 출신의 소설가이자 언론인이다. 그의 소설은 1970년대의 사회상을 정직하게 반영한 풍속사이다. 그는 이른바 '출세한 촌놈'을 통해 경제개발의 와중에서 발생하는 가치관의 왜곡과 전통의

---

33) 천이두, 「하근찬 형에의 추억」, 『문예연구』, 2006. 봄호.
　　최현주, 「탈식민지 관점에서 본 하근찬」, 위의 책.
　　변화영, 「하근찬 소설에 나타난 식민교육담론 연구」, 위의 책.
　　최명표, 「전쟁과 신체의 함수관계-하근찬의 소년소설론」, 『시와 동화』, 2007. 가을호.

파괴 양상을 세밀한 필치로 보여주었다. 그의 소설은 질펀한 사투리와 해학을 바탕으로 건강한 모습을 지향하고 있으며, 소리를 비롯한 고향의 풍부한 문화적 자산이 곳곳에 장치되어 있다. 그는 소설가뿐만 아니라 언론인으로서도 괄목할 만한 업적을 남겼는데, 그가 《동아일보》 지상에 연재하던 칼럼은 군사정권 하에서 지식인들이 필독했던 명문이었다.

윤흥길[35]은 전후 최대의 문제 작가로서, 보통사람들의 평범한 삶을 파괴하는 전쟁의 메커니즘을 사실적 문장으로 묘사하였다. 그의 『에미』를 비롯한 전후소설이 지닌 강점은 따뜻한 휴머니즘에 의한 갈등의 화해에 있어서, 분단 사회의 통합을 위한 방법론적 모색을 보여주고 있다는 점이다. 또한 그는 『아홉 켤레의 구두로 남은 사내』를 비롯한 작품에서 산업화시대에 소외된 주변부 인간들의 삶을 극사실적으로 묘사하여 물신주의의 비극상을 제시하였다. 그리고 『완장』에서는 인간의 비굴하고 경박한 행동을 통해 권력 의식을 걸쭉한 입담으로 가감없이 드러냄으로써, 인간의 내면에 자리잡은 권력지향적인 본능과 한국의 역사적 상황을 정치하게 교직하여 알레고리문학의 진수를 보여주었다.

최명희의 대하소설 『혼불』에 관한 연구는 지역 문학 연구의 대표적 사례로 평가될 만하다. 더욱이 『혼불』은 작가의 갑작스러운 죽음으로

---

34) 이보영, 「타락한 시대와의 문학적 대결」, 『문예연구』, 2001. 여름호.
　　이동하, 「한 고전적 지식인의 초상」, 위의 책.
　　장영우, 「풍자와 온정의 세계」, 위의 책.
　　정희모, 「객관적 묘사와 관찰의 힘」, 위의 책.
　　최일남, 「전주 노스탈지아」, 위의 책.
35) 천이두, 「화해 지향의 문학 -윤흥길」, 『우리 시대의 문학』, 문학동네, 1998.
　　박영준, 「배산임수와 도덕적 유토피아」, 『문예연구』, 2005. 봄호.
　　김근호, 「문제적 개인인가, 혹은 문제적 공동체인가, 아니면 문제적 구조인가?」, 위의 책.
　　변화영, 「『아홉 켤레의 구두로 남은 사내』의 연작소설 연구」, 위의 책.
　　최명표, 「부자간의 애증에 대한 소설적 재현 -윤흥길의 소년소설론」, 『시와 동화』, 2006. 겨울호.
　　정영길, 「『장마』의 갈등 구조와 기법」, 『현대문학이론연구』 제29집, 현대문학이론학회, 2006. 12.

인해 미완된 작품인 데 비해, 이만한 연구 성과를 축적할 수 있게 된 것은 실로 독특한 현상으로 온전히 작가의 모교인 전북대학교의 공이다. 그 연구의 시작은 1999년 12월 4~5일 현대문학이론학회 주관으로 전북대학교에서 개최된 '최명희 추모 1주년 전국 학술대회'였다. 학술대회 기간 중에 발표된 논문과 최명희의 연보, 『혼불』 연구 목록 등은 학회지[36]와 단행본(『혼불의 문학 세계』, 소명출판, 2001)으로 출간되어 『혼불』에 관한 연구 분위기를 조성하였다.

이 학술대회를 계기로 전북 지역에는 혼불기념사업회가 조직되고, 진주와 남원에 각각 '혼불문학관'이 건립되는 등, 지금은 『혼불』에 관한 각종 행사를 활발하게 펼치고 있다. 사업회에서는 2001년부터 최명희의 사거일인 12월 11일 '제1회 혼불 문학제'를 개최한 이후, 매년 혼불 청년문학상과 학술상 시상, '혼불 문학공원' 참배, 학술대회 등을 개최하고, '혼불문학제'의 발표물과 관련 논문을 모아서 '혼불학술총서·1'[37]과 '혼불학술총서·2'[38]로 간행하였다. 이와 같은 학제적 접근에 힘입어 『혼불』은 상당한 분량의 연구 성과가 쌓이고 있다.

---

36) 김열규, 「『혼불』의 생태비평」, 『현대문학이론연구』 제12집 현대문학이론학회, 1999.
　　김윤식, 「헤겔의 시선에서 본 『혼불』」, 위의 책.
　　서정섭, 「『혼불』의 언어 특성」, 위의 책.
　　이명재, 「『혼불』의 소설미학적 특질」, 위의 책.
　　장일구, 「『혼불』 서사 구성의 역학」, 위의 책.
　　천이두, 「한의 여러 모습들 －최명희의 『혼불』에 대하여」, 위의 책.
　　황국명, 「『혼불』의 서술방식 시론」, 위의 책.
　　이덕화, 「『혼불』의 작가의식과 그 외 단편소설」, 위의 책.
　　최명표, 「『혼불』 연구 목록」, 위의 책.
37) 김복순, 「여성영웅서사와 안채 문화」, 『혼불과 전통문화』, 신아출판사, 2003.
　　임재해, 「『혼불』의 민속지로서 가치와 서사적 형상성」, 위의 책.
　　장일구, 「전승의 담론, 교감의 미학」, 위의 책.
　　황국명, 「『혼불』의 구술문화적 특성」, 위의 책.
　　김경자, 「규방문화로 본 최명희의 『혼불』」, 위의 책.
　　김헌선, 「『혼불』에 나타난 민속신앙적 면모」, 위의 책.
　　이동재, 「『혼불』에 나타난 역사와 역사의식론」, 위의 책.
　　원도연, 「『혼불』의 근대성과 민중성의 사회사적 이해」, 위의 책.
　　전경목, 「『혼불』을 통해서 본 전통기의 종족제도와 신분제도」, 위의 책.

그밖에 서정인, 박상륭,[39] 송하춘, 최학, 박범신, 양귀자,[40] 정도상,[41] 신경숙, 은희경,[42] 손홍규와 백가흠[43] 등은 전북 지역보다도 타 지역에서 동시대 비평의 대상으로 활발하게 거론되고 있다.

### 3) 비평의 연구 현황

전북 출신의 비평가는 세대별로 구분할 수 있다. 제1세대의 대표적 비평가로는 국권침탈기의 김환태와 윤규섭(윤세평)이다. 그리고 해방 후의 제2세대 비평가로는 김교선, 천이두, 이보영 등을 들 수 있고, 제3세대 비평가로는 이운룡, 오하근, 임명진, 전정구, 김익두, 그리고 제4세대 비평가로는 남진우와 최명표를 들 수 있다. 해방후 등장한 전북 지역의 비평가들의 특징은 대부분 판소리와 구비문학에 상당한 수준의 교양과 능력을 갖추고 있다는 점이다. 이러한 사실은 국악의 고장이라는 지역적 특수성과 상관된 것으로, 타 지역 출신 비평가와 전북 출신 비평가를 가르는 변별적 요인이 된다. 천이두가 전주세계소리축

---

38) 서지문, 「모국어의 바다에 핀 연꽃 『혼불』」, 『혼불의 언어세계』, 전북대출판부, 2004.
　　박일용, 「『혼불』에 나타난 타 장르삽입적 창작 방식의 양상과 그 의미」, 위의 책.
　　고영근, 「『혼불』의 텍스트성과 한국의 언어 문화」, 위의 책.
　　김홍수, 「『혼불』의 문체 특성」, 위의 책.
　　서정섭, 「『혼불』 수정 과정의 언어 고찰」, 위의 책.
　　윤평현, 「『혼불』의 어휘 특성 고찰」, 위의 책.
　　이태영, 「『혼불』에 쓰인 방언의 기능과 등장인물의 성격」, 위의 책.
　　홍윤표, 「『혼불』 언어 연구의 새 방향」, 위의 책.
39) 이보영, 「박상륭의 종교 소설」, 『문예연구』, 2003. 겨울호.
　　신희교, 「『아겔만다』에 나타난 서술 특성」, 위의 책.
　　구수경, 「죽음, 영원한 삶에 이르는 길」, 위의 책.
　　임금복, 「수사학적 통우주주의와 三千大天世界 조작내어 읽기」, 위의 책.
　　백경혜, 「미스 앤더슨이 날려보낸 한날음의 '말' 이미지」, 위의 책.
40) 장세진, 「베스트셀러 소설의 문학적 힘 양귀자론」, 『문예연구』, 1998. 겨울호.
41) 임명진, 「불신과 증오를 감싸는 따뜻한 시선」, 『작가의 눈』, 1998. 여름호.
42) 이보영, 「사랑의 풍속성과 진정성 은희경론」, 『문예연구』, 1998. 겨울호.
　　하정일, 「냉소와 동경 사이에서 은희경론」, 『문예연구』, 2000. 겨울호.
43) 박범신 편, 『박범신이 읽은 젊은 작가들』, 문학동네, 2007.

제조직위원장을 맡고, 전정구와 임명진이 판소리에 의고적 취미를 넘어 전문가적 식견을 갖추고, 최동현이 판소리 연구에 몰두하고, 김익두가 굿판의 교양을 갖춘 것은 '소리의 고장'이라는 전북 지역의 인문적 토양에서 기인한다.

전북 지역의 평론사는 이운룡이 「전북 지역 평론사: 1960～1980년대」(『언어와 시정신』, 신아출판사, 1997)에서 일별한 바 있다. 이 논의는 등단 연도순에 따라 평론가들의 활동상을 요약하여 제시한 것이다. 해방 전후 시기를 검토하지 않은 약점을 갖고 있지만, 전북 지역 평론사를 조감하는 데 도움을 준다. 그는 일찍부터 향토 작가들의 문학세계에 대하여 지극한 관심을 기울여 왔다.

해방전 전북 평론계를 대표하는 인물은 김환태와 윤규섭이다. 먼저 문학 작품의 인상비평을 중시했던 김환태[44]에 관한 연구는 타 지역 연구자들에 의해 많은 성과가 제출되는 편이다. 그는 일본 유학 후에 귀국하여 순수문학을 적극 옹호하면서, 정지용과 이태준 등의 예술성을 높이 평가하였다. 그에게 비평은 조국의 상실과 기족사적 비극을 극복할 수 있는 원동력이었고, 문우들은 그의 고독을 해소해 주는 삶의 동반자였다. 그의 사후에 미망인에 의해 전집(1972)이 발행되었다가 『김환태문학전집』(문학사상사, 1988)으로 최종 정리되었다. 평단에 '김환태 평론문학상'이 제정되어 운영중이고, 그의 고향 무주에 문학비가 세워졌다.

윤규섭[45]의 비평에 관한 지역 연구자들의 접근은 전무하며, 단지 필자가 그의 해방기까지의 평문을 모아서 『인식론적 비평과 문학: 윤규섭평론전집 · 1』(새미, 2003)을 발행하며 연구를 촉구했을 뿐이다. 그는

---

44) 이진형, 「소박한 예원의 순례자」, 『문예연구』, 2006. 여름호.
　　오하근, 「김환태의 인상비평과 윤규섭의 경향 비평」, 『한국언어문학』 제57집, 한국언어문학회, 2006. 6.
45) 최명표, 「인식의 비평과 비평의 인식」, 『문예연구』, 2006. 여름호.

1930년대 후반 등단 이후에 평단의 논쟁에 빠짐없이 참가했던 성실한 비평가였다. 그는 고려공산당청년회 사건으로 수형생활을 하기도 했으며, 해방후 식솔들을 대동하여 월북한 뒤에는 고전문학 작품의 주해와 문학사의 정리를 통해 북한문학의 기초를 닦는 데 기여하였다. 북한의 해방후 세대가 평단을 장악하게 되는 1962년경에 숙청되기 전까지, 그는 김일성대학의 문학강좌장을 위시한 여러 중책을 역임하면서 활발하게 활동하였다.

김교선[46]은 이북 출신으로 전주에 정착하여 전북대학교에서 후진을 양성하였다. 그의 지도에 힘입어 도내에서는 천이두를 비롯한 다수의 비평가들이 등장하게 되었다. 그의 비평집 『소설의 이해와 평가』(형설출판사, 1972)와 『관념과 생리』(신아출판사, 1996)는 '중용의 시학'을 지향하는 그의 독법을 충실하게 재현하고 있다. 그는 전후의 실존주의 문학으로부터 세례를 받아 평론 활동에 참여했으나, 점차 소설의 형식적 측면에 중점을 둔 평문들을 발표하였다. 그의 비평 성향은 후속세대들에게 영향을 끼치기 되었는바, 전북 출신 비평가들이 작품의 본질적 요소를 강조하는 것도 그 때문이다.

천이두는 대상 작품을 정치하게 읽는 비평가로 유명하다. 그는 필생의 연구 과제로 전북 지역민들의 한의 정서를 설정하고, 그 연구 결과를 집성하여 평단에 제출한 바 있다.[47] 그의 비평에 대해서는 『작가의 눈』(1998. 여름호)에서 다루어졌다. 최형은 「어둠 속의 거성」에서 천이

---

46) 천이두, 「고독과 그 안팎 –김교선의 평론집 「관념과 생리」를 중심으로」, 『우리 시대의 문학』, 문학동네, 1998.
임명진, 「소설의 현대성 탐구와 성실한 독서」, 『문예연구』, 2006. 여름호.
47) 천이두, 「한국적 한의 일원적 구조와 그 가치 생성의 기능에 관한 고찰」, 『한국언어문학』 제27집, 한국언어문학회, 1989. 5.
천이두, 『한국문학과 한』, 이우출판사, 1985.
천이두, 『한의 구조 연구』, 문학과지성사, 1993.
천이두, 「'한'의 구조에 대하여」, 『현대문학이론연구』 제3집, 현대문학이론연구회, 1993. 12.

두의 인간적인 면모를 회고하였다. 전정구는 「감성과 논리의 조화」에서 천이두를 전북 지역 2세대 비평의 선두주자로 자리매김하고, 그의 비평적 특징은 '작품 속에서 보이는 것보다는 보이지 않는 내적 조화를 중시'하는 '정교한 이차적 글쓰기로서의 예술비평'에 있다고 보았다. 최동현은 「한과 판소리 연구」에서 천이두가 평생 화두였던 '한'의 연구에 몰두했던 연구 역정을 살피고 있다. 그는 천이두의 다양한 '恨論'을 거슬러 올라가면서, 한의 특성을 아우르게 되기까지의 비평적·학문적 과정을 밝혔다. 오하근은 「변증법적 종합의 비평」(『문예연구』, 2006. 여름호)에서 천이두의 비평을 '종합에의 의지'로 정리하고 논의하였다. 그밖에 천이두는 자전적 기록물 「내 살아온 이야기」에서 자신의 연보를 고백하였다. 이듬해 발표된 김병용의 「세월은 무장무장 흘러도… 거기, 바로 거기 한 사람이 있었네」(『작가의 눈』, 1999. 겨울호)는 천이두의 『명창 임방울전』(한길사, 1999)의 서평이다.

　이보영의 비평세계에 관해서는 임명진에 의해 연구되었다. 이보영은 이미 염상섭에 관한 연구의 독보적 존재이다. 그는 필생의 화두로 삼은 염상섭 연구서를 3부작으로 기획하고, 1991년 『난세의 문학 -염상섭문학론』(재판: 예림기획, 2001)을 발간하였다. 이후에 그는 새로 발굴된 작품과 기왕의 논의에서 야기된 문제점들을 중심으로 둘째권에 해당하는 『염상섭문학론 문제점을 중심으로』(금문서적, 2003)을 고희에 이르러 상재하였으므로, 이제 3권만 남은 셈이다. 임명진은 「엄숙한 난세의식 -이보영론」(『오늘의 문예비평』 제28호, 1998)에서 이보영의 『난세의 문학』을 점검하였고, 또 「비평적 지성으로서의 동양정신 -이보영의 『염상섭 문학론』에 관하여」(『문예연구』, 2003. 가을호)에서는 『염상섭 문학론』을 검토하고 있다. 그는 이보영의 비평이 학문적 엄밀성을 요구받던 교수 시절의 '머리'로부터, 정년 이후의 느긋한 포용성을 앞세운 '가슴'으로 변모하였다고 진단하였다.[48] 그는 최근에 평론집 『역사적 위기와 문학』(신아출판사, 2007)을 출간하는 등 퇴직 이후에도 평필을 놓지 않고 있다.

전정구[49]는 교주본 『소월 김정식 전집 · 1~3』(한국문화사, 1994)과 『소월의 시어와 그 쓰임새 · 1~3』(한국문화사, 1994), 『김정식 작품 연구』(소명출판, 2007) 등을 발간하는 등 김소월의 작품을 중심으로 문헌의 실증적 연구 방법을 중시하는 국문학자이자 비평가이다. 그는 1985년《동아일보》신춘문예로 등단한 이후 전북 지역의 제3세대 비평가를 대표하며, 전북대학교에서 후진을 양성하면서 활발한 현장비평을 전개하고 있다. 그의 비평적 특징은 실증적 독법을 중시하는 하면서도, 탈권위적이고 해체적인 패기의 평문을 보여주는 데 있다. 그의 비평 세계에 관해서는 제11회 김달진문학상 수상자 특집 『서정시학』(2000. 하반기호)에서 김영민과 유성호가 다루었다. 김영민은 「규범의 존중과 일상을 벗어난 모험」에서 그의 인간적 풍모를 서술한 뒤, 규범과 도발에 충실한 비평정신을 가진 성실한 비평가이자 국문학자라고 규정하였다. 유성호는 「실증과 모험, 근대적 이성의 '비판적 글쓰기'」에서 전정구를 비판적 리얼리스트이며 동시에 아이디얼리스트라고 규정하고, 그의 비평은 철저한 실증과 정열적 모험의 갈등과 통합이라는 모순된 노력의 결과라고 보았다.

---

48) 이운룡, 「묵언 · 고지식의 내포와 정직성」, 『오늘의 문예비평』, 제28호, 1998. 봄호.
　　최명표, 「염상섭 소설의 현재성 탐색」, 《전북중앙신문》, 2003. 7. 22
　　김종훈, 「난세 인식과 윤리 의식 -이보영론」, 『이상리뷰』 제3호, 2004.
　　이동재, 「난세 의식의 문학론」, 『문예연구』, 2006. 여름호.
49) 전정구 · 이광우 역, 『수용미학 비판』, 대하출판사, 1985(R. C. Holub, *Reception Theory*, 1984).
　　전정구 · 김영민, 『문학이론연구』, 새문사, 1989.
　　전정구, 『김소월 시의 언어시학적 연구』, 신아, 1990.
　　전정구, 『글쓰기의 모험』, 청하, 1992.
　　전정구, 『약속없는 시대의 글쓰기』, 시와시학사, 1995.
　　전정구, 『언어의 꿈을 찾아서』, 평민사, 2000.
　　전정구, 『김정식 작품 연구』, 소명출판, 2007.

임명진은 외국 문학 이론의 소개[50]와 소설론[51]의 탐구에 전력하는 국문학자이자 비평가이다. 그의 학문적 관심은 광범한 소설론의 모색에서 나아가 한국적 소설이론을 정립하는 데 있으며, 그 방편으로 외국문학 이론을 적극적으로 섭렵하여 소개하고 있다. 아울러 그는 채만식을 비롯하여 도내 출신 작가들의 작품 세계를 구명하려고 학문적 열정을 쏟고 있으며, 그의 노력은 후배 연구자들에 의해 일정한 성과로 나타나고 있다. 1980년대 중반에 《경향신문》 신춘문예로 등단한 이후, 그는 작품과의 성실한 대화를 방법론으로 견지하면서 비평에 참여하고 있다. 그는 또한 각종 문학예술단체의 책임을 맡아 전라북도 문학의 발전을 위해서도 활발하게 움직이고 있기도 하다.

그밖에 남진우[52]는 동시대에 가장 활발하게 활동하는 비평가이다. 그가 이룩한 비평적 업적에 관해서는 아직 언급할 시기가 아니라고 보기에 생략한다.

---

50) 임명진, 『문학의 의미』, 신아 1988.(William Ray, *Literary Meaning*, Oxford, Basil Blackwell, 1984)
   임명진, 『구술문화와 문자문화』, 문예출판사, 1995(Walter. J. Ong, *ORALITY and LITERACY*, Methuen, 1982)
   임명진, 「신역사주의란 무엇인가」, 『현대문학이론연구』 제6집, 현대문학이론연구회, 1996. 12.
51) 임명진, 「'날개'의 역설적 구조」, 『한국언어문학』 제23집, 한국언어문학회, 1985.
   임명진, 「소설의 구술성(orality)에 관하여」, 『현대문학이론연구』 제3집, 현대문학이론연구회, 1993. 12.
   임명진, 「한국 근대소설의엮음에 관하여(2)」, 『현대문학이론연구』 제4집, 현대문학이론연구회, 1994. 10.
   임명진, 「채만식 소설의 판소리 수용에 관한 연구」, 『한국언어문학』 제37집, 한국언어문학회, 1996.
   임명진, 「'치숙'의 서술양식 재고」, 『현대문학이론연구』 제9집, 현대문학이론학회, 1998. 6.
   임명진, 「채만식의 '근대' 인식과 '친일'의 문제」, 『국어국문학』 제129집, 국어국문학회, 2001.
   임명진, 『문학의 비평적 대화와 해석』, 국학자료원, 1997.
52) 남진우, 『바벨탑의 언어』, 문학과지성사, 1989.
   남진우, 『신성한 숲』, 민음사, 1997.
   남진우, 『숲으로 된 성벽』, 문학동네, 1999.
   남진우, 『그리고 신은 시인을 창조했다』, 문학동네, 2001.
   남진우, 『미적 근대성과 순간의 시학』, 소명출판, 2001.

## 4) 희곡, 아동문학, 기타의 연구 현황

연극 부문에서 전북 지역을 대표하는 극작가, 연출가는 박동화이다. 그에 관한 연구는 요즘에 이르러 시작되었다고 할 정도로 소홀하다. 김정수는 「박동화의 삶과 작품 세계」(『작가의 눈』, 2002. 겨울호)에서 '사회현상에 대한 직접적인 비판'과 '인간이면 보편적으로 소유하고 있는 양면성, 부조리성을 포함하는 대자아적 풍자'가 주를 이루는 그의 연극 세계를 밝혔다. 문치상은 「내가 아는 연극인 박동화」(같은 책)에서 '전북 연극의 황금기'를 장식했던 그와의 인연을 회고하고 있다. 박의원은 「연극쟁이 나의 아버지」(같은 책)에서 평생 동안 연극의 길을 걷던 '피하고만 싶던 부담스런 존재'로서의 아버지를 이해하기까지의 고충과 일화를 정리하였다.

전북 지역 아동문학에 관한 연구자는 필자[53] 외에 전무한 형편이다. 이러한 사정은 어른 중심의 문학을 우위에 두고서 어린이를 대상으로 하는 문학을 하대하는 고약한 버릇이 연구자들에게 만연한 탓이다. 다행스럽게도 오늘날에 이르러 판타지의 홍성에 힘입어 아동문학에 대한 관심이 고조되고 있지만, 전북 지역 연구자들은 아직도 성인문학만 '문학'으로 취급하는 고루한 태도가 압도적이다. 물론 그 배경으로는 도내 대학의 국어국문학과에 아동문학 관련 강좌가 활성화되지 않았다는 사실이 우선적으로 지적되어야 할 것이다.

---

53) 최명표, 「원, 공동체적 삶의 세계 -이준섭론」, 『아동문학연구』 제10집, 1991.
    최명표, 「드러남과 드러냄의 차이 -윤이현의 '계단' 론」, 『둥지』 창간호, 1991.
    최명표, 「비평적 관점에서 본 현단계 전북 아동문학」, 제5회 전북문인협회 주최 문학심포지엄, 1992. 10. 18
    최명표, 「실존적 염결성의 시적 기도 -윤이현론」, 『전북문단』 제12호, 1993.
    최명표, 「동화의 환상성을 드러내는 방식 -박상재론」, 『한국아동문학연구』 제9집, 2001.
    최명표, 「한의 다섯 빛깔 그리움 -김향이론」, 『아동문학평론』, 2003. 여름호.
    최명표, 「허무주의자의 비극적 서정 -박정만의 동화론」, 『아동문학평론』, 2004. 여름호.
    최명표, 『아동문학의 옛길과 새길 사이에서』, 청동거울, 2007.

　전북 지역 문학 연구에서 누락되어서는 안 될 영역이 판소리다. 전국 최고의 소리판인 전주대사습놀이가 열리는 소리의 고장답게, 도내에서는 판소리 연구가 독보적으로 진행되고 있다. 판소리는 채만식을 비롯한 이 지역 출신 작가들의 작품에 수용되어 소설적 자양을 풍요롭게 만들어 주었고, 판소리에 나타난 한의 정서는 천이두에게 평생의 연구 과제로 제공되기도 하였다. 이와 같이 판소리는 전북 출신 작가들뿐만 아니라, 문학 연구자들의 연구 풍토에도 삼투되어 있다. 따라서 판소리는 전북 지역 문학을 연구하는 초기 단계부터 끊임없이 의식해야 될 지역의 문화 유산이라고 보아야 할 것이다. 판소리에 관한 전북 지역의 연구 성과는 전북애향운동본부 편, 『판소리』(신아출판사, 1988)에서 집성된 이후, 이 분야의 대가 강한영의 업적을 토대로 천이두,[54] 강봉근,[55] 정병헌,[56] 최동현[57] 등이 연구의 맥을 잇고 있다.

---

54) 천이두, 「한과 판소리」, 『한국문학과 한』, 이우출판사, 1985.
　　천이두, 「시김새와 이면에 대하여」, 『우리 시대의 문학』, 문학동네, 1998.
　　천이두, 「'춘향가'와 '심청가'에 나타난 한풀이의 구조」, 위의 책.
　　천이두, 『명창 임방울전』, 한길사, 1999.
55) 강봉근, 「심청전연구」, 『한국언어문학』 제15집, 한국언어문학회, 1977.
　　강봉근, 「판소리 사설에 나타난 한의 구조」, 『한국언어문학』 제22집, 한국언어문학회, 1984.
56) 정병헌, 「춘향가를 통해서 본 신재효의 작가의식」, 서울대대학원 석사논문, 1979.
　　정병헌, 「심청전연구」, 『선청어문』 제11·12집, 서울대학교 국어국문학과, 1981.
　　정병헌, 「판소리 사설의 형성과 장단에 관한 소고」, 『한국판소리·고전문학 연구』, 아세아문화사, 1983.
　　정병헌, 「신재효 판소리 사설의 연구」, 『일산김준영선생정년기념논총』, 형설출판사, 1985.
　　정병헌, 『신재효 판소리 사설의 연구』, 평민사, 1986.
57) 최동현, 『판소리 동편제 연구』, 태학사, 1998.
　　최동현, 『판소리 이야기』, 인동, 1999.
　　최동현, 『심청전연구』, 태학사, 1999.
　　최동현, 『적벽가연구』, 신아출판사, 2000.
　　최동현, 『흥보가』, 박이정, 2000.
　　최동현, 『수궁가 연구』, 민속원, 2001.
　　최동현, 『전주의 문화 정체성 -조선조 후기 전주와 '소리'』, 신아출판사, 2004.
　　최동현, 『판소리의 공연예술적 특성』, 민속원, 2004.
　　최동현, 『판소리 미학과 역사』, 민속원, 2005.

## 5) 문예지의 연구 동향

전북 지역의 문학 연구를 선도하고 있는 잡지는 계간 『문예연구』이다. 이 잡지는 종합문예지를 표방하는 한편, 일련의 '특집 기획'을 통해 문학 연구의 장을 마련하고 있다. 1994년 봄호로 창간된 뒤, 이 잡지의 발행인(서정환)은 완판본의 전통을 계승하고 복원하려는 출판인으로서의 책임감과 지역문학 발전을 위한 헌신적인 봉사정신으로 지역 작가와 연구자들에게 아낌없는 지원을 계속하고 있다. 그의 재정적 지원에 힘입어 『문예연구』는 창간 당시부터 지금까지 한 번의 결호 없이 발행되고 있다. 특히 1999년 가을호부터 전정구, 유성호, 강연호, 최명표 등을 영입하여 편집위원 체제로 재출발하면서부터 지면과 편집 방향을 혁신하였다. 그 중에서 가장 특징적인 점은 매년 한 호 이상 전북 출신 작가들을 특집 기획 대상으로 선정하여 최명희(2000. 봄호), 최일남(2001. 여름호), 신석정(2002. 여름호), 박상륭(2003. 겨울호), 신동엽(2004. 여름호), 윤흥길(2005. 봄호), 고은(2005. 가을호), 하근찬(2006. 봄호), 전북 지역 비평가론(2006. 가을호) 등을 다루고 있다는 점이다. 이러한 편집 기획은 전북 지역 기반 문예지의 정체성을 확립하고, 지역 출신 작가에 대한 연구 풍토를 조성하면서 문학 연구자들의 관심을 촉구하기 위한 시도이다.

이외에도 『문예연구』는 「민촌 이기영 평전 · 1∼3」(1995. 봄호, 가을호)을 비롯한 작가들의 전기 자료를 정리하는 등, 문학 연구의 기초 자료의 중요성을 강조하면서 지역 작가들의 작품들을 지속적으로 발굴하여 조명하고 있다. 그 대표적인 예는 필자가 발굴한 '김해강의 미발표 시(2000. 봄호)'와 '김창술 전기 자료(2002. 봄호)', '유진오의 시(2002. 여름호)', '윤규섭의 사진 자료(2007. 가을호)' 등 전북 출신 시인들의 작품과 자료이다. 그리고 전북작가회의의 기관지 『작가의 눈』에서도 지역 출신 최형(1997. 봄호), 정렬(1999. 겨울호), 이근영(2000. 여름호), 이정환(2001. 겨울호), 김창술(2003. 겨울호), 윤규섭(2006) 등을 특집으로 다루었다. 또 전북문인협회의 기관지『전북문단』과 반년간 동인지『표현』에서도 간헐적으로 지역 출신 작가들의 특집을 기획하기도 한다.

## 3. 전북 지역 문학 연구의 과제와 제언

지금까지 전북 지역 문학 연구는 소수의 연구자들에 의해 주도되고 있으며, 요즘에는 지역 문학에 대한 관심이 증대하고 있다. 비록 특정 작가에게 연구가 경도되어 있는 점은 부인할 수 없는 사실이지만, 앞으로 그러한 풍토는 발전적으로 지양될 것으로 기대한다. 다만 지역 문학 연구가 좀더 조직적으로 전개되기 위해서는 연구자들끼리 정보를 공유하고 토론하는 분위기를 조성하는 데 진력해야 할 것이다. 아울러 지금도 연구자들의 관심권 밖에 존재하는 문학작품들, 예를 들어 각 시군의 군소 문학 동인지를 포함한 작가의 일기 등 자료의 분석과 같은 미시적인 연구에도 공을 들여야 할 것이다. 이러한 인식과 앞에서 검토한 현황을 토대로 전북 지역 문학 연구의 과제를 제시하면 아래와 같다.

첫째, 도내 각 대학에 지역 문학 관련 강좌의 확대 개설이 요구된다. 아직도 지역민들의 문화 마인드와 인프라가 부족한 한국의 실정으로서는 지역 문학 연구는 대학을 중심으로 진행될 수밖에 없다. 더욱이 대학에서 문학연구방법론을 체계적으로 학습한 연구자들의 의욕을 고취하고, 그들의 연구 동기를 유발하기 위해서는 관련 강좌의 개설이 필수적이다. 그들의 연구 성과가 축적되는 과정에서 주민들의 지역 문학에 대한 관심은 의식화되고, 연구자들은 더욱 연구에 몰두하게 될 것이다. 그와 동시에 연구자들은 지역민들과 연구 성과를 공유하고, 그들에게 지역 문학의 재발견 기회를 부단히 제공하도록 노력해야 할 것이다.

둘째, 지역 문학 연구에서 시급히 극복해야 할 과제는 작가와의 지연과 학연으로부터의 해방이다. 이것은 지역 문학 연구의 타당성과 신뢰성을 담보하는 제일 조건으로 전제되어야 한다. 이로부터 해방되지 못한다면, 지역 문학 연구는 보편적 가치를 획득하지 못한 채 특정 지역의 연구 성과로 폄하될 우려가 높다. 그 한 예로 신석정을 들 수 있다. 그에 관한 선행 연구 경향은 '전원적 목가 시인'과 '참여적 저항시인'으로 이분된다. 전자는 기존 연구의 주류를 이루고 있고, 후자는 주로 그의 제자들이 내세우는 관점이다. 하지만 한 시인을 연구자의 임의대로 특정하게 범주화하는 것은 권장할 만한 태도가 아니며, 문학 연구자들이 유명 작가의 권위에 압도되어 학문적 엄정성을 잃는 태도는 비난받아 마땅하다. 이런 문제는 지역이라는 특정 공간에서 이루어지는 연구 풍토상 필연적으로 당면하게 되는 난점이다. 연구자들은 더욱 엄격하고 객관적인 자세로 연구상의 윤리를 확보해야 할 것이다.

셋째, 지역 문학 연구 대상 작가들의 외연을 확대할 필요가 있다. 대상 작가의 범주를 전북 지역 출신자로 한정하는 자세는 여러 가지 난점을 초래한다. 물론 지역 출신 작가들이 전북의 정서를 충실하게 표현할 개연성은 충분하지만, 출향 작가들에게 고향은 문학적 공간이 아니라 물리적 장소로 국한될 가능성이 농후하다. 그보다는 도리어 타 지역 출신이지만 전북 지역에서 생활하는 작가들이 지역의 당면 과제와 현재의 정서를 옹골차게 표현할 수 있다. 또한 한국전쟁과 같은 일시적 사정에 의해 거류했던 작가, 타 지역 출신이면서 전북에서 학창 시절을 보내며 성장한 작가, 다른 지역 출신이지만 전북 지역에서 생활한 작가에 관한 연구가 수반되어야 할 것이다. 그리고 타 지역에서 이루어지는 지역 출신 작가들에 관한 연구 성과 역시 지역 문학 연구의 지적 자산으로 축적하는 데 노력해야 할 것이다.

넷째, 전북 지역 출신 작가들의 기초 자료, 작품 등의 수집과 정리, 전시 작업에 지역 구성원들의 유기적 협력 체제 구축이 필요하다. 문학 연구자들이 작가들의 자료를 조사하는 단계에서 당면하는 여러 가지 애로사항은 비단 전북 지역의 문제가 아니다. 특히 식민지시대와 한국전쟁 등 굴곡 많은 정치적 격변기를 거치는 과정에서 무수한 자료들이 유실되거나 고의적으로 폐기된 사실은 연구자들의 의욕을 저하시킨다. 그 대표적인 사례의 하나로 전북 지역 빨치산 문학에 대한 연구를 들 수 있다. 기초 자료의 충실한 보존을 위해서는 작가의 유족, 신문과 잡지 등 발표 매체, 연구자의 관심 등이 상호 결부되어야 한다. 그리고 지역자치단체에서는 유족과의 협조 아래 폐교 등을 적극 활용하여 출신 작가들의 문학관을 설립하고, 각종 자료를 전시하거나 연구 집회를 개최하는 데 행정적 지원을 아끼지 말아야 할 것이다. 또한 지역 작가들의 전집 발간 지원 기금 조성, 세미나 등을 통한 지역 문학 연구 성과의 공유 기회 제공 등도 행정 기관에서 지역 문학 창달에 공헌할 수 있는 방안이 될 것이다.

다섯째, 지역 문학 현상에 대한 학제간 연구가 수행되어야 한다. 전북 지역의 경우 『혼불』 연구는 모범적 사례에 속하지만, 그 배경에는 전북대학교라는 거대한 학문 권력이 자리잡고 있다. 이와 달리 연구 특성상 시급히 접근되어야 할 다른 작가들의 경우에는 차후 과제로 연기되거나, 학문 권력의 장으로부터 소외된 채 체계적 지원을 받지 못하고 있다. 또 다른 사례로 한국 근대사의 가장 큰 정치적 사건이었던 동학농민전쟁의 경우, 문학 연구 성과는 상당량 축적된 데 비해 인접 학문의 접근은 제대로 이루어지지 않고 있다. 전쟁이 동북아 국제 정세의 변화에 미친 영향에 대한 국제정치학적 접근, 봉기의 직접적 원인을 제공한 아전의 착취 실태에 대한 정치학적 접근, 패전 후 농민군의 계급적 재편성 과정에 대한 사회학적 접근, 봉기 과정과 외국군의 무력 진압에 대한 법률적 접근, 전쟁과 복구 비용에 대한 경제학적 접근, 동학농민군 진영의 사상자에 대한 병리학적 접근, 전봉준을 비롯한 지도부의 전략에 대한 군사학적 접근, 동학농민군의 요구 조건에 대한 여성주의적 접근 등은 관련 분야 연구자들의 소홀한 관심으로 아직까지 착수되지 못하고 있다.

여섯째, 문학 공간에 대한 인문지리학적 접근이 활성화되어야 한다. 그 대표적인 공간으로 지리산을 들 수 있다. 지리산을 배경으로 진행된 빨치산 문학은 유기수의 『문학따라 나그네길』(탐진, 1990)에서 정리를 시도하였으나, 구체적 작품들의 수집과 연구는 착수되지 못한 실정이다. 지리산의 문화공작대로 파견되었다가 민보단에 의해 체포되었던 유진오의 격문시, 빨치산 시인 김영의 시작품, 그리고 지리산에서 무장활동 중에 발간되어 유통되었던 각종 삐라문학 등도 하루빨리 수습되어야 할 것이다. 아울러 지리산과 함께 주목되어야 할 공간은 호남평야와 군산항이다. 양자는 식민지 수탈의 역사적 사실을 담보하는 정치적 공간으로서, 두 곳의 문학적 형상화에 대한 체계적인 접근이 서둘러 진행되어야 한다.

일곱째, 각종 문학관의 건립 계획이 수립되어 조속히 착공되어야 한다. 지금 도내에는 '채만식문학관', '미당문학관', '혼불문학관', '아리랑문학관', '동리 문학관' 등이 운영 중에 있으나, 현존하는 백제 최고 가요인 「정읍사」와 한국 최초의 가사인 「상춘곡」의 발상지라는 상징적 의미를 고양할 수 있는 '가사문학관'(가칭) 등은 설계조차 이루어지지 못하고 있는 실정이다. 또한 문학관의 설립과 함께 이미 설립되어 운영중인 기존의 각종 기념관을 연계하여 문학관으로 겸용하는 방법이 있다. 예컨대, 정읍에 소재한 「동학농민혁명기념관」은 현재 운영중인

코너를 확장하여 동학농민전쟁에 관한 각종 문학 자료들을 수집하여 전시하고, 관련 행사를 정기적으로 개최하는 방법을 모색할 수 있을 것이다. 아울러 제반 계획을 수립할 경우에는 사계의 전문가를 반드시 추진위원으로 포함시켜 사업상의 갈등을 최소화하고, 장차 문학관 설립 대상 작가들을 선정하는 작업도 구상되어야 할 것이다.

여덟째, 작가들의 흉상 제작을 비롯한 문학공원의 설립이 추진되어야 한다. 현재 도내에는 이병기, 김해강, 신석정, 이철균 등의 시비가 설치되어 있다. 하지만 시비만 있을 뿐 관련 행사가 개최되지 않거나, 시비와 거리를 지닌 장소에서 개최되는 까닭에 지역 주민들의 활용도가 낮다. 그리고 도내의 유일한 문학공원인 '혼불문학공원'은 각종 편의시설이 부족할 뿐만 아니라, 시민들의 접근성과 활용도 면에서 미흡한 실정이다. 이러한 문제점들을 상쇄하기 위해서는 작가의 출생지와 활동지 그리고 시민들의 접근성을 최우선적으로 고려해야 하고, 유관 행사를 상시 개최할 수 있도록 문학관과 연계하는 계획이 필요하다.

아홉째, 지역의 각종 문학 매체에 대한 연구가 시급히 이루어져야 한다. 조선시대 이래 명색이 완판본의 고장이면서도 출판/인쇄 박물관조차 없으며, 당국에서는 당시의 인쇄 사정을 알 수 있는 공간 표지석조차 설치하지 않은 실정이다. 한국의 역사적 상황과 맞물린 것이지만, 식민지시대 이후부터 도내에서 발행된 신문 · 잡지를 비롯한 각종 매체는 아직까지 제대로 수습되어 정리되지 못한 실정이다. 물론 정부의 언론 통폐합 조치에 따른 부산물이기도 하겠으나, 근본적으로는 언론 사주를 포함한 언론 기관 종사자들이 자료에 대한 중요성을 인식하지 못한 과오의 결과이다.

이상에서 제기된 과제들은 또 다른 과제를 초래한다. 예컨대, 지역 문학 연구 과정에서 필연적으로 직면하게 될 지역문학의 개별성과 한국문학의 보편성과의 조화, 작가의 사상 연구에서 발견되는 연구자의 이념 편향, 정치적 영향으로 인한 지역간 정서의 대립, 작가론 위주의 접근 태도 등은 지역 문학 연구자들에게 엄정한 접근 태도를 견지하도록 요구한다. 왜냐하면 지역 문학의 연구가 중요할수록 한국문학의 중요성은 동시에 강조되어야 하며, 문학/문화의 분권화가 요구될수록 집중화 역시 함께 추구되어야 하기 때문이다. 이러한 문제점들은 전북 지역 문학 연구에서도 부단히 의식되어야 할 것이다.

## 제2부

# 김해강 시인 연구

# 김해강 시의 텍스트 검토

## 1. 서론

문학 연구에서 한 작가의 개작 과정에 관한 연구는 중요하다. 그 이유는 문학 작품에 내재된 작가의 세계관의 변주 양상을 추적할 수 있을 뿐만 아니라, 개작 과정에서 불가피하게 드러나는 문학적 형상화의 변화 추이까지 살필 수 있기 때문이다. 이러한 개작 과정 연구의 중요성에 대해 르네 웰렉은 학문의 첫째 임무 중의 하나가 본격적인 문학 연구에 앞서 그러한 연구를 가능케 하는 예비작업이라고 규정하였다.[1] 볼프강 카이저는 문학 작품을 학문적으로 다루는 작업에 착수하기 이전에 실행되어야 하는 조건을 문헌학적 전제라고 일컫고, 이것은 작품을 연구의 기초로 이용하는 모든 학문에 공통되는 조건이라고 말하였다.[2] 노드럽 프라이는 원본비평의 목표를 "작가의 원본과 수정본이 지니고 있는 최초

---

1) R. Wellek · A. Warren, *Theory of Literature*, Penguin Books, 1970, p.57.
2) W. Kayser, 김윤섭 역,『언어예술작품론』, 시인사, 1988, 39쪽.

의 순수성을 회복하고, 飜刻 과정에서 흔히 일어나는 와전에도 불구하고, 이러한 순수성을 보존하려는 것"[3]이라고 언급했다.

시작품의 결정본을 확정하기에 앞서 텍스트 외적 사실과 함께 텍스트를 검토하려는 의도는 "전기적 사실의 부족과 그것의 왜곡 가능성"[4]을 줄이기 위한 노력이다. 본고에서 논의하고자 하는 김해강이 생전에 창작한 작품과 발표·미발표의 시작품은 "무려 500여 편이 넘는다"[5]고 한다. 그러나 본 연구자가 그의 유고를 발굴하기 위해 유족과 접촉한 결과, 그들은 단 한 편의 원고조차 소장하지 않고 있었다. 단지 유족들은 그의 일기장만 소지하고 있는 것으로 볼 때, 그의 유고는 유실되었을 가능성이 크다. 더욱이 그의 유고는 사후에 자녀나 재혼한 부인이 아니라, 제자와 친지들에 의해 수습되었다. 이 점에서 그의 유고는 지속적으로 발굴되어야 할 이유를 갖는다.

그의 시집 발간이 늦어지면서 많은 작품이 수정되었고, 원문과는 달라진 부분들이 많이 발생하게 되었다. 본 연구자가 그의 창작원고, 발표 작품 그리고 시집 수록 작품들을 비교한 결과, 상호 내용이 일부 다르거나 발표 당시에 누락된 부분이 검출되었다. 이러한 이유로 김해강의 발표작 중에서는 원문과의 꼼꼼한 대조 등 기초적인 작업이 선행되어야 할 필요성이 제기된다. 김해강 시의 결정본을 확정하기에 앞서 작품에 대한 원본 검토 과정은 필수적으로 요청되는 것이다. 이에 본고에서는 본 연구자가 입수한 김해강의 창작 노트와 가편집된 시집 등에 기초하여 원본비평을 시도하고자 한다. 이 작업은 결정본을 확정하기 전단계에 속하며, 선행연구 결과를 종합적으로 분석하는 과정을 포함한다.

---

3) N. Frye, 「원본비평」, 김인환 편역, 『문학의 해석』, 홍성사, 1981, 60쪽.
4) 전정구, 『김소월시의 언어시학적 특성 연구』, 신아, 1990, 22쪽.
5) 김해성, 『한국현대시인론』, 진명문화사, 1974, 275쪽.

## 2. 텍스트 개작 현황

### 1) 텍스트 검토의 필요성

김해강 시의 텍스트에 대한 검토 과정이 필요한 이유는 시집 발간의 지연으로 인해 많은 수정이 이루어진 채 시집에 수록되었다는 데 있다. 그는 세 번에 걸쳐 시집을 출간하려고 시도하였다. 그는 1930년 전주시회를 함께 이끌던 김창술과 함께 각 20편의 시를 모아 2인 시집 『機關車』를 출판하려고 시도하였으나, 일제의 사전검열을 통과하지 못하여 좌절되었다.[6] 아직까지 이 시집의 원본을 찾을 수 없으나, 카프의 대표 시인이었던 김창술의 시적 성향과 당시까지 발표된 김해강의 시에 나타난 주제의식 등을 고려해 보면, 이 시집에 수록된 작품들은 민족해방과 프롤레타리아의 계급해방의식을 형상화한 작품으로 추측된다.

그후에 김해강은 시집 『東方曙曲』과 『아름다운 太陽』의 발간을 시도하였다. 그가 발간하려고 했던 『東方曙曲』의 원본은 아직까지 발견되지 않았기 때문에 시집 발간의 사실 여부, 이 시집과 1968년판 동일 제목 시집간의 내용과 편제 등을 비교할 수 없다. 당시 경제적으로 여유롭지 못했던 그의 처지에서 동시에 두 권의 시집 발행을 의도했다는 것은 쉽게 납득할 수 없다. 다만 분명한 사실은 김해강이 1940년 여름에 『아름다운 太陽』을 출판하려고 했다가, 조선총독부의 검열 과정에서 출판 불가 판정을 받고 무산되었다는 사실이다.[7] 이 점과 함께 그가

---

6) 이에 대해 김해강은 「나의 문학 60년」(『표현』 제11집, 1986, 318쪽)에서 1928년으로 기억하고 있다. 그러나 김창술이 김병호에게 보낸 편지에서 "시집 『機關車』는 일개월이 훨씬 넘어도 소식이 없읍니다."(김병호, 「죽어진 시집」, 『조선지광』, 1930. 8)라고 쓴 것으로 보아 1930년이 확실하다.

'나의詩『東方曙曲』集에서'라고 부기한 시 「太陽을 등진 무리」(『대중공론』, 1930. 3)과 시집 『東方曙曲』의 발간 시기간의 시간차 등에 주목하여 추측컨대, '나의詩『東方曙曲』集에서'는 완결본을 의미하는 것이라기보다는, 차후 발간할 목적으로 단순히 가편집해 둔 상태를 가리킨다고 보는 것이 타당하다.

한편 『아름다운 太陽』은 178쪽 분량의 가쇄본이며, 총 59편의 작품이 아래와 같은 체재로 수록되어 있다.

序詩 I 「선물」

序詩 II 「나의 宣言」(제목만 수록)

一. 「紅天夢」(제목만 수록)

二. 아름다운 太陽(I)

「오오 나의 옛 搖籃이여!」, 「오오 나의 母岳山아!」, 「太陽의 乳房」, 「戀春曲」, 「熱戀曲」, 「五月의 太陽」, 「六月의 萬頃江畔」, 「海邊暮影」, 「黃波萬頃에 익어가는 가을」, 「가을의 香氣」

三. 아름다운 太陽(II)

「東方曙曲」, 「出帆의 노래」, 「오오 나의 太陽이여!」, 「光明을 뿌리는 騎士야」, 「힌 모래우를 것는 處女의 마음」, 「黎明의 딸」, 「田園에 숨은 가을의 노래」, 「그대여! 새로운 노래의 都城을 쌓아 올리라」

四. 戀書를 태우며

---

7) 이운용은 「일제 치하 김해강의 저항시」(『하남천이두선생화갑기념논총』, 1989, 57쪽)에서 김해강이 1942년 『東方曙曲』과 『아름다운 太陽』의 발간을 시도했다고 주장했다. 그렇지만 이 견해는 기초적인 자료 조사를 실시하지 않은 채 김해강의 기억(「나의 문학 60년」)에만 의존하여 생겨난 오류라 판단된다. 본 연구자가 소장하고 있는 『아름다운 太陽』의 표지에는 총독부의 검열 불가인이 선명하게 날인되어 있다. 또한 그의 시우였던 윤곤강은 『아름다운 太陽』의 「序文」에서 '龍歲 榴夏'라고 시기를 밝히고 있다. '龍歲', 곧 '용의 해'는 庚辰年인 1940년을 가리키며, '榴夏'는 석류꽃이 피는 여름을 의미한다. 따라서 김해강이 『아름다운 太陽』을 발간하려고 시도했던 시기는 1940년 초여름이 확실하다.

「戀書를 태우며」, 「아름다운 술을 虛空에 뿌리노니」, 「白滅하는 肉의 洪
水時代」, 「마음의 香火」, 「魔女의 노래」, 「電燈ㅅ불꺼진 鋪道우에는」, 「太
陽을 등진 무리」, 「憂鬱華」, 「더위먹은 都會의 밤아」, 「그대들의 어깨에 花
環을 걸치워주노니」, 「歸路」

五. 純情의 별

「元朝吟」, 「五月」, 「꽃과 별」, 「待雨」, 「純情의 가을」, 「산길을 거르며」,
「내 마음 둘곳없어」, 「故鄕으로 도라가면서」, 「마음우에 색이는 墓誌銘」,
「오빠의 靈前에 엎드려」, 「太陽같은 사나이여!」, 「부탁」, 「둘째번 부탁」,
「母性의 聖火」, 「안해에게」, 「아아 누나의 얼굴 다시 볼 수 없을까」, 「少女
의 적은 서름」

六. 마음의 默華

「文學街의 化粧風景」, 「마음의 默華」, 「조카」, 「바다의 讚歌」, 「戀歌」,
「따르릉·따르릉」, 「人間壁書」, 「慰詞」, 「紅燈夜嘯」, 「山上高唱」

*「序文」/ 尹崑崗


김해강은 1950년 1월에 세번째로 시집 발간을 시도하였다.[8] 본 연구
자가 소장하고 있는 이 시집들은 그가 초기의 작품들을 3권으로 정선
한 것이다. 그는 '海剛詩集'이라는 동일 제목 하에 1, 2, 3 별권으로
표기하여 구분했다. 제1권의 제목은 『魂의 精華』이며, 1926년에 발표
했거나 창작한 34편의 시를 수록하였다.[9] 제2권의 제목은 『昇天하는

---

8) "달포 전부터 정리에 착수하였던 나의 시작들을 오늘 정선해 마쳤다. 제3시집까지 내놓아 보려
는 것이다."(1950. 1. 7) - 김해강시비건립추진위원회, 『청솔가지 위에 앉은 학의 시인 해강 일
기초』, 탐진, 1993, 65쪽.
9) 이 시집에 수록된 작품은 「魂」, 「나의 宣言」, 「한줄기 光明」, 「祝福할 날」, 「蜘蛛網」, 「님이 그
리워」, 「屠獸場」, 「僞善者」, 「무서운 힘」, 「斷末魔」, 「愚婦의 설음」, 「生의 躍動」, 「봄비」, 「저
무러가는 山路」에서, 「겨울달」, 「님이 오기를…」, 「녯들」, 「물방아」, 「아츰날」, 「조각달」, 「불타
버린 村落」, 「조선의 거리」, 「낡은 어머니와 새 어머니」, 「첫녀름의 들ㅅ빗」, 「어린 죽엄을 눈압
헤 그리고」, 「나는 우노라」, 「문허진 옛城터에서」, 「露宿하는 무리들」, 「호박꽃」, 「가을바람」,
「새벽은 왓도다」, 「落葉진 廢墟에서」, 「聚軍의 노래」, 「母校의 봄빗」 등이다.

목숨』이며, 1926년부터 1927년 사이에 쓴 작품 30편을 수록하였다.[10] 제3권의 제목은 『旭日昇天 –새 벽 詩人의 노래』이며, 1926년부터 1927년 사이의 작품 21편을 수록하였다.[11]

이러한 연속적인 시집 발간 실패는 김해강의 시에 대한 문단과 연구자들의 무관심을 초래하였다. 식민지시대에 "조선의 시단에서 죽어도 할 수 없고 죽어도 시와 함께 죽겟다는 니가 해강과 지용 두 사람밧게는 없는데, 지용과 같은 언어를 해강과 같은 건강한 생활과 정열에 결부시켜 놋는다면 이것은 정말 찬연한 시가 생겨나지 안흘가 한다"[12]고 칭송받던 그의 시작 활동은 경제적 가난과 친근한 문우들의 월북, 해방정국의 혼란, 그리고 개인 사정 등으로 둔화되었다. 해방 이전에 그는 주로 《조선일보》와 《동아일보》 등의 신문과 『비판』, 『대중공론』, 『조선문학』 등 카프 계열의 작가들이 편집에 관여하던 잡지에 작품을 집중적으로 발표하였다. 이것은 그와 카프 간의 우호적 관계를 증명해주는 한편, 그의 문학사적 위치를 '동반자 작가'로 범주화시키는 요인이 되었다. 해방후 그는 고향에 거주하면서 이전의 시작품을 수정하며 시집 발간을 고대하였다. 이런 사정으로 인하여 그의 시작품 중에서 대부분을 차지하는 해방 이전의 작품들은 수정되었고, 연구자들에게 그의 시 텍스트에 대한 면밀한 점검을 요구한다.

---

10) 이 시집에 수록된 작품은 「大地巡禮」, 「默禱」, 「따에 무친 柱礎도 썩는 것인가」, 「都市의 겨을 달」, 「貧妻」, 「陣頭에서」, 「斷腸曲」, 「오아시쓰」, 「눈나리는 大地」, 「斷崖」, 「雪月情景」, 「職工의 노래」, 「나븨의 亂舞」, 「農村으로」, 「새날의 祈願」, 「山村夜景」, 「밤ㅅ길을 것는 마음」, 「주린 者의 설노래」, 「봄을 맞는 廢墟에서」, 「목숨」, 「白日歌」, 「昇天하는 목숨」, 「목숨의 노래」, 「鎔鑛爐」, 「花瓶을 깨트리며」, 「첫녀름」, 「初夏夕咏 」, 「祈雨」, 「巨人은 또 가다」, 「旅愁」 등이다.
11) 이 시집에 수록된 작품은 「旭日昇天」, 「昇天하는 旭日을 마지할 새날의 陣容」, 「太陽의 가슴을 쏘아」, 「세 가슴」, 「눈나리는 산ㅅ길」, 「惡魔」, 「熱砂의 우로」, 「都市의 斷末魔」, 「都市의 자랑」, 「故園의 녀름빗」, 「불붓는 地平線」, 「밤ㅅ都市의 交響樂」, 「春陽曲」, 「흰 모래 우를 것는 處女의 마음」, 「기다림」, 「昇天하는 旭日을 가슴에 안흐려」, 「녯벗 생각」, 「苦悶」, 「太陽의 입술에 입맛추는 령혼」, 「端陽叙懷」, 「都市의 녀름ㅅ밤」 등이다.
12) 이병각, 「김해강론」, 『풍림』 제5집, 1937. 4.

## 2) 텍스트 개작 현황

김해강은 생전에 3권의 시집을 발간하였으며, 지금까지 발견된 작품은 연구자가 발굴한 작품을 포함하여 총 342편이다. 그는 이중에서 172편의 작품을 3권의 시집에 묶었다. 이 중에는 제1시집과 제2시집에 11편이 중복 수록되었으므로, 실제 그가 시집에 묶은 작품수는 172편이다. 그는 자신의 작품 가운데 친일시를 비롯하여 총 170편을 시집에 수록하지 않은 것이다. 제1시집 『靑色馬』(명성출판사, 1940)는 『시건설』 동인이었던 김남인이 경영하는 출판사에서 공동시집의 형식을 빌려 출간하였다. 그러나 이 시집에 수록된 그의 작품들은 김남인의 도움으로 결행했던 국경지방의 기행시 12편에 국한되었다. 제2시집 『東方曙曲』(교육평론사, 1968)은 발간 당시까지의 작품 중에서 102편을 선별하여 묶은 시선집이다. 이 시집은 그가 재직했던 학교의 정년퇴직 기념으로 교직원과 재학생들의 주선으로 발간하였다. 이때 비로소 부분적이나마 일제시대에 발표한 시편들을 수록하였는데, 원문의 내용과는 상당한 차이점이 발견된다. 제3시집 『祈禱하는 마음으로』(합동인쇄소, 1984)는 한 제자의 도움에 의해 발간되었다. 그는 이 시집에 발간 당시까지의 발표작과 초기작 중에서 58편을 선별하여 수록했는데, 이때에도 초기에 발표된 작품들이 부분적으로 수정되었다. 그가 시작품을 시집에 수록하면서 수정한 작품 제목, 부제, 어휘, 문장부호 등을 구체적으로 살펴보기로 한다.

### (1) 전면 개작

김해강의 시작품 가운데 전면 개작되어 시집에 수록된 작품은 모두 3편이다. 이 세 작품은 최초 작품과 내용이나 이미지가 매우 달라서 개작이라고 분류하기보다는, 새롭게 쓴 작품이라고 하는 편이 타당하다.

① 「새날의 祈願」(《동아일보》, 1927. 1. 1, 1933. 1. 8)→ 『祈禱하는 마음으로』
② 「흰 모래 위를 걷는 處女의 마음」(『신문예』, 1927. 11, 『개벽』, 1934. 12)→ 『東方曙曲』
③ 「사랑의 宣言書」(『동광』, 1933. 1)→ 『祈禱하는 마음으로』

그의 시 「새날의 祈願」은 신문사의 현상공모 입선작인데, 그는 동일 지면에 재발표하면서 대폭 수정하였다. 「흰 모래 위를 걷는 處女의 마음」도 잡지사의 현상 공모 당선작인데, 그는 시집에 수록하면서 내용을 전면 수정하였다. 그의 생각에는 두 작품 모두 광복을 염원하는 주제의식과 시집 발간 당시의 상황이 부합되지 않는다고 판단하여 수정한 듯하다.

## (2)제목 수정

김해강의 작품 중에서 발표 당시의 제목을 수정하여 시집에 수록한 작품은 12편이며, 수정된 내용은 다음과 같다.

① 「큰힘이어! 솟아나소서」(『동광』, 1932. 2)→ 「큰 힘이여 솟아나소서」 (『東方曙曲』)
② 「더위먹은 都會의 밤아」(『비판』, 1932. 7)→ 「더위먹은 都會의 밤」 (『東方曙曲』)
③ 「少女의 적은 설음」(『신여성』, 1933. 1)→ 「少女의 작은 슬픔」(『祈禱하는 마음으로』)

④「아름다운 술을 虛空에 뿌리**나니**」(『삼사문학』, 1934)→「아름다운 술을 虛空에 뿌리**노니**」(『東方曙曲』)

⑤「**光明을 뿌리는 騎士야**」(『비판』, 1936. 3)→「**빛의 騎士**」(『祈禱하는 마음으로』)

⑥「**마음의 香火**」(『여인』, 1936)→「**어떤 女人의 獨白**」(『祈禱하는 마음으로』)

⑦「**나의** 宣言」(『시학』, 1939. 5)→「宣言」(『祈禱하는 마음으로』)

⑧「六月」(《동아일보》, 1939. 6. 2)→「五月」(『東方曙曲』)

⑨「**明鏡臺의 아침**」(《매일신보》, 1941. 10. 21)→「**靈峯은 太古와 함께**」(『東方曙曲』)

⑩「**聖誕의 밤을 기리는 노래**」(『전고』, 1954. 2)→「**聖誕의 밤**」(『東方曙曲』)

⑪「**새해여** 당신은 어떻게 오시려는가」(《전북일보》, 1960. 1. 5)→「당신은 어떻게 오시려는가」(『東方曙曲』)

⑫「**성에꽃 속의 겨울**」(『신동아』, 1975. 3)→「**苦悶**」(『祈禱하는 마음으로』)


①, ②는 김해강이 초기 작품에서 현저히 사용했던 감탄형 어미나 호칭 등을 삭제하거나 수정한 것으로 보인다. ③, ④는 그가 해당 작품을 시집에 수록하면서 현대식 표기에 맞도록 제목을 수정한 것으로 보인다. ⑤는 그가 작품의 시대적 의미가 감소했다고 판단하여 제목을 수정한 것으로 보인다. 식민지시대에는 광복을 염원하는 '광명'을 표제에 내세웠으나, 광복 후에 발간되는 시집에서는 색채 이미지를 강조하기 위해 '빛'으로 바꾼 것이다. ⑥은 그가 작품의 주제를 선명하게 드러낼 수 있도록 제목을 바꾼 것으로 보인다. ⑦은 그가 같은 제목의 다른 작품(「나의宣言」, 《조선일보》, 1926. 4. 7)과 구별하기 위해 수정한 것으로 보인다. ⑧은 그가 작품의 내용과 일치하지 않는 제목을 바로잡

은 것으로 보인다. 이 작품의 시간적 배경은 5월인데도 불구하고 제목
은 6월로 되어서 시간적 배경이 어울리지 않았었다. 또 그는 이 작품을
『東方曙曲』에 수록하면서 1부(1~2연), 2부(3~5연), 3부(6~9연)로 구
분하였다. ⑨는 그가 다른 연작시편과의 통일감을 부여하기 위해 제목
을 수정한 것으로 보인다. 이 작품은 그의 '금강 8제' 중의 하나이다.
다른 작품들이 장소를 부제로 삼은 데 비해, 이 작품만 유독 어긋나 있
었다. ⑩은 그가 제목이 너무 길다고 판단되어 수정한 것으로 보인다.
⑪은 그가 작품의 부제에 '새해'라는 말을 붙였으므로, 굳이 제목에서
되풀이될 필요가 없다고 생각하여 수정한 것으로 보인다. 이 작품은
신년시이므로, 굳이 새해라고 표기하지 않아도 그 의미가 충분히 드러
났던 것이다. ⑫는 그가 출판사에서 임의로 고친 제목을 시집『祈禱하
는 마음으로』에 수록하면서 원래의 제목으로 바로잡은 것이다.[13] 그는
이 작품의 발표 당시 삭제된 첫 연도 함께 복원하였다. 그리고 이 작품
은 그의 시「苦悶」(《조선일보》, 1927. 8. 19)과 제목은 동일하지만, 내용
은 전혀 다르다.

### (3) 부제 수정

김해강은 작품의 제목뿐만 아니라 부제를 수정하였는데, 그 내용은
다음과 같다.

① **없음**(「正月의노래」, 《조선일보》, 1928. 2. 24)→ **새해되여正月이면 고요**

---

13) "그 시는 歲前 서울 의정부에 머물러 있을 때 썼던 것으로서「苦悶」이라는 제목이었는데,「성
에꽃 속의 겨울」이라고 고친 것은 그렇다 치더라도, 그 시의 主想이 될 수 있는 맨 첫 연을 떼
어버렸다는 것은 온당치 못한 일이었고, 군데군데 시어나 詞藻에 손질을 했다는 것이 어설프
고 서투른 습작품같이 되어버려 불쾌한 느낌이었다." (1975. 2. 20)-김해강시비건립추진위원
회 편, 앞의 책, 250쪽.

한첫새벽에정성되이불으던나의正月노래(「正月의노래」, 『비판』, 1932. 2)

② 그옛날에 이노래를 얼마나 힘차게 불럿든고!(「五月의 太陽」, 『조선지광』, 1928. 7)→ 삭제(『東方曙曲』)

③ 夏休에 故鄕을 차저 돌아가는 女學生 諸氏에게 정성으로 적은 이 한 篇의 詩를 씌워보냅니다(「부탁」, 『신여성』, 1932. 8)→ 夏休에 歸鄕하는 女學生들에게(『東方曙曲』)

④ 오오 너 아름다운 太陽이여!(「光明을 뿌리는 騎士야」, 『비판』, 1936. 3) → 삭제(『東方曙曲』)

⑤ 내 어린 弟嫂의 産後病室에서(「母性의 聖火」, 『신인문학』, 1936. 10) → 어린 弟嫂의 産後病室에서(『東方曙曲』)

⑥ 어떤 放蕩한 女人이 내 寢室밖에서 부르든 노래(「마음의 香火」, 『여인』, 1936)→ 삭제(「어떤 女人의 獨白」, 『東方曙曲』)

⑦ 人生에게 끼처진 적은 한 개의 課題를 세상에 보낸다(「人間壁書」, 『풍림』, 1937. 4)→ 삭제(『東方曙曲』)

⑧ 親喪을 거듭 當하고 나서 鬱鬱한 가운대 슬픈 날만 無聊히 보내든 것이 歲月은 빨러 於焉 三年.

오늘밤 처음으로 벗에게 끄을려 달빛을 따라 나슨 것이 文學을 化粧한 紅燈의 저자였다.

點點한 文學街의 異色— 混線— 나의 心境에 비최여진 첫 信號는 무엇이었든가? 마침내 鐵筆을 뽑아 쓴 것이 이 諷刺詩 一篇이다.(「文學街의 化粧風景」, 『조선문학』, 1939. 5)→ …오늘밤 비로소 벗에게 끌려… 마침내 鐵筆을 뽑아 엮어본 것이 이 諷刺詩 一篇이다.(『東方曙曲』)

⑨ 詩人과 鸚鵡(「幻想派의 詩」, 《동아일보》, 1940. 7. 12)→ 鸚鵡와 詩人(『東方曙曲』)

⑩ 고요한 밤 거룩한 밤 어둠에 묻힌 밤…… 主의 품에 안겨서 感謝 祈禱드릴 때아기 잘도 잔다(「聖誕의 밤을 기리는 노래」, 『전고』, 1954. 2)→ 삭제(『東

方曙曲』)

⑪ **없음**(「獻詩10章」, 『추성』, 1961. 3)→ **보라/時針을/歷史의 指標를//젊은 슬기와 生命의 불/일곱 별처럼 찬란히 피어/그 毅然한 모습/그 崇高한 姿勢//萬世에 떨칠 빛으로/겨레의 자랑으로/勝利의 榮光/누리에 빛나리**[14](『東方曙曲』)

⑫ **없음**(「새해여 당신은 어떻게 오시려는가」, 《전북일보》, 1960. 1. 5)→ **새해에 부치는 노래**(「당신은 어떻게 오시려는가」, 『東方曙曲』)

그가 부제를 대부분 삭제하게 된 이유는, 해당 작품들이 발표된 연도와 시집에의 발간 연도간의 시간차를 고려하여 부제가 무의미하다고 판단했기 때문으로 판단된다. ③과 ⑤는 부제의 취지에 맞도록 군말을 줄인 것으로 보이고, ⑪은 편집자가 삭제한 부분을 시집에 수록하면서 되살린 것으로 판단된다.

### (4) 창작 관련 정보 삭제

김해강은 대부분 작품 끝에 창작일자와 장소 등을 표기해 두었다. 그러나 그는 시집을 발간하면서 그것들을 삭제하였다.

**鴨江旅舍에서**(「客愁」, 『靑色馬』, 1940. 8. 30)→ **삭제**(『東方曙曲』)

**癸酉元旦에**(「새날의 祈願」, 《동아일보》, 1933. 1. 8)→ **삭제**(『祈禱하는 마음으로』)

**1927. 9. 28作**(「가을의 香氣」, 『조선지광』, 1927. 11)→ **삭제**(『東方曙曲』)

---

14) 이 작품의 발표지 『추성』에는 원문이 누락되어 있다. 이 내용은 김해강의 3남 김경석 생도의 육군사관학교 제17기 졸업기념탑인 '指北星'의 동판에 「건립사」라는 이름으로 새겨져 있다. 또 그 내용이 부분적으로 시집의 내용과 달리 새겨졌는데, 1961년 3월20일 건립하고 1981년 5월 1일 재건한 기념탑의 「건립사」 전문은 다음과 같다.
"보라 이 氣象을!/歷史의 指標를!/젊은 슬기와 生命의 불꽃/일곱 별처럼 찬란히 피어/그 毅然한 모습/崇高한 姿勢/萬世에 떨칠 빛/겨레의 자랑으로/勝利의 榮光/누리에 빛나리"

1927年을보내며(「出帆의노래」,『조선지광』, 1928. 1)→ **삭제**(『東方曙曲』)

새世紀의曉頭에서서(「東方曙曲」,『조선지광』, 1929. 1)→ **삭제**(『東方曙
曲』)

1929. 3.(「戀春曲」,『조선문예』, 1929. 5)→ **삭제**(『東方曙曲』)

舊稿 1927. 5月作(「昇天하는旭日을가슴에안흐려」,『조선시단』, 1929. 12)
→ **삭제**(『東方曙曲』)

새世紀를바라보며(「天下의詩人이여」,『조선지광』, 1928. 4)→ **삭제**(『東方
曙曲』)

1932. 1. 1(「큰힘이어! 솟아나소서!」,『동광』, 1932. 2)→ **삭제**(『東方曙曲』)

나의詩『東方曙曲』集에서(「太陽을등진무리」,『대중공론』, 1930. 3)→ **삭제**
(『東方曙曲』)

1939. 3.(「나의 宣言」,『시학』, 1939. 5)→ **삭제**(『祈禱하는 마음으로』)

1939. 5.(「文學街의化粧風景」,『조선문학』, 1939. 5)→ **삭제**(『東方曙曲』)

1939. 5.(「바다의 讚歌」,『시학』, 1939. 8)→ **삭제**(『東方曙曲』)

舊稿中에서(「海邊暮影」,『조선지광』, 1928. 7)→ **삭제**(『東方曙曲』)

1932. 2. 27(「東方黎明」,『비판』, 1932. 4)→ **삭제**(『東方曙曲』)

2. 28作(「人間壁書」,『풍림』, 1937. 4)→ **삭제**(『東方曙曲』)

5月作(「따르릉 · 따르릉」,『조선문학』, 1936. 7 · 8)→ **삭제**(『東方曙曲』)

1932. 7. 8作(「부탁」,『신여성』, 1932. 8)→ **삭제**(『東方曙曲』)

8月作(「오오 나의 옛 搖籃이여!」,『낭만』, 1935. 12)→ **삭제**(『東方曙曲』)


위에 나타난 것과 같이, 김해강이 작품의 끝에 부기했던 창작 관련
정보는 대부분 작품의 창작 시기와 장소였다. 그는 이러한 관련 정보
가 시집 발간의 연도와는 상당한 시간차를 갖기 때문에 특별한 의미가
없다고 판단하여 삭제한 것으로 보인다. 하지만 그의 작품 세계를 온
전하게 규명하기 위해서는 이와 같은 사소한 창작 관련 정보도 세심하

게 취급되어야 할 것이다.

### ⑸ 어휘 수정 및 삭제

김해강은 발표된 작품을 시집에 수록하면서 부분적으로 어휘를 수정
하였다. 그의 어휘 수정은 고어의 현대어 표기, 부사어의 효과적 축약,
조사의 의도적 삽입 등으로 나타났다.


① 풀 **버혀** 돌아오는(「黃波萬頃에 익어가는 가을」, 『동광』, 1931. 10)→
  풀 **베어** 돌아오는(『東方曙曲』)

② 해 뜨는 靑空을 **이저버렸나니.**(「헐리는 純情의 王都」, 『시건설』, 1936.
  11)→ 해 뜨는 靑空을 **잃어버렸나니**(『東方曙曲』)

③ 한 **오콤**/두 **오콤**(「國境에서」, 《동아일보》, 1940. 3. 7)→ 한 **움콤**/두 **움
  콤**(『東方曙曲』)

④ 바람은 **사알랑 사알랑**(「春外春」, 《동아일보》, 1940. 5. 9)→ 바람은 **살
  랑 살랑**(『東方曙曲』)

⑤ **좌악 좌악**(「豐年雨」, 《동아일보》, 1940. 7. 3)→ **좍좍**(『東方曙曲』)

⑥ **덜넘한** 山이 말등을 넘는다(「胡馬車」, 『靑色馬』, 1940. 8. 30)→ **덜름
  한** 山이 말등을 넘는다(『東方曙曲』)

⑦ 나뷔의 발톱에 **채이어**(「RESTAURANT」, 『靑色馬』, 1940. 8. 30)→
  나비의 발톱에 **채어**(『東方曙曲』)

⑧ 마음의 故鄕이 그리워(「마음의 故鄕」, 『靑色馬』, 1940. 8. 30)→ **못내/**
  마음의 故鄕이 그리워(『東方曙曲』)

⑨ 그 靑春이 먼저(「헐리는 純情의 王都」, 『시건설』, 1936. 11)→ 그의
  靑春이 먼저(『東方曙曲』)

⑩ **숫제**(「異域의 밤」, 『靑色馬』, 1940. 8. 30)→ **숫제**(『東方曙曲』)

  김해강은 ①, ③, ⑥에서 고어를 표준어로 수정하고, ②에서는 시적 이미지가 식민지시대의 상실감을 비유한 '靑空'의 망각이 아니라, 상실이라는 의미를 강조하기 위해 수정하였다. ④에서는 바람이 속도감 있게 불어오는 광경을 나타내려고 수정했고, ⑤에서는 비가 급박하게 내리는 소리를 강조하고자 수정했다. ⑦에서는 어휘형을 축약시켜 시적 속도감을 높였다. 그는 ⑧에서 고향으로 속히 돌아가고 싶은 간절한 마음을 드러내기 위해 부사어를 첨가했으며, ⑨에서는 조사를 삽입하여 대상을 한정하는 효과를 거두었다. 그는 ⑩에서 시적 정조를 강조하기 위해 해낭 어휘를 된소리로 수정하기도 했다.

  아울러 김해강은 시집에 수록하면서 어휘를 부분적으로 삭제하였다.

①**산ㅅ골**에 얼음 풀리니(「戀春曲」,『조선문예』, 1929. 5)→ **산골**에 얼음 풀리니(『東方曙曲』)

②**물ㅅ결**을 삼키웠든(「흰모래우를것는處女의마음」,『개벽』, 1934. 12)→ **물결**을 삼키웠던(『祈禱하는 마음으로』)

③네 **거믄** 墓穴로 다라나버리라.(「헐리는 純情의 王都」,『시건설』, 1936. 11)→ 네 墓穴로 달아나버리라.(『東方曙曲』)

④**내,** 한다름에 내다러(「都會」,『靑色馬』, 1940. 8. 30)→ 한달음에 내달아(『東方曙曲』)

  ①과 ②는 표기법의 변화에 따라 사이시옷이 불필요하다고 판단하여 삭제한 것으로 보인다. ③에서는 '墓穴'이 상징하는 색상이 본래 검은색이라는 사실 때문에, 불필요한 중복을 피하기 위해 삭제하였다. 그는 ④에서 서정시의 화자는 1인칭이라는 점에서 불필요하다고 판단하여 어휘를 삭제하기도 했다. 그는 이 작품에서 내달리고 싶은 화자의 조급한 마음을 저해하는 '내,'를 삭제하여 운율적 효과를 거두었다.

또 김해강은 발표된 작품을 시집에 수록하면서 한자어를 한글로 바꾸거나, 한글을 한자어로 바꾸었다. 그의 시작품에는 불필요한 한자가 다량으로 발견된다. 그의 한자어 남용은 시의 가독성을 저해하는데, 그것은 그가 1920년대의 시작 초기부터 시적 전언의 직접적 표현을 중시한 데서 유래한다.

① **盡湯**한 歡樂의世界(「白滅하는 肉의 洪水時代」, 『대조』, 1930. 4)→ **震宕**한 歡樂의 世界(『東方曙曲』)

② 表情을 잃은 그의 눈**瞳子**(「母性의 聖火」, 『신인문학』, 1936. 10)→ 表情을 잃은 눈**동자**(『東方曙曲』)

③ 하늘 한**幅**을 선뜻 도려내어(「선물」, 《동아일보》, 1939. 7. 9)→ 하늘 한**쪽**을 선뜻 도려내어(『東方曙曲』)

④ 본래가 **吝嗇**할줄을 모르는(「바다의 讚歌」, 『시학』, 1939. 8)→ 본래가 **인색**할 줄을 모르고(『東方曙曲』)

⑤ 그렇다고 **林檎**을 따먹는 **禁斷**의 동산은 더구나 아니었다.(「RESTAURANT」, 『靑色馬』, 1940. 8. 30)→ 그렇다고 **능**금을 따먹는 **금단**의 동산은 더구나 아니었다.(『東方曙曲』)

⑥ 새빨간 불을 **토**하는(「北方은」, 『靑色馬』, 1940. 8. 30)→ 새빨간 불을 **吐** 하는(『東方曙曲』)


①은 그가 한자어를 잘못 사용했다고 판단하여 바로잡은 경우인데, 이 한자어 역시 오용된 것이다. 국어사전의 용례를 살펴보면 '진탕'은 '—宕'으로 쓰일 뿐, '盡—'이나 '震—'을 사용하지 않는다. ②, ④, ⑤ 는 그가 불필요한 한자어로 판단되어 삭제한 것으로 보인다. 그가 ③ 을 수정한 것은 한글로 표기하여 대상을 구체적으로 한정시키고 선명한 이미지를 수반하게 된 경우이다. ⑥은 한자로 표기하여 불길이 마

치 솟아오르는 듯한 느낌을 갖도록 수정한 보기이다.

### ⑹ 복자 복원

식민지시대에 발표된 작품들의 복자 복원 사례는 카프 계열 시인들의 작품에서 현저하게 나타난다. 그들은 전향하거나 시집을 간행할 무렵에 삭제된 부분을 상당 부분 복원하거나 수정하여 수록하였다. 그러나 복자의 복원은 "임화의 경우처럼 자의와 시대상황 변화가 작용해서 오히려 부정적인 결과를 초래하기도"[15] 한다는 점에서, 주의깊게 살펴보아야 할 것이다. 김해강은 이미 발표된 작품을 재발표하거나 시집에 수록하면서 발표 당시의 복자를 복원하였다.

① 이사 복판에 ××××××! ×××××××××!(「正月의노래」, 《조선일보》, 1928. 2. 24)→ 이사   복판에 **터지는 큰소리! 한울이터지는 소리!** (『비판』, 1932. 2)

② 쏘한번 ×고야 말걸! ××××!(「正月의노래」, 《조선일보》, 1928. 2. 24)→ 쏘한번 **오고야 말걸! 그날이여!**(『비판』, 1932. 2)

③ ×××집어삼키소(「正月의노래」, 《조선일보》, 1928. 2. 24)→ **폭탄을** 집어삼키소.(『비판』, 1932. 2)

④ **그리하야** 혈맥이 굳어가는 이×의 **골작이와 저자에** 호흡을 ××처 줄(「큰 힘이어! 솟아나소서」, 『동광』, 1932. 2)→ 血脈이 굳어가는 이 **땅**의 呼吸을 **불붙쳐** 줄(『東方曙曲』)

⑤ 닭배○○나왔다고서(「따르릉 · 따르릉」, 『조선문학』, 1936. 7 · 8)→ 무엇입네 **조사**나왔다구서(『東方曙曲』)

---

15) 김재홍, 『한국 현대시의 사적 탐구』, 일지사, 1998, 67쪽.

①, ②, ③은 작품을 재발표하면서 복자된 부분이 되살아난 것이다. 이것은 김해강이 복원한 것이 아니라, 일제의 검열관이 혼선을 일으켜서 삭제를 지시하지 않은 것으로 보인다. ④는 그가 시집에 수록하면서 복자를 드러낸 것이고, ⑤는 복자 처리된 부분(발표지면에 ○으로 표기됨)을 드러내면서 원문을 수정한 사례이다. 이것은 발표 당시에 유행했던 담배 경작 사실이 시집 발간 연도에 어울리지 않는다고 생각하여 수정한 것으로 추측된다.

### (7) 문장부호 수정

김해강은 발표한 작품을 시집에 수록하면서 문장부호를 수정하여 부수적인 시적 효과를 노렸다.

① 종질 · 종질 · 종지루리— 종질 · 종질 · 종지루리 · 루리 · · · (「五月의 太陽」,『조선지광』, 1928. 7)→ 종질 종질 종지루리…종지루리 루리 루리…(『東方曙曲』)

② 둥 두리 둥 둥 둥…(「東方曙曲」,『조선지광』, 1929. 1)→ 둥 두리 둥 둥 둥 · · · (『東方曙曲』)

③ 여름해는 길기도 길어……(「待雨」,《동아일보》, 1939. 6. 30)→ 여름해는 길기도 길어—(『東方曙曲』)

④ 鴨江의 밤!(「客愁」,《동아일보》, 1940. 3. 28)→ 鴨江의 밤(『東方曙曲』)

⑤ 떠 도는 마음!(「異域의밤」,『靑色馬』, 1940. 8. 30)→ 떠도는 마음(『東方曙曲』)

⑥ 쩟 쩟 쩟……(「胡馬車」, 1940. 8. 30)→ 쩟 쩟 쩟 · · · (『東方曙曲』)

①, ②, ③, ⑥은 그가 음성상징어의 시각 효과를 높이기 위해 문장부
호를 수정한 것으로 보인다. 음성상징어는 원시적인 수사법에 지나지
않지만, 문맥의 상황에 따라 새롭게 재생될 수 있다. 특히 의성어는 복
잡한 시작품의 부수적인 일부분을 구성할 때를 제외하고는 거의 중요
성을 차지하지 않는다. 하지만 "의미전달을 돕는 다른 장치와 의성어가
결합했을 때, 우리는 그것을 포착함으로써 시를 읽는 가장 큰 즐거움의
하나인 미묘하고 아름다운 효과를 느낄 수 있"[16]는 것이다. ①은 종달
새의 울음소리가 단속적으로 들리지 않고 연속되는 느낌을 준다. ②는
북소리의 여운이 멀리까지 확산되는 모습을 표현하기 위해 수정한 것
이다. ③은 여름 한낮의 해의 길이가 길다는 느낌을 표현하고자 고친
경우이다. ④와 ⑤는 불필요한 문장부호를 삭제한 경우이다.

### (8) 오식 수정

김해강의 작품 중에는 시집의 수록 과정에서 오식된 경우가 있다. 예
컨대 작품 제목이 오식된 경우로는 「아름다운 太陽」을 들 수 있는데,
이 작품은 『東方曙曲』에 수록되면서 「다름다운 太陽」으로 오식되었
다. 또 그는 발표된 작품과 『靑色馬』에 수록된 작품 중에서 오식된 부
분을 『東方曙曲』에 재수록하면서 바로잡았다.

① 잊으**섯**습니까.(「꽃과 별」, 《동아일보》, 1939. 5. 31)→잊으**셨**읍니
　까.(『東方曙曲』)
② 普信閣 **잉경**을 따려보리.(「都會」, 『靑色馬』, 1940. 8. 30)→普信閣
　**인경**을 따려나 보리.(『東方曙曲』)

---

16) L. Perrine, 조재훈 역, 『소리와 의미』, 형설출판사, 1998, 427쪽.

③ 칼날의 陵線, 心臟을 **짓밟으며**, 피의 陵線(「언제나 빛나야 할 太陽이
  기에」,『전북신문』, 1966. 6. 25)→칼날의 稜線, 心臟을 **짓깨물며**, 피
  의 陵線(『祈禱하는 마음으로』)

①은 발표지에서 오식된 것을 바로잡은 경우이고, ②는『靑色馬』에
수록되면서 오식된 것을 바로잡은 경우이다. ③은 본래 원고의 '짓씹
으며'가 발표 과정에서 '짓밟으며'로 오식된 것이다. 그러나 그는 시집
에 수록하면서 '짓밟으며'를 '짓씹으며'가 아닌 '짓깨물며'로 수정하였
다.[17]
  이외에 그의 작품 중에서 오식된 어휘를 시집에서 모두 추출하면 다
음과 같다.

①『東方曙曲』
말없이 호을로 앉아→ 말없이 호올로 앉아(「金剛의 달」 4연 2행)
**畫帖**을 던져버렸다→ **畵帖**을 던져버렸다(「玉韻을 밟으며」 6연 2행)
金비눌 銀비눌을→ 金비늘 銀비늘을(「金사다리·銀사다리」 6연 1행)
두 팔 벌이고→ 두 팔 벌리고(「몸은 虛空에 실려」 3연 1행)
울려라 북을 **쉬북**을→ 울려라 북을 **쇠북**을(「東方曙曲」 12연 3행)
움직이는 **畫面**이→ 움직이는 **畵面**이(「더위먹은 都會의 밤」 3연 5행)
냉혹한 **畫面**이냐→ 냉혹한 **畵面**이냐(「더위먹은 都會의 밤」 4연 5행)
톱날같은 **畫法**으로→ 톱날같은 **畵法**으로(「더위먹은 都會의 밤」 5연 2행)
아무나 **붇들고**→ 아무나 **붙들고**(「사랑이여」 4연 3행)

---

17) "《전북일보》에 발표된 나의 시 「언제나 빛나야 할 太陽이기에」에 있어 오식이 세 군데나 있었
    다. '稜線'이란 '稜' 자를 두 군데나 '陵'으로 오식을 했고, '心臟을 짓씹으며'를 '―을 짓밟
    으며'로 되어 있다. 전자에 있어선 글자가 오식일 뿐이지 뜻을 상함이 되는 것은 아니지만, 후
    자에 있어선 '씹으며'가 '밟으며'로 되어 뜻이 전연 달라져버렸을 뿐만 아니라, 말이 되질 않
    는 것이다." (1959. 6. 25) - 김해강시비건립추진위원회 편, 앞의 책, 121~122쪽.

한 줄기 **꾿꾿**한 動脈은→ 한 줄기 **꿋꿋**한 動脈은(「사랑이여」 17연 2행)

그때**었**다→ 그때**였**다(「길잃은 使徒처럼」 17연 1행)

봄 씨앗도 **뿌렷**다→ 봄 씨앗도 **뿌렸**다(「後方消息」 5연 1행)

모**슬**은 이지러지고→ 모**습**은 이지러지고(「續 · 戀春曲」 4연 1행)

그러나 부**덧**치는 瞬間→ 그러나 부**덪**치는 瞬間(「MYSTERY」 2연 1행)

일곱 빛**갈** 무지개가→ 일곱 빛**깔** 무지개가(「祝婚」 9연 1행)

**갖** 피어난→ **갓** 피어난(「四月과 같은 나의 少女여」 3연 2행)

해는 **떳**다건만→ 해는 **떴**다건만(「獻詩 10章」 1연 2행)

목청은 우렁**찻**거니→ 목청은 우렁**찼**거니(「祝 『光榮』」 1연 4행)

파**라**란 하늘→ 파**아**란 하늘(「뜰(六月)」 2연 2행)

멀리 내**어**다 보이는→ 멀리 내**려**다 보이는(「白夜行」 5연 2행)

聖**畫** 한 幅을→ 聖**畵** 한 幅을(「빛나는 純情의 王都」 2연 3행)


② 『祈禱하는 마음으로』

복사꽃이었**던**만→ 복사꽃이었**건**만(「無心」 3연 2행)

**이**쩌면→ **어**쩌면(「靑蓋瓦 용마루 너머」 17연 1행)

한 **머**리→ 한 **마**리(「淸道院 옛 고갯길에서」 6연 2행, 7연 5행)

**劫**에 질린 運轉士→ **㤼**에 질린 運轉士(「어느 停年退職者의 老後」 9연 2행)

뒤**었**읍니다→ 뒤**였**읍니다.(「어느 停年退職者의 老後」 18연 2행)

꾀꼬리 **살아진**고→ 꾀꼬리 **사라지**고(「戀春賦」 2연 1행)

푸른 그**ㄴ**속→ 푸른 그**늘**속(「五月의 求婚」 3연 2행)

**띠**끌 濛濛한 萬里라→ **티**끌 濛濛한 萬里라(「東方의 處女」 2연 4행)

甲冑에 **揄**快로운→ 甲冑에 **愉**快로운(「太陽의 꽃다발」 6연 2행)

**聰聰**히 밤하늘에→ **葱葱(叢叢, 총총)**히 밤하늘에(「마음의 默華」 2연 3행)

한 **창** 한 **창** 原稿紙를→ 한 **장** 한 **장** 原稿紙를(「마음의 默華」 3연 1행)

줄만 고르다가 **고**→ 줄만 고르다가(「사랑의 宣言書」 2연 1행)

칼날의 **陵線**을→ 칼날의 **稜線**을(「언제나 빛나야 할 太陽이기에」 4연 2행)

피의 **陵線**을→ 피의 **稜線**을(「언제나 빛나야 할 太陽이기에」 13연 1행)

기꺼**히**→ 기꺼**이**(「마음과 마음을 華奢한 한송이 웃음의 꽃으로」 8연 5행)

으젓코야→ **의**젓코야(「빛나리 사랑의 星座에 켜진 大韓의 샛별이여」 3연 1행)

이와 같이 그의 시집에서 추출된 오·탈자는 출판사의 조판 과정에서 이루어진 실수로 판단된다.

### ⑼ 원문 삭제 작품

김해강의 작품 중에는 발표 과정에서 원문이 삭제된 채 실린 작품이 있다. 그 이유는 한정된 지면 속에 해당 작품을 게재해야 하는 편집 사정 때문이었을 것이다 곧 작품의 부분적 수정과 삭제는 비단 김해강에게만 국한되는 것이 아니라, 당시의 다른 작가들에게도 적용되었던 보편적 현상이었다. 연구자가 소장하고 있는 자료를 토대로 그의 작품 중에서 활자화되지 못한 부분(진한 글씨)을 포함하여 전문을 제시하면 다음과 같다. 단, 그의 작품 중에서 「달나라」는 선자였던 주요한에 의해 자의적으로 수정 및 삭제되었다.

① **차저갈거나차저가달나라를/아름다운꽃웃음사랑가득한/곱고도고흔月宮仙女들시는/밝고도맑고맑은저달나라로/차저갈거나차저가나의님이여**//

**님이여고흔님나의님이여/당신이万一에그곳에게신다면/달나라가는길이이곳에셔부터/十万里몟十万里된다고해도/갈여네나는갈그린님보러**//

**님그린어린가삼이붉은마음/당신을못보면은나는못살리/차저가자차저가그린님게**

신/玉으로달집지은저달나라로/별님의게무러가자별나라것처럼//

　그리워라달나라나는그리워/그리님곱게게신저달나라가/自由롭게平和로히꽃웃음

속에서/사랑으로사라가는저달나라가/그리워라그리워나는기르워

—「달나라」, 『조선문단』, 1925. 11[18]

　② 찬바람가득찬/쓸쓸한겨을날夕陽이러라/黃昏의엷은푸른빗이/이골작

저골작이에/가만히퍼지기始作하는대/煙氣에잠긴먼山村에/불이꺼젓다반짝

어렷다함은/가난한집의밥스리는/솔방울의불이나아닌거나!//검푸른찬한울

에/별들은한아식둘식/깜박거리기始作하는대/**소를모라가든/牧童의한가한노래**

**소리는/가늘게저편산모롱이로사라저가고/찬바람만쓸쓸하게도/벌거버슨야윈나무ㅅ**

**가지들/울릴뿐이다//어둠은점점지터가는대/왼終日疲勞와싸우든/樵軍들의담배불은**

**/쩍금쩍금갓가워오고/길일흔벍어숭이어린아이는/목이잠긴우는소리로/「엄마」「엄마」**

**連呼하며/덜덜절면서/어둠속을터벅거린다//아－어둠속찬별빗아래에/지향업는이몸**

**의쪼각마음을/그무엇에부칠것인가?!**/이밤의모든光景은/다―내心事를/그려노

흔것이아닌거나!

—「저무러가는山路에서」, 《조선일보》, 1926. 3. 11

　③ 나는본다/부드럽고弱한풀샛리가/큰바위미테눌려잇스면서도/쓴어지

거나익개여지지도안코/도로혀큰바위를/쩌바처넘겨트리고/쌍우의大氣中에

/싹을터내려고/이리저리긔운차게쩌더나감을!/그리하야엇더한큰作用을니

르키려는/偉大한『힘』이움즉이고잇슴을!/오―나는보노라//쏘나는보노라/

집채덩이가튼큰바위에/샛리를박은소나무를!/누가그샛리를弱하다할가?/마

<hr>

18) 김해강은 『나의 문학 60년』(317쪽)에서 「달나라」의 후반부가 누락되어 게재된 것에 대해 불만
　을 피력했는데, 참고로 발표된 원문은 다음과 같다
　　"차저갈거나 달나라를/아름다운꽃웃음 사랑가득한/仙女들사는 저달나라를/님이여 나의님이
　여!/당신이 그곳에게신다면/十萬里 百萬里 된다고해도/마다하릿가/그리워라! 나는그리워/그
　린님게신 저달나라가/自由롭고平和로운 저달나라가/그리고기리워라"

츰내바위는짜개지고부서지고만다/굿세고큰바위거늘!/**한개軟弱한쌕리거늘!**/
**아―그무슨까닭일거나!//가슴가온대피가쒸는사람들아/오―젊은이들아듯거라/死塊!**
**바위가아모리크고/굿세다한들/피가식고심줄이끈어진/한개死物이어니―/한낫적**
**은쌕리라할지언정/『生』의偉大한힘을?/大氣와融和가되어움직이는/血管에피가쒸는**
**生命의힘을?/오―엇지조곰인들抵抗할수잇스랴!/抑壓을하고能히견듸랴!//가만히가**
**슴에손을대보라/우리의心臟엔피가쒸지안는가?//우리의『生』을빗낼『힘』의움즉임이**
**여!누르는魔障을터쯰리고/튀여소슬/무서운『生』의힘이여!**

―「무서운힘」, 《조선일보》, 1926. 6. 22

④ 내아즉철몰랏슬/겨우열살넘은어린째러라/칠판아래한숨지여가며/이나
라!이짱주인닐헛슴을/쑥쑥쩌러지는더운눈물을/주먹으로씨서가며/痛嘆하
던그님이여!/아!지금은어대게신거나!//이짱을다시차저/自由롭게활개치며
/光明한太陽아래/즐겁게살려면은/『잘배워라!』/『쯧을굿게가지라!』/『눈을크
게쓰라!』/주먹을쥐고바르르떨며/목이맛치는强한소리로/책상을치며/내어린
靈을깨우처주든/아―그님이여!/지금은어데게신거나!/생각스록더욱그리
워!//이짱을다시새롭게빗내려면/暗黑한險路에서헤매이며우는/불상한生靈
들!/同族의生命을다시살리려면/『恸弱한者가되지마러라』/불로도쒸여들고/
물로도쒸여들어가는/『쓰거운精神을길우워라!』/『산氣像을가저라!』/山으로
가서나들로가서나/틈만잇스면밤에나낫에나/熱情에타는眼光으로/늘―우
리를指導하여주시던/아―그님이여!/지금은어대게신거나!/간절히도그리운
그님이여!//지금은들으니/밤낫으로그리워하든그님은/**恨만흔이짱을버리시고/**
**먼北國눈날리는찬나라로/쩌나가신지가/벌서數年이라하니/아!님이여!각가지로닥치**
**는/그苦生이엿더하리!/긴한숨으로南天을바라고/더운눈물로언장을/뉙이신적은그몃**
**번이시랴!/아!얼골은얼마나야위엿스며/몸은얼마나늙으섯스랴!/송굿으로찔리는듯한**
**이마음!/쑥쑥쩌러지는더운눈물!/아!님이여!平安하신가?!**

―「님이그리워!」, 《조선일보》, 1926. 6. 24

## (10) 원문 정정 작품

김해강의 작품 중에는 편자에 의해 잘못 인용된 작품이 있다. 그 대표적인 사례로는 임화에 의해 잘못 알려진 「山上高唱」(『시건설』, 1936. 9)이 있다.

'가나다서점'엘 들렀더니, 김용호 씨의 편찬으로 된 『한국시인선집』 상권이 나와있었다. 나의 시 두 편이 실려있는데, 「내 家族과 내 詩」, 그리고 「山上高唱」. 헌데, 한가지 우수운 일이라고 할까?
「山上高唱」에 있어서, 나의 것 아닌 남의 시 일련이 덧붙어 있는 것이다. 나의 시는
　蒼月을 쏘아 떨어뜨릴
　해 뜨는 가슴에 와 안기라'
거기에서 끝나는 것이고 그 다음에 붙어 있는 '南쪽 하늘밑에 숨쉬는 黃海바다'란 행부터 이하 5, 6행은 나의 것이 아닌 것이다. 본래 「山上高唱」이란 시는 『시건설』지에 발표되었든 것인데, 그것을 임화가 『한국시인선집』을 간행했을 때, 부주의한 탓으로 내 시의 말련인 것처럼 오철을 해놓은 것이다. '南쪽 하늘밑에 숨쉬는 黃海바다'로부터의 수 행은 『시건설』지에 실렸던 김우철이란 시인의 시 끝 구절이었던 것이다. 그랬던 것이 김소운 씨의 일역으로 된 『한국시인집』에도 그대로 잘못 그것까지 번역되어 나왔고, 그 뒤 정인섭 씨가 영문으로 『역시집』을 냈을 때에도 역시 그러했고, 서울대학 국어부에서 간행한 『고등국어부독본』에도 그렇게 찍혀 나왔던 것이다.[19]

김해강이 지적하고 있는 오류는 임화가 『현대조선시인선집』(학예사,

---

19) 김해강, 「一杯 一杯 復一杯」, 『자유문학』, 1958. 9.

1939)의 편찬 과정에서 「山上高唱」의 원문을 오용한 실수를 가리킨다. 참고로 임화가 잘못 인용한 부분(진한 글씨)을 포함하여 이 작품의 전문은 다음과 같다.

山도 들도 마을도 저자도/한결같이 눈속에 고요이 잠든/오오 푸른 月光이 굽이처 흐르는/白色의搖籃이여!//골짝을 지나 비탈을 돌아/그리고 江뚝을 넘어 들판을 꿰어……/끝없이 뻗은 두줄의 수레바퀴./달빛에 빛나는 두줄의 수레바퀴.//오오 발아래 엎어저 꿈꾸는 大地여!/네 病알튼 乳房을 물고/네 싸늘한 품에 안겨 보채는 야윈 떡아기들./가늘게 떨리는 그들의 숨ㅅ결 우에/너는 무슨 譜表를 꼬자주려느냐./내搖籃의 어린딸들이여!/눈덮인 집웅밑에는/꿈길이 아직도 멀구나./내마음 파랑새 되여/그대들의 보채는 숨ㅅ결우에/봄소식을 물어나르리!//蒼空을 떠받고 氣차게 서있는 母岳./白波을 거더차고 내닷는 邊山의連峯./오오 발아래 엎어저/새벽을 숨쉬는 大地여!/달려와 내가슴에 안키라./蒼月을 쏘아 떨어트릴/해 뜨는 가슴에 와 안키라./**南쪽 하늘 밑에 숨쉬는 黃海바다—구름이 白薔薇인양 피여오르는 곳/그리로 흘러가면 달밤의 詩畵가 있을 듯싶어/江畔의 모래톱을 五里나 따라갓네만/그밤 나 홀로 들은 건/鄕愁에 빠진 기럭이 한마듸 우름……/간간이 들려오는 商船의 허거푼 「BO」였읍네.//**

김해강은 이 작품의 오류를 지적하고, 『東方曙曲』에 원문대로 수록하였다. 이 작품은 최초 발표 지면에서 타인의 작품이 부분적으로 추가된 것이 아니라, 편자에 의해 일방적으로 잘못 인용된 것이다. 하지만 편자의 실수가 후대의 편자들에 의해 반복적으로 재생산되었다는 점에서, 원문 확인 과정의 중요성을 시사하고 있다.

## 3. 친일시 텍스트

김해강 시의 텍스트 확정 과정에서 반드시 검토되어야 할 작품들이
친일시이다. 그의 작품 중에서 친일시 논의의 대상 작품은 「돌아오지
안는아홉將士」(《매일신보》, 1942. 3. 13), 「濠洲여」(《매일신보》, 1942. 3.
27~28), 「印度民衆에게」(《매일신보》, 1942. 3. 5~6), 「아름다운 太陽」
(『조광』, 1942. 6) 등 네 편이다.[20] 이 중에서 일제의 진주만 침공시 전사
한 일본 해군의 무공을 칭송한 「돌아오지안는아홉將士」, 호주의 영연
방 탈퇴를 촉구한 「濠洲여」, 인도 국민들에게 일제의 대동아공영권으
로의 편입을 강조한 「印度民衆에게」는 명백한 친일시이다.

하지만 「아름다운 太陽」의 친일/비친일 성향에 대해서는 상이한 견
해가 존재한다. 동일한 작품을 대상으로 상반된 성향을 동시에 적출하
는 연구자들의 모순된 태도는 당혹스럽다. 이와 같은 논리적 충돌은 연
구자의 접근 자세에서 기인한 것으로 보인다. 양측은 모두 작품의 발표
된 원본과 시집에 수록된 수정본을 비교하지 않은 채, 시집의 수록 작
품만 검토한 뒤 의견을 제출한 것이다.[21] 이에 발표된 원본을 인용하고,
수정된 내용을 비교하면서 이 작품의 친일성을 규명하기로 한다.

---

20) 김해강의 친일시에 관해 임종국(『친일문학론』, 평화출판사, 1966, 473쪽)은 「아름다운 太陽」,
「돌아오지안는아홉將士」, 「濠洲여」 등 세 편을 친일시로 분류했으나, 그 기준은 제시하지 않았
다. 오세영(『20세기 한국시 연구』, 새문사, 1991, 242 및 258~262쪽)은 김해강의 시 「아름다
운 太陽」과 「印度民衆에게」를 친일시로 분류했지만, 「돌아오지안는아홉將士」와 「濠洲여」를 친
일시 논의에서 누락시켰다. 김규동과 김병걸(『친일문학작품선 · 2』, 실천문학사, 1986, 383쪽)
은 「아름다운 太陽」, 「濠洲여」, 「돌아오지안는아홉將士」 등 3편을 친일시로 가름했으나, 「印度
民衆에게」를 누락하였다. 박경수(『한국근대문학의 정신사론』, 삼지원, 1993, 149~154쪽)는
「아름다운 太陽」과 「돌아오지안는아홉將士」를 친일시로 분류하였다. 이탄(『한국대표시인연
구』, 영언문화사, 1998, 296쪽)은 김해강의 친일시 시비는 근거가 없다고 수장하면서, 임종국
의 저서에 나타난 근거의 누락을 비판했다. 최근 김재용(「친일문학 작품 목록」, 『실천문학』,
2002. 가을호, 130쪽)은 「돌아오지안는아홉將士」, 「濠洲여」, 「아름다운 太陽」을 친일시 목록
에 등재하였다.
21) 박경수(앞의 책, 149쪽)는 이 작품을 전쟁 찬가로 분류하고 있는데, 그것은 기초 자료의 검토
를 생략한 채 제출한 의견으로 보인다.

포도 넌출 기어오르는 울 너머로
화안하게 트이는 푸른 하늘

안개를 떠들고
金色을 깨물며

좌알 좌알
旗폭은 흘러 흘러……

四月!
아침이 능금처럼 香氣로울 때

아직도 조름이 이슬진 눈 뚜껑을 부비며
착한 내 아들과 딸들―

天眞한 꽃숭이들은
분주스러이 窓살을 두드립니다.

대굴 대굴
水晶알 처럼

꾀꼬리 黃金 譜表를 떨어트리는
뜰!

앵도꽃 빠알갛게 타고
난초잎 파아랗게 터지는

앞 뜰!

『엄마.
나, 저 해를 꼭 따주우.』

『아빠가 뭐라든?
크면 따준대두 그래』

『아빠는 거즛말쟁인걸 뭐!』

國旗를 손에 흔들며
어매등에 매달린
착한 내 아들과 딸들—

太陽과 함께 커가는
내 아름다운 家族의 적은 손을 꼬옥 쥐여줍니다.

太陽과 함께 커가는
내 아름다운 家族의 어린 볼을 사뭇 부벼줍니다.

—「아름다운 太陽」 전문


　이 작품의 친일성을 부정한 대표적인 견해는 이운용에게서 찾아볼 수 있다.[22] 그 외의 논자들은 근거를 제시하지 않았거나, 이 작품을 친

---

22) 이운용(앞의 글, 57~78쪽)은 김해강의 친일시 창작 자체를 부정하고, 도리어 그를 저항시인 으로 규정하였다. 또 이탄(앞의 책, 296쪽)은 김해강의 친일시 시비는 근거가 없다고 주장했지 만, 정작 자신도 근거를 제시하지 않았다.

일시편에서 누락시키고 있으므로, 그의 견해를 집중적으로 비판하여 친일적 자질을 드러내기로 한다. 이운용은 김해강이 자선시집 『東方曙曲』에 이 작품을 수록했다는 점을 중시하여 이 작품이 친일시라면 김해강이 시집에 수록했겠느냐고 반문하였다. 그러나 김해강은 이 작품을 시선집 『東方曙曲』에 수록하면서 문제가 될 만한 내용을 수정했을 뿐만 아니라, 다른 친일시 3편도 수록하지 않았다.

둘째, 그는 시적 성향면에서 이 작품은 김해강의 시작 동기인 "被壓迫民族의 鬱憤한 情緖"(「後記」, 『東方曙曲』)와 맞지 않는다고 주장했다. 그러나 이 시집의 앞 부분은 금강산의 절경을 노래한 기행시편들이 차지하고 있을 뿐만 아니라, 등단 초기에 보여주었던 '被壓迫民族의 鬱憤한 情緖'를 형상화한 작품보다는 향수 등 서정적 작품들이 다수를 차지하고 있다. 또한 시집과 작품 발표 연도 사이의 20여 년 편차는 시인의 감정을 정리하기에 충분한 기간이다. 김해강이 밝힌 시작 동기는 존중되어야 하지만, 시차와 시집의 전편을 검토하지 않은 채 시인의 주장을 전적으로 수용하는 것은 바람직한 태도라고 할 수 없다.

셋째, 그는 김해강이 자신과의 대담에서 친일시 창작을 단호히 부정했다는 증언을 내세웠다. 그러나 이 증언은 친일시편의 발굴로 인해 그의 허언으로 판명되었다. 또한 김해강은 임종국의 『친일문학론』(1966)이 발간될 당시, 공립 고등학교 국어 교사 신분으로 시작활동을 하고 있었다. 그러므로 2년 후 정년퇴임 기념 시선집 『東方曙曲』을 발간했던 김해강은 임종국의 저서를 읽었거나, 발간 사실을 알고 있었을 가능성이 크다. 곧 그는 자신이 친일시를 발표했다는 사실이 드러나면 입게 될 사회적·도덕적 타격을 모면하기 위해 친일시 발표 사실을 은폐했을 것이다.

넷째, 그는 1942년 김해강이 검열에 걸려 발간하지 못한 시집의 제목이 『아름다운 太陽』이었으므로, 이 작품은 친일시가 아니라고 주장하였다. 그러나 앞서 설명했듯이, 이 시집의 발간 기도 시기는 1940년 초여름이다. 이운용은 이 시집의 편제를 검토조차 하지 않은 채, 동일한 제목의 시작품이 수록된 것처럼 일방적으로 판단한 것이다. 이 시집에는 제목과 동일한 작품은 수록되지 않았으며, 단지 이 시집의 2, 3부의 제목으로 사용되었을 뿐이다. 따라서 이 작품과 시집명은 동일한 어휘라는 사실 외에는 아무런 연관도 없다.

다섯째, 객관적 사실 외에 작품의 미적 측면에서 살펴보아도 이 작품의 친일적 자질은 분명하게 드러난다. 김해강은 발표 당시의 원문 "國旗를 손에 흔들며/어매등에 매달린/착한 내 아들과 딸들—"을 "다투며 어매 등에 매달려/貴여운 재롱을 피우는 착한 내 어린 아들과 딸들"로 수정하였다.[23] 이 중에서 특히 문제되는 부분은 첫 행의 "國旗를 손에 흔들며"이다. 시의 전체 문맥상 '國旗'는 매우 중요한 단어이다. 국기는 '太陽'과 함께 작품 발표 시기가 전시하의 식민지시대라는 사실과 결부되어 자연스럽게 일장기를 연상시킨다. 또 그의 시 「濠洲여」에 나타난 "손에손에 日章旗를 놉히 흔들며/ 아름다운太陽을/天眞한 우슴으로 노래하지안느냐."라는 구절을 연상하면 친일적 자질이 절로 드러난다. 김해강에게 '國旗'는 '머리우에=오르는 亞細亞의 아름다

---

23) 김해강은 이 작품을 『東方曙曲』에 수록하면서 두 연을 개작하였다. 하나는 9연의 3행을 "앵두꽃 빠알갛게 타고/난촛잎 파아랗게 터지는 앞 뜰"과 같이 2행으로 가름하였다. 이것은 다른 연과의 통일성을 유지하기 위해 수정한 것으로 보인다. 다른 하나는 3행으로 나뉘어졌던 13연을 2행으로 고쳤다. 이것 역시 다른 연과의 균형을 유지하기 위한 의도로 보인다. 그런 점에서 그가 두 연의 행가름을 3행에서 2행으로 통일한 것은 수정이라기보다는, 인쇄 과정에서 잘못된 행가름을 바로잡은 것으로 보는 것이 타당하다. 그는 이외에 13연의 내용과 함께 어휘와 문장부호 등을 다음과 같이 수정하였다.
"포도넌출(1연 1행) 포도 넌출, 金色을 깨물며 (2연 2행) 金色을 깨물며, 조름(5연 1행) 졸음, 내 아들과 딸들 (5연 2행) 내 어린 이들과 딸들, 대굴 대굴(7연 1행) 대굴대굴, 水晶알 처럼 水晶알처럼, 떨어트리는(8연 1행) 떨어뜨리는, 앵도꽃(9연 1행) 앵두꽃, 난초잎(9연 2행) 난촛잎, 엄마.(10연 1행) 엄마, 따주우.(10연 2행) 따주우, 아나(11연 1행 첨가), 거줏말장인걸(12연 2행) 거짓말장인걸, 적은 손을 꼬옥 쥐어줍니다.(14연 2행) 고 작은 손을 꼬옥 쥐어줍니다, 내 아름다운 家族의 어린 볼을(15연 2행) 내 아들과 家族의 고 예쁜 볼을, !(4연 1행, 5연 2행, 8연 2행, 9연 3행, 11연 2행, 12연 2행) 삭제"

운 太陽(日章旗)'과 등가물이었던 것이다.

또한 이 무렵 발표된 주요한의 「銘記하라 12月 8日」(『신시대』, 1942. 1)에서 "12月 8日/亞細亞 붉은 太陽이 世界를 비추려 떠오른 날을"과 연결하면, '아름다운 太陽'은 자연히 일본의 국기를 상징하게 된다. 이 어휘에 유의하여 시의 문맥을 재구성하면, 일제의 군국주의적 만행이 거듭되어 식민지 정책이 성공할수록 "착한 내 아들딸"과 "내 아름다운 家族"은 잘 자라게 된다. 곧 일제의 식민정책이 성공해야 우리 가족과 민족이 발전하게 되고, 본연의 '아름다운' 성질을 유지할 수 있게 되는 것이다. 이것은 '중심의 복제'이다. 우리는 이 작품을 통해 식민주의자들이 조작한 지배 담론의 일상화된 사례를 살펴볼 수 있다. 곧, 이 작품은 "진정한 역사적인 내용들은 돌출적인 사건이나 위대한 역사 인물을 통해서가 아니라, 눈에 띄지 않는 일상 속에서 나타난다"[24]는 식민담론의 문학적 토착화 형식을 확인시켜준다.

만일 발표한 원문을 대조하지 않고 발간 시집 『東方曙曲』에 수록된 내용을 텍스트로 선정하면, 작품의 문맥상 친일적인 요소를 전혀 찾아볼 수 없다. 오히려 시적 이미지는 그의 시 「내詩와내家族」(『靑色馬』, 1940. 8. 30), 「天眞·1」(《동아일보》, 1940. 6. 2), 「天眞·2」(《동아일보》, 1940. 6. 12), 「天眞·3」(《동아일보》, 1940. 6. 14) 등과 같이, 밝고 화목한 가정의 모습을 발견하게 된다. 그러나 문학 연구에서 "식민지시대의 문학을 사적으로 논의하는 텍스트는 본질적으로 그러한 상황 하에서 쓰여진 작품 텍스트를 보다 우선적으로 보아야"[25] 한다는 점에서, 이 작품의 친일성은 수정본이 아닌 원본을 대상으로 구명되어야 할 것이다. 더욱이 친일시 논의와 같은 예민한 문제를 거론할 경우, 원문 대조 과정은 우선적으로 전제되어야 할 기본적인 절차이다.

---

24) H. Steinmetz, 서정일 역, 『문학과 역사』, 예림기획, 2000, 47~48쪽.
25) 이재선, 「일제의 검열과 『만세전』의 개작」, 권영민 편, 『염상섭연구』, 민음사, 1987, 295쪽.

위와 같이 김해강의 시 「아름다운 太陽」은 명백한 친일시이다. 이 작품은 그의 다른 친일시편들보다도 훨씬 기술적인 세련미가 두드러진 작품으로, 일제의 식민주의가 조작한 식민지적 무의식의 결과 생성된 친일 의식이 내면화된 한 가정의 단란한 모습을 형상화하고 있다. 이 작품을 친일시로 분류하기를 반대하는 주장은, 작품의 원문과 수정된 내용을 대조하는 기본 과정을 거치지 않은 데서 파생된 필연적인 오류이다. 그와 함께 친일시편을 발표한 시인의 비친일적 성향을 내포한 작품까지 일방적으로 친일시로 범주화하려는 연구 자세는 지양되어야 한다. 그러나 무엇보다도 친일시 논의에서 더욱 바람직한 태도는 원문에 대한 철저한 자료 조사와 당해 작품의 친일 성향 등에 관한 객관적인 검증 자세일 터이다.

## 4. 결론

이상에서 검토한 결과를 토대로 김해강 시의 텍스트는 시집 발간의 지연으로 인해 상당 부분 수정되었음을 알 수 있다. 그 내용은 시인의 자의에 의한 수정과 편집자 등 타의에 의한 수정으로 이분된다. 먼저 김해강이 수정한 사례는 전면 개작, 제목 수정, 부제 수정, 창작 관련 정보 삭제, 어휘의 수정 및 삭제, 복자의 복원, 문장부호 수정, 오식 수정 등이다. 그리고 타인에 의한 수정은 작품의 선자와 편집자에 의해 원문이 수정되었거나, 편자에 의한 원문 오용으로 나눌 수 있다.

이와 함께 그의 시 텍스트에서 친일시는 원문 대조 과정 등 기본적인 연구 절차를 무시한 연구자들에 의해 완전한 검토가 이루어지지 못했다. 특히 그의 시 「아름다운 太陽」은 친일 성향이 내면화된 작품임에도 불구하고, 선행 연구자들은 원문과 수정본의 비교 검토 과정을 생략한 채 일방적인 논의를 전개해 왔다. 본고에서는 이 작품을 포함하여 그의 시집에 수록된 모든 작품과 본 연구자가 입수한 창작원고, 가쇄본 등을 토대로 객관적 자료를 제시하면서 텍스트 검토 과정을 거쳤다.

# 김해강의 서한체 시

## 1. 서론

서한은 오랜 전통을 지닌 글쓰기 방식이다. 서한이 서양문학사에서 수용된 것은 그리스의 호라티우스(BC 70~19)에게서 발견되며[1], 문학 양식에 도입되어 '서한체 소설'로 정착된 것은 1740년 영국의 새무얼 리차드슨이 쓴 「파멜라(Pamela)」라는 작품이다.[2] 한국문학사에서는 『춘향전』이나 『배비장전』 등에서 서한이 부분적으로 도입되어 활용되었으며, 근대문학사에서는 1920년을 전후하여 도스토예프스키의 「가난한 사람들」과 괴테의 『젊은 베르테르의 슬픔』이 번역되어 소개된 뒤 이광수의 『유정』 등에서 본격적으로 수용되었다.[3] 당시의 작가들은 3·1 독립만세운동 이후 전개된 식민지 현실을 구체적으로 인식하면서 서한체 형식에 대한 방법적 자각을 갖게 되었다. 또 이 형식에 대해 당

---

1) C. M. 바우라, 김남일 역, 『시와 정치』, 전예원, 1983, 14쪽.
2) 이상섭, 『문학비평용어사전』, 민음사, 1987, 134쪽.

대의 비평가였던 현철과 안서 등에 의해 비평적 관심이 수반되면서 주
요 형식으로 자리잡게 되었다.[4]

서한이 본질적으로 자아에 대한 반성적 탐구 형식이라는 측면에서
서한체 소설은 자기고백적인 시 장르에 영향을 끼쳤다. 시 부문에서는
1930년을 전후하여 카프의 조직원을 비롯한 당대의 여러 시인들의 작
품에서 리얼리즘시의 주요한 양식으로 자리잡았다가, 중반을 고비로
감소 현상이 나타난다.[5] 이 시기에 카프에서는 문학의 대중화 전략과
관련하여 논의를 전개하였는데, 서한체 시는 주요 독자층인 노동계급
의 문학적 관심을 높이는 데 유효한 양식으로 채택되었다. 서한은 "서
술상의 거리감이 감소 또는 지양됨으로써 1인칭 인물들, 즉 교신자들
의 갖가지 감정 그리고 생각들이 자주 친근하게 독자에게 전달"[6]된다
는 점에서, 카프 조직원들에게는 자신들의 이념을 독자들에게 효과적
으로 전달하면서 의식화할 수 있는 문학적 형식으로 보였던 것이다.

서한체 시에 관한 논의는 그동안 미진하였으나, 최근에 이르러 단편
서사시의 하위 범주로 파악하여 서술시(narrative poem)로 분류하려는
경향을 보인다.[7] 이러한 접근은 서한체 시의 장르적 요소에 주목하여
그 친화 양상을 점검하려는 태도이다. 그러나 루이스는 서술시를 민중

---

3) 도스토예프스키의 「가난한 사람들」은 도뤠미生(『삼광』, 1919. 2)에 의해 「사랑하는 벗에게」로
   번역되었다. 괴테의 「젊은 베르테르의 슬픔」은 金永輔(「웰델의 비원」, 『시사평론』, 1923. 1), 白
   樺(「소년 벨테르의 번뇌」, 《매일신보》, 1923. 8. 16~9. 27), 天園(『젊은이의 슬픔』, 한성도서,
   1925), 赤羅山人(「젊은이의 슬픔」, 『신민』, 1928. 9~10) 등이 중역하였다.
4) 현철은 이 작품의 서술기법을 가리켜 '서한체 담화법'이라고 명명했으며(「소설개요」, 『개벽』,
   1920. 6), 안서는 '서한문체'라고 지칭했다.(「근대문예 4」, 『개벽』, 1921. 11)
5) 1930년대 중반을 고비로 서한체 시의 양적 증가 현상이 주춤거리게 된 이유로는 세 가지를 들
   수 있다. 첫째, 이 무렵에 카프 조직은 소장 볼세비키들에 의해 장악되었고, 그들의 주장이 지배
   적 논리로 자리잡게 되면서 비평적 관심이 쇠진하게 되자 작품 생산이 줄어들었을 것이다. 둘
   째, 당시 카프 조직은 당면 과제로 대두되었던 조직의 재건과 해소 문제에 논의를 집중함으로
   써, 시 양식의 발전 방향과 같은 문학의 본질적 측면에 대해 문학적 역량을 결집할 수 없었을 것
   이다. 셋째, 이 시기에 이르러 일제의 사상 검열이 한층 강화되면서 시인이나 조직의 이념을 효
   과적으로 전달하는 아지·프로 기능이 약화될 수밖에 없었는데, 그로 인해 서한체 시의 작품량
   은 감소하게 되었을 것이다.
6) F. K. Stanzel, 안삼환 역, 『소설형식의 기본 유형』, 탐구당, 1990, 74쪽.

에 관한 시로 구분하면서 서술시도 발라드와 같이 이야기하는 시인데, 그 이야기는 때로는 순전한 허구인 경우도 있지만, 일반적으로는 사실에 입각한 것이라고 하였다. 또 서술시는 발라드보다 다양한 운율을 사용하며, 밀튼의 『실낙원』처럼 서술시가 대규모적일 경우에는 서사시(epic)라고 불린다고 하면서, 영어로 쓰인 가장 훌륭한 서술시로 초오서의 『캔터베리 이야기』를 꼽았다. 서술시에서는 이야기가 우선하기는 하지만, 시인이 이야기하려고 하는 이야기의 감동은 이야기에 종속되어 있으며, 이야기에 생기와 색채를 가하기는 하나, 이야기를 배경 속으로 밀어 넣고 그 자체가 무대 전면을 차지하는 일은 결코 없다는 것이다.[8] 따라서 루이스가 언급한 서술시는 장르류로서의 서술문학 전반을 지칭한다고 볼 수 있으며, 그 예로 거론한 작품의 성격은 요즘 논의되는 서술시와 다르다는 점에서 서한체 시를 서술시로 자리매김하기는 곤란하다. 곧 서한체 시는 시 속에 서술적 요소를 수용하여 리얼리티를 담보하려는 서정시의 특수한 국면일 뿐이다.

1930년을 전후하여 카프 조직 내부에서 집중적으로 논의되었던 단편서사시의 단초는 임화의 「젊은 巡邏의 편지」(『조선지광』, 1928. 4)에서 살필 수 있다.[9] 그러나 임화가 이 작품을 발표하기 전에 김해강은 「넷 벗 생각」(《조선일보》, 1927. 5. 31)에서 서한체 형식을 도입하였다. 그가 선구적으로 채택했던 서한체 형식은, 임화가 「우리 옵바와 火爐」(『조선지광』, 1929. 2)에서 발전적으로 차용하면서 시작된 문학 대중화 논쟁에서 카프 조직의 내홍을 야기하며 형식적 확산을 거듭하였다.[10] 김해강

---

7) 윤여탁, 「1920~30년대 리얼리즘시의 현실 인식과 형상화 방법에 대한 연구」, 서울대대학원 박사논문, 1990, 104~124쪽.
  오성호, 「식민지 시대 리얼리즘시론 연구(Ⅰ)」, 『문학과 논리』 창간호, 1991, 65쪽.
  이순욱, 「카프의 서술시 연구」, 『한국문학논총』 제23집, 한국문학회, 1998, 241~264쪽.
8) C. W. Lewis, 강대건 역, 『시란 무엇인가』, 탐구당, 1987, 89~92쪽.
9) 최명표, 「단편서사시론」, 『한국문학논총』 제24집, 한국문학회, 1999, 119~120쪽.

(1903~1987)은 1927년 1월 1일 『동아일보』 현상문예작품 모집에 시 「새날의 祈願」이 당선된 뒤, 1930년을 전후하여 단편서사시 계열의 서한체 시를 다량으로 발표하였다.

따라서 이 글에서는 먼저 서한체 시의 형식적 특성에 대해 고찰하고, 김해강의 서한체 시에 나타난 특징을 살펴보기로 한다. 그 과정에서 두 시인간의 작품 속에 드러난 변별적 자질도 아울러 검토하기로 한다.

## 2. 서한체 시의 특징

서한의 종류는 사건의 서술에 초점을 둔 사실적 서한과 문학적 적용에 중점을 둔 허구적 서한으로 구분할 수 있다. 전자는 현실적 차원의 글쓰기 방식으로, 글쓴이의 사연이나 특정 사건의 서술과 같은 사실의 전달에 치중한다. 이에 비해 후자는 서한이 문학적 차원으로 변용된 것이며, 서한의 특성을 문학 양식에 도입하는 경우이다. 따라서 허구적 서한은 서한의 본래 형식을 문학 양식의 성격에 적합하도록 일정하게 변형시키는 과정을 수반한다.[11] 이 형식은 "다루는 대상과의 거리를 자유롭게 조절할 수 있기 때문에 보고와 비판의 기능을 동시에 수

---

10) 이러한 문학사적 사실에 비추어 볼 때, 김해강의 「歸心」을 임화의 영향으로 파악하여 그를 '임화의 에피고넨'으로 폄하한 김영철의 견해는 철회되어야 한다. -김 영철, 「이야기시의 발화 형식」, 『한국현대시의 좌표』, 건국대출판부, 2000, 277쪽.
11) 허구적 서한의 형태는 세 가지로 구분할 수 있다. 첫째, 단일형은 작품의 처음부터 끝까지 한 편의 서한으로 이루어진 경우이다. 이것은 서한을 본격적으로 활용한 형태이며, 대개 1인칭 화법을 사용한다. 둘째, 교환형은 한 작품 안에서 두 사람 이상의 등장인물이 등장하여 서한을 상호 교환하는 경우이다. 이것은 발신인/수신인이 각각 화자/청자로 등장하여, 특정한 사건이나 사연에 대해 의견을 주고받는 형태이다. 셋째, 삽입형은 작품 안에 서한 형식이 부분적으로 삽입되어 있는 경우이다. 이 형태는 액자식 구성 방식을 활용하여 등장인물의 내면세계를 유효하게 드러낼 수 있는 장점이 있다.

행할 수 있었다"[12] 점에서 효과적이다.

서한체 형식은 언어의 능동적 기능을 중시하여 청취자에게 대화를 시도하는 특성을 갖고 있으므로, 예로부터 종교적 찬가나 정치적 투쟁가 등에서 널리 사용되었다.[13] 이런 사실에 기초하여 서한체 시에 나타난 정치적 요소를 검출할 수는 있지만, 본래 시 양식이 사회적 제도라는 점에서 시의 서정성조차 당대적 차원에서는 정치적 의미를 띠게 된다. 그러므로 서한체 시 계열의 작품이 모두 정치적이거나 사회적인 사건을 시화하였다기보다는, 특정 작품을 제외하고는 오히려 개인적이거나 가족사적인 사건을 수용하는데 국한되었다는 사실에 주목해야 한다. 또한 서한체 시가 정치적 사건을 서술하고 있다고 할지라도, 시속에서 다루어진 소재로서의 사건은 정치적 이념의 반영 정도가 아니라 시적 형상화 정도에 따라 평가되어야 할 것이다.

### 1) 실제적 사건의 형상화

김해강이 다른 시인들보다 먼저 서한체 시를 채택할 수 있었던 배경으로는 두 가지를 들 수 있다. 하나는 문학의 대중화와 관련된 그의 시론으로, 그는 "대중이 즐겨 음미할 수 잇고 흡수할 수 잇도록 평이하게 쓰되 대중에게 의식을 전달할 수 잇슬"[14] 최선의 시적 양식에 관심을 가졌다는 점이다. 그는 서한이 서술상의 거리감이 감소시켜 독자들에게 자신의 감정을 친근하게 전달할 수 있다는 점에 주목한 것이다. 다른 하나는 그의 시적 스타일에서 찾아볼 수 있는데, 그가 등단 후에 발


12) 조진기, 『한국근대리얼리즘소설연구』, 새문사, 1989, 241쪽.
13) D. Lamping, 장영태 역, 『서정시: 이론과 역사』, 문학과지성사, 1994, 183쪽.
14) 김해강, 「대중의 감정을 기조로」, 『조선일보』, 1934. 1. 19
15) 김해강의 3·1 독립만세운동 참가 경험은 주요 모티프가 되어 「넷벗 생각」 외에 「歸心」, 「이 땅에 영원히 빛날 거룩한 이 날」, 「위대한 민족의 날」 등에서 지속적으로 출현한다.

표했던 「屠獸場」(《조선일보》, 1926. 1. 22), 「跑蹦網」(《조선일보》, 1926. 2. 11) 등의 작품은 당시에 유행했던 장형시 형태이다. 그에게 이러한 시형은 궁핍한 식민지 현실을 시적으로 형상화하는 데 유효한 형태로 인식되어 1930년대 말까지의 작품에서 지속적으로 출현한다.

김해강의 서한체 시작품에 수용된 시적 소재는 '개인적 사연―가족사적 사건―민족적 이념'의 순서로 확장되었다. 그의 시 「넷벗에게」는 소재가 궁금한 친구를 그리워하는 지극히 개인적인 사연을 서한체 시형식으로 표현한 작품이다. 그는 이 작품에서 서한체 시의 리얼리티를 담보하기 위한 전략적 수단의 하나로 실제적인 사건을 도입하고 있다. 그 사건은 그가 보성중학 3학년때 3·1 독립만세운동에 가담하였다가 일제에 쫓기어 낙향했던 개인사적 체험과 관련된 것이다.[15]

一九一九年 三月 一日!
업들엿든 우뢰는 터지자
그대의 아버지는 놉흔 벽돌담 알에
흰털을 헤이게 되니
실른 가슴을 안ㅅ고 다시 쒸처나오든
그대여! 아 지금은 어대 게시는가?

―「넷벗 생각」[16]


이 작품 속의 화자는 시인의 대역으로 등장하여 "손ㅅ길을 南北으로 나뉘이든 그대와 나"의 우정을 전달하는 역할을 수행한다. 그러나 시인의 개인적 체험의 강도가 우세하여 그리움의 정서가 보편적 차원으

---

15) 김해강의 3·1 독립만세운동 참가 경험은 주요 모티프가 되어 「넷벗 생각」 외에 「歸心」, 「이 땅에 영원히 빛날 거룩한 이 날」, 「위대한 민족의 날」 등에서 지속적으로 출현한다.
16)《조선일보》, 1927. 5. 31. 앞으로 작품 인용은 원문에 따르되, 띄어쓰기는 현대식으로 표기한다.

로 승화되지 못하였다. 그것은 시인이 서한의 형식적 특성에 대해 미처 정확하게 파악하지 못했으며, 시가 경험의 단순한 재구성이 아니라 허구적 재현이라는 사실을 간과한 데서 유래하였다. 본래 문학작품은 "구체적 형상에 의해 독자로 하여금 작품의 내용인 사회적 현실을 인식하게 한다"[17]는 점에서, 이 작품은 시인과 화자 사이의 거리가 너무 가까워져서 주관적 정서의 객관화를 이루지 못했다. 이것은 임화가 「젊은 巡邏의 편지」에서 서한체 시의 특성을 미처 파악하지 못한 나머지, 그 시적 형상화에 실패한 점과 동궤에 놓인다.

　김해강은 이후의 시작품에서 서한체 시의 형식적 특성을 살리고자 노력하였다. 그의 시 「慰詞」는 동격의 친구를 청자로 설정하여, 개인 사적 체험에 기초한 실제 사건을 서술하고 있다.

　　彈兄아.
　　그러나 긔운을랑 너무 傷치는 말어다고.
　　한편 억개가 불어진 듯 슬픔은 天空을 물들이리라 마는
　　그대는 젊은 몸! 아즉도 여울찬 動脈이 숫숫이 서잇지 안느냐?
　　부서진 거문고에 불을 부처 더욱 힘찬 音響을 퉁겨처 내일 새로운 줄을 나려야 한다.

―「慰詞」[18]

　이 작품은 '동무 彈·炳昊에게'라는 부제가 말해주듯, 그의 시적 동료였던 김병호 시인의 아내의 죽음을 위로하는 작품이다. 서한체 시에서는 수취 대상자가 작품의 제목으로 직접 등장하여 그의 계급적 위상이나 처지가 드러나기도 하고, 부제에 특정인물의 실명이 등장하기도

---

17) 伊東 勉, 서은혜 역, 『리얼리즘이란 무엇인가』, 청년사, 1992, 34쪽.
18) 『비판』, 1932. 9.

한다. 수취인이나 청자를 직접 드러내는 양상은 이 시기의 서한체 시 작품에서 두루 발견할 수 있다. 특히 서한에서 사용되는 호칭은 시어의 음악적 요소를 강화하면서 청자의 시적 반응을 유도하는 책략이라는 점에서, 수취인으로 선택된 인물은 청자의 성격을 명확하게 규정하여 독자의 관심을 집중시키는 역할을 수행한다. 연마다 호칭을 반복적으로 사용하여 조의를 표하면서도, 감정의 연속성을 차단하고 시인의 서술 의도를 뚜렷하게 드러내었다. 아울러 호칭은 이 시의 제목으로 차용된 한시의 한 형식인 '—詞'의 특징이라는 점에서, 그의 한시에 대한 풍부한 이해의 폭과 함께 시적으로 수용한 실험적 정신을 발견할 수 있다.

화자는 이 작품에서도 시인의 역할을 대리하여 남편으로 상정된 청자의 "비ㅅ발가티 쏘다저나리는 무쇠매질" 속에서 "안해와 어린 血肉을 돌보지 못한지 三年" 동안의 과정을 객관적으로 서술하고 있다. 아내의 죽음이라는 평범한 가족사적 비극은 "그대의 마음을 붓잡어 주는 젊은 동무들"과의 연대에 힘입어 계급적 차원으로 편입된다. 아내의 죽음으로 인해 민족해방운동전선의 이완을 야기시켜서는 안 되기 때문에, 화자는 청자에게 "더욱 힘찬 音響을 퉁겨처 내일 새로운 줄을 나"릴 수 있도록 "긔운을랑 너무 傷치는 말어"라고 충고한다. 시인은 화자를 통해서 친구에게 민족해방이라는 "새날의 아름다운 譜表를 찍어내"기 위하여 "어깨를 펴고 몸을 추스러 다시금 씩씩한 巨姿를 보여"주기를 기대하는 것이다.

## 2) 여성 화자를 통한 계급의식의 강조

이 무렵의 서한체 시에서는 여성 화자를 내세워 프롤레타리아의 계급의식을 강조하였는데, 김해강은 「부탁」과 「둘쨋번 부탁」에서 "봉지 맺는 숯순" 같은 여학생 집단을 수취인으로 삼고 있다. 두 작품은 여름방학과 겨울방학을 맞아 "汽車에 몸을 실어 반가운 얼굴로" 귀향하는 여학생들에게 당부하는 내용으로, 동일한 잡지에 발표되었으며 주제상으로 상호 연결되어 있다.

> 내 고장에 돌아왔다 다시 쩌나는 날 이 선물 정성되이 간직햇다면
> 배움을 북도두어 압날을 다스림이 더욱 힘차고 보배로울 것이오.
>
> —「부탁」[19]


> 얼마 아니면 겨울放學이 되어 다시들 돌아오시겠구료.
> 바라노니 그땔랑은 부디 여름放學에 나타낫던 언니들이 아니어주길 부탁
> 이외다.
>
> —「둘쨋번 부탁」[20]


화자의 부탁은 오랜 가뭄으로 "들이 타고 쌍이 갈러"진 고향에 와서, 모자란 일손을 도우며 "맥이 타고 턱이 갈러"진 "어버이네와 옵바네"의 가슴을 위로해달라는 것이다. 귀향하는 언니들이 "기역 니은 한 字를 뙤아주"거나 "새 삶의 본보기로 어둠을 깨워 주"기를 갈망했던 화자의 기대는, 언니들이 "얼굴을 꾸미는 化粧法"이나 "시굴은 갑갑해 못살 곳"이라는 푸념만 늘어놓고 가자 원망으로 바뀌게 된다. 그 원망은 언니들을 "한창 복스러운 학생의 몸"으로 규정하고, 나는 "쏘다저 나리는 불볏 알에 흙을 파는 시골의 處女"라는 자학적인 관계를 설정하도록 만들었다. 이 작품에서 "몸을 學窓에 두어 글자를 배우는 것만

---

19) 『신여성』, 1932. 8.
20) 『신여성』, 1932. 12.

이 공부"라고 생각하는 언니들의 행위는, 당대의 지식인들이 갖고 있었던 "風船 같은 생각"의 행동화에 다름아니다.

이 시기는 문학사적으로 심훈의 『상록수』(1933)가 발표될 무렵이었으며, 문학 작품 속에서 이른바 '귀농 모티프'가 빈번하게 등장하던 때였다. 김해강은 이 작품에서 문단적 추세를 반영하여 어린 여학생들을 시적 화자로 선택하였고, 그들을 내세워 지식인들의 농촌 계몽활동을 독려하게 된 것이다. 그는 이 작품을 통해서 일제에 의해 조직적으로 자행되었던 훼절 공작 속에서, 점진적 개량주의의 실천조차 외면하고 있던 지식인들의 허위의식을 비판하고 있다.

그의 시 「變節者여! 가라」는 강인한 여성 화자를 내세워 민족해방운동의 전열로부터 일탈한 남편의 배신행위를 고발하는 작품이다. 부제에 "變節者인 남편에게 주는 투사인 젊은 안해의 絶緣狀"이라고 분명히 밝히고 있다. 불의와 구시대적 잔재에 대해 단호히 배격하는 시적 결의를 통해, 민족해방전선의 전열을 빈틈없이 구축하려는 의지를 드러내었다.

> —긔차게 싸워나가자. 물러나지 말자.(?)
> —뜻을 꺽지 말자. 변절을 말자.(?)
> —용감하라. 싓장 용감함으로 변절을 말자. 일에 비뚤임이 업게 하자.(?)
>
> 흥! 어재날 서슬이 파라튼 긔염은 부서진 몣쪽의 파리한 해골이엇드냐?
> 췟! 무릅 숢고, 목을 느리는 비겁한 자여! 변절자여!
> 이 밤에 지는 달과 가티, 남편이란 두 글자를 당신의 억개에 걸처주노니 잘 지니고 갑소.
>
> —「變節者여! 가라」[21]

이 작품은 화자인 아내의 발화 속에 변절자인 남편의 말이 중층적으로 삽입되어 있는 형태이다. 곧, 삽입형 서한체 시 형태를 활용한 작품이며, 주인물의 일관된 투쟁 의지와 부차적 인물의 변절 행위를 대조시켜서 독자들의 시적 동조를 획득하려고 하였다. 이 작품은 한때는 "일천팔백의 무리가 한 덩이로 넘어질지언정 뜻을 꺽지 말자"고 맹서하면서, 화자에게 "나의 안해라기보다 든든한 우리의 동지"라고 말한 "훌륭한 나의 남편이요 총명한 우리의 리―더―"였던 옛남편에 대한 절언장이다. 투쟁전선에서 "몇놈의 꼬임에 들어 뜻을 꺽고 물러서"게 된 남편의 변절 때문에 겪게 된 조직의 동요를 차단하고, 지도자의 유고 사태를 신속히 진정시키려는 여성 투사의 씩씩한 음성이 두드러지게 나타났다.

화자는 예시한 9연에서 남편이 변절하기 전에 다짐했던 말들을 상기하여 힐난하면서, 그와의 절연 의지를 강렬하게 드러내고 있다.[22] 이 작품에서 화자는 남편의 말을 간접적으로 인용하여 독자로 하여금 그의 변절 전후를 비교하게 하고, 다른 조직원들의 불안을 조기에 진화하는 효과를 노리고 있다. 더욱이 남편의 말끝마다 '(?)'를 부연함으로써, 화자의 비난과 배신감의 강도를 효과적으로 표현하고 있다. 위 시 작품에 등장하는 용감한 여성 화자는 「麗人의 노래」라는 작품에서 "날너드는 주먹알 彈子를 두렴업시 바더 내일 용감한 탄력잇는 兵士"로 거듭난다. 당시의 서한체 시작품에 등장하는 여성화자들이 대부분 애상적인 정서의 소유자로서 혁명운동의 후방에 위치한 데 비해, 이 작품의 "젊은 안해"는 "목을 느리는 비겁한 자"인 남편을 대신하여 "서슬

---

21) 『동광』, 1931. 3.
22) 그의 절연 의식은 '낡은 전통의 일체를 길이 葬事하여 버리' 는 「낡은 어머니와 새 어머니」(《조선일보》, 1926. 5. 30)에서 비롯되어 '졸라맨 검은 사슬을 한날에 끈허버리' 는 「목숨의 노래」(《조선일보》, 1927. 8. 20)와 '옛날의 낡은 책장을 이 아침에 태워바리' 는 「戀書를 태우며」(『개벽』, 1935. 2)에서도 살필 수 있다.

이 파라튼 긔염"으로 전선의 수호와 투쟁을 독려하고 있다. 그녀는 혁
명전선의 대오를 선도하는 주체적인 화자인 것이다. 이 작품에서와 같
이, 김해강의 서한체 시에서는 시적 화자가 서술적 구조를 이끌어 가
고 있다. 이것은 서한이라는 개인적 차원의 글쓰기 양식을 빌어서 시
의 내용, 즉 시인이나 시적 화자가 서술하는 내용을 수취인이나 독자
에게 전달하려는 의도를 보이는 데 기인한다. 그 의도는 시인이 선택
한 시적 화자의 설정 방식과 작품의 내적 형식 간의 관련 선상에서 실
체가 드러난다.

　이에 비해 그의 시 「기대리는 그밤」은 여성 화자를 설정하여, 감옥생
활을 하는 남편을 기다리는 안타까운 심정을 나타내었다. 화자의 구체
적 위상은 가정주부로 설정되어 있으며, 그에 알맞은 일상의 세목들이
서술되어 있다.

『어머니 압바 집에 언제나 돌아오시우?
　나 압바 오시는날 어머니하구 아저씨들 하구 마중 나갈테우』
지금도 어린것은 이처럼씩씩하게 재롱을피웁니다
부대 밖앗일의 걱정일랑 니저주소서

이해도 쏘한 저무러가는데
얼마나 심신이 괴로우시리까
날시 치워지오매 더욱 당신의건강이 마음에 언칠쑨이옵니다
큰뜻을 심으신 몸이오니 부대 건강을 보중하소서
큰 호흡을 키우시는 몸이오니 부대 건강을 보중하소서

—「기대리는 그밤」[23]

---

23) 《조선일보》, 1932. 12. 22

　이 작품에서 김해강은 혁명투사의 반려자로서의 여성 화자를 통해 자신의 음성을 간접화하는 시적 장치의 역할을 담당하도록 하였다. 그것은 민족해방운동이라는 현실적 세계가 작품 내적 세계로 형상화되면서, 자칫 시적 화자와 독자간의 일상적 기반이 상이한 데서 파생될지도 모를 정서의 괴리감을 해소하도록 하고 있다. 마치 임화의「우리 옵바와 火爐」와 유사한 극적 상황을 설정하고서는, 평범한 여성 화자로 하여금 작품 속의 등장인물들이 투옥된 남편의 투쟁 행위와 연관되도록 히여 두 세계간의 물리적 거리를 좁히는 기능을 배분한 것이다. 예컨대 "저녁에도 그이들은 량식ㅅ되와 나무ㅅ단을놓고 갓"는데, "그이들을 생각하"면 "제마음은 더욱 든든하"다는 진술은, 남편의 감옥생활이 가족사적 차원을 초월하여 계급적 연대의식을 강조하고 있음을 시사한다.

　시적 화자는 1연에서 "어제ㅅ밤 바람불고 찬비뿌리옵드니" 오늘은 "아츰부터 흰눈은 풀풀 날리"는 추운 날씨에 영어생활을 하는 남편의 안부를 묵도 있다. 가장의 구속으로 "더러는 곡기를 못하고 어린것을 않으온 채" 밤을 넘기거나 "해빛 없는 싸늘한 판자우에 젊은날을 구실로 장사하"는 현실적 고통을 부인할 수는 없지만, 남편의 고생에 비하면 "해 돋는 아츰에 가벼운 공기를 마시는" 것조차 "오히려 넘치는 행복"이라고 자위하고 있다. 그녀는 남편이 수형생활 중에도 투쟁 의지를 훼손하지 않고 "먼날에 뜻을 구을녀근육을 어루만즈"실 수 있도록 "날시 치워지오매 더욱 당신의 건강이 마음에 언칠샏"이다. 비록 구체적 전망을 획득할 수 없는 남편의 혁명사업은 "시원한 해결도없이 이해도 또한 저무러가"지만, 그녀는 "씩씩하게 재롱을피"우는 어린 자식이 "나 압바 오시는날 어머니하구 아저씨들 하구 마중 나갈테우"라고 말할 수 있을 정도로 의식화시키는 역량을 발휘한다. 이것은 김해강이 화자를 통해 자신의 음성을 간접적으로 드러내면서, 독자들의 적극적인 동참을 기대하였던 의지의 발현 양상이기도 하다.

### 3) 미래에 대한 혁명적 전망

김해강은 서한체 시작품에서 정서의 연대를 통해 민족해방을 낙관하는 미래에의 진보적인 신념을 드러내고 있다. 그의 「오빠의 靈前에 엎드려」는 작품 안에 서한체 형식을 부분적으로 삽입한 일종의 액자식 구성 방식을 활용하여, 서한의 효용성을 살리면서 등장인물의 내면세계를 유효하게 드러냈다.

> 榮華롭던 오빠의 어린 時節이매
> 이 몸을 貴엽게 사랑하긴들 여북하엿스리까.
> ―"오오 貴여운 누이는 잘도 자라지!"―
> 노 머리를 쓰러주시며
> 이 몸에 부어주시는
> 사랑은 컷든 것입니다.
>
> ―「오빠의 靈前에 엎드려」[24]

전체적으로 이 작품은 4부로 구성되어 있으며, 각 부는 3연의 짜임을 이루고 있는 장시이다. 작품의 전반부에서는 화자가 고아된 슬픔에 오빠를 원망하면서도, 자신의 머리를 쓰다듬어 주던 오빠의 음성을 추억하는 어긋난 행동을 보여준다. 중반부에서는 오빠를 원망하게 된 이유, 곧 자신의 정조가 유린당하는데도 무력했던 오빠의 행동을 원망하고 있다. 그러나 후반부로 갈수록 오빠의 "어렷슬 적 빗나든 꿈"이 꺾

---

24) 『비판』, 1935. 11.

이게 된 배면에는 민족적 비극이 자리하고, 또 자신의 정조 유린이 오빠의 무력함에서 비롯된 것이 아니라는 사실을 깨닫게 된다. 화자는 오빠의 죽음을 통해 비로소 자신의 계급적 조건과 민족적 처지를 확실하게 인식하게 된 것이다.

이 작품은 「누나의 臨終」, 「아아 누나의 얼굴 다시 볼 수 업쓸까」(『별나라』, 1930. 6.)와 함께 동세대의 가족내적 화자가 등장인물로 설정되었다. 김해강은 「누나의 臨終」에서 누나가 식민지 경제체제 하에서 노동력을 수탈당하고, 끝내 싸늘한 주검으로 돌아오게 되기까지의 과정을 서술하고 있다.

> 누나야.
> 都市에 農土에 明日을 기다리는 수백만의 녀성이 잇다.
> 네가 쌕리고 가는 더운 呼吸은 그들의 가슴에 회호리바람으로
> 날릴 째가 올 것이다 오오 적은 先驅에!
> 明日을 運轉하여 가는 젊은 呼吸 우에 고요히 쉬이다.
> 明日을 運轉하여 가는 젊은 呼吸 우에 고요히 쉬이라.
>
> —「누나의 臨終」[25]

이 작품 속의 화자는 "骨髓에까지 病이 들어 찬 半송장된 몸"으로 돌아온 누나를 향해 "다 못가는 것이 어찌 너 하나에 그치고 말 것이냐"고 물음으로써, 식민지 침탈 경제의 구조화가 진행될수록 계속될 가족적 비극과 민족적 참상의 재생산을 환기시켜준다. 그것은 서한체 시의 속성인 구술성에 힘입은 것으로, 독자/수신자는 작품 속의 내용/사연을 읽는/듣는 도중에 집단의 문제에 관심을 갖게 된다.[26] 또한 시

---

25) 『대중공론』, 1930. 7.
26) W. J. Ong, 이기우 · 임명진 역, 『구술문화와 문자문화』, 문예출판사, 1995, 118쪽.

인의 현실 인식이 심화되는 과정에서, 이전의 「넷벗에게」 등에서 나타났던 개인적 감정이 집단적 정서로 변주되는 모습에 대응한다. 이 작품에서 화자로 선택된 어린 동생에게 인식된 '누나의 臨終'은 실존적 부재이며, 그것은 소녀가장의 희생적 노동행위 속에서만 가능했던 동생의 비극적 현실이 당면 과제로 심화되는 국면을 가리킨다.

이 작품은 「오빠의 靈前에 엎드려」와 함께 동세대의 죽음을 소재로 삼고 있는데, 그것은 조국을 잃어버린 책임이 있는 선대보다는 책임의식으로부터 자유로운 어린 세대를 앞세우는 것이 역사의 진보의식을 드러내는데 유효했기 때문일 터이다. 이러한 믿음은 당대의 시인들이 갖고 있었던 역사관의 시적 외연이며, 가혹한 식민치하를 감내할 수 있도록 지탱해준 실존적 조건이기도 했다. 이러한 인식 위에서 누나의 임종이 "明日을 기다리는 수백만의 녀성"들의 가슴에 "회호리바람으로 날릴 재가 올 것"이라는 전망을 낳게 되었을 것이다. 철저한 계급의식에 기초한 그의 역사적 전망은, 당대의 일급 비평가인 임화로부터 "공허한 동경, 무내용의 형식의 반추 대신에 새로운 내용에 의하여 자신의 시를 발전시키려는 의식과 기원을 노래하고 있다"[27]는 평가를 받게 된다.

김해강의 서한체 시에 나타나는 서한의 수취 대상은 대부분 부재하는 인물이다. 이것은 서한 형식이 발신자와 수취인을 매개하는 기능을 활용하여, 부재하는 대상에게 사연을 토로하는 양상으로 나타났다. 서한체 작품의 수취인은 대개 죽은 사람이거나 집을 떠난 가족으로 설정되었다. 그들은 사회적 현실과 시적 상황을 동시에 감당하는 인물로 묘사되었으며, 시의 배경은 대체적으로 가족사적 사건을 계급적 맥락에서 다루고 있다. 수취인의 부재는 이 무렵의 객관적 정세를 고려할

---

27) 임화, 「33년을 통하여 본 현대 조선의 시문학(8)」, 《조선중앙일보》, 1934. 1. 10

때, 도리어 시적 리얼리티를 확보하는 데 기여하고 있다. 그것은 서한
체 시의 발생론적 배경과 함께 작품의 사회적 조건, 시인의 정치적 입
장 등이 복합적으로 작용했던 데 기인한다. 이것은 김해강이 시의 서
정적 조건과 내용의 사회적 현실을 동시에 고려했었다는 증거가 된다.

## 4) 전형적 인물의 창조

김해강은 「歸心」에서 이른바 전형적 인물을 창조하여 자신의 시적
신념을 표백하고 있다. 그는 아버지와 자식을 등장시킨 가족 내적 담
론 방식을 통해서, 민족해방을 위한 투쟁 전선에 필요한 세대간의 화
해 방안을 모색하였다. 이 작품은 조국 광복에의 의지를 "가슴을 베여
서라도 맹서"하는 아버지의 비장한 서원과 함께, 자식에게 유업의 계
승을 당부하는 유언장이다. 3·1 독립만세운동 이후 조국을 떠나 민족
해방운동에 복무하는 한 혁명적 전위가 자신의 삶과 의지를 아들에게
전하는 총 12연의 서한체 형식으로 된 장시이다.


(一)

聰아.
너를 보지 못한지 벌서 열두해로구나!
네 몸이 나서 아즉 젓도 떨어지기 전, 넷가지에서
물이 올으던 봄, 서울 복판에
새로운 音響이 터저 十年의 沈默을 깨우처 울리든 그 봄!
(二)
聰아.
지금쯤은 너도 네 어머니로부터
들어서 알리라만은 그 봄! 새로운 音響이 울리든 그 봄!

진ㅅ머리에 나섯든 어른들과 젊은 몸들이

뭇으로 묵겨가든 그 째에 새론 뜻을 품ㅅ고 나는 그 짱을 버서낫섯노라.

(三)

聰아.

구즌 비 축축이 나리던 깁흔 밤, 으슥한 좁은 골목

두근거리는 가슴을 업눌으며 담ㅅ벼락에 밧작부터

네 어머니께 뒤ㅅ일을 부탁하고, 마즈막 情을 나눌 째

너는 그 째에 어머니 품에 안ㅅ겨 젓쏙지를 문채 고요한 잠에 들엇더니
라.

(四)

聰아.

그적이 생각하면 어제와도 갓다만, ㅅ다지니 벌서 열두해로구나!

네 몸이 성실하게 자랏다면 올에가 열세살.

만히도 컷겟구나! 철도 낫겟구나!

아비 생각도 하겟구나! 어머니 세음도 돕겟구나!

(五)

聰아.

째로는, 돌아가 네 손을 쥐여도 보구 십흔 마음 안 솟는 것도 아니다.

너댓날식 침식을 엇지 못하고 몸이 병들어 쓸어질 째면

가슴도 치며, 한숨도 짓는 가운데 돌아갈 마음 산과도 갓더구나!

더구나 서리찬 새벽 북만의 찬 달 알에 울고가는 기럭이 소리를 들을 적
이랴!

(六)

聰아.

어제는 로령 오늘은 만주. 다함업는 낫과 밤을 지우고 새울 째.

문허진 가슴을 치고, 더운 탄식을 내쏩긴들 열백번에 그칠 거냐?

더구나 일을 썩기고, 동무는 쌔앗길 쌔,

가업는 曠漠한 荒原에 쯧 일흔 외로운 그림자가 지터가는 黃昏에 싸일 쌔이랴!

(七)

聰아.

그러나 그것들은 흐릿한, 한쌔에 어지러윗든 情緒에,

지나지 못하는 것이다. 그러케 연약한 情緒에 붓잡힐 내이냐.

내 쌔—마듸 마듸가 썩기고, 내 살 갈래 갈래로 찌저저 보아라.

가슴에서 골수까지 쌧질은 한 개의 고든 기둥이야 까쌕이나 할 게냐?

(八)

聰아.

살을 싹거내는 듯, 눈보라에 냅다 치워 길을 넘는 눈ㅅ구렁에 파무치면서두,

간을 삶어내는 듯, 찌는 더위에 컥컥 쓸어저 답답한 가슴을 팍팍 긁으면서두

바드득 바드득 혀를 깨물고, 두 주먹 발발 썰며,

닐어스든 나이다. 죽엄으로 위협한단들 더운 쯧이야 녹일줄 잇겟늬?

(九)

聰아.

그 쑨 아니다. 내 억개와 팔, 그리고 허벅지와 정강이에

보기 흉한 숭(허물)이 열ㅅ간데는 더 되리라.

선득한 칼날에 피 흘으는 억개를 동여매고 동무를 구할 쌔,

총알에 느러진 다리를 질질 쓸고, 달음질 칠 쌔 아! 내 심장이 얼마나 날 쒸엿겟늬?

(十)

聰아.

압흐로도 피가 식ㅅ고, 살이 구더지는 날까지,

밟어온 길을 되밟는 가운데 더운 투쟁史는 짜질 것이다.

어이 一秒一刻인들 마음에 빈틈을 둘가부냐.

가슴을 베여서라도 맹서하리라. 아비의 쯧을 닛어다오.

(十一)

聰아.

미리 부탁이다마는 언젠들 내 몸은 돌아가지 못하리라.

내 목숨이 ㅅ킨단들 무칠 쌍인들 긔약할 거냐?

하지만 마음만은 돌아가리라. 네 가슴에, 조국 백성의 가슴에,

씩씩하게 잘 자라 아비의 쯧을 닛는 자식이 되어다오. 되어다오.

(十二)

聰아.

오오 너를 보지 못한지 벌서 열두해로구나!

열두해 나는 동안 너의 곳도 만히는 변햇겟지.

오오 xx가의 자식은 xx가가 되느니라.

아비 일을 마음으로 비는 가운데,

씩씩하게 잘 자라 잘 자라 쯧을 닛는 자식이 되어다오. 되어다오.

—「歸心」 전문[28]

　위 작품에서는 시적 화자가 직접 1인칭으로 등장하여, 시의 배경이 되는 시대적 조건과 사회적 환경, 가족 관계 등을 차분하게 진술하고 있다. 김해강은 혁명가의 일대기를 통하여 실천적인 삶의 단면을 전달하는 방식으로, 시적 화자가 가장 가까운 가족에게 보내는 비밀스런 서한체 형식을 취하였다. 화자는 서정적인 서한 형식을 통해 자신의

---

28) 『대중공론』, 1930. 8.

삶의 모습이나 감정의 내용을 직접적으로 서술하면서도, 시적 정서는 개인적 차원에 머물지 않고 민족적 차원으로 변주되었다. 내밀한 목소리로 전달되는 혁명적 외침은 '聰'이라는 아들뿐만 아니라, 민족해방이라는 시대적 투쟁 과업을 수행하는 모든 구성원으로 확산되고 있다. 시적 화자의 삶이 시 속에 생생하게 서술되면서, 시적 화자의 아들은 개별적 인물을 초월하여 전체적인 민족으로 확대된 것이다. 이것은 시인이 서한체 시의 특성을 살려 사건의 서술을 통해 특수한 시적 체험을 보편적인 정서로 변화시킴으로써, 등장인물의 성격을 형상화하는 데 초점을 맞춘 결과이다.

이 작품의 수취인으로 설정된 아들의 이름은 예사롭지 않다. 혁명가의 자식답게 총명하기를 희망하면서 혁명의 미래적 완성을 기대하고 있다. 그러한 이름짓기는 이 작품처럼 가족 내적 담론이 생리적으로 내포하는 감정의 과잉현상을 통제하는 힘이 되었다. 임화는 「우리 옵바와 火爐」에서 서울 사람의 어투를 차용하여, 어리고 부드러운 화자에 기대어 시적 분위기를 고조시켰었다. 그는 '—여요'체를 사용하는 나이 어린 여성 화자를 등장시켜서 독자의 연민은 획득하였지만, 감상성의 범람 시비에 휘말리고 말았었다. 이에 비하여 김해강은 문어적 종결형인 '—되어 다오'에 어울리는 성인 남성 화자를 등장시켜서, 그의 신산스런 삶을 회상하면서도 주관적 감상에 함락되지 않고 객관성을 확보하였다. 이것은 카이저가 배역시의 문제점으로 지적했던 "자기가 생각했던 역할을 독자에게 어떻게 명백히 보여줄 것인가"[29]하는 점을 슬기롭게 극복한 예라고 할 수 있다. 임화의 시에서는 화자의 어조가 내적 형식보다 우위를 차지하였다면, 이 작품에서는 양자가 균형을 유지하고 있다.

---

29) W. Kyser, 김윤섭 역, 『언어예술작품론』, 시인사, 1988, 297~298쪽.

그럼으로써 서한체 시의 형식을 빌어 민족해방이라는 혁명 과업의 세대간 계승이라는 무거운 전언을 효과적으로 전달하는 데 성공한 것이다. 그것은 시인이 화자와 청자 간의 거리 조절에 성공하여 서한체 시의 특성인 보고적 기능과 의사전달 기능을 적절히 활용한 데 힘입은 결과이다. 임화를 비롯한 당대의 서한체 작품에서 공통적인 문제점으로 지적되었던 감상성은 철저하게 사상되고 서사적 구조는 한층 단단해졌다. 그런 점에서 이 작품은 당대의 식민지 현실을 철저하게 파악한 서한체 시의 백미라고 할 수 있다.[30]

이상에서 살핀 것과 같이, 김해강의 서한체 시에 도입된 대화체계는 서사 양식과 극 양식에서 주로 사용되는 '나/남'의 방식을 따르고 있다. 이러한 장르상의 혼화상은 서한체 시가 시인이나 화자의 이념의 전수자인 특정집단을 독자로 상정하여 서술되는 특성상, 극적 요소를 수용하여 독자의 의식화를 시도하는 데서 파생한 결과이다. 담론 방식은 가족 내적 담론이 주류를 이루며, 쌍방향의 의사소통보다는 일방적인 의사전달체계를 중시하였다. 내용상으로는 비밀스런 사연의 대중적 전달을 겨냥하여 내밀한 서한체를 도입하고, 담론상으로는 극적 효과를 노린 대화체계를 채택했던 것이다. 가족의 구성원에 대한 폐쇄적인 담론 방식은 당연히 형식보다는 전달되는 내용을 강조하게 되었고, 일제에 의한 검열이 강화되면서 점차 소통 기능을 상실하게 되었다. 이러한 객관적 정세의 악화는 이후의 시에서 서정적 세계로 옮겨가는 외적 요인으로 작용하게 된다.[31]

---

30) 또한 이 작품은 「해돋는 北方의 荒原」(『문학건설』, 1932. 10)과 함께 항일독립투쟁의 무대였던 만주를 시적 공간으로 설정하였다는 점에서도 의의가 있다. 이 시기에 카프를 대표하는 김창술이 「汽車는 北으로 北으로」(『카프시인집』, 1931)에서 민족해방투쟁의 공간을 본토에 국한한 데 비해, 이 작품은 만주뿐만 아니라 노령까지 확대하였다. 이것은 그가 3·1 독립만세운동 이후 전개되었던 정세의 추이와 민족해방운동전선의 전열에 대해 깊은 관심을 갖고 있었다는 증거가 된다. 김해강의 시적 공간으로 만주가 등장하는 것은 '장편 서정시'인 「紅天夢」(『조선문학』, 1937. 3)에서도 이어진다.

## 3. 결론

　한국문학사에서 서한이 본격적으로 도입되기 시작한 것은 1920년을 전후한 시기였다. 이 형식의 자기고백적 성격에 대한 작가들의 방법적 자각과 비평적 관심이 수반되고, 카프 조직의 문학대중화론의 전개와 맞물리면서 형식적 확산을 거듭하였다. 김해강은 1930년을 전후하여 임화가 단편서사시에서 서한체 형식을 도입하기 전에, 그 양식적 효용을 인정하고 시적 실천을 보여주었다. 서한체 시를 대중에게 의식을 전달하는 최선의 양식으로 인식했던 그는, 다양한 시적 화자를 등장시켜서 자신의 정치적 신념을 드러내었다. 그는 친구, 오누이, 부부, 부자관계라는 각기 다른 소통 관계를 설정함으로써, 사회적 현실을 파악하는 여러 계급의 상이한 관점을 구체적 형상으로 보여주었다. 이것은 그가 시적 의도를 효과적으로 서술하기에 알맞은 시적 형식을 탐구한 데 힘입은 것이다. 그 결과 당시의 서한체 시에서 현저하게 나타났던 관념적 도식성으로부터 일정한 거리를 유지할 수 있었다. 당시 카프의 소장파 시인/비평가였던 임화가 여성화자를 중시하여 감상적인 정조를 드러내었던 데 비해, 김해강은 다양한 화자와 형식을 통해 식민지

---

31) 그가 1930년대 후반부터 본격적인 서정시를 쓰게 된 이유로는 세 가지를 들 수 있다. 첫째, 개인적인 측면에서 그는 이 무렵 김남인의 권유에 의해 시 전문지『시건설』의 편집을 담당했다. 이 잡지는 특정 유파에의 이념적 편향을 지양하고, 다양한 계층의 시적 경향을 수용하는 종합적인 성격을 지닌 시 전문지였다. 그는 이 잡지의 편집 업무에 전력하느라고 시작품 쓰기에 소요되는 시간적 여유가 없었던 까닭에 간헐적인 작품 발표에 머물러야 했다. 둘째, 문단적 측면에서는 카프 조직의 해산 과정에서 나타났듯이, 일제의 사상 통제가 강화되면서 예전의 현실비판적인 성향의 시작품은 발표될 수 없었다. 그 역시 이러한 문단적 조류에 역행하는 계급적/비판적 성향의 시작품을 발표할 수는 없었을 것이다. 셋째, 정치적 측면에서는 이 무렵 일제에 의해《동아일보》와《조선일보》등이 강제 폐간되는 등 출판 상황이 악화되었다. 이러한 외부 환경의 변화로 잡지 발간의 취지와 유통구조의 폐쇄에 직면하게 되자, 그는 김남인을 만나『시건설』을 자진 종간하기로 합의하였다. 이 세 가지 이유는 그가 현실비판적인 리얼리즘시에서 순수 서정시로 전환하게 되는 직접적인 요인이 되었다. 이러한 시적 전환의 구체적인 사례는 김남인과의 공동시집『청색마』(1940.)에 수록된 시작품과《매일신보》(1941. 10. 20~30)에 발표했던 '금강8제' 라는 연작시를 통해 살펴볼 수 있다.

의 궁핍한 실체적 모습을 형상화하려고 노력하였다.

김해강의 서한체 시에 나타난 담론 형태는 가족 내적 담론이 주류를 이루며, 쌍방향의 의사소통보다는 일방적인 의사전달체계를 중시하고 있다. 담론의 형식보다는 전달되는 내용을 강조하려는 의도 때문에 가족 구성원간의 소통 구조를 중시하는 폐쇄적 양상을 띠게 되었다. 초기의 작품에서 검출되었던 감상의 과잉현상은 서한체 형식에 대한 시인의 방법적 자각이 심화되면서 대상과의 적절한 거리 조절, 적합한 화자의 선택, 담론 방식의 변화를 가져오게 되었다. 그에게 서한체 시는 '대중의 감정과 사상과 의지'를 기조로 '대중이 즐겨 음미하고 흡수할 수 잇'는 의식을 전달하는데 효과적인 최선의 양식이었으며, 이런 점에서 그는 시와 시론의 합일을 추구하였다. 그가 '대중에게 의식을 전달할 수 잇슬' 방법을 모색하는 데 주력하여 일방적인 의사전달체계를 채택한 것이나, 객관적 현실에 대한 정확한 인식과 파지를 주장한 것도 이런 맥락 안에서 이해되어야 할 것이다.

1930년대의 김해강의 시작품에서 현저하게 검출되는 서한체 시형식은 일제에 의한 검열제도가 강화되면서 감소하였다. 그것은 그의 서한체 시작품에 수용된 시적 소재가 '개인적 사연—가족사적 사건—민족적 이념'으로 확장되면서 일제의 사상 통제와 충돌한 결과였다. 더욱이 객관적 정세의 악화로 인한 복합적인 현상으로, 카프의 해산과 리얼리즘 시의 수적 감소 현상과 맞물려 있다. 이러한 이유로 인해 이후의 시에서 그는 본격적인 서정시의 세계로 전환하게 되었다.

# 김해강의 농민시

## 1. 서론

지금까지 식민지시대의 농민문학에 관한 논의는 대부분 카프의 농민
문학론을 중심으로 전개되었다. 그러나 카프는 1920년대 말까지 교조
주의적인 이론투쟁에 전력하면서 농민문학에 대해서 침묵하였다. 이
에 대해 코민테른은 1928년 조선 문제에 대한 결정, 즉 12월 테제에서
카프의 대중과 유리된 극좌 편향의 운동 방향을 비판하고 농민운동에
관해 시급한 관심을 촉구하였다. 이어서 박태원이 「하리코프에 열린
혁명작가회의」(《동아일보》, 1931. 5. 6~10)라는 번역문을 통해 1930년
11월 개최된 하리꼬프회의 내용을 소개하자 비로소 카프는 농민문학
에 관심을 기울였다. 카프는 "1928년 현재 농민의 숫자는 1,500만 명
으로 전체 인구 1,900만 명의 약 80%"[1]에 이르렀던 현실을 외면한 채

---

1) 강만길, 『한국현대사』, 창작과비평사, 1984, 100쪽.

내부의 세력 다툼에 조직력을 허비하고 있었던 것이다.

이와 같은 사실을 고려할 때 "카프의 농민문학론을 마치 우리나라 농민문학론의 대표로 삼았던 점은 반성"[2]해야 한다. 더욱이 1919년 3·1독립만세운동 이후 민족 내부의 투쟁 역량이 축적되기 시작하면서부터, 1926년경 "외부로부터 방향전환론이 대두되기 전에 일반농민의 대중조직으로서 농민조합"[3]들이 출범했던 사실은 자생적인 농민문학론의 발생을 가능케 했다는 점에서 중요하다. 그러므로 식민지시대의 농민문학 논의는 카프가 주목하기 이전부터 농민들의 삶을 시적으로 반영하는 데 노력했던 시인들에게 논의의 초점을 맞추는 것이 온당하다.

그들 중에서 대표적인 시인으로 김해강을 들 수 있다. 현재까지 발굴된 작품 중에서 김해강이 식민지시대에 쓴 농민시는 당시의 어느 시인에게서도 유례를 찾아볼 수 없을 정도로 많다. 그는 '농민시의 개척자'[4]라고 불리는 박아지가 「農夫의 선물」(『조선문단』, 1927. 3)을 발표하기 이전부터 농민시의 원형을 탐색했다[5]는 점에서 본격적으로 논의될 필요가 있다. 그러나 지금까지 그의 농민시는 서범석[6]과 오세영[7]에 의해 식

<hr>

2) 최원식, 『생산적 대화를 위하여』, 창작과비평사, 1997, 167쪽.
3) 한도현, 「반제 반봉건 투쟁의 전개와 농민조합」, 한국사회사연구회 편, 『일제하의 사회운동』, 문학과지성사, 1987, 169쪽.
4) 김재홍, 『한국현대문학의 비극론』, 시와시학사, 1993, 83~114쪽.
5) 「아츰날」(《조선일보》, 1926. 1. 31), 「녯들」(《조선일보》, 1926. 2. 19), 「저무러가는山路에서」(《조선일보》, 1926. 3. 11), 「물방아」(《조선일보》, 1926. 3. 16), 「봄비」(《조선일보》, 1926. 3. 28), 「흙」(『조선문단』, 1926. 3), 「나의宣言」(《조선일보》, 1926. 4. 7), 「쪼각달」(《조선일보》, 1926. 4. 19), 「불타버린村落」(《조선일보》, 1926. 5. 1), 「첫녀름의들빗」(《조선일보》, 1926. 6. 1), 「愚婦의설음」(《조선일보》, 1926. 6. 28), 「故園의녀름ㅅ빗」(1926. 8. 21), 「아츰날의讚美者」(《조선일보》, 1926. 8. 30), 「農村으로」(『신여성』, 1926. 8), 「호박꼿」(1926. 8), 「가을바람」(1926. 9), 「熱砂의우로」(1926. 12. 13), 「눈나리는大地」(《조선일보》, 1926. 12. 16), 「雪月情景」(《조선일보》, 1926. 12. 23), 「斷腸曲」(《조선일보》, 1926. 12. 31), 「눈나리는산ㅅ길」(1927. 2. 5), 「山村夜景」(《조선일보》, 1927. 3. 14) 등.
6) 서범석, 『한국농민시연구』, 고려원, 1991, 127쪽 및 223~224쪽. 그가 펴낸 『한국농민시』(고려원, 1993)에는 김해강의 「가을의 香氣」, 「農民禮讚」, 「農村으로」, 「農土로 돌아오라」, 「待雨」, 「봄밤의 情調」, 「부탁」, 「初夏夕咏」, 「아츰날의 讚美者」, 「田園에 숨은 가을의 노래」, 「豊年雨」, 「黃波萬頃에 익어가는 가을」, 「산길을 걸으며」 등 13편이 수록되어 있다.

민지시대의 농민시를 언급하는 과정에서 부분적으로 거명되었을 뿐이다. 이에 본고에서는 김해강의 농민시를 주제별로 분류하고, 그 특성을 유형화하고자 한다.

## 2. 김해강의 농민시의 특성

일제에 의한 국권 침탈은 식민지 원주민들의 구체적 삶을 왜곡시켰다. 이러한 정치 상황은 시인들로 하여금 문학을 사회 현상의 반영물로 파악하도록 조장하였다. 1925년부터 전개된 김해강의 시작활동은 식민지 경제체제에 강제 편입된 농민들의 궁핍한 삶의 단면을 형상화하는데 집중되었다.[8] 그에게 농민시의 창작은 식민지 현실을 정확하게 인식하는 계기였으며, 이후의 작품에서 기교보다는 서술적 요소를 중시하는 시작 태도를 형성시켜 주었다. 그는 「魂 나의詩」(《조선일보》, 1927. 1. 4)에서 자신의 시작품을 '農村에서 쫓기는' 고달픈 영혼들의 이야기를 '눈물로 써노흔것'으로 규정하였다. 그 결과 그의 농민시에는 최초 발표작 「天國의鍾소리」(《조선일보》, 1925. 7. 24)에서 출현한 '쫓기여가는者'의 비극적 심상이 반복적으로 등장하고 있다.

이와 같은 미학적 관점은 그가 '『農土의風情』『民의마음』'을 '은연히말하고잇'는 「호박꼿」(《조선일보》, 1926. 9. 29)에 주목한 데서 비롯되

---

7) 오세영은 『한국근대문학론과 근대시』(민음사, 1997, 274쪽 및 282쪽)에서 김해강의 「早春哀歌」, 「農村으로」, 「愛頌」, 「아츰날」을 '계급적 농민시'로 분류하고, 「田園에 숨은 가을의 노래」, 「물방아」, 「첫녀름」을 '목가적 농민시'로 나누었다. 그러나 「愛頌」은 농민시가 아니라, 노동자 부부의 사랑을 노래한 삭품이므로 그의 분류는 시성되어야 한다.

8) 김해강이 농민시의 창작에 노력했던 배경으로는 그와 천도교단 간의 관계를 들 수 있다. 그의 부친이 천도교단에서 설립한 사립학교의 학감이었고, 고모부 최린은 천도교 신파의 지도자로서 3 · 1독립만세운동 당시 민족대표 33인 중 한 사람이었다. 또 그는 천도교단에서 설립한 소학교와 보성학교, 천도교종학원에서 수학했었다. 이러한 사실로 미루어 볼 때, 그는 1925년 10월 29일 창립된 천도교 계통의 조선농민사에서 주도한 농민운동에 관심을 기울이게 되었을 것이다.

었다. 그에게 호박꽃은 '해쓰자피는' 재바름과 '거짓업는순박한' 미덕을 갖춘 '王者의존귀한黃金의면류관과갓'은 꽃이었다. 단순한 심미적 속성으로부터 도출된 호박꽃의 이미지는 원시적 세계의 질서를 담보해주는 객관적 상징물이라는 점에서, 일제에 의해 강요된 식민지 질서 체계에 대한 대항소로서의 성격을 획득하게 된다. 그에게 호박꽃은 '멍청한꽃곱지못한꽃'이 아니라, '농촌에서쫓기는자'와 함께 식민지의 현실을 함의하고 있다.

### 1) 노동예찬

인간은 노동하는 동물이다. 노동은 인간의 자주적이고 창조적이며 의식적인 활동으로서, 인간의 생존조건과 자기 발전을 담보해 주는 생의 기본 방식이다. 인간은 노동을 통해 자연을 변형시키며, 세계의 존재로 실존적 상황을 수용하고 사회를 변혁하는 동력을 획득하게 된다. 그러므로 노동을 예찬하는 시작품은 개인적 창조물이면서, 동시에 사회를 개조시키려는 시인의 역사적 전망이 삼투된 문학적 형상물이다. 김해강은 식민지시대의 고통을 온몸으로 감당하고 있던 기층 민중의 실존적 조건에 관심을 갖고, 노동의 본질적 국면을 문제삼아서 외세에 의해 노동 의지가 좌절된 농민들의 처지를 강조하려고 노력했다. 그것은 세계의 현상을 충실히 반영해야 하는 리얼리즘시에서 "아름다운 것은 우리가 이해하고 원하는 생활, 우리를 즐겁게 하는 상황을 보여주는 것"[9]이었다. 실례로 그는 노동 현장에 복무하는 한 부부의 노동 행위를 통해서 노동의 의미를 천착하였다.

---

9) N. G. Chernyshevskij, 신윤곤 역, 『현실에 대한 예술의 미학적 관계』, 열린책들, 1991, 47쪽.

물방아소리쑥근치며

담배를부처물고안즌남편!

치마압자락으로얼골을씻는안해!

『석섬(三石)은찌엿지?』

『아직도두섬이나남엇소』

『이밤에마자찌어버려야지』

못처럼어든安息도暫間!

찔―구덩쿵 찔―구덩쿵

쏘다시물방아는도라가기始作한다

―「물방아」(《조선일보》, 1926. 3. 16) 부분[10]

김해강은 물방아를 찧는 부부의 노동현장을 정밀한 카메라 기법을 활용하여 묘사하였다. 그는 농민 부부의 "쓰거운김이쩌오르는그얼골"을 '生의聖光'으로 규정하고, 노동의 본질적 국면을 포착하고 있다. 그가 발견한 노동의 환희는 "현실생활 자체가 이미 구체적 형상으로 표현되고 개념을 포함하고 있는 까닭에 예술가는 형상을 통하여 현실생활을 반영할 때 현실생활 중의 개념까지 함께 반영하여야"[11] 한다는 리얼리즘 시정신을 정직하게 실현한 결과이다. 이와 함께 그의 시 「아츰날의 讚美者」는 "자연의 여러 현상들은 결코 개인과 우주의 합일 같은 고전·낭만적 시정신의 바탕에서 사용되지 않고, 정치적인 상태 또는 정치적인 전망의 알레고리로써 사용된다"[12]는 노동시의 미학적 기준을 확보한 작품이다.

---

10) 앞으로 발표 지면이 표기되지 않은 작품은 연구자가 발굴한 것이며, 작품 인용은 원문대로 표기한다.
11) 蔣孔陽, 김일평 역, 『사유와 전형』, 사계절, 1987, 59쪽.
12) G. Stieg·B. Witte, 마성규 역, 『독일의 노동시』, 개마고원, 1992, 39~40쪽.

광이를들엇다노앗다노앗다들엇다할새

太陽의金화살은내全身을쏘나니

오 내붉은몸동이에서쩌오르는쓰거운김!

내全身을高速度로다름박질하야팔팔도는피!

얼마나아름다우냐거룩하냐?

—「아츰날의讚美者」(《조선일보》, 1926. 8. 30) 부분

안함광은 이 작품에 대해 "농민을 한낱 '순박'과 '건실'의 존재로서, 농촌을 한낱 평화한 에덴의 동산으로 사유하던 메타피짓스한 경향의 반영 이외의 아무 것도 아니다"[13]고 폄하하였다. 그러나 그의 지적은 김해강이 작품을 발표한 지 5년이 경과한 시점에 나온 것이어서 시기적 효용성을 상실한 거론이었으며, 자신의 논리를 합리화하기 위해 자의적으로 선정한 사례일 뿐이다. 또 그가 제기한 "프로파의 농민문학 논쟁은 개념 규정 문제를 비롯하여 거의 모두가 일본 농민문학연구회의 성과를 수용한 것"[14]에 불과하다는 점에서 외래적 관점을 기계적으로 적용한 사례에 지나지 않는다. 이미 김해강은 「太陽의입술에입맛추는령혼」(1927. 6. 1)에서 "치마를 쩔고 나오는 안해, 아욱닙을 쯧는 손"과 "풀을 베러 나오는 사내의 몽친장ㅅ단지"를 정밀하게 묘사할 만큼, 대상에 대한 사실적인 묘사를 중시하고 있었다. 따라서 이 작품은 "투철한 노동사상이 아름다운 표현미학을 획득함으로써, 높은 사상예술성을 확보한 한 예가 된다는 점에서 당대 프로시의 또 다른 가능성을 시사해 준 것"[15]이다.

시 「農民禮讚」(《동아일보》, 1928. 6. 2)에서 '썩어가는 都市人의 염통

---

13) 안함광, 「농민문학 문제 재론 (2)」, 《조선일보》, 1931. 10. 23
14) 芹川哲世, 「한일 농민문학론의 비교 고찰」, 신경림 편, 『농민문학론』, 온누리, 1989, 157쪽.
15) 김재홍, 앞의 책, 1991, 131쪽.

바닥'과 '흙을파는 健壯한 붉은 몸ㅅ덩이'를 대조시키며, 노동하는 대
다수의 농민들을 도시인들보다 높이 평가하던 김해강은 식민지 농업
정책이 점차 마각을 드러내면서부터 노동의 조건을 탐색하기 시작한
다. 그것은 일제에 의한 농민들의 노동력 착취 현장을 고발로 구현되
었다. 일제는 장기간의 가뭄과 흉작으로 말미암아 발생한 농민들의 실
업 상태를 이용하여 1930년부터 3년 동안 이른바 '궁민구제사업'에 착
수했다. 이 사업은 도로 개설·간척 사업·하천 개량·항만 보수·치수
작업·사방 공사 등 전 부면에 걸친 대규모 공사였다. 이에 농민들은
식량 부족과 연속되는 강제 노동으로 인해 이중으로 핍박받게 되었다.
김해강의 다음 작품은 이 시기 '수난이대'의 노동력 착취 실태를 고발
한 작품이다.

> 불까지 집히지 못한 쩌진 구들장에
> 옵바는 파리한 얼굴에 입을 다문 그대로
> 아모 말업시 누어만 잇스올샌
> 늙은 허리를 펴지 못하는 아버지 옵바를
> 대신하야 오늘도 부역을 갓나이다
>
> —「早春哀歌」(『제일선』, 1932. 6) 부분

그는 여성 화자를 통해 강제 동원된 부역 현장의 비참한 실태를 고발
하고 있다. 하루 12시간의 중노동으로 인해 "파리한 얼굴에 입을 다
문" 오빠와 "늙은 허리를 펴지 못하는 아버지"의 부역 체험은 일제에
의해 시도된 노동력의 착취 현장이었다. 일제는 대물림을 통해서라도
할당된 부역 일수를 채우도록 강요했던 것이다. 일제가 도로를 개설하
게 된 것은 군국주의의 제도화를 획책하면서, 한반도를 식량 보급 및
병참기지로 전락시키려는 교활한 계략의 일환이었다. 그밖에 부역을

나갔다가 돌아온 농촌 사내의 노동 의지를 표상한 작품으로는 시 「田園에 숨은 가을의 노래」(『신여성』, 1932. 11)가 있다.

김해강은 일제의 수탈이 산업의 전 부문에서 가속화되면서 상대적으로 피폐해지는 농민들의 삶을 보고, 농민들의 노동 행위를 예찬하던 초기의 시작 경향을 탈피하여 농촌 현실을 근본적으로 개선할 수 있는 시적 방안을 모색하기 시작했다.

### 2) 농촌계몽의식의 표출

1920년대에 전개되었던 농촌계몽운동은 "광범한 대중 속에 반침략적 애국정신과 반봉건적 개화 풍조를 침투시켜, 많은 제약성을 가졌으면서도 민족운동을 한층 더 높은 차원으로 발전시키기 위한 실력 양성이라는 역사적 사명을 다하여 1919년 3·1운동의 복선"[16]이 되었던 전대의 계몽의식과 달리, 민족 구성원의 대부분을 차지하는 농민의 각성을 통해 민족해방을 추구하려는 의지의 표현이었다. 일제는 야학을 사회주의 단체로 규정하고 강력하게 대응하는 한편, 공장 단위의 관제 야학을 개설하여 농촌에 산재했던 야학기관을 무력화하려고 기도하였다. 김해강은 이 시기에 선진적인 청년 지식인들이 전면적인 항일전선을 구축하려는 의도 아래 운영했던 농촌의 야학 광경을 묘사하면서 계몽의식을 드러냈다. 그의 계몽의식은 식민지 현실에 대한 농민의 각성을 통해 계급해방의식을 확산시키기 위한 전단계로서의 의의를 갖는다. 이 점은 신문학 초기의 소박한 계몽의식과 변별되는 자질이면서, 농민해방의식의 시적 표현이었다.

---

16) 강재언, 『한국의 근대 사상』, 한길사, 1985, 239쪽.

쏘나는 보앗노라

고요한밤푸른찬별빗아래

마을안넓은마당에

늙은이 젊은이 어린이 산아희 녀편네 모도뫼여노코

혹은『가갸거겨』

쏘혹은『우리도 남과가티 잘살어보려면……』하고가르치고부르지짐을—

—「農村으로」(『신여성』, 1926. 8) 부분

농촌의 '고요한밤푸른찬별빗' 아래서 "늙은이 젊은이 어린이 산아희 녀편네 모도" 모여서 "『가갸거겨』"를 배우는 장면은 뭉클한 감동을 자아낸다. 김해강은 이 작품을 통해서 '도시로닷는동모들'에게 농촌으로 돌아와서 '농민들과손목잡고가슴을헤치라' 고 권유하고 있다. 그는 '배우려고 알려고 살려고헐덕이는' 농민들을 위해 지식인들의 귀향을 호소한 것이다. 1930년의 문맹률이 80%에 달했던 사실을 고려하면, 문맹 퇴치는 시급한 민족적 과제였다. 점진적 개량주의자들에 의해 이른바 준비론 사상이 구체화되면서 "30년대 농촌계몽운동의 실천 양태의 하나가 바로 '계몽문학적 농민시'"[17]로 나타났던 문학사적 사실을 상기할 때, 이 작품은 농민시의 선구적인 작품이라고 할 수 있다. 그는 1931년 조선일보사에서 「문맹퇴치가」를 공모하자 부인의 이름(李順珠)으로 응모하여 2등 당선될 정도로 문맹 퇴치 운동에 깊은 관심을 갖고 있었다.[18]

그의 농촌계몽의식은 이른바 '서한체 담화법'을 차용한 작품에서 야학운동과 긴밀하게 대응하였다. 그는 비형식 교육기관인 야학의 특수성에 기대어 농민의 계몽을 통한 항일민족전선의 확대를 시도하였다.

---

17) 서범석, 『한국농민시연구』, 208쪽.

이것은 그가 농민해방과 민족해방을 동일한 차원에서 인식했던 계급 의식에서 비롯된 것이다. 그는 도회지에 유학하는 '봉지 맺는 꽃순' 같 은 여학생 집단을 수취인으로 설정하고, 지식인들의 농촌계몽활동을 호소하였다.

> 번화함을 자랑하고 文明만 찬양함은 철없던 時節의 일
> 내 고장에 돌아온 짧은 동안일망정 보람을 남겨 놓음이 있어주오.
>
> 허리 부러진 내 고장의 묻힌 애를 캐어도 보고
> 불볕 아래 덤풀을 헤치며, 살을 찢기는 아픈 선물도 손수 담아보오.
>
> —「부탁」(『신여성』, 1932. 8) 부분
>
> 기역 니은 한 字를 뙤아주고 언니들은 떠났소?
> 새 삶의 본보기로 어둠을 깨워 주고 언니들은 떠났소?
>
> 들은 가물에 타는데, 걱정하는 낯꽃이나 보여주었소?
> 밭에 들어가 흙덩이 하나 깨트려나 보았소?
>
> —「둘쨋번 부탁」(『신여성』, 1932. 12) 부분

두 작품은 여름방학과 겨울방학을 맞아 '汽車에 몸을 실어 반가운

---

18) 김해강이 응모했던 「문자보급가」(《조선일보》, 1931. 1. 1)의 전문은 다음과 같다.
　"1. 사천년 잠들였든 어둠을 뚫고/삼천년 이 땅에 울리는 소리/배우자 배우자 배워야 산다/어깨를 결우어 배워야 산다/어깨를 결우어 배워야 산다
　2. 내 것을 내 맘껏 내 못지니며/내 살림 빛나게 내 못벌임은/뜨고도 못가린 어둔 탓이다/배워서 자돌힘 아는 것이 힘/배워서 힘돋자 아는 것이 힘
　3. 덩지큰 어둠 지옥 깨트려 붓고/ㅅ음이 서린 가슴 뒤집어 옆어/악물고 부르지고 배워나가자/봄새벽 놀애 같은 그날이 오리니/봄새벽 놀애 같은 그날이 오리니
　(후럼) 공장에서나 들판에서나/어른 아이든 모이는 대로/한둘이면 한둘이 열이면 열식/배우자 기역니은 우리 글부터"

얼굴로' 귀향하는 여학생들에게 당부하는 내용으로, 동일한 잡지에 발표되었으며 주제상으로 상호 연결되어 있다. 귀향하는 언니들이 "기역 니은 한 字를 뙤아주"거나 "새 삶의 본보기로 어둠을 깨워 주"기를 갈망했던 화자의 기대는, 언니들이 "얼굴을 꾸미는 化粧法"이나 "시굴은 갑갑해 못살 곳"이라는 푸념만 늘어놓고 가자 원망으로 바뀌게 된다. 그 원망은 언니들을 '한창 복스러운 학생의 몸'으로 규정하고, 자신을 '쏘다저 나리는 불볏 알에 흙을 파는 시골의 處女'로 자학하도록 만들었다. 이 작품에서 '몸을 學窓에 두어 글자를 배우는 것만이 공부'라고 생각하는 언니들의 행태는, 당대의 지식인들이 갖고 있었던 '風船 같은 생각'의 행동화에 다름아니다. 그는 이 작품을 통해서 1930년 말 현재 학령아동의 취학률이 18.5%에 불과[19]한 사실을 외면하던 지식인들의 허위의식을 비판하고 있다.

일제는 1920년 3월 '회사령'을 폐지하고 자국의 자본이 조선에 손쉽게 진출하는 데 필요한 사전조치들을 취하였다. 그들이 조선에 설립했던 제철소, 질소비료공장, 시멘트 공장 등은 "조선 공업의 내재적 발전의 결과가 아니라, 일본제국주의의 이익을 위해 이식되어진 것이고, 조선 공업을 식민지적인 기형성의 아래에 둔 것"[20]에 불과하다. 일제는 농촌 소녀들을 여공으로 채용하고, 그들에게 최저임금과 장시간의 노동을 강요하였다.

오 저들!
몸ㅅ둥이가 어느 구렁에 썰어질지 몰으는 저들!
고양이 웃음짓는 出張員의 날카로운 視線이

---


19) 강동진, 「문화주의의 기본 성격」, 『한국사회연구』 제2집, 한길사, 1984, 173쪽.
20) 조선사연구회 편, 조성을 역, 『한국의 역사』, 한울, 1985, 207쪽.

眼鏡 넘어로 왼몸을 삿삿치 씹어할틀 째

얼마나 가슴을 방망이질 하얏든가?

—「農土로 돌아오라」(《조선일보》, 1928. 9. 21) 부분

그는 이 작품에서 "아름다운 가상의 문학에 대한 거부와 그 대안으로서 명확히 위치지워져야만"[21] 하는 노동시의 조건을 충족시켰다. 그는 공장을 설립하여 노동력을 착취하려는 일제의 의도를 간파하고, 제사공장에 취업하기 위해 농촌을 떠나는 여성들을 향해 '農土로 돌아오라'고 호소하고 있다. 소녀들은 '돈벌러' 공장에 취직한다. 일제에 의해 조장된 물신숭배의식은 이 작품 속에서 '고양이 웃음짓는 出張員'이 "眼境 넘어로 왼몸을 삿삿치 씹어할틀 째" 고개를 숙이고 "숫된 붓그러움이 落葉될가" 염려하는 소녀를 '奴隷로서의 最初의 人間'으로 만든다. 여공들은 대개 15~16세 전후의 농촌 소녀들이었다.[22] 살인적인 노동환경 속에서 노동력을 약탈당하던 여공들의 비극적 삶은 김해강에게 "생활을 억압하고 유린하는 착취제도와 착취계급을 증오하면서 새로운 사회제도를 만들어나가고 싶다는 사상과 감정"[23]을 확보하는 대립적인 세계 인식의 기반이 되었다.

### 3) 소작농의 비극적 삶

일제는 1910년대의 토지조사사업을 전개하는 과정에서 식민지의 동

---

21) G. Stieg · B. Witte, 앞의 책, 17쪽.
22) 당시 제사공장 내의 열악한 실상에 대해서는 한 여공의 증언을 통해 확인할 수 있다.
   "기숙사라고 해도 한 방에 10여명씩이나 처넣고, 수위가 계속 교체하며 그들을 감시하여 극도로 자유를 제한하고 있다. 노동시간은 길고, 식사는 형편없어 그들의 영양상태와 건강은 극도로 악화되고 있다… 몸은 쇠약하여 졸도하는 일이 허다한데, 공장 내에는 특별한 규율이 있어 조금이라도 그 규율을 어기면 즉각 매를 맞는 형편이었다." –《조선중앙일보》, 1936. 7. 2
23) 김재홍, 앞의 책, 121쪽.

조자들을 규합하는 방안의 하나로 지주계급을 양성화시켰다. 이들은 구한말의 관료들이 대부분을 차지하였으며, 봉토를 계승받거나 농민 소유의 토지를 가로채는 수법으로 기득권을 유지하였다. 당시의 지주 들은 1927~32년의 세계적인 경제대공황으로 인해 은행·보험업 등의 금융 부문에서의 참여도가 급격히 감소하면서 발생한 잉여자금의 상 당 부분을 고리대금업과 투기사업 등에 집중적으로 투자하였다.[24] 이 과정에서 그들은 식민지 권력의 비호 아래 민족의 희생을 강요하는 '잇는者'로 변모해 갔다. 일제와 지주의 야합으로 인해 농민들은 더욱 비참한 삶을 영위하게 되었고, 그들에게는 민족의 최대 명절인 설조차 도리어 '모진 날'이었다. 다음 작품에서 김해강은 "『설』이라고 옷가지 나 전당하여 온것"과 "애탄갈탄 한푼두푼 모하둔것"을 빼앗아가는 '무 서운 빗장이령감'을 등장시켜서, 식민지 경제체제가 결과한 이중적 수 탈구조를 고발하고 있다.

> 보라. 어제ㅅ저녁의 참혹한光景을!
> 『설』이라고 옷가지나 전당하여 온것을
> 그리고 애탄갈탄 한푼두푼 모하둔것을
>
> 저 무서운 빗장이령감이 와서
> 억지로 쌔아서 가지 안햇느냐?
> 그때에 병든안해의 바르르 썰든 파리한얼골……
>
> ─「주린者의『설』노래」(《조선일보》, 1927. 3. 18) 부분

이와 같이 피폐화된 농촌 현실은 일제가 1920년부터 이른바 산미증

---

24) 장시원, 「식민지하 조선인 대지주 범주에 관한 연구」, 『한국근대농촌사회와 농민운동』, 열음
   사, 1988, 274~284쪽.

산계획을 실시하면서 지주계급과의 유착관계를 강화하고, 농민들의
정치적·경제적 지위를 하락시킨 데서 기인한다. 식민지 지주제가 정
착되면서 일제와 결탁한 지주계급은 소작농의 농지 경영에 깊숙이 개
입하고, 그 생산과정까지 지배하고 간섭하는 존재로 변해 갔다. 이 제
도에 의해 지주와 소작농은 인간적 관계가 아닌 물질적·경제적 관계
로 변질되기에 이르렀고, 지주들은 식민지 권력의 비호 아래 토지 소
유의 집중화를 시도하였다. 김해강의 시작품에서는 일제에 의해 식민
지 지주제가 정착되어 가던 농촌의 실상이 여실히 드러나 있다.

> 들 한복판에 조으는듯 쌈박이는 등ㅅ불하나
> 몬지속에 김나는 얼골들이 밧부게 움직이는구나
> 밤마다 단잠을 팔어 갓분숨 허덕이며
> 씨여놋는 흰쌀. 저들의 입에 몃알이나 구을려지나.
>
> 열섬이라 스무섬 내손으로 찌여내것만
> 알알에 내 쌈방울 떨어저 배엿것만
> 사랑하는 쌀아들 그대로 굼주리며 떨지안는가
> 수억만 쌀알에서 한두알인들 내것 안이란것을.
>
> ―「물레방아」(1928. 11. 4) 부분

　식민지 지주계급을 양성화시킨 일제는 1920년대에 들어서 "소작료·
소작권의 이동 변경 등 소작 조건을 지주의 손아귀에 쥐어 주어서 고율
의 소작료나 여러 봉건적 특권을 보장"[25]해주었다. 이 작품은 "전북지
방을 중심으로 가장 전형적으로 나타나"[26]고 있었던 식민지 지주제가

---

25) 강동진, 『일제의 한국침략정책사』, 한길사, 1984, 204쪽.

실시될 무렵의 농촌 실태를 고발하고 있다. "밤마다 단잠을 팔어 갓분숨 허덕이며" 물레방아를 돌리며 "찌여놋는 흰쌀"이지만, 정작 경작자인 "저들의 입에 멋알이나 구을려지"는지 모른다. "들 한복판에 조으는 듯 쌈박이는 등ㅅ불하나"를 켜고 "열섬이라 스무섬 내손으로 찌여내"고 "알알에 내 쌈방울 절어저 배엿것만", 물레방아를 돌리는 농민은 "수억만 쌀알에서 한두알인들 내것 안이란 것을" 잘 알고 있다. 소작농에 불과한 그로서는 "사랑하는 쌀아들 그대로 굼주리며 쎌"고 있어도, 그들에게 먹일 수 있는 쌀이 없다.

이 시기의 농민운동은 노동운동과의 조직적인 연대가 두드러지게 나타났다.[27] 3·1독립만세운동 이후 삼남지방을 중심으로 전개되었던 소작쟁의는 1920년부터 1939년까지 140,969회가 발생하여 식민지 당국조차 '농촌사회의 恒常的인 현상'이라고 규정할 만큼 전국적으로 빈발하였다. 소작쟁의는 암태도 소작쟁의(1924. 4. 3)를 비롯하여 무안농민투쟁(1925. 8), 옥구 二葉社 농장 쟁의사건(1927. 11) 전북 최대 지주 백인기댁 습격 사건(1928. 12), 단천농민폭동(1930. 7) 등을 거치면서 점차 계급투쟁의 성격을 띠게 되었다. 이런 이유로 인해 1930년대는 "대지주에 대한 경제투쟁이 바로 식민지 제국주의에 대한 반제투쟁이면서 정치투쟁으로 강화하는 시기"[28]였다.

마을안 넓은사랑엔 低氣壓이 쩌돌고잇다

憤怒에 넘치는 검붉은 얼골들 절리는 굵은쎄대들

斥候兵의回報를 기다리는듯 켱기는 가슴을 부드안ㅅ고

---

26) 박명규, 「한국 근대사와 전북지역 민중의 삶」, 『호남사회연구』 창간호, 호남사회연구회, 1993, 57쪽.
27) 김경일, 『일제하 노동운동사』, 창작과비평사, 1992, 168쪽.
28) 이우재, 『한국농민운동사연구』, 한울, 1991, 50쪽.

무서운 바람은 일어나려느냐? 사나운 비는 쏘다지려느냐?

오—찝흐렷든 한울에 번개ㅅ불이 번쩍하자 우뢰는 터지게 되엿다

기다리든消息은 스태나 저들의염통에 불쏭을 썰어트린것이다


『여보게들 마츰내 그는피ㅅ투성이 송장이되여 들것에 담겨오자

쌀은 쌔앗기고 아들은 볼모로 잡혀가게되니 그의안해는 혀를 깨물고 죽고
말엇네

엇지들 하려나? 일어나세 자—째는 이째네 걱구러저도 나아가 걱구러지
세』

—「噴火口(一)」(《조선일보》, 1927. 7. 31) 부분


김해강은 이 작품에서 소작분쟁을 둘러싼 농민들의 분노를 '폭발하려는 噴火口'로 비유하고 있다. 농민들은 "피ㅅ투성이 송장이되여 들것에 담겨오"게 된 가장의 주검과 "쌀은 쌔앗기고 아들은 볼모로 잡혀가게"된 아내가 "혀를 깨물고 죽"게 되자 "걱구러저도 나아가 걱구러지"자고 절규하면서 분기한다. 농민들은 지주에 대한 소작 투쟁의 "압헨 더넓은 曠野가 벌려잇"다는 사실을 알고 있다. 그는 소작 투쟁에 참가한 농민들의 "가슴과가슴은 뒤밋처닥처올 戰線의차림에 울렁거린다"고 표현함으로써, 지속적으로 전개될 농민들의 강도높은 투쟁 의지를 강조하고 있다. 이와 같이 그의 시작품 속에서는 프롤레타리아적 세계관에 입각한 계급적 인식이 구체적인 삶의 세목들을 매개로 드러낸다. 시인은 "자기의 세계관 내지 자기의 시대와 계급에 대한 그의 견해를 표현하기 위해 현실에 지향"[29]한다는 점에서, 당대의 객관적 정세를 반영한 시작품을 통해 그의 농민해방의식을 검출할 수 있다.

---

29) H. Arvon, 오병남 · 이창환 역, 『마르크스주의와 예술』, 서광사, 1981, 151쪽.

　　농민들이 생산한 쌀은 일제에게 수탈되어 일본으로 수출되었기 때문에, 그들은 일제가 만주로부터 수입한 기장과 피 등을 주식으로 대체하여 연명하고 있었다. 이런 식량 사정은 1930년대 접어들면서 잡곡조차 구입할 수 없을 정도로 심화되었다.[30] 1913년에 22.8%였던 자작농은 1932년에 15.7%로 격감하고, 순소작농은 41.7%에서 51.1%로 증가하였다. 특히 전북지방은 토지의 집중화 현상이 두드러지게 가속화되었는데, 구한말까지 50% 수준이었던 소작료가 이 시기에 이르러 60~80%의 고율로 상승하였다. 대부분 소작농이거나 소작노동자 혹은 임금노동자로 전락해 버린 농민들은 이러한 형편 때문에 일용할 양식조차 구할 수 없었다. 시사적으로 "1930년부터 1933년까지의 4년간은 농민시가 집중적으로 발표되어 일제하 농민시 전체 분량의 약 50%"[31]를 차지했던 사실은, 이 시기의 농민들이 처한 상황을 담보해 준다.

　　　　萬頃이라 굼실굼실 이는 벼이삭 香氣에
　　　　瞳子만이 醉하여 하늘을 안을 듯
　　　　기쁨은 呼吸을 배 불리건만두
　　　　모지락스럽구나 기쁨을 씻은 듯 앗이우고 마는
　　　　꺼지는 허파만을 주무르는 한 가락 咀呪만이
　　　　그득 火心을 다루는 것을

---

30) 다음 신문자료는 당시 소작농들이 처했던 상황을 증언해 준다.
　　"1년 소출의 반 이상은 지주의 손으로 들어가고 지주의 손에서 다시 소비지인 도시를 거쳐 조선 외로 유출하거나, 그렇지 않으면 다시 토지겸병의 과정을 촉진케 한다. 이리하야 일방으로 자작농의 몰락, 소작농이 증가는 인구 동계가 여실히 보여주고 있는 현상이 되었고, 또 타벙으로 과중한 부담에 억눌린 소작 농민들은 생활의 최전선에서 부채의 노예가 되거나 그렇지 않으면 조만간 遊離의 길을 떠나게 된다. 이같은 현실하에 생활 개선, 소비절약과 같은 이상이 실제화할 수 없는 것은 물론이요, 생산력의 증가와 같은 것도 소작인의 誠力을 환기할 수 없는 것이다." -《동아일보》, 1932. 4. 30
31) 서범석, 앞의 책, 134쪽.

雪寒 三冬 긴 긴 밤을

바라서 끝없는 눈 덮인 벌판에

―〈한숨 짓고 눈물 삼키면서도〉―

그래도 봄 오기를 손 발 비벼 축수하던 것

주린 창자를 틀어쥐고서 가을을 일궈놓았건만

아쉽다 그네는 여전 기쁨에 주리지 않는가.

―「黃波萬頃에 익어가는 가을」(『동광』, 1931. 10) 부분

김안서는 이 작품에 대해 "금년의 시작에서 조흔 것"[32]이라고 평가
했다. '前章'과 '後章'으로 이루어진 이 작품에서 김해강은 추수를 앞
둔 벌판을 바라보면서 "기쁨을 씻은 듯 앗이우고 마는" 농민들의 가련
한 처지를 묘사하였다. 그는 전장에서 "발 벗은 이네 겨레들이 알뜰히
情들여 지은" 가을걷이를 앞두고 "黃金 물결 萬頃으로 이는" 들녘의
풍요로움을 진술하고 있다. 그러나 후장에서는 "千頃 萬頃을, 뼈를 끊
어 일궈 놓고도" 정작 "벼알 하나를 마음대로 건드려" 보지도 못하는
농민들의 가련한 처지를 형상화하고 있다. 이 작품은 시대가 흐를수록
더욱 일제의 농촌 수탈구조는 개선되지 않고 오히려 심화된 사실을 보
여주고 있다. 이러한 생산 현장의 비극적인 사정을 기억하여 가을 들
판을 지나는 이들에게 "無心히 이삭 香氣에 醉틀 말지어다"고 충고한
다. 농민들이 "주린 창자를 틀어쥐고서" 일군 가을 들녘에서 노동이 열
매인 나락 대신 '한가락 咀呪'만 갖게 된 것은 식민지 당국에 의해 구
조화된 기형적인 소작제도 때문이었다. 그의 시작품에서는 소작농의
실상을 적나라하게 엿볼 수 있다.

---

32) 김안서, 「신미년 시단 ― 그 부진과 신시인」, 《동아일보》, 1931. 12. 19.

여지업시 욕을 밧고 쪼각쪼각 짓밟혀버린
어머님의 정성 아아 어머님의 정성
돼지울에 무참히도 쩔어진 어머님의 정성
정성이 설기도 하거니와 분이 분이 왼몸을 태웁니다.

가난은 이토록 어머님의 정성을 짓밟엇싸외다.
밧쬐아기 논싹지 그것이 얼마나 갸륵하기에
이다지도 정성을 밧들어 욕을 사단말에요?
눈물이 불된다면 한껏 울어 이쌍을 모두 xx보렷만

—「少女의적은설음」(『신여성』, 1933. 1) 부분

어머니가 정성스럽게 쑨 "도토리ㅅ묵 한양판"을 들고서 추운 겨울날 지주인 '장자ㅅ댁'을 찾아갓다던 소녀의 슬픈 사연을 노래한 것이다. 그녀가 준비한 묵을 내밀자 지주는 '댓자곳자' 호통을 치며 "돼지 울에 버리게" 하였다. 이 작품은 당대의 농민시에서 보편화된 "동지로서의 무산계급과 적으로서의 유산계급 사이에 명확한 경계선을 긋기에 이르렀고, 무산자의 선을 강조하기 위해서 상대적으로 유산자의 악을 부각시키는 대칭적 수법"33)을 살펴볼 수 있다. 그는 일제의 수탈이 산업의 전 부문에서 가속화되면서 상대적으로 피폐해지는 농민들의 삶을 보고, 농토를 잃은 농민들의 자식들이 살아갈 길을 걱정하였다. 그것은 봄이 와도 농사지을 땅이 없는 아버지의 아픔이 세대간에 계승됨으로써, 식민지 농촌의 비극이 구조적으로 재생산되는 과정을 예견한 시적 발언이었다.

---

33) 김준, 『한국농민소설연구』, 태학사, 1990, 66쪽.

이쌍에도 해마다 봄은 오것만 江山은 봄비에 젓건만

어이하야 이마에 엇는 두손은 白魚가티 싸늘한쌘이엇나

어이하야 가슴바닥은 가로세로 갈러만 질쌘이엇나


봄은 와서 봄바람은 이江山에 가득하여도

봄을 등진 이무리엔 응달만이 쌸을쌘이니

太陽을 도적한자가 누이드냐. 봄을 차지한자가 뉘란 말이냐.

—「아들아쌀 들아」(1932. 4. 6) 부분


마치 이상화의 「쌔앗긴들에도봄은오는가」의 분위기를 연상케 하는 이 작품은 농토를 잃은 자의 비탄과 증오가 드러나 있다. 식민지 농촌에도 "봄은 와서 봄바람은 이江山에 가득하"지만, 이 땅은 봄조차 "太陽을 도적한자"에게 '쌔앗긴들'이었다. 예로부터 '비'의 심상은 생명의 근원으로서의 의미를 띠고 있다. 이미 '봄을등진' 농민들에게 "빼앗긴 들로 표상되는 국토의 상실보다 더 안타까운 것은 봄으로 상징되는 시간의 부자유"[34]는 이중적인 고통을 의미한다. 그것은 주권을 강탈당한 조국의 모습과 농토를 빼앗겨서 농사일의 시작을 알리는 봄까지 '등진' 농민들이 당면한 현실이었다. 식민지 조국은 농민들에게 태양의 상실이라는 정치적 차원의 고통과 봄조차 맞을 수 없는 노동할 수 없는 불모의 환경을 안겨준 것이다. 노동의 의미를 상실당한 농민들의 '서글픈 탄식'은 「비맛는五月의江山」(1932. 5. 22)에서도 반복되어 나타난다.


---

34) 전정구, 『언어의 꿈을 찾아서』, 평민사, 2000, 218쪽.

## 4) 유이민의 비극적 참상

1908년 일제에 의해 설립된 동양척식회사는 1914년 4만6천 정보의 광대한 농토를 소유함으로써, 농민계급의 급속한 와해를 촉진하였다. 농민들은 도시로 유입되어 새로운 빈민계급을 재생산했는데, 그들은 항상 실직의 위협으로부터 시달리고 있었다. 일제는 농촌의 해체현상으로 인해 저임금 노동자들을 쉽게 구할 수 있는 이점을 교묘히 활용하여 이들을 위협하였다. 일제는 일용 노동자들이 노동 조건의 개선을 요구하며 파업하거나 임금투쟁을 전개하면, 부양가족이 없고 동원하기가 용이한 중국인 노동자로 대체하는 등 도시 빈민들을 궁지로 몰아넣으며 저임금과 고강도의 노동을 강요하였다. 농민들의 이향에 따른 계급 재편성의 과정은 김해강의 시에서 두드러지게 검출된다.[35] 그는 농민들과 도시 빈민들을 동일한 범주로 파악하는 계급관을 드러내었다.

> 오! 오날의 新作路 우에서
> 나는 젊은이를보지못하엿네
> 거지―
> 늙은이―
> 어린이―
> 오! 省墓길 新作路 우에서

---

[35] 김해강이 농촌에서 쫓겨난 농민들이 신흥 빈민계급으로 재편성되는 과정을 형상화한 작품들은 네 가지로 분류할 수 있다. 첫째, '墓地와가튼이 大地'에서 살아가는 도시 일용 노동자들의 비참한 모습은 「都市의겨을달」(《조선일보》, 1926. 11. 28) 등에서 실필 수 있다. 둘째, '다닥다닥 原始人의 草幕가튼 캄캄한 土窟속'에서 생활하는 토막민들의 삶은 「咀呪할봄이로다」(《동아일보》, 1929. 4. 20) 등에서 찾아볼 수 있다. 셋째, 1928년 현재 4,473호에 17,735명이었던 전북 지방 화전민들의 실태는 「불타버린村落」(《조선일보》, 1926. 5. 1) 등에서 엿볼 수 있다. 넷째, 농촌을 떠나 도시에서 일자리를 구하지 못한 실업자들의 실상은 「露宿하는무리들」(《조선일보》, 1926. 9. 1) 등에서 볼 수 있다.

哀乞하는사람—

嘆息하는사람—

욱살리는사람—

—그사람만을 보앗네

—「省墓우길에서」(《조선일보》, 1928. 4. 13)[36] 부분

농촌에서 쫓겨난 유이민들의 참상이 구체적으로 드러난 작품이다. 당시 전북지방의 실업률은 조선총독부에서 실업자 통계를 조사하기 시작한 1930년 이후 식민지 시기 동안 거의 10%대를 상회하고 있었다. 이 통계치는 농도의 특성상 농촌의 해체 현상으로 인한 실업자의 대량 발생이 불가피했던 배경을 확인해 준다. 이 작품은 어릴 적부터 오가던 성묘길에 만났던 정다운 사람들과 현재의 빈민계급을 오버랩시키면서, 시간의 교체에 따른 민족적 현실을 서술하고 있다. 이 시기에는 세계적인 공황과 농토의 상실, 고율의 소작료, 한해 등이 겹치면서 전국적으로 무수한 이재민이 발생하였다. 그 가운데 전북 지방은 식민지 최대의 곡창지대로서 이와 같은 요인들의 직접적인 영향권 아래 노출되어 있었다. 당시 농산물의 집산지였던 전주에는 농촌으로부터 구걸나온 거지들이 모여들었다.[37] 김해강은 이러한 실정을 목도하면서 식민지 정책의 제도화 과정에서 농촌으로부터 쫓겨난 사람들이 빈민계급으로 확대되어 가는 과정을 고발하였다. 그는 농민들이 먹을 것을 찾아 정든 집을 떠나면서 폐가가 된 산촌의 가옥을 바라보면서 슬픔을 토로하였다.

---

36) 이 시의 제목은 「省墓길우에서」의 오식으로 보인다.
37) "전북 전주지방에는 작금 양년의 한해 이재민이 먹고 입을 것이 없어 가산을 放賣하고 남부여대로 유리하여 浮路休遊하는 乞食群이 격증하여 집집마다 밥을 먹을 수 없게 되었다는데 전주 경찰서에서는 市街에 방황하는 걸인군을 총집합하여 80여명을 전주지방 밖으로 驅逐하였다는데 사람으로 볼 수 없는 처참한 광경이라더라." -《동아일보》, 1929. 10. 13

잎 진 포플라 앙상한 가지 가지

낮 선 新作路 가에는 오막사리 몇 채가 쭈런이 섰다.

문고리마다 채워진 쇠통

그 쇠통에 곰긴 蒼白한 憂鬱을 따줄이 뉘런고.

—「山길을 걸으며」(『풍림』, 1937. 1) 부분

이 시기에 전국적으로 만연했던 유이민 현상은 전통적인 가족의 해체를 야기하였다. 식솔들을 더 이상 먹여 살릴 수 없는 무력한 가장들은 가족의 해체를 통해 연명할 곳을 찾아 가정을 떠나도록 방기할 수밖에 없었다. 이 작품은 '문고리마다 채워진 쇠통'으로 표상된 농가의 우울이 사실적으로 묘사되어 "당대 현실을 바르게 인식하고 시로서 형상화한 좋은 예"[38]이다. 전통적인 삶의 터전이었던 농촌을 빼앗긴 유이민들은 일제의 탄압이 미치지 않는 만주지역을 찾아서 국외 유랑을 떠나기도 하였다. 한민족의 만주 이주는 일제에 의해 국권이 침탈당한 뒤 급속도로 증가하기 시작하였다. 1912년 1월부터 9월까지 경북지방의 주민들이 만주의 간도지방에 이주한 인원만도 3,225명이었다.[39] 한민족의 만주 이주는 3·1 독립만세운동 이후 항일민족전선의 확대와 맞물려 점차 증가하였는데, 일제는 이들을 지속적이고 조직적으로 감시하면서 탄압하였다. 김해강의 시작품에서는 '그리운내땅에서쫓겨'서 만주로 이주하는 유이민들의 참상을 살필 수 있다.

등에업힌어린것의간엷은울음ㅅ소리

七八十늙은이의떨리는집팡막대

가도가도씃업는눈벌판으로

---

38) 서범석, 앞의 책, 127쪽.
39) 한국일보사 편, 『한국독립운동사 · Ⅰ』, 한국일보사, 1987, 47쪽.

바람찬쌍설은북녁나라로

그리운내쌍에서쫏겨가는가슴아,

오―가업시먼아득한압ㅅ길에

소리업시나리는눈만싸힐쑨이로구나.

―「熱砂의우로」(1926. 12. 13) 부분

1920년대 중반부터 급격하게 양산된 유이민들은 한반도가 일제의 전쟁 수행을 위한 병참기지로 전락하게 되면서 날로 증가하는 추세를 보였다. 이 작품은 정든 고향을 등지고 타의에 의해 "가도가도쯧업는 눈벌판"인 "바람찬쌍설은북녁나라"로 떠나는 유이민들의 처지를 구체적으로 형상화한 작품이다. 낯설고 물선 타관땅을 향해 떠나는 무리들 틈에는 "등에업힌어린것의간엷은울음ㅅ소리"와 "七八十늙은이의썰리는집팡막대"가 끼어 있다. 그는 이 작품 속의 유이민들이 떠나는 모습을 바라보면서, 그들이 한번 가면 "永永가버리고마는마지막ㅅ길"인 줄 알고 있다. 비록 지금은 떠나가는 "그대들을울음으로읍조리"지만, 이윽고 나의 몸도 "언제러나그대들의가는길을뒤쌀을지누가아나?"고 물음으로써, 자신도 결국 '쫏겨가는가슴'을 지닌 "싸홈마당의敗흔敗北者"가 될 것이라고 예견하고 있다. 그는 당대의 시인들이 유이민의 현실을 포착하여 고발하는데 그친 것과 달리, 유이민과 자신을 동일시하였다. 이 외에 김해강의 시작품에서 유이민들의 처연한 모습이 드러난 것으로는 「『오아시쓰』」(《조선일보》, 1926. 1. 23), 「雪月情景」(《조선일보》, 1926. 12. 23), 「斷腸曲」(《조선일보》, 1926. 12. 31), 「斷崖」(《조선일보》, 1927. 1. 5), 「街上咏嘆」(1928. 11. 4), 「紅天夢」(『조선문학』, 1937. 3) 등이 있다.

# 3. 결론

 1920~30년대 리얼리즘시의 한 국면을 담당했던 김해강은 농민시를 통해서 외세에 의해 민족의 현실적 삶이 유린되는 사회적 조건을 배척할 수 있는 시적 전략을 모색하였다. 그는 다른 시인들과 달리 식민지 시대 전기간에 걸쳐서 농민들의 비극적인 삶의 단면을 형상화하였다. 식민지 현실을 직접적으로 체험하는 농민들의 비참한 실상에 주목했던 그의 농민시는 다음과 같이 요약할 수 있다.

 첫째, 김해강은 초기에 농민들의 노동을 예찬하였으나 산업의 전부문에 걸쳐 일제의 노동력 착취가 가속화되면서 노동의 본질적 조건을 주목하였다.

 둘째, 그의 농민시에서 검출되는 계몽의식은 신문학 초기의 소박한 계몽의식과 달리 일제에 의해 제도화된 권력 체제에 대항할 수 있는 농민의 계급적 각성을 통해 민족해방을 도모하였다.

 셋째, 김해강은 당대의 농촌을 '太陽을도적한자' 들에게 '쌔앗긴들'로 상정하고, 경제공황의 여파를 농민들에게 전가시키면서 농산물을 약탈하는 일제의 농업정책의 모순과 지주 계급의 반민족적 행위를 고발하였다.

 넷째, 그의 농민시에는 식민지 당국에 의해 농촌을 떠나 타지로 유랑하게 된 '쫓기여가는자' 들이 신흥 빈민계급으로 재편성되는 과정이 포착되어 있다.

 이와 같은 사실을 고려할 때 김해강의 농민시는 민족의 생존 조건에 대한 자각에서 비롯된 현실태이며 이념태였다. 그는 농민시를 통해 식민지 현실을 정확하게 인식할 수 있었으며, 농민의 계급해방과 민족해방을 향한 시적 신념을 구체화할 수 있었다. 이런 점에서 그의 농민시는 문학사적으로 전대의 농민시가 안고 있는 계급의식의 불철저와 카프 계열의 농민시가 갖고 있는 계급의식의 과도한 노출을 극복하고 있다고 평가할 수 있다.

# 김해강 초기시의 여성 이미지

## 1. 서론

3·1독립운동은 민족의 독립 의지를 고양시키며, 민족해방운동전선을 확대하는 데 크게 기여하였다. 이 만세운동 이후 일부 작가들은 좌절하기도 했지만, 대부분의 작가들은 문학과 사회의 대응관계에 대해 깊이 사색하게 되었다. 그리하여 사회 현실을 작품 안에 수용하려는 움직임은 문학운동의 새로운 경향으로 자리잡기 시작했다. 이러한 움직임을 표방한 1920년대의 리얼리즘 시론은 "역사적 현실에 대한 자각과 민중이라든지 민족과 같은 집단을 강조하면서 현실의 반영이라는 면을 강하게 지니며"[1] 전개되었다. 특히 리얼리즘 시인들은 개인적 서정의 형상화를 배제하고, 현실지향적인 의지를 강하게 표백하였다. 그들은 문학적으로 소외되었던 독자로서의 민중을 의식화시키는 전언

---

1) 백운복, 『한국현대시론사연구』, 계명문화사, 1993, 144쪽.

을 작품 속에 담고자 노력하였다. 그들이 집중적으로 관심을 표했던 계급은 노동자, 농민 그리고 여성이었다.

여성적인 것이 사회적인 의미를 띠게 되는 것은 그 사회가 총체적 위기 국면에 처해 있을 때이다. 역사적 주체로서의 남성들은 자기정체성을 확립하는 과정에서 실존적 근거를 재확인하는 타자로 여성을 끌어들이게 된다. 남성들은 여성을 통해 현실의 위기 국면을 인식하고, 그에 대처할 전략을 강구하는 계기로 활용하는 것이다. 그동안 여성들은 역사와 사회의 엄연한 주체이면서도, 그에 상응하는 주체적인 삶을 영위하지 못했다. 특히 일제에 의해 기획된 식민자본주의가 정착되면서, 많은 여성들은 봉건제도와 식민지 원주민으로서의 이중적 난관에 무방비 상태로 노출되었다. 사회적 환경의 변모로 인한 여성들의 일상적 삶의 변화는 근대의 왜곡된 성격을 드러내는 상징적인 표지가 되었다. 곧 조선 여성들은 식민지 종주국으로부터 받게 되는 일체의 핍박을 효과적으로 드러내는 데 유효한 인물인 것이다.

본고에서 살펴보려는 김해강은 1920년대 중반부터 시작 활동을 전개한 이후 시를 현실의 반영물로 보고, 시와 사회 사이의 긴장관계를 잃지 않았다. 그럼에도 불구하고 그동안 김해강의 시에 관한 연구는 동반자 작가의 범주에서 크게 벗어나지 못했다. 그가 일제 치하에서 발표했던 작품들을 주의깊게 살펴보면, 강렬한 저항의지와 현실 비판의식이 현저하다는 사실을 발견하게 된다. 일제의 집요한 탄압에 직면하여 많은 작가들이 사소한 일상적 세목이나 개별화된 서정을 작품화하는 데 집중했을 때에도, 그는 시작품에서 민족의 자율적 의지에 반하는 일체의 제도를 배격하면서, 일제와 남성 위주의 사회제도로부터 이중고를 당하는 여성들의 비극적 삶을 형상화였다.

이에 본고에서는 김해강의 초기시편에 출현하는 여성 이미지들을 고찰하여 유형화하고, 그 특질을 구명하고자 한다. 또한 그 과정에서 그의 시에 대한 검토를 통해 시사적 위상을 재고하는 결과를 도출하기를 기대한다.

## 2. 여성 이미지를 통한 식민지 현실의 표현

일제가 기획한 식민자본주의가 제도화되면서 주변부 인물로 편입된 여성들은 남성과 식민지 당국으로부터 이중적인 고통을 받고 있었다. 남성들은 여성들에게 봉건적 잔재의 답습과 성의 상품화를 요구하였고, 일제는 식민지 권력에의 복종과 물화된 인격을 강요하였다. 김해강은 이와 같이 억압받는 여성들을 시 속에 수용하여 사회에 대한 비판의지를 형상화하였다. 그의 시에 등장하는 여성들은 일제에 의해 주도된 식민자본주의의 이식 과정에서 제기된 농촌의 피폐화와 도시의 타락상에 대해 환멸감을 표출하는 인물로 설정되었다. 따라서 그가 식민지 여성의 비극적 처지를 시작품에 수용하는 것은 민족의 현실에 직접적으로 반응하는 행위이고, 당대의 모순 구조를 혁파하려는 적극적인 항거 의지의 발현이다.

### 1) 소녀: 계몽의 대상

신문학 초기의 계몽운동은 사회적 차원에서 "광범한 대중 속에 반침략적 애국정신과 반봉건적 개화 풍조를 침투"[2]시키고자 힘썼다. 그러나 이와 같이 소박한 계몽운동은 일제의 강점 이후 전개된 상황을 타개하는 데는 무력할 수밖에 없었다. 조선 민중에 대한 계몽은 객관적

---

2) 강재언, 『한국의 근대 사상』, 한길사, 1985, 239쪽.

정세에 대한 투철한 인식과 역사적 전망에 기초하여 민족의 전구성원들을 대상으로 민족해방전선의 기반을 구축하는 임무를 수행해야 했다. 그리고 여성들은 민족의 반수를 차지하면서도 역사의 전면에서 주도적 역할을 담당하지 못한 채 신음하는 피압박 상태를 조기에 해체하기 위해 반드시 각성되어야 할 대상이었다. 하지만 당시의 작가들은 여전히 미래적 전망이 결여된 작품으로 점진적 개량주의의 유혹에 함몰되어 있었다.

김해강은 여성을 대상으로 한 계몽의식을 강하게 드러내었다. 그는 시 「낡은어머니와새어머니」(《조선일보》, 1926. 5. 31)에서 구시대를 '傳統의늙은어머니'로, 새 시대를 '젊은새어머니'로 비유한 바 있다. 그의 계몽의지는 '낡은어머니/새어머니'라는 시적 구도를 '선/악'의 윤리적 구도로 치환시킨다. 그는 계몽을 사회적 판단의 문제가 아니라 개인의 판단, 그것도 당위적인 명제로 전환하는 것이다. 여기서 그는 계몽의 대상으로서의 민중, 민족의 구성원으로서의 계급을 발견하게 되고, 낡은 전통의 일체를 길이 '葬事하여버리자'고 외치게 된다. 그것은 비단 우리 민족만 위하는 길이 아니라, '人類의쪽가튼幸福'을 위하는 길이다. 따라서 '낡은집'을 무너버리는 일은 '새살림'과 '世界의 將來'를 위하여 필요한 조치이다. 이 점은 그의 계몽의식과 다른 시인의 것을 가르는 변별적 기준이다. 그는 조선의 식민지 모순을 철폐하는 것이 왜곡된 질서를 바로잡고, 인류 공영의 길로 나아가는 세계사적 소명으로 인식했던 것이다.

김해강의 계몽의식은 민족해방 의지의 시적 표현이었다. 그러므로 그의 시에 나타나는 계몽의식은 식민지 현실에 대한 민중의 각성을 통해 민족해방전선을 확대하기 위한 전단계로서의 의의를 갖는다. 민족의 다수가 기초 생활에 필수적인 문자조차 해독하지 못하는 상황에서, 계몽은 문맹의 타파로부터 시작되어야 한다. 인간은 문자를 소유함으로써 고유한 사유체계를 형성할 수 있으며, 나아가 생활의 혁신과 자기의 운명을 개척할 수 있기 때문이다. 실제로 그는 1931년 조선일보사에서 「문맹퇴치가」를 공모하자 부인의 이름(李順珠)으로 응모하여 2등 당선될 정도로 문맹 퇴치 운동에 깊은 관심을 보였다. 그는 민중 가운데에서도 여성에게 주목하였다. 여성들이 남성 본위의 봉건 잔재와 일제의 탄압으로부터 해방되는 것은, 민족의 독립을 위해 반드시 성취되어야 할 조건이라고 보았기 때문이다. 아울러 그는 침묵하는 여성의 자각과 함께 지식인들이 민중계몽운동에 동참하여 계급간 화해를 달성하고, 더불어 민족해방운동의 전력이 확충되기를 기대했다.

> 번화함을 자랑하고 文明만 찬양함은 철없던 時節의 일
> 내 고장에 돌아온 짧은 동안일망정 보람을 남겨 놓음이 있어주오.
>
> 허리 부러진 내 고장의 묻힌 애를 캐어도 보고
> 불볕 아래 덤풀을 헤치며, 살을 찢기는 아픈 선물도 손수 담아보오.
>
> —「부탁」 부분[3]

> 기역 니은 한 字를 뙤아주고 언니들은 떠났소?
> 새 삶의 본보기로 어둠을 깨워 주고 언니들은 떠났소?
>
> 들은 가물에 타는데, 걱정하는 낯꽃이나 보여주었소?
> 밭에 들어가 흙덩이 하나 깨트려나 보았소?
>
> —「둘쨋번 부탁」 부분[4]

---

3) 『신여성』, 1932. 9. 작품의 인용은 원문대로 표기하고, 발표 지면을 밝히지 않은 작품은 연구자가 발굴한 것이다.
4) 『신여성』, 1932. 12.

두 작품은 여름방학과 겨울방학을 맞아 "汽車에 몸을 실어 반가운 얼굴로" 귀향하는 여학생들에게 당부하는 내용으로, 동일한 잡지에 발표되었으며 주제상으로 상호 연결되어 있다. 방학을 맞아 귀향하는 언니들에게 "불볕 아래 덤풀을 헤치며, 살을 찢기는 아픈" 노동 체험과 "기역 니은 한 字를 뙤아주"는 문맹퇴치운동에 봉사하기를 권유하는 내용이다. 그는 이미 「農村으로」(『신여성』, 1926. 8)에서 농민야학운동을 시화한 바 있다. 야학은 민중의 자발적인 비형식적 교육기관이란 점에서, 식민지 당국에 의한 관학과 대조된다. 또 야학/관학은 교육 주체의 상이와 함께 교육 내용이 뚜렷하게 구별된다는 점에서, 교육을 통한 민중 계몽 의도를 확연히 가를 수 있다. 이러한 이유로 일제는 야학을 탄압하면서 민족해방전선의 확대를 차단하려고 시도하였다. 일제는 피식민지민들의 의식화 사업에 지식인들의 동조 추세가 확산될 것을 우려하여, 두 계급을 분리시키는 공작을 진행시키고 있었다. 이것이 그가 유사한 주제를 여성을 독자로 삼는 동일한 잡지에 반년 단위로 발표하게 된 까닭이다. 그는 일제에 의해 조직적으로 자행되었던 훼절 공작 속에서 1930년 말 현재 학령아동의 취학률은 18.5%[5]에 불과한 사실을 외면하던 지식인들의 허위의식을 비판한 것이다. 지식인들이 농촌을 외면하는 와중에 일제는 다른 부문에까지 침략의 야수를 뻗치고 있었다.

일제의 농공병진 정책은 농촌 인력을 도시의 일용노동자로 편입시키는 결과를 초래했다. 일제는 1920년 3월 「회사령」을 폐기하고, 자국의 식민 자본이 조선에 용이하게 진출할 수 있도록 법률제도를 정비하였다. 당시 일본의 경제계는 장기적인 세계 공황으로 발생한 잉여 설비를 식민지에 이전함으로써 지속적인 이윤의 창출을 도모했다. 그들은 한반도에 공장을 설립하여 일본 자본의 지배권을 확립하는 한편, "조

---

5) 강동진, 「문화주의의 기본 성격」, 『한국사회연구』 제2집, 한길사, 1984, 173쪽.

선인을 만주로 이주시키고, 조선인의 반중국 감정을 자극시키면서, 조
선을 대륙 침공을 위한 대륙병참기지"[6]로 전락시켰다. 이렇게 일제 권
력과 재벌이 결탁한 부산물로 조선에는 침략 정책을 실현하기에 필요
한 공장들이 세워지게 되었다. 특히 제사공장에는 주로 농촌 소녀들이
공원으로 채용되었는데, 일제는 여공들에게 최저 생계비에도 미치지
못하는 저임금을 지불하면서 장시간의 노동을 강요하였다.

> 『아이 조키도하여! 나는都市ㅅ구경을간다네
> 自動車타고 華麗한都市로돈벌러간다네』
> 이것은 C都市에 새로設立된 製組工場으로
> 女職工에 쌜혀가는 마을婦女들의 자랑하는소리
>
> 늙은어머니 어린동생들의 눈물저즌餞別을 나는몰라라
> 곱게 빗은머리 분칠한얼골
> 새옷을 말숙하게 차린
> 샛쌹안 마을 숫處女들을실흔 自動車는 써난다
> 한채 두채 세채 네채……
> 까소린 煙氣를 피우며 살가티 내닷는다 길게 써친新作路 우를—
>
> 오 저들! 몸ㅅ둥이가 어느구렁에 썰어질지 몰으는 저들!
> 고양이 웃음짓는 出張員의 날카로운視線이
> 眼鏡 넘어로 왼몸을 삿삿치 씹어할틈재
> 숫된 붓그러움이 落葉될가 얼마나 가슴을 방망이질 하얏든가?
>
> —「農土로 돌아오라」[7] 부분

---

6) 山邊健太郞, 편집실 역, 『한국근대사』, 까치, 1982, 314쪽.
7) 《조선일보》, 1928. 9. 21

김해강은 식민지 경제 수탈의 전진기지로 건설되기 시작한 제사공장에 취업하기 위해 농촌을 떠나는 여성들을 향해 노동력을 착취하기 위한 일제의 감언이설에 속지말고 '農土로 돌아오라'고 호소하고 있다. 이것은 그의 계몽의식이 심화되면서 탈농촌 현상의 귀추를 정확하게 꿰뚫고 있었다는 반증이 된다. 작품 속에서 '고양이 웃음짓는 出張員'이 "眼境 넘어로 왼몸을 삿삿치 씹어할틀 째' 오직 취업이 좌절될까봐 다소곳이 고개를 숙이고 "숫된 붓그러움이 落葉될가" 염려하는 소녀의 표정은 주인과 노예의 관계를 연상시킨다. 당시 여공들은 대개 15~16세 전후의 농촌 소녀들로, 그녀들은 '奴隷로서의 最初의 人間' 취급을 받을 정도로 열악한 환경 속에서 노동력을 수탈당하였다. 여공들은 병들거나 죽기 전에는 귀향하기 힘들었다. 기업주에 의해 일방적으로 제정된 규율 때문에 여공들은 私刑을 당하면서도 변변하게 항의조차 할 수 없었다.

이와 같이 김해강은 식민지 지배 구조의 실체를 직시하지 못하는 소녀의 계몽을 통해 민중의식의 고양을 도모했다. 그는 계몽의 당위성을 망국의 현실과 대비시킴으로써, 전대의 소박한 계몽운동을 한층 성숙시키는 역량을 보여주었다. 이런 점에서 계몽의식은 봉건제도의 폐습을 미처 청산하기도 전에 몰아닥친 조선의 식민지 상태를 하루속히 척결하기 위해 반드시 구비해야 할 전제조건이었다. 그는 이 두 가지 폐악을 소녀의 계몽을 통해 타파하려고 하였으며, 자신의 계몽 행위가 세계사적 질서의 회복에 부응하는 요구라는 인식을 갖고 있었다. 이것은 그의 계몽의식이 반봉건적, 반식민지적 성격을 내포하고 있다는 사실을 예증해 준다.

## 2) 어머니: 한의 인물

일제는 1910년대의 토지조사사업을 전개하면서 식민지의 동조자들을 규합하는 방안의 하나로 지주계급을 양성화시켰다. 그들은 대부분 구한말의 관료들과 향반층이었으며, 봉토를 계승받거나 농민 소유의 토지를 가로채는 수법으로 기득권을 유지하였다. 식민지 지주계급을 양성화시킨 일제는 1920년대에 들어서 "소작료·소작권의 이동 변경 등 소작 조건을 지주의 손아귀에 쥐어 주어서 고율의 소작료나 여러 봉건적 특권을 보장"[8]해 주었다. 이 과정에서 농민들은 신흥 빈민계급으로 재편되었다. 구체적인 통계를 살펴보면, 1913년에 22.8%였던 자작농은 1932년에 15.7%로 격감하고, 순소작농은 41.7%에서 51.1%로 증가하였다. 특히 곡창지대였던 전북 지방은 토지의 집중화 현상이 두드러지게 가속화되었는데, 구한말까지 50% 수준이었던 소작료가 이 시기에 이르러 60~80%의 고율로 상승하였다.[9] 이러한 형편 때문에 대부분 소작농이거나 소작노동자 혹은 임금노동자로 전락한 농민들은 지주에게 협력할 수밖에 없었고, 일용할 양식조차 구하기 어려웠다. 그 결과 농민들은 자신들이 생산한 쌀을 먹어보지도 못한 채, 일본이 만주에서 수입한 기장, 피 등을 주식으로 삼아야 했다.

여지업시 욕을 밧고 쪼각쪼각 짓밟혀버린
어머님의 정성 아아 어머님의 정성—
돼지울에 무참히도 떨어진 어머님의 정성—
정성이 설기도 하거니와 분이 분이 왼몸을 태웁니다.


8) 강동진, 『일제의 한국침략정책사』, 한길사, 1984, 204쪽.
9) 박명규, 「한국 근대사와 전북 지역 민중의 삶」, 『호남사회연구』 창간호, 호남사회연구회, 1993, 59쪽.

가난은 이토록 어머님의 정성을 짓밟엇싸외다.

밧쬐아기 논짝지 그것이 얼마나 갸륵하기에

이다지도 정성을 밧들어 욕을 사단말에요?

눈물이 불된다면 한껏 울어 이짱을 모두 XX보렷만

—「少女의적은설음」[10] 부분

어머니가 정성스럽게 쑨 '도토리ㅅ묵 한양판'을 들고서 추운 겨울날 지주댁을 찾아갔다가 봉변을 당했던 소녀의 슬픈 사연을 노래한 작품이다. 어린 소녀가 지주에게 당했던 심리적 굴욕감은 조국의 원상 회복과 사회적 모순의 척결을 위한 항거의지를 내면화시키는 동기가 된다. 그녀의 분노는 "눈물이 불된다면 한껏 울어 이짱을 모두 XX(태워 연구자)보렷만"에 집약되어 나타난다. 하지만 분노는 일제와 지주의 철벽같은 야합 때문에 행동화할 수 없게 되고, 결국 소녀의 성장 과정에서 지울 수 없는 상처로 각인된다. 작품 속에서 지주가 도토리묵을 돼지 울에 버리는 행위는 심부름 온 소녀를 모욕한 것이 아니라, 어머니에게 면박을 주는 것과 동일하다. 소작농의 아내로서의 어머니는 계급적 차이에 의해 지주에게 철저히 업신여김을 당한다. 예로부터 먹이의 구별은 동물을 구분하는 표지이거니와, 지주와 소작인은 식생활 습관부터 달랐던 것이다.

이렇게 먹을 것을 나누는 지주의 계급의식을 지탱해 주는 힘은, 기득권을 보장해 주는 일제의 권력으로부터 나온다. 따라서 지주가 소녀의 심부름을 거부하는 것은 식민지 권력의 시간적 연장, 곧 적어도 식민지시대가 세대를 넘어서 계속될 것이라는 의미를 내포한다. 식민지 권

---

10) 『신여성』, 1933. 1.

력은 지주와 소작농이라는 봉건적 질서체계를 고스란히 유지시키면서, 권력의 지속적인 향유를 의도하는 것이다. 김해강은 이러한 당대의 객관적 조건과 일제의 음흉한 의도를 명확히 파지함으로써, 지주계급의 비인간적인 만행과 소작농의 비참한 실태를 선명하게 형상화할 수 있었다. 이 점에서 그는 이 시기 카프의 농민문학론이 "당시의 현실을 자본주의적 체제라고 고집하여 식민지적 체제와 한국 사회의 봉건적 성격에는 눈을 돌리지 못하는 데 한계"[11]를 뛰어넘을 수 있었다.

이 무렵 농촌에서는 소작료를 둘러싼 분쟁이 속출하고 있었다. 일제는 전국적으로 빈발하는 소작쟁의에 강경히 대처하며 소작농들을 탄압하기 시작했다. 1908년 일제에 의해 설립된 동양척식회사는 1914년 4만 6천 정보의 광대한 농토를 소유함으로써, 농민계급의 급속한 와해를 촉진하였다. 일제에 의해 농토를 상실당한 농민들은 유랑민 또는 화전민으로 전락하거나, 일제의 세력이 미치지 않는 만주지역으로 이민갈 수밖에 없었다. 실제로 1912년 1월부터 9월까지 간도로 이주한 경북지방 주민들의 숫자는 3,225명에 달했다.[12] 김해강의 시작품에서 만주로 이주하는 유이민들의 참상은 귀농 모티프, 이향 모티프와 상관관계를 형성하면서, 당시의 사회적 실정을 여실히 드러내준다. 그의 시 「熱砂의우로」(1926. 12. 13)는 정든 고향을 등지고 타의에 의해 "바람찬쌍설은북녁나라"로 떠나는 유이민들의 처지를 구체적으로 형상화한 작품이다. 낯설고 물선 타관땅을 향해 떠나는 무리들은 일제에게 농토를 빼앗기고 "그리운 내쌍에서 쬐겨가는" 일가족이었다.

이와 같이 전국적으로 만연했던 유이민 현상은 전통적인 가족공동체의 해체를 촉진하였다. 식솔들을 더 이상 먹여 살릴 수 없는 가장들은

---

11) 최유찬, 「1930년대 한국리얼리즘론연구」, 연세대 대학원 박사논문, 1986, 82쪽.
12) 한국일보사 편, 『한국독립운동사 · Ⅰ』, 한국일보사, 1987, 47쪽.

해체된 가족들이 각자 연명할 곳을 찾아서 가정을 떠나는 사태를 무력
하게 방기할 수밖에 없었다. 그만큼 '흰옷입은生靈'들의 방황은 전국
적인 현상이었고, 그의 시작품에서 여성 인물을 중점적으로 등장시키
는 계기가 되었다.

> 눈나리는산ㅅ길에 어린것을 내여버리고
> 발ㅅ길을 돌릴재 마음인들 어이나어이엇스랴!
> 아—아귀의쇠사슬에 얽혀우는목숨들……
> 가난의손아귀엔 피ㅅ줄기도 몰으는가?
>
>
> 오—내피ㅅ줄기, ᄯᅡ뜻한내피ㅅ줄기
> 허둥지둥 달려오는 어미의情狀—
> 『오! 이년이 죽일년이다. 내아들을 내아들을……』
> 아—눈우에 얼사안ㅅ고우는 두불상한령이여!
>
> —「눈나리는산ㅅ길」[13] 부분

작품에서 묘사된 현실은 식민지 사회의 형언할 수 없는 비극적인 단
면이다. 호구지책을 찾아서 눈 내리는 산 속에 '벍어벗은 알엣두리'의
어린 자식을 버리고 달아나야 하는 반인륜적인 어머니가, 끝내 "오! 이
년이 죽일년이다. 내아들을 내아들을……" 하면서 달려오는 위선에
찬 표정은 당시에 편재했던 궁핍화 정도가 얼마나 심각한 것인지를 증
거하기에 충분하다. 먹고살기 위해 생이별을 하는 아이들과 어머니의
한은, 벌거숭이가 어둠 속에 터벅거리는 광경을 노래한 「저무러가는山
路에서」(《조선일보》, 1926. 3. 11), 「쪼각달」(《조선일보》, 1926. 4. 19)에서도

---

13) 1927. 2. 5

반복적으로 출현한다.

위와 같이 김해강의 시에서는 식민지의 고통을 온몸으로 감당하는 여성들의 삶의 단면을 살필 수 있다. 그는 주권을 잃어버린 나라의 여성이 겪게 되는 신산스런 체험과 그로부터 말미암은 한의 정서를 절실하게 수용하였다. 일제의 침략 결과로 파생된 가난의 질곡으로 인해 단란한 가정이 파괴되고, 또 생계를 위해 자식을 유기하는 어머니의 비도덕적인 참극이야말로, 식민지 현실이 타파되지 않고서는 복원될 수 없는 비참한 형국이었다. 이것은 그가 조선 여성의 비극과 민족의 참상을 동일한 차원에서 인식했었다는 사실을 예증해 준다.

### 3) 아내 : 각성된 투사

김해강은 시 「나의宣言」(《조선일보》, 1927. 4. 7)에서 '대포 폭탄의터지는소리/푸로페라의도라가는소리/총창을만드는機械소리'를 모두 흉녕한 '惡魔의소리'로 규정하였다. 그의 시적 '宣言'은 '총검/광이, 호미'의 대조를 통해 일제가 일방적으로 주도하는 조선의 근대화를 거부하려는 의지의 표명이다. 그는 식민지 경제 건설이라는 미명 아래 추진되는 공업화를 반대하고, 비록 가난하지만 주권이 보장된 식민지 이전의 농경사회로 돌아가기를 희망한다. 곧 기계문명을 제국주의의 침략 수단으로 파악하고, 가정과 농촌과 조국의 공동체적 성격이 온전하게 보전되었던 상태를 추구하는 것이다. 그러한 의식 성향은 이후의 작품에서 공장의 기계를 '악마'로 파악하도록 만들었다.

이것이삶이러냐? 아득한눈압
가기실타고, 가기실타고, 내얼골을바라보면서
압흔몸에주림을안ㅅ고, 工場에를가더니만……

남편의머리는어이이리싸늘하냐?

더운눈물소사나와입술에쩌러질째

힘업시쩟다가감어버리는남편의눈……


저 고동ㅅ소리는여전히힘차게내질르는고나!

남편의피를먹은그게, 오늘도돌지안는가?

惡魔다. 惡魔다. 惡魔의소리. 남편의피를먹은저―원수의惡魔!

―「惡魔」[14] 부분


　화자의 남편은 "압흔몸에주림을안ㅅ고, 工場"에 갔다가, 집에 돌아
와서 싸늘한 주검으로 변해 버렸다. 날마다 중노동에 시달리다가 병자
가 된 남편은 죽는 날에도 "가기실타고, 가기실타고, 내얼골을바라보면
서" 출근했기 때문에, 그의 죽음은 아내를 더욱 슬프게 한다. 김해강은
공장의 기계소리를 "남편의피를먹은저―원수의惡魔!"로 인식하고, 미
망인으로 전락한 여성 화자의 절규 소리가 작품 안에 가득차도록 서술
하였다. 또 '힘업시/힘차게'의 대조를 통해서 공장의 가동율이 높아질
수록 소모품으로 전락하는 공장 노동자들의 노동력 착취 현장을 고발
하고 있다. 아내의 절규는 남편을 죽음으로 이끈 '악마'의 본질을 찾아
나서도록 만든다. 아내는 남편의 원통한 죽음을 돌아보면서, 남편을 죽
음으로 내몬 시대의 상황을 직시하게 된다. 이후에 시인은 아내의 각성
과정을 형상화하기에 알맞은 시 형식을 모색하기에 이른다.
　이에 김해강은 은밀한 서한체 형식을 빌어 여성들의 의식화를 시도
했다. 1930년을 전후하여 집중적으로 발표된 단편서사시를 통해서 그

---

14) 1927. 2. 10

는 여성들의 계급적 각성과 민족해방운동전선의 확대를 기대한 것이
다. 그는 이 형식을 차용하여 당대의 궁핍한 실상을 다양하게 형상화
했다.[15] 다음 작품에서 그는 범박한 여성 화자를 설정하여, 수형생활을
하는 남편을 기다리는 안타까운 심정을 나타내었다. 화자는 가정주부
로 설정되어 있으며, 그에 알맞은 일상의 세목들이 서술되어 있다.

『어머니 압바 집에 언제나 돌아오시우?
나 압바 오시는날 어머니하구 아저씨들 하구 마중 나갈테우』
지금도 어린것은 이처럼씩씩하게 재롱을피웁니다
부대 밖앗일의 걱정일랑 니저주소서

이해도 또한 저무러가는데
얼마나 심신이 괴로우시리까
날시 치워지오매 더욱 당신의건강이 마음에 언칠뿐이옵니다
큰뜻을 심으신 몸이오니 부대 건강을 보중하소서
큰 호흡을 키우시는 몸이오니 부대 건강을 보중하소서

—「기대리는 그밤」[16] 부분


　시적 화자는 추운 날씨에 영어생활을 하는 남편이 감옥에서 '큰뜻'을
구현하기 위해 투쟁 의지를 훼손하지 않기 바란다. 비록 시대 상황의
악화에 따라 구체적 전망을 획득할 수 없는 남편의 혁명사업은 성취
없이 "이해도 또한 저무러가"지만, 그녀는 어린 자식으로 하여금 "나
압바 오시는날 어머니하구 아저씨들 하구 마중 나갈테우"라고 말할 수
있을 정도로 의식화시키는 역량을 발휘한다. 이것은 그가 남편의 감옥

15) 최명표, 「김해강의 서한체시 연구」, 『현대문학이론연구』 제13집, 현대문학이론학회, 2000. 7.
16) 《조선일보》, 1932. 12. 22

생활이 가족사적 차원을 초월하여 민족사적 사건이라는 사실을 확인시키면서, 동시에 계급적 연대의식을 깨우치기 위해 조성한 시적 상황에 힘입은 것이다. 이 작품에서는 조선 민족의 해방운동이 '당신' 세대와 '어린것'으로 대물림하여 계속될 것이라는 그의 긍정적인 역사관을 살필 수 있다.

김해강은 이 작품에서 혁명투사의 반려자로서의 여성화자를 통해 자신의 음성을 간접화하는 역할을 담당하도록 하였다. 그것은 민족해방운동이라는 현실적 세계를 작품 내적 세계로 수용하면서, 시적 화자와 독자 사이의 일상적 기반이 상이하여 발생할 수 있는 정서의 괴리감을 해소하도록 도와주었다. 그는 평범한 여성 화자로 하여금 작품 속의 등장인물들이 투옥된 남편의 투쟁 행위와 연관되도록 하여 두 세계의 물리적 거리를 좁히는 기능을 배분한 것이다. 이것은 김해강이 화자를 통해 자신의 음성을 간접적으로 드러내면서, 독자들의 적극적인 동참을 희망했던 의지의 발현 양상이기도 하다. 아울러 이 시기의 작가들이 소설작품에서 옥살이 모티프를 제시하는 방법으로 환멸의 구성방식을 취하고 있는 것과 대조적으로, 그는 지속적인 투쟁 의지를 강조하고 있다.

> 『앗! 왔다. 틀림업는 xxx다.』太陽이 켜진 나의눈동자
> 『잉―몸을 바처 동지의안해가 된 가장 행복된 최초의밤에……』
> 번개가티 증오에 타는감정을 죽이며 당신을 뒤흔들어 깨우든 나.
>
> 뒤ㅅ들창을 깨트리고 손쌔르게 당신을 쌔여보낼재
> 썰리는마음 분한마음 불붓는마음은
> 문을 깨치고들어슨 사나이의 압헤 두렴업는양 담대한 가슴을 내밀엇든것
> 입니다.

오! 최초의 勝利를 記念으로 몸을 同志에게 바치든 그밤!

동이 트기前에 檢束의 손아귀에 쌔즐줄 엇지 쯧햇스랴!

오! 남편이여 同志여 굿세소서 당신의 모—든 젊은 同志들과 같이

—「몸을밧치든최초의그밤」<sup>17)</sup> 부분

작품의 서술구조를 이끌어 가는 화자는 해방운동에 복무하는 아내이
다. 운동전선에서 만나서 "몸을 바처 동지의안해가 된 가장 행복된 최
초의밤"에 남편은 행복의 시간이 영원히 멈추기 바라는 아내를 실망시
키고 쫓기는 신세가 된다. 남성뿐만 아니라 여성에게도 신혼 초야는
결코 잊을 수 없는 날이다. 그러나 그날 밤은 부부가 생이별을 하는 슬
픔의 시간이고, 여성이 투사로 거듭나는 운명의 순간이다. 혁명운동에
종사하는 남편을 둔 아내는 첫날밤에 "처음으로 부는 平和音"을 들으
며 단꿈에 잠기고 싶어한다. 그러나 "문짝을 흔들며 급작스리 불으는
소름끼칠소리!"에 놀라 남편을 피신시키고, 그녀는 두려움없이 가슴
을 내밀며 저항한다. 그녀가 사내에게 대항하며 남편을 도피시키는 행
위는 "안해인 동시에 저이의 든든한 한 개의 젊은同志"로 자각하는 계
기를 드러내 준다.

이와 같이 김해강은 기계문명의 피해자이거나, 민족해방전선에 복무
하다가 옥살이를 하는 남편을 대리한 투사로서의 여성을 화자로 등장
시키고 있다. 그녀들은 남편의 부재상황에 직면하여 식민지의 현실적
모순과 정면으로 대결하는 능동적인 투쟁 의지로 충만한 화자이다. 또
한 일제 파쇼체제가 민족해방운동을 와해시키기 위해 동원했던 회유
등 분열 책동을 무력화시키는 데 적합한 인물이다. 그는 강인한 여성

---

17) 『시대공론』, 1932. 1.

투사를 내세워 불의와 식민지적 잔재를 단호히 배격하면서, 민족해방 전선의 전열을 빈틈없이 구축하려는 의지를 드러내었다.

### 4) 매춘부: 시대의 비판자

1930년대 조선의 도시는 식민지시대의 모순과 허위의식이 충만한 타락과 환멸의 공간이었다. 아울러 도시는 향수의 이중적 의미, 곧 일제 침략으로 인해 공동체가 상실당하기 이전 고향으로의 귀소 본능과 조국의 광복의지가 존재할 수 없는 곳이다. 그곳에서는 오로지 식민 자본주의가 제시하는 순응적 질서체계에 신속히 편입하는 것만이 시대적 과업으로 문제시될 뿐이었다. 당시 도시에는 일제의 농촌수탈정책의 희생양이 되어 고향을 등지고 떠난 빈민들이 주변부 인물로 자리 잡았다. 그들은 대부분 일용노동자로 일상을 영위했는데, 상대적으로 직업 선택 기회가 적었던 여성들은 생계를 위해 매춘을 비롯한 유흥공간으로 편입되었다. 그녀들은 1920년대 후반부터 일제에 의해 유입되기 시작한 카페, 바, 다방, 레스토랑 등으로 흘러들어 갔는데, 이곳은 식민자본주의의 일상 풍경들을 담지하는 공간이었다. 김해강은 이곳에 근무했던 여성들을 등장시킨 작품에서 '성적 아나키'[18] 상태를 관찰하는 피상적인 관점을 배제하고, 그녀들의 삶 뒤에 은닉된 식민 자본주의의 병폐를 고발하는 데 초점을 맞추었다. 그는 매춘 여성들을 집단 화자로 설정하고, 식민지 종주국이 기획한 도시의 야만스런 모순구조를 폭로하는 데 주력했던 것이다. 이것은 그의 도시시와 모더니즘 시인들의 작품을 구별해 주는 주요 표지이다.

김해강은 매춘부를 통해 도시의 타락상을 묘사함으로써, 고향에의

---

18) 김기림, 「직업여성의 성문제」, 『신여성』, 1933. 4.

회귀 본능과 식민자본주의로부터의 탈출 욕망을 의식적으로 드러내었다. 그것은 민족해방 의지의 또 다른 표현방식이었다. 그의 시 「紅燈夜嘯」(『여인』, 1932)에 등장하는 매춘부들은 성을 착취하는 남성들을 향해 강력한 반항의지를 표출하고 있다. 매춘 여성들은 "淫虐한 구렁에 빠어 허우적"거리는 남성들의 행태를 조롱하면서, 한결같이 '염통만'은 "牧丹보다도 빨갛게 빨갛게 지글지글 타고잇"는 순결한 영혼의 소유자라고 강변한다. 그녀들은 자신들의 매춘행위에 대해 "우리는 사내들의 젊음에 흠집을 내어주는 妖花"이라고 인정하면서도, 도리어 남성들이 "이년들의 靑春을 빠러내는 毒蛾"라고 반격한다. 일찍이 김해강은 시 「蜘蹢網」(《조선일보》, 1926. 2. 11)에서 조선 민중을 포획하려는 일제의 감시체제를 거미줄로 은유한 바 있다. 그의 시에서 동물 이미지는 출현 빈도가 매우 낮은 편이다. 따라서 그가 이 작품에서 남성들을 '독아'라고 비유한 것은 눈여겨보아야 한다. 곧 이 작품에서 독아는 표면적으로는 남성을 지칭하지만, 이면적으로는 일제를 암유하는 이중적 의미를 지니고 장치된 개인적 상징물인 것이다.

> 허나 여보서요 당신들은 뻔뻔도 하구려.
> 누가 우리를 이렇듯
> 썩은 구렁창으로 처박았기에?
> 참으로 당신들이야말로 餓鬼외다. 人肉을 씹는 무서운 餓鬼외다.
>
> ─「魔女의노래」[19] 부분

이 작품의 주제는 이중적이다. 표면적으로는 자신의 육체를 타락시키고 등뒤에서 손가락질하는 남성들을 향한 강렬한 절규를 표출하였

---

19) 『조선시단』, 1930. 1.

다. 그렇지만 이면적으로는 조선을 강제로 병탄하고서도 식민지화가 조선의 근대화에 기여했다는 일제의 논리를 비판하고 있다. 그렇게 볼 수 있는 근거로는 일제/남성의 완력에 능욕되는 조선/매춘부의 육체 상태가 식민지 원주민들의 비참한 처지와 대응하기 때문이다. 그렇기 때문에 김해강은 매춘부를 동원하여 일본 제국주의를 "人肉을씹는무서운 餓鬼"로 비유하고, 당당한 태도로 망국의 처지를 변호하고 있다. 그는 매춘부들을 "선웃음을 치며 사나이들을 낚는 魔女"라고 비난하는 척 위장하고, 정작 일제에 의해 타락한 조국의 실상을 대변하고 있는 것이다. 이 시가 "남성의 피를 쌔러먹는 아귀갓흔 마녀를 저주하는 이보담 그들을 마녀가 되게 만든 것이 그를 저주하는 그대들이니 실상 너를 저주한다는 노래로서 美作이면서도 역작이라고 할 수 잇는 조흔 作"[20]이라고 높이 평가받은 이유가 여기에 있다. 이러한 고평은 김해강이 민중들의 삶뿐만 아니라, 그들의 인생에 내재된 실존적 조건까지 직시하는 관점을 유지하고 있었던 점을 주목한 것이다.

김해강은 매춘 여성들을 시적 화자로 설정하면서 일관되게 남성 중심의 성담론과 일제의 간교한 술책을 동시에 고발하고 있다. 이러한 인식 태도는 고도로 은폐된 식민지 권력의 야만성을 드러내는 데 매우 효과적으로 작용하였다. 그는 R이라는 실존 인물의 자책 성명서를 읽고 쓴 작품에서, 한때 총명하고 자유스런 여인이 타락하게 된 속사정을 고발하였다.

『너이들은 어리석었나니
너이들은 나를
냄새 나는 낡은 世紀의 骨董品으로 아렀드냐?』

---

20) 배상철, 「조선시인근작총평」, 『대조』, 1930. 8.

그는
징그러운 乳房까지 까바친 채
더욱 찌저진 소리로
거품을 물고 웨치나니


『너이들은 變節한 나를 꾸짖기 전에
새로이 살ㅅ길을 찾어
내 치마짜락을 부뜰고 딸아들 나서라』

—「헐리는 純情의 王都」[21] 부분


  그는 이 작품에서 "냄새나는 낡은 世紀의 骨董品"에 불과한 매춘부의 성적 타락을 조장한 남성들의 비정상적인 행태를 드러내려고 하였다. 정체가 밝혀지지 않은 여성은 해맑은 자태로 '純情의 王都'를 지켜오면서 황금을 내세우는 "이웃 頑童의 請婚을 물리쳤"던 고고한 성품을 지닌 여인이었다. 그녀가 청혼을 받아들이지 않은 것은 개화기 조선에 강요되었던 외국의 수교 압력을 비유한 것으로 보인다. 또 그녀가 남성이라는 "毒蛾에 물려 病"든 후 "한낮 妖艶한 人魚"요, "가장 미워할 淫婦!"로 추락하게 된 것은, 외국과의 수교 이후 끝내 국권을 침탈당한 조선의 현실에 대응된다. 이와 같이 김해강은 한 여인의 추락상을 세밀하게 묘사함으로써, 조국의 당대 현실과 과거의 모습을 대비하고 있는 것이다. 물론 그 대비 효과는 일제의 침략 야욕이 구체화되기 전후의 상황을 유추적으로 보여주는 데서 찾을 수 있다.
  이런 측면에서 김해강이 도시의 주변부 인물로 전락한 여성들에게

---

21) 『시건설』, 1936. 11.

관심을 기울인 점은 강조되어야 한다. 그는 모더니즘 시인들이 간과하고 있던 도시의 은폐된 식민자본주의의 모순 구조를 묘파하는 데 초점을 겨누었다. 그는 매춘하는 여성들의 한계 상황을 직시하고, 그들이 선택한 직업의 이면에 가려진 식민지 경제의 구조적 폐해를 고발하였다. 그는 매춘행위로 생존하는 여성들의 서러운 사정을 조국의 대체인물로 설정한 뒤, 민족적 차원에서 동정적 시선을 보내고 있다. 이것은 남성들과 식민주의자들에게 이중적으로 육체적 고통을 당하는 매춘부들을 내세워 시대적 현실을 은유적으로 비판한 것이다.


## 3. 결론

이상에서 살펴본 것과 같이, 김해강의 초기시에 등장하는 여성 이미지는 네 가지로 유형화할 수 있다.

첫째, 그는 당대의 조선 사회가 봉건 질서와 식민지 상태라는 이중적 모순 구조에 놓여 있는 현실을 드러내기 위해 소녀 화자를 계몽의 대상으로 상정하였다. 그녀들은 시적 화자가 우월한 위치에서 계몽 의지를 효과적으로 전달하는 데 적합한 인물이었다.

둘째, 그의 시에서 어머니는 한의 인물로 나타난다. 어머니 화자는 제국주의의 희생양이 되어 자식까지 유기하는 고통을 감당하는 인물로, 일제의 침략이 야기한 가족공동체의 해체를 비롯한 민족의 비극적인 처지를 구체적으로 드러내는 데 적절한 인물이었다.

셋째, 그의 시에서 아내는 투사로서의 성격을 갖는다. 그녀들은 남편의 부재 상황 속에서도 가족을 부양하고 점차 각성되는 인물로, 민족해방운동의 지속적인 전개와 운동의 세대간 계승을 매개하는 적극적인 행동을 보여준다.

넷째, 그의 시에 등장하는 매춘여성들은 시대의 희생자이면서 비판자로 기능한다. 그녀들은 일제가 기획한 식민자본주의가 제도화되는 과정에서 주변부 인물로 편입된 사람들이다. 그는 매춘부를 화자로 설정하여 도시 공간 속에서 남성과 식민지 당국으로부터 이중적 고통을 받는 여성들의 실태를 효과적으로 서술할 수 있었다.

이런 점에서 김해강이 일제시대에 발표한 작품들은 재평가되어야 한다. 그는 식민지 조국의 실상을 담보하는 인물로 여성 화자를 설정하고, 그녀들을 핍박받는 조국의 실상과 겹쳐지도록 장치하였다. 이것은 그의 시가 단순한 동반자 작가의 범주에서 논의될 수 없다는 사실을 반증하면서, 그의 시편들에 대한 전면적인 재검토를 요청하는 이유이기도 하다. 나아가 페미니즘적 시각에서 살펴보더라도 생산적인 결과를 도출할 수 있을 것이다.

# 김해강 시의 변방의식

## 1. 서론

1930년대에 접어들어 일제는 군국주의를 지향하면서 식민지 원주민들의 사상을 통제하고, 작가들의 전향과 사회적 현실에 대한 침묵을 강요하였다. 일제는 1937년 작가들의 전향 대회를 사주하는 한편, 카프 작가들의 구속 등을 통해 사상 통제를 심화시켰다. 그들의 강압적 조치 속에서 작가들은 위장 전향, 은거, 절필 등 다양한 방법을 동원하여 작가적 신념을 견지하고자 노력하였다. 이에 일제는 신문과 잡지의 폐간을 통해 작가들의 작품 활동을 제한하였다. 이러한 시대 상황 속에서 김해강은 이 무렵에 이르러 이전에 비해 감소하는 추세를 보였다. 이것은 시국 상황이 점차 악화되면서 리얼리즘시들이 쇠퇴해 갔던 시단의 기류에 상응한다. 그는 일제의 사상 전향 공작에 침묵으로 대응하면서 카프 해산 과정을 고향에서 지켜보았다. 그는 자신에게 발표지면을 제공했던 신문과 잡지들이 폐간되면서 작품 발표를 주춤하였다. 마침 이 무렵 그와 함께 『詩建設』지를 주재하던 김남인은 그에게 압록강변의 여행을 권유하였다. 두 사람은 동인지의 발간을 통해 형제 이상의 감정을 공유하던 관계였으며, 김해강은 김남인의 결혼을 중매하기도 하였다. 이 때 직장 생활을 그만두고 있던 김해강은 그의 권유를 받아들여 금강산을 거쳐 국경 지방으로 장거리 여행을 떠나게 되었다.

김해강은 첫 시집 『靑色馬』(시건설사, 1940)에서 "압록강을 넘나들면서 느낀 바를 감격스럽게 나타냈"[1]다. 이 시집에 수록된 작품들은 모두 서정적 색채를 드러낸다는 공통점을 갖는다. 이들 작품들은 그의 시적 관심이 내면의식으로 선회하였음을 보여준다. 물론 이것은 식민지 정책의 철저화를 통한 비극적 절망감이 낳은 예정된 수순일 수도 있지만, 이 시기를 계기로 그의 시는 사회 현상에 대한 관심도가 점차 약화되는 특징을 갖는다. 그는 이후부터 세계의 서정을 포착하는 데 주력하였다. 그러므로 당대의 비평가 김억에 의해 그 해의 가장 좋은 시집[2]으로 선정된 이 시집에 수록된 작품들은 김해강 시의 변모 양상을 추적하는 데 필수적으로 분석되어야 한다. 1920년대 중반부터 문단에서 활동했던 그의 시세계는 단편적인 언급 외에 거의 이루어지지 않았다. 그 주된 이유는 소위 '동반자 작가'이면서도 철저한 이념으로 무장하지 못한 그는 카프 조직원이 아니었기 때문에 그들로부터 문학적 동지로 취급되지 못했다. 그리고 시집조차 발간할 수 없을 정도로 빈한했던 그의 경제 사정과 향토 시인이라는 개인적 이유는 비평적 관심을 끄는 데 장애 요인이었다. 따라서 이 시집은 그에게 중요한 의미를 갖는다. 문학적으로도 그의 시는 이 시집을 계기로 사회성보다는 서정성을 추구하게 되었다. 따라서 이 시집을 통해 그의 시적 변모를 예상할 수 있다는 점에서 분석의 필요성은 증대된다.

---

1) 조동일, 『한국문학통사 · 5』, 지식산업사, 1988, 415쪽.
2) 김안서, 「『빙화』와 『청색마』」, 『조광』, 1940. 12.

## 2. 국경 지방의 풍경과 변방의식

국경 지방은 국가의 변방으로서 지리적으로 인접국과 경계를 이루며, 정치의 중심부로부터 소외되어 있다. 또한 타국과 활발한 통상을 통해 각종 문화를 주고받는 문화의 접점지대이다. 그러므로 변방의 정서는 식민지의 중심부와 달리 매우 복합적인 성격을 띤다. 서울 중심의 문화적 통제력이 약화되는 대신에, 식민지 문화로부터 일탈하려는 원심력이 크게 작용하는 지역이다. 또한 변방의 주민들은 국토의 주변부에 위치함으로써 갖게 되는 소외감과 권력의 중심부로부터 떨어져 있다는 상대적 박탈감이 상호작용하여 독특한 정서를 소유하고 있다. 김해강이 체험한 변방의식도 예외일 수 없었다. 그는 식민지의 중심부로부터 떨어진 남부 지역의 거주민으로서 국경 지방 주민들의 변방의식과 정서적 동질감을 공유하게 되었다. 특히 그의 고향은 일제의 식량 수탈 현장이었기 때문에, 역사적 소외감에 젖어 있는 국경 지역 거주민들과 쉽게 친밀감을 교환할 수 있었다.

김해강은 『靑色馬』에서 시의 형식적 측면에 상당한 노력을 기울이고 있다. 이 시집은 김남인이 경영하는 출판사에서 발간되었다. 김남인은 궁핍한 경제 사정과 일제의 검열에 걸려서 시집 한 권 갖지 못한 김해강의 처지를 감안하여 발간해 준 것으로 보인다. 그 증거는 시집의 편제에서 연배와 시력이 앞선 김해강보다 김남인의 작품이 전면에 배치되었고, 분량 면에서도 김해강의 작품은 12편만 수록되었다. 김해강은 이 시집에서 종전의 리얼리즘의 시세계에서 서정적 세계로 진입했음을 확실하게 알려준다. 그는 이전의 작품에서 사회적 전언의 확실한 표현을 위해 생경한 관념어의 직접적 진술을 배제하지 않았다. 예컨대 연과 행 구분의 의도적 무시, 생활어와 사투리의 투박한 사용, 문장부호의 남용 그리고 장시 성향 등은 그의 초기시를 대표하는 시적 특징이었다. 그것은 김해강이 "시의 구성에 있어서도 우리들 생활어의 사용이며, 일부러 시어를 다듬고 미화하려고 하지 않"[3]았기 때문이었는데, 국경 지방에서 쓴 작품에서는 그러한 우려를 불식시키고 있다. 그러나 이 시집에 이르러 그의 시는 형태적 안정감을 획득하면서 현저하게 변모하였다.

물이 얼다.
國境을 흐르는 물이 얼다.

낮이면
구름도 떠돌지 않는
하늘이 멱을 감꼬

밤이면
푸른 별들이 내려 와
꿈을 파묻고 가는

國境
二千里를 흐르는
얄루江 물이 얼다.

—「國境에서」[4] 부분

반도의 남쪽에서 태어나고 자란 김해강으로서는 국경 기행에서 여러 가지 생소한 광경을 목격했을 것이다. 그 중 하나가 이천 리에 이르는 장강의 결빙이었다. 이 작품은 국경 지방의 겨울 풍경이 간결하면서도

---

3) 김해성, 『한국현대시인론』, 진명문화사, 1974, 275쪽.
4)《동아일보》, 1940. 3. 7

선명한 이미지에 힘입어 주제의식을 형성하고 있다. 물이 얼고, 구름도 떠돌지 않고, 별들이 꿈을 파묻는 정지의 순간은 '二千里'라는 거리감에 의해 더욱 적막해진다. 그것은 시인의 고향과 현재 유숙하고 있는 타향의 물리적 거리를 나타내주는 숫자적 징표이면서, 그의 황막한 내면풍경을 적절히 대변하고 있다. 집 떠난 자의 외로움과 고독감은 그가 등단 초기에 발견했던 "그리운내짱에서쫓겨가는가슴"(「熱砂의 우로」, 《조선일보》, 1926. 12. 13)이 일찍이 경험했던 상실감을 발견한 데서 증폭된 것이다. 이 상실감은 국경 지방 거주민들의 고향으로부터 쫓겨난 경험과 맞물리면서 변방의식으로 확산된다. 그들 중에는 시인의 고향에서 농토를 빼앗기고 유이민으로 전락하여 국경 부근까지 유입된 사람들도 많았다. 그러므로 변경의 주민들이 체감하고 있는 고향과의 '이천 리'는 절실한 향수를 야기시키기에 충분한 거리이다.

특히 결빙과 밤, 국경은 시대 상황을 은유하면서 이 시집의 기본 정서를 드러내준다. 그는 이전의 시에서 출항 모티프를 이용하여 "새날을 가저 올 젊은이"(「出帆의 노래」, 『조선지광』, 1928. 1)를 기대하며 광복의 의지를 피력했었다. 그렇지만 이 무렵에 이르러 예전의 시적 정열은 자취를 감추게 된다. 그만큼 식민지를 둘러싸고 진행되는 내외의 객관적 정세는 악화되어 있었다. 그는 당대의 사회 환경을 압록강의 결빙 현상으로 비유하면서 '구름도 떠돌지 않는' 시대적 조건에 좌절한다. 도저한 절망감에 사로잡힌 그는 정밀한 야음을 깨는 구둣소리에 놀라 고향에 대한 그리움을 발견하게 된다.


또 巡警이 지나가나 보다.


쿵 쿵
壁을 울리는 구두ㅅ발 소리!

거리는

무덤 처럼

人跡도 끊어진지 오래어늘.

—「異域의밤」<sup>5)</sup> 부분

　벗을 기다리면서 느꼈던 이역의 정서를 형상화하면서도, 김해강은 초기시에서는 볼 수 없었던 국외자의 시선을 채택하고 있다. 그가 유숙했던 압록강 지역은 역사적으로 국경이라는 지리적 특성상 밀수행위가 성행했던 곳이다. 더욱이 일제에 의해 생존수단이 통제된 시대 상황 속에서 이루어지는 밀수는, 식민지의 지배 권력이 통제하는 공식적인 경제행위의 범위를 벗어난다는 측면에서 모조자본주의에 대한 항거의 의미를 띤다. 밀수하는 식민지 상인의 '범죄' 행위가 은밀하게 이루어지는 데 비해, 그를 단속하는 순경의 구둣발 소리는 '쿵 쿵' 벽을 울린다. 화자는 긴장된 순간에 어떤 행동도 취하지 않은 채, 순경의 발소리가 '무덤처럼' 고요해지기를 희망한다. 그것은 밀수자인 피식민지민의 신변에 이상없기를 바라는 소박한 기대감의 발로이다.

　그렇지만 그것은 그가 상인과 정서적 동료의식을 공유하고 있다는 심리적 표지는 아니다. 그는 상인과 동일한 피식민지인이기는 하지만, 순경에 쫓기는 범죄자는 아니다. 또 그는 변방에서 현실적 삶을 영위하는 거주민이 아니라, 문우의 집에 잠시 유숙하고 있는 여행자에 불과하다. 그러므로 그는 자신의 역할을 현상에 대한 관찰자로 국한시키고, 사건의 직접적 서술이나 묘사를 배제할 수밖에 없었다. 이것은 이전의 시작 태도와 판이하게 달라진 것이다. 그만큼 그의 역사적 전망

---

5) 『靑色馬』, 1940. 8. 30

은 절망감으로 채색되어 가고 있었다. 그가 이 시집을 발행한 이후에
창씨개명을 단행하고, 친일시편들을 발표하게 되는 것은 이런 측면에
서 예견된 수순으로 보인다.

> 탕!
> 누가 또 密輸를 하느라 江을 넘나보다.
>
> 이윽고
> 별들이 푸른 鄕愁를 물고 날러와 박이는
> 내 마음의 寢帳!
>
> 피종을 태우는 착한 넋이
> 외줄 푸른煙氣에 실려
> 솔 솔 풀리어 갈 때
>
> 간 간 들려오는
> 이웃집 病알튼 아가의 우름소리는
> 匕首 보다도 차겁게
> 내 心臟을 찔러 주는구나.
>
> 轉輾 反側!
> 아아 한 밤이 길기도 하다.

―「客愁」<sup>6)</sup> 부분

---

6) 《동아일보》, 1940. 3. 28

이 작품에 출현하는 밀수 모티프는 김동환의 「國境의 밤」(1925)과 이용악의 「우리의 거리」(1949. 1)를 연결해주는 매개항의 구실을 담당한다. 김해강은 '鴨江旅舍에서' 머무는 동안 밀수 현장을 목격하였다. 그렇지만 그 장면의 묘사를 의도적으로 배제하고, 누군가가 "밀수를 하느라 강을 넘"는 행위와 그것을 제지하는 관헌의 권총소리 '탕!'조차 이국적 풍경으로 묘사할 뿐이다. 그에게는 도리어 "이웃집 病알튼 아가의 우름소리"가 "匕首 보다도 차겁게" 느껴진다. 담배를 피면서 '푸른 鄕愁'에 젖어보지만, 그것은 도리어 사회현상의 시적 반영에 민첩했던 초기의 시정신과 충돌을 야기한다. 그는 여행객이라는 국외자적 관점을 선택하여 현실과의 거리를 유지하고자 했으나, 내면적으로는 '빠알간 火爐ㅅ불'에 의해 심리적 갈등이 고조된다. 이러한 내면 상태는 잠을 이루지 못하고 '輾轉反側'하면서, 급기야 "아아 한 밤이 길기도 하다"는 탄식으로 나타난다. 그 탄식은 고향의 처자식 걱정으로 괴로워하던 시인의 현재 처지를 드러내면서, 쉽게 다가오지 않는 시대의 새벽을 기다리는 역사의식을 은폐하고 있다.

이 작품에서 핵심어는 '푸른 鄕愁'이다. 그에게 푸른빛은 갈등의 색깔이다. 그는 총소리에 놀라 자신의 유숙지가 국경 지방이라는 사실을 깨닫는다. 총소리는 국경 지방의 정치적 긴장 상태를 담보해 주는 음향적 표지로서, 그에게 공포감을 안겨주며 향수를 불러일으키는 구실을 제공한다. 그는 밀수 현장의 긴박한 공포로부터 떨어진 남쪽의 고향을 생각하면서 가족들의 안부를 생각한다. 그렇지만 그의 기대는 현재적 시점에서 확인할 수 없는 관념의 일단일 뿐, 그와 가족 사이에 놓인 공간적 거리에 의해 그의 궁금증은 심장을 찔러줄 만큼 배가된다. 그는 고향에 대한 그리움을 술회함으로써, 망국민의 향수가 갖는 이중적 의미를 탐색하게 되었다. 그것은 방랑이 수반하는 필연적 결과였다. 그가 만주에서 체류한 기간은 상당히 길었다. 그가 1940년 6월 시

「故鄕으로도라가면서」를 발표한 사실에 착안하면, 그는 한 계절 이상의 시간을 압록강 지역에서 보낸 것이다. 비록 문우 김남인의 경제적 도움에 의지하여 풍족하게 유숙할 수 있었지만, 평생 동안 향리에서 생활하던 그의 거주벽으로 볼 때에는 대단히 이례적인 행동이다. 아무리 절필의 위기를 극복하려는 의도하에 결행한 여행이라고 할지라도, 한 가정의 가장이자 장남으로서 장기간 가정을 비우고 외지에 유숙한다는 것은 비정상적인 현상이다.

> 나와 내 家族이
> 誼좋게 사라가는 것 처럼,
> 내 가난과 내 詩도
> 誼좋게 사라갑니다.
>
> 더러는 夫婦 처럼
> 다툼질이 있다가두,
> 내 가난과 내 詩는
> 고대 오누의 처럼 誼가 좋아 집니다.

—「내詩와내家族」[7] 부분

국경지방으로 떠나기 전 그는 생활고로 인해 문학 활동을 중단해야 되는 기로에 서 있었다.[8] 평소 사신 교환을 통해 위기 국면을 파악한 김남인은 그를 중강진에 위치한 자택을 방문해 주기를 강권하였다. 이 작품에서는 절필을 둘러싼 그의 심리적 갈등이 진정되는 단서를 제공해 준다. 북쪽의 국경지방을 여행하는 동안 김해강은 가정이라는 현실적 조건에서

---

7) 『靑色馬』.
8) 김해강, 「創作日記」, 『조선문학』, 1939. 7.

해방된 여유를 느낄 수 있었다. 그는 이 여행을 통해 시와 생활이 결코 유리될 수 없는 동일한 국면의 다른 이름에 불과하다는 사실을 깨닫게 된다. 그는 가정의 굴레로부터 벗어난 여행을 통해 자신에게 시쓰기가 얼마나 의미로운 작업이었는지를 생각하게 된 것이다. 그는 '詩를 내 家族과 같이 사랑하'던 그는 시쓰기 과정을 부부싸움으로 비유하고 있다. 부부관계가 더러는 '다툼질이 있다가두' 조금만 지나면 "고대 오누의 처럼 誼가 좋아"지듯이, 자신의 시쓰기도 지금의 경제적 궁핍을 이기고 나면 여전할 수 있으리라는 낙관적 전망을 보여준다. 이와 같이 내면의 갈등을 정리한 그는 압록강변의 봄에 대한 단상을 조촐하게 노래할 수 있었다.

오 봄이여!

당신은
어느 王家의 따님이기에

그렇게도 마음씨가 곻으십니까.
香氣롭습니까.
그렇게도 차림차림이 多情하십니까.
燦爛하십니까.

당신이 살고 있는 곳은
우슴만이 화안하게 터진

저어 별들이 살고 있는
푸른 하늘보다도 머언 곳이라지요?

—「鴨綠江의 四月 · 봄」<sup>9)</sup> 부분

김해강은 여행 중에 만주라는 변방 지역까지 미치는 일제의 절대적 세력을 확인하고, 식민지시대의 서정성이 갖는 의미를 천착하게 된다. 그것은 일제의 지배가 종식되지 않는 한 비극적인 모습으로 귀결될 수밖에 없었다. 그가 이 작품에서 '봄'을 '푸른 하늘 보다도 머언 곳'에 있는 것으로 파악하고, 김남인과 함께 『詩建設』의 폐간에 합의하게 된 것도 결국 이러한 세계 인식에 기인한 것이다. 그가 만주를 여행하면서 향수를 느끼는 것은 집을 떠난 자연인이 갖게 되는 보편적인 감정이다. 그렇지만 그에게 향수는 '마음의 戀人'이 살고 있는 '봄'이 오는 '南쪽하늘 밑'으로 은폐된 광복에의 의지에 다름 아니었다. 그것은 초기시에서 보여주었던 고향의 이중적 의미, 곧 그가 태어난 곳이고 멸망한 왕조의 수도였다는 역사적 사실의 시적 외연이었다. 그는 향수에 의탁하여 변방의 비극적 서정을 발견하게 된 것이다.

이 작품에서는 그가 시적 이미지를 드러내는 방법을 살펴볼 수 있다. 예컨대 '다복 다복 피여 피여나는 진달래/타는 진달래!'와 '마디 마디 느러, 느러지는 버들피리', 그리고 '마음도 탄다. 탈대로 탄다'와 '노래도 녹아 흐른다. 黃金옷을 입고 녹아흐른다'에서 보는 것과 같이, 그는 어휘의 반복을 통해 이미지를 구현하고 있다. 또 4월의 태양이 강산에 퍼져가는 모습을 "눈이 부시도록 부서지는구나"라고 표현해내는 감각적 이미지를 선보였다. 이것은 어휘의 반복적 진술을 통해 주제의식을 강조하던 예전의 시작 기법이 비유의 측면으로 전이된 것으로 보인다. 사실 그가 활용한 시어들은 다소 평면적이고 관념적인 진술로 인해 시적 긴장감과 정제미가 떨어졌었다. 이전까지 그의 시에 나타난 언어들은 대부분 정제된 가공의 언어가 아니라, 현실의 구체적 삶에서 인용된 구술적인 언어들이 대부분을 차지하고 있었다. 그는 타향에서의 장

---

9) 『靑色馬』.

기 체류 중에 얻게 된 시간적 여유를 활용하여 자신의 시에 대한 반성
을 시도한다. 그것은 음성상징어를 효과적으로 사용하여 시적 이미지
를 극대화하려는 모습으로 나타났다.


　　휘익
　　휘익


　　虛空에 뱀이 논다.
　　虛空에 뱀이 소리를 그린다.


　　쩟!
　　쩟 쩟 쩟……


　　눈 위에 굽이 튄다.
　　눈 위에 굽이 바람을 튀긴다.


　　『쾌쾌 취바』
　　『어―이 쾌취』


　　뒤우뚱
　　덜넘한 山이 말등을 넘는다.
　　고불탕
　　언덕 길이 直線을 뻗고 뒤로 뒤로 다라난다.


　　짤
　　랑 랑 랑 랑 랑……

힌 하늘

힌 江

끝 없이 퍼지는 地坪—

—「胡馬車」[10] 부분

　김해강은 이 작품에서 소리의 회화적 표현을 보여준다. 1연에서는 '휘익' 소리를 지르며 虛空에 뱀이 노는 모습을 소리로 '그리고' 있다. 2연에서는 '쩟!' 소리에 의해 눈 위에 말발굽이 튀면서 바람을 '튀긴' 모습을 소리로 들려주고 있다. 더욱이 '쩟!/쩟 쩟 쩟 쩟……'이라는 행갈이와 느낌표와 말줄임표를 효과적으로 사용하면서, 눈길을 달리는 말발굽을 시각적으로 포착하였다. 그러한 표현은 7연에서도 반복적으로 출현한다. 말방울 소리를 '짤/랑 랑 랑 랑 랑……'처럼 두 행으로 나누어 처리함으로써, 여음의 효과를 거두고 있다. 이 소리는 달리는 말이 사라지는 모습을 암시하면서, 화자의 묘사적 시점이 이동중이라는 사실을 보여준다.

　또한 뒤돌아본 산이 멀어지는 현상을 '덜넘한 山이 말등을 넘는다'고 진술하여 심미적 거리를 확보하고 있다. 그의 고개 돌림은 호마차를 타고 여행하는 도중에 느꼈던 이국적 정서의 발견이며, 눈앞에 '끝 없이 퍼지는 地坪—'의 광활한 광경에 시선을 집중시키는 시인의 표정을 연상시켜준다. 그의 시에서 국경 지방의 비극적 서정이 용해되어 있을지라도, 그에게는 식민지 변방의 '풍경'이었다. 그것은 그가 여행자 신분이라는 사실에서 비롯된 것이다. 그러므로 그가 변방에서 취할 수 있는 행동 범주는 제한적일 수밖에 없었다. 다만 국경 지방의 이곳

---

10) 『靑色馬』.

저것을 두루 여행하면서 이국적 정서에 호기심을 표명하는 것뿐이었
다.

> 오늘도
> 아츰은 눈속에 얼고,
> 오늘도
> 밤은 입술에 타는데
>
> 행결
> 어름 보다도 찬
> 해볕이 안탁가워
> 幌馬車에 몸을 실꼬, 帽兒山 이마를 노려본다.

—「帽兒山」[11] 부분

이것은 국경 지방의 모아산 근처에서 유숙하면서 모아산의 아침과
밤의 풍경을 순차적으로 묘사한 작품이다. 일제시대라는 시대적 배경
을 고려하면, 국경 일대를 장기간 여행하는 행위는 범상한 일이 아니
다. 이 작품을 통해서도 그의 기행시편에서 산견되는 감각적이고 참신
한 비유적 표현을 살펴볼 수 있다. 예컨대 마차를 타고 바라보면서 뒤
로 밀려나는 산의 모습을 "食慾을 채우지 못한 野熊"이라고 비유한 것
이나, 고향을 그리워하는 마음을 마치 제비 새끼들처럼 "옷자락을 물
고 파둥거린다"고 비유한 것 등은 당시의 다른 시인들의 작품에서도
쉽게 찾아볼 수 없는 감각적인 표현이다. 또 모아산 기슭에 늘어선 선
술집 풍경을 빗대어서, 모아산을 "술과 계집과 紙幣와/그리고 살 찐

---

11) 『靑色馬』.

밤(夜)을 먹고 살며/커가는 너"라고 표현한 것도 참신한 표현이다. 그
는 국경지방에 위치한 모아산을 통해서 식민자본주의의 왜곡상을 목
도하고, 시대 상황에 대한 자아의 절망 상태를 보여준다. 그가 "幌馬
車에 몸을 실꼬, 帽兒山 이마를 노려"보는 행위와 노천명의 "幌馬車
에 올라 앉아 아가위나 씹자"(「幌馬車」, 『삼천리문학』, 1938. 1)는 청유형
서술은 동질적 차원의 유희행위일 뿐이다.

두 사람의 이국 동경 취미는 실재적 국면에 동화할 수 없는 자아의
내홍을 증명한다. 그들은 마부가 아니라 마차를 타고 가는 여행자일
뿐이다. 국경 지방에 거주하는 마부의 삶은 '어름 보다도 찬' 것이지
만, 그들은 단지 '해볕이 안탁가'운 과객인 것이다. 그것은 식민지에
이식된 모조 자본주의의 경제적 산물이다. 경제 행위에 참가할 수 없
는 시인은 이국적 정조 취향의 관념을 표현하는 데 머물 수밖에 없다.
그들은 국경 지방의 비극적 정서를 포착하여 작품화하는 것이 아니라,
단지 자신들의 여정을 안타까워할 수밖에 없었다. 그들에게 허용된 것
은 식민자본주의가 생산하는 교착된 '풍경'을 완상하는 것이었을 뿐,
변방의 '풍경'을 현실적 상황으로 표현하는 것은 용납되지 않았다.

일제에 의해 기획된 도시는 식민자본주의의 모순 구조를 은폐시키면
서, 식민지 원주민들로 하여금 새로운 질서에 복종하도록 강요한다.
이렇게 조성된 도시의 위악성은 억압에 의해 복종된 인간들에게 과거
적 시간으로의 회귀적 소망을 불러일으킨다. 그러나 일제는 식민지 지
배 전략의 일환으로 자국의 자본주의를 이식하는 데 열중하였다. 이때
도입된 것이 신흥 유흥업소였다. 일제에 의해 유입된 카페, 바, 레스토
랑, 다방 등은 서울 종로 일대에서 번성하였다.[12] 식민지시대의 작품에
수용된 카페는 산책자가 거리를 산책할 때 갖게 되는 심리적 관망 상

---

12) 당시 성행했던 카페 안의 풍경에 대해서는 조용만, 『30년대의 문화예술인들』(범양사출판부,
　　 1988, 70~73쪽) 참조.

태를 유사하게 보여준다는 점에서, 식민주의자들의 근대성 기획 의도
를 살필 수 있는 공간이다. 작가들은 '산책자(flâneur)'의 시선을 선택
하여 당대의 유흥공간이었던 레스토랑과 카페 안의 풍경을 정치하게
묘사할 수 있었다.

> 나뷔가 접씨를 물고 나른다.
> 나뷔가 『말』을 물고 나른다.
>
> 봄도 아닌 地空을
> 풀 풀 나른다.
>
> 하늘도 없는 花壇을
> 푸뜩 푸뜩 나른다.
>
> 부산하게 쪼아 색이는
> 나뷔의 발톱!
> 나뷔의 발톱에 채이어
> 쭈루루 미끄러지는 눈 눈……
>
> —「RESTAURANT」[13] 부분

1930대의 모더니즘계열의 문학작품에서 등장했던 산책자는 룸펜 지
식인들의 카페 체험에서 기인한 것이었다. 이 시기의 작가들에게 카페
체험은 "행위의 무관심을 조장하는 환경조건"[14]으로 작용했었다. 그들
은 손님이라는 국외자의 입장이 되어 카페 내부의 장면과 외부의 풍경

---

13) 『靑色馬』.
14) 최혜실, 『한국 현대소설의 이론』, 국학자료원, 1994, 82쪽.

을 관찰하는 시점을 유지하였다. 김해강도 이 작품에서 카페의 유사 공간인 이국의 레스토랑에서 여급의 행동을 주의깊게 관찰하고, 그 특성을 묘사하고 있다. 이전의 유사 작품에서 여급의 실존적 조건에도 관심을 기울였던 것에 비하면, 상당한 시적 거리를 확보하고 있는 셈이다. '나비'로 비유된 여급은 손님들의 주문 내용(『말』)을 물고 '푸뜩 푸뜩 나른다'. 그는 손님들의 시선이 여급의 움직임을 따라다니는 광경을 "나뷔의 발톱에 채이어/쭈루루 미끄러"진다고 표현하였다. 그는 레스토랑의 여러 가지 모습을 스케치하듯 묘사하고 있는 것이다.

그가 이 작품 속에서 관찰자의 시선을 유지하고 있다는 사실은 시각적 표현에서 살필 수 있다. 그는 여급을 바라보는 손님들의 시선이 많다는 것을 나타내기 위해 "눈 눈……"이라고 표현하였다. 또 여급을 둘러싼 손님들의 신경전을 "눈이/눈을 쫓고/눈을 밟고"라고 표현하였다. 이런 표현들은 그가 카페 내부의 광경을 한 걸음 물러나서 관찰하고 있다는 사실을 드러내 준다. 그것은 예전의 리얼리즘시에서는 찾아볼 수 없었던 관점의 이동 현장이다. 여급에 대한 그의 관찰자적인 시선은 "푸른紙幣가 나비의나래처럼 가볍다"로 시작한 다음 작품에서도 나타난다.

푸른 나뷔는
푸른 匕首보다도 마음이 차기 때문에—
푸른 나뷔는
푸른 꽃뱀 보다도 魅力이 맵차기 때문에—

天倫도 義理도
머리칼 처럼 베일수 있다고 허지않든?
白痴도 곱추도

英雄 처럼 바뜰수 있다고 허지않든?

—「北方은」<sup>15)</sup> 부분

김해강은 이 작품에서 「RESTAURANT」에서는 볼 수 없었던 여급들의 생활상을 묘사하여 한층 진전된 현실 인식 상태를 보여준다. 1연에서 '北方'은 '푸른 나뷔를 더 사랑한다드라'는 대목은, 북방에서 여성들이 선택할 수 있는 직업이 여급밖에 없었다는 사실을 진술한 것이다. 3연의 "天倫도 義理도/머리칼 처럼 베일수 있다고 허지않든?"이라는 진술은 여급들의 실존적 한계 상황을 연상시키면서, 그들이 선택한 직업의 이면에 은폐된 식민지 경제의 구조적 폐해를 고발하고 있다. 그는 매춘행위를 통해 실존해야 하는 여급들의 서러운 실정을 "푸른 匕首보다도 마음이 차기" 때문이라고 슬프게 옹호하고 있다. 그는 당시의 여급을 식민지 여성의 대체인물로 설정한 뒤, 민족적 차원에서 동정적 시선을 보내고 있는 것이다.


## 3. 결론

이상에서 살핀 바와 같이, 김해강의 시집 『靑色馬』에 수록된 작품들에서는 국경 지방의 변방의식이 검출된다. 이 시집을 계기로 그의 작품에서는 등단 이래 왕성하게 추구했던 현실 개혁의 전언은 사라지고, 이전의 작품에서는 발견되지 않는 서정성을 전면에 내세운다. 그는 변방에 장기 체류하는 동안에 식민지의 시대적 조건이 불식되지 않고서는 서정성 또한 필연적으로 사회적 의미를 내포하며 비극적으로 형상

---

15) 『靑色馬』.

화될 수밖에 없다는 사실을 깨닫게 된다. 이러한 변모는 외적으로는 1935년 카프 해체와 함께 강화된 일제에 의한 사상 통제의 영향이다.

그는 압록강 유역을 여행하는 동안 자신의 처지를 국외자로 규정한다. 이러한 자리매김에 의해 그는 식민지의 현실로부터 일정한 심미적 거리를 확보하게 되지만, 도리어 차후에 자발적으로 친일시편을 쓰게 되는 간접적인 원인을 조성하기도 한다. 이것은 식민지 치하의 시인으로서 견지해야 할 미학적 균형 감각의 상실로 보인다. 그는 결국 시대의 압력을 감당하지 못하고 김남인과 합의하여 동인지『詩建設』을 종간하였다. 당시 유일한 시전문지를 주재하던 그의 입장에서는 귀향하여 사회적 현실과 거리를 유지하는 일 외에 달리 선택할 것이 없었다. 그러나 식민지 당국은 시인과 사회의 관계조차 폐쇄시켜 버렸으므로, 그는 친일시를 발표하며 시적 감각을 유지하려고 시도하였다. 비록 창씨개명 후에 한국명으로 작품을 발표했다고 할지라도, 그의 선택은 평생 씻을 수 없는 오점을 남겼으며 해방 공간에서 침묵하며 반성의 기회를 마련해야 했다.

# 김해강의 금강산 기행시

## 1. 서론

예로부터 금강산은 민족의 성산이었다. 지금은 분단시대의 해체를 열망하는 '개방 공간'으로 민족의 통일 의지를 구현하는 곳이다. 이것은 금강산의 지리적 조건과 함께, 유사 이래 전승되어 온 민족의 심리적 거소 공간으로 금강산이 자리잡고 있다는 정치적 표지이기도 하다. 그런 까닭에 일제에 의한 국권침탈기의 금강산 기행은 단순한 의미를 초월하여 항상 중의성을 내포한 채 진행되었다. 특정 공간에 대한 집요한 기행은 장소의 대상성에 의탁하여 여행자에게 심리적 안정감과 동일체 의식을 회복시켜 준다. 더욱이 식민지 상태의 타파를 갈망하는 시인들의 입장에서는 구체적 현실 세계와 유리된 금강산이라는 경승지에서 국토의 아름다움과 당대의 정치적 현실을 비교하며 착잡한 감회에 젖도록 만들었다.

한 연구자의 조사에 의하면, 지금까지 발표된 금강산시는 299편[1]이다. 대부분 식민지시대에 발표된 이 작품들의 문제점은 "금강산이 신비로운 절경이며, 우러러 볼 풍광이라는 관습적·평균적 상상을 되풀이하거나 회고조의 틀거리만을 거듭"[2]하고 있다는 점이다. 이러한 사실은 시인들의 금강산 기행이 갖는 현실도피적 속성을 함의하면서, 다른 한편으로는 그들의 현실 인식안에 회의를 품도록 만든다. 왜냐하면 당시의 금강산은 현실적 문제 사태로부터의 일탈을 자극하는 명승지라기보다는, 외세에 의해 점령당한 국토의 일부분으로서의 성격을 강하게 띠고 있기 때문이다. 그러므로 시인들은 무의미한 영탄으로 개인적 감정을 표출하기보다는, 금강산의 비경을 통해 외세에 점유된 조국 강토의 현실적 국면을 시화하는 자세를 취해야 온당하다.

　이러한 시편들과 달리 김해강의 금강산 연작시는 외세에 점령당한 국토의 비경을 선명한 이미지로 표현하고 있다. 그는 1941년 가을에 금강산을 여행한 뒤 8편의 시작품을 발표하였다. 당시 그는 문학과 현실의 갈등 국면에 봉착해 있었다. 이전의 현실반영적 시작 성향을 계속하기에는 시대의 압력이 너무나 강력하였고, 날로 악화되는 경제적 궁핍화 현상은 그로 하여금 문학과 현실 사이에서 선택을 강요하고 있었다. 이에 그는 『시건설』지의 동인으로 압록강변에 살고 있었던 김남인의 초대를 받아들여 장기간에 걸쳐 여행을 떠나게 되었는데, 국경 지방으로 가는 도중에 금강산을 여행하였다. 그는 이 여행을 통해 이전에 보여주었던 시세계와 판이한 성격의 작품을 발표하였다. 그의 시는 금강산 기행을 기점으로 형태적 안정성을 획득하였을 뿐만 아니라, 내용상으로도 예전의 현실지향적 성향을 배제하고 서정적 풍모를 지향하게 되었다. 더욱이 그의 금강산 연작시들은 당대의 여느 시작품에서 찾아볼 수 없는 명징한 이미지를 갖고 있어서 시문학사적 의의도 중요하다.

---

1) 박태일, 『한국 근대시의 공간과 장소』, 소명출판, 1999, 247쪽.
2) 박태일, 위의 책, 246쪽.

## 2. 기행지의 서정과 무사상의 사상성

　여행은 시인에게 각별한 의미를 갖는다. 시인은 여행을 통해 규격화된 일상으로부터 탈피하여 다양한 경험을 얻을 수 있을 뿐만 아니라, 습관화된 시적 사유 방식을 점검하고 새로운 전망을 획득할 수 있다. 더욱이 주권을 강탈당한 식민지시대에 국토를 유람하는 시인의 처지에서는 모든 여행지가 유별한 의미로 다가선다. 시인들은 여행하면서 쓴 자품에서 기행지의 풍광을 재구성하여 보여준다. 그러므로 기행시에는 시인들의 정서적 반응 상태가 드러나 있다. 이런 점에서 기행시는 시인이 여행 후 받게 된 영향관계와 그의 심리적 이완 상태를 살펴볼 수 있는 징후를 포착할 수 있다. 시인들도 여느 사람들과 마찬가지로 여행지에서 일상의 장면에서 직면했던 심리적 갈등 국면을 잠시 망각하고, 그곳의 풍광에 몰입하게 되기 때문이다. 대표적인 사례 중 하나인 최남선의 국토순례는 그가 설파했던 ‘조선심’의 회복을 향한 구도적 여행의 일환이었다. 또한 1938년 8월에 시작된 정지용의 「남유」와 「다도해기」는 그의 유려한 필치에 힘입어 당시의 남도 풍경이 김영랑의 근황과 함께 고스란히 되살려지고 있다. 이러한 여행기는 시인으로 하여금 국토의 서정성을 재발견하는 계기로 작용하게 되고, 식민지 원주민들에게 광복의 의지를 다지는 기회가 된다.

　김해강은 금강산 기행 후 연작시 ‘금강8제’를 남겼다. 그의 금강산 연작시편들은 모두 여행 장소를 나타내는 부제를 갖고 있어서, 기행시로서의 특징을 보여준다. 또 금강산의 비경을 종전의 시인들처럼 관례적인 영탄과 감흥을 표현하는 데 그치지 않고, 자연을 인격화하고 인간의 서정적 반응을 드러내는 데 초점을 두었다. 금강산 연작시편들은 그의 시작품 중에서 형태적 안정감과 형식적 균제미가 어울어진 가작에 속한다.

山 이마를 감고 휘어 넘는 흰 구름은

모란송이처럼 가벼이 부서져 사라지는데


마음은 하늘과 함께 끝없이 푸르러

어린 여름처럼 하늘과 함께 끝없이 푸르러.

—「마음은 하늘과 함께」[3] 부분

이것은 '長安寺를 들어가며' 쓴 작품으로서, 김해강의 '금강8제' 중에서 서두에 해당한다. 이전의 시작품에서는 볼 수 없었던 선명한 비유적 표현들이 작품의 정조를 지배하고 있다. 아울러 종전의 시작품에서 보여주었던 세계와의 긴박한 대결 양상은 사라지고, 세계를 인식하는 시인의 표정이 한층 여유를 갖고 있다. 하늘이 떨어져 물이 되고, 물소리는 하늘소리가 되는 순환적 사유를 통해 그는 공감각적 이미지의 단면을 보여준다. 그러한 순환적 사유는 그가 입산 전까지 타도의 대상으로 설정했던 식민지 현실로부터 격절된 금강산이라는 한정된 공간을 유람하고 있었기 때문에 가능하였다. 그는 현실 세계와 판이한 금강산에서 국토의 아름다움을 절실하게 체험할 수 있었던 것이다. 그러나 그 아름다움은 외세에 의해 강점된 상태에 놓여 있기 때문에, 시인에게는 슬픈 현실을 재확인하는 공간으로 기능한다.

또 구름이 흩어지는 장면을 "모란송이처럼 가벼이 부서져 사라"진다고 표현하여, 마치 눈앞에서 관찰할 수 있도록 구체적인 심상으로 나타내었다. 이미지가 시인의 심리 상태를 담보한다는 점에서, 이러한 표현들은 그의 시적 본류를 절로 드러내준다. 식민지 현실 상황 속에서 그의 시는 도도한 일제 통치 질서를 고발하는 데 치중할 수밖에 없

---

3) 《매일신보》, 1941. 10. 20

었지만, 속세와 거리를 띤 금강산에서 그의 시는 본래적 성정을 회복하여 자연의 서정적 특질을 그려내는데 진력할 수 있었다. 그 결과 그는 천상과 지상의 어우러짐을 댓구와 반복으로 병렬적으로 배치하여 등가성의 미학을 획득하고 있다. 이것은 그의 시적 정서가 서정성의 추구에 기반하고 있음을 나타내 준다. 그는 식민지 상태의 금강산 기행을 통해 자신의 시적 토양마저 제압하려는 일제 식민 통치의 폐해를 체득할 수 있었다. 그의 금강산 연작시 속에서 두루 발견되는 서정성의 표출은 시의 본질적 세계조차 자유스럽게 구현할 수 없는 정치적 극한상황을 암시해 준다. 이 점에서 일련의 금강산 연작시편은 김해강이 정서의 직설적 토로에 치중했던 전기의 세계를 청산하고, 금강산의 비경을 서정적 이미지 속에 은닉하는 지성적 포즈로 거듭나게 되는 계기로 작용하였다.

고운 山
고운 달
밤 姿態가 맑으니
山 나그네 졸음도 맑아

달을 베고 누우니
물소리 銀河처럼
窓가에 더욱 맑다.

눈을 뜨면
山 이마에 뚜렷한 얼굴
눈을 감으면
물에 채어 부서지는 달 소리.

차마 잠을 이룰 수 없어

말없이 호올로 앉아

달을 바라다본다.


거울처럼

화안히 트이는 마음

이 한 밤

부처인 양 받들어 보리.

—「金剛의 달」[4] 전문

　그가 금강산의 표훈사에서 유숙하던 밤중에 쓴 이 작품에서 화자는 자연과 동화된 존재로 나타난다. 금강산의 밤 자태가 맑으니 사찰 입구에서 유숙하는 나그네의 졸음도 맑고, 물소리까지 은하처럼 맑게 들린다. 고요한 산중에서 잠을 이루지 못하고 눈을 뜨면 저멀리 보이는 "山 이마에 뚜렷한 얼굴"이 있고, 눈을 감으면 "물에 채어 부서지는 달 소리"가 들린다. 그는 마침내 "차마 잠을 이룰 수 없어" 홀로 앉아서 달을 바라보며 "거울처럼/화안히 트이는 마음"을 느낀다. 그가 밤새 달빛에 빛나는 '뚜렷한 얼굴'은 마애석불과 맑은 기운에 젖어 이 밤을 "부처인 양 받들어 보리"라고 다짐한다. 이 시 속의 "물에 채어 부서지는 달 소리"는 이른바 빛을 소리로 표현해낸 공감각적 이미지로서, 1940년대의 시작품에서 유례가 드문 탁월한 비유적 표현이다.

　이 작품에서는 시인의 내면적 갈등 요소가 전혀 검출되지 않는다. 도리어 자연과의 합일된 경지에 자족하는 시인의 평화한 표정이 두드러

---

4)《매일신보》, 1941. 10. 24, 이 작품은 전주시 덕진공원의 김해강 시비에 새겨져 있다.

진다. 이것은 김해강이 겪은 현실적 어려움의 강도를 반증하면서, 시인과 현실 사이에 개입된 식민지 시대의 정치적 억압 상태를 가늠케 해준다. 1935년 카프의 해체를 전후로 더욱 강화된 일제의 사상 통제 정책은 그로 하여금 등단 이후 줄기차게 견지하였던 현실 대결적 성향을 더 이상 추구할 수 없도록 압력하였고, 마침내 그는 폭압적 시대 상황을 돌파하는 투사적 화자를 더 이상 내세울 수 없었다. 이러한 시대적 조건 하에서 그는 비구체적 현실 세계로서의 금강산을 시재로 선택하여 무사상의 시를 창작함으로써, 오히려 일제의 사상 통제에 반항하는 의지를 내포하였다. 이 점에서 김해강의 금강산 시편들은 새롭게 평가되어야 하며, 해당 작품들 속에 장치된 시인의 의도는 주목받아야 한다. 대자연의 경관 앞에서 세상의 진애를 떨어내고, 기왕의 자아를 세련시키는 시인의 자세는 금강산 계곡을 따라가며 계속된다.

> 눈 앞에 열리는 후련한 山川
> 햇빛은 녹아 金비를 퍼붓는데
>
> 微風은 부드러이 나무가지를 戯弄하고
> 이슬은 아롱아롱 구슬져 떨어진다.
>
> —「玉韻을 밟으며」[5] 부분

원래 '玉韻'이 남의 시작품을 일컫는 공경어라는 사전적 어의를 전제하면, 그는 금강산의 빼어난 풍경을 자연이 쓴 시작품으로 인식했음을 알 수 있다. 그것은 만폭동을 옥유으로 표현한 데서 알 수 있듯이, 자연의 신묘한 광경을 한 편의 시작품으로 감상하였음을 말한다. 이

---

5) 《매일신보》, 1941. 10. 28.

점이야말로 그의 금강산 연작시와 다른 시인들의 작품을 구분하는 변별적 자질이다. 그는 금강산의 절경을 한 편의 예술 작품으로 파악함으로써, 자신의 시인된 처지를 한층 낮추고 있다. 그는 인간의 언어가 숙명적으로 내포하고 있는 한계성을 인식하고, 만 개의 폭포로 이루어진 만폭동의 '뚝뚝 듣는 푸른 그늘' 사이로 흐르는 폭포수의 위용 앞에서 '筆囊을 끄르다가 畵帖을 던져버리'고 만다. 그만큼 시인은 금강산의 비경에 몰입되어 물아일체의 경지에 빠져 있는 것이다.

박용철이 동일한 경관을 보고 "영원한 멜로디로/너는 흔들리우고"[6]라고 관습적 영탄으로 표현한 것에 비하면, 김해강의 비유가 훨씬 참신하다. 김해강은 폭포에서 떨어지는 낙수를 가리켜 햇빛이 녹아서 쏟아지는 '金비'로 표현하였다. 이러한 시각적 이미지는 이전의 시작품에서는 찾아볼 수 없었던 것이다. 이미지는 시작품 속에 언급되는 감각이나 지각의 모든 대상이나 특질들과 연결되어 있고, 그것은 한 편의 시작품을 구성하는 요소의 총체란 점에서, 그에게 금강산 여행은 일상적 삶에 피로한 시정신을 안식하도록 만들어주었던 것이다. 그는 자연의 위용 앞에서 식민지시대의 현실로부터 일정한 거리를 유지하게 되었다. 그러나 심리적 거리가 발생할수록 그의 내면에서는 사회적 현실과 동화되지 못하는 내면의 갈등이 깊어지고 있었다. 마침내 여행을 통해 심리적 긴장감을 이완시킨 그는 금강산을 인격화하고 '푸른 秘密'을 털어놓게 된다.

眞珠潭 眞珠潭
네 가슴에 괴인 푸른 秘密을
쏟아도 쏟아도 다할 줄 모르는 푸른 秘密을

---

6) 박용철, 『박용철전집 · 1』, 동광당서점, 1938.

하늘과 함께 내 가슴에 담아보리.


오오 永遠한
내 마음의 戀人이여!
너와 더불어
나는 길이 젊으리.

—「마음의 戀人」[7] 부분

김해강은 진주담에서 본 맑은 물을 시행의 전개에 따라 '玉韻―眞
珠―푸른 秘密―戀人'으로 변주시키고 있다. 이것은 그가 등가성의
원리를 '선택의 축'에서 '결합의 축'으로 투사한 것이다. 시 속의 '푸른
秘密'은 "자연과 인간의 어떤 신격화되었을 때의 대화하는 순간에만
가능한 비밀―생생한 인간의 혈맥처럼 변함없는 영원불멸의 비밀―
天心과 山心과 地心만이 나눌 수 있는 비밀"[8]이다. 그것은 젊은 연인
처럼 마음의 등불 같은 자연의 비밀을 체득한 순간의 대화를 나타낸
다. 이로서 김해강이 금강산 기행을 통해 도달한 시적 성취 수준을 확
인할 수 있다. 그는 민족의 명산을 주유하면서 국토와 자신의 관계를
연인관계로 설정하였다. 그것은 금강산을 자신의 정신적 안식처로서
인식하고 있다는 증거이며, 동시에 그의 시적 과정이 서정적 정조로
나아가게 될 것을 암시하고 있다.

작품 속의 "너와 더불어/나는 길이 젊으리"라는 다짐에서 알 수 있듯
이, 김해강은 금강산의 비경처럼 자신도 항상 청년기의 기개를 보전할
것을 결의하고 있다. 이 작품 속에는 수수만년 아름다움을 지켜 온 금
강산과 같이, 자신도 시심을 잃지 않으리라는 그의 굳은 맹세가 드러나

---

7) 《매일신보》, 1941. 10. 29
8) 김해성, 『한국현대시인론』, 진명문화사, 1974, 263쪽.

있다. 그는 진주담을 국토의 환유물로 인식하고 있는 것이다. 그것은
적어도 "해방 이전의 시는 선시적으로 문맥에 감추어진 커다란 내부공
간을 머금고 서사적인 성격"[9]을 지녔다는 사실을 뒷받침한다. 일제에
게 강점당한 조국의 정치 상황은 시인에게 국토의 정치적 성격을 인식
하도록 강요하고 있었다. 그러므로 김해강의 금강산 연작시에서 두루
발견되는 무사상성은 도리어 철저한 반일사상을 근간으로 삼을 수밖에
없었다. 더욱이 그는 문단 데뷔 이후 줄곧 일제의 점령 상태가 야기한
식민지의 모순을 고발하는 시적 성향을 견지해 오고 있었다. 따라서 그
의 금강산 시편들은 전적으로 사상적 무방비 상태를 보여주는 것이 아
니라, 국토의 아름다움조차 점령당한 식민지 상태의 비극상을 강조하
여 드러내고 있다고 보는 편이 타당하다. 금강산의 위관에 놀라는 김해
강의 경탄은, 금강산의 주봉인 비로봉을 오르면서도 계속된다. 그의 금
강산 예찬이 계속될수록 국토의 아름다움은 찬미의 대상으로 승화되
고, 동시에 식민지 상태에서 강점된 금강산의 처지는 강조된다.

千겹 萬겹
바다처럼 물결치는
아름다운 봉우리들

金비눌 銀비눌을 번쩍이며
솟구치는
칼제비러냐.

虛空에 달린 해를 따먹으려

---

9) 김윤식, 『근대한국문학연구』, 일지사, 1994, 453쪽.

뿔뿔이 푸른 물결을 차고
솟구치는 칼제비러냐.

—「金사다리·銀사다리」<sup>10)</sup> 부분

　비로봉을 오르내리는 등산객을 위해 설치한 다리는 "하늘 오르는 외가닥 길"이다. 그가 이 다리를 '金사다리 銀사다리'로 표현한 것은, 이 다리에 햇빛이 비치어 금빛 은빛으로 반짝이는 것을 비유한 것이다. 다리는 '칼제비'로 비유되었는데, 그것은 수제비의 단속성을 지양하고 연속성을 지향하면서 "金비눌 銀비눌을 번쩍이며" 솟구치게 된다. 그 '칼제비'는 이 작품의 1연과 7연을 상호 조응시키면서 다리의 상부와 하부를 연상케 하고, 시적 이미지의 누설을 막아주는 구실을 담당한다. 박종화가 비로봉 아래 펼쳐진 광경을 보고 "오호, 구름바다 동해 바다/또다시 끝 모를 구름바다"[11]라고 관습적 상상력에 의탁하여 영탄조에 그친 데 비해, 김해강은 이 작품에서 '칼제비'라는 선명한 이미지를 동원하여 비로봉의 경관을 묘사하고 있다. 이것은 그가 식민지 치하의 국토가 내재하고 있는 환유적 의미를 깊이 인식하고 있었다는 시적 증거이다. 그는 명료한 이미지의 제시를 통해 민족 최고 명산의 승경을 전경화하고, 그것과 암울한 시대의 형편을 교묘하게 대조하고 있는 것이다.

부르면 대답하고 달려와 안길 듯
발 아래 물결치는 푸른 메뿌리

---

10)《매일신보》, 1941. 10. 30
11) 박종화, 『청자부』, 고려문화사, 1946.

두 팔 벌이고
한 소리 크게 외치니

여기서 쩌르릉
저기서 쩌르릉

우뢰처럼 더 큰 소리 되어
온 金剛이 무너지는 듯

떨리는 가슴
몸은 그대로 虛空에 실려
떠나가는가.

—「몸은 虛空에 실려」[12) 부분

    그는 '天仙臺에 올라서' 외친 목소리가 여기저기를 울리며 "온 金剛이 무너지는 듯" 반향되는 소리를 들으면서, 자연의 위관을 체험하게 된다. 그것은 메아리에 묻혀서 "몸은 그대로 虛空에 실려" 떠나가는 가상 체험으로 나타난다. '쩌르릉' 울리는 반향 속에서 그의 '몸'은 '虛空'의 상태로 부유하게 되고, 마침내 존재의 무아경에 이르게 된다. 이와 같이 그의 금강산 체험은 식민지 현실과의 대결 구도 아래서 끊임없이 긴장해야 했던 자아의 개별적 국면을 발견하는 계기가 되었다. 이렇게 그가 현실적 국면에 대해 거리를 갖게 되면서, 초기 시작품에서 보여주었던 "불타는 心魂이랄까 거칠고 거센 呼吸으로써 새벽을 외치는 熱띤 詩"[13)는 더 이상 쓸 수 없었다. 그는 금강산 기행에서 식

---

12) 1941. 10. 김해강은 이 작품과 「가던 길 멈추고」를 『東方曙曲』에 수록하면서 《매일신보》에 발표한 것으로 기재했다. 그러나 연구자가 관련 자료를 확인한 결과 두 편은 게재되지 않았다.

민지적 질서를 타파하기 위해서는 조급한 대응보다는, 논리적이고 체계적인 준비 자세를 요구하는 시대적 조건에 주목하게 되었다. 그가 이후에 도산의 준비론 사상에 경도된 것이나, 서정적 시편들을 발표하게 된 배경에는 이 시기의 금강산 체험이 자리잡고 있었던 것이다.

그러나 이러한 변모는 필연적으로 그의 현실 대응 전략을 약화시키고, 급기야 일제 말기에 그로 하여금 친일시를 발표하도록 부추긴 원인으로 작용하였다. 김해강이 종전의 적극적인 대응 자세를 지양하고 준비론 사상에 경도된 이면에는 금강산 체험이 자리잡고 있다. 그는 이 여행을 통해서 자신의 반일투쟁 방식을 반추하고, 대자연 앞에서 인간의 왜소성을 깨닫게 된다. 더욱이 이 무렵에 겪게 된 경제적 궁핍은 그로 하여금 현실에 대한 직접적 발화 방식보다는, 식민지의 서정을 발견하도록 강권하였다. 이에 그의 정신 풍경은 마의태자 묘를 찾아가면서 내면화되기에 이른다.

> 골짝을 예는
> 바람결처럼
> 歲月은 덧없어
> 가신 지 이미 千年.
>
> 恨은 길건만
> 人生은 짧아
> 큰 슬픔도 지내나니
> 한 줌 흙이러뇨.
>
> ―「가던 길 멈추고」[14] 부분

---

13) 김해강, 「後記」, 『東方曙曲』, 교육출판사, 1968.

그는 신라 말기에 천년사직의 멸망해 가는 모습을 보고 금강산으로
입산했던 마의태자의 묘소 앞에서, 세속적 영화의 무상함을 노래하고
있다. 금강산의 경치를 감상하면서 식민지 현실의 상황과 일정한 거리
를 유지하던 그는 마의태자의 묘 앞을 지나면서 감정의 동요를 일으킨
다. 그는 왕권의 단절 사태에 직면하여 궁궐을 떠난 마의태자와 국권
을 상실당한 자신의 처지를 동일시하고, 태자의 묘 앞에서 조의를 표
한다. 그는 이 작품을 통해 유한한 인간의 죽음과 자연의 무한성에 직
면하게 되었다. 죽음은 식민지 조국의 해방을 염원하는 미래에의 낙관
적 신념을 강조했던 초기시에서 끊임없이 부정되었던 실존적 조건이
었다. 그러나 여행 중에 마주친 범상찮은 한 인간의 죽음 앞에서, 여행
과 인간의 생애가 유사한 구조를 이루고 있다는 사실을 확인하게 된
다. 그것은 출발과 귀의의 순환 과정에 대응하면서, 그로 하여금 인간
의 실존적 자각을 갖게 한다. 이것은 시작 초기부터 현실적 조건의 타
파 의지를 서술함으로써 이상향을 추구했던 그의 시적 편력이 직면하
게 되는 필연적 여정이었다.

김해강은 마의태자에게 조의를 표하는 동안에 식민지 권력의 조속한
퇴각을 기원하는 한편, 일상적 명리로부터의 초월 의지를 다짐하였다.
그의 전기적 생애에서는 세상의 명예와 이재에 집착하는 일면을 찾아
보기 어려운데, 이러한 가치관은 금강산 연작시편을 통해서 여실히 증
명된다. 이와 같이 김해강은 금강산 연작시들을 쓰면서부터 예전의 작
품에서 보여주었던 현실에 대한 직접적 대응을 지양하고 서정적인 세
계에 본격적으로 침잠하게 된다. 그의 자연관은 자아와 자연의 동일화
를 지향하는 동양적인 자연관을 표상하고 있다. 그것은 여행이 본질적
으로 갖는 속성, 곧 자아와 세계 사이에 놓인 거리를 인식하게 되는 계

---

14) 1941. 10. 이 작품은 1975년부터 1983년까지 중학교 『국어』 교과서에 수록되었다. 광복 40년
의 교과서 편집위원회 편, 『광복 40년의 교과서 1 · 시』, 나랏말 쓰미, 1987, 245쪽.

기라는 점에서 비롯된다. 그는 식민지시대의 고통이 심할수록 그로부터 해방되려는 강한 욕망을 갖게 되고, 그 욕망은 자연이라는 영원하고 객관적인 대상을 향해 토로되었던 것이다. 그가 금강산을 기행하면서 망국민의 슬픔을 자연에 의탁하는 동안, 일제는 세계대전을 준비하면서 식민지 원주민에 대한 탄압의 강도를 더욱 높여갔다.

## 3. 결론

김해강의 금강산 연작시편에는 식민지시대 지식인의 정신적 방황이 선명한 서경적 이미지의 이면에 은폐되어 있다. 그는 국토의 환유적 가치에 주목하여 망국민의 분노를 금강산 풍경에 담았다. 이 금강산 연작시들은 종전 그의 시에서 볼 수 없었던 참신한 이미지들이 무리지어 출현하고 있다. 그 배경으로는 사상성을 철저히 배제하고 금강산의 절경에 몰입된 자아의 표정을 노출시킴으로써, 오히려 이전의 시세계에서 직설적으로 표출하였던 반외세 의식을 고양할 수 있었다. 이 점에서 그의 금강산 연작시들은 새롭게 조명될 필요성을 제기하면서, 동시에 1940년대의 시사적 맥락에서 그의 시편들이 차지하는 의미를 주의깊게 살펴볼 것을 요구한다.

# 해방후 김해강의 시세계

## 1. 서론

해방후 김해강은 부인과 사별하고, 전주사범학교 교사로 부임하였다. 이 시기에 그는 지역 문단의 정지작업에 투신한 외에는 상당 기간 동안 침묵으로 일관하였다. 해방 직후 카프계열의 시인들의 활동이 허용되던 무렵에는 그들과 상호 연락을 주고받은 것 같다. 1945년 9월17일 결성한 조선프롤레타리아문학동맹의 기관지인 『예술운동』(1945. 12)에 동향의 김창술, 이근영 그리고 공동시집을 냈던 김남인과 함께 동맹원으로 기록되어 있으나, 그의 가입 여부는 확인할 수 없다. 그는 1946년 2월 8~9일 서울 기독교청년회관에서 개최된 제1회 조선문학자대회의 참가를 요청받았으나,[1] 참가자 명부와 회의록에 등재되지 않은 것으로 미루어 불참한 것 같다.[2]

---

1) 《자유신문》, 1946. 1. 28

김해강은 시집 『東方曙曲』(교육평론사, 1968)과 『祈禱하는 마음으로』(합동인쇄소, 1984)를 발간하였다. 그러나 이 시집에 수록된 대부분의 작품들이 일제시대에 발표되었다는 사실을 고려하면, 후기의 과작이 두드러진다. 그의 작품 발표량이 급격히 감소하게 된 이유로는 네 가지를 들 수 있다. 첫째, 해방 이후 분단시대가 정착되는 과정에서 식민지시대부터 그와 친밀한 관계를 유지했던 카프측 작가들이 대부분 월북함으로써 발표지면을 상실하게 되었고, 그는 이후부터 지방지를 중심으로 작품발표에 주력하게 된다. 둘째, 그는 일제시대의 문단활동 및 시작 전력 때문에 해방 이후 이 땅에서 줄곧 팽배했던 이른바 '레드 콤플렉스'로부터 자유로울 수 없었다. 특히 자신의 혈육이 경제적 이유로 인해 육군사관학교에 진학하게 된 뒤에는, 더욱 자신의 행실을 다독거려야 했다. 셋째, 그는 재혼 후 부인과의 갈등을 겪게 되면서 심리적 평형 상태를 유지할 수 없었다. 넷째, 그는 해방 이후 줄곧 인문계 고등학교에 근무하면서 입시 지도에 복무하게 되어 창작에 필요한 시간적 여유를 가질 수 없었다.

김해강은 해방 이후에 일련의 정국 불안 속에서 자신의 시작생활을 반추하며 갈등없는 세계를 염원하였다. 그는 인간 본연의 성정을 동심으로 파악하고, 평화스러운 동심의 세계에서 노년기의 고독을 극복하고자 했다. 노년기를 향하는 물리적 시간이 흐를수록 김해강의 현실적 자아는 궁핍한 상태를 면하기 어려웠다. 그는 직업상으로 교사였으며, 현실세계와 쉽게 타협할 수 없는 성정의 소유자였다. 이 두 가지의 실존적 조건은 그에게 시대와의 불화를 야기하는 직접적 원인이었으며, 그는 현실과 이상의 거리 사이에서 극심한 소외감을 체험하게 된다.

---

2) 이 대회의 회의록(조선문학가동맹 편, 『건설기의 조선문학』, 온누리, 1988)에는 김해강의 이름을 발견할 수 없고, 또 이틀간의 모임에 출석한 명단(정한숙, 『해방문단사』, 고려대출판부, 1980, 24쪽)에서도 이름은 찾을 수 없다.

그 소외감은 중앙 문단으로부터의 외면과 미흡한 경제적 여건 때문에 더욱 증폭될 수밖에 없었다. 이로 인해 그는 불가피하게 고독감을 체험하게 되고, 고독은 그의 후기시에서 시적 정조를 결정하는 지배소로 기능하게 되었다. 이것은 해방 이후 그의 시세계가 변모하는 양상과 대응한다. 그는 해방 직후 작품 속에 사회적 발언을 포함하였다. 그러나 전후시에서는 개별적 정서를 표현하면서 자아를 성찰하기 시작했다. 그 뒤 노년기에 접어들면서부터는 동심의 세계를 추구하였다.

## 2. 자아의 성찰과 동심의식의 추구

우파 중심의 민족문학론이 1950년 6·25전쟁 발발과 함께 확고한 뿌리를 내리게 되면서, 체제 수호적인 반공 이데올로기는 대다수 작가들의 이념 체계를 지배하게 되었다. 이러한 우파 편향의 이데올로기는 일제시대에 친카프 전력이 있는 작가들에게 사유와 행동의 제약을 의식하도록 강요하였고, 현실 세계와 일정한 거리를 모색하면서 문학적 삶을 영위하도록 요구하였다. 김해강의 후기 작품 대부분이 신변의 일상적 세목에 관한 내용이 주를 이루고 있는 것은 이러한 시국 상황에서 기인한 것으로 보인다. 또한 그의 내성적인 성격은 시류에 영합하거나, 문단활동에 적극 나서는 것을 허용하지 않았을 것이다. 그는 이 시기에 자신의 과거를 회고하면서 화려했던 등단 초기와 달리 상대적으로 약화된 시작활동에 대해 진지한 자기 반성을 시도하였다. 특히 그는 자전적 요소를 작품에 많이 반영하였는데, 그것은 정국의 추이와 함께 이전에 친밀했던 작가들의 월북과 발표지면의 상실 등으로 인한 심리적 공백 상태에서 초래된 것으로 보인다.

## 1) 자아의 성찰

해방의 순간을 침묵으로 보냈던 김해강은 이듬해부터 사회적 상황에 대한 시적 관심을 조심스럽게 드러냈다. 그는 시작품의 발표를 삼가는 대신, 어지러운 정국을 타개할 수 있는 정신적 대안을 모색하여 시적 진술로 제시하였다. 이 시기에 김해강의 사회적 관심은 주로 역사적 사건과 실존 인물을 매개로 표명된다. 그러다가 복잡하게 전개되는 현실 상황에 대한 관심을 점차 약화시킨다. 그러나 그가 사회적 현실과 거리를 유지할수록 그는 사회와 문단으로부터 소외받는 사태에 직면하게 되고, 이윽고 고독한 심리적 상태를 체험하게 된다. 이후 그는 시작보다는 교사직에 충실하면서 조국의 역사적 사건과 위인의 삶에 주목한 시적 발언을 내세우면서 민족의 반목과 갈등이 조속히 사라지기를 염원하였다. 이때 그가 발견한 것은 삼일정신이었다. 그것은 대척적인 이념의 날카로운 대립 현장으로 변모해 버린 해방기의 혼란한 시대 상황을 제압할 수 있는 그의 시적 처방전이라고 할 수 있다.

오오 同胞여
解放 第一年 첫맞이로 맞는 三月一日 이날을
우리 三千萬은 어떠한 念願 어떠한 姿勢로 맞아야 할까.
앞으로 올 完全 自主獨立의 날은 멀지 않으리니.

이 땅에 永遠히 빛날 그 날을 위해
三月의 그 날 萬歲를 외치던 그 얼 그 숨결로
우리 한 덩어리 새로운 所望과 다짐을
하늘처럼 땅처럼 키우자꾸나 키우자꾸나.

—「이 땅에 永遠히 빛날 거룩한 이날」[3] 부분

해방 직후 정치와 문학의 연대가 가속화되는 상황 속에서 작가들은 사회적 혼란과 무질서를 극복해 나아가기 위한 방법을 정치적인 데서 찾을 수밖에 없었기 때문에, 저마다 정치적 신념을 드러내거나 침묵해야 했다. 김해강은 이 작품에서 3·1 독립만세운동의 경과를 보고문 형식을 빌어 자세히 진술하면서, "解放 第一年 첫맞이로 맞는 三月一日"을 "우리 三千萬은 어떠한 念願 어떠한 姿勢로 맞아야"겠느냐고 묻고 있다. 해방기는 일제가 강요했던 모순구조를 일거에 혁파할 수 있는 자주적인 변혁의 기회였다. 그러나 권력에의 의지를 앞세운 무리들은 또 다른 외세에 의해 주어진 이념을 무기로 세력을 확장하면서 민중들을 불안케 하였다. 그는 이런 정치 상황을 걱정스런 눈으로 지켜보면서 집단적 청자인 동포들에게 "마음을 하나로 정성스러이 받들자"고 권유하고 있다. 이 만세운동은 중학생의 신분으로 직접 참가했던 경험을 가진 그에게 커다란 의미를 띠고 내면화되었던 것이다.

김해강에게 삼일정신이 민족의 대립을 극복하고 주체적 역량을 결집시킬 수 있는 이념적 토대라면, 도산의 '무실역행' 사상은 당대에 절실하게 요구되는 개인의 실천적 행동지침이었다. 그는 '도산 안창호님을 추모하며' 쓴 작품에서, 당대의 혼란 상황을 개선하는 데 필요한 도산의 언행을 시적 전언으로 제시하였다. 그는 민족의 분열과 대립 사태에를 목도하면서, 그것을 봉합하기 위한 정신적 해결 방안을 제시하려고 노력했다. 그가 제기한 도산 사상은 식민지시대부터 민족의 현안과제에 대해 적극적인 관심을 나타냈던 시작 태도에서 비롯된 것이다.

님께서 가르치신
눈을 감으시던 날까지 말씀으로 몸으로 가르치신

---

3) 《전북일보》, 1946. 3. 1

"참의 倫理와 힘의 實踐"

"사랑의 道와 믿음의 德"

그것이 아니고는

우리 겨레의 完全 自主獨立은 바랄 수 없다는 것을

—「높으심 받들고자」[4] 부분


그는 도산의 정신을 "그대로 받들고 싶"고 "지키고 싶"어 한다. 이 작품은 그가 해방기의 정치적 혼란상을 목도하며 느낀 안타까운 심정을 간접적으로 술회한 것이다. 그는 도산이 설파했던 '참', '사랑', '믿음'을 해방기에 당면한 민족의 분열 상황을 극복하고 통합 국면으로 전환시키는데 유효한 덕목으로 파악했던 것이다. 그런 측면에서 그는 시 작품 속에 3·1 독립만세운동이라는 역사적 사건과 함께 안창호라는 실존 인물을 환기시켜서 해방기의 불안한 현실을 돌파하려고 했다고 볼 수 있다. 그가 도산의 무실역행 사상을 통해 민족의 통합을 지향했던 충정은 미증유의 민족 충돌 사태였던 전란의 와중에 쓴 수필에서도 되풀이 나타난다.


"일찍이 위대한 우리 독립운동의 선구이신 도산 안창호님이 무어라 웨쳤던가. 네 기억에도 새로우리라.

— '제 마음 속에 있는 거짓을 한 오락이라도 머물음이 없이 깨끗이 몰아냄으로 독립운동을 삼아라. 그것이 첫째 조국에 바치는 신성한 의무니라.'

— '제 각기 『저』라는 것을 버리고 오직 어린이의 겸허한 세계로 돌아가라.'[5]

---

4) 김해강은 이 작품의 창작연월일을 밝히지 않은 채 『祈禱하는 마음으로』에 수록하였다. 연구자는 그가 작품의 말미에 밝힌 '島山 逝去 10週年忌에'를 토대로 도산의 사망연월일(1938. 3. 10)을 창작일자로 추정하였다.
5) 김해강, 「새해맞이」,《전북일보》, 1953. 1. 10

그러나 해방된 조국은 정치 체제가 안정되기도 전에 일어난 한국전쟁으로 인해 초유의 혼돈에 휩싸였으며, 그의 시적 발언은 포연에 묻혀 버렸다. 여느 시인들의 경우와 마찬가지로, 조국의 해방과 동일 민족간의 전쟁이라는 역사적 사건은 그의 내면 속에 커다란 상흔을 남겼다. 김해강은 한국전쟁을 맞아 이념의 기로에서 고뇌하였다. 그와 1930년대 후반 시전문지『詩建設』을 발행했고, 2인 시집『靑色馬』(명성출판사, 1940)를 간행했던 김남인이 인민군 지휘관으로 전주에 남하하여 그를 찾은 것이다.[6] 그는 친지에게 몸을 의탁함으로써, 시우를 외면하고 '반공'을 선택하였다. 또 이 무렵 그는 미당 서정주의 성화에 못이겨 대북 선무방송에 참가하기도 하였다.[7] 전쟁 중의 이러한 처신은 생존을 위한 불가피한 선택으로 기록되지만, 그로 인해 그는 자심한 무기력증에 빠지게 되는 원인을 제공하였다. 그가 이 시기에 '마음의 조국'(「마음의 祖國」,《전라신보》, 1950)을 찾게 된 것은 이러한 심리적 무력감에서 비롯된 것이다. 인간의 이성을 신뢰하며 사회적 불안이 진정되기를 기대했던 그는 자연물을 인격체로 상정하고 동족상잔의 비극을 치유하고자 시도한다.

山 모습은
그대로 民族의 모습일러니

民族이여
네 모습을 모르겠거든
山을 바라보라.

---

6) 김해성, 「선학 같은 호남의 거목시인, 김해강」, 전북애향운동본부 편, 『나라를 위하여, 전북을 위하여』, 신아출판사, 1990, 292쪽.
7) 김해강, 「나의 문학 60년」, 『표현』 제11집, 1986. 5, 338~339쪽.

山을!

山을 山을 山을 山을 山을……

—「山을 바라보라 山을」[8] 부분

　그는 이 작품에서 산을 유기체로 변환시키고, 산의 속성에서 인간의 덕목을 찾고 있다. 그러한 전환에 의해 산은 "그대로 民族의 모습"으로 전환된다. 그에게 산은 전쟁으로 인해 분열되고 상처받은 민족의 본래 모습을 간직한 형상이었다. 민족의 통합을 촉진할 수 있는 계기였던 해방의 의미를 온전히 살리지 못하여 맞게 된 남북간의 전쟁은 민족의 내부 분열을 재촉하는 분기점이었다. 식민지시대부터 민족의 해방을 일관되게 노래했던 그에게 동족간의 전쟁이 남긴 상처는 너무 깊었다. 그런 점에서 그가 이 작품 속에 형상화하려고 의도한 "시대적 상황 속에 처해 있는 민족적 현실을 통절히 담고 있는 의미구조"[9]는 시적 생명력을 더해 주고 있다.

　김해강은 민족의 당시 모습을 "무지한 매 자국만이 生生히 서려 있을 뿐"이라고 인식하고 있다. 50년도 채 안 되는 동안에 무력의 우위를 앞세운 외세에 의해 '무지한 매'를 두 번이나 맞게 된 조국의 현실은 너무나 비극적인 모습이었다. 이에 그는 외세의 영향권 아래에 놓이기 이전부터 민족이 지니고 있었던 고유한 품성, 곧 '德性', '氣稟', '雅趣', '韻致'를 가진 예전의 모습을 조속히 회복하기를 갈망하고 있다. 그는 또 '山'이라는 한자를 반복적으로 사용함으로써, 독자들로 하여금 산의 형상을 연상하도록 하는 시각적 효과를 거두고 있다. 그는 커다란 역사적 사건을 겪으면서 조국이 맞은 '매 자국'을 바라보면서, 민

---

8) 『자유문학』, 1959. 5.
9) 이기반, 「김해강의 서정시」, 『소라허형석박사화갑기념논총』, 태학사, 1996, 478쪽.

족의 내면 깊숙이 간직된 '가슴 아픈 詞緣들'을 찾아나선다. 그것은 「淸道院 옛 고갯길에서」(『월간문학』, 1972. 6) 같은 시편을 통해 역사적 과거의 시간을 추억하는 소시민의 자위행위였다.

이와 같이 김해강은 사회에 대한 관심을 지속적으로 작품화하고 있다. 그가 해방후 보여준 역사적 상상력은 초기의 현실지향적 성향과 연속선상에 위치한 것으로, 그것은 해방후 선택한 교사 신분과 결부되어 지속되고 있다. 그러나 신분을 의식하는 데서 체험하게 되는 교사의식은 도리어 그에게 고독감을 안겨주는 요인이 된다. 이에 그는 사회적 현실에 대한 시적 발언을 절제하고, 내면 속의 자아를 반추하는데 더욱 많은 노력을 기울였다. 그가 자아를 성찰하는 방식은 두 가지 양상으로 나타난다. 하나는 현실적 자아를 통해 자신의 처지를 돌아보는 것이다. 다른 하나는 시적 자아를 통해 자신의 시작활동을 회고하는 것이다. 이 두 가지 성찰 방식은 후기의 시작품에 지속적으로 개입하면서, 그의 시세계를 구획하는 주요 요소로 작용하였다. 그는 노년기의 소외와 고독감으로부터 벗어나기 위해 물질적 소유보다 심리적 건전성의 소유가 절대적으로 우선한다는 점을 인정하고, 그 현실적 대안을 일기쓰기에서 찾았다. 일기가 자아의 반성적 글쓰기 방식이란 점에서, 그의 일기쓰기는 후기에 접어들수록 노년기의 고독과 적막감을 토로하는 데 적합한 수단이었다. 그는 소학교 재학 시절부터 사망하기 직전까지 꾸준히 일기를 썼다.[10] 그가 후기시에 자전적 요소들을 집중적으로 반영할 수 있었던 것은 이러한 일기쓰기 습관에서 유래되었다.

    月色만 皎皎히
    千山 萬樹가 눈으로 한 빛인데

---

10) 김해강, 「日記 說問」, 『조광』, 1937. 5.

長風 萬里에
한 点 티끌도 뜨지 않는
마음은
가없는 碧空인 양 맑은 거울이실네.

언제 뵈어도
늙지 않는 天眞한 童顔이신데.
빙그레 웃으시는
부드러운 눈매언만
億億劫
저 끝까지를 내다보고 계신걸

한 마디 말씀에도
역겨움이 있었으리
녹슨 歲月 辱많은 나날일망정

우러러 부끄럼 없이
달처럼
맑은 바람결처럼 그렇게만 지내시네

—「碧虛先生」[11] 전문

  김해강의 인생관이 드러난 이 작품은 「自畵像」(『교육순보』, 1948)과
함께 시로 쓴 자화상이다. '碧虛'는 그의 또 다른 아호였다. 그의 현재
적 모습은 "가없는 碧空"의 마음과 "늙지 않는 天眞한 童顔"을 갖고

______________

11) 『문학사조』, 1977. 12.

있지만, 3연의 "녹슨 歲月 辱 많은 나날"이라는 어구에 의해 글자 그대로 '碧虛'의 공허한 심리 상태를 증표하는 형상일 뿐이다. 그는 현실 세계의 소외로부터 벗어나기 위해 '물질적 소유보다 심리적 건전성'을 선택했지만, 현실과의 심리적 거리까지 해소할 수는 없었다. 그것은 자연인으로서의 그가 갖는 실존적 한계였다.

그는 '맑은 바람결'과 "無心한 바람결"(「無心」, 『표현』, 1981) 같은 심리 상태를 염원했지만, 그것은 그의 실존적 조건 때문에 제목 그대로 '無心한' 경지까지 이르지는 못한다. 그는 이 작품을 쓸 무렵 경제적으로 매우 궁핍한 처지에 놓여 있었다. 그렇게 불안한 처지인데도 불구하고, 이 작품에는 세상에 대한 원망의 감정이나 곤궁한 심리상태가 직설적으로 드러나지 않는다. 그는 늦봄의 "無心한 바람결에도" 맥없이 지는 낙화 현상을 보고 "妖艶하기만 했던 복사꽃" 같았던 젊은 시절을 고독하게 회고하고 있을 뿐이다. 그가 사회적·경제적 조건에 대해 달관하는 듯한 성정을 드러내는 것은, 세상과 화합할 수 없는 고독한 심리 상태에 놓여 있음을 말해 준다.

그는 최후 발표작 「生涯」(『표현』, 1986. 5)에서 "아무런 名譽도 갖지 않은 것"을 "하나밖에 없는 나의 名譽"로 받아들이며 "아무런 자랑도 없는 것"을 "나의 자랑"으로 여기고, "아무런 즐거움도 없는 것"을 "나의 즐거움"인 양 자랑한다. 마침내 그는 "남이 가진 것을 갖지 못한 나"이지만, 그들이 갖지 못한 "모든 것을 나는 가졌노라"고 자신의 80 평생을 정리하고 있다. 이러한 자기 평가의 이면에는 활발한 시작 활동에 비해 비평적 조명에 인색한 문단에 대한 고독한 회한과 세속적인 물욕으로부터 초연했던 일생에 대한 자긍심이 자리잡고 있다. 또 그는 「孤獨에의 노래」(『학』, 1949)에서 고독을 의인화하여 자신의 고독한 처지를 표현하였다. 고독을 '기어코 나를 네 寢室로만 꾀이려 하는' 관능적인 여인으로 설정하여 노년기에 당면하는 고독의 요인이 자의식에 기인하고 있음을 드러냈다. 식민지시대 이래 지속되던 그의 시적 정열은 가난과 가정 불화 등의 현실적 요인 속에서 중앙 문단으로부터의 소외감과 복합작용을 일으키며 저하되어 갔다. 그것은 자신의 시적 성취에 관한 성찰의 표정으로 나타났다.

> 뜨거운 가슴을 뜨겁게 태우고만 싶은 것이 또한 나의 情熱이기도 했읍니다. 그러길래 文學을 文學함으로써 하나의 眞實에서만 살고 싶어했던 것이 떼지 못할 固執이라면 固執이랄까— 누가 뭐라든 情熱에서만 살고 싶었던 것이 나의 情熱이었읍니다.[12]

> 만일 나의 生涯에서 詩를 잃어버린다면, 詩를 잃어버리는 그날부터 나의 歲月은 빛을 등진 千萬길 奈落일 것이며, 나에게 있어 宇宙는 最大의 悲劇일 것이다.
> 詩가 없는 生活, 그것은 바로 窒息을 의미하는 것이 아니던가.
> 詩가 없는 生活은 촛불 꺼진 祭壇과 같이 索漠할 것이며, 詩를 저버린 生涯는 墓標 쓸어진 死骸와 같이 荒凉할 것이다.[13]

그는 "文學을 文學함으로써 하나의 眞實에서만 살고 싶어했던" 과거를 회상하고 있다. 그런 시작에의 정열을 지녔던 옛 시절을 돌아볼수록, 그의 현재적 모습은 공허해진다. 왜냐하면 그는 현실적으로 초기의 시작활동에 상응하는 대접을 문단으로부터 받지 못하고 있을 뿐만 아니라, "외롭고 가난한 歲月" 속에서 시를 쓰는 교사로 머물고 있기 때문이다. 그는 평생 동안 "詩가 없는 生活, 그것은 바로 窒息을 의미하는 것"이라는 신념으로 시쓰기를 생활화했지만, 시쓰기야말로 자

---

12) 김해강, 「하나의 가슴 - 黃鎬冕님에게」, 《전북일보》, 1953. 4. 4
13) 김해강, 「詩와 人生」, 『전고』, 1962. 2.

신과 세계 사이의 불화를 초래하는 직접적 원인이라는 현실적인 문제 사태에 직면하게 된다. 곧 세상 사람들은 그를 '鶴의 시인'[14]이라고 부르며 경의를 표하지만, 그 면류관이 세상과의 단절 상태를 은유한다는 사실을 깨닫게 된 것이다. 그로 인해 파생되는 세계로부터의 고독한 존재 상태는, 세속적 실리를 추구하지 못한 자신의 순백함을 자탄하는 음성을 낳는 원천이다.

鶴도 아니면서 鶴으로만 살아야 하는가.
춤을 모르는 鶴으로만 살아야 하는가.

날만 새면 뭇 참새
떼 지어 지절대도
조으는 체 鶴으로만 살아야 하는가.

비바람
번개가 날리고 우뢰가 흘러도
千年인 양 鶴으로만 살아야 하는가.

汚辱과 虛華의 도가니 속
어지럽고 시끄러운 失意의 나날에도
閑暇한 손님같이 학으로만 살아야 하는가.

어디를 가나

______________

14) 그의 제자 김해성은 '仙鶴'(「仙鶴같은 호남의 거목시인」, 앞의 책, 1990, 287쪽)이라고 하였으며, 이운용은 '학의 시인'(앞의 책, 1992)이라고 했고, 제자와 친지들은 그의 일기초 제목 앞에 '청솔가지 위에 앉은 학의 시인'(『김해강 일기초』)이라는 관형어를 붙여 놓았다.

市場마다 惡貨가 판을 치고
흙탕물 滔滔히 거리를 휩쓸어도
傲然히 鶴으로만 살아야 하는가.

—「鶴으로만 살아야 하는가」[15] 부분

그는 근본적으로 자신을 '鶴'으로 규정하는 세인들의 이목을 싫어한다. 그는 이 작품에서 "鶴도 아니면서 鶴으로만 살아야 하는" 자신의 처지를 부정하고 싶은 욕망을 드러내고 있다. 그는 자신을 "춤을 모르는 鶴"으로 자리매김하고, 세상 사람들이 부르는 선비로서의 삶보다는 현실 세계에 충실한 생활인으로 살아가기를 희망한다. 그러나 세인들이 규정한 '鶴의 시인'이라는 표찰을 떼어내는 방도를 마련하지 못한 그로서는 "閑暇한 손님같이" 학으로 살아갈 수밖에 없다. 이 작품은 자신의 의지와는 배치되는 삶을 살아야 하는 한 시인의 사회적 존재에 대한 성찰의 기회를 제공해 준다.

노년기에 접어들수록 더해 가는 현실 세계와의 거리감은 그에게 적막한 고독감을 안겨주었다. 이러한 외로움은 그에게 시쓰기가 현실적 삶의 실패자로 낙인찍는 주요 원인으로 보이게 한다. 그러한 자신없음은 자신이 "詩를 썼다는 것이 마치 못 추는 춤을 춘 것만 같"[16]다는 한스러운 고백적 진술을 낳게 한다. 이렇게 끊임없이 자신의 시쓰기 활동에 대해 성찰하는 그의 사유 습관은 시적 감수성이 둔화되어 가는 노년기의 고독과 맞물리면서 자탄의 심정을 불러온다. 그는 노후에 접어들면서 자신의 시작 60년을 회고하고, 젊은 시절의 정열적 시심을 그리워하면서 현재의 '잃어버린 詩心'(「잃어버린 詩心」, 『노령』, 1981)을 안타까워하였다. 물리적 연령의 증가에 따라 둔화된 시적 감수성은 그에게 많

---

15) 『월간문학』, 1969.
16) 김해강, 「後記」, 『東方曙曲』.

은 심리적 갈등을 안겨주었다. 더욱이 경제적 궁핍은 평생 동안 그의
실존 조건을 규정하였고, '鶴'의 성품은 세상과의 타협을 허락지 않았
기 때문에 만년에 느낀 고독감은 그의 심리적 공동화를 자극하였다.

## 2) 동심의식의 추구

1950년부터 시작된 동족간의 무력 충돌로 인해 조국은 이른바 '분단
시대'가 고착화되었고, 민족은 저마다 심각한 심리적 외상을 입게 되었
다. 이 전쟁의 비극적 참상은 인간의 존엄성에 대한 새로운 자각을 일
깨워 주었다. 전쟁이 끝나게 되자 작가들은 전후문학의 나아갈 길을
휴머니즘으로 설정하고, 작품 속에서 실천하는 방안을 찾기에 몰두하
였다. 김해강은 그것을 전통적 정서와 원시적 질서의 세계를 구체화시
키는 데서 찾았다. 그는 노년기에 접어들면서 설화적 요소를 시작품에
반영하여 전통적 정한의 세계를 탐구하는 한편, 동심의식을 드러내면
서 순수 세계를 향한 열망을 강하게 표현하였다. 이것은 식민지시대,
해방기 그리고 한국전쟁 등으로 이어지는 격동의 현대사를 헤쳐 나오
면서 얻어진 성찰의 결과로 보인다. 그는 이 땅에 더 이상 민족의 반목
과 불화가 반복되어서는 안 되겠다는 신념으로, 전통적이고 원시적인
세계 속에서 민족의 정서적 통합을 갈망했던 것이다.

木蓮이 피었에요. 저기 저렇게 하얀 木蓮이 피었에요.


머언 옛날 어느 달밝은 밤이었더라우.
銀두레박을 타고 내려 온 세 仙女가 江에서 沐浴을 하다가 沐浴을 마치
고 하늘을 오르려는데, 맨 나중 江가에 벗어 놓은 치마를 잊어버려 하늘을
오르지 못한 세쩻번 仙女는, 그 밤부터 하늘 속 푸른 故鄕이 그리워서, 슬

픈 歲月을 달 밝은 밤이면 밤이면 울기만 하더니, 저기 저렇게 하얀 木蓮이
피었더라우.

저기 저렇게 하얀 木蓮이 피면, 木蓮 밑에서 누나와 나는 그 이야기를 하
며 해가 지도록 밤이 새도록 울기도 했더라우.

그러더니, 누나가 원삼 입고, 족두리 쓰고, 가기 싫어하던 시집을 가던 날
이 바로 木蓮이 피던 날이었고,

〈네가 보고파서 왔단다. 木蓮이 처음 피던 날, 내가 너에게 들려주던 이
야기가 슬프듯이, 木蓮이 필 때면 내 마음은 슬프기만 하단다.〉

─하고, 이듬해 봄, 누나가 왔다 가던 날도 木蓮이 피던 날이었고, 그 이
듬 이듬해 역시 같은 봄 누나가 그만 달내江 물에 풍덩 몸을 던져, 꽃가마
타고 하늘 속 푸른 나라로 고개 고개 넘어, 마지막 길을 떠나던 날도 木蓮이
피던 날이었더라우.

木蓮花 밑에 서서, 금시 별들이 쏟아질 것만 같은 하늘 푸른 바탕에, 차
분히 피어 있는 하얀 木蓮을 바라보노라면

송이송이 눈부신 누나의 슬픈 모습이, 훨훨 하늘을 나르는 흰나비로 흰나
비로···흰 무지개를 띠고 활활 타오르는 흰 나래를 펼쳐, 훨훨 하늘을
나르는 흰나비로 흰 나비로···
아 울어도 울어도 붙잡지 못하는, 훨훨 하늘을 나르는 흰 나비로 흰 나비
로···
눈물에 젖은 香氣에 실려, 하늘 속 푸른 나라가 그리워서, 저렇게만 저렇

게만 훨훨 하늘을 나르는 흰 나비로 흰 나비로···


　그래, 이 봄에도 木蓮이 피었나봐요.
　저기 저렇게 하얀 木蓮이 피었나봐요.

—「木蓮說話」[17] 전문


　작품의 기본 설화는 '선녀와 나무꾼' 모티프이다. 그는 이 설화를 화소 그대로 차용하지 않고, 작품의 성격에 맞추어 적절하게 변용시키고 있다. 이 작품이 표상하고 있는 내면 공간은 누나가 상실된 의식세계이며, 그 정서적 주조는 이 작품의 심미적 근거를 전통적인 비장미 속에 편입시켜 준다. 화자의 슬픔은 상실한 어떤 대상에 대한 간절한 그리움의 감정을 표상하고 있다는 점에서 전래적인 범주의 한으로 규정할 수 있다. 화자는 한의 정서가 시적 배경으로 기능하는 경우에 한하여, 잃어버린 누나와의 만남을 갖게 된다. 이 작품의 화자는 '저기 저렇게' 피어난 목련을 바라보면서 누나를 생각하고 있다. 목련은 누나와 화자를 연결하는 매개물이면서, 누나와의 사이에 놓인 현실적 거리를 무화시킨다. 김해강은 나비가 날아가는 모습을 시각화하기 위해 "···"으로 표기하였다. 목련은 "송이 송이 눈부신 누나의 모습"이 되어 '흰나비'가 되고 "무지개를 띠고 활활 타오르는 흰나래"를 지닌 나비가 되어 하늘을 날고 있다. 그리고 "눈물에 젖은 香氣"라는 감각적 비유는 목련꽃의 향기를 촉각으로 느끼게 해줄 뿐만 아니라, 누나의 죽음으로 피어난 목련꽃의 향기와 슬픈 빛깔을 상기하게 한다.
　목련은 각 연마다 다른 시간대에 다양한 의미를 담지하면서 피어난다. 그것은 '현재 피어난 목련(1연)—(누나로부터 들었던) 근원 설화 속

---

17) 『현대문학』, 1958. 10.

의 목련(2연)―누나로부터 근원설화를 듣던 날 피어난 목련'(3연)―누나가 시집을 가던 날 피어난 목련(4연)―누나가 집에 와서 이야기를 해주던 날의 목련(5연)―결혼한 누나가 왔던 이듬해의 목련과 그 이듬 이듬해 누나가 죽던 날 피어난 목련(6연)―누나가 그리워서 밑에서 본 목련(7연)―나비가 되어 날아가는 목련(8연)―현재의 목련(9연)'으로 다양한 시점에서 변주된다. 누나가 집안의 "저기 저렇게 하얀 木蓮"으로 피어난 것은, 하늘을 오르지 못한 세번째 선녀가 "하늘 속 푸른 故鄕이 그리워서" 하얀 목련으로 피어난 것과 같다. 누나는 '나'를 못 잊어서 "저기 저렇게 하얀 목련"으로 피어난 것이다. "가기 싫어하던 시집을 가던" 누나는 2년 만에 죽음을 맞게 되었고, 불행한 결혼생활로 인한 비극적 파탄으로 인해 누나가 "달내江 물에 풍덩 몸을 던져" 죽게 된 것은 타의적 결과였다. 한의 세계로 편입된 누나의 죽음은 김소월의 「접동새」에서 "죽은 누나가 눈을 감지 못하고 오랩동생들에 대한 애절한 사랑을 다하지 못한 데 대한 탄식과 절망이 끝내 편안히 잠들지 못하고 고혼의 접동새로 떠돌게 만든 것"[18]과 동일한 범주에서 논의될 수 있다. 그런 점에서 목련은 누나의 원통한 죽음이 만들어낸 개인적 상징물이다.

치마를 잃어버렸던 세번째 선녀가 목련으로 피어나고, 결혼 2년 만에 자살을 선택한 누나가 목련으로 "저기 저렇게 하얀"빛으로 피어난 것은, 이 작품의 배경에 윤회사상이 설정되어 있음을 의미한다. 화자의 목련에의 감정이입은 선녀와 누나와 목련을 동일시하게 만들었고, 시제상으로 누나와의 추억과 누나로부터 선녀 이야기를 듣던 유년기의 기억 속에 머물게 한다. 그것은 누나의 죽음을 되살릴 수 없기 때문에, 불가피하게 화자의 고독감을 고조시킨다. 화자는 고독감을 이겨내

---

18) 김재홍, 『현대시와 역사의식』, 인하대출판부, 1990, 330쪽.

기 위해 5연에서 누나의 말을 직접 삽입시키고 '―하단다'라는 어미를 활용하여 추억의 현재화를 도모하였다. 그가 형상화하고자 했던 한은 이 작품의 색조를 온통 하얀색으로 만들어 주었다. 하얀색은 '銀두레박', '하얀 木蓮', '흰나비', '흰나래'와 어우러져 화자의 슬픔을 고조시키고, 누나의 죽음으로 인해 조성된 고독한 분위기를 중첩시켜서 화자를 현실적 공간으로부터 추억의 공간으로 격리시키는 기능을 수행하고 있다. 예로부터 하얀색은 감정의 공허함을 의미하므로, 목련꽃을 바라보는 화자의 감정상태는 누나의 부재로 인해 야기된 쓸쓸함으로 가득차 있다. 그것은 누나의 억울한 죽음에 대한 원통함과 화자의 무력한 처신에 대한 한탄 등에서 연유한 것이다. 그것은 개인사적 체험의 시화이면서, 동시에 집단적 정서의 시적 수용 현상으로 규정할 수 있다. 김해강은 전통적 정서의 형상화를 통해 전란의 참화를 치유하고자 한 것이다. 이 무렵 그가 시조를 창작하여 민족적 형식에 대한 관심을 보인 것도, 결국 전통적인 세계에 대한 관심의 형식적 외연으로 볼 수 있다.[19]

　설화가 구술성을 바탕으로 기층 민중들의 정서를 함유하고 있다면, 동심은 원시적 세계의 질서를 담지하고 있다. 동심은 인간의 본성처럼 긍정적인 측면과 부정적인 측면이 병존한다. 전자는 순수, 천진스러움, 이상, 동경, 사랑 등을 지칭하고, 후자는 어떠한 사건으로 인한 욕망의 좌절과 심리적 퇴행현상을 가리킨다. 그러나 인간의 원초적 심리 상태를 담보하고 있는 동심은 인간의 가장 근원적인 의식현상을 가리

---

19) 김해강의 시조 작품은 「贈號」(한춘섭 외 편, 『한국시조큰사전』, 을지출판공사, 1985), 「장천리 玄圃님을 찾아갔다가」(한춘섭 외 편, 위의 책), 「노래를 사랑하는 구름재 박병순 님에게」(박병순 시조집, 『새 눈 새 맘으로 세상을 보자』, 1977), 「구름재 제4시조집 『새 눈 새 맘으로 세상을 보자』에 부쳐」(박병순 시조집, 위의 책), 「賀 壽筵」(박병순, 『구름재 시조선집』, 대광출판사, 1977), 「頌壽」(한춘섭 외 편, 앞의 책), 「吊花詞」(『동방서곡』, 1968), 「獻詩 10章」(『추성』, 1961. 3), 「卽興作」(1958. 4. 29), 「즉흥시조」(1958. 4. 29), 「戲作 三首」(1958. 7. 25), 「回憶 三十年」(《전북일보》, 1953. 2. 3) 등이다.

킨다. 이런 측면에서 후기시에서 검출되는 동심의식은 시적 지향이었다. 그는 동심의식을 체현하기 위해 담임한 어린이들을 위해 동요를 직접 작사 작곡하여 가르치기도 했다. 또 그의 제자이며 사위였던 정영복의 회고는 동심이 그의 인품에서 절로 우러나온 심리적 성향이라는 사실을 증언해 준다.

우리집 그분(김해강)은 지금도 어린애 같으십니다. 서울에 오셔서 며칠 계시는 동안 어데 친척댁에 가실 때에 따님이 차비를 주면, 너무 많다 하시고, 차비만 쓰고 남았다고 가지고 오시지요. ……가끔은 세상에도 저런 분이 있나 할만큼 순진순백한 분이지요.[20]

이 증언에서는 오랜 교사 생활에서 체득된 그의 절약 태도를 엿볼 수 있기도 하지만, 사용처 외에는 금전을 낭비하지 않도록 학습된 어린이의 행동을 연상시켜 준다. 가까이 서 지켜본 사위의 눈에 "세상에도 저런 분이 있나 할 만큼" 순진했던 그의 태도는, 평생 동안 동심을 잃지 않았던 생활 자세에서 기인한 것이다. 의식적 지향이나 행위를 통해서 살필 수 있는 김해강의 동심은 "어떠한 高貴한 寶盃와도 바꿀 수 없"고, "어떠한 努力으로도 制壓할 수 없"으며, "어떠한 强權으로도 侵犯할 수 없"는 인간의 고유한 심리적 영역으로, 시심과 동일시되었다.[21] 동심은 인간의 마음의 고향이며, 순수 세계의 고향이다. 인간은 욕망과 대상이 채 분리되지 않은 동심을 통해서 아늑한 원시적 평화를 체험하게 된다. 그러므로 인간은 본능적으로 동심의 세계를 지향하게 되고, 작가는 동심의 문학적 수용을 통해 현실세계의 무질서와 고통을 극복하려고 시도한다. 그들이 동심을 동경하는 태도는 어린이에 대한

---

20) 김해성, 앞의 책, 276쪽에서 재인용.
21) 김해강, 「詩心禮讚」, 『전고』, 1953. 12.

관심으로 나타난다. 김해강에게는 오로지 '憧憬과 꿈'에 가득찬 동심, "거기에 詩가 있"고 "거기에 詩가 싹 트"는 것일 뿐이다. 이로써 그의 시작품에서 출현하는 동심의식은 심리적 퇴행현상이 아니라, 시작의 원천이라는 사실이 판명된다. 그는 동심에 기초한 시작 태도가 신년까지 동심으로 시작되기를 바라는 기대심리를 표출하였다. 그는 해방 후 처음으로 쓴 「새나라 아들딸들에게」(1946. 1. 1)에서 어린이들이 "사슬이 풀린 새나라"에서 씩씩하게 자라기를 바라는 마음을 노래하였다. 한때 조국을 강점했던 일제는 "바람 거칠은 玄海灘을 건너" 멀리 달아났으니, 이제는 "모든 것이 네 것"이라고 하면서, 밝고 건강하게 자라나기를 희망하고 있다. 민족의 대립을 지양했던 김해강의 시적 염원은 해방기의 혼란한 정국을 미처 수습할 겨를도 없이 발발한 한국전쟁을 겪으면서 더욱 강화된다. 그는 민족의 내면 깊숙이 자리잡게 된 전란의 상흔을 '푸른 빛'으로 치유하려는 의지를 보여주었다.

휴머니즘은 인간의 실존적 가치를 전제한다는 점에서, 전쟁이 끝난 뒤의 문학작품에서는 실존적 조건이 우선시 되어야 했다. 인간의 상호 불신과 갈등은 민족간 대립과 함께 전후에 시급히 해결되어야 할 사회적 과제였다. 당대의 현안 문제였던 대립과 반목, 갈등을 해소할 수 있는 방안의 하나로 동심의식의 회복을 상정할 수 있다. 동심은 현실적 고통으로부터 해방될 수 있는 이상적 세계의 표상이기 때문이다. 인간의 존재를 부정하는 전쟁 체험은 김해강으로 하여금 인간의 원시적인 성정, 곧 동심을 지키는 일이 얼마나 소중한지를 깨닫게 된 계기에 다름아니었다. 이런 측면에서 그가 동족상잔의 와중에서 맞는 어린이날을 기념한 시 「五月」(《전북일보》, 1953. 5. 5)의 "꾀꼬리 버들 잎 물고" 한가롭게 다가서는 5월은 표층적 의미를 초월한다. 그것은 조국의 산하에 "푸른 빛 푸른 가지 쭉쭉" 뻗어 전쟁의 포연이 걷히기를 바라는 간절한 염원의 표현이다. 모든 전후문학이 그렇듯이 한국의 전후문학도

넓은 뜻의 휴머니즘을 기본으로 하여 출발한 사실을 고려하면, 동심은 그의 시적 지향이면서 곤궁한 현실로부터 입은 심리적 상흔을 치료할 수 있는 영원한 안식처였다. 또한 김해강처럼 일제시대와 해방 정국 그리고 한국전쟁 등의 혼란한 시대를 몸소 체험한 세대로서는, 현실의 무게가 자신의 이상적 꿈을 억압할 적마다 동심을 추구하며 시대를 견딜 수 있었다. 그가 '제 各其『저』라는 것을 버리고 오직 어린이의 겸허한 世界로 돌아가라'고 역설한 것은 민족을 향한 위로와 독려의 언사였다.

天眞이 流露하는 빛나는 얼굴에 한 字 한 字 글자를 더듬어 詩句를 외이는 그 샛별같은 눈동자 罪없는 입모습 그보다도 따뜻한 潤氣에 젖어 떨려 나오는 가냘픈 한줄기 旋律— 無心無邪한 숨결 그 모습을 바라보고 그 숨결을 느낄 때 마음은 千萬人의 讀者를 얻은 것보다도 법열에 떨렸읍니다.
너무나 기쁨에 지나쳤다 할까 펀뜻 켜지는 驚異와 함께 激浪 그것과 같은 두려움이 설레기도 했읍니다.
꽃다발 퍼붓는 빛나는 四月 香氣로운 비를 맞는 싹트는 봄풀처럼 詩를 읽고 서있는 罪없는 두 어린 靈!
詩 中의 詩랄까. 이야말로 詩神이 보내주는 最高의 榮譽요, 이 땅의 詩人만이 차지할 수 있는 最上의 膳物일 것입니다.[22]

그가 동심을 동경하는 강도는 시화전을 관람하는 어린이들의 진지한 모습을 보고 "千萬人의 讀者를 얻은 것보다도 法悅에 떨"릴 정도였다. 그는 동심을 소유한 어린이에게 "詩 中의 詩랄까. 이야말로 詩神

---

22) 김해강, 「詩神이 보내준 아름다운 선물」, 《전북일보》, 1953. 2. 10. 그는 이 작품을 '碧虛'라는 필명으로 발표했다. 벽허는 그의 자전적인 시 「碧虛先生」에서 볼 수 있듯이, 그의 또 다른 필명이자 아호였다.

이 보내주는 最高의 榮譽요, 이 땅의 詩人만이 차지할 수 있는 最上의 膳物"이라고 지극한 의미를 부여하기에 이른다. 그만큼 동심은 그에게 순진무구한 성정을 가진 사람들만이 도달할 수 있는 지극한 세계였으며, 모든 사람들에게 권유하고 싶은 "비를 맞는 싹트는 봄풀"처럼 구체적인 모습이었다. 동심의 세계를 동경하는 그의 내면의식은 "純情의 나라"를 그리워하는 노년기의 심정을 통해 더욱 심화되어 나타난다.

> 눈물을 눈물로, 웃음을 웃음으로
> 아름답게만 아름답게만 살아갈 수 있는
> 純情의 나라가 그립습니다.
> 구김없는 화안한 얼굴로
> 푸른 하늘처럼 활개 펴고 살아갈 수 있는
> 純情의 나라가 그립습니다.
>
> —「童心」[23] 부분

그가 작품 속에 그린 것과 같이 "눈물을 눈물로, 웃음을 웃음으로", 곧 현상을 가감없이 수용할 수 있는 것은 동심을 소유한 사람에게만 가능한 일이다. 그런 부류에 속한 사람들은 "아름답게만 아름답게만 살아갈 수 있는" 사람들이며, 복잡한 사회현상에 의연히 대처하면서 "푸른 하늘처럼 활개 펴고 살아갈 수 있는" 사람들이다. 그가 동경하던 동심의식의 실체는 현실세계로부터의 도피와 심리적 퇴행의 행동적 외면화가 아니라, 삶과 꿈이 일체화되는 가장 이상적인 시간이며 공간이었던 것이다. 자연과 세계의 분리가 이루어지지 않은 동심의 세계는

---

23) 『표현』, 1986. 5.

그가 시쓰기를 시작한 이래 줄곧 동경하였던 영원한 시적 궁극이었다.
그것은 곧 "구김없는 화안한 얼굴로" 모든 사람들이 "한 숨결 한 가슴
으로 自由로울 수 있"고, "天眞한 모습을 하나로 지켜 永遠한 祝福을
즐길 수 있"는 '純情의 나라'였다.

　평생 동안 시작활동 외에는 세속적인 허명과 영화에 초연했던 김해
강은 시뿐만 아니라, 시론과 수필, 소설 그리고 작사와 記銘에 이르기
까지 다양한 갈래를 넘나들면서 많은 작품을 남겼다. 그는 후기에 접
어들면서 초·중·고등학교의 교가 등을 작사하였는데,[24] 이러한 사례
역시 동심의식의 연장선상에서 파악할 수 있다. 또 그는 제자나 친지,
후배 시인들에게 여러 편의 축시를 남기거나 각종 기념시를 집중적으
로 창작하였는데,[25] 그것은 그가 전주지방에서 원로시인으로 존경받고

---

24) 김해강이 작사한 교가는 「도립의원부속간호고등학교 교가」(1950. 6. 22), 「방공가」(1950. 10.
　　6), 「익산 여산중 교가」(1955. 9. 11), 「전주고등학교 응원가」(1955. 9. 19), 「전주동초등학교
　　교가」(1959. 2. 7), 「문화연필(주) 사가」(1959), 「문화연필의 노래」(1959), 「전주시민의 노래」
　　(1963. 3. 11), 「전주교육대학교 교가」(1963. 4. 17), 「춘향의 노래」(1963. 4. 18), 「고창 해리
　　중학교 교가」(1963. 11. 21), 「전주고등학교 찬가」(1964. 5. 17), 「전주중앙초등학교 교가」
　　(1966. 1), 「전주남초등학교 교가」(1966. 1), 「전주진북초등학교 교가」(1967. 2. 6), 「완주 삼
　　우중학교 교가」(1967. 4. 13), 「완주 용진중학교 교가」(1970. 5), 「완주군 개척의 노래」(1970.
　　9. 23), 「전주 완산초등학교 개교 60주년 기념송」(1973. 3. 11), 「고창 해리고등학교 교가」
　　(1974. 6), 「비사벌예술고등학교 교가」(1974. 9. 15), 「초등학교 응원가」(1976. 9. 16), 「전주
　　풍남문 종명」(1977. 4. 17)과 창작연월일이 불분명한 「大韓頌」, 「전북의 노래」, 「전주사범학교
　　교가」, 「예수고등간호학교 졸업식가」, 「전주 완산초등학교 교가」, 「전주 금암초등학교 교가」,
　　「전주 풍남초등학교 교가」 등이 있다.
25) 김해강이 발표한 축시는 「임께서 오시는 날은」(『삼남일보』, 1960. 1. 4), 「새해여 당신은 어떻
　　게 오시려는가」(『전북일보』, 1960. 1. 5), 「全高頌」(『전고』, 1960. 2), 「祝『光榮』」(『전북일보』
　　창간 15주년 기념시, 1965. 10. 15), 「언제나 빛나야 할 太陽이기에」(『전북대신문』, 전북대 개
　　교 30주년 기념시, 1966. 6. 25), 「새해는 童心에서」(『삼남일보』, 1967. 1. 4), 「頌壽」(월탄 박
　　종화 고희 기념시, 1971), 「구름재 朴炳淳님 第二詩集『문을 바르기 전에」(박병순 시집 『별빛
　　처럼』 출판 기념송, 1973. 10), 「마음과 마음을 華奢한 한 송이 웃음으로」(『원광대신문』,
　　1975. 1. 1), 「記念頌」(『동아일보』 창간 50주년 기념시, 1975. 4. 20), 「노래를 사랑하는 구름
　　재 박병순님에게」(박병순 시집 『새 눈 새맘으로 세상을 보사』 축시, 1977. 1), 「賀 壽筵」(『구름
　　재시조전집』 박병순 고희기념시, 1977. 11), 「그대들 "東山"의 새싹, 이 겨레 어린 太陽이여」
　　(동산고 교지 『동산』, 1978. 2), 「사랑의 詩人」(이운용시집 『밀물』 축시, 1978. 6), 「빛나리 사
　　랑의 星座에 켜진 大韓의 샛별이여」(성은여고 교지 『청학』, 1980. 2), 「香氣로운 五月의 太陽
　　처럼」(『전주대 신문』, 전주대 개교 17주년 기념시, 1984 4. 30), 「玉流頌」(방통고 교지 『玉流』,
　　1984. 2) 등이다.

있었음을 말해 주는 표지이다. 하지만 이러한 처신은 결과적으로 그의
문단 소외를 가속화시키게 되었고, 식민지시대의 활발한 활동에 부합
되는 시사적 위상을 부여받지 못한 원인으로 작용하였다.


## 3. 결론

　김해강은 시작 60년간 아무런 명예도 갖지 않은 것을 도리어 명예로
생각하고, 세속의 허명과 물욕을 초월한 채 시쓰기를 생활화하였다.
평생 동안 고향에 머물면서 그는 사회적 현실에 대한 시적 긴장감을
잃지 않았으며, 일상적 삶 속에서도 철저하게 시인으로서의 본분을 지
키려고 노력하였다. 그는 해방 이후 친밀한 카프 계열 작가들의 월북
과 정국의 혼란, 경제적 궁핍 등 개인사적 이유로 인해 작품 발표가 둔
화되었다. 중앙 문단으로부터의 소외감은 활발했던 작품 활동에 비해
상대적으로 인색한 비평적 관심은 그에게 극심한 허무의식을 안겨주
었다. 이러한 문단의 홀대 속에서도 그는 전통적 정서와 동심의식을
추구하면서 노년기의 고독한 처지를 극복하려고 노력하였다. 그것은
독자적인 자아의 성찰방식이었으며, 시단을 향한 실존적 발언이기도
했다. 이런 점에서 한국의 근대시사는 그에게 적정한 위치를 확보하도
록 배려해야 할 것이다.

# 제3부

# 전북 지역 시 인론

# 범애주의자의 시와 시론

—유엽론

## 1. 서론

유엽(柳葉, 1902~1975)의 본명은 춘섭(春燮)이고, 호는 화봉(華峰)이다. 그는 전북 전주에서 출생하여 전주 신흥학교를 졸업하고 도일하였다. 일본의 와세다대학 문과에 입학하였다가 2년만에 중퇴한 뒤 귀국하였다. 그는 귀국 후에 1922년 8월 16일 동향의 박정근 등과 결성한 일본 유학생 조직체인 서조회의 하기 대강연회를 전주청년회 후원으로 전주제일보통학교에서 개최하고 '실질적 문화'란 주제로 강연하였다.[1] 1931년 1월 서울 수송동 각천사에서 열린 석존성도기념강연회에서 '釋尊의 成道'를 강연하였고, 이 해 2월에는 안국동 선학원에서 '철학적 사고와 禪的 思惟'라는 주제로 강연하기도 했다. 그의 불교에 대한 깊은 이해는 이후에도 계속되어 한국전쟁 후에 해인대학(현재 경남대학교)의 학장 서리로 임용되는 계기를 제공하였다. 그가 언제부터 불교에 귀의했는지 정확히 밝혀진 바 없으나, 『금성』 편집후기에 소개

된 개인 사정으로 미루어 보면 대략 1924년경으로 추측한다. 수필 「招
提妙境」(《동아일보》, 1929. 8. 2~4)에 '해인사에서'라고 표기한 것으로
보아, 그는 해인사에서 산중 생활을 시작한 것으로 보인다. 그는 말년
에 경기도 고양의 쌍수암 등에서 주지로 재임했으며, 1975년 11월 충
남 논산의 관촉사에서 열반하였다.[2] 해방후에 그는 《서울신문》 논설위
원과 대구의 《영남일보》 주필 겸 부사장을 역임하였으며, 1954년 5월
실시된 제3대 국회의원총선거(전주 제1선거구)에 무소속으로 출마했다
가 낙선하기도 했다.

그의 문학세계에 관한 연구는 전무하다. 지금까지 밝혀진 사실을 취
합하여 그의 문학적 업적물을 소략하게나마 정리해 보면, 유엽은 1931
년 자가본 시집 『임께서 나를 부르시니』를 간행한 것을 위시하여 『아
비디아』(1959), 『三八度線』(1960), 『눈은 障壁을 본다』(1961), 수필집
『華峰憩語』(국제신보사출판부, 1962), 회갑 기념 봉정 시집 『無低船』(국
제신보사출판부, 1963) 등을 발간하였다. 그는 장편소설 『꿈은 아니언만』
(1939)을 방인근이 주간으로 있던 고려사에서 간행하였고, 이 소설집
에 애정을 가졌던지 덕흥서림(1953)에서 재간하였다. 이상의 정리에서
알 수 있듯이, 그가 최근까지 생존했던 인물이었음에도 불구하고 전기
적 생애조차 충분하게 밝혀지지 않았다. 유엽의 생애가 속세와 산중에

---

1) 서조회(曙潮會)는 1919년 9월 박정근, 신시철, 신동기 등이 동경에서 조직한 재일본 전주 출신
 유학생 단체이다. 그들은 1920년 8월 5일 회원들의 귀국을 기회로 전북공회당에서 '문화 발전
 에 공헌코자' 박정근, 송주상, 신석주 등과 함께 국내 지부에 해당하는 '전주 서조회'를 발족시
 키고, 그 해 8월 8일 全州座에서 전주 지역 수재민 구조 자비 음악 연주회를 개최하였다. 또
 1921년 8월 8일부터 27일까지 '지식 발전을 위하여' 사립 신흥학교에서 문화, 사상, 교육, 산
 업, 정치, 기타 도서 수백종의 무료 전람회를 열었으며, 1922년 8월 16일 전주청년회 후원으로
 전주제일보통학교에서 하기 대강연회를 개최하였다. 같은 해에는 문화사업 기금을 마련하기 위
 해 전주청년회의 후원으로 3일간(1922. 8. 17~19) 全州座에서 하기 활동사진대회를 개최하였
 다. 1920년 8월 28일자 《동아일보》 기사에 의하면, 당시 전주의 유지들은 서조회원들의 향학열
 을 고취하고, 전주 출신 인재의 양성을 위해서 동경에 기숙사를 신설하고자 모금 운동을 전개할
 정도로 서조회원들의 활약에 관심을 가졌다고 한다.
2) 전주의 시인 김해강은 그의 작고일을 11월 21로 기억하고 있다. - 김해강시인시비건립추진위원
 회 편, 『해강일기초』, 탐진, 1993, 255쪽.

겹쳐진 이유로 가족을 수소문하기 어렵거니와, 문우들의 증언도 채록되지 못한 상태이다. 또한 한국문학 연구자들의 편향된 연구 태도는 그를 철저히 문학사의 범주에서 제외시키고 있어서, 그가 남긴 다양한 방면의 활약상이 제대로 조명되지 못하고 있다. 이에 본고는 미진하나마 수습할 수 있는 가능한 자료를 동원하여 유엽의 문학사적 평가를 향한 첫 걸음을 떼고자 한다.


## 2. 다재다능한 전방위적 예술 활동

### 1) 연극 활동과 『금성』 창간

유엽은 문화의 다양한 분야에서 활동하였다. 먼저 그는 1921년 3월 김우진·조명희 등, 일본 유학생들을 규합하여 '극예술협회'를 조직하였다. 이 단체에서는 그해 7월 조명희 원작의 연극 〈김영일의 사〉(조명희 연출)를 무대에 올렸는데, 유엽은 주인공 김영일 역을 맡아 극예술협회 회원과 함께 전국을 순회하며 공연하였다. 이 연극은 "고학생의 부르짖음과 노동자의 부르짖음을 듣고, 진정 사람다운 생활을 하겠다는 각오와 사회의 문화를 일층 깊이하며, 따뜻한 형제의 정으로 멀리 있던 형제가 서로 만나는 아름다운 악수의 기회가 되기를 기원"(《동아일보》, 1921. 7. 2)하는 언론의 기대를 받으면서 상연되어 "종래 돌아다니던 연극단보다 행동이 일치하고, 각본을 규칙적으로 전하는 것이 큰 성공"(《동아일보》, 1921. 7. 18)이라는 평을 받았다. 연극과 영화에 관심을 가졌던 모던보이 임화가 이 작품을 가리켜 "신파에서 탈피하려는 미온적인 형식적 탐구에 지나지 않으나, 당시 조선 문학의 대표적 경향의 값있는 것으로 주목할 만한 작품이다."(『연극운동』, 1931. 1)고 평한 것으로 미루건대, 이 작품은 경향 각지에서 상당한 반향을 일으킨 듯하다.

연극의 대중화 외에 유엽은 문학 부문에서 괄목할 만한 업적을 이루었다. 그가 문단 활동을 시작할 무렵, 식민지의 한국 문단은 동인지에 의해 좌우되는 형국이었다. 특히 이광수와 김동인 등에 의해 문단이 장악되었을 당시에, 유엽은 1923년 11월 당시 일본 와세다대 학생이었던 손진태, 양주동, 백기만 등과 함께 시전문지 『금성』을 창간하였다. 그러나 지금까지 학계에서는 『금성』 발간의 주도자로 양주동을 꼽아 왔다.[3] 이러한 견해는 "刊費는 둘의 임의·수시의 출자로 충당하였다"[4]는 양주동의 자전적 술회에 전적으로 의존하고 있다. 그렇지만 이것은 양주동의 일방적 주장을 무비판적으로 수용한 연구자들의 오류이다. 『금성』이 유엽에 의해 시종일관 주도되었다는 사실은 여러 가지 자료와 정황으로 볼 때 부인할 수 없는 사실이다. 이러한 문학사적 왜곡은 시급히 시정되어야 하기에, 『금성』의 편집과 발간을 주재한 유엽의 역할을 구체적으로 제시하고자 한다.

첫째, 유엽은 전주의 부호 가문에서 태어나 『금성』의 소요 경비를 부담하였다. 김용직이 스스로 인정하듯이, 양주동은 황해도의 소지주계급 출신으로 학비 조달조차 힘들 정도였다. 더욱이 동인들 중에서 유엽과 백기만은 중도 귀국하였고, 양주동만 학업을 마치고 귀국하였다. 혼자 일본에서 생활하기도 빠듯했을 그가 『금성』의 발간에 소요되는 경비를 유엽과 양분하여 '둘의 임의·수시의 출자로 충당하였다'는 것은 쉽게 수긍할 수 없다. 『금성』지 출간의 발의는 양인이 하였으나, 발간비는 유엽에 의해 대부분 충당되었다고 보아야 타당하다.

---

3) 그 대표적인 견해는 김용직의 "『금성』의 명실상부한 주재자는 양주동이었다"(『한국근대시사·상』, 학연사, 1986, 241쪽)는 단정에서 살펴볼 수 있다.
4) 양주동, 『문주반생기』, 범우사, 2002, 59쪽.

둘째, 당시의 신문 기사를 통해서 『금성』의 창간에 기울인 유엽의 노력을 확인할 수 있다. 《동아일보》는 「문예잡지 『금성』 류춘섭씨의 창간 계획」(1923. 10. 23)이라는 기사에서 "오랫동안 일본 동경에서 문학을 연구하든 류춘섭씨는 금번 경성에서 월간 문예잡지 『금성』을 창간하야 우리의 시가의 새롭은 길을 열고자 한다는대, 창간호는 래월 십일에 각 서포에 나타날 터이요, 덩가는 삼십전이라 하더라."고 명기하여 유엽의 주도적 역할을 인정하고 있다.

셋째, 『금성』의 편집후기를 통해 편집과 출판을 주도한 유엽의 기여도를 유추할 수 있다. 그는 『금성』의 창간 작업에 몰두하여 출간될 무렵, 공교롭게 모친의 회갑을 맞아 고향에 내려가게 되었다. 이런 사정 때문에, 양주동이 창간의 배경과 방향 등을 장문의 「六號雜記」를 쓰게 되었다. 또한 당시에 본격적인 시 전문지로 인정받았던 『금성』이 동인들의 추가 가입에도 불구하고 조기에 종간된 이유는 유엽의 개인 사정과 관련 있다. 『금성』 3호는 유엽의 동정에 관하여 "금성사출판부 경영 준비에 沒한 모양. 경성 전주간을 無常往來하닛가 주소는 말하자면 미정"(「동인 소식」)이라고 소개하면서 "본지를 대표하야 일하든 유춘섭 군은 가사의 형편, 기타 실연을 포함한 개인 사정으로 편집인을 辭"(「雜俎」)하였음을 알리고 있다. 이 사실로 미루건대, 『금성』의 발행은 거의 유엽에 의해 주도된 것으로 보인다. 그가 개인적 사정을 이유로 동인 활동을 중지하자, 『금성』은 동인의 증가에도 불구하고 경제적 문제를 해결할 수 없어서 폐간된 것이다.

넷째, 『금성』의 출간과 관련한 당국의 검열 문제를 검토해 보아도, 유엽의 주도력은 입증된다. 당시 양주동은 "당국에서 발행인을 외국인으로 하지 안흐면 몬저 원고의 검열을 밧어라 하는 때문에, 여긔저긔 발행인을 구하노라니, 자유업는 비애가 새삼스럽게 새로웟습니다"(「六號雜記」)라고 식민지시대의 출판 상황을 토로한 바 있다. 잡지의 창간

단계에서 부딪친 일제의 검열 문제를 돌파하기 위해 유엽은 친분이 있던 일본 여인 柳美澤梅子를 발행인으로 등록하고, 자신을 편집인 겸 인쇄인으로 등재하였다. 제2호의 편집인은 유춘섭, 발행인은 柳美澤梅子, 인쇄인은 김영인이었다. 제3호의 편집인과 인쇄인은 양주동이었고, 발행인으로 등록된 山口誠子는 유엽과 같은 전주 출신 소설가 성해 이익상의 일본 부인이다.[5] 만약 유엽이 『금성』의 발행에 깊숙이 개입하지 않았다면, 동향의 소설가에게 부인 명의의 차용을 부탁하지 않았을 것이다. 3호에서 양주동이 인쇄인과 편집인으로 등재된 것은 유엽의 탈퇴 선언으로 인한 어쩔 수 없는 선택이었을 뿐, 유엽은 창간호부터 종간호까지 『금성』의 발간과 관련된 문제의 해결을 주도하였다.

다섯째, 유엽은 신인들을 적극 추천하고, 고향의 후배 시인들의 시작 활동을 격려하였다. 그는 『학생계』를 통해 습작활동을 하던 김동환의 시재에 주목하다가, 그의 시 「赤星을 손까락질하며」(3호)를 신인 추천작으로 천거했다. 김동환은 양주동과 중학 동창으로 『학생계』에 투고하며 경쟁하던 사이였다. 유엽은 동인 양주동이 그의 시재를 경원시하는 줄 알면서도 신인으로 추천하여 양주동에게 우정과 문학의 분별을 깨닫게 해주었고, 김동환은 유엽에 의해 비로소 공식적인 신인으로 인정받을 수 있었다.[6] 이외에 유엽은 전주 신흥학교 2년 후배였던 김해강이 등사판 학교문집을 발간하자 편지로 격려하였고,[7] 김창술의 시

---

5) 유엽이 "성해 형은 본시 고향에서부터 나의 존경하여 오든 친구이엇다"(「『키일혼 帆船』을 읽고 (상)」,《조선일보》, 1927. 8. 28)고 고백할 정도로, 두 사람은 동향의 가까운 친구이자 문우였다.
6) 계용묵은 「한국문단측면사」(『현대문학』, 1955. 10~1956. 1)에서 "『금성』 지상에 무애의 손을 거쳐 파인의 시 「적성을 손가락질하며」가 추천되었다"(『계용묵전집 · 2』, 민음사, 2004, 284쪽)고 회고하였다. 그러나 이에 대해 당사자 양주동은 『문주반생기』(63쪽)에서 동창생 김동환이 유엽에 의해 신인으로 추천되자 미안한 심정을 느꼈다고 고백했으므로, 계용묵의 기억 착오로 보인다.
7) 김해강, 「나의 문학 60년」, 『표현』, 1986. 5. 인용은 최명표 편, 『김해강시전집』, 국학자료원, 2006, 774쪽.

「茅亭」을 『금성』 제3호에 수록해 주는 등, 고향의 후배들에게 여러 가지 도움을 주었다. 특히 양인은 등단 초기에 계급주의적 성향을 지닌 시작품을 발표했던 시인이란 점에서, 유엽의 문학적 배려를 짐작하게 해준다. 그는 입산하여 해인사에서 수도하는 도중에도 문학청년들을 지도하여 허민의 시 「夜山路」를 『문장』(1940. 11)에 추천하기도 했다.[8]

이러한 상황을 종합적으로 고려해 보면, 양주동이 『금성』의 발간에 필요한 경비와 제반 업무를 주재했다는 주장은 신속히 철회되어야 한다. 유엽은 『금성』의 발간에 소요되는 자금의 조달을 비롯하여, 당국의 검열, 편집과 출판, 신인 추천 문제 등에 깊숙이 관여하면서 잡지의 성공적 안착을 위해 전력하였다. 그의 동인 탈퇴로 인해 『금성』은 이상백과 이장희가 가담했음에도 불구하고, 창간 초에 다짐했던 격월간의 발간 계획을 달성하지 못한 채 자진하여 종간할 수밖에 없었다. 결국 『금성』이 장르의 개방, 독자 작품 게재폭의 확대, 외국 문학작품의 소개, 낭만적 성향의 지향 등으로 동인지의 성격을 분명하게 규정할 수 있었던 것도, 개성이 강한 동인들 사이에서 조정자로서의 역할을 충실히 수행한 유엽의 포용력에 힘입은 바 크다.

유엽의 주도로 창간된 『금성』(1923)은 『창조』(1919), 『폐허』(1920), 『장미촌』(1921), 『백조』(1922)를 『영대』(1924)와 이어주는 역할을 담당하였다. 특히 『금성』은 호를 거듭하면서 독자 투고작을 적극적으로 수록하였고, 외국문학 전공자답게 번역물의 소개에도 상당한 지면을 할애하였다. 특히 외국 작품에 대한 번역은 김억과 양주동의 논쟁으로 이어지기도 했는데,[9] 유엽을 비롯한 동인들은 선배 문인들과 달리 지

---

8) 박태일은 「합천 지역시의 흐름」(향파이주홍선생기념사업회, 『합천예술문화연구』 창간호, 2007, 122~164쪽)에서 유엽이 해인사에서 직접 지도한 시인 허민, 소설가 최인욱과 합천 출신 소설가 이주홍 등의 문학적 성과를 '해인사문학'으로 규정하고, 1924년 입산 후 그들에게 끼친 영향 관계를 면밀하게 고찰하고 있다. 유엽과 '해인사문학'과의 관련에 대해서는 이 글의 '2. 1) 유엽과 해인사문학' 참조.

식으로서의 문학을 공부한 세대였다. 이 사실은 "현하의 문단이란 도까비작난이야. 미학 한 권을 옳게 못 읽고도 인상평이 어떠니 고전평이 어떠니, 된소리 안 된 소리 줏어놓는 판이요, 시단이라고는 운율론 한 권을 내어놓지 못하는 형편이며, 외국문학의 번역이란 개똥번역(이중역), 돼지똥번역(삼중역)으로 揚揚自得하는 판"[10]이라고 비판했던 동인들의 자긍심과 자의식을 통해 확인할 수 있다. 물론 그들이 취한 문학의 수용 방식은 유엽의 입산, 양주동의 고전문학 해석 등으로 분산되는 요인으로 작용하여 『금성』의 위상을 선명하게 부각시키지 못한 원인이기도 하다. 그렇지만 『금성』은 "동인지 문단의 열정, 선구적 의식, 동지의식을 '문인'의 '전문성'과 '세련된 자의식'으로 대체해 간 첫 번째 그룹"[11]으로서, 문예잡지의 전문성을 고양한 문학사적 소임을 충실히 이행한 잡지였다.

## 2) 최초의 서사시 「少女의 죽엄」

대부분의 한국 현대문학사는 김동환의 「國境의 밤」(『國境의 밤』, 한성도서, 1925)을 최초의 서사시로 기술하고 있다. 그들의 분류 기준은 김억이 이 시집의 「서문」에서 "파인군이 그 독특한 정서로써 설음이 가득하고 느낌 많은 고향인 국경 방면서 재료를 취하여 침통비장한 붓끝으로 로맨틱한 서사시…… 더구나 이 표현 형식을 장편 서사시에 취하게 되었음은 아직 우리 시단에 처음 있는 일"이라는 구절에 기대고 있지만, 사실 김억은 명확하게 서사시라고 규정하지 않았다. 이 작품의 서사시 여부에 대해서는 학계의 입장이 대립되어 있으나,[12] 대체적

---

9) 김억, 「시단산책 –『금성』, 『폐허 이후』를 읽고」, 『개벽』, 1924. 4; 양주동, 「『개벽』 4월호의 『금성』평을 보고 – 김안서군에게」, 『금성』 제3호, 1924. 5, 65~72쪽.
10) 백기만, 「상화와 고월의 회상」, 백기만 편, 『상화와 고월』, 청구출판사, 1954, 116쪽.
11) 김춘식, 『미적 근대성과 동인지 문단』, 소명출판, 2003, 218쪽.

으로 인정하는 자세를 취하고 있다. 하지만 당시에 김억은 서구적 장르 이론을 적용하여 이 작품에 나타난 서사시의 명칭을 부여한 것이 아니다. 그는 분명히 「國境의 밤」이 지니고 있는 장르상의 미비점을 감안하여 '표현형식을 장편 서사시에 취하게 되었음'을 전술하고 '로맨틱 서사시'라는 어중간한 용어를 사용했을 뿐이다.

　김동환보다 앞서 발표한 유엽의 시 「少女의 죽엄」(『금성』 제2호, 1924. 1)은 "명백히 한국 근대시사상 서사시의 효시를 이루는 작품"[13]으로, 3부 34연 142행에 이르는 장시이다. 유엽은 각 연을 4행으로 분절하여 독법상의 율격을 고려하고 있다. 서사시는 영웅의 일생을 다루기 때문에, 문학사적으로 영웅담의 계보를 잇지만, 이 작품은 한 소녀와의 만남과 죽음을 주요 사건으로 설정하고 있다. 이 점에 착목한 양주동은 "당치 않은 통속 서사시(?)"[14]라고 폄하했는데, 이러한 발언은 그의 소박한 장르의식을 드러내는 동시에, 재정적 도움을 받았던 동료에 대한 바른 태도라고 할 수 없다. 유엽은 자신의 실연 체험과 사회에 만연한 연애 풍조를 허구적으로 교직하여 서정적 내용과 서사적 형식으로 형상화했다. 유엽이 이 작품이 발표될 무렵, 각종 신문지상에는 연애로 인한 정사와 자살 사건이 빈번히 보도되고 있었다. 특히 1923년 6월 발생한 기생 강명화의 자살 사건은 도하 지상을 장식하였고, 그녀의 신분에 호기심을 보인 독자들은 그녀를 죽음에 이르게 만든 연애 담론을 재생산하기에 열심이었다. 그런 측면에서 이 작품은 "자살이 포즈의 일종으로 자리잡았다"[15]는 당대 사회의 병리적 징후를 담고 있는 문제작이다.

---

12) 김동환의 「국경의 밤」을 서사시로 인정하지 않는 대표적인 견해는 오세영, 「'국경의 밤'과 서사시의 문제」(『한국근대문학론과 근대시』, 민음사, 1997, 222~256쪽)에서 찾아볼 수 있다.
13) 김용직, 앞의 책, 277쪽.
14) 양주동, 앞의 책, 63쪽.
15) 권보드래, 『연애의 시대』, 현실문화연구, 2003, 190쪽.

一千九百二十三年
地殼이얼기始作하든첫날,
내집에 오는길電車에서나는
매우 沈着한 少女를맛낫서라.

초생달갓흔그의두눈섭은
가장아름다워 그린듯하고,
葡萄酒빗갓흔그의입술은
달콤하게도 붉엇섯다.

그러나 도람직하고 귀여운 그얼골에는
맛지안은 근심빗이 쩌도라잇고,
웬셈인지힘을일코 쩌보는 두눈가에는
桃紅色의어린빗이 쩌도라라.

엽헤안즌동모의 귀ㅅ속말에도
말업시머리만 쓰덕일샌,
벙어리인가도 疑心할만콤
그少女는 沈默도하여라.

억개뒤에서 넘어오는 少女의긴한숨은
車室안에ㅅ空氣를 搖亂하게도흔들으며,
넉업는그의눈과내눈이마조칠째에
의심이깁허지는 나의가슴은울넝거려라.


이 작품의 서두로서, 화자가 소녀를 만나는 장면이다. 유엽은 '옛날

옛적에'로 시작하는 전근대적 도입부를 배제하고, 처음부터 대뜸 소녀
와의 조우를 시도한다. 그는 1923년 겨울이라는 시간적 배경을 명확하
게 밝히고 나서, 그녀와 전차 안에서 만났다는 사실을 제시하며 서사
의 방향을 암시한다. 이어서 소녀의 인물을 주의깊게 관찰하고, 그 결
과를 구체적으로 묘사하고 있다. 시인은 '葡萄酒빗'과 '桃紅色'의 색
채 이미지를 통해 소녀의 앳된 인상을 반복하여 묘사하면서도, 소녀답
지 않은 '근심빗'과 '힘을일코 쩌보는 두눈'을 발견하고, 계속적으로
소녀의 '沈默'과 '긴한숨'을 제시히어 우울한 정조를 조성한다. 그는
소녀에게 호기심을 보이는 화자의 울렁거리는 가슴을 보여주면서도,
화자의 심리가 시적 정조에 포함되어 소녀에게 초점화되도록 배려한
다. 그것은 전적으로 전차라는 신문물에 의해 초래된 새로운 인물형인
바, 화자는 "객차보다 말에 더 흥분하게 되는 예민하고 신경이 날카로
운 인간"[16]의 전형이다. 그는 소녀가 지닌 언어의 변종으로서의 침묵
에 집중하여 시선이 교차할 때마다 더욱 의심이 깊어진다. 화자의 이
러한 시선은 전차의 도입으로 생겨난 사회 현상으로서, 전대의 봉건적
인물형과 뚜렷하게 구별된다.

　　毒한바람甚히부는하로밤에
　　내가龍山驛에서내리려할재,
　　플래ㅌ쏘—ㅁ우에홀노서잇는
　　놀나워라, 반가워라, 아름답든그少女.

　　나리는乘客을낫々치
　　精神을가다듬어보고섯는그少女,

---

16) W. Schivelbusch, 박진희 역, 『철도 여행의 역사』, 궁리, 2004, 26쪽.

얼골은밝앗케피여잇고
두눈은電燈빗에몹시도빗나.


車도쩌나고乘客도다나린제
플래트쏘―口에는오즉그少女한몸,
나는나가려다出口에서서
그少女의하는꼴을보고잇섯다.


쩌난車의뒤꼴을물그럼히
바라보든 그少女의두눈가에,
지나가는 煙氣한뭉텅이
모혓다 갈나짐을 나는보앗다.


그少女는 다시금 소매속에서
電報를내여仔細히본다.
간여린두팔은怒氣를못니겨
電報를찟고서부르르쩐다.


제2부는 소녀와 화자의 재회를 다룬다. 이 장면에서 화자는 소녀에게 심상찮은 일이 벌어지고 있음을 알게 된다. 그녀는 용산역에 누군가를 마중 나왔다가 기별을 적은 전보를 찢는다. 그녀의 분노한 얼굴에는 '絶望의헬푸른빗'이 흐르고, 화자는 여전히 관찰자로서의 역할에 충실하다. 그는 플랫폼의 여러 승객 중에서 오로지 '아름답든그少女'에게 초점을 맞추고, 그녀의 행동을 세심히 응시한다. 마치 카메라의 시선을 차용한 듯한 화자의 시점은 '그少女의하는꼴'을 포착하기 용이한 곳에서 움직이지 않는다. 서사는 화자의 시선과 소녀의 시선이 정

지된 속에서 진행될 뿐, 일순간도 교차 서술을 허용하지 않는다. 이것
은 시인이 서사의 내적 긴밀도를 유지하기 위해 노력하고 있다는 증거
이다.

　소녀의 분노는 시간의 어긋남에 기인한 것이다. 소녀의 의식은 전차
의 직선적 시간관에 맞추어 미래의 방향으로 나아가야 한다. 그렇지만
그녀는 '쩌난車의뒤쏠'을 바라보며 '물그럼히' 서 있다. 곧, 소녀는 용
산역을 떠나는 전차를 추종하지 못한 채, 편지의 발신자와 과거의 시
간을 복원하기 위해 현재의 시간을 맞고 있다. 이것은 전차에 의해 삭
제된 공간에 현재의 시간만 남아 있는 형국이다. 소녀가 처한 현실 상
황은 "자기가 속하는 정치나 사회로부터 완전히 소외되도록 유도하고
있는 이러한 모든 성향을 목도할 때마다, 우리들은 현실에 대한 슬픈
감정에 압도되기도 하며, 미래에 대해서까지도 절망감으로 가득하기
마련"[17]이라는 점에서, 소녀는 "한편으로 전통의 구속으로부터 인간을
자유롭게 하는 진보의 과학이었지만, 다른 한편으로는 식민과 제국의
모순을 구현한 제도적 폭력의 상징"[18]이라는 철도의 이중성을 육체화
한 인물이다. 그녀는 봉건적 잔재를 벗어난 연애로 임신하는 자유를
누렸으나, 남성의 배신이라는 제도적 폭력 행위에 희생되었다. 따라서
그녀가 한 남자와의 연애라는 개인간의 계약조건이 파기된 사실에 분
노하여 최후를 극단적인 방법으로 마감된다고 해도 놀랄 일이 아니다.


　그잇흔날은고요하엿다.

　사람을困케하는봄날과갓치,

　平和한숨을깨고微笑하는뎌해(日)는

　구름새에서구름새이로숨박꼿질하여라.

---

17) F. Pappenheim, 진덕규 역, 『현대인과 소외』, 학문과사상사, 1992, 72쪽.
18) 박천홍, 『매혹의 질주, 근대의 횡단』, 산처럼, 2003, 55쪽.

해는넘고다시금컴々한밤이
우리집첨하슷헤차저왓슬재,
나는 자리에누어 新聞을읽다가
사람죽은 記事에눈을째앗겻다.


『龍山○町○○番地○○會社事務員
노무라사다코(野村貞子, 18)는飮毒自殺하엿다.
편지를불살너서詳細한原因은모르되
腹中에든아긔가四, 五個月이나되니(下畧)』


　화자는 이튿날 석간 신문을 보다가 한 회사원의 음독자살 기사를 읽
는다. 신문은 "현대 사회 속에서 겪는 개인의 소외와 단편화를 발견할
수 있다"[19]는 점에서, 당대의 독자들과 기사 속의 인물간에 놓인 거리
를 객관화하는 데 기여한다. 기사를 통해 양자는 삶과 죽음으로 구분
되며, 이승과 저승의 공간으로 격리된다. 화자가 신문을 읽지 않았다
면, 그는 예전처럼 소녀와의 조우를 기대할 수 있다. 그는 소녀에 대한
관심을 철회하고, 소녀의 죽음이 보편적으로 일어나는 개인의 사건으
로 치환한다. 이것은 온전히 신문의 몫이다. 신문은 부음란을 통해 그
와 소녀의 관계를 무화시키고, 그로 하여금 그녀를 이 세계로부터 소
외시키도록 작용한다. 그렇다고 하여 그녀를 현실계에서 소거한 화자
의 심리가 평안해지는 것은 아니다. 그 역시 그녀와의 관계가 단절되
면서 일상의 고독한 개인으로 되돌아간다. 소녀와 기사의 그녀를 동일
인물로 파악한 화자는 수시로 접하게 될 부음란을 통해 소녀와 무수한

─────────────

19) V. R. Schwartz, 노명우 · 박성일 역, 『구경꾼의 탄생』, 마티, 2006, 77쪽.

그녀들을 동일시하게 될 터이고, 그런 와중에서 화자는 자신과 타자를 유사인물로 수용하게 된다. 시인이 작품의 말미에 '假想者의 手記'라고 이름한 이유가 그것이다. 곧, 근대의 개인화는 "매일 매일의 생활 속에서 타인을 자신과 동일한, 닮은 존재로 경험하게 된 사실과 관련 있는 것"[20]이다.

비록 편지가 소실되어 자살 원인은 자세히 밝혀지지 않았으나, 그녀는 임신중이었다. 이로서 화자는 그동안 궁금하게 여겼던 그녀의 행적을 재구성할 수 있다. 그녀는 용산역에서 사랑하는 남자를 기다리고 있었고, 그는 통기와 달리 그 전차에 탑승하지 않았다. 그로부터 버림받은 사실을 알게 된 그녀는 음독자살하여 그와의 인연을 끊는다. 그녀는 사인을 규명할 편지까지 불태워 버림으로써, 세상으로부터의 완벽한 단절을 도모한다. 이것으로 보면, 소녀의 자살은 남녀간의 계약 내용이 훼손되어 야기된 아노미적 자살이다. 아노미적 자살은 개인의 사회적 지위가 급격히 변화하여 그것에 대처할 수 없을 경우에 발생한다. 이 점에서 그녀의 자살은 "전위된 살인, 즉 목표물로서부터 적의를 거두어들여 자신에게로 돌리는 행위"[21]이다. 그녀는 상대남의 배신보다, 그의 이기적이고 위선적인 언행을 사랑으로 착각한 자신의 과오를 용납할 수 없었던 것이다.

이와 같이 유엽은 이 작품에서 근대적 비극의 표지로서 '소녀의 죽엄'을 문제시하고 있다. 그의 면밀한 기획 아래서 소녀의 죽음은 필연적 사건의 연쇄 결과로 판명되고, 소녀는 유엽이 혐오하던 위선과 폭력에 희생된 인물로 자리매김된다. 이 작품의 '沈着한 少女'는 "얌전한 少女"(「感傷의 斷片」), "애태운 少女"(「나의 옛집을 돌아오도다」) 등으

---

20) R. Legros, 「근대적 인간의 탄생」, T. Todorov 외, 전성자 역, 『개인의 탄생』, 기파랑, 2006, 113쪽.
21) A. Alvarez, 최승자 역, 『자살의 연구』, 청하, 1982, 79쪽.

로 변주하면서, 유엽의 시에 지속적으로 출현한다. 소녀는 한국 초기 시에 두드러지게 나타났던 여성 편향성을 담보해 주는 바, 그는 소녀의 연약한 이미지를 활용하여 '그男子'의 완력과 사회의 폭력성을 상징적으로 제시하였다. 이런 측면에서 그의 시에 나타난 소녀의 이미지는 외면상으로 당대 사회의 폭력성에 노출된 여성의 현실을 담보하고, 이면상으로 식민지 현실을 암유하고 있다고 보아야 한다. 그에게 폭력은 일제에 의해 행사된 권력 행위의 일체뿐만 아니라, 범애주의를 위협하는 일체의 행위를 포함한다. 그러므로 소녀의 비극적 최후를 마련한 작품의 결말부를 가리켜서 "존재 상실의 회복과 세계 회복이 불가능하다는 사실을 먼저 인식함으로써 자아 회복·세계 회복을 보여줄 필요가 없었다"[22]라고 단정하는 것은 무리이다. 이러한 견해는 유엽의 작품이 지닌 내포적 의미와 그의 문학관에 대한 오해에서 비롯된 것으로 보인다.

### 3) 원시적 평화의 시세계

지금까지 발견된 유엽의 시작 활동은 『금성』을 중심으로 이루어졌다. 당시의 발표 상황은 비교적 넉넉한 편이었으나, 그가 『금성』을 기반으로 시작 활동에 나선 이유는 과작 사실과 관련된다. 그는 시 외에 소설, 번역, 평론 활동 등을 겸행하고 있었으며, 아울러 산사에 기숙하면서 불심의 앙양에도 열심이었다. 이처럼 다방면에 걸쳐 진행된 그의 활동은 시작에 전념할 수 없도록 저해한 주요 요인이기도 하다. 그가 여러 분야에서 활약하게 된 근인은 개인적 이상을 실현하기에 노력했던 그의 범애주의적 신념에 있고, 원인은 식민지시대의 유학파 지식인

---

22) 민병욱, 『한국 서사시와 서사시인 연구』, 태학사, 1998, 99쪽.

으로서 필연적으로 갖게 되는 사회적 책임감에 있다. 그의 시작품에 출현하는 범애주의적 성향은 세 단계를 거치며 구체적인 모습을 드러낸다. 그가 추구했던 세계는 궁극적으로 우주적 질서가 온전히 구현된 원시적 평화의 세계였다.

첫째, 유엽의 시작품들은 식자의 괴로움을 정직하게 드러내고 있다. 이런 태도는 그의 시에서 옛 연인에 대한 사모곡을 차용하여 표현되었는 바, 그는 '옛사람', '소녀', '님' 등을 동원하여 자신의 내적 갈등을 가감없이 표백하였다. 이것은 표면상으로는 남녀간의 이별에 따르는 애상으로 나타났으나, 이면상으로는 3·1 독립만세운동의 후유증에 시달리던 당시의 식자층들을 지배하던 허무감을 대변하는 것이기도 하다. 당시의 지식층에서는 가열차게 진행된 만세운동이 일제의 무력 탄압으로 진압되자 발전적 분열 양상을 보였다. 일군의 무리들은 만주 등지로 활동의 근거지를 옮겨서 투쟁 역량을 비축하는 데 온힘을 쏟았다. 다른 무리들, 주로 식민지 종주국에서 유학한 작가들은 운동에 대한 객관적 평가 과정을 생략한 채 극도의 절망감과 패배의식에 함몰되어 감상주의를 피력하는 데 주저하지 않았다. 기왕의 연구에서는 후자에 속하는 작가군들의 행태를 폄하했으나, 그들이 보여준 암흑세계로의 도피 행위는 역설적으로 당대의 암울한 현실을 보증한다는 점에서 마냥 외면할 일이 아니다. 그보다는 그들이 시화한 이미지들을 주체적 입장에서 바르게 해석할 필요가 있는 바, 유엽의 시작품을 통해 애상의 정조가 지닌 중의적 의미를 재구성할 수 있다.

가을밤 구으는
落葉 소래는,
宛然한 옛날
그발 소래라.

아, 다시 못들을
닉은 발소래,
물그럼이 나는
눈물 삼키다.


잠잣거라 가슴아
째를 알거라,
그이는 발서
옛 사람이라.


가을밤 구으는
落葉 소래는,
宛然한 옛날
그발 소래라.

—「落葉 노래」 전문


하로ㅅ날 쎅애기(赤子)의 웃는 얼골을 바라본제
문득 나는넷날을 되푸리하엿섯노라.
—슯흠을모르고 날을보내며
　철업는깃븜으로 해를맞든 그날을—
그리고 나는 눈물지엇노라
어린애의얼골에쎠도는 내넷날의긔억을바라보면서.


나는어린애의얼골에우슴이 쎠도든그時間을
永遠히흘너가지안토록 붓잡어주고십헛노라.

그리하야 두손을 합장하고서
눈물먹은 목소래로 긔도햇노라.
— 내얼골에 써돌든 우슴의씨를
　　永遠히 쌔아서간 不知의힘이
　　다시금 그무서운 魔手를느려
　　이 죄업는 어린애의얼골노 오리라하야
오! 야속할손 째의흐름이여!

—「感傷의 斷片」 부분

　위 두 작품을 자세히 살펴보면, 애상적 정조의 변모 양상을 짐작할 수 있다. 먼저 「落葉」(『금성』 제1호, 1923. 11)은 사랑하는 여인과 이별한 후의 감상을 자연스럽게 서술한 듯하다. 시인에게 가을밤의 낙엽 소리는 여인의 발자국 소리와 동일하게 들린다. 하지만 그 사람은 이미 '옛사람'이어서, 낙엽은 '宛然한옛날'의 탈색된 추억을 표상할 뿐이다. 따라서 낙엽은 추회의 빛깔이기 때문에, 소리를 듣고 있는 시인에게 과거적 영화를 회상시켜서 슬픔을 안겨주기에 충분하다. 그의 감수성을 자극하는 낙엽 소리는 연애 시절의 행복감을 되살려줌으로써, 시인으로 하여금 끝 연까지 과거 시간의 황홀 상태를 재현하며 연장시켜 준다. 그것은 작품에 장치된 상상의 시간에서 기인한다. 현실적 시간에서는 이별한 사람이지만, 상상의 시간에서는 여전히 사랑하는 사람이다. 그가 사랑하는 이와의 이별을 모티프로 자신의 내면을 고백한 작품은 「애닲은리별」(《동아일보》, 1928. 4. 4), 「斷章」(《동아일보》, 1928. 12. 16) 그리고 '사랑, 눈물, 꿈길, 짝사랑, 別恨, 봄, 여름, 가을, 겨울'의 소제목으로 '四行詩 百朶이라고 이름한 「業華」(『문장』, 1940. 11~12) 등에서도 이어진다. 그는 연인과의 이별을 안겨준 현실적 고통의 세계보다는, 허구적 시간의 지속적인 흐름을 열망한다. 따라서 그가 채택한 과거 시제는 예사롭지 않다.

작품에서 차지하는 시제의 중요성은 「感傷의 斷片」(『금성』 제2호,
1924. 1)에서 훨씬 구체적으로 묘사된다. 이 작품은 시대 상황에 노출
된 개인의 심정을 절절하게 드러내고 있다. 시인은 아기의 웃음을 바
라보다가 '넷날의긔억'을 발견한다. 그의 의식적 중첩작용에 의해 현
재의 시간 위에 과거의 시간이 겹쳐지자, 시인은 '어린애의얼골에우슴
이 쩌도든그時間'을 지켜주고 싶은 욕망을 느낀다. 왜냐하면 시인은
자신의 웃음을 '永遠히 쌔아서간 不知의힘'이 아기의 웃는 얼굴에 반
복될 것을 예감하고 있기 때문이다. 이에 시인은 '죄업는 어린애의얼
골'을 강조하면서 '째의흐름'을 원망하기에 이른다. 자신의 어린 시절
과 지금의 아기 시절이 등질적 시간이 아니라는 사실을 그는 명확하게
인지하고 있다. 시간의 속성을 변모시킬만한 힘을 지니지 못한 까닭
에, 그는 '쩍애기(赤子)의 웃는 얼골'과 "말업시 웃든 그얼골"(「그 얼골」,
《조선중앙일보》, 1934. 3. 26)이 연속적으로 재현될 날을 기대한다.

둘째, 시대 상황에 절망한 유엽의 의식은 유년기의 세계를 지향한다.
그의 의식은 폐쇄공간으로 집요하게 확장하여 '不知의 힘'이 미치지
않는 '골방'과 '옛집'으로 들어간다. 그의 선택은 『백조』파가 시대의
절망감에 기인하여 폐쇄 공간을 추구한 것에 비해, 시적 이상이었던
'벗'과 '소녀'의 동행과 격려 속에 실행된다는 점에서 구분된다. 이 점
에서 시 「一 의게」(『금성』 제3호, 1924. 5)와 「겨울밤의哄笑」(『금성』 제3호,
1924. 5)는 함께 읽어야 한다. 두 작품은 사회와의 교섭 가능성을 원천
적으로 배제하기 위한 유엽의 단호한 의지를 은닉하고 있다. 외적으로
는 골방에서 자폐적 세계를 구축하고 있으나, 내적으로는 위선과 폭력
이 팽배한 현실에 융화될 수 없는 시인의 신념을 언표한다. 그것은 그
가 동료와의 동행을 명시하고 있는 부분에서 확인할 수 있다.

벗이어가사이다

우리도이밤에

새로히싯며노흔골방으로.

당신의보드랍고보드랍운연꼿갓흔손으로

이랑진내가슴에언지고서…….

—「—의게」 부분

엇던흐린금음밤 빗업는골방에서

싯업시 고요한어둠을 바라보매

낡은이불에 눌녀 죽은듯이 누어잇스니……

　세월은 어둠과 握手하고서

　코웃음을 히ㅅㅅ웃으며

　문틈으로 새여흐른다.

—「겨울밤의哄笑」 부분

　유엽은 "榮譽의 幻影이 춤추는 웃음의 저자거리"(「나의 옛집을 돌아오도다」)로부터 벗어나기 위해 폐쇄 공간을 찾는다. 비록 그곳은 '빗업는 골방'이지만, 거리의 유혹과 차단된 공간이다. 빛은 현실 세계의 환영을 조장하는 요소이기에, 빛의 틈입이 방지된 공간은 현실과의 거리감을 조성하는데 기여한다. 그에게 '榮譽의幻影'은 시대와의 타협일 터이므로, 그는 온갖 유혹과 결별하기 위한 증인으로 벗을 동반하여 '새로히싯며노흔골방'으로 진입한다. 그리하여 시인은 시대와 사회로부터 의도적으로 소외된 존재로 고립된다. 그가 「詩와 萬有—詩를 쓰려는 벗님들에게」에서 시인에게 중요한 '몽상'을 강조한 것에서 알 수 있다시피, 그는 골방에서 행복했던 유년 시절을 회상한다. 그의 몽상에 의해 현실세계의 훼손 사실이 구체적으로 드러나며, 시인에게 몽상은 골

범애주의자의 시와 시론　231

방에서만 허용된다. 따라서 집의 구석에 위치한 골방은 세계는 물론,
식구들과 일정한 거리를 유지시켜주는 공간기제이다. 이 점에서 시인
의 골방 체험은 "삶을 거부하고, 삶을 제한하고, 삶을 숨기는 것"[23]이
고, 골방은 세계를 부정하는 폐쇄공간으로 자리매김된다. 그러나 그곳
은 '새로히삭며노흔골방'이기 때문에, 유엽이 거부하는 현실세계와는
다른 삶을 준비하기 위한 전략적 거점으로 거듭난다. 그는 벗과 함께
골방에서 암흑의 현실을 제척할 수 있는 생명의 세계를 꿈꾼다. 따라
서 그의 시에서 발아하는 생명의식은 건강하다.

　셋째, 유엽의 시는 생명의식을 노래하며 미래를 기약한다. 그에게 생
명이 약동하는 시간은 '어린애의 얼굴'에 웃음을 되찾아주는 날이고,
자신의 신념이었던 범애주의를 실현하는 순간이다. 그런 점에서 기왕
에 보여준 주제의식이 심화된 것이 바로 생명의식이다. 온갖 생명에
대한 그의 애정은 마침내 입산 수도로 귀결되는 바, 생명을 주관하는
우주의 이법을 훼손하는 일체의 폭력성이야말로 생명의식을 위협하는
요소였다. 이처럼 유엽의 시에서 범애주의는 일제에 의해 자행되는 각
종 폭력을 포함하여 모든 일상적 차원을 초월하고자 욕망한다. 물론
이러한 성향이 그의 시세계를 유연하게 뜻매김하도록 방치하는 혐의
를 받는 것이 사실이지만, 그가 귀국 후부터 불법을 강연하고 산사에
적을 두었던 점을 고려한다면 능히 수긍할 만하다.

　　보라!쪼 들으라!
　　압우를向하야 쎗어가는 새싹의
　　偉大한 征服!
　　오!봄동산에 소리업시닐어난

---

23) G. Bachelrad, 곽광수 역, 『공간의 시학』, 민음사, 1990, 282쪽.

크나큰 싸훔이어!

―「春園行」 부분


벗이여! 가사이다!
이 검은 장막을 걷고
물껼 넘어 저 따로 건너가사이다!
벗이여! 밎여 못 가시겟거든
내가 먼저 오리다.
기다릴 쑤 없이 급한 나의 마음은
벗이 나의 뒤로 곳 오실 줄 믿고
나 먼저 가오리다.

동녁 바다는 핏빛 바다!
해ㅅ빛을 맞여오는 물껼 저 넘어
한울은 불을 배알아
땅을 살우렵니다.

벗이여! 피ㅅ줄로 돛을 높이 달은 이내 생명의 배는
어둠의 해안을 떠나 동녁으로 먼저 갑니다.
뒤ㅅ일은 벗들을 믿고
산 넘은 교대에 또다시 바다를 건느렴니다.

밤새에 길우고 아끼던 살진 나의 팔, 다리를
이제야 이 바닥 우에서 마음껏 시험해보렵니다.
어이야! 이 나의 생명의 배는
빛을 실러 동녁을 행하여 저어감니다.

배ㅅ머리에 와서 부대쳐 깨어지는 물결
물이 없으면 이때 또 어이 가리!
바람이야 거슬러 불거니
이는 다 나의 배의 진행을 재촉할 뿐이로다.

— 「해 실러가는 나의 생명의 배」 부분

그의 시 「春園行」(『금성』 제3호, 1924. 5)은 봄동산에서 솟아나는 새싹의 생명력을 노래한 작품이다. 그가 벗과 함께 골방에서 외부의 움직임을 경청하고 있었던 것이 바로 춘신인 셈이다. 그는 동토에서 새 생명을 잉태하는 새싹들의 '크나큰 싸홈'을 소개하며, 벗에게 겨울이 끝나가고 있다는 사실을 알려준다. 단순한 자연의 순환에 불과한 계절적 징후이지만, 그의 시에서 생명의식이 발아하고 있음을 알려주는 중요한 시적 표지이다. 이로서 그의 등단작부터 지속되던 원시주의가 생명의식으로 발전되면서 범애주의가 성장할 기반을 마련한다.

유엽의 시 「해 실러가는 나의 생명의 배」(『조선문단』, 1927. 2)는 1926년 12월에 창작된 것으로 보건대, 묵은 해를 보내고 새해를 맞는 결의를 표출하고 있다. 이 무렵에 발표된 작품에서 '해'는 '빛의 회복(광복)'을 상징하는 집단적 은유물이다. 유엽의 '해'는 광복뿐만 아니라, 삼라만상의 생명을 양육하는 의미를 포괄하고 있다는 점에서 초월적이다. 그동안에 그는 '빗업는골방'에서 '생명의 배'를 젓기 위해서 '밤새에 길우고 아끼던 살진 나의 팔, 다리'를 만들고 있었다. 비록 지금 그는 바다로 나아가지만, 후발하게 될 벗의 동참을 기대한다. 이러한 태도는 '보드랍고보드랍운연꽃갓흔손'을 지닌 벗에게 "서로 도아 내일을 다가치 맞자!"(「水災」, 《조선중앙일보》, 1936. 8. 19)는 독려로 이어진다.

### 3) 예술지상주의 시론

유엽의 시론은 「시와 만유—시를 쓰려는 벗님들에게」(『금성』 제1호, 1923. 11)에서 살펴볼 수 있다. 그는 모든 사람은 시인이 될 만한 자질을 갖고 있으나, 단지 이목이 밝지 못하여 '맘속에 감초엿든 시상을 차저낼만한 心眼'의 유무가 시인 여부를 판가름한다고 말한다. 그는 심안을 획득하기 위한 방편으로 물아일체의 동양적 자연관에 입각한 '몽상'을 강조한다. 따라서 시는 '모든 主義와 형식과 制裁를 초월하지 안이하여서는 안 될 것'이고, 그로서 '자연히 한 위대하고 독특한 형식을 갓초아 진실한 내용에서 우러나오는 시적 사상'을 갖추게 된다는 것이다. 이어서 그는 시가 본래 그 기원부터 산문과 음악의 중간예술이기 때문에, 양자의 요소를 공통적으로 지니고 있다고 주장한다. 그에 따르면 시는 언어의 '음악적 표상에 의하야 성립'하므로, 언어 역시 '리듬에 대하야 한 것 갓치 충실히 선택'해야 한다. 그리고 유엽은 불필요한 언어는 과감히 사상하고, 단 한 마디라도 '참되고 생명이 잇는 말삼이면 千百語를 느러노은 것보다 몇 배가 낫'다고 본다. 이러한 주장은 언어에 대한 절대주의적 관점의 표현이다.

그는 시인에게 가장 중요한 요건으로 '시인 자신의 생활'을 들고, 작품은 '작자 인격의 現出이며, 생활 反面'이므로, 모름지기 시인은 '아모리 복잡하고 浮浪한 짓을 하다가도 자기 홀노 안젓슬 째는 자성하고, 고독한 중에서 閒雅幽寂한 詩境을 삼숙며 과거를 회고하고 미래를 명상'해야 한다. 시인은 '자연의 심오한 妙理와 우주의 진리를 천진난만하게 노래하는 자'이고, 작품은 '그 작자의 생활과 환경의 영향을 밧은 작자의 주관의 표현에 불과한 것'이다. 그의 시인우위론은 "시인은 먼저 哲人이오 道人이어야 되며, 시인은 일체의 지식보다도 인격적 수양이 필요한 것을 알게 될 것이오, 그 다음에는 그 작품은 한 哲

理 우에 서잇는 체계가 완전한 철학이어야 하고, 한 도덕률을 표시한 윤리라야 하는 동시에, 哲理아닌 哲理라야 되고, 윤리 남새가 업는 윤리라야만 된다. 어느 곳 어느 째든지 眞이라야 할 보편성이 잇서야 된다."(「시의 본질과 표현 시집 발행을 기회로 (18)」)는 주장에서도 재확인된다.

유엽의 이러한 예술지상주의적 견해는 「신시에 대하야 나의 사견 (1-9)」(《동아일보》, 1928. 4. 26~5. 8)를 거쳐 「시의 본질과 표현 시집 발행을 기회로 (1-18)」(《동아일보》, 1931. 2. 13~3. 13)에서도 지속적으로 개진되었다. 이 글은 계급문학의 성행에 침묵하는 시인들을 힐난하면서 자신의 시적 신념을 솔직하게 고백한 것이다. 그는 '假象의 객관으로부터 절대적 객관'을 시의 본질로 파악하고, 현상적 실재와 다른 불변적이고 永恒的인 실재, 곧 '우주의 정신과 不二의 실재'를 자아에서 발견하기를 기대한다. 그러기 위해서는 반성적 사고에 입각하여 가변적 실재와 불변적 실재를 구별해야 한다. 이것을 포착하여 제시하는 것이 '詩道'이고, 참된 시인은 '악에서 선을, 추에서 미를, 유한에서 무한을, 가변계에서 불변을, 상대계에서 절대를, 특수에서 일반을 발견하는 시인'이다. 그러므로 '감각적 세계에서 지각적 세계에, 지각적 세계에서 다시 기피 비판적 세계에, 그 다음에 이 모든 것을 종합적으로 사유하야 반성적 판단에 의하야 직관하는 靈感的 세계에 들어가서야 비로소 시인으로서의 시인의 道'를 얻을 수 있다고 주장한다.

또한 유엽은 시론 외에도 예술관을 제출하기에 주저하지 않았다. 이러한 움직임은 그의 계몽적 의식에서 비롯된 것인 바, 그는 「평론을 평홈 (1)」(《조선일보》, 1927. 6. 13)에서 박영희의 「문예 의식 구성과 계급문학의 진출」을 비판하고 있다. 그는 "예술의 한계와 임무를 과장해서 예술지상주의에 이르기에 어렵지 안은 예술이론의 부정을 急性的, 맹목적 예술진출론을 극복하며 한 가지 예술의 한계를 비관적으로 저하케 해서 예술허무론을 극복해서 우리는 예술의 적당한 한계와 임무를 究明하며 분석함으로 무산계급운동의 의식적 체계의 일부인 예술적 임무로써 그 운동에 충당할 것"[24]을 다짐하는 박영희의 논의가 "결국 〈사회의식은 그 사회의 경제적 구조로 건설한 생산관계의 총화 우에 서게 되는 것이다〉는 유물사관적으로 경험으로부터 일체의 의식이 성립된다는 입장에서 예술을 논하려는 타 무산계급 평자들의 논지를 칭하여 노흔 것에 불과하다"고 힐난하였다. 계속하여 유엽은 「평론을 평홈 (2)」(《조선일보》, 1927. 6. 14)에서 김기진의 「제6회 선전 작품 인상기」를 조목조목 반박하였다. 김기진은 선전에 출품한 미술작품을 관람하고 난 뒤에 "나는 나와 같은 관중을 대표하여 회화의 또는 조각의 그 내용적 가치를 분석하여 이것을 폭로"[25]하는 데 목적이 있다고 공표하면서, 출품작들을 구체적으로 비판하였다. 그의 주장에 대하여 유엽은 '예술적 활동은 아모런 선악판단, 즉 利害判斷 업는 純粹直覺的 활동'임에도 불구하고, 미술작품에 대해 계급론적 관점에서 시비를 거론하는 태도는 용납할 수 없다고 강력히 비판하였다.

계급문학에 대한 유엽의 비판은 「유물사관적 문예론의 근본적 모순 (1-3)」(《조선일보》, 1927. 6. 21~23)에서 계속되었다. 그는 봉건제 사회에서 자본주의의 난숙기를 거쳐 사회주의로 진입한다는 이른바 '자연생장설'을 부인하고, 상부구조로서의 예술이 하부구조에 따라 동요하는 결정론도 부정하였다. 그에게 인류의 노동 본능은 생존욕의 발로요, 생산물의 균등 분배는 도덕률의 근본적 실현일 따름이었다. 그러므로 작금의 인간은 각성하기 전단계에 처해 있을 뿐이며, 절대적 진리를 발견치 못하고 미로에서 방황하는 상태에 불과하다. 그러나 인간은 절

---

24) 박영희, 「문예 의식 구성과 계급문학의 진출」, 『조선지광』, 1927. 6~7. 인용은 이동희 · 노상래 편, 『박영희전집 · Ⅲ』, 영남대출판부, 1997, 264쪽.
25) 김기진, 「제6회 선전 작품 인상기」, 『조선지광』, 1927. 6. 인용은 홍정선 편, 『김팔봉문학전집 · Ⅳ』, 문학과지성사, 1989, 434쪽.

대적 실재로서의 진리를 발견하기 위해 노력하는 존재이다. 따라서 절대적 진리를 실현한 사회야말로 인류의 이상향이라고 생각하는 유엽으로서는 '맑쓰의 기계적 인생관과 자연생장설과 결정적 숙명론'에 결코 동의할 수 없었다.

> 예술은 그 대상으로 美를 의식할 쌔에는 의식적으로 感識하는 것이 아니라, 無我夢中에서 도취적 상태로 무의식하게 목적의식을 全然 망각하고 直感하는 것이다. 이 외에는 진이오, 선이오, 절대적인 미를 感識할 길이 업다. 이상의 태도로서 感識한 예술이야말로 완전한 예술이오, 이러한 예술인이야말로 第二義的으로 생을 위한 공리적으로도 가치를 가지게 되는 것이다. 선전 포스타는 미술이 아니오, 군대 나팔소리는 음악이 아니오, 선전서와 격문은 문학이 아니다. 예술의 본질적 가치는 시대적 계급의식을 쩌나서 절대한 진리를 표현한 것이라야만 진실된 예술이다. 이러한 의미로서 예술은 선구적이오, 예언적이오, 영구적이라는 말이 의미가 잇는 것이오, 공리적으로도 실제적 가치가 잇게 된다.[26]

그의 발언은 "시인은 우주를 자기의 주관으로 관찰하야 정화를 식혀 다시금 情의 지배하에 한 쌴세상을 창조하는 위대한 인간일 것"(「시와 만유─시를 쓰려는 벗님들에게」)이라는 종래의 발언을 반복한 것이다. 이 글이 발표되자 김태수는 「'유물사관적 문예론의 근본적 모순'을 읽고─정신주의의 망론을 박함 (1-5)」(《조선일보》, 1927. 6. 27~31)에서 유엽의 주장을 신랄하게 비판한다. 그는 유엽의 유물사관에 관한 오해를 시정하고자 유물사관의 개요를 장문으로 소개한 뒤, 예술은 계급투쟁의 효과적인 무기일 뿐만 아니라 '적대 계급에 대하여 적극적 파괴작

---

26) 유엽, 「유물사관적 문예론의 근본적 모순 (3)」, 《조선일보》, 1927. 6. 23

용을 하는 것이 푸로예술이고, 푸로예술가의 임무'라고 주장하였다. 그는 이전에도 유엽의 「평론을 평홈」을 검토한 「검토문 평론을 평자 유엽 씨에게 (1-3)」(《조선일보》, 1927. 6. 18~20)을 발표한 적이 있다. 양인 간의 논쟁은 계급문학론자와 예술지상주의자 간의 충돌 양상을 띠었으나, 유엽의 무반응으로 더 이상 진척되지 못하였다. 다만 분명한 것은 김태수의 주장이 유엽을 당시 문단에서 격파되어야 할 수구세력으로 설정하고 있으나, 유엽은 이미 이분법적 대립 구도를 벗어나 형이상학적 차원에 진입하고 있었다는 점이다.

유엽의 「나의 예술관초 (1-5)」(《조선일보》, 1927. 6. 28~7. 2)는 종래의 의견을 심화하면서 불교적 관념론을 가미한 예술론이다. 그는 현상계의 가변성과 일시성을 지적한 뒤에, 우주의 불변성을 설명하면서 절대적 진리로서 '항구불변의 靜的 無', 곧 '有도 아니오 無도 아닌 상대적 관념을 쩌난 절대적 無'야말로 우주의 본체라고 주장한다. 그러므로 '진은 과학자가 理智로서 본체를 비판적으로 연구할 쌔에 대상으로서 약칭한 것을 지칭한 것이오, 선도 역시 도덕가의 의지적 力行으로써 본체 내에 歸合하려 할 쌔에 그 대상으로 본체를 지칭한 것이오, 미도 예술 본체를 情으로 직감할 쌔에 우리의 마음에 쩌도는 본체의 심상을 추상적 개념으로 명칭한 것'에 불과하다. 과학의 대상은 절대적 진, 도덕의 대상은 절대적 선, 예술의 대상은 절대적 미에 각각 대응하는 동시에 진선미로 통합된다. 그의 만유일체론은 필경 절대적 진리와 우주적 본성을 추구하는 예술지상주의론으로 귀일될 수밖에 없다.

재래의 모든 과두기의 소위 시대적 의식을 토대로 하야 美를 표현하엿다는 예술품은 전연 其 가치를 인정할 수 업습니다. 지금은 신시대를 동경하고, 新生―완전무결한 평화한 新生을 실현하려고 노력하는 이 현대에 잇서서는 진실된 예술품을 요구합니다. 진실된 예술품은 예술지상주의적 정신에서 산출된 예술품을 일음이오, 쏘한 그러한 진실한 예술품이라야만 과연 우리 인생으로 하여금 구원 어들 바 길을 보여주는 진리의 道를 가르치는 위대한 예술품일 것이니, 예술품은 人生界의 무지를 타파하고, 大悟의 길을 열어주는 노력이올시다. 자애의 발현인 예술적 표현을 의하야, 즉 인생을 예술화시키는 데에 비로소 우리는 우리의 이상으로 바라보고 잇는 그 완전한 사회를 실현할 수가 잇는 것이올시다.[27]

예술품은 영구불변하는 절대적 진리를 함축한 것이므로, 가변적인 시대의식을 초월하여 우주의 본체를 형상화해야 한다. 따라서 예술은 결코 유희나 향락이 아니며, 구원의 도를 지향해야 한다. 예술가는 참된 예술품을 창조하기 위해서 시대의식과 타협해서는 아니 되며, 오로지 영구적인 절대적 진리를 형상화하기 위해 진력해야 한다. 왜냐하면 '진실된 예술품은 예술지상주의적 정신에서 산출된 예술품'이고, 오로지 그것만이 '진리의 도'를 가르쳐주기 때문이다. 유엽이 추구했던 과학과 도덕과 예술의 가치가 합일된 불후의 명작이야말로, 온갖 생명이 '완전무결한 평화한 新生'을 예술적으로 구현한 것이다. 그것은 그가 신념으로 삼았던 우주적 질서로 충만한 범애주의의 궁극적 경지이다. 유엽의 시론은 1920년대 시단에 논의의 다양성을 확보해주었다. 그가 강조한 시의 운율과 리듬, 조사 등은 계급문학론이 성행하던 당시로서는 매우 소신있는 발언이었다. 그의 시론은 전대의 비판 위에서 1930년대의 순수시 운동이 일어나는 발판을 마련하는 데 요긴히 활용되었다.

유엽은 시 외에도 「At Random―C, F의게 보내는 片紙」(『금성』 제2호, 1924. 1)를 비롯한 수필, 소설 「꿈은 아니언만」(『신민』, 1927. 6~9,

---

27) 유엽, 「나의 예술관초 (5)」, 《조선일보》, 1927. 7. 2

1932. 1), 미완소설 「세 세상 사람들」(《조선일보》, 1927. 7. 20~1928. 5. 9), 「정성스럽게 살기 위하여」(『여시』, 1928. 6), 「쑴길을 밟어 (1-25)」(《조선중앙일보》, 1934. 4. 8~5. 9)와 장편소설 『꿈은 아니언만』 등을 발표하면서 왕성하게 활동하였다. 그 밖에도 유엽은 「불교 동화 (1-9)」(《매일신보》, 1931. 3. 31~4. 12)를 위시한 인도 동화의 소개와 「전설의 나라 제주도의 민요」(《조선중앙일보》, 1934. 6. 10)와 같은 전래 민요의 채록, 「甲童이 (1-20)」(《매일신보》, 1935. 3. 17~4. 12)를 비롯한 동화작품을 활발하게 발표하였고, 비평 활동에도 참가하여 아동문학의 발전에 공헌하였다. 그리고 유엽은 노래 「金星(Morning Star)」(『금성』 제2호, 1924. 1)와 「續·金星(Morning Star)」(『금성』 제2호) 등을 작곡하고, 노래 가사를 번역하기도 했다.[28]

해방을 맞아 유엽은 시 「光復頌」(『민중조선』, 1945. 11)과 「임시정부요로 제공의 회견기」(『신생』, 1946. 3) 등을 발표하기도 했으나, 해방 이전보다는 현저하게 작품량이 감소하였다. 지금까지 밝혀진 그의 최후작은 수필 「가을과 사색」(《전북일보》, 1959. 9. 6)이다. 평생 동안 범애주의적 사상에 기반하여 생명을 옹호하던 그는 "경치 조흔 山ㅅ골, 물 조흔 곳에 깨끗하게 집이나 하나 지어놋코, 그 속에서 나의 여생을 맛처야 할 터"(「獅子의 악아리」, 『금성』 제1호, 1923. 11)라던 자신의 말처럼 산사에 귀의하여 스님으로 열반하였기 때문에, 개인사적 생애와 작품의

---

28) 유엽은 「雜記」(『금성』 제2호, 1924. 1)에서 "여러분의 애창하는 쎄레나데(V. Hugo; Quasi tu Chantes의 쯧을 취하야 C. Gounod의 작곡한 Serenade)의 가사를 우리말로 옮긴 것"이라고 밝히고 있는데, 참고로 그가 번역한 가사는 다음과 같다.
   1. 밤마다내가삼에안겨 노래할째/해빗과갓치 내魂을불너춤추든/내사랑고흔소래 지금어대갓나/오!들녀다오 내사랑아 쯧업시불어라/사랑의그대 쯧업시불너라/불너라 불너라 오!쯧업시.
   2. 그리운情이무르녹는 내사랑의/벙그레웃는 깨끗한얼골을볼째/쑴갓치사라지누나 의심과근심/오! 웃어다오 내사랑아 늘너를밋도록/그리운웃음쯧업시웃어라/웃어라 웃어라 오!쯧업시.
   3. 고요히새ㅅ별눈을감고 잠이들째/사랑의쑴나라를말하는그입살/넉업시바라보누나 내恍惚한 눈/오!쑴꾸어라 내사랑아 사랑의품에서/호을노나만쑴꾸며자거라/쑴꾸라 쑴꾸라 오!쑴꾸라.

정리조차 이루어지지 않은 실정이다.

## 3. 결론

이상에서 살펴본 바와 같이, 유엽은 1920년대 중반부터 다방면에 걸쳐서 활발하게 활약했던 시인이다. 그는 문학, 비평, 음악, 연극, 종교 등 여러 분야에서 괄목할 만한 업적을 남겼다. 그의 선구적 성취물들은 다음과 같은 특징을 지니고 있음에도 불구하고, 불행하게도 지금까지 정당한 평가를 받지 못하고 있는 형편이다.

첫째, 유엽은 『금성』의 발간 자금 조달을 비롯하여, 당국의 검열, 편집과 출판, 신인 추천 문제 등을 주도적으로 담당하였다. 기왕에 발간된 연구 논문들에서 양주동의 역할을 과도하게 평가해 왔으나, 유엽의 노력에 의해 『금성』의 성격이 유지될 수 있었으므로 기존의 서술 내용들은 서둘러 수정되어야 할 것이다.

둘째, 유엽은 최초의 서사시 「소녀의 죽엄」에서 필연적 사건의 결과로 인해 소녀가 죽음에 이르는 과정을 통해서 '그男子'의 완력과 사회의 폭력성을 상징적으로 제시하였다. 그의 시에 출현한 소녀의 이미지는 외면상으로 당대 사회의 폭력성에 노출된 여성의 현실을 담보하고, 이면상으로 식민지 현실을 암유하고 있다고 보아야 한다. 그 밖의 시 작품에서 그는 생명의식을 고양하는 범애주의적 신념을 구현하였다.

셋째, 유엽은 각종 평문들을 통해 자신의 문학관을 정직하게 드러내었다. 당시의 문단은 카프에 의해 주도되고 있었음에도 불구하고, 그는 계급주의 문학에 대항하여 예술지상주의적 문학론을 개진하여 후대의 순수문학 운동이 일어날 수 있는 토대를 마련하였다.

넷째, 유엽은 극예술협회를 조직하여 주연 배우로 전국 순회 공연에 참가하는 등, 연극의 대중화 운동에도 솔선하여 임하였다. 특히 그는 신인을 발굴하거나, 향리의 후배 시인들과 후배 문인들을 지원하여 그들이 작가적 역량을 발휘할 수 있도록 적극적으로 지원하였다. 또한 음악에도 관심을 가진 그는 여러 곡을 작곡하고, 외국곡의 가사를 번역하기도 했다.

그러므로 유엽에 관한 문학사적 평가가 하루속히 착수되어야 한다. 그동안 학연에 기인한 편중된 연구자들의 접근 태도는 소수의 작가들에게 과도한 관심으로 나타났고, 문학사적으로 반드시 연구되어야 할 작가들에게 무관심으로 표출되었다. 이것은 한국문학 초창기의 선배 문인에 대한 결례인 동시에, 그동안 명망가 중심으로 이루어진 연구 풍토에 대한 깊은 반성을 요하는 문제이다. 연구자들의 소홀한 관심 속에서도, 1920년대의 시적 기반을 풍부하게 조성하는 데 크게 기여한 유엽의 업적은 현저하다.

# 민족 현실의 시적 탐구

—김창술론

## 1. 서론

해방 이후 계속되는 분단시대의 고착화 현상은 남북간에 이데올로기의 대결 국면을 조성하였다. 그 영향으로 인해 아직까지도 일제 강점기에 민족해방운동의 일환으로 프롤레타리아문학을 선택했던 작가에 대한 연구는 미흡한 실정이다. 1988년 납·월북 문인에 대한 해금 조치 이후 연구 분위기가 활성화되었으나, 만족할만한 성과를 도출하였다고 보기는 어렵다. 그 주된 이유는 이념의 대립이 초래한 정치적 환경과 함께 연구자들의 편벽한 자세 때문이다. 특히 연구자들이 당해 작가의 전기적 사실과 같은 기초 자료에 대해 확인하지 않은 채, 기존 성과를 반복하는 태도는 조속히 시정되어야 할 것이다. 엄정한 사실 규명을 통한 가치 판단이 이루어지지 않은 상태에서 작품 세계가 논의되는 대표적인 시인으로 야인 김창술(野人 金昌述)을 들 수 있다.

기존의 한국문학사에서 김창술[1]은 '무학의 노동자 시인', '카프의 대표 시인'으로 규정되었고, 두 권의 시집을 발간한 것으로 기술되었다. 먼저 김창술은 경제적으로 가난하지도 않았으며, 세칭 무학의 노동자 시인도 아니었다. 그는 보통학교를 졸업한 뒤 일제시대부터 해방 후까지 전주 남부시장에서 '순창상회'라는 포목상을 운영하며 비교적 여유 있게 생활했다고 한다.[2] 그는 한국전쟁 중에 생명의 위협을 느끼고 서울 수복 후에 가족과 함께 상경하여 새로운 보금자리를 장만하였다. 이후에 그는 잠깐 외출하겠다고 집을 나선 뒤 행방불명되었고, 유족들은 1953년 11월 15일을 사망일자로 추정하여 봉제사하고 있다.[3]

그리고 김창술이 사회주의 운동단체와 관련된 것은 확실하나, 그에 관한 구체적 소명 자료는 부족한 편이다. 그가 사상적으로 강렬한 진보의식으로 무장한 것은 식민지 상황을 타개하기 위한 반외세 반일의식에서 비롯된 것으로 보인다. 특히 김창술이 시「展開」의 끝에 '一九二七. 七. 二六 百濟舊址서 全北靑年同盟道委員會에보내노라'는 창작 관련 정보를 부기한 것은 그와 사회주의 운동단체와의 관련성을 증빙해 주기에 충분하다. 또 이 작품과 비슷한 시기에 발표된「群山 海岸에서」의 내용은 군산 지방의 신간회 운동[4]과 깊은 상관성을 드러낸다. 이 시기는 민족주의 단체와 사회주의 단체의 합작 조직이었던 신간회가 전국적으로 조직을 확산시키며 각 부문의 운동단체들과 합작

---

1) 김창술은 1902년 4월 19일 전주시 중앙동 9번지에서 출생하였다. 그는 도강 김씨 이강공계(爾剛公系) 20세손으로, 4남 2녀(昌述 – 銀珠 – 仁述 – 興述 – 鳳珠 – 福述) 중 장남으로 태어났다. 그의 형제들은 호적상 이름 외에 다른 이름(永壽 – 永大 – 永昌 – 永浩)을 갖고 있다. 그는 김월순(金月順, 1908년생)과의 슬하에 4남(煥益 – 煥敬 – 煥文 – 煥章) 3녀(吉女 – 明煥 – 順煥)를 두었다.
2) 이 증언은 김창술의 유족들과 그의 시적 도반이었던 김해강의 차녀 김운영 여사(75세, 서울 거주), 그리고 그의 동생이자 서양화가였던 고 김영창의 제자 하반영 옹(85세, 서양화가, 전북 익산 거주)의 증언에서도 재확인된다. 또 그가 친구와 경영했던 가게 이름의 작명 경위에 대해 그의 장남은 김창술과 동업자의 이름에서 각 한 자씩 따서 지었다고 하는데, 김창술의 부인은 부부의 이름에서 한 자씩 인용하여 지은 것으로 알았다고 한다.
3) 유족들의 김창술에 관한 회고는 김익환 외,「아버지 야인 김창술」, 최명표 편,『김창술시전집』, 문예연구사, 2002, 145~148쪽 참고.
4) 이균영,『신간회연구』, 역사비평사, 1996, 338~353쪽.

하던 때라는 점에서, 그와 민족운동 단체의 연루 혐의를 포착할 수 있다. 더욱이 그가 일본의 민족운동 단체에 지원하는 자금을 전달했다는 가족들의 증언에 기대면, 그는 식민지시대를 종식시키기 위해 이념상으로는 마르크시즘을 선택하고, 운동상으로는 민족해방전선에 가담한 것으로 보인다.[5] 곧, 그는 민족해방과 계급해방을 동일 선상에서 파악하고 행동하며 시를 썼던 민족주의자였던 것이다.

그는 이 무렵에 동향의 시인 유엽, 김해강 등과 함께 전주시회를 조직하고, 문예강연회를 개최하는 등 문학대중화 운동을 전개하였다.[6] 그러나 그동안 문학사에서 공인된 그의 카프 가담 여부는 확인할 수 없다. 무엇보다도 그의 카프 참여 사실을 밝힌 증언자들이 거론한 가입자 순서가 일치[7]할 뿐만 아니라 카프 맹원 명단에 등재되지 않았다는 점, 그의 시적 동료이자 친구였던 김해강이 가담하지 않은 점, 『카프시인집』(1931) 외의 카프 관련 자료에서 김창술의 이름이 거명되지 않는다는 점, 볼세비키들이 카프 조직을 장악한 이후 그의 작품 발표량이 현저히 감소된다는 점, 카프가 해산되기 이전에 그의 시작 활동이 종료되었다는 점, 그가 한국전쟁 이전에 고향을 떠나지 않았다는 점 등을 종합적으로 고려할 때, 그가 카프에 가입했다는 주장은 아직

---

5) 김해강은 「나의 문학 60년」(최명표 편, 『김해강시전집』, 국학자료원, 2006, 782쪽)에서 김창술과 공동시집을 내려다가 실의에 잠겼을 무렵, 일본인 형사가 김해강에게 찾아와 정해준과의 관계에 대해 심문하자 관련 사실을 부인하였다고 한다. 물론 김해강의 부인은 체포를 모면하기 위한 구실이었다. 그는 정해준과 서신을 교환할 정도로 친분을 나눈 사이였다. 정해준은 1928년 2월 17일 전북 금산청년동맹회관에서 열린 카프 금산지부 결성식 때 임시의장으로 선출된 인물이다. 또 그는 1929년에 ML당 전라북도 책임자를 역임하고, 1935년 카프의 전주 사건에 연루되어 투옥되기도 했다. 이런 사실에 토대할 때 만약 정해준과 관련된 자료가 확보된다면, 김창술과 김해강의 카프와 사회주의 운동단체 간의 관련 양상을 확인할 수 있을 것이다.
6) 《조선일보》, 1927. 10. 30
7) "나중 운집하는 동무들도 모두가 문학작가들이었다. (예외도 있으나) 이기영, 한설야, 박세영, 윤기정, 유진오, 박팔양, 이량, 홍효민, 조중곤, 김대준, 김창술 등등이었다." – 앵봉산인, 「조선 프로예술운동소사·1」, 『예술운동』 창간호, 1945. 12.
"카프가 발족된 뒤에 이것에 가입한 사람이 이기영, 한설야, 윤기정, 박세영, 유진오, 박팔양, 이량, 홍효민, 조중곤, 김대준, 김창술 등이었다." – 김팔봉, 「카프문학 – 측면으로 본 신문학 60년·1」, 《동아일보》, 1968. 5. 29

까지 수긍하기 힘들다. 그러므로 연구자들이 백철이『조선신문예사조사: 현대편』(1948)에서 기술한 내용을 검토없이 수용하여 일방적으로 김창술을 '카프 시인'으로 규정하는 태도는 지양되어야 한다.

또 연구자들은 김창술이 1920년대에『熱과 光』이라는 시집을 발간했다고 하지만, 이 시집의 출판은 조선총독부에 의해 불허되었기에 사실과 다르다. 단, 1930년 그가 김해강과 각각 시 12편을 모아『機關車』라는 공동시집을 발간하려다가, 일제의 검열에 걸려 좌절한 것은 사실이다.[8] 식민지 사회의 현실에 대한 강렬한 비판이 주를 이루는 두 사람의 시편들이 조선총독부로부터 출판 허가를 받기는 무망했을 터이다. 일제가 패망한 후에는 학력이 변변하지 못한 상인에 불과하다는 자의식과 정국의 혼란상에 실망하여 향리에서 은둔해 버렸기 때문에, 그의 시집 발간이나 시작 활동은 지속되지 못한 것으로 보인다. 물론 그가 해방 이후 전개된 한국적 정치 상황이 사회주의 운동단체와 유관한 전력을 시비할 것을 염려하여 시작을 중단하기도 했을 터이다. 오로지 민족의 해방과 안녕을 위해 고뇌했던 김창술은 생애 동안 한 권의 시집도 출판하지 않았으며, 필자에 의해『김창술시전집』(문예연구사, 2002)으로 정리되었을 뿐이다.[9]

해방후 김창술은 1945년 12월 출간된 조선프롤레타리아문학동맹의 기관지『예술운동』에 동향의 김해강, 이근영, 윤규섭 등과 함께 동맹원

---

8) 이에 대해 김해강은「나의 문학 60년」(781쪽)에서 1928년으로 기억하고 있다. 그러나 이와 관련해 김창술이「詑, 詩集『機關車』」(《중외일보》, 1930. 9. 17)에서 "五年 前에 나의 最初의 詩集『熱 · 光』이 x살을 당하고"라고 언급한 점, 당시 《조선일보》(1926. 12. 5)에 그의 시집 출판이 불허된 사실이 보도된 점, 그의 시우 김병호가 "창술 군은 처녀시집 원고『熱狂』을 제출하였다가 송도리채 압수 당한 일이 있었는지라"(「죽어신 시집」, 『조선지광』, 1930. 8)고 회고한 점으로 미루건대, 시집『熱 · 光』은 1925년 경에 출판을 시도한 것으로 추정된다. 또 김창술이 김병호에게 보낸 편지에서 "시집『機關車』는 일개월이 훨씬 넘어도 소식이 없읍니다."(김병호, 위의 글)라고 쓴 것으로 보건대, 시집『機關車』의 출간 시도는 1930년이 확실하다.
9) 그 전에 김창술의 시는 김성윤 편, 『카프시전집 · Ⅰ』(시대평론, 1988)에 부분적으로 수록되었었다.

으로 기록되어 있다. 또 1946년 2월 8~9일 서울 기독교청년회관에서 개최된 제1회 조선문학자대회의 참가를 요청받은 사실도 확인된다.[10] 그렇지만 이 대회의 회의록[11]과 출석자 명단[12]에는 그의 이름이 등장하지 않는다. 해방기에 보여준 그의 침묵은 좌익에 대한 분노와 우익에 대한 실망감에 기인한 것으로 보인다. 더욱이 그는 이 무렵에 서울과 지방을 오가며 포목을 거래하느라 부산했으며, 한국전쟁 중에는 북한군에게 끌려가 처형당할 뻔했다는 유족들의 증언을 참작하면, 그는 이 시기에 고향에서 은일하며 보낸 것으로 보인다.

지금까지 김창술의 시세계에 대해서는 남한보다 북한문학사에서 비중 있게 다루어졌다. 강능수는 해방 이전의 프롤레타리아 시문학에서 가장 빛나는 시인으로 선정하였고,[13] 류만은 1927년 이후 프롤레타리아 시문학의 특성을 보여주는 대표적인 시인의 한 사람으로 언급하였다.[14] 한편 남한에서는 강렬한 계급의식을 내포한 정치시를 쓴 시인으로 규정되거나,[15] 1920~30년대 경향시의 변모 과정과 일치하는 시인으로 자리매김되고 있다.[16] 하지만 이러한 연구 성과들은 동일한 내용의 반복적 진술에 불과할 뿐만 아니라, 전기적 자료에 대한 조사가 이루어지지 않은 채 몇몇 작품만을 대상으로 논의했다는 점에서 공통적인 한계를 갖고 있다.

---

10) 《자유신문》, 1946. 1. 28
11) 조선문학가동맹 편, 『건설기의 조선문학』, 온누리, 1988.
12) 정한숙, 『해방문단사』, 고려대출판부, 1980, 24쪽.
13) 강능수, 「굴하지 않는 사람들의 노래 -『1920~1930 시인 선집』에 대하여」, 『조선문학』, 1956. 5.
14) 류만, 『조선문학사 · 9』, 과학백과사전종합출판사, 1995, 30쪽.
15) 박민수, 『현대시의 사회시학적 연구』, 느티나무, 1989, 171~182쪽.
　　김용직, 『현대경향시 해석/비판』, 느티나무, 1991, 67~70쪽.
　　백 철, 『신문학사조사』, 신구문화사, 1992, 335쪽.
　　김재홍, 「경향파 프로시인 유완희, 김창술」, 『카프시인비평』, 서울대출판부, 1991, 1~34쪽.
16) 김성윤, 「김창술의 시세계와 경향시의 전개 양상」, 윤여탁 · 오성호 편, 『한국현대리얼리즘시인론』, 태학사, 1990, 23쪽.

## 2. 반외세 민족해방 의지의 표현

김창술의 시쓰기는 "藝術에 대한 愛着이 이미 八個 星霜! 다못 所得이 微微하니 언짢을 쑨"[17]이라는 술회로 미루건대, 1920년경부터 시작한 것으로 보인다. 그의 시작생활을 주목해 보면, 한 시인이 현실과의 대결 국면에서 보였던 치열한 반응 양상을 살필 수 있다. 그는 시작 초기에 시적 현실을 미처 파악하지 못한 채 개인적 서정에 탐닉하기도 했었으나, 극빈자들의 삶에 주목했던 그의 현실인식은 초기의 습작기를 속히 벗어나도록 작용하였다. 그의 개인적 정서는 강고한 시대 상황과 열악한 실존 조건 앞에서 후퇴하게 되었던 것이다.

김창술 시의 특징은 "여성적인 정조와 폐쇄적인 어둠의 분위기가 범람하던 1920년대 초기 시단 형성과 그 전개 과정에 있어서 낭만적인 기백과 낙관주의적 풍모를 보여줌으로써 우리 시의 한 변경을 개척한 것"[18]에 있다. 그의 시세계는 개인적 향수를 노래한 작품과 노동자와 농민들의 집단 정서를 형상화한 작품으로 나눌 수 있다. 그의 개별적 화자들은 짧은 습작기를 거치면서 사회적 현실을 담당하는 집단적 화자로 신속히 대체되었다. 해방 후 일제의 강점 상태가 해체되면서 그의 시적 화자는 변모되었을 터이나, 불행하게도 아직까지 이 시기의 시작품은 발견되지 않았다. 그는 개인적 관심을 사회적 현실과 일치시킴으로써, 삶의 진실성과 역사의 필연성을 충실하게 반영한 리얼리즘 시인으로 거듭날 수 있었다.

---

17) 김창술, 「夏日赤華映寫幕 · 1」,《조선일보》, 1927. 6. 6
18) 김재홍, 앞의 책, 23쪽.

### 1) 개인적 향수의 표현

김창술의 초기시는 여느 시인들과 마찬가지로 주제의식이 선명하지 못하다. 이것은 그가 세계와의 대결 국면에서 습득한 경험을 미처 미적 체험으로 승화시키지 못한 탓으로 보인다. 그의 체험이 시가 요구하는 수준에 도달하기까지는 일정 기간이 경과해야 했다. 그 보기로 농촌의 모정에서 바라본 한적한 풍경을 노래한 「茅亭에서」를 들 수 있다. 동향 출신 시인 유엽의 호의로 1924년 5월 『금성』에 발표한 이 작품에서 그는 "홈대(筧)에서흐르는 가늘한물"소리를 "엔쩰들의코러쓰"와 동일시한다. 그런 영성한 현실 인식 태도는 "집시락물이쩌러질째마다" 생기는 물방울이 "저리갓다 이리갓다 멈침거"(「水泡」)리는 광경을 구경하거나, "삶에懷疑하는사람이어든밤에로가라! 캄캄한밤에로가라!"(「夜空」)는 암흑 심상들을 빚어내기도 한다. 이러한 시편들은 그가 아직 독자적인 시관을 형성하지 못하고, 전대의 병적 낭만주의 사조 아래 무방비로 놓여 있음을 증거해 준다. 그는 초기의 시편들에서 당대의 급박한 시대 상황과는 유리된 채 구체적 현실을 매개항으로 설정하지 못하고, 관념의 세계를 노래하는 데 그쳤던 것이다.

이러한 부정적 양상들은 선배 시인 유엽의 영향으로 보인다. 유엽은 전주 출신의 『금성』 동인으로, 비슷한 시기에 시쓰기를 시작한 김창술, 김해강, 신석정 등의 작품 활동을 도와준 인물이다. 이 무렵에 발표된 세 시인의 작품들이 유사한 이미지를 보이는 점이나, 유엽에게 도움받은 사실을 고백한 김해강의 증언에 기초해 볼 때 충분히 가능한 유추이다. 그러나 문학이 사회적 제도의 일종인 이상, 필연코 물리적 환경의 영향을 받게 된다. 마침 유입된 마르크시즘은 방대한 자기장권을 형성하면서, 식민지 지식계급에 강력한 영향력을 행사하였다. 더욱이 날이 갈수록 정교해지는 일제의 교활한 술책 앞에서, 마르크시즘은 반외세 민족해방과 반봉건 계급해방을 위한 대항담론으로서의 성격을 갖게 되었다. 문단의 한 축을 담당할 정도로 세력권을 형성한 외래담론 앞에서 세 시인은 상이하게 반응하였다. 김창술은 적극적인 수용 태도를 보였고, 김해강은 중간자적 입장을 취하였으며, 신석정은 소극적으로 반응하였다.

마르크시즘을 체계적으로 학습하면서 김창술은 개인적 서정을 지속적으로 형상화하기에는 시대 상황이 너무 견고하다는 사실을 깨닫게 된다. 그는 자신이 추구하던 '永恒의저나라'(「黎明의설음」), '깃븜의나라'(「아—지금은첫겨을」)를 더 이상 찾을 수 없다는 사실에 직면하여 자기 존재의 반추를 시도한다. 그는 "소리도업시 바르르 쓰는"(「초ㅅ불」) 촛불을 앞에 두고, 자신의 실존적 조건에 대해 진지한 성찰의 시간을 갖는다. 하지만 당대의 폭풍우 같은 현실 앞에서 자신은 촛불처럼 연약한 존재에 지나지 않는다는 사실에 절망하게 되면서, 그의 자의식은 최고조에 달한다. 그것은 그와 현실 사이의 갈등 국면을 조성하고, 시의 나아갈 방향에 대한 면밀한 사유를 수반하였다. 그 결과로 그는 현재의 고통을 잊을 수 있는 과거로의 회귀를 갈망하면서 향수에 젖는다.

김창술은 어머니가 존재하는 향수의 공간을 그리워하면서, "엄마의 ㅅ다ㅅ뜻한사랑에 우슴웃든 넷날의그째'(「成熟期의마음」)를 추억한다. 그에게 어머니는 난폭한 시대의 고통을 잊게 해주는 절대적 대상이며, 향수는 신화적 질서가 고스란히 존재하는 무시간적 공간 체험을 가져다 준다. 그의 낭만적 상상력은 어머니로서의 여성을 향수의 대상으로 인식하고 있었다. 그는 이 상상력의 힘을 빌어 잃어버린 낙원을 그리워하며 과거에의 동경과 현실로부터의 해방을 욕망한다. 그 욕망은 그의 내면 세계에 물리적 시간과 상상의 시간을 교차시키면서 시적 성찰을 거듭하도록 만들었다. 그 결과 그는 대상의 결핍을 분명하게 인식할 수 있었다. 그에게 어머니는 향수의 대상이었을 뿐, 결코 주체일 수는 없었던 것이다. 어머니는 과거의 존재로 표상되었을 뿐이다. 그의 과거에 대한 동경은 대안적 미래를 건설하려는 적극적인 시도로 전환된다. 그는 어머니와 유년기에 대한 향수를 통해 자신이 초월하고자 애쓰는 현실적 상황을 직시하게 되었다. 이미 민족과 현실의 '쇠줄'에 얽혀 있는 자신의 처지를 인식하며 '성숙기의 마음'을 획득하게 된 것이다.

그러나 이 시기 김창술의 시적 자아는 형극과 같은 시대 상황 때문에 번민하면서도, 어떤 행동을 구체화하지는 못하였다. 단지 등단 초기의 시에서 산견되던 감상성이 사라진 대신에, 작품 속에 과거/현재의 시간과 공간을 병치시켰다. 그는 '쌕다귀사람, 해골'이 된 조선 민중의 실체를 보고, '허식의우슴'과 '량심의울음' 사이에서 방황을 계속하였다. 그를 방황케 한 전자는 참담한 현실로부터 벗어나고 싶은 의지의 고통스런 표현이고, 후자는 참상으로부터 벗어나지 않겠다는 통곡에 찬 결의이다. 양자는 그로 하여금 현실적 상황을 작품 안으로 끌어들이는 요인이 되었다. 그는 당대 현실의 질곡에 의해 내면적 성숙을 이루어 가던 중이었다.

<blockquote>

학다리여 녯날의존엄을 지니고잇든 학다리여
내가서잇는 이 자리는 新作路란다
까소린 냄새를쌕리고 다니는 近代의문명이 나하논 길이란다
한여름에 죽은이의 언짠은 내음처럼 고약한
이냄새를 돌다리의정령아! 밋느냐

그러나 그대여 나를ᄯᅡ르라
조선혼을 차지려 쏘대는 내뒤를ᄯᅡ르라
남녁의빈터 흐리머리한 녯길을 차저

</blockquote>

나는간다 『先驅者의노래』를 부르면서 나는간다
오 버림을바든빈터여 이 선구자의 洗禮를 기다리는가

—「失題」 부분

　그는 이 작품부터 신작로에 밀려 이름조차 잃어버린('失題') 학다리
를 통해 식민지 조국의 실상을 수용하기 시작한다. 그것은 "힌옷의무
리를 건느어주든" 학다리와 "近代의문명이 나하논" 신작로의 대비를
통한 극적 효과로 나타난다. 그는 일제에 의해 파괴되는 전통적인 학
다리를 내세워서, 그들이 주도하는 근대화를 거부하고 있는 것이다.
그의 시도는 '일허진 청기와집'(「黎明」)으로 변주되기도 하는데, 점차
파괴되어 가는 전통적인 물상과 새로 유입되어 확산되는 신문명의 대
조로 선명히 부각된다. 그는 개인사적 그리움의 대상물에 민족의 정서
를 이입시키며 자신의 시적 전언을 함의하고 있다. 그에게 향수는 단
순히 개인사적 차원의 도피기제가 아니라, 잃어버린 조국의 역사를 되
찾는데 필요한 공격기제인 셈이다. 그 결의는 사라져 가는 '조선혼'의
회복을 위해 「선구자의노래」를 부르며 나아가는 움직임으로 구체화된
다. 그가 조선혼을 찾은 것은 당시 유행하던 문단의 흐름을 인정한 것
으로 보이지 않는다. 그는 이른바 국민문학을 "二十世紀에 발을 드듸
고, 十九世紀의 社會를 보는 者들의 新發見"이라고 비판하면서, 자신
은 "二十世紀에 발을 딛고, 二十世紀의 社會를 보는 者"[19]가 될 것을
다짐하고 있기 때문이다.
　김창술은 조선 민중의 궁핍상을 삭에게 물려 죽는 병아리의 신세(「병
아리의쑴」)로 파악하고, 시 속에 현실의 조건들을 정면으로 취급하기 시
작하였다. 그의 시적 신념은 외세 강점으로 인해 소멸된 '돌다리의정

---

19) 김창술, 「夏日赤華映寫幕 · 2」, 《조선일보》, 1927. 6. 7

령'을 되살리는 것이었다. 그것은 외래 문물이 들어오기 이전의 원시적 평화가 유지되던 "흐리머리한넷길"을 찾는 행위에 다름 아니다. 그 길은 일본의 침략에 맞서던 "선비들의 군호소리"(「黎明」)가 선명하게 들리는 역사의 길이며, 그의 반일 의지를 고무시켜 주는 '생명'의 길이다. 그는 임진왜란 당시에 선조들이 보여주었던 투쟁 역량을 오늘에 되살리기 위해 자신부터 "正義의쌈싸호는 백성"(「긴밤이새여지다」)이 될 것을 다짐하였다. 그는 '선비, 백성'과 자신을 동일한 처지에서 인식하였다. 동일시는 대상과의 감정적 결합의 근원적 형식이다. 그는 동일시 과정을 거치면서 서서히 시의 전사로 변모해 간다. 그것은 그동안 견지했던 정서의 초점을 개별적 차원에서 사회적 차원으로 이동하면서 구체화되었다.

> 나도사람이외다
> 피와 살과 쎄가다가튼사람이외다
> 가트면왜? 平等이아니라해요
> 白丁놈이란무엇임닛가
> 쌍놈이란무엇임닛까
> 나도人格이잇서요! 個性도잇구요
> 나는反抗합니다 내生命내生命째문에
>
> —「反抗」 부분

그가 이 작품을 수정 없이 재발표한 사실은 그의 시적 다짐을 살필 수 있는 계기가 된다. 그는 당시 조선 민중에게 시급한 생의 조건은 평등사상의 완전한 구현이라고 보았다. 식민지 상태의 비인간적인 처우 속에서 살아가는 민족의 계급적 위상을 역사상 가장 천대받았던 백정과 동일하게 비유하고 있다. 그는 모든 인간이 평등하다는 윤리적 명제를 정치적 명제로 전환시킨다. 그의 정치적 욕망은 "예술은 분열되고 소외당한 존재의 재통합을 위한 불가결한 기호"[20]라는 마르크스주의의 미학적 당위론과 결부되고, 나아가 자신의 계급적 현실에 기초하여 모든 인간이 출신 성분에 따라 차별받지 않는 정치체제를 구현하기 위한 이상세계를 이룩하는 데 있다. 그 체제에서는 개별적 인격체가 비로소 생명체로 대접받는다. 그는 평등세계를 정치적 차원뿐만 아니라, 생명의 차원으로 인식한 것이다. 이와 같이 그는 자신의 시작활동을 통해 정치적, 윤리적 당위성을 평등에서 구하면서 정신적 지향으로 삼게 된다.

그가 반항하는 것은 단지 '생명'을 보존하기 위함이다. 이것은 당대의 현실적 조건들이 최소한의 생존조건조차 허용될 수 없을 정도로 암울하다는 사실을 증거해 준다. 비록 천대받는 계급이지만 "피와 살과 쎄가다가튼사람"이라고 주장하는 것은, '인격'과 '개성'이 있는 '사람'이라는 것이다. 그는 이 작품에서 자신의 계급을 백정으로 규정하고서도, 정작 '평등'한 세계의 실현을 위한 '白丁놈, 쌍놈'의 상태를 해체하는 데 필요한 구체적인 전망을 보여주지 못하고 있다. 단지 '絶對平等을부르지즈'면서 '마음쓰림'에 머물고 있을 뿐이다. 이것은 '나'라는 화자의 개별성에 기인한 것이다. 그는 '나'라는 개인적 화자의 '생명'이 보장되는 사회적/집단적 자아를 찾아나서게 된다. 이 화자는 그가 절대 평등이 보장되는 사회를 건설하기 위해 노력할 것을 공개적으로 선언한 작품을 통해 전면에 등장하기 시작한다.

絶對로平等인 큰길우에 네활개를 벌리고 闊步하다
差別이란 한푼어치도업고 큰길우에는

---

20) H. Arvon, 오병남 · 이창환 역, 『마르크스주의와 예술』, 서광사, 1981, 29쪽.

乞人—貴族—賣淫女—貴婦人—勞動者—資本家—모도가 自由로
거러를간다
　이세상어느곳에이나오즉이길만은平等主義者다
　염치쌔진 이세상에는 길만이거룩한聖者이다

—「大道行」 부분

　큰길은 그가 "네활개를 벌리고 闊步"하고 싶은 '平等主義者'이지
만, 그것은 도리어 당대의 불평등과 부자유한 상태를 반증한다. 그 길
에서는 "乞人—貴族—賣淫女—貴婦人—勞動者—資本家— 모
도"가 하나 된다. 그러므로 그의 평등의식은 계급 투쟁을 담보하는 것
이 아니다. 그는 민족의 모든 계급이 화해하는 평등을 추구한다. 이 점
은 그와 다른 프롤레타리아 시인의 정치의식이 구별되는 변별적 자질
이고, 또 정서적으로 "순실한 맛"21)이 배어 있다. 그는 민족의 모든 구
성원들이 일제의 지배구조로부터 해방되어 큰길 위에서 하나 되는 평
등, 곧 그의 평등은 화해에 기초한 반외세 민족해방과 동일어였던 것
이다. 평등은 개인적 화자보다는 집단적 화자에게 어울리는 덕목이다.
그는 이 작품에 이르러 "몬지가다다구쎄인市場과사람들의얼골"과 "虛
榮에들쐬인얼골들"의 대조를 통해서 "『참』이란구석은하나도업다"는
사실을 발견하게 된다. 두 가지의 낯빛을 띤 사람들은 갈등하는 부류
가 아니다. 이때까지만 해도 그의 시에서 각 계급은 민족이라는 명분
아래 화해해야 할 대상이었다. 그는 적어도 반일운동전선의 대오에서
는 민족 구성원들이 반목하고 대립해서는 안 된다고 생각하였다.
　그러나 일제의 식민지 정책은 날로 교활한 양상을 띠면서, 민족 내부
의 분열을 획책하고 있었다. 그 와중에서 기득권을 소유한 지주계급

---

21) 김안서, 「시단 산책」, 『조선문단』, 1925. 3.

등 부르주아들이 일제와 결탁하면서, 그의 계급의식은 반외세 반부르
주아의 성격으로 변모하게 된다. 이에 그는 현실 세계의 '참'을 시작품
안에 구현하기 위한 전략을 강구하기에 이른다. 그가 이 시기에 이르
러 내세우기 시작한 집단적 화자는 사회 현상 속에서 발견한 것이다.
구체적으로 그가 발견한 기층민중들의 비극적 삶의 조건들은 그의 시
의식을 일층 고양시켰는데, 이것은 "예술의 본질적 의의는 현실 속에
서 인간이 관심을 갖는 것, 그것의 재현이다"[22]는 현실과 예술의 미학
적 관계를 인식하게 된 결과이다.

### 2) 집단적 정서의 형상화

1920년대 이후 농민들은 일제 권력과 그의 앞잡이가 되었던 지주계
급의 탄압 국면에 이중으로 직면해 있었다. 일제는 식민지 체제의 안
정을 위해 토착 지주계급을 비호하면서 농민들을 무자비하게 탄압하
는 한편, 일방적으로 이른바 '농촌진흥정책'을 실시하여 농민층을 급
속도로 분해시켰다. 외세에 의해 "생각지도 못하든 쓸아린 길손"(「문열
어라」)으로 전락한 농민들은 소작쟁의를 통해 항거 의지를 표출하였다.
소작쟁의는 삼남지방을 중심으로 노동운동과 연대하면서 계급/민족해
방 운동의 성격을 띠게 되었다. 이 무렵 전북 지방에서는 옥구 二葉社
농장 쟁의 사건(1927. 11), 도내 최대지주 백인기댁 습격 사건(1928. 12)
등을 거치면서 소작쟁의가 격화되었다. 이러한 일련의 사건들은 초기
시에서 관념론적 방황을 거듭하던 김창술에게 정치적 각성을 촉진하
여 "人民의 가슴에 절여잇는 不平은—小作爭議의 根源에서 爆發할
것"(「夏日赤華映寫幕 · 2」)이라는 시국관을 형성하게 된다.

---

22) N. G. Chernyshevskij, 『현실에 대한 예술의 미학적 관계』, 신윤곤 역, 열린책들, 1991, 138쪽.

전주는 농산물의 집산지로 일제의 농산물 수탈이 극심하게 자행되던 '조선의 심장'이었다. 전주 인근의 소도읍이었던 삼례에서는 노동권을 침해하면서 각 지역 노조의 해체를 유도할 목적으로 보안조합이 설립되었다. 700여 조합원들은 신간회 전주지회, 전주노련, 전주청년동맹 등과 연대하여 경찰의 적극적인 후원을 받고 있던 보안조합을 무력화시키는 성과를 거두었다. 노동자와 농민의 연대 움직임에 불안한 일제는 끝내 정미소와 운송점 사이의 임금 문제를 빌미로 개입하여 이듬해인 1930년 7월 노조원 다수를 검거하고 조직을 해체시켰다. 이 사건은 김창술에게 상당한 충격을 안겨 주었다. 그는 농민들의 소작 투쟁과 노동자들의 기본적 노동권조차 보장되지 않는 현실에 분노하면서, 농산물을 수탈당하는 농민들의 애환을 시화하였다. 이것은 그가 비교적 단기간의 시작활동에도 불구하고 "경향시가 변모해가는 과정 또한 가장 뚜렷하게 시작품 속에 나타나 있는 대표적 시인"[23]으로 평가받는 이유이기도 하다.

> 불가티 쓰거운 해ㅅ빗미테서 살을데우고 피를말리며
> 모든힘을다하고 오장을 다태우면서
> 알뜰이 지어노흔 쌀은 누구에게 쌔앗겼는가
>                    x
> 윈일년의 정력도 모다 소용이업섯고
> 또 봄이왓구나 봄이!
> 작년가튼 흉년에도 제 놈들이 욕심것 쌔앗어갓섯다
> 그리고도 그리고도 부족해서 눈이 벌거쿠나
>
> ―「앗을대로앗으라」 부분

---

23) 김성윤, 앞의 글, 8쪽.

김창술은 화자가 외부의 청자에게 자신의 주장을 주석하는 형식을 도입하여 "착취당하는 농민이 프롤레타리아 청자에게 투쟁의 의지를 고취하는 수행적 담론을 강화"[24]하고 있다. 그는 농민계급의 비참한 현실과 그 현실을 극복하기 위한 투쟁 과정을 사실적으로 묘사함으로써, 농민계급의 수탈 현장을 고발하고 있다. 그는 보릿고개를 맞으면서도 다시 "알뜰이 지어노흔 쌀"을 빼앗겨야 하는 농민들의 비참한 실상을 "또 봄이왓구나 봄이!"라는 화자의 절규 속에 재현하고 있다. 그리고 "우리들은 ×復을하지안으면 안될것이아니냐"는 문구로 갈무리함으로써, 투쟁이 지속적으로 계속될 것임을 예언하고 있다. 이것은 그의 시작품에서 줄기차게 반복적으로 출현하는 투쟁 의지의 고양과 낙관적 전망을 살필 수 있는 계기가 된다. 특히 그가 끝 연에서 '세계의벗들'과의 연대성을 드러낸 것은 당대의 모순 구조를 혁파하기 위한 대응 전략을 국제 정세의 추이에 주목하면서 강구하고 있음을 시사한다. 이 점에서 김창술의 시는 동료 시인들과 차별성을 확보하며, 그의 시적 사유가 국내외의 정치적 역학관계에까지 미치고 있었음을 알 수 있다.

그는 새로운 출판물을 찍어내기 위해 지형을 뜨는 데 빗대어 프롤레타리아가 새로운 세계를 창조하기 위한 지형, 곧 새로운 세계를 기획하는 혁명 의지를 노래하기에 이른다. 그가 혁명 의지를 시작품으로 구현하는 것은 "여러 가지 형식으로 프롤레타리아 계급 투쟁의 목적을 표현하고, 혁명의 영웅주의를 칭찬하며, 그 투사나 건설자들을 찬미하고, 올바른 미래와 사회주의적 건설의 결과를 예견하기 위해서 노력"[25]하는 음성으로 나타난다. 그러한 예견은 가열찬 투쟁을 통해 현실적

---

24) 조두섭, 『한국 현대시의 이념과 형식』, 다운샘, 1999, 67쪽.
25) 킬포틴, 「창작 방법의 확립을 위하여」, 로젠탈 외, 홍면식 역, 『창작방법론』, 과학과사상, 1990, 117쪽.

모순을 제거할 수 있으리라는 낙관적 신념 속에서만 가능한 것이다. 그 신념은 등단 초기에 가졌던 향수를 통해 발아한 것이고, 그의 시작 활동을 유지시켜 주는 원동력이었다. 그는 식민지 종주국에 의해 기획된 물적 토대를 해체하기 위한 시적 대응 전략을 적극적으로 강구하기 시작한다. 그에게 식민경제체제는 하루 속히 타파되어야 할 위악적인 구조였으며, 인간의 불평등과 계급 갈등을 조장하는 모순된 허위구조였기 때문이다.

> 『굿센자여!
>  너의일흠 푸로레타리아』
>
> 새로운 못토는 인류의마음에 새향긔를 새빗을 새힘을피웟다 보내엇다
>
> 동무야 우리는모든것을 쩌나왓나니
> 술에서 계집에게서 坌工場에서 小作權에서
>
> 새로운힘을 呪文가티 실업슨 그겁질을 물리치고 세계의 디도에 굵은줄을 그신다
>
> 地型을 쓰는─隊
> 아세아…… 모스코바 칼커타 상해 서울 도 교…… 밧비 陣圖를그린다
>
> 地型을 쓰는─帶
> 유롭…… 벨린 파리 런던 위인… 밧비 陣圖를 그린다
>
> ──「地型을쓰는무리」 부분

　　그는 '地型을쓰는무리/무덤을파는무리', '굿센자/약한자', '푸로레타리아/섈르조아'라는 이분법적 대비를 통해 시적 효과를 극대화하고 있다. 프롤레타리아는 "船夫, 坑夫, 鐵工, 印刷, 配達, 헤일수업는 모든工人, 小作人"들이다. 그들은 일자리를 찾아 쉬지 않고 움직이지 않으면 안 되는 '機關車처럼 가난한 사람'들이다. 그들은 '술에서 계집에게서 또工場에서 小作權에서' 떠나온 자들로서, "인류의마음에 새 향긔를 새빗을 새힘"을 보여줄 혁명 대중이다. 그들은 '呪文가티 실업슨' 구각을 탈피하고, 새로운 질서를 구획하고자 "세계의 디도에 굵은 줄"을 긋는 무리들이다. '굿센자, 푸로레타리아'는 비단 조선의 계급 해방에 국한되는 용어가 아니라, '칼커타, 상해, 서울' 등 전세계적인 피압박계급과 국가를 포괄하며 의미장을 확대한다. 왜냐하면 프롤레타리아혁명은 "공간적으로 세계혁명을 의도하며, 시간적으로는 혁명의 목표가 달성될 때까지 영원할 것을 의도"[26]하기 때문이다. 혁명적 상황의 전개를 열망하는 김창술의 이 작품은 '一帶'라는 어휘를 통해 인터내셔널의 기치 아래 '아세아, 유롭'을 잇는 계급적 연대의식을 보여주는 한편, 다음 시와 짝을 이룬다.

『약한자여!
　너의일홈은 ×××× 』


묵어쌔진 사랑과 道德과 생각이코를들을수업시 상하엿다 넘어졋다


멷세긔의 애틋한쑴이 이날의쇠북소리에 깨엿나니
우둔거리는 가슴에 서러운 늣김을안고 쩌나기어려워 잠쏘대한다

---

26) R. Koselleck, 한철 역, 『지나간 미래』, 문학동네, 1998, 90쪽.

술에서 계집에게서 地主權에서 모든 支配에서

죽엄의祭壇을 모아노코 쓸어업대어 긔도하는 어리석은무리—신경이 민
첩을넘엇도다

墓地를 쓰는一隊—
인도 중국 니혼 조선 아일랜드 밧비模型을그린다

模型을 쓰는一隊—
게르만 프랜취 잉글랜드 아메리카 이태리 벨기밧비 模型을그린다

—「무덤을파는무리」 부분

그는 부르주아지를 '약한자' 이며 '模型을 쓰는 一隊'로 규정하고 있
다. 프롤레타리아는 "인류의마음에 새향긔를 새빗을 새힘"을 전파하기
위한 투쟁의 '陣圖'를 그리지만, 부르주아지는 '인도 중국 조선 아일
랜드'를 영구히 지배하기 위해 식민지 '模型'을 뜬다. 따라서 부르주아
국가들이 주축이 된 군축회의와 태평양회의는 프롤레타리아에게는 위
선을 은폐하는 '탈'이고, 그들의 멸망을 예감한 '유서'일 수밖에 없다.
또 동일한 태양이 프롤레타리아에게는 규찰대 노릇을 하며 운동의 긴
장미를 재촉하지만, 부르주아지에게는 죽어가는 진단서를 보여준다.
그는 이 작품에서 식민지 현실을 계급적 관점에서 파악하고, 당대의
모순과 부조리를 극복하겠다는 강한 열정을 보여주었다. 그의 시에서
화자의 목소리가 시인의 그것과 구분할 수 없을 정도로 동일시되는 특
징을 보여준다.

이 시기에 그는 현실에서 습득된 일상적 체험들을 시적 체험으로 승

화시킬 만큼 계급적 각성을 이루고 있었다. 구체적 사례로, 그가 이 무렵 발표한 시 「進展」에서 "文明! 발달이 쌔름을 더할재 일거리를 일흔 자가 버쩍느나니"라는 빛나는 표현을 들 수 있다. 식민지 경제의 물질 문명이 발달할수록 실업자의 숫자는 증가한다는 사실을 발견할 정도로, 그의 현실 인식은 날카로운 경지에 달해 있었다. 그가 모든 프롤레타리아의 계급적 각성을 노래한 것은 결국 이러한 조건을 척결하기 위한 현실적 선택으로 보인다. 그에게 실업자의 증가 현상은 조선 민중의 궁핍상을 심화시키는 일과 동일시될 수밖에 없었던 것이다.

한편 이 무렵에 김창술은 각 부문의 민중들을 각성시키려는 노력의 일환으로 비밀스런 글쓰기 방식인 서한체 형식을 차용하기도 했다. 그는 허구적 구성 방식을 활용하여 계급해방운동의 목적의식을 객관화하고 있다. 이것은 볼세비키들의 시와 유사한 측면으로, 그의 초기시에서 검출되었던 주관적 서정의 수용이 지양되고 있음을 담보해준다. 그의 시 「가신뒤」는 "근로하는 청년, 용감한 투사인 남편을 ×들의 손에 쌔앗긴 그 안해가 비분에 사모친 감정을 서간체로 독백"[27]한 작품으로 고평되었는데, 그는 시적 화자의 우월적 지위를 내세워 청자를 설득하는 시작 기법을 선보였다. 그가 연약한 여성화자의 계급적 각성 과정을 객관화시켰던 서한체시는 일제의 탄압정책을 우회적으로 돌파하는 시형식이기는 했으나, 더욱 강화된 검열정책 앞에서는 무력하기 매일반이었다. 시작품들은 여전히 복자 처리되어 발표되었고, 시인들의 발표 의욕은 저하되었다. 시대 환경에 따른 심리적 위축은 김창술로 하여금 이듬해부터 작품 발표를 중단하도록 강요하였다. 그의 시적 상상력은 더이상 프롤레타리아의 계급 해방을 예언할 수 없을 정도로 위축되었고, 단위 사업장에서 전개했던 각종 투쟁의 실패 확률은 높아갔다.

---

27) 정노풍, 「신춘시단개평 · 6」, 《동아일보》, 1930. 2. 16

하지만
우리들은 무서울것도업고 겁낼것도업다
지금은 쏘다시  준비를 해갈것쑨이다


지면질사록 백번이고천번이고
우리들의 은간(肝)이 재가되기전엔
길이길이 이길을걸으리라 이길을걸으리라

─「우리는엇지헤젓는가」 부분


　　직장 내에서의 교섭 투쟁을 시화한 이 작품에서 교섭 대표들은 회사 간부들의 교란 전술에 휘말려 협상에 실패하게 된다. 노조의 대표자였던 그들은 "황금에눈이어두어서" 그만 '싸구려의도장'을 찍어버린다. 적은 내부에 있었던 것이다. 하지만 가진 게 없어 "무서울것도업고 겁낼것도업"는 우리들은 "지면질사록 백번이고천번이고" 투쟁의 강도를 높일 것이다. 특히 그는 "간이 재가되기전"에는 "길이길이 이길을걸으리라 이길을걸으리라"고 운동의 계속성을 강조하고 있다. 그렇지만 'ㄹ'음의 운율적 사용이 결과한 효과는 침울한 시적 분위기에 가려서 비감한 여운을 수반한다. 그의 시적 장점은 단호한 투쟁의지의 드러냄이었는데, 이 작품에서는 다짐의 반복이 도리어 투쟁의지를 왜소하게 만들었다. 그처럼 정치적 현실은 악화되고 있었던 것이다. 그의 시에서 관념성과 구호의 노출은 낭만적 상상력의 한 표현방식이기도 했으나, 정세가 악화되면서 그는 혁명을 노래하던 낭만성조차 지탱할 수 없었다. 그만큼 일제의 지배 전략은 내부 분열을 통한 패배의식의 확산에 있었던 것이다. 마침내 김창술은 이 작품과 같은 시기에 발표한 「그전날밤」을 끝으로 시작 활동을 그만둔다. 이후의 문단 활동과 전기적 사실들이 자세하게 규명되지 않음으로써, 그는 분단이데올로기가 지배하는 현대시사에서 정치시를 쓴 시인으로 폄하되는 불이익을 감수하고 있다.

## 3. 결론

김창술은 1920~30년대에 개별적 삶의 진실과 민족적 현실을 매개로 리얼리즘시의 한 국면을 담당하면서, 자신의 시적 주제를 일관되게 추구하였다. 그의 시세계가 변모되는 과정은 화자의 변모 양상과 맞물려 있다. 그는 농민과 노동자의 현실을 시화하면서 낙관적 미래를 전망하는데 적합한 건강하고 투쟁적인 화자를 내세웠다. 그는 초기시에서 개별적 화자를 내세워 향수를 담보로 유토피아를 희구하는 낭만적 상상력 세계를 보여주었다. 그러나 외세 강점의 민족적 현실을 직시하게 되면서부터, 반외세 민족해방의식과 반봉건 계급해방의식을 양축으로 하여 당대 현실을 충실히 반영하고자 노력하였다. 이 과정에서 일부 작품에 나타난 묘사의 과장성과 관념의 편향 등은 현실의 객관화 과정에서 파생된 부분적인 오류로 보인다. 끝까지 계급해방과 민족해방을 추구했던 그의 시는 이념적 선명성을 무기로 내세웠던 제3전선파에 착목되어 호평되기도 하였다.

하지만 카프 소장파의 비평적 옹호는 그의 의지와는 상관없이 전개된 것이다. 그에게 마르크시즘은 식민지 지식인들에게 보편적으로 내면화되었던 일제의 대항 담론으로서의 성격을 갖는다. 그는 민족해방의 이념적 수단으로 마르크시즘을 수용했을 뿐, 그것을 자신의 정치적 신념으로 받아들인 것이 아니었다. 비록 그의 사상적 기반은 상당 부분 마르크시즘의 도움을 받아 체계화되었지만, 사회 현실에 기초한 반외세 민족해방의식을 실천하는데 필요한 이념적 선택에 지나지 않았다. 그는 모든 민족 구성원들이 일제의 식민지 상태로부터 벗어나서 화해하는 평등 세계를 구현하는 데 신명을 바쳤던 것이다. 이 점은 그가 자발적으로 선택하고 구축한 이념의 특성으로, 카프 시인들과 구분되는 요소이다.

# '정관자'의 이념적 혼란
— 해방기 신석정의 시와 행동

## 1. 서론

한 시인의 시세계를 두고 단칼로 무 베듯 단언하는 일처럼 경계해야 할 일은 없다. 그러한 연구 자세는 당해 시인을 위해서도 바람직하지 않을 뿐만 아니라, 그의 시를 좋아하는 독자들을 위해서도 바람직한 일이 아니다. 그러나 지금까지 한국 근대시사에서 거론되는 주요 시인들의 시세계를 연구한 글을 살펴보면, 불행하게도 연구자들의 논점에 의해 구획되는 느낌을 감출 수 없다. 그 대표적인 시인으로 신석정을 들 수 있다. 그의 시에 관한 연구 결과는 대부분 '전원시인/목가시인'이거나 '참여시인'이라는 두 길로 모아진다. 전자는 지금까지 그의 시세계를 규정하는 대표적인 시각이다. 이에 비해 후자는 주로 제자들에 의해 제기되는 양상을 보인다.[1] 전자는 그의 시세계를 해방 이전에 국한시켜 단선적으로 파악하도록 조장하고 있다. 이에 비해 후자는 전자의 문제점을 지적하면서 그의 시세계를 새로운 각도에서 조망할 수 있는 논거를 제시했지만, 그를 신비화시켜서 구체적 행적을 도포해 버리는 혐의로부터 자유로울 수 없다. 두 시각 모두 해방기를 사이에 두고 그의 시세계를 단절시켜 버리는 결정적 오류를 범하고 있다는 점에서, 한 시인의 시세계를 연속적인 관점에서 파악하려는 시도를 무력화시킨다.

신석정은 평자들에 의해 목가시인으로 불리는 점에 대해 "그렇게 불리워지는 것을 탐탁하게 여긴 바도 없거니와, 그렇게 불쾌하게 여긴 적도 없"[2]었다. 하지만 그가 평단의 규정에 드러내놓고 거부한 사실은 없으며, 오히려 그는 시 「少年을 위한 牧歌」와 산문 「못다 부른 牧歌」라는 작품을 발표했을 뿐만 아니라, 제2시집의 제목을 『슬픈 牧歌』라고 정하기도 했다. 이 사실은 '목가시인/전원시인'의 범주에서 그의 시를 해석한 결과물을 비판하는 연구자에게 당혹감을 가져다 준다. 그가 비록 '어머니'나 '지구' 등을 알레고리로 장치하여 식민지시대의 우울감이나 개인적 분노를 표출했다고 하더라도, 생전의 시집을 관통하고 있는 시적 이미지는 다분히 목가적인 것을 부인할 수 없다. 더욱이 그 시대에 발표된 그의 시작품은 식민지 현실에 대한 "최대의 靜觀者"[3]로서, 시대에 대한 도저한 환멸적 낭만주의가 짙게 표출된다.

환멸적 낭만주의는 "현재의 삶에 대립되는 이상적인 삶을 향한 상승되고 고조된 욕망이자, 이러한 동경이 무위로 끝나버릴 것이라는 사실에 대한 절망적 통찰"[4]이다 그것은 사회 현실과의 갈등 속에서 현실을 외면하려 드는 작가들이 자신의 내면적 충실성 속으로 도피하려는 태

---

1) 허형석은 「신석정연구」(경희대대학원 박사논문, 1988)에서 '참여적'인 시인으로, 최승범은 「문력 50년의 시정신 신석정의 시와 수필의 세계」(신석정, 『난초잎에 별이 내릴 때』, 예전사, 1984, 258쪽)에서 '현실참여적'이라는 용어로 표현하고 있다.
2) 신석정, 「나의 문학적 자서전」, 『난초잎에 별이 내릴 때』, 예전사, 1984, 182쪽.
3) 임화, 「담천하의 시단 1년」, 『신동아』, 1935. 12.
4) G. Lukács, 반성완 역, 『소설의 이론』, 심설당, 1989, 153쪽.

도를 가리킨다. 말하자면 외부 세계에서 자신의 이상을 구현하는 것이 불가능하다고 판단하고 절망적인 외부 세계와의 대결 구도를 회피한 채, 자기 자신을 단 하나의 진정한 현실로 간주하려는 성향이다. 그러나 이러한 자세는 자신의 심리적 자족감을 충족시키기 위한 허위의식의 착시현상일 뿐이다.

이에 본고에서는 지금까지 논의되지 않았던 신석정의 해방기 시작품과 행적을 환멸적 낭만주의의 관점에서 논의함으로써, 그의 시정신을 살펴보는 데 초점을 둔다. 본고는 과연 신석정을 한국의 근대시사에서 "단 하나의 뿌리의 시인"[5)으로 거론할 수 있는가 하는 회의로부터 시작된다. 근대시 100년의 역사에서 '단 하나'의 "뿌리"가 되기 위한 전제조건이 있다면, 무엇보다도 일관된 시적 신념 혹은 시정신이다. 더욱이 외세에 의한 조국 강점이라는 치욕의 세월을 경험한 우리로서는 무엇보다도 당해 시인의 일관된 시정신을 점검하는 과정이 중요하다. 그럴 경우 시인의 시정신은 당연히 언어에 의해 표현된 작품 속에서 객관적으로 파악되어야 할 것이다. 따라서 해방기 신석정의 수상한 시와 행동을 규명하기 위해서는, 그 이전의 작품들로부터 논의를 시작하는 것이 온당하다.


## 2. 환멸적 낭만주의자의 이념적 혼란

### 1) 탈정치적 공간으로서의 전원

한국의 근대시사에서 전원시가 주목할 만한 경향으로 대두된 것은

---

5) 김윤식, 「신석정론」, 『우리 문학의 넓이와 깊이』, 서래헌, 1979, 52쪽.

1930년대이다. 일제는 극도의 파시즘으로 무장하여 시인들의 작품 성
향을 문제시하는 한편, 사회의 전국면에 걸쳐 사상 통제를 기도하였
다. 이러한 시대 형편 속에서 출현한 전원시편에는 "전원을 노래함으
로써 그 속에서 삶의 규범과 표준을 찾으려 하고, 그 속에 의탁하여 자
신의 심회를 토로하고 위안을 받으려는"[6] 시인의 의식이 검출되는 공
통적 특질을 보인다. 당시의 전원시인들은 '이니스프리의 호도'를 찾
아간 것이 아니라, 시대 현실과 일정한 거리를 가진 자신의 심리적 상
상계 속에 전원을 마련했던 것이다. 이와 같은 시대적 배경 요인으로
말미암아 전원시인이란 용어는 비정치적/몰역사적 개인주의자를 지칭
하는 의미로 확대될 수 있다. 아울러 그들의 시에 설정된 전원은 전통
적인 모습이 아니라, 대부분 서양친화적이라는 사실을 고려하면 전원
의 비정치적 성격은 두드러져 보인다.

　신석정은 1920년대 중반부터 신문지상에 시작품을 발표하였다. 그
는 외세에 의해 강점된 조국의 현실에 극심한 울분을 느끼고, 평화한
질서가 보장된 이상세계를 추구하였다. 그가 선택한 자연은 이전의 시
인들에게서 나타났던 객관적 현실과의 충돌 국면을 우회하기에 효과
적인 대상이었다. 전원은 그의 정치의식과 시대에 대한 환멸감을 완충
시키는 효과를 가져다주었다. 시적 신념을 자유롭게 표현할 수 없었던
억압적 분위기 속에서 신석정의 시에 나타난 참신한 이미지와 독백체
의 어조는 당대의 평론가들에게 주목의 대상이었다. 김기림에 의한 평
언을 계기로 그는 식민지시대의 후반기 시단을 구성하는 대표적인 목
가시인으로 자리매김된다.


　현대 문명의 雜踏을 멀리 피난한 곳에 한 개의 『에덴』을 흠모하는 목가시

---

6) 이건청, 『한국전원시연구』, 문학세계사, 1987, 161쪽.

인 신석정을 니즐 수는 업다. 그가 숨쉬는 시의 세계는 전연 개성적인 것이
다. 그는 목신이 조으는 듯한 세계를 조금도 과장하지 아니한 소박한 리듬
을 가지고 노래한다. …(중략)… 그의 목가 그 자체가 견지에 따라서는 훌
륭하게 현대 문명에 대한 간접적인 비판이기도 하다.[7]

당대의 내노라하는 모더니스트의 눈에 비친 신석정의 시는 가히 "현
대 문명에 대한 간접적인 비판"이었을 것이다. 또 간고한 식민지 현실
에 대해 행동으로 대응하거나, 격렬한 언사로 반응하는 것을 꺼려하는
성향의 모더니스트로서는 잃어버린 낙원을 향한 기도문 혹은 서한문
같은 신석정의 시가 '개성적'인 포즈를 갖춘 것처럼 비쳤을 것이다. 마
치 "목신이 조으는 듯한 세계"는 당대의 극심한 고통을 초월하기에 적
합한 신세계였을 것이다. 또한 일제에 의해 강요된 '현대 문명의 雜
踏'은 그 자체로서 불합리한 식민지 상황을 담보하는 것이므로, 그러
한 식민지 현실을 외면하는 것은 하나의 '비판'일 수도 있다. 아울러
신석정이 외적으로는 고요하고 정밀한 이상세계를 형상화함으로써,
내적으로는 현실의 시간과 공간을 부정하는 강렬한 주제의식을 표현
한 것이라고 볼 수도 있다.

그렇지만 시대 상황을 외면한 환멸감으로 구축된 이상세계는 비극적
인 현실로부터 이탈될 수밖에 없다. 따라서 당대를 응시하는 모더니스
트의 안목은 비역사적인 것이었다. 그들이 찬미했던 '현대문명'은 식
민지 종주국에 의해 조성된 물적 표지였을 뿐만 아니라, 식민지 원주
민들의 동의 과정이 생략된 채 일방적으로 이식된 모조 문명이었을 뿐
이다. 김기림은 신석정의 작품에 나타난 '에덴'지향성을 시대에 대한
환멸감의 표현으로 파악했어야 옳았다. 신석정처럼 사회에 환멸을 느

---

7) 김기림, 「1933년의 시단의 회고와 전망 · 4」, 《조선일보》, 1933. 12. 10

긴 낭만주의자들이 현실 세계에서 성취하려는 유토피아는 혁명을 통해 행동화되거나, 상상력에 기초한 구원의 신념으로 체계화된다. 그들은 집단적 상상력에 입각하여 과거의 원시적 질서의 세계로 도피하거나, 개인적 상상력에 기초하여 묵시적 세계로 도피하게 된다. 이것은 천년왕국을 지향했던 독일의 경건주의 운동이 은둔주의로 급변한 것과 유사하다. 김기림은 이에 주목하여 신석정의 시적 징후를 포착했어야 했는데, 자신의 문학적 신념에 압도되어 그의 시정신을 간과해 버렸다.

인간에게 있어서 희망은 역사의 진보의식에 근거하여 미래를 파악하고 선취하는 독특한 능력을 가리킨다. 그러므로 신념의 시인에게 유토피아 지향성은 외세에 의한 조국 강점으로 인해 만연된 정치적 무의식을 이상 세계를 건설하려는 희망의 원리로 인식된다. 이에 반해 환멸의식에 사로잡힌 시인은 현실의 시간을 자꾸 부정한다. 그 부정 속에는 사회의 여러 영역 중에서 현재 상황을 생성한 정치적 환멸감이 최대치로 작동한다. 그는 자신의 정치적 신념을 진공의 상태로 만들어서 현재적 조건이 배제된 상상의 공간을 상정하게 된다. 그는 오로지 그 공간의 정지된 시간 속에서만 정신적 풍요를 느끼므로, 현재적 상황을 타개하려는 의지를 보여주지 않는다. 그가 현실을 포기하고 '에덴'을 동경하는 한, 역사를 형성하려는 의지와 함께 당대를 이해하려는 희망의 능력조차 상실하는 것이다. 그가 현실 세계로부터 벗어난 곳에 상정한 '에덴'은 미래지향적인 유토피아가 아니라, 자기만족적인 낙원사상의 근거지에 불과하다. 유토피아는 "역사의 주체로 등장한 인간에 의해 미래의 역사적 현실 속에서 실현될 수 있다는 점에서 인간중심적인 비전에 터"[8]해 있지만, 환멸감에 기초한 낙원의 시간은 인간이 배

---

8) 임철규, 「왜 유토피아인가」, 『왜 유토피아인가』, 민음사, 1997, 23쪽.

제된 과거 속의 영원한 현재이며, 폐쇄적인 순환성을 띠고 반복된다.

　신석정의 시에 나타나는 정지된 시간의식은 타인을 향한 배타성으로 확보되는데, 그 구체적인 모습은 시어를 통해서도 확인할 수 있다. 그는 자신이 애써 구축해 놓은 은밀한 시적 공간에 가족 외의 타인이 접근하는 것을 거부했다. 이러한 배타성은 자신이 설정한 이상세계를 가족에게만 보여주는 내밀한 욕망을 드러낸다. 그가 자신과 가족 외의 타인이 접근하는 것을 차단하는 이유는, 가족의 범주 안에서 자기 외 존재를 규정하기 위함이다. 그런 이유로 그의 시에 등장하는 '어머니'를 절대자로 추측하는 것보다는, 위협적인 외부 세계로부터 연약한 자신을 지켜주는 버팀목으로 설정된 것으로 보는 편이 타당하다. 오로지 가족만이 자신의 시세계를 보호해 주기 때문에, 그는 '어머니'를 비롯한 가족과의 동행 속에서 자연과 동화된다.

　　『蘭』이와 나는
　　역시 느티나무 아래에 말없이 앉아서
　　바다를 바라보는 순하디순한 짐승이었다

—「작은 짐승」 부분

　신석정의 시적 평화는 현재적 시점에서만 존재한다. 그는 시작품에서 자기 규정을 통해 현실과의 거리를 설정한다. 시인의 명백한 의도에 따라 확보된 거리감은 외부 세계와 단절된 존재의 위상을 드러내면서 시의식의 무정향성을 담보한다. 신석정은 『蘭』이와 나를 '순하디순한' 짐승으로 규정함으로써, 바다를 미지의 세계가 아닌 동경의 대상으로 파악한다. 그에게 바다는 동시대의 여느 시인들의 작품에서 산견되는 출항 이미지와 거리가 멀고, 자기 규정을 옹호해 주는 외부 조건으로 동일시된다. 그들의 순한 성정은 현재의 행복이 확장되는 바다를

‘말없이 앉아서’ 바라보도록 만든다. 그들은 동일한 장소에서 바다를 반복적으로 바라봄으로써, 자신들의 시간에서 방향성을 제거하고 순환성을 부여한다. 그들에게 ‘느티나무 아래’는 바다를 바라볼 수 있는 하나의 ‘에덴’이었던 셈이다. 그곳에서는 복잡하고 비극적인 사회현상은 찾아볼 수 없는데, 그것은 실명을 도입하여 자신의 은밀한 세계를 공유하려는 그의 시작 태도에서 살필 수 있다. 그는 ‘어머니, 일림, 란’ 등 가족 외에는 자신의 시적 공간을 보여주지 않았다. 그 결과 그의 시 작품에 사용된 언어는 시적 발화의 순간 즉시 반환되는 특징을 보인다. 시어가 발화 외적 맥락으로 세력을 확장하지 못하기 때문에, 그의 시적 발화는 기도문 형식을 차용할 수밖에 없었다. 그렇지만 외부 세계가 아닌 상상의 세계를 향한 기도는 반향의 범주를 스스로 획정해 버린다.

어머니
만일 나에게 날개가 돋혔다면
석양에 능금이 붉은 하늘을 날아서
똥그란 지구를 멀리 바라보며
옥토끼 기르는 목동이 되오리다 달나라에 가서……
그리하여 푸른 달밤 피리소리가 들려오거든
석양에 토끼 몰고 돌아가며 달나라에서 부는 나의 옥통소인 줄 아시오

그런데 어머니
어찌하여 나에게는 날개가 없을까요?

—「날개가 돋혔다면」 부분

언어는 본질적으로 타자를 향하고, 그 표현 행위 속에서 발화자가 타

자에 의해 즉자화되고, 또한 그에 따라 소외 상태로 구금된다. 신석정의 시어들은 시인에게 되돌아가서 소외를 재확인하는 기능을 담당한다. 그에게 시쓰기는 세계와의 단절을 확인하는 행위이기 때문에, 그의 시어들은 시인의 소외 상태를 재확인하는 매개물 외에 별다른 의의를 획득할 수 없다. 그 이유는 그가 설정한 자연 공간이 지극히 비현실적이며, 일상세계로부터 멀리 떨어져 있다는 데 있다. 그는 시와 현실 사이의 거리를 좁히기를 바랐지만,[9] 적어도 식민지시대에 발표한 작품에서는 만족할 만한 성과를 거두지 못하였다. 따라서 그는 식민지시대에 '먼 나라'와 '어머니' 등의 환각 개념을 설정하고 그 안에서 자신의 '세계 내 존재'의 의미를 추구했으며, 동시에 그것을 주체의 문제로 체험한 것에 불과하다. 그가 애용한 가정법은 이러한 환상만족을 가져다 주기에 적당한 발화상황을 조성해 주었다.

외세에 의해 강점된 국토에서 생존하는 식민지 원주민들의 삶은 구체적 현실성을 담보하며 문학 그 자체가 된다. 시인은 이 사실을 통해 동족의 비극적 삶을 관찰하게 되며, 사회의 총체적 현실과 결부되어 실패의 필요성을 확인하게 된다. 그의 낭만주의적 이상은 회의와 환멸의 과정을 겪으며 자신과 세계에 대한 혐오감을 증가시킨다. 신석정의 시에서는 이러한 환멸감이 도처에서 목격된다. 그 환멸감은 자신의 작품을 존립시켜 주는 현재의 물리적 시간을 소거시키고, 과거의 시간 속으로 회귀하려고 한다. 그렇지만 그의 시에서 시간은 철저하게 가족 외의 타인과는 공유되지 않고 배타적으로 차단되는 특징을 보인다. 그만큼 신석정이 시대를 혐오하는 정도는 깊었던 것이다.

---

9) "오늘도 우리들의 주위에서 생활과는 너무나 거리가 먼 지역에서 화조풍월을 읊조리는 시인이 있다는 것은 그렇게 반가운 일은 아니다. 필요 이상의 슬픈 표정도 거짓이거니와, 필요 이상의 기쁜 표정도 거짓임에는 틀림없다." - 신석정, 「나는 시를 이렇게 생각한다」, 앞의 책, 204쪽.

태양이 가고

빛나는 모든 것이 가고

어둠은 전설과 신화까지도 먹칠하였습니다

어머니

옛이야기나 하나 들려주세요

이 밤이 너무 길지 않습니까?

—「이 밤이 너무 길지 않습니까?」 부분

그의 의식세계를 지배하는 환멸감은 시대적 현실을 분명히 인식한 데서 유래되었다. 그는 시간에 의해 '태양'과 '빛나는 모든 것'이 가고, 마침내 어둠에 의해 '전설과 신화'까지도 먹칠된 것을 정확히 파악하고 있다. 그에게 시간 체험은 존재하는 모든 것을 타락시키는 요인이다. 그래서 어머니의 옛이야기 속에서 잃어버린 전설과 신화가 고스란히 재현되기를 기대하고 있다. 어머니로부터 옛이야기를 듣던 '무릎학교' 시절을 그리워하는 신석정의 시간의식은 과거시제로 회귀하려는 특징을 보인다. 그것은 그의 시작품에 나타나는 시간이 미래를 향해 나아가는 건설적이고 연속적인 유토피아적 시간과 상거를 띤다는 사실을 단적으로 증명해준다. 유토피아 사상은 역사의 진보를 신뢰하는 미래에의 의지를 표명하지만, 그는 '에덴'을 지향하면서 과거의 원시적 질서의 세계를 회고하는 데 만족한다. 그것은 신석정이 "일제와 정면하여 싸울 수 있는 용감한 청년이 못되었던" 까닭에, "예술의 목적을 싸우는 데만 둘 수는 없"[10]었던 시작 태도로부터 기인한다. 식민지 상태의 원주민 시인에게 식민지 종주국과 정면 대결하는 것은 유토피아 의식의 행동화이지만, 예술의 목적을 싸우는 데 두지 않는 것은 신석

---

10) 신석정, 「나의 문학적 자서전」, 앞의 책, 182쪽.

정이 자신의 행동 반경을 제한하기 위한 일종의 제어장치로 보인다. 곧, 그는 자신의 시론을 앞세워 정치적 신념을 공동화시킨 것이다. 그 결과 이 시기에 그는 시작품에서 과거의 세계를 회복하려는 신념을 표현하기보다는, 도리어 「슬픈 構圖」의 불임성이 제거된 옛이야기 '하나'를 들으며 밤의 시간을 견디는 데 그친다.

> 어머니
> 당신은 그 먼 나라를 알으십니까?
>
> 깊은 삼림지대를 끼고 돌면
> 고요한 호수에 흰 물새 날고
> 좁은 들길에 들장미 열매 붉어
> 멀리 노루새끼 마음놓고 뛰어다니는
> 아무도 살지 않는 그 먼 나라를 알으십니까?
> 그 나라에 가실 때에는 부디 잊지 마세요
> 나와 같이 그 나라에 가서 비둘기를 키웁시다
>
> —「그 먼 나라를 알으십니까」 부분

신석정이 구체적으로 묘사하고 있는 '먼 나라'는 "노루새끼 마음놓고 뛰어다니"고, "흰 염소 한가히 풀 뜯"으며, "꿩소리도 유난히 한가롭게 들리"는 곳이지만, 지금은 "아무도 살지 않는" 곳이다. 따라서 그는 이 작품을 통해 과거 속에 존재했던 '에덴'을 향한 "퇴행의 심리 상태를 표출하고, 잃어버린 낙원과 그 노스탤지어를 형상화"[11]하는 자신의 심경을 고백하고 있는 셈이다. 그가 '먼 나라'를 전적으로 시적 상

---

11) 오세영, 「그 먼 나라를 알으십니까」, 『한국 현대시 분석적 읽기』, 고려대출판부, 1998, 142쪽.

상력에 의해 창조된 공간이란 점을 인정하면서 '비둘기, 어린 양, 능금' 등을 내세워 자신의 이상향을 평화롭게 전경화했지만, 세 가지 상징물은 정신적 가치는 물론이고 향토성조차 담보해 주지 못한다. 시작품에 나타나는 향토성은 필연적으로 시인의 공간의식을 반영한 결과물이다. 하지만 현실적 삶의 공간에 대한 극심한 환멸감에 기초한 추상적 공간의식은 구체적인 장소로 실현되지 못한다. 그의 정치 현실에 대한 환멸의식은 부르주아적 개인주의의 성향과 맞물리면서 전통적이라기보다는 서양적인 전원 풍경을 묘사하도록 조장했던 것이다. 그가 도연명의 「귀거래사」를 애송하며 자연 애호 의지를 언급했을지라도, 시작품에서는 전혀 이질적인 전원으로 묘사된 이유가 여기에 있다. 이것은 그의 후기시에 나타난 동양적인 자연 풍경과 구별된다.

신석정의 정치적 환멸감 때문에 심화된 환멸적 낭만주의는 식민지시대의 우울이 제거된 서양적인 전원에 대한 막연한 동경과 동양적 자연에의 귀소의식, 곧 이국 정조의 변형된 형태로 나타났다. 동향의 동년배 시인이었던 서정주와 달리 그의 시에서 전라방언이 거의 검출되지 않는 것도 이러한 낭만주의적 의식의 소산이다. 그 결과 그의 시 속에 제시된 이상향은 "사물에서 환기되는 정감의 풍요로움은 있으나, 그 기반을 지탱하는 이념은 없는 것"[12]이다. 결국 정치적 무관심에 기반하여 생성된 그의 환멸적 낭만주의는 생리적으로 이념의 무방비 상태를 준비하고 있었다. 이것은 그의 시세계를 외세에 의한 지배 담론으로부터 보전해 주는 데 기여했지만, 정치적 이념을 자주적으로 선택할 수 있었던 해방 공간에서는 심각한 내적 갈등을 야기하는 요인으로 변모한다.

식민 상태를 정치적 이념의 공황 속에서 보냈던 신석정에게 해방은

---

12) 이숭원, 「영랑·지용·석정시의 자연 표상」, 『근대시의 내면 구조』, 새문사, 1988, 86쪽.

과거의 시작 생활을 반추하고, 새롭게 전개되는 미래에의 의지를 피력하는 기회였다. 그는 이 무렵 상경했다가 문단의 좌우익 대결 사태에 실망하여 낙향한 후, 식민지 시기에 창작된 작품을 정리하여 시집『슬픈 牧歌』(낭주문화사, 1947)를 발간하였다. 이 시집의 후기「나의 몇몇 詩友에게―『슬픈 牧歌』의 뒤에」에서 그는 해방 이전 자신의 행동과 마음가짐을 차분하고 담담한 어조로 고백하였다. 해방기의 격동 속에서 쓴 글이지만, 자신의 행적에 대한 단상을 소상하게 밝히고 있다는 점에서, 그의 시정신을 재구하는 데 유효한 논점을 제기해 준다.

　서른이 가까울 때까지 이 사나히는『生活』을 모르는 가장 어리석은 행복자(?)이었읍니다.

　숨막히는 現實을 呼吸하게 될 때 呼吸함으로써 비롯하는 悲劇을 멀리 피하기 위하여, 애써 現實의 世界에서는 아주 아스므라한 먼 나라로 내 자신을 이끌고 가기에 바뼀던 것입니다.

　그리하여 비로소 나의 작은 安息所를 찾어간 것이 나의『어머니』, 自然의 품속이었습니다.

　…(중략)…

　벗이여

　어머니의 품에로 돌아가는 길이 다시 열리던 一九四五年 八月 十五日, 나는 목놓아 울었읍니다.

　거기서 오래오래 지니고 살아오던 나의 슬픔과 더부러 靑春은 고소란히 門을 닫혔기 때문이었읍니다.

　『인젠 어디로 가겠느냐?』구요. 성한 피가 내 血管을 도는 限,『새벽』과『아침』과 대담한『대낮』을 찾어 끝끝내 한송이 해바라기로 다시 피어보리다.

　그것은 어느 가난한 마을 울 옆이래도 좋고 나지막한 山기슭이라도 좋겠읍니다.

이 글에서 그는 자신을 '『生活』을 모르는 가장 어리석은 행복자(?)'
로 규정하고, 현실의 비극을 외면하기 위해 '아주 아스므라한 먼 나라'
를 찾아다녔던 과거를 반추하고 있다. 그러나 '서른이 가까울 때까지'
생활을 몰랐던 시인이 광복을 기점으로 생활, 곧 현실을 발견하게 되
었다는 서술은 어색하다. 적 치하의 "숨막히는 現實을 呼吸하게 될 때
呼吸함으로써 비롯하는 悲劇을 멀리 피하여, 애써 現實의 世界"를 외
면했던 시인이 해방 정국의 현실을 발견하기 위해서는 고유한 정치적/
시적 신념을 갖추고 있어야 했다. 그러므로 그의 선언은 해방기의 혼
란한 대결 국면을 "회피하지 않는 밝고 건강한 시선으로 역사와 현실
을 조명하겠다는 시적 결의"[13]라기보다는, 지극히 소박하고 개인적인
회고사와 별반 다르지 않다. 해방 조국에서 '가난한 마을'이나 '나지막
한 산기슭'은 모두 각별한 의미를 가진 공간이다. 그렇지만 그곳은 시
인뿐만 아니라 보통 사람들에게도 동일한 감정으로 수용된다. 왜냐하
면 광복의 환희가 충만한 강토는 전지역이 모두 현실로 구현된 유토피
아이기 때문이다.

유토피아는 공동선을 추구하므로 타인과 의식의 공유는 물론 행동의
동참을 요구한다. 그러나 시대에의 환멸감으로 인해 가족 외의 인물을
작품에 도입하지 않았던 신석정에게 새롭게 전개되는 이념 정국은 낯
선 환경이었다. 식민지시대에는 비극적 현실과 단절한 채 홀로 '먼 나
라'를 동경하며 살아갈 수 있었지만, 해방 공간에서 그는 극도로 혐오
했던 현실 세계의 구성원과 공존하지 않을 수 없었다. 그러므로 당면
한 현실 상황을 거부하며 비정치적 전원에서 독자생존했던 그에게, 인
간친화적인 태도를 요구하는 해방기는 심적 갈등을 안겨주었다. 그는
더 이상 몰역사적 전원에 안주한 채 물리적 세계를 외면할 수 없는 사

---

13) 허소라, 『한국현대작가연구』, 유림사, 1983, 137쪽.

태에 직면한 것이다. 이때 그의 문제는 일제하로부터 축적된 시대에의 환멸감 때문에 시와 행동 사이의 일체화를 도모할 수 있는 시적/정치적 신념을 갖추지 못한 채 해방을 맞았다는 점이다. 따라서 신석정은 해방 공간에서 진행되는 이념의 충돌 양상을 객관적으로 파악할 만한 논리적 준거를 갖출 수 없었다.

## 2) '정관자'의 정치의식

해방 이후 한국사는 이데올로기의 대립과 고착이었다기보다는, 도리어 유토피아를 향한 소망과 모색 그리고 자아정체성의 확립을 위한 좌절과 방황의 몸부림이었다. 그러나 유토피아는 결정적으로 허위의식의 가능성을 체험하게 한다. 이 허위의식은 자기 해명의 국면에서 자신과 세계의 진정한 관계를 은폐하고 신비화시켜서 허위의 대응 양식을 유발시킨다. 그렇지만 인간의 사유는 사회적 성격과는 무관한 담백한 공간 내에서 홀로 부동하며 구성되는 것이 아니라, 그 반대로 언제나 이 공간 내의 어떤 특정한 위치에 뿌리박혀 있다. 따라서 시인의 사유는 이러한 사유의 존재 구속성으로부터 전혀 자유로울 수 없다. 따라서 " '신화'를 희구한다거나, '어떤 위대한 것 그 자체'에 심취하여 관념주의적 태도를 취하며, 또한 누구에게나 쉽사리 투시될 수 있는 어떤 무의식의 세계 속으로 한 발 한 발 스스로를 도피시킴으로써, 더 이상 어떤 방법으로도 존속될 수 없는 절대성을 미끼로 무엇인가를 탐색하려는 불안정성을 은폐하려는 것은 모두가 허위적인 것"[14]이다. 따라서 해방은 작가들에게 외세 강점기 동안 자신을 지탱했던 신념의 실체를 드러내며 정체성을 확보할 수 있는 역사적 기회였다. 그렇지만 신

---

14) K., Mannheim, 임석진 역, 『이데올로기와 유토피아』, 청아출판사, 1991, 147쪽.

석정에게 해방기는 현실과 극도의 불화에서 배태된 배타성으로 인해 정치적 환멸감 속에서 형성된 허위의식이 절로 드러난 시기였다.

신석정은 1945년 9월 17일 결성된 조선프롤레타리아문학동맹(기관지『예술운동』)에 동향의 김창술, 김해강, 이근영, 윤규섭 등과 달리 동맹원으로 호출되지 않았다. 다만 조선문학가동맹이 이듬해 2월 12~13일에 개최한 조선문학자대회에는 좌익측의 윤규섭, 이근영 등과 함께 출석한다.[15] 그의 출석 상황은 동향의 시인 김창술, 김해강의 불출석과 윤규섭, 이근영 등의 자발적 출석과는 뚜렷이 구별된다. 그는 불참 시인들이 민족 현실에 대해 치열하게 반응하였을 무렵에도, 철저하게 자족적 세계에서 '어머니'를 부르며 자신의 정치의식을 무화시키고 있었다. 이러한 시적 성향의 차이에 따른 참석 여부와 함께, 그의 시적 후원자였던 김기림의 참가 동기와도 성격이 다르다. 김기림의 참석은 전적으로 자발적 의사에 의해 이루어진 것이고, 그의 일관된 시론과 정치적 신념에 의한 것이었다.[16]

이에 비해 신석정의 출석은 이전부터 교류했던 김기림 등의 참가에 동조했거나, 해방기 문단 상황을 파악하기 위해 상경한 시골 시인의 탐색 행위 외에 특별한 의미를 갖지 못한다. 이후 신석정은 전북 지방 문단의 정지 작업에 개입하였다. 그는 1946년 '비색' 동인으로 활동하였으며, 1947년 2월 16일 창립된 전라북도문화인연맹(대표 채만식)에 이병기, 김해강, 김창술 등과 동참하였다. 1952년에는 '가람' 동인으로 참여하여 사화집『새벽』을 발간하기도 했으며, 이듬해 그는 김해강 등과 함께 전주문학회(회장 이병기)를 발족시키기도 하였다. 이 기간에 그는 향리에서 2세교육에 주력하다가, 전주에 정착하였다.

현실의 방관자가 역사의 현장에 끼어들기 위해서는 먼저 흔들림 없

---

15) 정한숙, 『해방문단사』, 고려대출판부, 1980, 24쪽.
16) 최명표, 「'나방'이 되어버린 '나비'의 꿈」, 『문예연구』 제25호, 2000, 187~202쪽.

는 정치적 신념으로 무장되어야 한다. 신념은 인간의 삶과 역사의 전
개 과정을 통합적으로 파악할 수 있는 심리적 준거이다. 이 점에서 신
석정의 해방기 시작품과 행적은 자유롭지 못하다. 그에게 시정신이란
"사물의 배후에서 혹은 그 중심에 파고들어 실상을 파악하고, 나아가
爬羅剔抉하는 정신"[17]이었는데, 해방기에 보여준 그의 시와 행적은
수상하기 그지없다. 이전의 몰역사적인 목가시인으로서 견지했던 서
정성은 해방의 열기에 묻혀 흔적도 없이 사라지고, 식민지 기간 동안
한사코 외면했던 사회주의 이념에 친밀성을 드러내기도 한다. 해방을
맞은 신석정은 이전의 고유한 음조를 벗어나서 매우 개인적인 감흥을
노래한다. 이러한 모습들은 한편으로 해방 공간이라는 특수 상황 속에
놓인 한 시인의 정치적 발언으로 비칠 수도 있지만, 여느 시인들의 감
흥과 별로 다르지 않다는 점에서 지극히 개인적인 차원에 국한된다.
그만큼 일제시대부터 체득된 그의 정치 감각은 철저하게 식민지 현실
로부터 벗어나 있었다. 외부 세계와 극도로 단절된 배타적 체험밖에
지니지 못한 그에게, 해방후 구체적 현실의 변화는 적응하기 어려운
사건이었다.

> 태양을 의논하는 거룩한 이야기는
> 항상 태양을 등진 곳에서만 비롯하였다.
> 달빛이 흡사 비오듯 쏟아지는 밤에도
> 우리는 헐어진 성터를 헤매이면서
> 언제 참으로 그 언제 우리 하늘에
> 오롯한 태양을 모시겠느냐고
> 가슴을 쥐어뜯으며 이야기하며 이야기하며

---

17) 신석정, 「시정신과 참여의 방향」, 앞의 책, 231쪽.

가슴을 쥐어뜯지 않았느냐?

그러는 동안에 영영 잃어버린 벗도 있다.
그러는 동안에 멀리 떠나버린 벗도 있다.
그러는 동안에 몸을 팔아버린 벗도 있다.
그러는 동안에 맘을 팔아버린 벗도 있다.

그러는 동안에 드디어 서른 여섯 해가 지나갔다.

다시 우럴어보는 이 하늘에
겨울밤 달이 아직도 차거니
오는 봄엔 분수처럼 쏟아지는 태양을 안고
그 어느 언덕 꽃덤풀에 아늑히 안겨보리라.

—「꽃덤풀」 전문

　　1946년 1월 12일에 창작된 이 작품은 해방기를 겪는 신석정의 심리 상태가 드러나 있다. 그는 '태양을 의논하는 거룩한 이야기'를 "가슴을 쥐어뜯으며 이야기"[18]하던 식민지 상태로부터 해방된 감격 속에서 "시인에 있어서의 행동이란 바로 작품 활동을 하는 것"이라는 자신의 시론을 실천하고 싶었는지도 모른다. 그러나 한번도 '헐어진 성터'를 헤맨 흔적을 보여준 적이 없는 그의 정치의식은 "너무나 순진하고 또 시대 감각에 뒤떨어진 것"[19]이다. 그의 '잃어버린 벗/떠나버린 벗, 몸을 팔아버린 벗/맘을 팔아버린 벗'은 일제 치하에서 나름대로 주체적 의지에 의해 '망명, 죽음, 변절'을 선택한 부류들이지만, 신석정은 결코

---

18) 신석정, 「시정신과 참여의 방향」, 위의 책, 229쪽.
19) 김윤식, 『해방공간의 문학사론』, 서울대출판부, 1991, 214쪽.

타인의 범접을 용납하지 않는 '먼 나라'를 동경하며 단독자로 살았다. 그러므로 민족의 치욕스런 현실이 사상되고, 민족과 동숙할 수 없는 세계를 찾아다녔던 그가 과거를 회고하는 것은 해방을 맞아 표출한 남루한 변명에 지나지 않는다. 더욱이 적치하에서 현실에 대한 환멸감을 전원지향성으로 대체했던 그가 해방 이후 5개월간의 정국 상황을 목도하면서, 문단의 혼란과 정치 현장의 혼탁상 속에서 "분수처럼 쏟아지는 태양"을 기대했던 것은 지나칠 정도로 비현실적이다.

그런 까닭에 그의 시적 진술은 민족 구성원들의 정치의식이 첨예하게 대결하는 해방 공간의 함성 속에서 변변한 의미를 생성하지 못한 채 함몰되어 버렸다. 일제 치하의 정치적 무관심 속에 형성된 그의 시적 응전력은 동일 민족끼리의 정치적 헤게모니 쟁탈장에 적합하지 않았다. 그가 종전의 정치의식으로 개인적 차원에서 해방기의 격정적인 감정을 토로하는 동안, 시인으로서 "사회 생활과 상호 활동으로부터 멀리 떨어져서, 그리고 때로는 사회적 가치와 실천에 대립하면서까지 홀로 작업해야"[20] 하는 심미적 거리를 이미 상실하고 있었던 것이다. 그 이유는 해방 이전 시대에 대한 극심한 환멸감 때문에 가족 청자 외의 타인에게 시세계를 공개하지 않았던 배타성에서 찾을 수 있다. 외부 세계와 단절된 시적 맥락을 중시했던 그로서는 새로운 발화상황에 적합한 화자/청자를 찾을 수 없었고, 급격하게 전개되는 해방정국에서 균형감각을 잃을 수밖에 없었던 것이다. 그것은 자신이 추구했던 '먼 나라'가 현실에서 실현될 것으로 예단한 시인의 정치적 판단 착오에 힘입은 바 크다.

全羅道 光州땅 벽돌공장에서

---

20) J. Wolff, 이성훈 · 이현석 역, 『예술의 사회적 생산』, 한마당, 1988, 23쪽.

당신의 등에 걸려지던 무거운 벽돌은
바로 그게 우리 『祖國』이었읍니다


太陽도 없는 욕된 하늘 아래
우리는 牧者를 잃은
한갓 헤매는 羊떼이었읍니다.


쇠사슬이 풀리고
새로운 太陽이 솟아오르는가 했더니
다시 南녘 하늘 아랜 몹쓸 風俗이 남아 잇어
祖國은 앓는 채 두 해를 꼽박 누어 있읍니다.


님이여!
당신이 열어주신 이 올바른 길엔
이다지도 원수가 많사옵니까?
자못 聖스러운 鬪爭의
幸福을 느끼여 즐거웁습니다


님이여!
당신은 또다시 앓는 祖國을 등에 지고
어느 으슥한 곳에서
『民族의 偉大한 指導者
朴憲永 先生의 逮捕令을 取消하라』
웨치는 人民의 소리를 들으시옵니까?


당신에게 나린 逮捕令은

바로 우리 人民에게 通하는 것이기에

그러기에 우리는 목마르게

당신을 부르는 것이옵니다


님이여!

당신의 목소리와 몸짓과

몸부림까지도 우리는 呼吸합니다

어서 돌아오소서

당신은 땅에서 솟아오른

太陽의 化身이옵니다

—「님이여! 당신은 땅에서 솟아오른 太陽의 化身이옵니다」 전문


이 작품이 발표된 《문화일보》는 원래 1945년 10월에 창간된 일간 《예술통신》이 1947년 3월 11일자로 제호를 바꾼 것이다. 발행인은 이창선, 편집인은 이용악이 맡았으며, 좌익 문화운동의 선전지였다. 이 무렵 좌익측의 민족문학운동전선은 여러 가지 난관에 봉착해 있었다. 그 중에서도 가장 큰 어려움은 지도부의 괴멸 위기였다. 그들의 이념적 지도자였던 박헌영은 해방후 '조선공산당재건준비위원회' 지도자로 활동하다가 남한 내의 조직 운동이 벽에 부딪치자 1946년 10월 초순에 월북하였다. 그 결과 1947년 이후 남한 내 조직에 의한 문화투쟁은 해주분국을 통해 지시되는 형국이었다. 이에 민주주의민족전선은 1947년 2월 남조선 문화예술가 총궐기대회를 개최하고, 6월 30일에는 조선문화단체총연맹의 문화공작대 제1대가 경남지방으로 출발하였다. 좌익측의 이러한 문화운동을 예의주시하고 있던 미 군정 당국은 8월 13일 조선문학가동맹의 사무실 폐쇄를 명령하고, 간부 검거령을 발동시켰다.

이와 같은 긴박한 시국 상황 속에서 좌익 민족문학가들은 박헌영의 재등장을 간절히 기대하는 심정을 토로하였다. 먼저 1947년 6월 13일자 『문화일보』에 김남천의 산문 「민족 대서사시의 영웅적 주인공 박헌영 선생」과 임화의 시 「박헌영 선생이시어 우리게로 오시라」가 발표된 이후, 이튿날 오장환의 산문 「시적 영감의 원천인 박헌영 선생」과 김상훈의 시 「위대한 민족의 수령」이 동시에 게재되었다. 이어서 유운의 시 「인민의 곁으로 도라오라」(1947. 6. 17), 이병철의 시 「박 선생이어 태양처럼 나타나시라」(6. 18), 이수향의 시 「박헌영 선생이 오시어」(6. 22), 조남령의 시 「어서 오라 인민의 벗이여!」(6. 24), 유진오의 시 「당신의 일흠을 물으면」(6. 25), 한진식의 시 「박헌영 선생이시어 피는 이러히 빨르고 있읍니다」(6. 27), 김광현의 시 「박헌영 선생을 모셔와야 한다」(6. 28)에 이어 7월 5일 신석정의 시작품이 발표된 것이다. 이러한 일련의 작품 발표는 불리하게 전개되고 있는 시국 상황을 반전시키려는 좌익측의 의도적인 작품 시위였다. 이 와중에 신석정은 '땅에서 솟아오른 태양의 화신'인 박헌영의 재출현을 소망하는 헌시를 봉정하고 있는 것이다.

그는 '경성콤그룹'의 우두머리였던 박헌영이 1940~1941년 조직원들이 검거될 당시 피신하여 광주의 한 벽돌공장에 金成三이란 가명으로 은둔하였던 일화[21]를 도입부에 인용하고 있다. 이전의 신석정 시에 등장하는 님의 성격이 매우 불투명한 것과 달리, 이 작품에서는 움직일 수 없을 정도로 뚜렷하게 나타난다. 식민지 기간 동안 동향의 김창술, 김해강 등 리얼리즘 시인들과 달리 철저하게 현실로부터 거리를 유지했던 그에게, 수배자에 지나지 않는 남로당 총책은 과연 님으로 칭송될 정도로 이념적 우상이었을까? 이것은 그가 나폴레옹에게 송시

---

21) 김준엽 · 김창순, 『한국공산주의운동사 · 5』, 청계연구소, 1988, 386쪽.

를 바친 괴테를 비판하던 모습과 배치된다.[22] 또한 동향의 '전위시인' 유진오가 좌익운동으로 인해 수형생활을 하면서 외쳤던 "우리 민족의 위대한 지도자 박헌영 선생의 체포령을 즉시 취소하라!"[23]와도 다르다. 유진오의 주장이 절실한 체험과 견고한 이념으로부터 우러나온 가슴의 외침인 데 비해, 신석정의 시적 발언은 군중의 틈에서 들려오는 공허한 발언에 그친다. 따라서 이 작품을 통해 추정되는 그의 정치적 이념은 허약하기 그지없는 편이다. 곧 그는 해방기의 혼란 속에서 "실제 사건이나 실제 인물을 주제로서 선택할 때, 그것은 역사의 표현수단"[24]이 된다는 사실을 망각할 정도로, 시와 정치 사이에 유지되어야 하는 균형감각을 상실하고 있었던 것이다.

시가 역사와 문학의 파멸로부터 인간을 해방시킬 수 있다고 믿는 것은 신석정 같은 환멸적 낭만주의 시인들이 쉽게 빠져드는 환상 체험, 곧 허위의식의 외연이다. 그들은 인간의 해방이란 정신적 행위가 아니라 역사적 행위라는 사실을 외면한다. 더욱이 작가의 현실 참여는 "작품이 아니라, 인간으로서의 작가와 연관시켜 사용된 말"[25]이라는 사실을 전제하면, 신석정은 먼저 역사적 행렬에 동참해야 했으며, 그에 앞서 시국 상황을 정확히 파악할 수 있는 정치 감각을 단련시킬 필요가 있었다. 그렇지만 신석정은 식민지시대부터 형성된 특유한 감성과 상상력에 기초하여 현실 세계의 변동에 주목했을 뿐이다. 그는 이상/해방 공간의 주체가 되는 인간의 이념을 선명하게 제시하지 못한 채, 여전히 환각 체험에 지나지 않는 관념의 성채에 갇혀 있었던 것이다. 이

---

22) "저 바이말에 진공해 온 나폴레옹에게 달려가 송시를 봉정한 괴테는 천만 번 생각해도 시정신을 가진 시인이라고는 수긍이 가지 않는다. 나폴레옹이 황제가 되있다는 밀을 듣고, 그에게 바치려던 악보를 찢어버렸다는 베토벤을 생각할 때 더욱 그렇다." -신석정, 「슬픈 목가」, 앞의 책, 26쪽.
23) 유진오, 「싸우는 감옥」, 『문학』, 1947. 5.
24) M. Rader · B. Jessup, 김광명 역, 『예술과 인간 가치』, 이론과실천, 1988, 316쪽.
25) 정명환, 「의의를 통한 참여」, 『문학을 찾아서』, 민음사, 1994, 79쪽.

로써 해방기는 그에게 자신의 정치적 이념의 불철저를 발견하게 되는 역사적 계기였으며, 그로 인해 자신의 시세계를 해방 이전의 상태로 원상 회복하게 된다.

신석정이 해방 공간에서 보여준 일련의 시와 행동들은 "친일도 배일도 할 수 없었던 그가 산수시의 세계에서 자신을 지킬 수 있었던 것이 식민지시대의 그의 입점이었다면, 약동하는 시로서 앞으로 나아가고자 했으나 결코 전진도 후퇴도 할 수 없었던 것이 8·15 이후 격랑에 휩쓸리던 과도기 시대의 그의 입점"[26]이었던 정지용의 시적 편력과 흡사하다. 두 사람 모두 식민지 현실로부터 유리된 시세계를 추구하며 지배자의 탄압을 모면할 수 있었다. 또 해방 공간에서 시작품을 통해 역사적 현장에 동참하려고 했지만, 불행하게도 자신들의 정치 감각을 의식하지 못하고 있었다. 그 이유는 바로 시대 상황에 대한 환멸감에 기인한 것으로, 두 사람은 자신들의 시세계가 정치적 환경과 융합되지 못하리라는 점을 인식하지 못했다. 그만큼 두 시인의 정치의식은 무감각했으며, 자신들의 정치적 무의식이 야기할 시적 굴절 현상을 예측할 수 없었던 것이다.


## 3. 결론

이상에서 해방기 신석정의 시와 행동의 의미에 대해 살펴보았다. 그는 일제시대에 등단하여 시작활동에 참여한 이후, 50여 년간의 시력을 가진 시인이다. 그가 시를 발표하기 시작한 1920년대 중반 이후의 사회적 실정은 매우 암울하였다. 그는 철벽같은 식민지 현실 앞에 절망

---

26) 최동호, 「산수시의 세계와 은일의 정신」, 『하나의 도에 이르는 시학』, 고려대출판부, 1997, 163~164쪽.

한 나머지, 현실의 비극적 국면을 애써 외면하고 '아주 아스무라한 먼 나라'를 찾아서 고유한 이상세계를 구축하고 자신의 상처난 영혼을 위로받았다. 그는 현실 상황을 타개하려는 시적 노력을 적극적으로 추구하기보다는, 서양적인 전원의 세계를 노래함으로써 식민지 당국의 압력으로부터 자신을 지킬 수 있었다. 하지만 그가 찾아간 세계는 누구도 접근할 수 없는 지극히 독립적이고 비현실적인 영지였다. 순환적인 과거 속의 현재 시제에 멈추어진 그 속에서, 그는 환멸적 낭만주의라는 탈정치적 상상력으로 심리적 자족감을 얻고 있었다.

해방기 신석정의 시편과 행동에서 설익은 정치의식이 검출되는 것은 일제시대에 형성된 환멸적 낭만주의의 영향이다. 그는 해방 정국에서 요구하는 정치적 이념을 채 갖추지 못한 작품을 발표했지만, 그로 인해 식민지 종주국에게 가졌던 환멸감을 재차 체험하게 되었다. 그것은 그가 한사코 정치 현실을 외면하고 목가적 이미지를 추구했던 전력을 잊고, 새로운 정치 상황에 동참하려고 했던 성급한 행동, 곧 허위의식의 예정된 결과였다. 또한 한국전쟁 중의 수상한 처신과 종전 이후 정치적 현실로부터 비껴나 있었던 것도 이러한 의식의 연장선상으로 파악할 수 있다. 그가 식민지 후반부터 교류했던 문우들이 있는 서울로 이사하지 않고 전주에 정착하게 된 이면에는, 자신의 과거 행위에 대한 자각 증상 때문인 것으로 보인다. 그는 자신의 시론에서 구체적 현실에 대한 시적 형상화를 언급하였지만, 적어도 해방기 시편들과 행동을 검토해 보면 그것을 시작품 속에서 충분히 실현했다고 보기는 어렵다. 따라서 해방기 그의 시와 행적을 정신사적 측면에 비추어 볼 때, 그는 시대의 '정관자'로서 독자적인 서정을 추구했던 환멸적 낭만주의자로 규정된다.

# '꽃'과 '자유'를 사랑한 시인

— 유진오론

## 1. 서론

해방기의 문학적 논의는 정치적 상황의 영향으로 민족문학 건설이라는 이념의 설정 문제로 초점화되었다. 정치가 민족문학운동전선의 확대를 통해 이념적 확산을 시도하면서, 문학은 작품보다는 운동으로서 존재하게 되었다. 시인들은 각종 행사에 적극 참가하여 '분노의 언어'로 해방기의 사회적 현실을 재현하고, 민중들의 정치적 욕구를 작품 속에 반영하기 위해 노력했다. 시는 수시로 개최되는 정치적 집회에서 시대 상황에 대한 기민한 대응력을 앞세워 청중들을 효율적으로 결집하고, 정치적 이데올로기를 전파하는 데 효과적인 수단으로 인식되었다. 그런 까닭에 문학의 본질적 국면에 대한 논의는 세력을 형성할 수 없었고, 시인들은 저마다 정치적 신념을 선택해야 하는 사태에 직면했다. 이러한 시대적 형편 때문에 당시의 시작품에서 서정성을 찾아보기는 어려웠고, 해방기 시사의 서술 과정에서도 사정은 마찬가지였다.

無軒 兪鎭五는 해방기에 '육탄시인', '인민의 계관시인'으로 불렸던 행동파 시인이었다. 이러한 칭호는 그의 정치적 효용성에 주목했던 민족문학 진영에서 붙여준 한때의 허사에 불과하다. 지금까지 제출된 연구물들은 대부분 유진오의 시에 나타난 효용적 측면을 중심으로 논의했다.[1] 또한 편향된 이데올로기의 잣대로 역사적 접근을 시도하는 연구자들은 한결같이 경직된 관념과 정치적 편향이 심화된 시세계를 지닌 시인으로 폄하했다.[2] 이러한 선행연구들은 꼼꼼한 작품 분석에 기반을 둔 공정한 평가라기보다는, 연구자가 특정한 결론을 도출하기 위한 심정적 추단에 의해 결과된 것이다. 유진오의 시를 긍정적으로 평가하는 연구물들은 그의 작품성보다는 정치적 신념을 실천하는 행동성에 압도당했고, 부정적으로 언급한 연구물들은 작품성보다는 시인의 정치적 행태에 집착했다. 두 관점 모두 유진오의 시에 드러난 작품성은 논외로 하고, 그의 실천지향적인 행동에 초점을 맞추는 오류를 범한 것이다.

유진오가 자신의 정치적 신념을 체현하고자 노력했던 시인인 것은 부인할 수 없는 사실이다. 그러나 모든 문학 작품은 현실적으로 정치적 조건 속에서 쓰인다는 사실을 고려하면, 그의 시를 획일적으로 정치지향적 작품인 양 범주화하는 데는 상당한 무리가 따른다. 더욱이 그의 시작품 전량을 살펴보면, 정치적 성향이 뚜렷한 작품은 소수에 그치고, 오히려 대다수 작품들은 서정적 경향을 띠고 있다. 따라서 그의 시세계를 온전히 파악하기 위해서는 두 가지 측면에서 접근해야 할

---

1) 오성호, 「무기로서의 시」, 윤여탁 · 오성호 편, 『한국현대리얼리즘시인론』, 태학사, 1990, 236~253쪽.
　유성호, 「유진오론」, 『한국 현대시의 형상과 논리』, 국학자료원, 1997, 210~231쪽.
　이숭원, 「유진오 시의 행동성」, 『현대시와 현실 인식』, 한신문화사, 1993, 86~90쪽.
2) 김용직, 『해방기 한국시문학사』, 민음사, 1992, 228~231쪽.
　권영민, 『한국현대문학사』, 민음사, 1995, 67쪽.

필요가 있다. 하나는 실천적 측면으로, 해방후 자신의 정치적 신념을 실현하고자 민족문학운동전선의 전면에 나섰던 그의 행동에 대한 객관적인 접근이다. 다른 하나는 정서적 측면으로, 그의 시작품 속에 표현된 서정적 세계에 대한 분석적 접근이다. 따라서 이 글에서는 이러한 두 가지 측면을 고려하여 유진오의 시세계를 살펴보고, 그가 해방기 시사에서 차지하는 비중을 탐색하고자 한다.

## 2. 정치적 신념의 시적 실천

유진오가 생전에 펴냈던 유일한 시집은 『창』이다. 이 시집은 그가 "해방 전의 것 몇 편과 해방 후로는 1945년 9월로부터 1946년 6월까지의 시와 그리곤, 1947년 9, 10월의 시를 篇篇히 섞어서 끼어 놓"은 것이다. 그는 "부득이한 사정" 때문에, 이 시집에 "당연히 들어 있어야 할 시편"과 "들지 않으면 아니 될 시편"들을 누락시킬 수밖에 없었다. 조운은 반드시 "날후에 이런 이야기를 주고받을 때가 있을 것"[3]이라고 믿었지만, 그의 월북과 분단의 고착화로 인해 지킬 수 없는 기약으로 그쳤다. 그는 이 시집을 발간하기에 앞서 "1946년 6월로부터 1947년 9월까지의 시와 옥중시, 그 외의 작품을 수록하여 발간하"려고 했으나, 후원자였던 오장환의 월북과 자신의 요절로 인해 수포로 돌아갔다. 이 시집에는 그의 시작품 전량인 21편이 수록되었다.

유진오는 해방 이전에도 시를 썼던 것으로 추측되지만, 공식적으로는 1945년 11월 중동중학교 시절의 급우였던 김상훈이 편집을 맡은 『민중조선』에 「피리ㅅ소리」를 발표하면서 시단에 등장했다. 그는 이

---

작품에서 어두운 뜰 안에 불현듯 들려오는 피릿소리를 "한없는 향수의
멜로디 "로 파악하고 있다.

> 어둡고 거칠은 이 뜰 안에
> 불현듯 들려오는 피릿소리
> 맑은 소리 한없는 향수의 멜로디 -
>
> 그윽한 신비
> 꿈속같이 아늑 -한 품안에서
> 흘러나오는 피릿소린가
> 「운명」처럼 슬픈 곡조는
> 역사의 골짜구니에서
> 머나먼 길을 흘러 흘러오는구나

—「피리ㅅ소리」[4] 부분

그에게 향수는 고향을 그리워하는 소박한 감정이 아니라, "역사의
골짜구니에서/머나먼 길을 흘러 흘러오는" 소리를 듣는 것이다. 인간
의 보편적인 이 정서는 첫 작품에서부터 개인적 차원을 뛰어넘어 역사
적 문맥 안으로 편입되면서 예사롭지 않은 징후를 보인다. 그는 피릿
소리를 들으며 역사의 기억을 생각해내고, 피리의 "운명처럼 슬픈 곡
조"가 "움트는 이 뜰 안을 보슬비처럼 적시"게 될 것을 예언하고 있는
것이다. 그러므로 그가 이듬해부터 본격적으로 행사시를 쓰고, 천부적
인 낭독 기능을 활용하여 각종 군중대회에 나섰던 것은 전적으로 "굶
주림인 양한 슬픈 기억을 이밤엔 영영 몰아내"려는 시적 실천 행위에

---

4) 유진오 시집, 『창』. 이하 작품은 이 시집에서 인용한다.

다름 아니었다.

해방 직후에 각종 행사시와 낭독시가 양산된 것은 수시로 개최되는 정치 집회에서 청중들을 효율적으로 결집시킬 수 있다는 장점 때문에, 수많은 집회에서 주최측에 의해 면밀하게 기획되었다.[5] 유진오는 뛰어난 시낭독 기능을 바탕으로 해방기 민족문학 건설의 전위로 활약하였으며, 오장환의 추천으로 공청에 가입하면서부터 여러 행사에 참가하여 시를 낭독하였다. 그는 "일본의 식민지 정책이 최고의 조건으로 우리의 문화를 말살하려 한 그때에 불운한 성년기를 맞은 청년"[6]이었기 때문에, 의식이나 정서적인 측면에서도 강제적이거나 자발적인 굴절을 겪지 않은 순결한 감수성을 소유하고 있었다. 또한 해방 이전에 시작활동을 하지 않았던 그는 선배 시인들에게 원죄처럼 따라다녔던 문체의 채무로부터 자유로울 수 있었다. 이것이 혼돈과 모색의 해방기에 그를 필요로 했던 역사적 조건이었으며, 도덕적 염결성을 우위로 내세웠던 민족문학 진영의 대타의식의 발로 형태였다. 그리고 유진오의 개인적인 입장에서는 "인민의 한 사람으로서의 자각이며 출발점"이었고, "낡은 사념과 쑥스런 즐거움을 깎어서 파묻"어서 "부끄러움을 씻는 길"이었다.

사실 유진오가 민족문학 진영의 군중 집회에 참가하여 시를 발표한 것은 「눈 감으라 고요히」를 비롯하여 「장마」, 「38 이남」, 「누구를 위한 벅차는 젊음이냐」 등 4편이며, 모두 그의 체험과 직접 관련된 작품들이다. 이 가운데 「눈 감으라 고요히」는 1946년 2월 25일 조선문학가동

---

5) 김광균의 "8·15 이후 정치성을 띤 행사시나 혹은 비상사건이 있을 적마다 거의 시인들이 이를 취재하여 시를 썼다. 학병사건에 일제히 붓을 들었고, 3·1기념시집을 냈고, 6월 10일 청년 데이, 미국 독립기념일… 또 무엇 무엇에 시필을 잡았다. 이번에는 무슨 행사가 있으니 시를 써달라는 주문도 왔고, 이번 행사에 시를 안 쓰는 것은 무슨 일이냐는 질책이 있는가 하면…"(김광균, 「문학의 위기 -시를 중심으로」, 『신천지』, 1946. 12)과 같은 비판은 그 같은 사실을 반증해준다.
6) 오장환, 「발」, 『전위시인집』, 노농사, 1946.

맹에서 주최한 학병 추모행사에서 낭독한 작품으로, 『학병』의 '학병 추모 특집'에 김태준, 김기림, 임화, 김동석 등 당대를 대표하는 문인들의 작품과 함께 수록되었다. 이 작품의 모태는 해방전에 학병으로 끌려갔던 경험과 해방후 학병 동맹에 가입하여 선봉적으로 활동했던 체험이었다.

「장마」는 같은 해 7월 1일 조선문학가동맹에서 주최한 수해 구제 문예강연회에서 낭독한 작품이다. 그는 이 작품에서 장마라는 자연적 차원의 제재를 정치적 차원으로 접근하여, 장마로 인해 궁핍해진 민중들의 '비에 젖은 주먹밥'과 그러한 현실적 조건과는 괴리된 지배계급의 비민중적인 '주인의 수라상'을 대비시켰다. 이러한 극단적인 대비는 선동적인 시는 "혁명적이"고 "적대자의 모든 약점을 이용한다"[7]는 점에서, 시의 대상성을 면밀하게 고려하여 청중/민중들과의 동지적 연대의식을 자극한 것이다. 그는 이러한 연대가 "폭풍우 같은 우리의 아우성"으로 나타나서 마침내 수해를 안겨준 '장마'를 몰아내고, 민중의 세상을 열게 될 "새로운 장마"를 준비하는 계기가 되기를 기대하고 있다.

「38 이남」은 조선문학가동맹에서 주최한 8·29 국치 기념 문예강연회에서 낭독한 작품이다. 이날의 분위기는 "시구가 나올 적마다 박수소리, 아우성 소리, '옳소', '그렇소', 마루를 구르는 소리, 의자를 치는 소리에 시낭독은 가끔 중단"[8]될 정도로 열광적이었다. 그는 이 작품에서 "너는 역시 보스요/나는 역시 종이다"나 "밀가루는 밀가루/빵은 되어도 밥은 아니다"라는 단정적 어투를 활용하여 적과 동지를 뚜렷하게 구분하면서 선동적 효과를 노리고 있다. 아무리 "썰개를 뒤집어놓고 생각하여도" 남한은 "흐물거리는 人肉市場"이고, 북한은 "옳은 마음

---

7) C. Bredhauer, 「무엇을 위한 선동 텍스트인가」, 신상전 · A. J. Weckbecker 편, 『독일의 정치시』, 제3문학사, 1990, 73쪽.
8) 김광균, 앞의 글.

그리는 人民의 나라"여서 "사람들은 北으로 北으로 쏠"린다는 것이다. 물론 주최측의 정치 성향을 고려하더라도 38선을 경계로 전개되었던 정치 판세를 일방적으로 호도하는 것이 사실이다. 또 「장마」의 '王宮'과 함께 '人肉市場'이라는 알레고리를 통해 정치적 현실을 형상화했지만, 도리어 "현실적인 의미들을 단순화시킨 이분법적 사고를 경직되게 드러내고 있을 뿐"[9]이다.

유진오의 문제작 「누구를 위한 벅차는 우리의 젊음이냐?」는 1946년 9월 1일 민주주의 민족전선이 주최한 국제청년데이 기념대회에서 낭독한 작품이다. 그는 이 작품에서 국제청년데이를 맞아 "머얼리 바다 건너 저쪽에서"도 "파도처럼 울려"오는 "피끓는 젊은이의/씩씩한 行進과 부르짖음"을 제시하면서 연대의식을 강조하고 있다.

> 누구를 위한
> 벅차는 우리의 젊음이냐?
>
> 서룬 여덟해 전 나라와 같이
> 송두리채 팔리워 피눈물 어려
> 남의 땅을 헤매이다 맞어죽은 同族들은
> 팔리든 날을 그리고
> 맞어죽든 오늘 九月 초하루를
> 목매여 가슴을 치며 잊지 못한다
>
> —「누구를 위한 벅차는 우리의 젊음이냐?」 부분

유진오는 이 작품에서 해방기의 정치적 혼란 상태를 "서룬 여덟해

---

9) 신범순, 「해방공간의 진보적 시운동에 대하여」, 김승환·신범순 편, 『해방공간의 문학·시 1』, 돌베개, 1988, 385쪽.

전 나라와 같"다고 인식한다. 그는 청중/독자들에게 구한말 열강의 침략 위기에 직면했던 역사적 상황을 연상시켜 당대 상황의 긴박감을 고조시키고, 그들로 하여금 자신의 논리에 동조하도록 채근하고 있다. 자주 독립 국가의 건설을 위해 자신과 같은 "젊은이 갈 길은 단 한 길"이므로 "가난한 同族이 우는 곳에" 갈 것을 선동하고 있는 것이다. 이러한 선동 효과는 "우리의 젊음이냐?"와 같이 청중들의 동조를 유도하는 어법이 낭독상의 어조 변화와 복합적으로 작용하면서 시낭독의 분위기를 고조시키는 데서 온다. 그는 이 작품을 낭독한 뒤 미군정 포고령위반죄로 구속되어 1년 징역형을 선고받고 청주교도소에서 복역하였으며, 옥중에서의 4·25투쟁 과정을 보고한 산문 「싸우는 監獄」[10]을 남겼다.

그가 해방 후 최초의 필화사건으로 구속되었을 때, 민족문학 진영에서 보여준 반응은 그의 시적 재능이 얼마나 유효했었는지를 반증해 준다. 그의 구속은 민족문학운동전선에 복무하는 조직원들의 행동을 위축시키기에 충분했고, 그것은 전선의 악화와 조직의 동요로 이어졌다. 더욱이 군중 집회를 통해 전선의 확대를 시도했던 민족문학 진영의 입장에서는, 유진오의 구속을 계기로 점차 가속화될 투쟁 환경의 불안과 전선의 붕괴 조짐을 조기에 차단할 필요성이 제기되었던 것이다. 당대의 일급 이론가였던 임화는 1946년 9월 그가 구속된 뒤 아내 지하련과 월북하면서 「桂冠詩人」이라는 헌시를 남겼다. 그의 시적 동료인 김광현은 시 「쇠고리 채워진 兪鎭五」[11]를, 김상민은 「鎭五야」[12]라는 시작품을 통해 그의 투옥을 비판하였다. 또 오장환은 1947년 2월 민주주의민족전선이 주최한 문화 옹호 남조선문화예술가 총궐기대회에서 「시

---

10) 『문학』, 1947. 5.
11) 『민주주의』, 1946. 11.
12) 김상민, 『옥문이 열리던 날』, 신학사, 1948.

인의 박해」[13]라는 제목으로 유진오의 구속 사건을 문제화함으로써, 당국에 의한 구속 조치의 부당성을 호소하였다. 물론 이러한 문건들은 민족문학운동전선의 대오가 괴멸되어 가는 데 대한 항의 표시였지만, 해방기 신진 시인으로서 그가 갖는 위상을 드러내 준 것이기도 했다.

위에서 살펴본 유진오의 행사시에는 명령형, 청유형, 의문형 종결어미 등이 두루 발견된다. 이러한 시어 활용방식은 '우리'라는 집단적 화자를 선택한 시적 담론 방식에 힘입어 주최측의 의도대로 운집한 청중들을 한데 결집시키기에 충분했다. 유진오의 행사시들은 사회 현실에 대한 직접적인 표현과 날카로운 비판으로 청중들의 억눌린 정서를 자극하였다. 이들 행사시들은 문답법 등의 평이한 시적 장치들을 통해 충분한 선동 효과를 거두고 있는데, 이러한 사실은 시의 선동성에 대한 그의 탄탄한 공부를 짐작하게 해준다. 시적 청자에 대한 면밀한 분석에 기초하여 쓰여진 작품의 구체적 세목들은 그의 탁월한 낭독 기술과 접합되어 청중들에게 동일시 효과를 안겨주었던 것이다. 그러나 이들 행사시들은 시의 효용성에 압도되어 이념적 이상을 구체적으로 형상화하지는 못했다. 그의 시작품들은 행사시의 특성상 주최측의 요구에 부응하여 단기간에 쓰였을 뿐만 아니라, 불과 4편에 지나지 않는 작품량 때문에 문학적 가치를 논의하기에는 불충분하다. 그런데도 불구하고 그동안 소수의 행사시에 초점을 맞추었던 논의들이, 마치 그의 시작품 전량을 분석하여 시세계를 온전히 규명한 것처럼 서술한 것은 바로잡아져야 할 것이다.

유진오의 행사시들은 1946년 12월 김상훈, 이병철, 박산운, 김광현의 작품들과 함께 『전위시인집』으로 발간되었다.[14] 이 시집이 발간되

---

13) 이 연설문은 『문학평론』(1946. 4)에 재발표되었다.
14) 이 시집에 수록된 유진오의 시작품은 「38 이남」, 「共靑員」, 「장마」, 「횃불」, 「누구를 위한 벅차는 우리의 젊음이냐?」 등이다. 이 가운데 「누구를 위한 벅차는 우리의 젊음이냐?」는 조선문학가동맹 시부에서 펴낸 『조선시집』(1947)에 재수록되었다.

자 김기림은 이들이 "우리 시의 앞날을 위해 한 굳은 약속을 던져주"[15] 었다고 평가했으며, 김동석은 시집 발간의 의의에 대해 "유진오 씨를 비롯해서 이들 전위시인들은 민주주의 정권을 수립하기 위하여 싸우는 인민을 노래한 것"[16]이라고 언급했다. 당대의 명망 있는 비평가들이 이 시집에 대해 고평했던 이유는, 이들이 민족문학 진영에서 내세운 '시단의 결사대'이기도 했지만, 대부분 "식민지 말기를 거치면서 상당한 문학적 수련 과정을 거쳤을 뿐만 아니라, 식민지 전 기간에 걸쳐 축적된 우리 근대 시문학의 전통과 자양분을 고루 섭취할 수 있는 위치에 있었"[17]기 때문이다. 그는 이 시집을 통해 해방기 신진 시인의 반열에 오르게 되었으나, 결과적으로는 정치적 성향을 띤 시인으로 규정되어 현대시사에서 누락되는 불이익을 받게 되었다.

## 3. 서정적 내면의식의 표현

유진오에게 옥중 체험은 정치적 신념을 내면화하고, 혈연관계를 재인식하는 계기가 되었다. 그러므로 출옥 후에 쓴 그의 시작품에서 정치적 신념보다는 개인적 정서가 상대적으로 빈번하게 검출되는 것은 예정된 수순이었다. 유진오의 시작품은 모두 체험에 근거한 것이지만, 행사시와 서정시편에서 형상화되는 방식은 각기 다르다. 행사시에서는 정치적 신념을 실천하기 위해 복무했던 민족문학운동전선의 이념을 효과적으로 전파하는 데 치중했지만, 서정시편에서는 관념이 사상되고 개인적 정서가 전경화되었다. 이와 같은 체험의 이원적 형상화

---

15) 김기림, 「서」, 『전위시인집』, 노농사, 1946.
16) 김동석, 「인민의 시 『전위시인집』을 읽고」, 『예술과 생활』, 박문출판사, 1947.
17) 오성호, 「해방 직후의 전위시인론」, 민족문학사연구소 편, 『민족문학사강좌 · 하』, 창작과비평사, 1995, 206쪽.

방식은 해방기의 다른 시인들에게서는 찾아보기 힘든 이례적인 현상
이다. 그의 시세계가 예전과 달라지게 된 직접적인 이유는 투옥 경험
이었다. 그는 영어생활 동안 불구 상태의 모자관계를 원상으로 회복하
게 되었고, 민족문학의 건설 현장으로부터 일정한 거리를 유지하면서
정치적 신념의 심화를 도모할 수 있었다.

　유진오의 정치적 신념이 작품 속에 내면화되기 시작한 것은 시「한
없는 노래」이다. 그는 이 작품에서 '전형의 형상화'라는 리얼리즘 시의
성취 수준을 여실히 보여주었는데, 그것은 김기림이 『전위시인집』의
「서」에서 충고했던 "淋漓한 감정이 그대로 肉色을 들추어 내놓기도"
하는 감상주의와 개념화의 경향성을 극복하고, 마침내 "적당한 리리시
즘의 습도가 필요"하다는 사실을 인식하게 된 결과이다.


　　망보러 나갔을 때의
　　어매는 千里眼이다
　　그리고
　　시골서 온 일가가
　　무어라고 무어라고
　　허튼 소리 지꺼렸을 때
　　어매는 훌륭히 解說을 했다

　　동네 여편네들이
　　주접을 떨 때
　　어매는 차근차근
　　타이르고 가르쳐서
　　모오두 동무가 된 것을
　　어매야 아무리 숨겨도

나는 알었다

—「한없는 노래」부분

  이 작품에 등장하는 어머니는 혁명 전선에 복무하는 아들의 영향으로 점차 각성되어, 마침내 혁명 과업에 동참하게 된다는 점에서 막심 고리끼의 『어머니』와 비견할 만한 감동을 선사해준다. 아들과 혈연관계에 지나지 않는 어머니가, 시의 진행 과정에 따라 역사적 전망을 공유하는 동지적 관계로 승화되고 있다. 서정적 공간 안에서 개인적 정서와 집단적 욕망을 통합하려고 노력했던 그는, 어머니라는 편재적인 대상을 등장시켜 자신의 시적 갈등을 드러내고 있다. 이 작품 속의 어머니는 자식의 운동 대열에 동참하여 진보적 신념을 획득하고 있지만, 동시에 "염려말고 가라고 보내놓고는/내 사라지는 뒷모습을/넋없이 바라보"면서 자식의 옥바라지에 눈물흘리는 보편적인 인물이었다.

  유진오의 시에 나타나는 어머니는 자식의 정치적 신념에 동조하면서도, 그 신념이 야기할 비극적 결말로 인해 괴로워한다. 또 자식은 이 사실을 알면서도 아무런 해결책을 제시할 수 없는 자신의 곤궁한 입장 때문에 고통스럽다. 유진오는 자식을 걱정하며 '한없는 노래'를 부르는 어머니 앞에서 "말썽만 부리든 막냇놈"이었던 것이다. 「밤」에서도 어머니는 "아들을 위하여 婚談을 끄내시"는 분으로, 아들이 속삭이는 "異端의 말에 차츰 차츰 끌려들어"가 "憤慨한 語調로 아들을 激勵하시"지만, 어김없이 "불연듯 婚談을 끄내시는" 분이다. 비록 그의 육체는 정치적 신념의 구체적 실천 현장에 복무할지라도, 내면에서는 모자 간의 혈연관계를 더욱 소중하게 여겼던 것이다. 그는 이밖에도 「어머니」, 「鄕愁」 등의 작품에서 어머니를 그리워하는 자식의 소박한 마음을 표출하고 있다. 유진오는 감옥에서 소박한 모성적 이미지를 지닌 어머니와의 면담을 통해 그간 소홀했던 개인적 관계의 중요성을 터득하게 되었다.

유진오의 시 「들菊花」는 개인적/집단적 관계 사이에서 고뇌하는 자
연인의 표정이 잘 드러나 있다. 그는 이 작품에서 이전의 직정적이고
생경한 표현의 행사시와 달리, 자기 절제에 바탕을 둔 섬세한 서정을
포착하려고 힘썼다.

> 네가 꽃과 나를 좋아하듯이
> 나는 너와 또 무수한 너와
> 꽃과 自由와
> 정말로 自由로운 自由
> 꽃보다도 귀한 목숨들
> 내 일과 내 젊음을 사랑한다.

—「들菊花」 부분

이 작품의 화자는 자신의 처지 때문에 사랑하는 일이 괴롭다. 변혁운
동에 복무하는 자신의 불안한 삶 때문에 들국화에 맺힌 이슬처럼 "네
눈에도 그렇게 몇 번이고 이슬이 맺혀야 할 것"을 예상하기 때문에 선
뜻 사랑할 수 없다. 자신의 청춘을 담보로 조국 해방운동에 참가하여
"정말로 自由로운 自由"를 쟁취하려는 전사로서, 그는 '너'와 무수한
'너' 사이에서 갈등한다. "꽃과 나를 좋아하"는 '너'와의 사랑이 개인
적 차원의 애정이라면, 불특정 다수인 '무수한 너'와의 사랑은 민중과
의 연대를 담보하는 집단적 차원의 애정이다. 그는 '무수한 너'를 사랑
하는 나의 처지를 사랑하는 '너'에게 납득시키지 못한 채, '너'와의 사
랑이 '무수한 너'와의 사랑에 밀려나게 되는 안타까운 상황을 괴로워
하고 있다. 그는 운동전선의 불확실성으로 인해, 사랑하는 사람이 슬
퍼하게 될 것을 염려하는 것이다. 이처럼 유진오의 시작품에 나타나는

사랑은 "보채며 설레이며 잠들어 누운 자리/쪽지 한 장 써놓고/살랏이 다녀간 이"를 "눈이 멀도록 기두리"(「눈이 멀도록」)는 전래적인 모습으로 나타난다.

출옥 후의 유진오는 전통적 서정을 발견하고 그것의 시적 수용방식에 골몰하는 한편, 문학대중화 운동에도 적극 참가하였다. 그는 정치적 신념을 실천하기 위해 1947년 7월 남로당 산하의 조선문화단체총연맹이 조직한 문화공작대에 소속되어 경남지방을 순회하면서 시를 낭독했다. 그의 명품 「이대루 가자」는 문학의 대중화를 통해 자주적 민족국가의 건설이라는 변혁운동에 복무하려고 "시다운 시는 금후의 과제"로 미루었던 "인민을 위한 전사"의 죽음을 각오한 시적 다짐을 보여준다.

죽엄인들 대수로우냐
이대루 가자
괴로움이면 차라리
뼈를 앗으라

사나운 바람 속에
눈물 어려 살아왔다
가야만 할 길이다
꽃잎처럼 떨어지자

하나 둘
헤일 수 없이
짓밟혀 간다
아까운 목숨들이

악착스리 짓밟힌다

사나운 발굽 밑에
꽃잎이 있다
번쩍이는 총칼 밑에
목숨이 있다

꽃같은 목숨이
땅 우에 떨어졌다
떨어진다

허수히 죽는 게 아니다
그냥 스러지는
꽃 같은 목숨이 아니다

땅 속에 흙 속에
다시 피리라
죽어도 떨어져도
꽃은 피고
꽃은 남는다

죽엄인들 대수로우냐
이대루 가자
괴로움이면 차라리
뼈를 앗으라

—「이대루 가자」 전문

　　이 작품은 "절망적 상황에 처해서도 자신의 의지를 굽히지 않는 살아있는 정신의 늠렬함을 보여준다는 점에서 항일민족전선에 투신했던 육사의 시세계를 연상시키기도"[18] 한다. 그에게 '인민의 계관시인'이라는 굴레를 씌워줬던 행사시들에 비해 이 작품의 시적 성취 수준이 우월한 것은 공허한 구호의 나열이 아니라, 자신에게 닥친 현실을 정면으로 돌파하려는 정치적 신념이 시적 형식과 육화되었다는 데 있다. 또 행사시에서 우선적으로 고려되어야 했던 청중들의 수용 양상에 대한 부담에서 벗어날 수 있었던 것도, 이 작품이 종래의 작품보다 우수한 성취를 획득하도록 기여하였다. 특히 "사나운 발굽 밑에" 있는 '꽃잎'과 "번쩍이는 총칼 밑에" 있는 '목숨'을 동일한 대상으로 비유함으로써, 청자로 하여금 결사적인 항쟁 의지를 단련하게 해준다. 이런 점에서 그에게 시의 선동성이란 "결코 서정성 또는 예술성과 분리된 차원의 것"[19]이 아니었다. 이 시기의 유진오는 "죽어도 떨어져도/꽃은 피고/꽃은 남는다"는 깨달음을 얻을 정도로, 민족해방을 위한 투쟁 의지가 성숙하게 내면화되었다. 이 작품은 "한 편의 시작품으로서의 보편성과 상징성과 진실성이 감동적으로 결합"[20]되어, 해방기의 혼란한 시단에서 일정한 성취를 이루었다고 할 수 있다.

　　유진오는 서정과 정치적 이데올로기가 만나는 지점에서도 "마음에 파고드는 미움"조차 "차라리 살이 되고 뼈가 되라"(「버섯」)고 외칠 수 있었던 속깊은 성정을 가졌었다. 그는 "어두운 밤하늘에 불인 듯 짙어오는 그리움"(「무엇을 가르쳐야 옳으냐」)을 바라볼 수 있었기 때문에, "불빛조차 없는 방"에서도 "그리움이 한결 짙어가"(「눈이 멀도록」)는 줄 알았으며, 일어날 기력조차 없어도 "호올로 누워있는 이 밤을 환하게 채

---

18) 이숭원, 앞의 책, 88쪽.
19) 오현주, 「8 · 15 직후 문학운동과 시문학의 전개 양상」, 『해방기의 시문학』, 열사람, 1988, 349쪽.
20) 이숭원, 앞의 책, 90쪽.

워주는 그런 사람"(「비오는 날」)을 기다릴 수 있었던 것이다. 그는 "그리운 사람이 있음으로 더 한층 쓸쓸해지는 가을밤"(「불길」)의 달에서 "차거운 아름다움"(「달」)을 발견할 줄 아는 예민한 서정의 소유자였다. 농촌 출신이었던 그는 "장마가 스쳐간 논이랑에 다시는 다시는 스음이 없"(「江마을」)기를 바라면서, 하늘과 별이 따로 노는 밤이면 "소금먹은 듯 저려오는"(「鄕愁」) 사모곡을 부르며 유년시절을 회상하기도 했다.

유진오의 애틋한 시적 감수성이 전통적인 서정으로 형상화된 작품이 「順伊」다. 이 작품은 한국적 정서의 한 자락을 섬세하게 포착하여 정한의 세계에 맥락이 닿아 있는 가작이다. 해방기의 격변하는 정국에 깊이 개입되어 있던 그가 아래처럼 슬픈 사랑의 감정을 시화한 것은 놀랍다.

그리움이여
千里길을 내달었도다

얼골도 말소리도 모르는
이따금 날러드는 平凡한 葉書조각에
흘리운 듯 팔리운 듯 그리웠든 이

꿈결같은 이야기……
지난날 허고 많은 주림과 슬픔
목마른 바램의 끝없는 새암 줄기

이제는 새 새악씨 얌전한 안악
도란도란 이야기는 웃음에 차서……

머얼리 바라만 보듯 듣기만 하고
눈섭 하나 까딱이지 못한 채
사뿐히 놓여지지 안는 발길은
千里길을 되가야 하나니


배운 건 한 가지나
잃은 건 열 가지나 되는 듯
절름거리는 마음 무척 서글퍼


안타까움이여……
千里길은 아득하도다

—「順伊」전문

　마치 백석의 「統營」이나 조지훈의 「悲戀」을 연상케 하는 이 작품은, 그리워하는 여인을 "머얼리 바라만 보듯 듣기만 하고" 돌아서야 하는 안타까움을 노래하였다. 그리운 이를 찾아서 "千里길을 내달았"지만, 그이는 이미 "새 새악씨 얌전한 안악"이 되어 있어서 슬프다. 더군다나 "그리웠든 이"의 "도란도란 이야기는 웃음에 차서" 더욱 슬프다. 힘없이 돌아가는 화자의 "사뿐히 놓여지지 않는 발길"은 실연당한 자의 서글픔을 사실적으로 묘사하고 있다. 해방기의 수선스런 현실 속에서 사랑을 잃은 자의 뒷모습을 포착하여 "절름거리는 마음"을 표현했던 시인은 거의 없었다. 조용한 목가풍의 서정시를 쓰면서 일제시대를 감내했던 신석정조차, 해방이라는 감격스런 상황 앞에서 "오는 봄엔 噴水처럼 쓰러지는 太陽을 안고/그 어늬 언덕 꽃덤풀에 아늑히 안겨보리라"[21]고 흥분하지 않았던가.
　그러나 '도적처럼' 다가선 해방은 권력에의 의지를 앞세운 무리들에

'꽃'과 '자유'를 사랑한 시인　309

의해 본질적 의미가 퇴색해가고, 기득권을 유지하기 위한 친일파들의 노골적인 책동 앞에서 겉잡을 수 없는 난국으로 변해 갔다. 그는 '봄' 으로 비유된 해방 정국의 "꽃가루 날리는 그 속엔 내가 찾는 이는 아무도 없"(「봄」)음을 깨닫고, 마침내 "거기 이름없는 풀잎이 되"(「나는야 거기 이름없는 풀잎이 되어」)고 말 것이라는 비극적 현실을 인식하게 된다. 더욱이 그와 함께 『전위시인집』을 발간했던 동료들이 모두 월북을 선택한 판국에, 그의 절망은 시적/비극적 최후를 예비할 수밖에 없었다. 그가 출감 후 발표한 「山」에서 "밀려가는 사람들 사이/이따금 얼굴 익은 동무들이/악수도 없이/눈만을 꿈벅이고 지내치는" 현실에 대해 "쌍, 가슴아픈 오늘날이다"고 분노한 것도, 이러한 정국의 판세 변화에 기인한 것이다. 유진오가 최후작에서 "숨결과 함께 넘어져 가는 조국과 함께" 자신이 "눈보라 속에 있"(「祖國과 함께」)다고 선언한 것은, 그의 기대와 달리 전개되는 해방기의 정치적/문학적 움직임에 대해 비관하고 있었다는 사실을 증거한다. 유진오는 이 작품을 발표한 뒤 1949년 2월 지리산문화공작대장으로 지령을 받고 입산하였다.[22]

그러나 유진오는 '산사람'이기 이전에 한 사람의 자식이며 시인이었다. 비록 조직의 "지령을 피할 수 없"어서 지리산에 입산했지만, 천륜을 중시하는 그로서는 민족해방전선에서 이름없이 죽어가는 전사들의 진혼가를 쓰는 일 외에는 달리 할 일이 없었다. 그에게는 전사들의 죽음이 망자가 선택했던 신념의 완성이라기보다는, 모자간의 천륜 관계가 상실되는 현장으로 인식되었던 것이다. 8·15 직후 "무장투쟁의 한 전형을 이룬 시인"[23]으로 평가되는 그였지만, 정치적 신념이 대결하는 전투 현장과 조직에 의해 주도된 문화공작활동에서는 특별한

---

21) 「꽃덤풀」, 『신문학』 제2호, 1946.
22) 유진오는 이 때 전사한 유격대원을 추모하는 「싸우다 쓰러진 용사」라는 시작품을 썼다고 하는데, 원문은 찾을 수 없다. ―정영진, 「육탄시인 유진오의 항쟁문학」, 『문학사의 길찾기』, 국학자료원, 1993, 187쪽.

성과를 거둘 수 없었다.[24] 그는 조직의 소환령에 의해 하산하던 중에 전북 남원에서 민보단에 체포되어 서울로 압송되었고, 9월 군법회의에 회부되어 사형선고를 받았다.[25] 같은 해 11월 가족 및 현민 유진오 등 친지들이 탄원하여 무기형으로 감형된 그는 1950년 3월 전주형무소로 이감된 뒤, 6·25전쟁이 발발하자 7월에 긴급처형된 것으로 알려졌다.

일찍이 자신의 소시민적 관습이나 사유 방식을 "낡은 장옷"으로 표현하면서 자기 갱신을 꾀했던 유진오는 해방기의 빼어난 서정시인이면서도, 지금까지 한국의 현대시사에서는 논의선상에서 배제되었다. 그는 "맘놓고 길게 뽑아보는 한숨을 쉴"(「再生」)수 있기를 기대하고, 자신의 정치적 신념과 서정적 실천을 동시에 추구했던 '민주주의자'이자 시인이었다. 식민지 시절부터 확대재생산된 가난조차도 해방의 감격 앞에서는 "경치같기만 하다"(「雪花」)던 그는, 조국이 최종적으로 분단의 이념을 선택하자 정갈한 서정을 미처 표현하지도 못하고 산화했다. 그가 "『창』을 내놓으며 은근히 바라는 마음은 민주주의의 길에 인도할 수 있는 시도가 될 수 있다면 하는 마음"은 정국의 혼란 속에 유실되었고, 그의 서정적 시작품들은 편향된 정치적 논리에 차단되어 논의조차 되지 못하였다. 그는 비록 "먼저 철저한 민주주의자가 되겠다"던 역사 앞에서의 다짐을 완성하지 못했지만, 날카로운 서정적 안목으

---

23) 임헌영, 「해방 이후 무장투쟁에 대한 문학적 형상화」, 이우용 편, 『해방공간의 문학 연구·Ⅱ』, 태학사, 1990, 384쪽.
24) 김남식, 「1948~50년 남한내 빨치산 활동의 양상과 성격」, 최장집 외, 『해방전후사의 인식·4』, 한길사, 1989, 240~241쪽.
25) 이 재판(재판장 원용덕)에서 유진오는 재판관의 심문에 남로당과 관계를 부인하였으며, 입산 동기를 묻자 "문학 수업중인 몸으로 창작 재료를 얻을 욕심"과 "가지 않을 수 없었다. 사기 앙양이라든가 정서적 고취보다 지령을 피할 수 없었다."고 말함으로써, 자신의 유약한 성정을 드러내었다. 당시 검찰측의 취조문에 의하면, 그는 수감 중에 「다시 만납시다」라는 시작품을 썼다고 하는데 원문은 찾을 수 없다. 재판장이 사형을 언도하자 그의 얼굴은 "화끈 붉어져 있었다"고 하며, 최후 진술에서 "양심적인 문화인으로 살고 싶"다고 말했다.(『경향신문』, 1949. 9. 30)

로 해방기의 "싸늘한 이성 뒤에 숨은 거짓과 비겁"(「불길」)을 간파하고
있었던 것이다.


## 4. 결론

　유진오는 해방기의 혼돈과 무질서로 점철된 공간에서 정치적 신념을
실천하는 한편, 서정시인으로서의 자세를 잃지 않았던 양심적인 시인
이었다. 그는 정치적 신념을 구현하기 위해 민족문학운동전선에 참여
했으며, 이 때 발표했던 소수의 행사시들로 인해 정치지향적 시인으로
고정되었다. 이 무렵 민족문학 운동에 복무했던 대부분의 시인들은 정
치적 환경이 악화되자 월북/전향했으나, 그는 끝까지 자신의 신념을
훼절시키지 않고 비극적인 최후를 맞았다. 그의 시 「이대루 가자」는
'인민을 위한 전사'의 혁명의지가 서정성과 융합되어 상징적 차원에
도달한 작품이다.
　하지만 정치적인 소수의 시작품과 행동 성향 때문에, 대다수의 조출
한 서정시편들이 조명받지 못할 이유가 없다. 더욱이 대부분의 시인들
이 해방의 감격에 휩쓸려 서정시편을 쓰지 못하던 혼란한 상황 속에서
도, 그는 감정의 절제에 입각한 전통적 서정을 섬세하게 형상화했다.
특히 그의 시 「順伊」는 전래되는 비극적 서정을 예민한 시적 감수성으
로 포착한 작품이다. 직설적인 표현과 이분법적 사유방식을 감추지 않
았던 행사시들에 비해, 그의 서정시편에는 해방기의 시대적 정서와 함
께 한국적인 풍경들이 촘촘하게 재현되어 있다.
　이와 같이 유진오는 정치적 신념의 실천 현장에서도 서정적 내면의
식의 시적 형상화를 멈추지 않았던 해방기의 탁월한 서정시인이었다.
불과 몇 편의 행사시와 그에게 씌워졌던 '계관'의 무게에 눌린 채, 그

의 빛나는 서정성이 연구자들의 경직된 신념에 의해 더 이상 자의적으로 재단되지 않기를 바란다. 그는 지금도 생전에 말했듯이 "마지막 가는 길에도 부를 노래를 가만 가만 불러"(「山」)가면서, 단지 "조국을 사랑한 까닭에"(「싸우는 監獄」) 분단된 조국의 시문학사에서조차 자신의 이름이 누락된 사실을 가리키며 "그러한 밤도 있었느니라"(「밤」)고 되뇌이고 있는지 모른다.

# 혁명과 삶의 상관관계
—박봉우론

## 1. 서론

한국전쟁은 국제 질서의 개입에 의해 야기된 동일 민족간의 국지전
이었다. 이 전쟁으로 말미암아 남북한은 분단을 고착화하면서 대립적
인 이념의 현실을 담당하는 분쟁지역이 되었다. 그 결과 사회 구성원
들은 낯선 이념에 예속된 채, 천부적인 자유를 박탈당하거나 유예된
삶을 살아야 했다. 남한에서는 반공이데올로기가 지배 담론으로 정착
되어 집권세력의 통치 기간을 연장시키는 수단으로 활용되었고, 시인
들의 창작 반경은 이념의 허용 범위 내로 좁혀졌다. 이러한 정치 상황
을 안타깝게 여긴 일부 시인들이 이념의 폐해를 고발하면서 분단된 조
국의 비극적 현실을 형상화하는 데 전력을 기울였다. 그들의 노력은
시인의 사회적 책무성을 수행하는 방안에 대한 진지한 모색이었고, 정
신 우위의 시사적 전통을 재현하려는 고단한 몸부림이었다. 그 대표적
인 시인으로 박봉우를 들 수 있다.

　박봉우(1934~1990)는 1956년 시「休戰線」이《조선일보》신춘문예에 당선되어 등단하였다. 그는 시집『休戰線』(정음사, 1957),『겨울에도 피는 꽃나무』(백자사, 1959),『4월의 화요일』(성문각, 1962),『荒地의 풀잎』(창작과비평사, 1976),『딸의 손을 잡고』(사사연, 1987) 등을 상재하였다. 일찍이 그는 초등학교 재학 중에 동요가 입선되고, 중학생 시절에 '진달래' 동인을 결성하는 등, 조숙한 문사의 기질을 드러내었다. 그의 문학 활동은 고등학교에 진학하여 시「石像의 노래」가『문학예술』에 당선되면서 더욱 활발히 전개되었는데, 친구들과 4인시집『상록집』을 발간했던 그는 대학생 때에 시동인지『零度』를 발간하기도 했다. 이러한 사정을 감안해보면, 그의 습작기는 상당 기간 지속되었음을 알 수 있다. 따라서 그가 유수의 지면을 화려하게 장식하며 시단에 등장했다손 그리 놀랄 일이 아니다. 그의 습작 체험은 오로지 시작에 투신했던 그의 치열한 노력을 증명하기에 충분하다. 그는 습작기간을 거치면서 사춘기 소년의 감상성을 청산할 수 있었고, 세계의 본질을 응시하는 안목을 기를 수 있었다.

　주지하다시피 박봉우는 불우한 경제적 사정 때문에, 평생 동안 불편한 삶을 살았다. 남다른 열정과 자유분방한 성품으로 인해서 변변하게 직장 생활을 계속할 수 없었던 그는, 불우한 생애에도 불구하고 시작 활동은 게을리 하지 않았다. 그동안에 이루어진 박봉우의 시에 관한 연구물들은 대부분 초기시에 집중되었다. 그 결과, 분단체제를 상징적으로 묘사한 일부 시편들에 논의의 중심을 맞춘 연구자들은 동어반복적인 성과들을 경쟁적으로 제출하였다. 본고에서 그의 후기시까지 포함하여 분서하고자 하는 이유이다. 그는 분단시대의 정치적 상황과 지식인의 책무성에 대하여 심각하게 사유한 선구적 시인이다. 그의 바람을 충복시켜 줄 것 같았던 4월의 민주혁명이 군사정변에 의해 무력화되자, 그는 깊은 좌절감과 병고를 안고 서울을 떠나게 되었다. 이후부터 그는 인생의 비애를 간간이 보여주었으며, 가장의 책임에 대해서도 자책감을 갖기도 했다. 본고는 그의 생애를 따라 시의식의 변화 양상을 살피는 데 집중할 것이다.


## 2. 민족의 현실과 자아의 위축

### 1) '휴전선', 역사의 절망 상태

한국 사회처럼 이념이 횡행하는 경우도 드물다. 뜻있는 논자들이 이념의 미망과 그로 인한 부작용을 염려했으나, 일부의 식자들은 자발적으로 이념을 격파하기 위한 이념을 생산하면서 현상의 고착화에 기여하였다. 기층 민중들의 의지와는 전혀 상관없이 식자들의 이념전이 벌어진 것이다. 그들이 조성한 이념의 과잉 현상은 사회의 지배 담론을 튼튼하게 뒷받침하는 후원세력이었고, 집권층은 이념을 통치의 전면에 내세우기를 주저하지 않았다. 이렇게 사회의 전 국면에서 이념화 경향이 강화되던 시기에, 박봉우는 놀랄 만한 작품을 신춘문예에 투고하여 시단의 각광을 받으며 등장하였다. 그의 출현은 1950년대 중반의 시대적 분위기에 전혀 어울리지 않는 이상현상이었고, 차라리 선자들의 의식 상태가 의심스러울 정도로 참신한 충격을 주었다. 그의 등단으로 한국시단에 반전사상과 평화의식이 형성되기 시작했다고 해도 과언이 아니다. 그만치 박봉우의 당선작이 내포한 시사적 의미는 막강하였다.

山과 山이 마주 향하고 믿음이 없는 얼굴과 얼굴이 마주 향한 항시 어두움 속에서 꼭 한 번은 천동같은 火山이 일어날 것을 알면서 요런 姿勢로 꽃이 되어야 쓰는가.

　저어 서로 응시하는 쌀쌀한 風景. 아름다운 風土는 이미 高句麗 같은 정신도 新羅 같은 이야기도 없는가. 별들이 차지한 하늘은 끝끝내 하나인데……우리 무엇에 불안한 얼굴의 意味는 여기에 있었던가.

　모든 流血은 꿈같이 가고 지금도 나무 하나 안심하고 서 있지 못할 廣場. 아직도 정맥은 끊어진 채 休息이가 야위어가는 이야기뿐인가.

　언제 한 번은 불고야 말 독사의 혀같이 징그러운 바람이여. 너도 이미 아는 모진 겨우살이를 또 한 번 겪으라는가 아무런 罪도 없이 피어난 꽃은 시방의 자리에서 얼마를 더 살아야 하는가 아름다운 길은 이뿐인가.

　山과 山이 마주 향하고 믿음이 없는 얼굴과 얼굴이 마주 향한 항시 어두움 속에서 꼭 한 번은 천동같은 火山이 일어날 것을 알면서 요런 姿勢로 꽃이 되어야 쓰는가.

―「休戰線」 전문

　전쟁 후의 시대적 형편을 고려한다면, 보수적인 논조를 띤 중앙지의 신춘문예에 당선작으로 선정되었다는 사실이 미심쩍을 정도로 이 작품은 진보적 내용을 담고 있다. 박봉우의 날렵한 상상력이 빚어낸 가작으로서, 전후의 냉전적 질서가 횡행하던 당시의 시단 형편에서 이 작품을 생산할 수 있었던 것은 전적으로 시인의 공이다. 그는 "50년대의 기막힌 이야기"(「窓은」)를 위 시에서 형상화하고 있는데, 그의 반전의식과 강렬한 민족의식을 솔직하게 드러내고 있다. 한국전쟁의 부산물로 설치된 휴전선은 현재도 유지되고 있다. 이런 상태는 휴전 후 50

년이 경과한 현재적 시점에서도 박봉우의 시가 지닌 선지성과 유효성을 입증해준다. 그의 시화에 힘입어 시단의 분단의식은 발아할 수 있었고, 민족의 비극적 현실에 대한 시인들의 고뇌가 시작될 수 있었다.

박봉우는 전체 5연으로 구성된 안정적 구조에 맞추어 시행의 장단을 적절하게 조절하였다. 그러한 형태는 '휴전선'의 단단한 고착성을 묘파하는 데 제격이고, 전쟁의 중단 상태가 지속될 것이라는 짐작을 낳기에 충분하다. 특히 단행으로 연을 구성한 시인의 의도에 따라 '휴전선'의 길이가 연상되고, 단행을 2행으로 처리하여 이중으로 설치된 '휴전선'의 철책을 떠올리는 효과를 거두고 있다. 또한 상하 반복적으로 병치된 첫 연과 끝 연은 '휴전선'의 대치 상태를 상징하며, 연속적으로 서술된 '저어 서로 응시하는 쌀쌀한 風景'과 '모든 流血은 꿈같이 가고 지금도 나무 하나 안심하고 서 있지 못할 廣場' '독사의 혀같이 징그러운 바람'이 금방이라도 몰려 올 듯한 긴장감이 조성되고 있다. 그와 같은 시적 긴장감은 마지막 연에서 되풀이 된 첫 연에 의해 재확인되면서 고조된다.

하지만 박봉우는 매 연을 '―쓰는가'로 마침으로써, 미래적 행동을 유보한 채 현상황의 서술에 촛점을 맞추고 있다. 이것은 위 시가 지닌 성취 수준과 한계를 동시에 보여준다. 그가 애통하게 생각하는 '휴전선'의 철폐를 위해서는 일정한 행동이 수반되어야 한다. 이 점에서 특히 첫 연과 끝 연을 동일한 서술로 배열하여 2~4연의 소회를 유폐시킨 점은 지적되어야 할 것이다. 그 이유는 그가 "눈물도 쓰라림도 달게 받으며 못난 구실로 나는 살아야 말친구도 없이 그저 적적히 푸른 하늘의 태양을 바라보고 키 작은 대로 부드러운 것도 없이 무상한 역사를 노래하고 나는 나는 웃음 한 번 없이 굳어버린 얼굴로 이 누리를 살아가야 살아가야"(「石像의 노래」) 할 약소민족의 숙명을 순순히 받아들인 데서 예비되었다. 그의 체념은 다음의 시에서도 계속된다.

4월의 피바람도 지나간
수난의 都心은
아무렇지도 않은
표정을 짓고 있구나.

진달래도 피면 무엇하리.
갈라진 가슴팍엔
살고 싶은 武器도 빼앗겨버렸구나.

아아 저녁이 되면
자살을 못하기 때문에
술집이 가득 넘치는 都心

약보다도
이 고달픈 이야기들을 들으라
멍들어가는 얼굴들을 보라.

어린 4월의 피바람에
모두들 위대한
훈장을 달고
革命을 모독하는구나.

이젠 진달래도 피면 무엇하리.

가야 할 곳은
여기도,

저기도, 病室.

모든 자살의 집단 멍든 旗를 올려라
나의 病든 〈데모〉는 이렇게도
슬프구나.

—「진달래도 피면 무엇하리」 전문

박봉우의 분단 극복 의지는 시 「전쟁아 가거라」, 「그날을 어찌 잊으랴」, 「分斷아!」, 「우리는 가슴이 아프다」, 「분단기」 등에서 산견된다. 이 시편들에서 검출되는 공통점은 한결같이 분단의 '지금 -여기'에 국한되어 시상이 전개된다는 점이다. 위의 작품도 마찬가지이다. 그는 전쟁의 참극이 진정될 무렵에 발생한 4월 혁명에 의해 한국의 민주주의가 완성될 수 있으리라 기대했다. 하지만 그의 소망과 달리, 혁명은 이듬해 군사정변에 의해 전복되어 버렸다. 권력지향적인 정치군인들은 헌법을 유린하고, 민주혁명에 가담하거나 동조했던 국민들의 소박한 바람을 왜곡시켜버렸다. 당시의 국민들은 극도의 좌절감 속에서 공포를 느껴야 했고, 저마다의 가슴에 '고달픈 이야기'를 켜켜이 쌓으며 '革命을 모독'하는 조국 근대화의 행렬에 나아가야 했다. 권부를 차지한 군인들은 국민들에게 민주화 의지의 철회를 요구하는 대신에, 누천년간 지속되어 온 가난으로부터의 해방을 약속했다.

박봉우의 절망감은 그런 세태를 배경으로 발아했는데, 그는 "火山같은 혁명의 대열"(「달밤의 革命」)을 돌아보면서 낙심한 심정을 '이젠 진달래도 피면 무엇하리'라는 자포자기적 독백으로 나타냈다. 진달래 피는 계절의 혁명을 추억으로 회상할 수밖에 없는 정치적 절망감은 그로 하여금 정국에 대한 최악의 혐오감을 표출하도록 자극하였고, 그는 세상의 여기저기를 '病室'로 인식하여 현실에 대한 분노를 표하기에 이르렀다. 급기야 그의 좌절감은 정신 이상 증세를 악화시켰고, 그는 번 잡한 '데모'의 도시 서울을 떠나 전주로 내려가게 되었다.

## 2) '나비', 내면의 자유와 갈등

박봉우의 시작품에서 '나비'는 여러 논자들에 의해 다루어졌다. 그의 시에서 '나비'는 개인 상징이다. 그는 「나비와 鐵條網」, 「休戰線의 나비」 등에서 '나비'를 시제로 직접 등장시키고 있거니와, 자유롭게 비상하는 '나비'에 의탁하여 자신의 소박한 소망을 드러내었다. 그의 소망은 주로 분단 조국과 가장으로서의 책임감에 집중되었다. 그가 비록 조국의 정치적 현실을 안타깝게 여기면서 '나비'를 동원하여 휴전선의 비극미를 포착했다손 치더라도, 그것은 분단 민족의 통일을 향한 근원적 희망이라는 점에서 소박하다. 왜냐하면 국토의 분단 상황을 타개하려는 바람은 비단 시인이 아니더라도 누구나 염원할 수 있기 때문이다. 아울러 '나비'는 각종 현실적 제약으로 위축된 무능한 처지를 탈출하려는 시인의 심리적 욕망을 대행한다. 박봉우는 유복자로 태어난 가정 환경 속에서 어린 시절부터 문학적 감수성을 수련하였다. 그의 시작품에 격정적 어조와 정제되지 않은 언어가 구사되는 것도 이 때문이다. 그의 정열적 의지는 불의의 사고를 거치면서 급격하게 쇠약해지는데, 후기시에서 불성실한 가장의 안타까운 심정이 절절하게 토로되는 것은 그런 사정에 기인한다. 사회의 물질적 조건 앞에서 좌절한 그는 '나비'를 앞세워 현실적 한계 상황을 타파하려는 의지를 표출하였다.

먼저 거대담론의 해체를 지향하는 시인의 의식을 내포하고 있는 '나비'를 살펴보자. 박봉우는 "핏덩이로 산화된 戰友의 날개를 묻어줄 한 주먹 고향 흙과 그런 陽地의 山脈도 없는가"(「死守派」)라고 물으며, 전후의 상처를 치유해줄 만한 마땅한 대책이 없는 현실을 안타깝게 여겼다. 그는 절대 자유를 열망한 시인이다. 그는 등단 초기부터 자유를 노래하는 데 전력하였고, 끊임없이 사회의 혁명을 갈망하였다. 자유를 추구하는 시인에게 분단으로 인한 자유의 제약과 구속은 견디기 힘든 고통이었다. 그가 자유를 억압하는 근본적인 원인을 분단된 정치 현실에서 찾았을 때, 그가 할 수 있는 일이란 분단의 현실을 혁파하는 것이다. 하지만 그것은 거대담론의 변화가 전제되어야 하기 때문에, 개인의 힘으로는 불가능하다. 단지 시인이 행할 수 있는 일은 상상력의 도움을 빌어 담론이 작동하는 현장을 포착하여 그 실체적 모습을 제시하는 것뿐이다.

지금 저기 보이는 시푸런 江과 또 山을 넘어야 진종일을 별일없이 보낸 것이 된다. 西녘 하늘은 薔薇빛 무늬로 타는 큰 눈의 窓을 열어……지친 날개를 바라보며 서로 가슴 타는 그러한 距離에 숨이 흐르고.

모진 바람이 분다. 그런 속에서 피비린내 나게 싸우는 나비 한 마리의 생채기. 첫 고향의 꽃밭에 마즈막까지 의지하려는 강렬한 바라움의 香氣였다.

앞으로도 저 江을 건너 山을 넘으려면 몇 〈마일〉은 더 날아야 한다. 이미 날개는 피에 젖을 대로 젖고 시린 바람이 자꾸 불어간다 목이 빠싹 말라버리고 숨결이 가쁜 여기는 아직도 싸늘한 敵地.

壁, 壁……처음으로 나비는 壁이 무엇인가를 알며 피로 적신 날개를 가지고도 날아야만 했다. 바람은 다시 분다 얼마쯤 날으면 我方의 따시하고 슬픈 鐵條網 속에 안길,

이런 마즈막 〈꽃밭〉을 그리며 숨은 아직 끝나지 않았다 어설픈 표시의

壁. 旗여……



박봉우를 일약 유명시인의 반열에 올려준 작품이다. 그는 데뷔작에
이어 이 작품을 발표하면서 문단의 총아로 떠올랐다. 그는 휴전선의
철조망을 '나비'의 비상에 의지하여 넘나들기를 시도하지만, 현실의
'벽'은 그조차 허용하지 않았다. 작품 속의 '나비'는 시인의 의지를 대
행하는 상관물이다. 그는 하루를 '별일없이' 보내기 위해 눈 앞으로 나
아가려고 시도하지만, 그곳은 '아직도 싸늘한 敵地'이기 때문에 좌절
된다. 일상적 나날들이 별고없는 날로 규정되기 위해서는, 먼저 철조
망이 철거되어야 한다. 철조망은 "상처뿐인 祖國"(「반쪼각의 달」)의 정
치적 상황을 담보하는 군사적 경계선이다. 곧, 시인은 이 철조망이 설
치되기 이전의 평화한 세상의 복원 의지를 이 작품에서 표명하고 있는
것이다. 그의 소망이 이루어지는 날은 '나비'가 철조망이 사라진 '첫
고향의 꽃밭'을 찾아가는 날이다. 나비가 꽃을 찾는 일은 정말 '별일'
이 아니다. 이런 점에서 그의 '나비'는 바로 휴전선의 철조망을 제거하
는 의식의 의례를 집행하고 있는 시인의 대리물이다. 그러나 그가 주
재하는 의식은 관념의 차원에서만 가능한 까닭에, 현실적으로 그의 열
망을 충족시켜 줄 리 만무하였다. 그가 '휴전선'을 철폐하고 싶은 욕망
을 드러낼수록, 오히려 상대적 좌절감은 깊어지게 된다.

이에 박봉우는 "서울의 良心을 무찌르고 싶다"(「大地의 大特號活字」)
고 분노하면서 서울에서의 생활을 정리하였다. 그는 전주로 내려올 무
렵부터 소시민적 삶의 행복을 나비에 의탁하였다. 이 점에서 그의 시
작품에 등장하는 '나비'의 정체가 판명되거니와, 그것은 시인의 분신
이었던 셈이다. 그는 과량의 음주로 피폐해지기 시작한 육신의 징후를
예감하면서, 분단을 극복하고 혁명을 노래하던 열정을 약화시킬 수밖

에 없었다. 그는 자신의 몸에 가해지는 병리현상을 절감하면서 격한 감정을 주체하지 못하고 "詩人은 무엇을 노래할 것인가"(「窓이 없는 집」)라며, 자신이 처한 상황을 자조하였다. 그는 마침내 "서울을 떠나야지"(「서울 下野式」)라고 다짐하며 혁명의 수도를 등 뒤로 하고 낙향하였다. 그후로 박봉우는 평범한 가장의 삶을 동경하게 되고, 이전의 '나비'들은 철조망 대신에 생활 주변에 출현하게 되었다.

> 잡풀 없는
> 잔디밭의 금잔디밭에
> 귀여운 어린 애들의
> 재롱재롱 이야기를 들으며
> 살고 싶다.
>
> 그런 날의
> 한 잔의 술은
> 향기로운 신화
>
> 홀로이 가고 싶다
> 나비와 같이
> 날아서,
> 어느 낯설은
> 주막에 앉고 싶다.

— 「나 혼자만의 나그네」 전문

그가 이 작품에서 소망한 것들을 이루기 위해서는 등단 이후부터 지속되어 왔던 '휴전선 의식'을 승화해야 했다. 그것은 '직업이 조국'이

었던 시인의 숙명이었고, 그의 시적 한계를 지적하지 않은 평단의 과
오이다. 그의 '나비'는 휴전선의 비극적 현장에서 비상할 기회를 탐색
하고 있었지만, 그러기에 앞서 '나비'의 운명은 탈피하지 않으면 안 되
었다. 그것은 박봉우의 분단 극복의지가 대부분 '지금'의 순간에 집중
적으로 표명되며 멈추어 있다는 점과 결부된다. 그는 "神은 쓰레기"
(「달나라의 암석 · 2」)라고 선언했으므로, 신을 불신하기에 앞서 인간에
대한 신뢰를 회복했어야 맞다. 그러나 그는 오직 '나비와 같이' 가고
싶을 뿐, 어떤 동행도 허락지 않았다. 작품 속의 잔디밭에서 노는 아이
들을 바라보는 그가 '홀로이 가고 싶다'는 결의를 명백하게 밝히는 것
만 보아도, 그의 인간에 대한 불신은 신에 대한 그것과 동일한 차원에
놓여 있다.

　인간에 대한 신뢰감을 상실한 박봉우가 받아들일 수 있는 심리적 완
충장치는 거의 없었다. 그것은 시작 외에 타인과의 교류에 서툰 그의
습벽에 기인한 것이지만, 그와 같은 시인의 생각을 이해할 수 있을 정
도의 중간지대를 갖지 못한 사회의 탓도 크다. 그는 시대와의 대결에
서 철저하게 패배하였다. 그로 인해 그는 심각한 후유증을 앓게 되었
다. 그의 번뇌는 "우리의 얼굴과 눈물을 찾았던 날"(「素描 · 33」)에 대한
미련을 포기하지 못한 아쉬움과 경제적 능력을 갖추지 못한 현실적 한
계로부터 비롯된 것이다. 그로서는 해결 불가능한 두 가지 난제는 평
생 동안 그를 구속하였다. 이런 측면에서 박봉우의 '나비'는 심리적 갈
등을 표상하기도 한다. 곧, 그에게 '나비'는 분단시대의 종료를 염원하
는 정치적 기호인 동시에, 그것으로 인해 결정된 그의 전기적 생애를
담지하는 개인적 상징물이기도 하다.

### 3) '딸', 현실적 생활의 버팀목

박봉우는 불우한 환경에 처한 시인이었다. 그는 지방 신문의 주재 기자로 재직하던 중에 집단폭행을 당하여 정신이상 증세를 앓게 되었다. 그로 인해 그의 정신 상태는 정상과 비정상을 반복하였고, 급기야 정신병동에 감금되는 사태를 맞았다. 그는 정신병원에 갇혀 있는 동안에도 조국과 민족의 비운에 분노하면서도 "머리를 앓고 사는 사람들"(「정신병원」)의 병후를 걱정하는 한편, 자신의 처지를 비관하여 "무덤 같은 잠"(「죽은 듯 눈 감고 싶다」)을 청하며 인생무상을 탓하기도 했다. 더욱이 마땅한 치료조차 받지 못한 부인과의 사별은 그의 내면에 심한 죄책감을 각인시켰고, 그는 스스로 "蒼白한 病室의 美學者"(「겨울에도 꽃피는 나무」)로 자처하면서 무능한 가장으로서의 고독과 시대와 화합하지 못하는 시인의 고독을 동시에 감당하지 않으면 안 되었다. 그가 남긴 후기시편에서 공통적으로 검출되는 정서는 삶의 공허감이다.

박봉우가 전주에 도착한 이후의 시편들은 후기시에 속한다. 그는 이 시기에 서울 생활에 실패하여 안정된 직장을 잡지 못하다가, 전주시장으로 재직하던 친구의 도움으로 전주시립도서관에 취직하여 타향살이를 시작할 수 있었다. 새로 자리잡은 이향에서도 경제적 가난은 계속되었으나, 그는 시작에 대한 의욕을 저하시키지 않았다. 전주는 박봉우에게 비교적 정서적 안정감을 안겨준 듯하다. 물론 그는 전형적인 직장 생활을 영위하지 않았으나, 부인은 새롭게 정착한 전주에서 생의 의욕을 보였다. 전주의 문우들은 맛의 고장에 사는 사람들답게 그의 "주점을 찾고 싶은 욕망"(「黑室素描」)을 흡족시켜 주었고, 인정 많은 시우들은 "아직 全州를 알기는 이르다"(「全州에 와서」)는 그에게 잔정을 베풀며 즐거이 시를 토론하였다. 또한 그는 전주 사람들의 배려에 힘입어 불성실한 근무와 숱한 이석에도 불구하고 직장으로부터 퇴출되지 않았고, 유명한 남부시장에서 술과 함께 일상을 소비할 수 있었다. 전주에서 보낸 한 철이 박봉우에게는 정신적 안정을 취할 수 있었던 호시절이었던 셈이다. 하지만 시 외의 여타 부문에 무관심으로 일관했던 그의 행동은 부인의 병세를 악화시켰고, 부인의 득병으로 인한 생활고는 날로 자심해졌다.

괴로운 나날이었다
아내 손은
우리 역사와 같이 망가지고
입술을 다물었다
찾아오는 손님
가는 나그네
뜨거운 소주를 마시고
눈물을 글썽이며 가버렸다
언제 올지도 모를
그 사람
한 잔의 술도 나누지 못하고
가버린 그 사람
그 사람의 소식을 기다리며
나는 술을 들었다
고통은 커다란 기쁨
언제고간에 만나야 할 그 사람
겨울이면 나는 울었다
쫓겨가며
간절한 사연도 토하지 못하고

간 그 사람을……

—「겨울 포장집의 아내」 전문

　박봉우에게 부인은 어머니이고 삶의 교사였다. 그녀는 현실에 무관심한 시인과 혼인한 이유로 온갖 고생을 겪으면서도, 시인을 향한 존경과 사랑을 실천한 인물이다. 그는 그녀가 생계수단으로 포장마차를 개업하자 "한 송이 꽃을 들고 올 손도 없다"(「외로운 개업」)고 한탄하며, 가장의 소임을 다하지 못한 자신을 책망하였다. 그의 서울 생활은 뒤늦게 동거녀와 혼례를 치를 정도로 궁핍의 연속이었다. 시인 외의 직업을 가져보지 못했다고 해야 맞을 그의 현실감각은 실로 전무하였다. 그는 당연한 일인 양 가정사에 극도의 무관심으로 일관하였고, 생계는 부인의 몫으로 남기 일쑤였다. 그런 까닭에 부인의 손은 '우리 역사와 같이 망가지고' 만다. 그와 같은 부인에게서 박봉우는 "나무 그늘 같은 것"(「그림자」)을 느꼈고, 일생 동안 그녀의 고생에 기숙하며 살았다. 따라서 그가 정신병원에 감금되어 있을 때 접하게 된 부인의 부음은 그에게 극도의 허탈감과 절망감을 안겨주기에 충분하였다. 더욱이 어린 자식을 남겨 놓고 운명을 달리 한 그녀를 장송하던 그가 '휴전선 의식'을 더 이상 옹호하기는 어려웠다. 그에게는 직접 건사해야 할 자식이 있었던 것이다.

　혈육은 가장에게 존재의 이유이다. 더욱이 수백년간 유교적 질서의 세계에서 생을 영위해온 한민족에게 혈연으로 맺어진 부녀간은 천륜으로 자리매김될 정도로 세상의 그 어떤 관계보다도 우선시된다. 더욱이 마땅한 직장을 갖지 못한 채 식솔에 대한 책임을 다하지 못하는 가장의 처지에서 자식은 항상 미안함의 대상이다. 박봉우는 친구조차 하나 없는 타향에서 부인마저 잃게 되면서 심리적 저항선이 힘없이 무너져버렸다. 그는 정신병원에 있었기 때문에 부인의 임종조차 볼 수 없

었다. 출상 후에는 병원에 재차 입원해야 했으므로, 맏딸은 그를 대신
하여 가장의 책임을 맡을 수밖에 없었다. 그런 사정을 맞아 아무 대책
도 수립할 수 없고, 어떤 조치도 취할 수 없는 가장의 무기력증은 젊은
날의 혁명 의지를 극도로 약화시켰다. 그는 현실적 가장이었던 부인의
죽음을 계기로 형식적 가장의 지위를 청산하고, 자식들을 부양하기 위
해 생활력을 보여주지 않으면 안 되었다.

　　내 생활은
　　이제
　　내 딸의 손을 잡고.

　　풀잎들이 이슬 맺은
　　강이 흐르는 언덕길을
　　내 딸의 말을 배우며
　　내 생활은.

　　혁명도 자유도 독립도
　　사랑이거나 눈물도
　　내 딸의
　　손목잡고
　　잠시 잊는 시간.

　　내 생활은
　　이제
　　내 딸의 손을 잡고.

—「내 딸의 손을 잡고 · 1」 전문

박봉우는 '혁명도 자유도 독립도' 잊은 채 딸의 손을 잡고 노는 평범한 가장을 꿈꾼다. 평생 동안 가정사와 가족에 대한 책임을 소홀히 하였던 그는 후기에 이르러 '내 생활'을 설계한다. 그는 이 작품의 연작에서 "슬픈 것 감추고/아름다운 것만 들어내어/너에게 주마"(「내 딸의 손을 잡고 · 2」)고 약속하지만, 현실은 그의 꿈을 수락할 만큼 녹록치 않았다. 그 역시 딸에게 약속한 바를 실행하기가 난망하다는 사실을 익히 알고 있다. 위 작품은 그러한 그의 심경을 담고 있어서 더욱 소슬하다. 그는 아직도 혁명과 자유와 독립을 삭제하지 못할 만큼 과거적 정열과 좌절된 욕망에 미련을 드러내고 있다. 그러므로 박봉우가 '내 딸의 손을 잡고' 생활전선으로 뛰어든다손, 그의 약속이 적극적 실천으로 구체화될 여지는 거의 없었다. 스스로 현실적 문제와 거리를 두고 생활하는 그의 현안과제는 "영원히 잠들고 싶다"(「날이 밝으면」)는 삶의 허무의식을 극복하는 일이었다. 그는 부인과의 사별 이후에 '이 세상의 죄인'이라고 참회하면서 '남몰래 흐르는 눈물'을 주체하지 못하였다. 그가 딸에게 약속한 내용을 이행하기 위해서는 과거사에 대한 반성보다도 생활상의 실천이 시급하였다. 그렇지만 시업 외에는 달리 직업을 갖지 못한 그로서는 딸에게 시로서 발언할 수밖에 없었고, 행동에 나서기에는 그의 몸이 정상 상태가 아니었다.


## 3. 결론

위에서 살펴본 바와 같이, 박봉우는 불우한 시인이었다. 그는 1950년대의 시대 상황을 극명하게 포착한 시 「休戰線」으로 등단했다. 그는 계속하여 분단시대의 종말을 염원하는 의식을 시화했으나, 그의 바람과 달리 정치적 현실은 분단을 고착화하는 방향으로 나아갔다. 특히 4

월 혁명 이후에 뜻하기 않은 군사정변으로 정권을 장악한 군인들에 의해 그의 '휴전선 의식'은 위축되지 않을 수 없었다. 마침 개인적으로 린치의 피해를 입게 되면서, 그의 시의식은 정상 궤도로부터 일탈하게 되었다.

박봉우의 시에 자주 출현하는 '나비'는 정치적 기호인 동시에 개인적 상징물이다. 그는 초기에 '나비'를 통해 이념의 충돌 국면을 완화하려고 시도했다. 그렇지만 그의 소망은 정치 상황에 의해 좌절되었고, 그는 전주에서 생활하며 병세를 치유하였다. 그의 후기에 등장한 '나비'에서 소시민적 삶에 대한 동경의식을 추출할 수 있는 이유는 그로부터 비롯되었다. 그의 시의식은 부인과의 사별 이후에 더욱 위축되었고, 초기에 보여주었던 강렬한 현실감각은 생에 대한 허무의지로 대체되었다.

# 조촐한 서정과 심미적 긴장의 시학

—강인한론

## 1. 서론

1960년대는 한국 현대사에서 각별한 시기였다. 4·19혁명이 한국인들의 정치적 시민의식을 성숙시키는 계기였다면, 5·16군사정변은 이후의 민주적 정치 질서를 왜곡시킨 분수령이었다. 한국전쟁의 참화가 채 아물기도 전에 발생한 정치적 사건으로 말미암아 이 무렵에 등장한 시인들은 문학이 민중의 삶을 떠나서는 참된 의미를 획득할 수 없다는 사실을 인식하게 되었다. 그들은 이전의 시인들을 구속했던 식민지적 체험으로부터 자유로웠지만, 성장기에 체험한 정치적 사건을 심리적 상흔으로 간직한 채 군사 독재 시절을 보내야 했다. 그러므로 그들의 시에서 현실 비판의식이 검출되는 것은 당연한 현상이다. 그들은 새로운 감수성을 바탕으로 사회현상에 대해 다양한 관심을 드러내었고, 그로 인해 시적 관심에 따라 여러 가지 동인 활동을 전개하였다. 마침 창간된 여러 문학지들은 그들의 작품 활동을 뒷받침하기에 충분했다. 그들은 본격적인 한글세대로서 비로소 '시민'이라고 자각한 최초의 세대였으므로, 당연히 이전의 세대와 달리 새로운 의식과 감수성을 바탕으로 다양한 포즈를 보여줌으로써 지산들의 입지를 개척하고자 노력하였다.

이러한 시대적 특성을 보여주는 시인으로서 '1960년대의 리리시스트'[1]로 분류되는 강인한을 들 수 있다. 그는 1944년 전라북도 정읍에서 태어났다. 그는 1965년 시 「당신 앞에서」로 《전북일보》 신춘문예에 당선작 없는 가작으로 입선하였다. 1967년 《조선일보》 신춘문예에 시 「대운동회의 만세소리」가 당선된 그는 이 해에 공보부 주최 신인예술상 시조 부문에 「임진강」이 수석 당선되기도 하였다. 이후에 그는 '원탁시'와 '목요시' 동인으로 활동하면서 작품을 발표하고 있다. 그 동안 펴낸 시집으로는 『異常氣候』(가림출판사, 1966), 『불꽃』(대흥정판사, 1974), 『全羅道 詩人』(태·멘기획, 1982), 『우리나라 날씨』(나남, 1986), 『칼레의 시민들』(문학세계사, 1992), 『어린 신에게』(문학동네, 1998), 『황홀한 물살』(창작과비평사, 1999) 등이 있으며, 시론집으로는 『시창작 이론과 실제』(시와시학사, 1998), 『시를 찾는 그대에게』(시와사람사, 2003) 등이 있다. 그는 활발한 시작활동을 전개하는 한편, 인터넷상의 홈페이지(http://poet.or.kr/kih)에 자신의 작품을 업로드하며 온라인상에서 독자와 만나고 있다.

이와 같이 그의 활발한 작품 활동에 비해, 지금까지 축적된 연구 물량은 소략한 편이다. 그 이유인즉 그가 지방에 거주하는 시인으로 교유에 서툴 뿐만 아니라, 결벽한 성품 때문에 서울의 문단과 거리를 둔 결과로 보인다. 그와 함께 명망가 중심의 논의에 치중하는 연구자들의 현실지향적인 태도와 생존한 현역시인이라는 점도 그의 시에 관한 연

---

1) 김재홍, 「60년대의 시와 경향」, 『한국 현대시의 사적 탐구』, 일지사, 1998, 282쪽.

구의 외연을 확대하는데 방해요소로 작용하고 있다. 강인한은 서정성에 기반하여 소시민적 정서를 수용하는 한편, 사회현상에 대한 응시를 게을리 하지 않는다. 양자는 그의 시세계를 구성하는 주요인자인데, 그는 두 가지의 이질적인 관심을 시화하는 과정에서 시의 형식적 특성을 일관되게 유지하고 있다. 이에 강인한의 시세계를 검토하는 일련의 기획물 가운데 하나인 본고에서는 그의 시적 형상화 방식을 구명하고자 한다.

## 2. 서정성의 추구와 비극적 염결성

### 1) 소시민적 정서의 표현

강인한의 초기시편에서는 사랑시편들이 다량으로 산출된다. 그의 사랑시들은 첫 시집 『이상기후』와 『불꽃』 그리고 시선집 『어린 신에게』 등에서 두루 발견된다. 특히 『어린 신에게』는 "삼십년 묵은 비밀"(「삼십년만의 고백」)을 고백한 사랑시선집이다. 그의 청년시절을 괴롭히며 지탱했던 특별한 사랑의 감정들을 이 시집에서 살펴볼 수 있다. 그러므로 이 시집에 이르러 "그의 시가 '전통적 서정'을 향해 방향을 전환했다"[2]고 보는 견해에는 선뜻 동의하기 어렵다. 그는 등단 이후 줄곧 전통적 서정을 폐기하지 않았으며, 더욱이 30년 전의 사랑시편을 간행한 사실에 특별한 의미를 부여할 필요는 없을 듯하다. 다만 이 시집의 간행 의도는 특정 주제 하에 "행복했고, 우울했고, 괴로웠던 내 반생의 이야기"를 공개한 것에 국한되어야 할 것이다. 이 시집뿐만 아니라, 그

---

2) 이은봉, 「순결한 영혼 혹은 정직한 불투명성」, 『시와 사람』, 2000. 겨울호, 168쪽.

의 시작 초기를 장악했던 사랑시편을 통해 사랑의 변주 양상을 주목해
보자.

> 의사의 딸 율리,
> 여학교 때 반장을 하던 단발머리
> 촉촉하게 젖는 오월의 밤이슬에
> 외로울 때 맺히곤 했다.
> 내 싱거운 이야기에 곧잘 웃고
> 내 비겁한 이야기에도 곧잘 끄덕이고
> 항상 눈이 흰 겨울을 살고 싶다는 율리,
> 네 따스한 손바닥에
> 내 작은 생애를 얹어보고 싶었다.
>
> —「율리의 초상」 부분

이 시는 "60년대 사랑시의 한 표본"[3]으로 평가될 정도로 두루 애송
된 작품이다. '율리'라는 소녀를 향한 간절한 사랑을 노래하고 있는 이
작품은 그의 사랑시편을 대표한다. 대개의 사랑시처럼 '율리'라는 소
녀는 시인의 청춘기를 담보한다. 그녀는 "율리는 내 딸"(「우리나라」)이
라는 발언에 의해 실제적 인물과 중첩되지만, 그것보다는 젊은 시인에
게 사랑의 방황과 좌절을 안겨주었던 절실한 그리움의 대상으로 보는
편이 제격이다. 그의 '율리'를 향한 사랑은 사회에 대한 관심과 자신의
성찰로 승화되면서 다양한 시적 진폭을 보여준다. 초기에 그의 '율리'
에 대한 사랑은 "귀여운 아메티스트"(「아메티스트」)와 "미누에라"(「말세
리노의 회상」) 등으로 찬미되지만, 중기 이후에는 "아름다운 호스테스"

---

3) 김재홍, 「젊은 날의 장미빛 초상 「율리의 초상」 해설」, 『누가 눈물없이 울고 있는가』, 시와시학
사, 1991, 138쪽.

(「빨간 기타를 치는 여자」)와 "여중 3학년 필드하키 후보 선수 영순이"(「필드하키 선수 영순이」) 그리고 "쇠사슬에 묶인 칼레의 시민들"(「이것은 꿈입니다」)로 부단히 변주되고 있다. 곧, 그녀를 향한 사랑이 자신의 내부로 향할 때 자아성찰의 표정으로 나타나고, 자신을 둘러싸고 있는 외부 세계로 향할 때 사회적 관심으로 나타난다. 이와 같이 사랑시편은 그로 하여금 황폐한 시대를 온전하게 견뎌낼 수 있는 심리적 기반을 제공한 셈이다.

> 나이 마흔이면
> 슬며시 산이 흔들리는 게 보인다.
> 어느 날 아침
> 어금니가 문득 찬물에 시린 나이.
> …(중략)…
> 웃 매대 골짜기에서 빠져나온 개울물이
> 아랫 매대의 한길 옆에서
> 게으르게 비늘을 턴다.
> 저녁산이 조용히 흔들린다.

—「매죽리」 부분

사람들은 나이 마흔에 이르러서야 비로소 '산이 흔들리는 게' 보일 정도로 자신과 사회의 관계를 인식하게 된다. 이른바 불혹으로 규정되는 이 시기의 사람들은 경험적 자각을 통해 세상의 이치와 불가항력적인 한계를 '슬며시' 깨닫게 되는 것이다. 이 작품에서는 마흔의 나이가 풍기는 생의 비애가 찬물에 시린 어금니와 골짜기를 빠져나온 개울물의 이미지에 의해 고조되고 있다. '매죽리'라는 실제 공간에서 산을 바라보다가 문득 깨달은 "일상적, 논리적 진실로는 이해할 수 없는 어떤 초월적 진실"[4]은 중년시인의 소시민성을 그대로 드러낸다. 어느덧 시인은 살아갈 날보다 살아온 날이 많은 사실을 깨닫게 되면서, 인생의 궁극적 의미를 되묻는다.

이처럼 그의 시에서 성찰의 표정은 항상 허허롭다. 왜냐하면 그에게 삶이란 "맨몸으로 소금밭을 밀어가는 것"(「조개」)처럼 힘들고 고단한 역정이기 때문이다. 따라서 인생의 경영에 서툴고 세계의 변화에 민감한 그의 시작품에서는 이처럼 쓸쓸한 이미지가 주류를 차지한다. 그는 본질적으로 생의 비애를 포착하는데 날렵하기 때문에, 그의 시에서 명랑한 이미지는 드물다. 예컨대, 그는 노랗게 물드는 은행나무에서 "백제 금관을 온몸으로 받쳐든"(「금관의 나무」) 이미지를 포착한다. 낙엽으로 진행되어 가는 은행나무의 노랑빛은 찬란한 문화를 침략국에 의해 밟힌 채 멸망한 백제의 금관을 연상시키기에 충분하다. 하지만 거리를 산책하다가 말고 노란빛 은행나무잎에서 한때 흥륭했던 멸국의 금관을 떠올리기는 쉽지 않다. 그 잎의 나아갈 바는 백제 금관의 신세와 상응한 조락의 이미지인 것은 분명하지만, 그의 정서에 복합된 역사적 상상력의 도움없이는 얻기 어려운 것이 사실이다.

시적 전언의 전달보다 표현의 우위성을 강조하는 강인한은 "말하여지는 것은 진실이 아니라"(「율리·율리」)고 믿는다. 그의 '말하기' 보다는 '보여주기'에 치중하는 시작 태도는 시작품에서 일종의 교양주의 혹은 엄숙주의를 지향하도록 압력한다. 그의 시에서 직접적 서술이나 산문적 진술이 눈에 띄지 않는 것은 여기서 유래한 것이다. 그의 시적 그물망은 대부분 "삶의 최소단위인 가정과 발 디디며 호흡하고 있는 직장을 주변으로 한 공간을 향해"[5] 던져져 있는 것이 사실이지만, 자칫 진부한 일상사의 수용 양상을 발견할 수 없는 것도 이 때문이다.

---

4) 오세영, 「강인한의 '매죽리'」, 『한국 현대시의 행방』, 종로서적, 1988, 186쪽.
5) 한강희, 「순수의 깊이, 자유의 넓이, 자재로운 시」, 『시와 사람』, 1999. 여름호, 206쪽.

서울에서 정읍까지

적막한 직선으로

눈이 내린다.

영하 오도의 슬픔으로 내린다.

검은 고속도로 위에

도로 정비를 하는 인부들의

오렌지빛 제복 위에

삼륜차로 달달거리는 가난한 이삿짐 위에

내린다.

창밖을 바라보는

나어린 작부의 취한 눈망울

떠나온 방직공장 기숙사 지붕 위에

손금처럼 말라붙은 만경강 줄기 위에

갈가마귀 북풍 속을

떼지어 날아가는 남행 길

반도의 하반신에

어루만지듯 눈이 내린다.

—「남행길」 전문

　강인한의 시적 형상화 방식을 잘 보여준 작품이다. 그는 오렌지빛 제복, 가난한 이삿짐, 기숙사 지붕, 말라붙은 만경강 줄기 '위에' 내리는 눈을 소묘하듯 보여줄 뿐이다. 그가 응시하고 있는 대상은 모두 주변부에 위치해 있다. 이와 같이 중심부로부터 밀려난 채 여느 사람들의 이목을 끌지 못하는 대상들은 작품의 분위기를 한껏 외롭게 만들어준다. 그들은 인부와 나어린 작부로서, 눈 내리는 날의 삽화를 구성한다. 특히 내리는 눈을 바라보며 '나어린' 생을 반추하는 작부의 표정은 강설 현상과 조응하여 우울감을 고조시킨다. 또한 작부의 '취한 눈망울'은 그녀의 나이어림, 강설 현상과 어울려 하강 이미지를 형성하면서 인생의 비극적 단면들을 백색으로 채색시킨다. 이러한 비유 사례는 "눈이 내리네/말라붙은 강줄기를 더듬어 더듬어/전라도 천리에/눈이 내리네 눈이 내리네"(「南道 瑞雪」)에서도 이어진다. 이와 같이 눈 이미지는 세계를 응시하는 그의 인식안은 드러내준다. 그와 세계는 말로서 소통하는 것이 아니라, 말이 거세된 장면을 통해 각자의 고유한 영역을 확인한다. 시적 대상에 섣불리 접근하지 않는 그의 조심스러운 태도는 심미적 거리를 유지시켜주는데 기여한다.

  강인한은 "'목숨을 걸고' 문학 수업을 닦는 것이 결국 자기 구원의 길"[6]이라고 말한다. 그러므로 그에게 '문학은 하나의 종교'이다. 그의 시에서 팽팽한 긴장감이 느껴지는 것은 이러한 시관에서 기인한다. 그가 시를 이야기하는 자리에서 만해, 육사, 윤동주, 지훈을 거론하고, 대학 시절 이래 "지금도 신석정, 김수영 두 분 시인을 내 시정신의 스승으로 흠모하는 동시에, 김종길 시인을 시론의 은사님으로 마음속에 깊이 모시고 있다"[7]는 그의 고백은, 그가 견지하고 있는 시인의 몸가짐과 시작 태도를 짐작케 한다. 이들의 영향으로 그는 등단 이후 일관되게 '기록'보다는 '표현'에 중점을 두는 시작 태도를 견지해왔다.[8] 그 대표적 사례는 사회적 사건을 다룬 작품에서 발견할 수 있다.

  뇌없는 아기가
  태어난다
  태어나기도 전에

---


6) 강인한, 「거울 속의 몇 가지 풍경」, 『시를 찾는 그대에게』, 시와사람사, 67쪽.
7) 강인한, 「끝없는 도전의 시절」, 『시와 시학』, 1999. 가을호, 253쪽.
8) 이에 대해서는 졸고, 「안으로 열하고 겉으로 서늘하옵기」, 『현대시』, 2001. 7, 116~127쪽 참조.

뱃속에서 녹아버린다
아이스크림처럼.

이 여름에
사상이 없이 태어날 수도 있는
하늘의 축복이여.

—「뇌없는 여름」 부분

　영광 원자력 발전소 주변에서 실재했던 무뇌아의 출산을 희화한 이
작품은 그가 역사적 사건을 바라보는 태도를 극명하게 드러내준다.
1986년 구 소련의 체르노빌에서 발생한 원전 사고를 계기로 외국에서
는 원자력 에너지의 위험에 관한 논의가 활발하게 진행되었다. 그러나
한국에서는 군사 정권의 폭압 속에서 원자력 발전의 안전 점검 결과조
차 은폐되던 찰나, 전라도의 한 해안 지방에서 '하늘의 축복'을 받은
무뇌아가 탄생한 사건이 발생한 것이다. 시인이 비웃고 있는 '뇌없는
아기'의 행복은 당시의 정치 상황을 고려할 때에만 가능한 표현이다.
그러므로 이 작품은 무사상이 축복이었던 시대를 포착한 한 컷의 흑백
사진이다.

　그는 원자력 발전소 주변의 피해 상황을 시화하면서도 한 마디의 전
언을 언표하지 않는다. 오히려 시적 대상의 본질적 측면을 날카로운
직관으로 통찰한 뒤, 특유의 아이러니와 풍자 기법으로 빚어낸다. 그
과정에서 불필요한 어휘들은 사상되고, 토씨 하나 빠뜨려서는 안 될
정도로 작품의 내적 구조는 단단하게 조직화된다. 이렇게 산출된 작품
은 속으로는 처절할 만큼 진지하지만, 표면적으로 단정한 포즈로 드러
난다. 그는 "살아 있음을 부끄러워하는 이이며, 설움에 가득찬 그리고
무엇보다도 억울하게 죽은 이들을 향한 그리움에 젖은 사람"[9]이다. 그

렇지만 그의 시적 관심은 냉혹하리만치 엄정한 거리를 두고 표현되고
있다.

　역사적으로 정치가들이 자행한 실정의 최대 피해자는 언제나 민초들
이었다. 1990년대에 등장한 문민정권은 국민들의 전폭적인 성원을 외
면하고 아마추어리즘에 가까운 통치 방식으로 급기야 외환위기라는
건국 이래 가장 수치스러운 상황을 초래하였다. 무능한 집권자에 의해
온 국민은 내핍을 강요받았고, 다수의 직장인들은 구조 조정의 서슬
아래 노숙자로 전락하게 되었다. 이 시기에 강인한은 소위 IMF상황으
로 발생한 노숙자들의 비참한 모습을 '세한도'로 빗대면서 사회적 관
심을 날카롭게 보여준다. 그것은 역사에 대한 비극적 인식과 결합되어
소시민들에 대한 연민으로 나타난다.

　　비오는 날
　　우산을 어깨에 걸치고 더러는 우산도 없이
　　굽은 등허리에 고스란히 비를 맞으며
　　일렬횡대로 쪼그려 앉아
　　밥을 먹는다
　　용산역 앞 광장
　　담벼락을 앞에 하고 주기도문을 마친 다음
　　다같이 슬픔으로 따뜻한 국물을 떠서
　　무료 제공의 한 끼 식사로
　　하루를 사는 사람들
　　집을 나온 우리나라의 아버지들
　　빗속에 나란히 앉아서

9) 정현기, 「오월의 광주 어둠과 빛바라기와 회한 얘기 -강인한의 시세계」, 강인한 시집 『칼레의
　시민들』, 문학세계사, 1992, 115쪽.

추운 겨울 하늘 오선지에 앉은 참새들처럼
우산을 어깨에 걸치고 더러는 우산도 없이
오전 열한 시에 땅바닥에서
밥을 먹는 사람들.

―「歲寒圖」 전문

이 작품은 김정희의 명화 「세한도」에 묘사된 소나무의 절개와 '집을
나온 우리나라의 아버지들'의 무너진 자존심을 대비시킨 시대의 음화
이다. 늘푸른 소나무의 위엄은 가장의 무너진 권위와 상극을 이루고
있을 뿐만 아니라, 소나무 같이 꿋꿋한 지조를 생명처럼 여기는 조선
선비와 '무료 제공의 한 끼 식사'를 구걸하기 위해 주기도문을 암송하
는 당대 가장들의 비참한 모습을 대면시키고 있다. 이 시기에 소시민
으로서의 가장들은 '땅바닥'에서 생존을 위한 '우산을 어깨에 걸치고
더러는 우산도 없이'로 비참한 일상을 영위하기도 버거웠다. 위정가에
의해 실패한 국가 경영의 책임을 고스란히 떠안은 걸식 가장의 초라한
광경을 시인은 한 편의 풍경화로 보여줌으로써, 당대 '아버지'의 실체
적 모습을 제시하고 있다. 그 아버지는 퇴근길에 딸에게 줄 동화책을
사주기 위해 서점에 들르던 '아빠'(「밤길」)이고, 첫 번째 집들이날을
"대문에 태극기를 달고 싶은 날"(「대문에 태극기를 달고 싶은 날」)로 명명
하며 흥분하던 소박한 가장이었다.

강인한은 졸지에 평범한 일상을 거세당한 아버지들의 모습을 '오선
지에 앉은 참새들'로 묘사하여 비극적 광경을 제시하고 있다. 그의 시
작품에서 산견되는 삶의 비극적 국면들은 고유한 허무의지와 맞물려
증폭된다. 이것은 그의 시작 태도가 전언의 전달보다는, 이미지의 제
시를 중시하기 때문에 파생된 결과이다. 생의 허무한 광경은 말로 기
록될 때보다, 한 편의 이미지로 제시될 때 훨씬 파지 효과가 크다. 이

런 측면에서 그의 시적 교양주의를 가리켜 "순수한 면에서는 바람직스럽지만, 시인의 의식을 치열하게 언표하는 과정에서의 고통을 덜 담게 될 지도 모른다"[10]고 평가하는 것은 무리이다. 그가 보여주는 시의 이미저리는 일종의 전략적 차원으로 자리매김할 수 있다.

## 2) 역사적 사건의 비극적 풍자

시인은 한 사람의 사회인으로서 일정한 역사적 전망에 입각하여 여러 가지 사회현상에 대해 반응한다. 그의 응시는 당연히 자신의 실존적 조건을 점검하는 행위로부터 시작된다. 한국의 현대 정치사처럼 억압과 광기가 횡행하는 상황에서 시인의 발언 방식은 두 가지로 갈린다. 그것은 현실 정치에 대해 직접적으로 부딪히거나 침묵하는 것이다. 시인들이 현실에 항거하는 자세는 다시 두 가지로 구분할 수 있다. 하나는 행동으로 맞서는 것이고, 다른 하나는 '무기로서의 시'의 효용성에 주목하는 것이다. 이 중에서 후자는 시의 형식적 특성을 중시하는 시인들이 취하는 최선의 선택이다. 이들에 의해 한국 현대시는 정치적 사건을 취급하면서 은유와 풍자를 비롯한 각종 수사적 책략을 발달시킬 수 있었다.

강인한의 시에서 이러한 성향은 역사적 사건을 취급한 작품에서 예외없이 나타난다. 이러한 태도는 그의 시를 단정한 소품으로 만들면서 일종의 교양주의를 견지하도록 압력한다. 따라서 그의 시작품에서는 급박한 호흡이나 직설적 감정의 토로, 조야한 시적 기교, 서술적 경향 등은 찾아볼 수 없다. 그 대표적 사례는 지금까지 정치적 영향을 끼치고 있는 베트남 파병 문제를 다룬 작품에서 찾아볼 수 있다. 1965년은

---

10) 최하림, 「역사와 우리」, 최하림 편, 『목요시선집』, 실천문학사, 1983, 295쪽.

한국 현대사에서 기억될 만한 해이다. 이 해에 박정희 대통령은 일본
과 굴욕적인 한일회담을 성사시킨 뒤, 미국의 요청에 의해 전투 부대
를 월남에 파병하였다. 군사정권은 개발 독재에 필요한 경비를 조달하
고 미국의 정권 유지를 보장받는 조건으로 용병 요청을 수락한 것이
다. 국민들의 동의 과정이 생략된 채 군사정권에 의해 일방적으로 결
정된 파병 정책으로 인해 청년들은 남국으로 향하게 되었다. 이때 강
인한은 대학교 4학년이었다. 한창 감수성이 예민하고 사회적 모순에
민감한 나이의 그에게 파월 문제는 "각질의 하늘"(「하, 이유가 없다」)로
덮인 조국의 현실을 직시하는 계기가 되었다. 이 무렵 그의 시에서 파
월 모티프가 빈번하게 출현하는 것은 그의 심리적 충격을 짐작케 한
다. 그는 선배의 파월을 계기로 시 「1965」에서 '도대체 글러먹은 한·
일 회담과 월남 파병' 문제를 정면으로 취급하였다. 그는 한일회담에
반대하거나 월남 파병에 항거하는 행위가 도저히 용납되지 않던 시대
상황 속에서 정치적으로 민감한 사안을 전면에서 다루고 있는 것이다.


    Ⅳ

홍정을 마친 상선을 돌아오지 않고
남지나해 더운 몸부림이 잠을 쫓는다.
해안을 껌벅이는 새들의 붉은 눈빛이 머루알처럼 익어만 가고

아름드리 기둥을 향하여 벌떼처럼 아이들은 모여들었다.
유년시절의 대운동회는 즐거웠다. 사탕엿보다 달고 맛난 고함에 묻혀
그는 눈부신 태양을 이마에 댄 채 팔을 벌렸다.
그 가늘고 세찬 팔뚝에 엉겨붙은 평화를 힘껏 포옹했다.
몸채만한 기둥은 기울어지기 시작하고, 조국은 조금씩 그렇게 균열이 지
고 있었다.

그러나 유년시절의 대운동회는 즐거웠다.


고원을 치달리는 우람찬 승전고,
　뽀얗게 날리는 햇빛가루를 몸에 칠하고 삼림처럼 무성한 고구려의 사내
들……


　　V
삼림처럼 무성한 우계(雨季)가
그의 우러른 눈망울에 어리우고


휴전 고지의 캐터필러 자욱마다 쑥꽃이 피었다 지고
엄청난 사연으로 초병은 울고 있었다.
짐승처럼 울고 있었다.


유성(流星)이 가만가만 어깨에 내려앉는 겨울 하이얀 눈구렁 속에서
조국은 떨고 있었다.
겨냥해야 할 진정한 적(敵)이 없는 지도 위에 엎드려
초병은 비운을 울고 있었다. 울고 있었다.

—「대운동회의 만세소리」 부분


　시인은 '쑥꽃'의 질긴 생명력과 죽음에 직면한 초병의 처지를 대비
시킴으로써, 전쟁의 비인간성을 고발하며 약소민족의 비애를 토로하
고 있다. 이러한 방식은 '새로 바른 창호지'의 백색과 '피묻은 귀'의 적
색의 대비를 통해 "散髮을 한 이조 선비들의 혼"을 찾는 시「菊花」에
서도 발견된다. 그는 소설적 구성법을 차용하여 시적 시간을 중첩적으
로 제시하고 있다. 하나는 월남전에서 전사하는 초병의 현재의 시간이

고, 다른 하나는 그 병사가 유년시절 운동회에서 기둥 넘어뜨리기를 하던 과거의 시간이며, 또 다른 하나는 중원을 달리던 고구려 기병들의 시간이다. 시간의 겹침 현상은 초병의 급박한 의식상태를 반영한 것으로, 사경을 헤매는 초병의 처지를 더욱 비극적인 상황으로 내몬다.

아울러 강인한은 이 작품에서 시간의 소리를 포착하고 있다. 월남의 전선에 투입된 초병은 소년 시절의 '대운동회의 만세소리'를 떠올리며 '겨냥해야 할 진정한 적이 없는 지도 위에 엎드려' 자신과 조국의 비운을 한탄하며 운다. 그 초병은 "골목에서 목말이 되어주던 내 친구"(「異常氣候」)이고, 길을 가다가 "문득 떠오른 친구"(「여름 安否」)이다. 그는 '애당초 글러먹은 나라의 특등 사수가 되어' 남국 전선에 투입되어 미국의 용병으로 참전하는 약소국 청년의 비극적 처지를 상징한다. 그에게 과거의 평화적 시간의 소리는 '사탕엿보다 달고 맛난 고함'과 '우렁찬 승전고'처럼 크게 들리지만, 현재의 소리는 엎드린 '울음'으로 비유된다. 과거의 소리는 복수의 사람들에 의해 높아지지만, 현재의 소리는 단수의 흐느낌으로 낮아진다. 곧, 평화스러운 과거의 소리에 비해 현재의 소리는 비극적인 것이다. 더욱이 이국에서 전사하고 있는 초병은 '하나 안 기쁘고 하나 안 슬픈' 전송을 받으면서도 웃고 떠났던 듬직한 친구이다. 목숨을 담보로 전쟁터에 돈 벌러 가는 친구를 웃음으로 보내지 못한 시인은 자신의 허물을 책망하며 그와 함께 들었던 '대운동회의 만세소리'를 회고한다. 그러나 그 소리가 과거적 아름다운 추억을 재생할수록 친구의 '엄청난 사연'은 시인을 억압하여 사회현상에 대하여 지속적인 관심을 나타내도록 재촉한다.

역사에 대한 비극적 인식을 기반으로 삼는 그의 시작품에서 허무의지를 발견하는 것은 어려운 일이 아니다. 왜냐하면 그에게 역사는 "피 묻은 백지, 마초 한 다발"(「저녁 悲歌」)에 불과하기 때문이다. 이와 같은 비극적 역사관을 갖고 있는 강인한에게 역사의 뒤안에서 명멸해간 이름없는 민초들의 비극적 생애는 관심의 대상이 아닐 수 없다. 그가 동학농민전쟁의 고장에서 생장한 사실은 그의 시작품에서 역사적 사건에 대하여 민감하게 반응하도록 조장한다. 그는 "黃砂가 쓸고 가는 하늘"(「돌의 울음」)을 부유하는 농민군의 처절한 영혼을 한시도 잊지 않는다. 그의 고장에서는 동학농민전쟁이 아스라한 역사적 사실이 아니라, 언제나 현재적 사건으로 간단없이 제시되기 때문이다. 이 점에서 강인한의 비극적 역사관은 선험적이다.

    돌자갈을 헤집고 손가락으로 모랫바닥을 긁으면 손톱 밑을 파고드는 햇빛. 웅덩이를 파는 조무래기들의 등허리에 햇살은 갑오년 죽창처럼 빛나고, 조금씩 차오르는 물웅덩이 속에선 누우런 아우성이 황토빛으로 일렁였지. 칭칭 또아리를 튼 늘메기가 잠을 깨듯이, 백년 묵은 울음을 게워내듯이.

    참 이상도 하여라. 싯누런 흙탕물 속 어디선가 명주실보다 가늘고 고운 생수가 기어이 터져나오는 일은. 이윽고는 말갛고 말간 물이 웅덩이에 가득 괴어 맨살의 아픔을 씻고, 楚山 한 덩어리를 담고 수련히 떠오르던 것을.

—「井邑」에서」 부분

정읍천에서 '웅덩이를 파는 조무래기들'은 "동학난리 때 칼맞아 죽은 남편"(「할멈의 눈」)의 후손들이다. 난리가 평정된 후에 동학군들은 반역도로 내몰려 변성명하고, 자손에게 자신들의 항쟁 사실을 은폐시켜야 했다. 그들의 봉기는 군사정권에 의해 혁명으로 복권되었지만, 그것은 정치적 언어유희에 불과할 뿐이다. 그 어떤 명분도 당사자들이 감당해야 했던 과거를 회복시켜줄 수 없을 뿐만 아니라, 그동안 받았던 언어적 비난과 물리적 고통을 대체할 수 없다는 점에서 언제나 말장난에 불과하다. 곧 '백년 묵은 울음'이라는 표현에서 유추할 수 있듯이, 그들의 슬픈 사연은 먼 과거적 사건이 아니라, 조무래기들이 '돌자갈을 헤집고 손가락으로 모랫바닥을 긁으면' 재생될 정도로 가까운 시기의 일이다. 그러므로 고향은 그로 하여금 끊임없이 역사의식을 상기하도록 재촉하는 처소이다. 이런 측면에서 전라도는 강인한에게 현실적 삶의 터전으로서의 의미보다는, 현대사의 주름을 고스란히 반영한 정치적 공간의 의미를 띤다. 곧 전라도는 그에게 단순히 물리적 장소라는 현실적 의미를 초월하여 배타적 지배 권력에 의해 왜곡된 채 "오늘도 질척거리는 갯땅"으로 은유된다. 지금까지도 전라도는 한국의 정치담론이 부정적 측면에서 실체적으로 작동하는 현장이다.

이 나라의 가장 후진 백성들의 한숨이  
모여서 삭는 곳  
오늘도 질척이는 갯땅, 오 갯땅이여.  
한 그릇 찬밥덩이 앞에들 놓고  
죄없이 떨리는 손으로 수저를 들고  
그래도 남은 사람들끼리  
꿀꺽꿀꺽 돌려 마시는 한 사발의 찬물  
시리고 아픈 이 나라의 어금니여.

— 「전라도여, 전라도여」 부분

　시인은 이 작품에서 전라도의 역사를 개관하며 현재적 상황을 노래하고 있다. 그에 의하면 전라도는 '시리고 아픈 이 나라의 어금니' 같은 곳이다. 1960년대 초두에 등장한 군사독재정권 이후에 전라도의 정치적 위상을 이처럼 정확하게 표현한 예는 없었다. 유사 이래 전라도는 반역과 모반의 땅으로 낙인되어 지배계급에 의해 철저히 배제되었다. 강인한은 전라도의 정치적 위상을 절묘하게 자학적으로 표현함으로써, 그곳을 통제하는 정치적 이데올로기를 고발하고 있다. 전라도는 "억눌리고 짓밟힌 삶을 살아온 보편적 다수의 한과 노여움과 시름"[11]이 만연한 공간이지만, 그는 전라도의 한을 직접적으로 서술하지 않고, 적절한 비유에 의지하고 있다. 이것은 어떤 경우에도 시의 형식성을 중시하는 그의 시작 태도에 힘입은 바 크다. 그는 한국 정치사의 왜곡상에 분노하면서도 외부 세계를 향한 발언보다는, 시적 장치를 통해 분노를 보여주고자 힘쓴다. 그러므로 그의 시적 이미지는 언제나 고통하는 시인의 표정을 고스란히 담고 있다. 따라서 역사의 변함없는 화두인 사필귀정은 "결코 이루어지기 어려운 약자의 희망이지, 강자의 미덕으로도 결코 해결될 수 없는 성질의 것"(「자서」, 『우리나라 날씨』)이라고 단언하는 그가 역사의 '사필귀정'을 희롱하고, 역사의 부분인 현재적 순간의 사건들을 희화화하는 것은 지극히 당연한 현상이다.

강인한은 1970년대부터 계속된 군부 독재하에서 발생했던 각종 사건에 관하여 지속적으로 시적 관심을 표명하였다. 물론 그의 시에서 사건은 시적 형식에 알맞도록 변용되어 나타난다. 주지하다시피, 1970년대는 무력으로 정권을 탈취한 박정희 군사정권의 정치적 모순이 첨예하게 드러나던 시기였다. 이 시기에는 "잘 조작된 지시만"(「자동판매기」) 횡행하였으며, 국민들의 언로는 폐쇄되어 정치권력의 과오는 철저히 은폐되고 있었다. 그런 와중에 삼선 개헌 직후 느닷없이, 그러나 치밀한 정치적 기획에 따라 '10월 유신'이 선포되었다. 경제적으로는 외채가 급격하게 증가하였고, 금리는 대폭적으로 인하되었다. 이에 강인한은 풍자 수법을 동원하여 집권층에 의해 왜곡된 역사의 단면을 조롱한다.

---

11) 장석주, 「전라도의 한과 분노」, 강인한 시집 『전라도 시인』, 태 · 멘기획, 1982, 3쪽.

거렁뱅이들의 소동쯤 당신의 거대한 베짱으로

밀어버려요 불도저로 밀어버려요

까짓 양복점 직공의 항변쯤 눈감으면 그만

벗어놓은 제 브래지어로 차라리

눈을 가리세요

…(중략)…

어지러워요 어려워요 어려요

절 놓아주세요

닥치는 대로 부수고 닥치는 대로 세우는

미끈한 당신의 폭력

한 번 두 번 세 번이나 속고 또 믿어요

믿을 수 없어요

놓아주세요 절 좀 놓아주세요

이렇게 높은 창틀에 올라서면

저는 여왕이에요 난초 열끗이에요

뛰어내릴 테요 금리처럼 단호히 내릴 테요

아주 잘 타네요 저 불길 잘 타네요

함부로 말씀하시면 곤란해요

누가 듣고 있어요

이 도시는 빈 놋그릇처럼 울려요 날마다

—「불길 속의 마농」 부분

그의 해설처럼 이 작품은 "악몽의 70년대 그 기록"[12]이다. 이 작품의
말미에서 "이 시의 제목에 나오는 '마농'은 아베프레보의 소설 『마농

---

12) 강인한, 「불길 속의 마농 -자작시 해설」, 『시를 찾는 그대에게』, 184쪽.

레스코』에서 가져왔다.”는 설명을 참고하지 않아도 알 수 있다시피, 그는 외국 소설 작품을 교묘하게 직조하여 모자이크 수법으로 국내의 정치 상황을 비판하고 있다. 특히 정인숙 사건은 합법적 권위를 인정받지 못한 군부 엘리트의 도덕적 타락상을 극명하게 보여준 사건이었다. 강인한은 그녀를 시적 화자로 설정하여 당시의 시대상을 한 편의 시 속에 보여주고 있다. 이 작품 속에 그는 근로 조건의 개선을 요구하며 분신자살한 평화시장의 공원 전태일 사건, 무장 군인의 다방 인질 소동, 내연각 호텔의 화재 사건, 삼선개헌과 긴급조치, 정인숙 피살 사건 그리고 천민자본주의 등, 당시에 연속적으로 발발했던 굵직한 사건과 사회 풍조 그리고 민중들에게 회자되던 소문의 실체를 담고 있다.

여성화자의 ‘어지러워요 어려워요 어려요’라는 진술은 크리스마스 이브에 발발한 대형 화재 속에서 생명을 걸고 객실에서 뛰어내리는 투숙객을 포위한 화염, 소위 ‘한국적 민주주의’를 표방한 정치 권력의 위선적 명분, 집권층의 윤리적 타락상을 보여주는 이른바 ‘원조교제’ 등을 아울러 지칭한 것이다. 그는 군부 독재의 부패상이 총체적으로 드러난 역사적 사건을 풍자의 수법을 동원하여 경박화시켜버린다. 시적 인물과 실제적 인물의 조화를 통해 현실의 비틀어진 단면을 풍자한 그의 시적 기교에 의해 사건은 희화화되고, 정치 권력의 태도는 조롱거리로 전락하게 된다. 이처럼 강인한은 집권자에 의해 일방적으로 왜곡된 사회 속에서 “첨예하게 반응하며 구체적인 삶의 표정을 진실하게 표현할 뿐”(「‘칼레의 시민들’, 그 이후의 삶」)이다.

1980년대의 시작과 함께 등장한 이른바 ‘신군부’는 정권 찬탈 공작의 일환으로 진라도를 다시 한 번 역사적 회생 공간으로 재생산한다. 그들은 광주항쟁을 일으킨 뒤에 고도의 선무 공작과 언론 탄압으로 자신들의 정치적 야욕을 합리화하였다. 이러한 시대 상황은 폭압적 권력에 의해 국민들에게 절대 침묵을 강요하였다. 당시의 광주는 완벽한 어둠 속의 섬이었고, 사람들은 모두 '칼레의 시민들'이었다. 눈으로 보고 귀로 들을 수는 있으나, 외부로 발설할 수도 전달할 수도 없는 열흘 동안 그들은 절박한 상황에 직면하게 된다. 이 때 강인한은 "할 수만 있다면 내 무딘 손이 그런 정도의 시를 쓸 수 있기를"(「'칼레의 시민들', 그 후의 삶」) 갈망하면서, 광주에서 자행된 야만적인 사건의 실체를 외부 세계에 알리기 위해 "광주항쟁 기간 중의 사건일지를 억제된 목소리"[13]로 읽어주기도 했다. 그는 광주항쟁의 현장에서 "한 시대의 능욕당한 얼굴"(「겨울 · 1982년」)을 목도했으면서도, 그 비참한 현장을 사실적으로 묘사하지 않는다.

> 허공에 높이 떠 있습니다
> 내려갈 길도, 빠져나갈 길도
> 흔적 없이 사라진 뒤
> 소문에 갇힌 섬입니다.
> 살려주세요, 살려주세요, 살려주세요
> 한 주일만에 나선 오후의 외출에서
> 꽃상자 속에 담긴 꽃들을 만났습니다
> 서양에서 들여온 키 작은 꽃들
> 가혹한 슬픔을 향하여
> 벌거벗은 울음빛으로 피어 있었습니다
> 말 못하는 벙어리 시늉으로 피어 있었습니다.

—「팬지꽃」 전문

원제가 「광주, 1980년 5월의 꽃」이었던 이 작품은 권력욕에 눈 먼 한

---

13) 정양, 「허명과 실명의 넉넉한 거리, 마침내 못 감춘 사랑」, 강인한 시집 『어린 신에게』, 문학동네, 1998, 140쪽.

떼의 정신착란자들이 자행했던 병정놀이의 경과를 알레고리로 보여주고 있다. 이것은 그가 "냉철하고 객관적인 시선으로, 즉 현실에서 한 걸음 물러난, 즉 역사적 안목으로 광주를 보았기 때문"14)에 가능한 성과였다. 이 점에서 그는 어떠한 시대상황 속에서도 시의 위의를 고수하는 심미주의자이다. 당시에 광주는 '소문에 갇힌 섬'이었고, 시민들은 '벙어리 시늉으로' 광란의 시대를 견디고 있었다. 그 기간에 살아남은 것은 가문의 수치였고, 말할 수 없는 것은 자기모멸감을 안겨주었다. 사건의 실체를 밝히기 위해 광주시민들은 먼저 말을 해야 했다. 그러나 소문은 말보다 힘이 세었고, 시인은 '칼레의 시민들'이 당한 치유할 수 없는 아픔을 시속에 담아야 했다. 이것은 시대적 의무감이라기보다는, 시인으로서의 존재 이유였다. 그는 '살아남은 자의 슬픔'을 시 형식을 빌어 현대사의 한 사실로서 기록해야 했다. 하지만 그는 표현의 우위성을 인정하기 때문에, 시의 형식적 특성을 무시할 수 없었다.

그런 차원에서 강인한은 지구의 반대편 국가에서 발생한 유사 사건에 기대어 광주에서 벌어진 사건의 실체적 진실을 타 지역 사람들에게 널리 알리기 위해 노력하였다. 그는 시 「데사파레시도스」15)에서 5월 광장의 통곡하는 아르헨티나의 어머니와 광주의 어머니를 중첩시키며 "어머니는 언제나/그리운 오월"(「오월의 어머니」)이라는 절창을 낳는다. 이러한 시적 성과는 "허황되게 흥분하거나, 거칠게 휘몰아가는 일 없이 사건을 냉철하게 전개"16)하는 그의 시작 태도에서 기인한 것이다. 그가 시작 초기부터 '말하기'보다는 철저하게 시의 형식적 특성을 '보

---

14) 이창수, 「시를 잃어버린 시대에 대한 반성」, 『문예연구』, 2003. 겨울호, 395쪽.
15) 그는 이 작품의 끝에 "1976년부터 4년간은 아르헨티나 군사 정부의 살인 부대가 수천 명의 정치범을 잡아 학살했던 시기다. 민정이 들어선 이후 1984년 1월에 그 당시 실종된 희생자들의 시체 6백여 구가 암매장되었던 곳이 발견되기도 했다. '데사파레시도스'는 실종자란 뜻. 그 무렵 부에노스아이레스에 있는 정부 청사 앞 '오월의 광장'에는 실종자들의 어머니들이 통곡을 하며 자식들의 생사라도 알려 달라고 호소하기도 했었다."는 설명을 부기하였다.
16) 민영, 「살아남은 자의 부끄러움과 소망」, 『창작과 비평』, 1992. 여름호, 188쪽.

여주기'에 노력하는 시인이라는 사실을 확인할 수 있는 평언이다.

전라도는 광주 민주화 항쟁으로 비극적 사태를 종결할 수 없었다. 예로부터 기득권층에 의해 의도적으로 폄하되고 소외당했던 전라도는 원자력 발전소의 건설로 인한 폐해를 앞장서 받게 되었다. 이러한 피해의식은 강인한으로 하여금 민주화 운동 시대에 "눈 딱 감고 떨어지는 땡감 하나"(「땡감」)처럼 대학 옥상에서 투신자살했던 청년학도의 죽음을 맞아 조시를 발표하도록 압력하였다. 전라도는 한국의 민주화가 완성되는 날까지 쉼없이 희생양을 제공해야 하는 '시리고 아픈 이 나라의 어금니'인 것이다.


## 3. 결론

이상에서 살펴본 바와 같이, 강인한은 소시민의 정서를 다양한 국면에서 수용하는 한편, 단정한 이미지와 깔끔한 반어를 바탕으로 사회현상에 긴밀히 반응해왔다. 그는 일찍이 용병 문제를 화두로 문단에 등장하였으며, 등단 초기부터 파월 문제 등 민감한 정치적 사건들을 시 작품에 적극적으로 수용하였다. 그는 실제 사건을 작품 속에 수용한 다음에는 시형식에 알맞도록 변형하였다. 그것은 심미주의자로서의 시적 신념에서 우러나온 것으로, 획일주의를 강요하던 지배 담론으로부터 고유한 표현 미학을 확보하려는 노력의 일환이었다.

또한 강인한은 삶의 터전이었던 전라도를 한국의 정치적 지형도를 담보하는 상징적 공간으로 자리매김하였다. 그는 전라도의 특수한 단면을 포착하여 구체적으로 심화하는 동안에 냉정하게 객관적 관점을 유지함으로써 자신의 시적 성취도를 저하시키지 않았다. 그것은 시적 전언을 직접적으로 말하기보다는, 이미지의 제시를 통한 현상의 '보여주기'를 강조하는 시작 태도에서 비롯된 것이다. 이러한 자세는 광주시민으로서 광주 항쟁을 형상화한 작품에서도 예외없이 적용되었다. 그는 시의 심미적 특성을 우선시하면서 광주 사건의 실체적 진실을 각종 수사적 책략의 힘을 빌어 드러내고자 노력했다. 곧, 그의 시적 성취는 "도대체 생전이나 사후에 남의 입에 자자히 오르내리는 일이 무에 그리 대수로울 건가"(「후기」, 『황홀한 물살』)라는 오연한 결의에서 우러나온 것으로서, 미학적 심급을 일관되게 견지하려는 그의 시적 신념의 소산이다.

# 비극적 사랑과 미완의 서정
―박정만의 후기시

## 1. 서론

박정만(1946~1988)은 1965년에 경희대학교에서 주최한 전국 고교생 백일장에 시「돌」로 장원 급제하였고, 이태 뒤에는 《서울신문》 신춘문예에 시「겨울 속의 봄 이야기」가 당선되었다. 또 1972년 문공부 문예 작품 공모에 시「등불설화」와 동화「봄을 심는 아이들」이 당선되는 등, 일찍부터 문명을 날린 시인이다. 그는 시집『잠자는 돌』(고려원, 1979), 『맹꽁이는 언제 우는가』(오상사, 1986), 『무지개가 되기까지는』(문학사상사, 1987), 『서러운 땅』(문학사상사, 1987), 『저 쓰라린 세월』(청하, 1987), 『혼자 있는 봄날』(나남, 1988), 『어느덧 서쪽』(문학세계사, 1988), 『슬픈 일만 나에게』(평민사, 1988), 『박정만시화집』(청맥, 1988) 그리고 유고시집 『그대에게 가는 길』(실천문학사, 1988), 시선집『해지는 쪽으로 가고 싶다』(나남, 1989), 수필집『너는 바람으로 나는 갈잎으로』(고려원, 1987), 동화집『크고도 작은 새』(서문당, 1984), 『별에 오른 애리』(샘터사,

1986) 등을 상재하였는데, 대부분 1988년을 전후하여 집중적으로 발행하였다. 그의 사후에 『박정만시전집』(외길사, 1990)과 산문집 『나는 사라진다 저 광활한 우주 속으로』(외길사, 1991), 『나는 해지는 쪽으로 가고 싶다』(외길사, 1991)가 출간되었고, 문단에서는 그에게 '현대문학상'(1989)과 '지용문학상'(1991)을 수여하였다.

앞의 서지 사항에서 짐작할 수 있듯이, 그는 특정 시기에 집중적으로 시집을 간행하였다. 그 무렵에 박정만은 "사월 벚꽃 쏟아지듯 쏟아지듯 시를 받아서"(「최후로」) 전작품의 67%에 해당하는 386편을 썼다. 그러나 현실적 삶의 무게를 예술적으로 승화시키며 살아가기에는 그의 신체적 조건이 너무나 악화되고 있었다. 그 배경에는 정치권력의 시인에 대한 폭력이 개입되어 있다. 1980년 광주의 양민들을 무력으로 학살하고 정권을 찬탈한 제5공화국의 군사독재정권은 국민들에게 올림픽이라는 스포츠 상품을 판매하는 대신에, 자신들의 비도덕적 만행과 정통성을 공인받으려고 하였다. 박정만은 "1981년 5월, 국풍이 여의도에서 흐느끼던 날"(「수상한 세월 · 1」)에 이른바 '한수산 필화 사건'에 연루되어 공안기관에 끌려가서 영문도 모른 채 온갖 고문을 당하였다. 두 사람 사이에는 친분은 없이 단지 지면 정도에 그치고 있었지만, 권력을 찬탈하기 위해 광분한 일군의 정치군인들은 그를 비극적 역사의 희생양으로 만들어버렸다. 전국민이 올림픽에 혼취되어 있을 때, 그는 변기 위에서 홀로 숨을 거두었다. 이 사건은 불법적 방법으로 권력을 장악한 정치지향적 군인들에 의해 자행된 야만적 폭행치사사건이다. 지극히 평범하고 소심한 잡지사의 편집자에 불과한 박정만은 포악한 군인들에 의해 인생을 난자당하고 말았다.

본고는 박정만이 죽기 전에 다량으로 제출한 후기 작품과 동화를 집중적으로 분석함으로써, 불법적인 권력의 폭력 앞에서 한 시인의 내면 세계가 어떻게 파멸되어 갔는지를 재구하고자 한다. 그는 시와 동화뿐

만 아니라, 경희대학교 재학 시절 『대학주보』에 소설 「낙화유수」를 발
표하는 등 중단편소설을 남기기도 하였다. 또한 그는 문예지에 시평을
쓰기도 했으며, 수필 속에 자신의 문학관과 일상의 사연을 담아내기도
하였다. 그는 다양한 장르를 넘나들면서 문학적 재능을 표현했지만,
언제나 시인으로서의 몸가짐을 잃지 않았다. 그가 남긴 각종 글을 살
펴보면, 어느 것 하나 서정적 미감을 바탕으로 하지 않은 작품이 없다.
그는 시인이었던 것이다. 박정만은 "몇 개의 후회와 지병을 거느리고
돌아온 뜰"(「타향의 잠」)에서 시대의 어둠을 견디는 동안에도 시적 감수
성을 유지하는 수단으로 동화에 관심을 나타냈다. 이에 본고는 심리적
원형성을 담보하는 동화의 장르상 속성에 주목하여 그가 후기시에서
보여주었던 내면의 추이를 살펴보고자 한다.


## 2. 죽어가는 자의 고독

### 1) 사랑, '소리없이 말로 말하는 괴로움'

박정만은 두루 알려진 시 「작은 戀歌」에서 보는 바와 같이, 등단 초
기부터 사랑을 노래하는 작품을 많이 발표하였다. 그렇지만 그의 초기
시에서는 감상적 요소를 쉽게 검출할 수 있어서 평단의 시비를 불러왔
다. 그러나 후기에 접어들면서 비극적 사랑을 체험한 뒤로는 그러한
비판을 신속히 제압하였다. 그 심리적 배경을 온전하게 이해하기 위해
서는 사랑의 전말을 살펴보아야 한다. 박정만의 연애담은 산문 「장미
꽃 향기는 어디서 오는가」, 「무지개는 태양의 반대쪽에 솟는다」 그리
고 시 「저 쓰라린 세월」, 「너의 옷고름」 등, 도처에 숨김없이 나타나 있
다. 그의 숨길 수 없는 사랑은 비련으로 끝났지만, 그로 인해 박정만의

연애시는 초기의 감상성을 극복하고 절절한 사실감을 획득할 수 있었다. 그가 '팬지'라고 부르는 상대자는 군부 집권 당시 세도가의 영애였다. 그는 이혼과 고문 후유증으로 몹시 곤란한 처지에서 '팬지'를 만나서 사랑하고 동거하게 되었다. 그러나 '가난뱅이 삼류시인'과의 애정 행각을 용납할 수 없었던 권문세가는 폭력적 수단을 동원하여 둘 사이를 갈라놓았고, 결국 '팬지'는 산사로 들어가게 되었다. 박정만은 "철 없는 미혜"(「나의 복음」)를 마음대로 사랑할 수 없는 자신의 처지에 분노하며 '두 달 사이에 500병의 술을 쳐죽'이며 질긴 목숨을 이어갔다.

바람 한 점 없는 어느 하늘에 또 꽃잎이 진다. 질기고 질긴 목숨의 오후의 때도 한풀 꺾인다. 一人의 사막을 지나 금쪽 같은 밤이 온다. 금쪽 같은 밤이 와서 일인이 사는 집의 창문을 덮고 일인의 슬픔과 일인의 사랑과 일인의 꿈을 덮는다. 연한 오렌지색의 등불을 매다는 美人의 가늘한 손가락이 보인다. 그녀의 반달 모양의 어깨도 역시 반쯤 어둠에 파묻혀 있다. 잠시 가랑잎 하나가 고요에 등을 기댄 산을 흔든다. 한 채의 절을 품은 산은 고요를 길러 더 큰 고요에 등을 기댈 뿐 세상은 한 마장의 무덤 속같이 적막하다. 실은 한 장의 적막에 가려져 하늘과 땅이 한가지다. 寂光殿을 끼고 도는 미인의 발뒤꿈치도 연한 오렌지색이다. 오렌지색의 발걸음이 명부전으로 오르는 돌계단을 꽃등처럼 층층이 쌓아올리고 있다. 바람 한 점 없는 어느 하늘에 꽃 같은 목숨이 무시로들 지고 있다. 돌아보면 명부전 추녀 끝은 아득한 저승의 하늘 끝에 닿아 있고, 이루지 못한 인간의 슬픈 꿈과 사랑이 그물網을 이루고 있다.

—「美人의 집」 전문

그에게 사랑은 "소리없이 말로 말하는 괴로움"(「벙어리의 말·Ⅱ」)이었다. 박정만은 '질기고 질긴 목숨의 오후'를 맞아 그녀가 귀의한 산사를 찾는다. 그녀는 '미인의 집'에서 속세의 인연을 잊어버리고자 칩거하고 있다. 그는 생의 의미를 상실하고, 주야로 과음하면서 하루하루를 보내었으나, 억지로 헤어진 사랑의 열정이 쉬 식을 리 만무하였다. 그렇지만 죽음을 목전에 둔 그로서는 염치없이 '팬지' 앞에 나설 수도 없었다. 이러한 그의 처지가 '명부전 추녀 끝은 아득한 저승의 하늘 끝에 닿아 있고, 이루지 못한 인간의 슬픈 꿈과 사랑이 그물網을 이루고 있다'는 결행에 집약되어 있거니와, 거꾸로 그의 육체는 사랑에 연연할 수조차 없을 정도로 피폐해져가고 있었다. 젊은 시절에 다가온 죽음을 맞아 그는 '寂光殿을 끼고 도는 미인'을 속절없이 바라보는 동시에, 자신의 영혼이 거처할 '명부전'을 바라보고 있는 것이다. 그는 죽어서라도 그녀와 한집에서 살고 싶은 것이다. 그녀 역시 산사에서 아직도 인연을 잊지 못하고 그를 위해 "아무도 보는 이 없는 세상"(「등」)을 밝히고 있다. 이처럼 박정만은 '소리없이 말로 말하는' 사랑 때문에 괴롭다. 더욱이 그의 앞에서 '발뒤꿈치도 연한 오렌지색'의 그녀는 '연한 오렌지색 등불'을 달아서 그와의 비밀스러운 약속의 빛을 산중에 확산시키고 있어서 슬픔은 배가된다.

  사랑은 그에게 죽음을 재촉하였다. 그는 현실적 괴로움을 시작품에 토로하면서 죽음을 달고 다닌 셈이다. 이러한 비극적 문학관은 동화 속에도 그대로 투영되어 나타났다. 박정만의 동화에는 승천하는 이미지가 빈번하게 출현한다. 그가 새의 자유로운 비상을 애써 도입한 것은 영혼의 자유스러움을 구가했던 시적 성향에 기인한 것이기도 하지만, 그보다는 요절하게 될 자신의 운명에 대한 자기위안과 세상에 대한 원망이 더 클 것이다. 그의 동화 「날아간 파랑새」의 소년은 이름도 모르는 새끼새를 잡아서 들판의 벌레를 잡아 먹이며 뛰어논다. 그러던 어느 날 서울에서 내려온 청기와집 손녀를 만나게 된다. 둘은 어울려 다니며 새끼새의 먹이를 주기도 하고, 소년은 새를 놓아주라는 소녀와

가벼운 말다툼을 벌이기도 한다. 그러다가 소녀가 죽게 되자, 소년은
슬픔 속에서 소녀의 부탁을 이행하기로 결심한다.

소년은 투명한 유리 그릇을 다룰 때와 마찬가지로, 떨리는 손으로 조심스
럽게 새장문을 열었다. 소년의 눈은 새를 바라보고 있었지만, 그 눈은 이 세
상에서 한 번도 들켜본 적이 없는 눈물이 함초롬히 고여 있었다. 그러나 새
는 밖으로 나오려고 하지 않았다. 울음 섞인 목소리로 소년이 외쳤다.
"가라! 너의 하늘로!"
새는 몇 번인가 날개를 푸드덕거리더니 밖으로 빠져나와 소년의 머리 위
를 한바퀴 맴돌았다. 그러더니 빨갛게 물든 볏과 아름다운 금빛 날개를 옆
으로 비끼며 하늘로 날아올랐다. 이윽고 그 새는 아주 먼 하늘 끝으로 사라
져 버려서 아주 영 보이지 않게 되고 말았다.
하늘에는 깨꽂 같은 어둠이 피고, 촘촘한 별들이 돋아날 때였지만, 소년
은 그 이름도 모르는 한 마리의 작은 새가 날아간 하늘을 바라보며 언제까
지고 언제까지고 움직일 줄을 몰랐다.
어둠이 빠르게 산과 들을 적셨다.

박정만은 시골 소년과 도회지 소녀의 어울리지 않는 사랑을 통해서
자신의 비극적 연애담을 고백하고 있다. 그는 자신의 곁을 강제로 떠
나간 '한 마리의 작은 새'를 '언제까지고 언제까지고' 응시하면서, 그
녀가 돌아오기만을 손꼽아 기다린다. 그렇지만 그의 바람과 달리, 그
와 그녀를 둘러싼 환경은 전혀 개선될 기미를 보이지 않은 채 '어둠이
빠르게 산과 들을 적셨다'. 사위에 어둠이 내리면 그는 어김없이 "미혜
의 몸 속에서 하늘 끝으로 사라져간 나의 아기"(「단지 일행으로」)를 부르
며 절규한다. 이제는 자신이 '나의 아기'의 뒤를 따라 '하늘끝'으로 또
나야 한다는 생각에, 그는 "떠나간 호적 속의 사람"(「호적 속의 사람」)을

그리워한다. 그렇기에 소녀와의 이별과 아이와의 사별은 그의 처지를 더욱 극한의 고독 상태로 내몰아서 도저한 절망감을 안겨준다. 그런 측면에서 이 동화는 앞의 시편과 함께 사랑하는 이조차 떠나보내고 저 승으로 갈 차비를 하는 박정만의 내면을 서정적으로 드러내주고 있다.

이처럼 그는 권력의 횡포와 곤핍한 현실적 조건 아래서도 순결한 시 심을 잃지 않으며 동화를 통해 자신의 은밀한 욕망을 드러내었다. 그 는 파랑새의 자유한 비상을 동경하면서, 자신을 둘러싸고 있는 가난과 시대고로부터의 해방을 꿈꾸었다. 그는 현실적 삶과 문학적 생애를 요 약하여 "오, 나는 파랑새가 아니었다"(「오늘의 빵」)고 고백했거니와, 그 는 '팬지'에게 사랑의 흔적을 시와 동화로 남길 수밖에 없을 정도로 가 진 게 없었다. 오로지 한 여인을 위한 진지한 사랑 외에 아무 것도 소 유하지 못한 그의 형편은 비참한 말로를 더욱 처연하게 만든다. 그는 '한 채의 절을 품은 산'으로 날아가는 파랑새를 통해서 자신을 억압하 던 '美人'과의 비극적 사랑을 배웅하고 있다. 물론 그 점은 그에게 고 독과 절망과 허무를 심화시켜준 심리적 동인이다.


## 2) 죽음, '삶 속에 있는 것'


인간에게 죽음은 삶의 종말이다. 이승의 다사다난한 현실고로부터 해방을 의미하는 죽음이 되기 위해서는, 먼저 당자의 삶이 소기의 성 과를 거두어야 한다. 하지만 타의에 의해 인생을 차압당한 자의 죽음 은 그와 달리 고독하다. 그는 동반자도 없고 배웅하는 이도 없는 황천 행을 단행해야 하며, 현세적 삶의 아쉬움과 불만과 이루지 못한 꿈으 로 인해 더욱 외롭다. 그는 죽음 앞에서 비로소 자신의 가난한 삶을 반 추하며, 자신의 짧은 운명에 제대로 항거조차 하지 못하고 자포자기하 는 심정으로 생의 종지부를 찍어야 한다. 그러므로 "죽음은 삶 속에 있는 것"(「시시한 주사」)이다. 박정만은 애먼 이유로 군사정권에 붙잡히어 서빙고에서 자행된 "3일간의 추억"(「먹빛으로 물들어」) 때문에 생긴 고문 후유증으로 영육을 해체당했다. 자신의 의지와 전혀 무관하게 범해진 폭력행위로 인해 그는 문우와 사랑하는 여인을 동시에 잃어버란 채, 날마다 일용할 양식인 양 술을 마시며 일과를 영위했다. 그것은 죽기를 각오한 그가 모진 운명을 결연하게 수용하는 태도였다. 살아서 남에게 해코지 한번 한 적 없는 그가 안전에 다가선 죽음의 그림자를 순순히 받아들이며, 앞으로 가게 될 다른 세상으로 향하는 마음가짐을 소박하지만 애절한 목소리로 다음과 같이 술회하고 있다.

    내 가는 길섶에는
    한 송이 복사꽃도 피지 말아라.
    눈물겨운 새소리 하나라도
    靑松 높은 가지 위에 앉지 말아라.

    바람도 불지 말고
    그저 앉은 채로 살아 있는 돌멩이같이
    그렇게 내 생의 그림자만 보아라.
    산도 그냥 울지 말아라.

    꽃피면 서러웁고
    달 뜨면 아득한 인간의 하루,
    물소리 가득하여 나는 못내 참아라.
    그러나 이 뒤에 나를 보시라.

    정작 한 소리 마음을 내노니

저쪽 한 사람 외로운 이도 볼 일이요,
날 기울면 이편 쪽 마음도 줄 일이다.


가는 길 없음을 나는 아노니.

―「저 無花의 꽃상여」 전문

꽃은 그의 시작품에서 무리지어 출현하는 이미지이다. 그의 시에서 꽃은 "패랭이꽃 두서너 포기"(「우후풍경초」), "하염없이 주저앉아 우는 앉은뱅이꽃"(「마음에 산을 품고」), "산수국 한 가지"(「아담한 고독」) 등과 같이 대부분 "하나의 들꽃"(「정읍후사」)으로 피어난다. 생전에 꽃을 좋아했던 그는 정작 자신을 운구할 상여에 꽃을 달지 말라고 유언한다. 그가 꽃이 없는 꽃상여를 도입한 이유는 그에게 빨간색은 "빨간 슬픔들이 주렁주렁 매달려 있는 것"(「어떤 비가·Ⅱ」)처럼 슬픈 현실의 주름살을 회상시켜주는 빛깔이기 때문이다. 그의 생애는 화려한 꽃다발을 받을 만큼 기쁘지도 않았으므로, 죽어 가는 길에 꽃으로 장식된 상여를 타고 간들 무의미하기는 마찬가지이다. 사랑하는 여인을 산중에 두고 떠나야 하는 그가 꽃으로 치장한 상여를 탄다는 것은 전혀 어울리지 않는다. 그는 '가는 길 없음'을 알고 있듯이, 장송할 사람도 없다는 사실을 알고 있다. 그러므로 가는 길마저 철저한 고독 속에서 떠나야 하는 그의 처지 앞에서 '눈물겨운 새소리'와 '바람'은 소용없는 것이다.

박정만의 동화 「기다리는 사람」은 지금은 사라진 상여집과 아이들의 이야기이다. 상여집은 이승과 저승을 연결해주는 매개 공간이다. 사람들은 상여집을 통해 차안과 피안의 확실성과 불확실성을 인식한다. 상여집은 전혀 다른 세상의 사람들끼리 마지막 언어로 소통하는 곳이다. 그 집은 산 사람의 수군거리는 불안과 죽은 사람의 말없는 침묵이 공존하는 경계의 공간이다. 그 집에서 사자는 또 하나의 세상에 태어나며, 지난 생애를 마감한다. 사람들은 절대고독에 처한 망자를 망각하고, 불확실한 미래적 삶을 설계하기 위하여 상여집에서 "찬물로 낯을 씻는 것"(「한숨의 깊이」)이다. 그들은 세면의식을 끝내고 상여를 놓아둔 채 하산하여죽은 자와의 인연에 종지부를 찍는다. 망자는 드디어 이 세상 사람이 아닌 것이다.

어느덧 비가 그치고 하늘이 개어 있었습니다. 그리고 한쪽 하늘이 열리면서 푸른 햇살 한 줄기가 그 갈라진 하늘 틈으로부터 땅끝으로 내리꽂히고 있었습니다.
그 햇살이 선녀네 집 지붕 위로 벙그는 연꽃처럼 퍼졌습니다. 그러자 그 지붕이 마치 하늘로 오르려는 은빛 구름처럼 하얗게 반짝이기 시작했습니다.
그 때 돌배와 왕배는 동쪽 하늘로부터 서편 하늘 선녀네 집으로 선연한 무지개가 걸리는 것을 보았습니다. 그들은 빠르게 몸을 돌려 동구 밖 당산제쪽을 바라보았습니다. 선녀네 할아버지의 모습은 보이지 않았습니다. 그리고 한순간에 선녀네 집도 자취없이 사라지고 없었습니다.

사람들은 상여집에서 저마다 "하늘로 사라지는 꿈"(「이우는 저녁제」)을 꾼다. 죽은 자는 더 이상 말이 필요없는 세상에 진입하기 위해 불안한 꿈을 꾼다. 이와 동시에 산 자는 죽음의 공포로부터 벗어나기 위해 망자가 하늘에 무사히 당도하기를 꿈꾼다. 그러므로 죽어가는 사람은 언제나 고독하다. 우리들은 상여집에서 양자간에 놓인 공간의 의식적 단절을 체험한다. 그제야 비로소 살아남은 사람들은 죽은 자를 열외시키고 현실 세계로 돌아온다. 일종의 통과의례를 거행하는 상여집에서 선녀네 할아버지가 사라지는 것은 이 점에서 유의미하다. 평소 상여집의 정체를 궁금하게 여겼던 아이들은 마을 사람들을 대체한 인물이다. 그들은 격리된 공간에서 외롭게 살아가는 할아버지에게 끊임없이 수

군거리며 경계의 눈초리를 보낸다. 그들의 불순한 접근이 완성될 무렵, 할아버지는 무지개를 타고 승천함으로써 집단적 관심을 조롱한다. 그런 측면에서 이 작품은 집단에 의한 개인의 폭력을 동화적 수법으로 형상화한 것이다. 또한 일인의 죽음에 대한 만인의 망각이 함의하고 있는 소외를 문제시하고 있는 작품이다.

　박정만의 시에서 무지개는 "어설프고 쌍스러운 고운 무지개"(「일엽편주」)이다. 그는 일평생 가난과 이루어질 수 없는 사랑 때문에 무지개조차 '어설프고 쌍스러운' 이미지로 파악했지만, 시인으로서 그것의 '고운' 성질조차 부인할 수는 없었다. 왜냐하면 그는 무지개가 선녀네 할아버지가 승천하였던 다리이며, 또한 자신이 타고 갈 운명의 사다리인 줄 알고 있기 때문이다. 그의 동화에 등장하는 '무지개 다리', '선녀', '상여집' 등의 전통적 소재는 그의 시적 성향이 전통적 정한의 세계와 맞닿아 있는 사실과 연관된다. 그는 무지개를 이용하여 차명중에 양다리를 걸치고서 주술을 암송하듯이 시를 썼다. 그가 접신의 경지에서 써낸 시편들은 범상치 않은 시재를 증명하고도 남는다. 비록 그는 '無花의 꽃상여'를 타고서 저승으로 나아갔지만, 그의 상여집은 아직까지 작품으로 남아서 그의 시와 동화라는 '무지개'를 통해 그와 소통하도록 주선해주고 있다.


### 3) 삶, '아, 나는 살고 싶다'

　박정만의 생애는 당국에 끌려가기 전까지 지극히 평범하였다. 그는 전라도 정읍의 궁벽한 마을에서 태어나 대학을 마친 뒤, 출판사에서 편집역에 담당하며 빈한한 시인의 길을 걷고 있었다. 비록 가난하지만 그는 처자식과 함께 단란한 행복을 꾸려가던 소시민이었다. 비록 박봉이었지만 여느 우러급장이들처럼 그는 "가장 순수하고 그리고 먼 조

망"(「산과 바람」)을 통해 미래를 설계하며 시를 쓰고 살았다. 그러던 어
느 날 벼락처럼 다가온 흉사에 말려들고 난 후, 그의 가정은 박살나고
그는 직장을 잃고 살길이 막막해진다. 더욱이 이혼으로 인한 가족의
해체는 그의 신병을 악화시켰고, 그는 병구완보다는 절망감을 이기지
못한 채 술을 빌어 분노를 삭이었다. 절대고독에 처한 그를 구제할 여
인조차 떠나간 마당에, 그에게서 삶의 의지가 소생하기 어려운 게 당
연하다. 하지만 죽어가는 육체의 주인으로서 그는 끝까지 삶의 희망을
버리지 않았다.

　강원도 영월에서 문성개 쪽으로 몇 마장쯤인가 들어가면 무릉도원이라는
곳이 있다. 무릉이라는 마을과 도원이라는 마을이 한 한 마장쯤 격해 있는
데, 구불구불한 산굽이를 타고 깎아지른 듯한 절벽 아래로 맑은 시냇물이
흐르고, 그 냇물 속으로는 가을 강의 단풍들이 어지러운 색동저고리처럼 깃
을 펴고 있었다. 아, 나는 살고 싶다. 저 강물 속으로, 푸른 치마를 뒤집어쓰
고 뛰어들고 싶다.

—「저 강물 속으로」 전문

　그는 신선이 산다는 무릉도원의 이름을 차용한 마을에서 죽기 싫은
심정을 솔직하게 표백한다. 비록 유한한 인생이지만, 죽기에는 너무
젊은 나이였던 박정만은 고향마을처럼 오지에 위치한 곳에 와서 "인간
으로 환생할 수 있는 슬프고 괴로운 길을 주세요"(「무화과나무의 꿈」)라
고 간절히 기도한다. 그곳은 그가 태어난 화죽리처럼 '구불구불한 산
굽이를 타고 깎아지른 듯한 절벽 아래로 맑은 시냇물이 흐르고, 그 냇
물 속으로는 가을 강의 단풍들이 어지러운 색동저고리처럼 깃을 펴고
있'는 곳이다. 그는 무릉도원에 다다라 유년기의 추억을 회상하면서
'아, 나는 살고 싶다'고 외친다. 하지만 이미 골병 든 그의 육신은 생의

의지를 부활시킬 만한 물질적 토대를 상실하고 있었다. 이에 그는 '저 강물 속으로, 푸른 치마를 뒤집어쓰고 뛰어들고 싶다'고 외치면서 죽어서라도 다시 살고 싶다는 강렬한 욕망을 드러낸다.

그렇지만 육신은 주체의 의지를 경청하지 않은 채 시나브로 철거할 수순을 밟고 있었다. 그의 동화 「꽃나라 이야기」는 제목 그대로 "지구의 남쪽 끄트머리에 꽃들끼리만 모여 사는 조그마한 나라"의 꽃들이 쏟아내는 수다를 모은 작품이다. 이 작품은 박정만의 동화 중에 슬픈 결말을 준비하지 않았다는 점에서 이질적이다. 그의 발언처럼 "돌림병처럼 어지러운 세상"(「눈물의 오후」)에서는 "육신이 성한 것도 천형"(「시국담」)이다. 그런 까닭에 그의 시편에서는 탈육체화된 흔적을 쉬 발견할 수 있다. 마찬가지로 이 동화에서 그는 '어느 꽃보다도 가장 아름답고 탐스러운 꽃'이었던 '팬지'를 바라보고 있다. 마침내 박정만은 죽음을 받아들이고, 이승의 그녀에게 행복했던 순간을 고백하기에 이른다.

그 때, 하늘에서 함박눈이 펑펑 쏟아지기 시작했습니다. 그러자, 여태껏 푸른 치마를 머리끝까지 뒤집어쓰고 있던 사철나무와 소나무가 부끄러운 듯 희디흰 꽃잎을 마구 피워내는 것이었습니다.

그것은 이 세상에서 본 어느 꽃보다도 가장 아름답고 탐스러운 꽃이었습니다. 그 꽃은 이 세상 모든 사람들을 위해 하느님이 지어주신 눈꽃이었으니까요.

그의 시에서 눈은 "간밤 마당에 퍼부어 놓은 눈꽃송이들"(「첫눈이 내린 날 아침」)과 "별처럼 꽃처럼 흩날리던 그 날의 눈발"(「별처럼 꽃처럼」) 외에 나타나지 않는다. 그의 고향이 눈이 많이 내리는 고장이라는 지리적 사실을 전제하면, 이 점은 쉽사리 인정하기 어렵다. 그러나 그가 폭설의 세계, 곧 원시적 낙원의 세계를 동경할 만한 심리적 겨를을 갖지 못할 정도로 영육이 피폐한 삶을 살았다는 사실을 떠올리면, 이조차 수긍할 수밖에 없다. 이 점에서 눈이 내리는 동화 작품은 각별해진다. 자신을 "더럽고 천대받은 우졸한 사람"(「유향」)으로 폄하하고, 스스로 "내 인생은 너무나 형편없었어"(「형편없는 시」)라고 자학했던 박정만이 동화를 쓰는 순간에야 비로소 "눈감고 천년을 깨어 있는 봉황의 나라"(「잠자는 돌」)에서 평화하게 안식할 수 있었던 것이다. 그는 스스로 육신의 종말을 고하면서, 자신이 나아갈 세상을 눈 내리는 고향으로 치환시킨다. 그곳에서 그는 원시적 행복의 원형을 발견한다. 그가 폭설에 묻히는 것은 그녀의 품속에 안기는 것과 동일하며, 그것은 현생에서 그를 힘들게 하면서 기쁘게 했던 유일한 행복이었다.

박정만의 동화에서 유일하게 수다스러운 이 작품은 각별한 의미를 갖는다. 그는 작품의 어디에서도 슬픈 내색을 하지 않는다. 다만 함박눈에 덮인 꽃나무들의 수다가 요란할 뿐이다. 왜냐하면 그 꽃은 '이 세상 모든 사람들을 위해 하느님이 지어주신 눈꽃'이기 때문이다. 마치 눈을 맞는 아이들의 표정처럼 순수한 포즈로 설경을 묘사하고 있다. 동화가 그에게 태초의 안락함이 풍성했던 고향 풍경을 수용하도록 마음의 안식을 가져다 준 것이다. 이 점에서 그의 동화는 시적 편력과 현실적 사고의 변화 추이를 반영하고 있다. 그의 시와 함께 동화가 분석되어야 할 근거이다. 그것은 박정만이 굳이 동화를 쓰게 된 장르 선택의 이유를 살펴보는 일이다.


## 3. 결론


권력에 의한 폭력이 일상화되었던 시절, 박정만은 모종의 사건에 몰리어 "아우성 몇 마디 한 게 없지만"(「그림자 같이」) 짧은 나이에 임종을 맞은 시인이다. 그는 권력으로부터 불의의 습격을 받아 심신이 극도로 성치 못한 상태에서도 빛나는 서정성을 포기하지 않았다. 마치 죽음을 예감하듯, 그는 다량의 시편들을 생산하는 이 시기에 이승에서의 가난한 삶과 이루어질 수 없는 사랑의 괴로움을 집중적으로 시화하였다. 그가 이 시기에 제출한 각종 시편들이 취중에 쓰였으면서도 한결같이 고른 수준을 유지하여 이전의 감상성 시비를 차단하고 있음은 주목되어야 한다. 그것은 대부분 '팬지'라는 여인과의 비련이 개입되어 있다. 그는 지독한 사랑의 이름으로 생명의 존귀함을 깨달았고, 시적 리얼리티의 충분조건을 확보할 수 있었다.

요즘처럼 서정성조차 상품으로 팔리는 시대에, 박정만처럼 한결같이 서정성을 유지하는 것은 참말로 답답하다. 생전에 "무덤 같이 행복했던 자"(「풍장·Ⅲ」)였던 그는 동화라는 원시적 장르의 힘을 빌려 황폐해진 영혼의 평화를 얻고자 했다. 따라서 그에게 동화는 시쓰기의 연장이었을 따름이다. 박정만의 독특한 상상력에 기댄 동화들은 슬픈 정조를 바탕에 깔고 있다. 세계의 비극성을 동화에 수용한 셈이다. 그렇지만 그는 동화의 특수성을 고려하여 비극의 문제를 정면으로 취급하지 않는다. 단지 비극적 상황의 제시로 작품의 분위기를 어둡게 채색할 뿐이다. 그것은 그의 수려한 서정성에 기반하여 독자들에게 한 편의 수채화를 보는 듯한 착각을 불러일으킨다. 이 점은 그를 '우리 시대의 탁월한 서정시인'으로 자리매김하도록 만드는 심급이었다. 아마 그는 "착한 사람은 죽어서 그 영혼을 별에 묻고, 그 별의 소금으로 빛나서 사람의 흐린 눈을 맑게 씻어주신다"(「별에 오른 애리」)는 하느님의 말씀을 실천하기 위해, 지금도 저승의 한복판에서 우리들의 더러운 영혼을 정화시켜주는 서정시를 쓰고 있을 것이다.

# 자기 위안에서 세상 포옹으로

—이준관론

## 1. 서론

한국의 1970년대는 근대화와 군사독재정치로 요약된다. 폭력적 수단으로 정권을 찬탈한 소수의 군부 엘리트들은 정권의 연장을 도모하기 위한 방편으로 '조국의 근대화'를 부르짖었다. 군사정권은 정치체제의 근대화를 의도적으로 배제한 채, 근대화를 산업화와 동일시하여 경제 담론 외의 각종 논의를 차단하였다. 그리하여 국가의 역량은 경제 성장에 집중하게 되었고, 사회의 전부문에 걸쳐 모순과 갈등이 구조화되기 시작했다. 물론 정권의 경제 우선 정책은 절대 빈곤에 시달리던 당시의 사정을 고려하면 일면 타당성을 인정할 수 있다. 그렇지만 국민적 동의 과정을 생략한 채 지배계급에 의해 일방적으로 주도된 성장드라이브정책은 필연적으로 물질적 풍요에 반하는 전통적인 가치관의 붕괴를 초래할 요인을 내재하고 있었다. 이러한 시대 상황 속에서 시인들은 사회적 모순을 폭로하거나, 군사정권의 포악성에 억압되어 고통을 인내하는 민중들의 현실을 위로하는 기로에 당면하게 되었다. 그 중에서 후자를 선택한 부류에 대한 비평적 관심은 소홀했던 것이 부인할 수 없는 사실이다. 더욱이 1970년대의 문학 담론이 정치적 현실을 반영한 이른바 민중문학 중심으로 전개되면서 순수 서정시를 추구한 일군의 시인들은 상대적으로 외면되었다. 일부 연구자들이 이 시기의 문학적 성과들을 '저항의 서사'[1]로 규정하거나, 민중적 성격을 강조[2]하는 것은 순수시에 대한 경미한 관심을 반증해준다.

하지만 문학 작품의 역사적 평가는 문학사적 맥락에서 당대의 문학 현상에 대한 균형감각을 견지하면서 문학의 다양성을 전제하고 착수되어야 할 것이다. 이에 본고에서는 이 시기에 등단하여 현실지향적 시를 발표하다가 소위 순수시로 귀의한 이준관의 시세계를 천착하여 서정성의 시대적 의미를 고찰하고자 한다. 그는 1974년 『심상』지의 신인상으로 등단한 이후, 초기의 강렬한 현실의식을 지양하고 철저하게 순수 서정시를 발표하고 있다. 그는 지금까지 『황야』(신문학사, 1983)를 비롯하여 『가을 떡갈나무숲』(나남, 1991), 『열 손가락에 달을 달고』(문학과지성사, 1992), 『부엌의 불빛』(시학, 2005) 등 네 권의 시집을 발간하였다. 이러한 시적 성취에 주목한 평단에서는 그에게 '김달진문학상' (1991)과 '영랑시문학상'(2005)을 수상케 하여 그간의 노력을 평가한 바 있다. 그는 "삶의 깊이에 감춰진 허적을 전원적인 서정과 결합함으로써 한국적 서정의 한 모서리"[3]를 드러낸 시인으로 평가받고 있지만, 정작 그의 시세계에 대한 본격적인 연구는 영성한 실정이다. 이에 본고에서는 시집의 발간 순서를 존중하면서 이준관의 시적 변모 양상을

---


1) 하정일, 「저항의 서사와 대안적 근대의 모색」, 민족문학사연구소 현대문학분과 편, 『1970년대 문학 연구』, 소명출판, 2000, 16~41쪽.
2) 박민수, 「현대시와 민중 1970년대 민중시에 대하여」, 문학사와비평연구회 편, 『1970년대 문학 연구』, 예하, 1994, 35~55쪽.
3) 김재홍, 『한국 현대시의 사적 탐구』, 일지사, 1998, 308쪽.

살펴볼 것이다.


## 2. '못난 자식'이 '어머니의 눈물'을 발견하기까지

### 1) '황야'에서 울부짖기

이준관의 고향 정읍은 일찍이 최고의 백제가요 「정읍사」, 불우한 천재시인 최치원의 방황, 가사문학의 효시인 정극인의 「상춘곡」을 낳은 문향이다. 그곳은 19세기 말 동북아시아의 국제질서에 충격을 가한 동학농민전쟁의 발상지이며, 4·19혁명의 단초를 제공했던 '정읍환표사건'의 현장으로 한국 근대사의 굴곡을 생생하게 증언하는 정치적 공간이기도 하다. 그럼에도 불구하고 이준관의 시작품에서는 1970~80년대의 폭압 시대를 살았던 경험을 직접적으로 토로한 정치적 수사를 찾아볼 수 없다. 시대와의 대결 국면에서 행동화하지 못하고 극심한 자의식을 표출하기에 익숙한 그의 시적 성향은 비평가들의 관심을 불러모으는데 비효과적이었던 것은 분명하지만, 그 대신에 그는 자신의 독특한 시세계를 구축할 수 있었다. 그것은 은유와 알레고리라는 시적 장치로 구현되었으나, 문학의 집단적 성격을 중시하던 평단의 편향적 태도 때문에 당대의 비평적 관심을 도출하지는 못하였다. 이러한 평가는 "티나지 않게 다른 사람을 걱정해주고, 함부로 나서지 않고, 언제고 한 발자국쯤 뒤에서 있어줄 줄 아는 사람"[4]이라는 시인의 성향과 함께, 지방에 거주하던 당시의 주거 조건에 기인한 것이기도 하다.

그렇지만 첫 시집 『황야』를 읽어 보면, 군경을 앞세운 독재정권의 무

---

4) 나태주, 「이준관, 잃어버린 내 청춘의 초상」, 『부엌의 불빛』, 시학, 2005, 150쪽.

력정치로 인해 "어둠에 습기에 눅눅해진"(「한국의 역사」) 현대사의 이면
을 읽는 등, 이준관은 나름대로 정치적 현실에 치열하게 반응하면서 시
적 대응 방식을 모색하고 있었다. 스스로 이 시기의 시적 성과에 대하
여 "내 시도 나름대로 현실의식을 바탕으로 하고 있었지만, 그러나 민
중시의 도도한 물결에서 내 시의 목소리는 묻혀버렸다"[5]고 회고하거니
와, 그는 시인된 책무를 수행하기 위해 고통스러운 표정을 보였던 것이
사실이다. 그는 부단한 시적 고뇌를 반복하면서 당대의 모순과 질곡에
대한 정치적 인식을 게을리 하지 않았던 것이다. 그러나 시대 상황에
정면으로 맞서는 정치적 행동과 문학운동에 가담하려는 노력을 겸행하
지 않은 까닭에, 군사정권이 퇴각한 후에 몇몇 비평가들이 주목할 때까
지 그의 시는 논의선상에 오르지 못했다. 그는 억압된 정치 현실을 시
의식으로 전이시키면서 객관적 정세의 개선을 기대하였다.

나는 사는 게 두려워요. 꿈꾸는 게 두려워요. 갑자기 길이 안 보여요. 아
버지 아버지 아버지는 어디 있어요. 벌판만 보여요. 저무는 하늘만 보여요.
썩은 짚다발만 보여요. 아버지. 이 세상을 헤쳐 가기엔 내 눈은 너무 어둡고
마음 또한 어둡고 자꾸만 두려워요. 사람들이 따라오면서 웃어요. 이 머저
리야 이 머저리야 하는 소리가 사방에서 주먹질을 시작하고 내 피는 언제나
무력해요. 밤마다 식은 땀과 맞붙어 싸우고 세상이 거꾸로 매달려 있는 꿈
을 꾸어요. 두 다리 꽁꽁 묶인 채 물도 산도 벌판도 거꾸로 매달려 있는 꿈
을 꾸어요.

—「아버지」 전문

이준관은 "내가 내 목을 비트는 무서운 꿈"(「어두운 날의 일기」)의 연장

---

5) 이준관, 「나를 키운 것은 고향의 너른 들녘」, 『시와 시학』, 2005. 가을호, 121쪽.

선상에 악몽을 꾸고 있다. 더욱이 그의 시작품에서 거의 출현하지 않는 아버지에게 하소연하고 있다는 점에서 이 작품의 의미는 각별하다. 그에게 아버지는 어린 시절에 가난을 남기고 유명을 달리 했던 개인사적 사실과 연관되어 부재하는 인물이었다. 그의 꿈은 "빌빌거리는 쥐새끼"(빈 밭」)처럼 살아가는 소시민으로서의 무기력증과 무능력한 현실적 삶에 대한 자신없음에 기초해 있다. 그로 인해 시인은 '이 머저리야 이 머저리야'라고 비난하는 세상 사람들과의 어울림을 회피한 채 '밤마다 식은 땀과 맞붙어 싸우고 세상이 거꾸로 매달려 있는 꿈'을 꾸며 괴로워한다. 그의 무의식 세계를 지배하는 광장공포증은 "사람들을 만나게 될까 두려워하는 것이 아니라, 실은 의지할 것을 만나지 못할까 두려워하는 것"[6]이다. 그를 매일 고통스럽게 만드는 무섬증은 소위 '긴급조치' 등 일련의 법률적 조처를 통해 개인의 자유를 박탈하고 위협하는 권력이 강요한 정신적 질병이다. 따라서 이웃이나 친구들로부터 구원받지 못하는 그가 공포감 속에서 아버지에게 "계집년 같이 허약한 마음에 부딪히는 상처"(「가을비·2」)를 정직하게 드러내며 호소하는 것은 정치적 강박관념의 소산이다. 동시에 그의 몸부림은 꿈속에서 이루어지기 때문에, 구체적 행동을 요구하는 당대의 비평가들에게 포착될 리 만무하였다.

그에게 아버지는 현실적으로 지독한 궁핍을 유산으로 물려준 가해자이다. 그의 성장 과정에서 당면했던 각종 가난 체험으로 인해 아버지가 차지할 공간은 이미 삭제된 상태이다. 현실 세계에서 의논하거나 조력할 수 없는 아버지에게 애원하는 시인의 태도는 처음부터 결핍된 상태를 드러내려는 의도를 은닉하고 있다. 아버지가 해결할 수 없는 문제의 해답은 누구도 가질 수 없다. 시인이 아버지 앞에서 자식으로

---

6) G. Bachelard, 정영란 역, 『공기와 꿈』, 민음사, 1993, 186쪽.

돌아간 이상, 그는 더 이상 시인이 아니고 "못난 자식"(「K시의 가을」)일 따름이다. 자신의 악몽을 멈추어주고 고민을 경청해줄 만한 상대가 없다는 사실에 절망한 시인은 부재하는 아버지를 호출하여 지상의 현실을 들려준다. 부재하는 아버지를 상대로 한 그의 고백은 인간의 언어로 이루어지지 못하고 '두 다리 꽁꽁 묶인 채' 꿈속에서 몸짓으로 진행된다. 그러므로 사위의 압박에 직면한 시인은 창공의 '새' 이미지에 의탁하여 시대와의 불화 상태를 보여주는 것은 당연한 수순이다. 그것은 자유를 억압하는 정치 상황에 대한 무언의 항의표시이며, 행동으로 반항하지 못하는 그가 보여줄 수 있는 가장 강력한 저항의지이기도 하다. 그렇지만 그의 '새'들은 통상적인 용례의 비상하는 이미지를 소유하지 못한다.

<table>
<tr><td>발가락을 떨어뜨리는 새들</td><td>—「바람이 분다」</td></tr>
<tr><td>풀이 죽은 새들이 날고</td><td>—「더 암담한 가을」</td></tr>
<tr><td>새들이, 어둠에 낯익은 날개들이</td><td>—「귀뚜라미 몇 마리 깨어 울다」</td></tr>
<tr><td>저문 하늘을 가는 기러기들아</td><td>—「가을 기러기」</td></tr>
<tr><td>새들은 서쪽으로도 가고</td><td>—「저녁 들길」</td></tr>
<tr><td>아아 한밤중에도 서쪽으로 이어지는 새들</td><td>—「탱자나무 울타리」</td></tr>
</table>

그의 시에 등장하는 '새'는 '발가락을 떨어뜨리는 새'나 '풀이 죽은 새'에서 알 수 있듯이, 심리적 요인에 의해 의기소침한 상태에 놓여 있다. 시의 언어는 어떠한 현실적 상황에서도 존재론적, 심리적 요인들과 분리될 수 없다는 점에서, 정상적으로 비행하지 못하는 '새'는 시인의 의식 상태를 담보해준다. 이른바 신군부의 출현으로 재집권에 성공한 군부집단은 개인의 자유를 강제적으로 접수하고, 그들의 의식을 통제하기 위해 프로야구를 창설하고 '국풍'을 개최하는 등, 갖가지 우민

화정책을 착착 실행하였다. 집권층의 의식 조작은 대중 언론을 동원하여 체계적으로 이루어졌던 바, 각 개인은 자유를 차압당한 채 침묵하거나 영어의 몸이 되어야 했다. 그렇지 못한 부류의 개인은 자유를 향한 열망을 대체수단으로 해소하였는데, 이준관은 '새'를 통해 의식의 소멸을 예방하려고 노력하였다. 그리하여 그의 시작품에 등장하는 '새'들은 한결같이 '서쪽'으로 날아가며, 시간적으로는 저녁이나 밤에 날게 되었다. 서쪽은 죽음의 방위를 가리키고, 밤중은 안식의 시간을 나타낸다. 밤중에 나는 '새'는 세계의 휴식시간에 편승하여 은밀하게 비행할 수밖에 없다. '새'의 날개는 "밤에 꾼 꿈을 합리화하려고 낮에 만들어낸 소품"[7]이라는 점에서, 시인의 무의식 세계까지 장악한 시대의 억압 상황은 새의 비행 방향과 시각까지 통제한다. 따라서 그의 작품에 등장하는 '새'의 날개는 '어둠에 낯익은 날개'이기 때문에, 야간 비행을 당연한 일로 받아들인다. 그것은 권력에 의해 부단히 강요된 결과가 일상화된 습관으로 내면화된 것이다. 그리하여 '한밤중에도 서쪽으로 이어지는 새들'은 "어둡고 음울하고 습기진 곳"(「거적대기의 시」)을 향해 날아가지 않으면 안 된다.

　새와 함께 이 시집에서 두드러지게 출현하는 이미지는 '개'이다. 한국의 현대시사에서 애견성(cynophilia)은 윤동주의 시「또 다른 故鄕」에 나타나는 '개'처럼, 시대의 어둠을 쫓는 역할을 담당하였다. 개의 숙명은 짖는 것이지만, 이준관의 시 속에 출현하는 '개'는 "마을에는 짖을 줄도 모르는 개 몇 마리"(「다시 겨울」)처럼 본성을 상실한 채 무기력한 시적 배경 역할을 담당할 뿐이다. 곧 '짖을 줄도 모르는 개'는 '풀이 죽은 새'와 함께 그의 밀폐된 자의식을 드러내는데 동원된 소품인 것이다. 그는 내면상으로 '지조 높은 개'를 지향하지만, 번번이 '두 다

---

7) 이지훈, 『예술과 연금술』, 창비, 2004, 170쪽.

리 꽁꽁 묶인 채 물도 산도 벌판도 거꾸로 매달려 있는 꿈'만 꾸고 있다. 신체의 자유를 결박당한 그의 의식 세계는 흉몽으로 이어지고, 마침내 그를 공포의 분위기에 유폐시키어 작품 속의 시간마저 겨울로 고정시켜버렸다. 예컨대, 그는 시 「다시 겨울」, 「겨울 산」, 「겨울 논」, 「더 깊은 겨울」, 「겨울 논보라 · 1~5」, 「겨울 마을의 인상」, 「겨울 기러기」 등에서 시대의 음화로서의 겨울 이미지를 동원하고 있다. 그의 노력에 힘입어 "개들이 아무데나 똥을 누고 가고"(「말뚝」)마는 1980년대 초반의 정치적 상황은 더욱 우회적으로 폭로된다. 이준관의 작품에서 '새', '개', '겨울'의 이미지는 시대의 우울에 압도된 그의 자의식을 표상하기에 충분하다. 자유를 억압당하고 존재감마저 상실한 시인은 절대 고독과 한계상황으로 내몰린다.

황야로 가겠다.
황야로 가서
까마귀들이 쪼아먹는 붉은 심장의 해와 만나겠다.
황야의 끝까지 걸어가 기진맥진한
목마름과 배고픔과 만나겠다.
독수리들이 골짜기에 남겨 놓은
버림받은 인간의 뼈와 만나겠다.
숱한 밤을 길을 잃고 헤매다가
문득 천길 낭떠러지와 마주치겠다.
아아 황야로 가서
내가 울부짖는 소리를
나 혼자 처절하게 듣겠다.

— 「황야」 전문

시대의 강고한 현실 앞에서 속울음으로 존재하던 시인은 '숱한 밤을 길을 잃고 헤매'더라도 '천길 낭떠러지와 마주치겠다'고 다짐하며 황야로 나아간다. 그것은 일신의 보전을 도모하기 위해 불의에 굴복한 채 "슬픔을 두려워하는 동네사람들"(「겨울 눈보라 · 1」)과 다를 게 없이 살았던 과거의 소심한 삶에 대한 철저한 회오와 반성을 위한 심경의 토로이다. 그의 회심은 "스물여섯 해 거짓과 미움으로 길들여진"(「밤길」) 자신의 허물을 인식한 결과로서, 프로메테우스 신화를 변용하여 결의를 다지도록 강권한다. 하지만 그는 예언자를 찾아나선 황야에서 '숱한 밤을 길을 잃고 헤매다가' 결국 '내가 울부짖는 소리' 외에 아무 소리도 들리지 않는 황막한 황야의 현실에 절망한다. 그것은 타자에 대한 성찰이 아닌 자신의 행위를 규정하고 있는 자의식을 점검하도록 만들어서, 그로 하여금 장기간 시작을 중단하고 칩거하도록 만들었다.

그는 '눅눅한 현실 속에서 유기되어 있는 나'를 치유하기 위한 방편으로 자신의 다른 시적 기반이었던 "동시, 그 환상의 나라로의 여행"(「책 머리에」)을 떠난다. 주지하다시피, 이준관은 동시 창작을 겸행하는 시인이다. 대부분의 시인들이 왜곡된 시관이나 위선적인 체통 때문에 동시 창작을 외면하거나 폄하하는데 비해, 그는 이 사실을 당당하게 밝힌다. 그는 동시를 창작하는 과정에서 시적 위안을 얻고, 세상의 압력으로부터 견디는 힘을 구한다. 그런 관점에서 "동시적 상상력이 그의 시적 여정에 끊임없이 관여하며, 오히려 그의 '시'의 세련과 깊이를 더하는데 창조적으로 기여하고, 독자들을 매료시키는 힘으로 작용하고 있다"[8]는 지적은 경청할 만하다. 왜냐하면 그의 동시적 상상력은 『황야』의 세계에서 그를 구원하는 원동력으로 작용하는 동시에, 현실 상황에 대응하느라 피곤한 시인의 영혼을 위로하여 새로운 세계로 진

---

8) 고형진, 「동심의 상상과 경건한 서정」, 『시와 시학』, 2005. 가을호, 98쪽.

입하는 계기를 제공해주었기 때문이다.

## 2) '오리나무숲'의 포옹성

첫 시집을 상재한 이후 8년만 출판된 두번째 시집 『가을 떡갈나무
숲』에서 이준관은 종래와 다른 시세계를 선보였다. 이 시집은 그가 "이
땅에 뿌리내려 사는 사람에서부터 한낱 미물에 이르기까지, 그 모든
것들에 따뜻한 사랑의 눈길을 주며, 그들의 소중한 가치와 청정한 아
름다움을 촘촘히 그려내는 일에 몰두"(「자서」)한 보고서이다. 그는 이
전의 급박한 리듬과 높은 톤, 밀폐된 자의식의 세계로부터 벗어나 점
차 형식적인 안정감을 획득하고, 주제의식의 변모를 추구하였다. 아울
러 그가 절필 속에서 은둔하는 동안에 시대 상황이 개선된 것도 시적
전환에 영향을 끼친 외부 요인이다. 이 시집에서 특히 주목할 점은 이
준관이 고향을 재발견했다는 것이다. 이전까지 그는 시대의 압력에 맞
서느라 고향의 "어머니 허리 굽은 보리밭 언덕"(「下松里)을 외면하고
있었다. 그가 고향을 기억 속에서 되찾아내는 순간, 그의 시세계는 일
층 사실성을 확보하면서 세상의 중심으로 나아갈 수 있는 발판을 획득
하였다. 더욱이 그의 시적 장기가 구체적 경험의 세계를 직관에 의탁
하여 시화하는데 있다는 사실을 고려하면, 그에게 고향의 발견이 주는
충격은 여간 만만한 것이 아니다. 그의 고향 정읍은 눈 많기로 소문난
고장이다. 폭설은 세상의 허위와 추악함을 덮어버린다는 점에서, 그가
폭설의 고향을 발견한 것은 자신을 따라다니던 극심한 자의식으로부
터 벗어나는 계기를 마련해주었다. 이에 그는 유년 시절의 폭설 체험
에서 습득한 "눈을 뭉치는 동안 세상은 둥글고 아름답다"(「눈을 뭉치
며」)는 사실에 주목하여 세상 사람들에 대한 사랑을 시업으로 설정하
였다. 그의 노력은 "모든 것이 서로 둥글게 껴안는 세계는 갈등이 없는

낙원의 모습"[9]을 시화하는 움직임으로 실천되었다.

아직도 내가 사랑해야 할 일이 남았다면
죽을 때까지 내가 사랑해야 할 일은
저 人家의 불빛

—「人家의 불빛」 부분

그의 시가 나아갈 방향을 시사하는 작품이다. 곧, 그가 '죽을 때까지 사랑해야 할 일'은 폭설로 뒤덮이던 유년기의 "돌담과 감나무가 많은 마을"(「그리운 가을」)과 "나를 사랑하는 사람들이 사는 곳"(「동구밖」)에서 비치는 '人家의 불빛'으로 집중되었다. 그것은 자심한 자의식에 몰입되어 세상과의 소통을 허락하지 않았던 그의 시세계가 변모하기 시작하는 징후였다. 그의 시선이 인가의 '불빛'을 응시하는 것은, 불빛의 확산성과 전염성에 착목했다는 사실을 노정한다. 그의 시집을 관통하며 빈번하게 출현하는 '불빛'은 "한 시인의 상상적 삶과 그의 실제 생활에 대하여 지속적인 활기를 불어 넣고 타당성을 가질 뿐 아니라, 시 작품 속에서 다양한 형태를 취하며 수시로 반복해 나타나는 상징"[10]이라는 점에서 개인 상징에 해당한다. 이후의 시작품에서 '불빛'은 그의 의식을 "둥글게 둥글게 껴안는 세상"(「귀로」)으로 확산시키는 양상을 띠며 변주된다. 특히 불빛의 따뜻한 성질은 그로 하여금 세계와의 갈등 국면에서 화해하도록 조장하며, 동시적 천진성에 기반하고 있는 그의 시적 상상력을 제고하여 모성성을 발견하는데 기여했다.

사람들이 모여사는 '人家'에 주목하게 되자 그의 인식 지평은 나무들이 모여 사는 '숲'으로 확장되었다. 그에 의해 '숲'은 나무와 짐승들

---

9) 홍신선, 「폭설의 산속 혹은 낙원의 상상력 -이준관론」, 『가을 떡갈나무숲』, 나남, 1991, 149쪽.
10) P. E. Wheelwright, 김태옥 역, 『은유와 실재』, 문학과지성사, 1982, 104쪽.

의 '人家'로 변모한 것이다. 그가 이 시집에서 찾은 '숲'은 "떡갈나무숲"(「가을 떡갈나무숲」), "너도밤나무숲"(「눈을 뭉치며」), "오리나무숲"(「눈 내린 오리나무숲」), "갈참나무숲"(「저 갈참나무숲의 밤으로」), "물푸레나무숲"(「엉겅퀴꽃 핀 마을」) 등, 다양한 종류를 망라하고 있다. 이 나무들은 침엽수의 뾰족한 날카로움과 구별되는 활엽의 낙엽수종으로 산짐승들을 키우기에 알맞다. 그러므로 이 시집에 무수한 동물들이 등장하는 것은 당연한 현상이다. 이런 측면에서 '숲'은 "어느 경우에나 여성 원리 혹은 위대한 어머니가 보여주는 상징적 의미와 관련된다"[11]는 점에서, 시인을 비롯한 산짐승들을 넉넉하게 안아주고 위무해주는 역할을 수행하기에 적합하다.

> 눈 내린 오리나무숲으로 간다.
> 오리나무는 나귀처럼 목방울을 쩔렁거리며
> 나에게 가볍게 目禮를 보낸다.
> 조금만 가면 아이들 벙어리장갑 같은
> 통나무집을 만날 것이다.
> 그 굴뚝에 귀를 대고
> 어머니 무릎 위에 놓인 옛이야기를 엿들으리라.
> 눈 위 山꿩 발자국이 잣나무잎처럼 푸르다.
> 아마 민가에 내려가 푸른 콩 몇 쪼각
> 훔쳐 먹고 돌아간 모양이다.
> 나는 山꿩을 만나면
> 山열매가 묻혀 있는 데를 귀띔해 줄 것이다.
> 지난 여름 싸리꽃 한 무더기 피어 있던 곳.

---

11) 이승훈, 『문학상징사전』, 고려원, 1995, 330쪽.

별똥이 떨어진 곳.
나는 잠깐 멈추어 서서 구름으로 표시해 둔
그 곳을 두리번거리며 찾아본다.
추억의 羊젖에서 갓 짜낸
한 잔의 따뜻한 우유를 마시고, 오리나무는
겨울에 비스듬히 기대어 있다.
山토끼라도 만났으면 좋겠다.
그들이 갉아먹은 으름덩굴잎이, 그들이
발바닥에 묻히고 다닌 山이슬이
어떤 꿈으로 변했는지,
山토끼의 빨간 눈을 쳐다보고 싶다.
나는 이대로
하늘로 뻗은 오리나무 가지 끝까지 걸어가
맨 첫 잎사귀로 피어나, 봄에
가장 먼저 찾아온 새들에게
내 따뜻한 심장을 내어주고 싶다.

―「눈 내린 오리나무숲」 부분

그가 "버림받은 인간의 뼈"(「황야에서」)로 가득하던 세계에서 '숲'으로 거처를 옮긴 후에 발표한 작품이다. 그가 1970년대 말에 보았던 "더 깊고 가파르게 얼어붙은 산"(「겨울산」)의 불임성은 사라지고, 산짐승들이 자유롭게 뛰노는 놀이터로 산의 위상은 변모하였다. 이와 같이 그는 이전의 세계와 전혀 다른 '숲'의 세계에 진입하면서 '山꿩'과 '山토끼'를 만나고 싶은 내밀한 욕망을 노골적으로 드러낸다. 작품에서 한자 표기를 삼가는 그가 한자를 사용하여 '山'의 형상을 의도적으로 드러낸 이유는 숲의 이미지와 연루된다. 그것은 숲의 수직성에 포옹된 여린 산짐승들의 평화한 상태를 드러내기 위한 의도적 책략이다. 곧, 숲은 이준관의 시세계를 포용해주는 정신적 지주이며, 현실 생활의 피로를 씻어주는 안식처이다. 아울러 숲의 나무는 수직성을 발판으로 시인과 우주를 연결해주는 통로이다. 시인은 나무를 통해 우주와 교신을 시도하며, 숲은 시인과 산짐승들의 대화에 동참하여 우주적 질서를 보호해준다. 그것은 첫 시집에서 "목이 콱 잠겨 간신히 울어대는 꿩"(「산비탈」)의 신세와 동일시하던 태도를 청산하고, 민가에서 콩을 훔쳐 먹은 꿩에게 '山열매가 묻혀 있는 데를 귀띔해 줄 것'이라는 그의 예언에서도 확인할 수 있다.

이러한 모색을 가리켜 "밀폐된 자의식의 세계를 과감히 청산하고 평범한 일상사의 값을 인정하고 또 긍정하는 드넓은 범용의 세계로 돌아온 것"[12]이라고 보는 견해를 긍정할 수 있는 이유인즉, 이 시집에서 그가 결행한 시적 전환의 진폭이 너무 판이하다는데 있다. 그는 첫 시집에서 보여주었던 자의식의 혼란상을 치유하고, 숲의 세계에서 시적 진경을 펼쳐 보이고 있다. 실례로 그가 열거하는 무수한 나무와 짐승들의 이름은 정처를 정한 자만이 누릴 수 있는 심리적 여유이다. 그가 이 시집에 이르러 "친구야, 이제는 슬픔을 말하지 말자"(「가을 들에서 돌아오며」)며 이웃의 상처를 위로해주거나, 또는 "누룽지라도 나누어 먹자"(「낙숫물소리」)고 공유 정신을 표출하는 것도 여유에서 비롯된 것이다. 한편으로 그것은 상대적으로 시대의 갈등 양상이 정치적 측면에서는 완화되었지만, 사회적 측면에서는 여전히 심각하다는 현실적 문제를 드러내준다. 이런 측면에서 그의 시는 위안으로서의 기능을 성실하게 수행하고, 사회적 약자들에게 더욱 가까이 접근할 만한 이유를 내포하고 있다.

---

12) 홍신선, 「둥글게 껴안는 세상의 시학 –이준관의 정신풍경을 중심으로」, 『시와 시학』, 1991. 여름호, 437쪽.

## 3) '人家의 불빛'의 번짐

이준관의 세번째 시집 『열 손가락에 달을 달고』는 이전의 성과를 바탕으로 예전에 간과했던 평범한 사람들의 일상을 적극적으로 수용한 작품집이다. 그가 이 시기에 만난 사람들은 "감자밭에서 돌아오는 아낙네들"(「탱자꽃 필 때」), "감실감실 달빛에 멱감는 허릿매 고운 아낙네"(「여름은 오고 간다」), "과일 바구니를 이고 가는 아주머님"(「과일 바구니를 이고 가는…」), "애기를 업고 가는 여인"(「애기를 업고 가는 여인」), "우물 옆 아줌씨"(「三冬의 마늘밭」), "가난하나 착한 아낙네"(「맨드라미 마을」), "처녀적 웃음을 웃어보는 아낙네들"(「배추꽃이 피었네」), "파밭에서 일하는 여자"(「강마을을 지나다」), "마늘을 뽑는 아낙네"(「만경강 하구」), "밭을 매는 여자"(「수세미」)처럼 평범한 여자들이다. 그녀들의 공통점은 도시의 전문직 여성이 아니라, 대개 농촌에서 일하는 범상한 여자들이라는 점이다. 도시 여성들의 날렵한 이성에 비해 수더분하고 포근한 인상의 시골여성을 동원하면서, 그는 농경사회적 공동체의 질서 속으로 진입한다.

청춘기를 지난 농촌 아주머니들의 일상에 주목한 이준관은 세계의 온갖 구성물과 화해를 모색한다. 그것은 『가을 떡갈나무숲』에서 체험했던 '숲'의 안식감이 모성성과 동일한 차원이라는 사실을 깨닫게 된 후의 변화이다. 그의 시는 이 시집에 이르러 더욱 평화한 세계를 지향하게 되고, 우주공동체를 향한 지극한 천진성을 드러낸다. 천진성은 그가 강고한 현실 세계의 완력에 억압당하던 초기에도 "태양을 열렬히 사모하며 이어가는 저 열정"(「고추」)으로 내재되었던 동시적 상상력의 발원이다. 그는 내면을 지배하는 동화적 세계에의 열망과 자신의 또 다른 시적 기반인 동시적 상상력을 발휘하면서 고유한 세계를 구축하게 된 것이다. 그것은 시인 스스로 "시란 자연스럽게 쓰여져야 하는데 쓸거리도 없으면서 자꾸만 인위적으로 시를 만들려고만 하니 힘들고 고통스러워졌던 것"[13]을 반성한 결과이기도 하다. 그리하여 그의 시는 "인간사만이 아니라 자연사와 우주사가 모두 화해롭게 한몸이 되어 서로 교감을 이룩하며 살아가는 모습이 나타나 있다"[14]는 평가를 받게 된다.

> 해 뜨는 아침에서 해지는 저녁까지
> 들판은 가축떼 사이에서 빛나고
> 선머슴애들은 꽃을 꺾는다. 그 꽃을 받으러
> 저녁 첫 별은 뺨이 붉어서 온다.
> 무슨 새알처럼 조그만 연기나는 집들.
> 저 알 속으로 사람들은 돌아온다.
> 아침이면 수탉이 맨 먼저 깨고 나올 알들.
> 별의 중력 속으로 차츰 옮겨가는 저녁.
> 밭이삭을 베고 온 기도하는 손과
> 까만 눈동자만 남기고
> 등 뒤에서 자박자박 땅은 저문다.
> 사람이 사람을 그리워하는 때,
> 어머니가 자식을 부르고,
> 남편이 아내를 부르고,
> 부르는 소리로 저녁은 가득 찬다.
> 사람들은 사랑이 목마른 어린 새끼들이 되어
> 불빛 주위로 모여든다.
> 그들을 포근히 안아주는 불빛의 둥근 껍질들……

---

13) 이준관, 「시 앞에서 한없이 겸허한 마음으로」, 『시와 시학』, 2005. 가을호, 123쪽.
14) 정효구, 「자연이 된 인간 -이성선, 이준관」, 『우주공동체와 시의 길』, 시와시학사, 1994, 255쪽.

나무는 오늘도 저녁 눈썹이 까만 달을

새로 잉태할 것이다.

바람나서 떠난 잎사귀들은

얌전히 발가락을 모으고 돌아와 있을 것이다.

한낮의 밝은 그림자 속에서 걸어 나와

사람들은 이제 살아 있는 제 몸을 만진다.

제 목숨의 까만 눈동자를 깊이 들여다본다.

주먹을 펴서 제 것이 아닌 것들을 하나씩 어둠 속으로 풀어준다.

저녁이 저문다.

—「저녁이 저문다」 전문

인간과 우주의 합일을 지향하고 있는 이 시의 정조는 시종일관 불빛에 의해 지배되고 있다. 예컨대 '들판은 가축떼 사이에서 빛나고' 사람들은 '사랑이 목마른 어린 새끼들이 되어' 불빛 주위로 모여든다. 그것은 첫 시집과 다르게 그가 저녁 시간을 '사람이 사람을 그리워하는 때'로 인식했기 때문에 가능한 일이다. 그는 초기에 "저녁 검불의 벌판"(「당신들을 미워하지만」)에 홀로 서있었지만, 이 시집에서는 "순한 짐승의 눈으로 석양의 보리밭을 바라보는 사람들"(「석양의 보리밭」)을 관조할 만큼 심리적 여유를 찾고 있다. 그러한 여유에 바탕하여 그는 초기 시편에서 빈출하던 "존재의 실체에 접근하기 위해서 거쳐야 하는 하나의 프리즘"[15]으로서의 자기열등감을 극복하고, 마침내 '주먹을 펴서 제 것이 아닌 것들을 하나씩 어둠 속으로 풀어'주는 저녁의 미학을 체득하게 되었다. 그에 힘입어 '人家의 불빛'은 '포근히 안아주는 불빛'이 되어 평화한 안식의 빛을 세계로 확산시킨다. 그 빛은 식구공동체

---

15) 이건청, 「삶의 비극적 인식과 소멸의 이미지」, 『황야』, 신문학사, 1983, 99쪽.

의 온전한 복원을 위한 물리적 조건이며, 동시에 그로 하여금 어머니
의 시선에서 세계를 포용하도록 자극하는 매개물이다.

　따라서 그의 시에서 '불빛'은 식구들을 위해 만찬을 장만하는 어머
니의 사랑을 확산시키며 작품의 분위기를 아늑하게 조성하는 역할을
담당한다. 어머니는 "발바닥의 살갗이 벗겨지는 먼 길"(「자서」)을 오가
는 "이빨 없는 턱을 오므려 웃는, 듬성듬성 머리칼이 빠진 사내"(「괭이
같은, 그 농부」)를 위해 풍성한 식탁을 차린다. 예로부터 신화상으로 "남
성이 여성의 매력에 굴복하게 될 때, 모든 악이 둘러싸고 있는 속박에
서 벗어나게 된다"[16]는 점에서, 그가 어머니에게 집중적으로 관심을
기울인 점은 주목되어야 한다. 그는 각종 사회 현상들을 모성의 원리
로 파악하여 세계의 폭력성과 불합리한 모순을 포용하는 자세를 갖추
게 된 것이다. 그 결과물로 제출된 이준관의 네번째 시집 『부엌의 불
빛』은 '人家의 불빛'을 꺼지지 않도록 지켜주는 어머니의 사랑이 시인
의 사랑으로 변주되어 확대되는 시편들의 집합이다. 이 시집에서 그는
이전에 보여주었던 여성들에 대한 관심에서 나아가, 어머니의 절대적
사랑이 세계의 원리라는 사실을 노골적으로 표백한다. 그것은 전적으
로 '불빛'의 따뜻한 성질과 차별하지 않는 비춤에서 비롯된 것이다. 그
는 불빛 속에서 세계와 조응하고, 세계와 불빛이 공동체적 운명이라는
사실을 깨닫는다.

　　부엌의 불빛은
　　어머니 무릎처럼 따뜻하다.

　　저녁은 팥죽 한 그릇처럼

---

16) S. L. Thurer, 박미경 역, 『어머니의 신화』, 까치, 1995, 108쪽.

조용히 끓고,
접시에 놓인 불빛을
고양이는 다정히 핥는다.

수돗물을 틀면
와와 불빛이 쏟아진다.

부엌의 불빛 아래 엎드려
아이는 오늘의 숙제를 끝내고,
때로는 어머니의 눈물,
그 눈물이 등유가 되어
부엌의 불빛을 꺼지지 않게 한다.

불빛을 삼킨 개가 하늘을 향해 짖어대면
하늘엔
올해의 가장 아름다운 첫 별이
태어난다.

—「부엌의 불빛」 전문

이 작품은 이준관 시의 개인 상징 '불빛'의 영향관계를 가장 선명하게 보여준다. 그가 초기의 긴장감에서 벗어나며 발견한 '人家의 불빛'은 '숲'을 나무들이 모여 사는 '人家'로 변모시켰고, 이 시에 이르러서는 '숲'의 산짐승에 이어 집짐승까지 포용하면서 '올해의 가장 아름다운 첫 별'로 완성되었다. 문학 작품에서 어머니, 동물, 어린이, 소우주 등은 신비적이고, 나무와 달, 자손 등은 종합적이어서 밤의 이미지를 이룬다는 견해[17]와 결부시켜 보면, 그의 '불빛'이 조성하는 원시적 평

화의 근원을 알 수 있다. 그가 시작 초기에 『황야』의 불모성에 좌절했
던 까닭은 그곳에서 '불빛'을 찾을 수 없기 때문이었다. 아무도 경청해
주지 않는 도저한 절망감으로 인해 고통하던 그는 "내 마음의 상처도
꿰매고 기워주던 어머니"(「바느질」)의 헌신적인 사랑으로 고독한 상태
를 극복하게 된다. 어머니는 사랑을 직접적으로 표현하지 않고 '부엌
의 불빛'처럼 대상을 따뜻하게 감싸주어 지친 육신과 상한 영혼을 안식
하도록 도와줄 뿐이다. 그는 이와 같이 표나지 않은 절대적인 사랑에
기반한 모성 원리가 "흠집 많은 도마 같은 강마을 사람들의 삶"(「미루나
무가 서 있는 강마을」)과 "흙투성이 감자처럼 울퉁불퉁 살아온 사람들"
(「구부러진 길」)의 상처를 어루만져줄 수 있으리라고 믿는다. 그의 신뢰
는 등단 초에 사람들을 억압하는 현실 세계에 대한 우회적 접근으로
나타났다가, 구체적 일상의 세목들을 능동적으로 수용하면서 더욱 견
고해지는 양상이다.

　이준관이 '불빛'의 이미지를 추구하는 한, 시적 준거는 필연적으로
소시민적 삶을 형상화하는 문제로 귀결될 수밖에 없다. 일각의 우려를
의식한 그는 "평범한 사람들의 마음을 따뜻하게 해주는 서정시"(「시인
의 말」)를 쓰고 싶다는 바람을 토로한 바 있거니와, 작품상으로는 "코스
모스 꽃의 허리를 가진 딸"과 "염소의 뿔이 되고 싶다는 아들"과 "하늘
빛 챙이 달린 모자를 쓴 아내"의 외출 모습을 세밀하게 관찰한 시 「가
족, 가을 나들이」 등에서 구체화하고 있다. 그러므로 이준관은 생활 현
장을 더욱 자세히 살피면서 소시민들의 모습을 꾸준히 포착하기 위해
노력할 것이다. 그것은 그가 개인 상징 '불빛'을 지속적으로 확장하고
발전시켜 오고 있다는 사실로부터 추측가능하다. 그는 현재까지 견지
하는 시작 태도를 심화하고 확대하면서 사물과 사람들을 '불빛'의 따

---

17) G. Durand, 진형준 역, 『상징적 상상력』, 문학과지성사, 1983, 103쪽.

뜻함으로 포용하고, 혹은 어두운 곳을 '불빛'으로 비추면서 사회로부터 외면당하는 미약한 존재까지 아우를 것이다. 그것도 전혀 인공적이지 않은 "아름다운 가내수공업의 마을에서 짠 봄 무지개"(「배추꽃이 피었네」)로 말이다.


## 3. 결론

이상에서 살핀 바와 같이, 이준관의 시적 이미지는 '황야'의 방황에서 '숲'의 안식을 거쳐 '불빛'의 포용성으로 변주되고 있다. 그 움직임들은 시적 촛점화의 대상들을 축소시키는 공간의 경제에 입각한 서정시를 추구하도록 도와주는 힘이다. 그것은 군사독재시대의 현실상황으로 인해 형성된 고립된 자의식에서 벗어나 그가 세계를 포용하는 우주적 질서를 긍정하며 획득한 결과이다. 이 과정에서『황야』의 거친 절규와 자학은 동시적 상상력의 도움으로 지양되었고, 그는 고향의 원시적 공간과 어머니의 헌신적 사랑에 힘입어 시세계를 심화할 수 있었다. 그의 시에서 산견되는 세상에 대한 사랑은 이러한 심리적 모색기를 거친 결과물이다. 이 점에서 자신의 시가 "소박하고 평범한 사람들에게 따뜻한 위로와 허기진 영혼의 한 끼 양식"(「시 앞에서 한없이 겸허한 마음으로」)이 되기를 바라는 그의 언급은 본고의 논의 결과를 확인시켜준다.

이준관의 시편들은 한 시인의 성장 과정을 정직하게 드러내준다. 그는 등단 초기에 다양한 시적 장치들을 활용하여 1970~80년대의 폭압적인 현실을 시화하면서도, 시단을 장악하던 문학의 운동 경향을 한사코 거부하였다. 그는 절필로서 시대와 평단의 움직임에 불만을 토로한 이후 시적 전환을 감행하고, 우주와 조응하는 개인적 정서를 형상화하

는데 시력을 집중하는 순수 서정시를 추구하고 있다. 그는 세계의 질
서를 추출하여 작품화하는 동시에, 자연의 모성성에 입각하여 소시민
적 삶과 세계를 포용하는 시작법을 고수한다. 이러한 그의 시가 시사
적으로 정당하게 평가받아야 할 이유인즉, 동시대에 만연한 대립과 갈
등을 해소하는 위안으로서의 문학이 요구되는 사회적 형편과 함께, 그
가 전통적인 서정시의 계보를 충실히 계승하고 있다는 사실에 있다.
이 점에서 그의 시적 변모 과정은 시와 사회의 상관성을 파악하는 미
학적 심급으로 작용할 수 있을 것이다.

# 추악한 이승, 순결한 저승
—이연주론

## 1. 서론

　자살은 인간이 선택할 수 있는 최후의 방법이다. 유사 이래로 숱한 작가들이 자살의 방법으로 자신의 생을 자의에 의해 마감하였다. 그들의 선택은 주체의 의사결정권을 증명하기에 부족함이 없으나, 대부분의 사람들은 그 선택에 대해 선뜻 동의하기를 주저한다. 왜냐하면 고래로 사람의 생사여탈권은 하늘의 몫인 양 인정되고 있었으므로, 자의에 의한 생의 철회는 천의를 거스른다고 여기는 까닭이다. 그렇지만 자살은 주체의 마지막 선택이란 점에서, 판단을 마냥 유예할 수도 없다. 다만 어떠한 경우에도 개인의 자유의지는 무한정으로 존중받아야 마땅하고, 그의 선택이 극단적이었을지라도 그 누구도 비난할 권리를 승인받지 못했다는 사실을 기억하여야 한다. 이런 점에서 자살은 살아남은 자들에게 죽은 자가 남겨주는 가혹한 징벌이다. 그보다 오래 살아야 할 우리들은 먼저 간 사람의 넋을 위로하면서, 그의 주검이 남긴 의미를 묻는 거 외에 달리 뾰족한 길이 없다.

다들 알다시피, 이연주(1953~1992)는 짧은 생을 살다간 비운의 시인이다. 1991년 시「가족사진」등으로 계간『작가세계』를 통해 등단한 그녀는 불혹의 나이를 앞두고 자진하였다. 그녀는 식민지 수탈의 현장이었던 '탁류'의 고장 군산에서 태어났다. 고향의 풍토 탓인지, 그녀의 시 속에서는 비릿한 생선 냄새가 난다. 시장의 생선은 항상 생생하게 살아 있는 것이 아니라, 죽어가거나 죽어 있는 시체이다. 그 광경은 역겹다. 왜냐하면 그녀가 생전의 소원대로 "죽어 한 마리의 물고기가 되어서"(「즐거운 일기」) 드러누워 있기 때문이다. 그래서 이연주의 시는 읽기 사납다. 그녀의 길지 않은 생애만큼이나 전기적 사실들도 미처 알려지지 않았을 뿐만 아니라, 그간에 이루어진 비평적 관심조차 드물어서 참고자료의 도움을 받기 어려워 더욱 팍팍하다. 또한 그녀의 시가 난해한 이유는 여기저기서 고린내와 고름냄새가 진동하기 때문이다. 그녀는 아어로서의 시어를 고의적으로 폐기하고, 덧난 부위와 곪아터진 상처를 소름끼치는 막말로 시를 쓴다. 적어도 그녀 앞에서 시어는 세계의 위악성을 드러내는데 필요한 소도구에 지나지 않는다.

이연주의 시는 읽기 수월하다. 그녀의 시를 읽을 양이면, 여느 시인의 작품을 읽을 적보다 품이 덜 든다. 그녀의 시를 이해하기 위해서는 학습한 시론을 동원할 필요가 없다. 그녀는 현대시의 전통적 문법이나 사유방식을 인정하지도 않았을 뿐더러, 어쩌면 남들이 자신의 시를 읽어주는 것조차 꺼려했을 정도로 이승의 모든 '제도'를 부정하면서 사람들 '사이'에 존재했을 따름이다. 다른 시인들과 달리 "양로원에도 갈 수 없는 나이"(「그렇게, 그저 그렇게」)에 극단적인 선택으로 생을 마감해버린 그녀는 덜렁 두 권의 시집만 남겨주어서, 읽는 사람으로 하여금 눈품이 덜 들게 한다. 그녀의 시집이 지닌 강점은 독자의 선택권을 충분히 무시하고 있다는 점이다. 독자들은 그녀의 시집을 펴는 순간, 기존의 시와 달리 엉망으로 난자당한 시어에 당황하면서 읽기를 그만둔다. 그녀의 시집은 『매음녀가 있는 밤의 시장』(세계사, 1991)과 『속죄양, 유다』(세계사, 1993)이다. 두 시집은 그녀가 죽던 해를 에워싸고 출판되었다. 불과 3년의 시간 속에 그녀의 시가 있다. 유고시집은 졸지에 유명을 달리 한 그녀의 시재를 아까워하는 출판사와 시우들의 주선으로 나온 것이다. 그녀는 죽어서나마 '관계'를 얻었다!

## 2. 지독한, 비릿한 예토의 '우렁달팽이'

### 1) '살아남아 슬프지 않은' 그녀

삶이 아름다운 것은 추억이 있기 때문이다. 추억은 사람으로 하여금 비록 현재의 삶이 고통스러울지라도, 남은 생을 마저 살도록 지탱해주는 심리적 기반이다. 추억은 제법 사람들을 낭만적으로 만들기도 하거니와, 근세 이후부터 추억이 낭만적 사회를 이룩하는 정서적 기반으로 작용하게 되었을 적에, 사람들은 추상적인 '낭만에 대하여' 여러 가지의 구체적인 정황을 부여하고 저마다 그럴싸하게 판독하는 습관을 갖게 되었다. 한편으로 추억은 당자의 영혼을 갉아먹는 심인성 사약이다. 추억은 속없이 시도 때도 구분하지 않고 자유롭게 떠올라서 당자를 혼돈의 도가니로 몰아넣는다. 당자는 추억 때문에 물질적 조건을 해체하거나, 그로 인해 우울한 나날을 살기도 한다. 그에게 추억은 구토를 야기하는 시약이다. 더욱이 "살아 있는 쪽보다는 죽은 것에 보다 가까운 곳"(「고물상에서의 한때」)에 거처하는 이연주에게 추억은 생의 유효기간을 단축시키는 요인일 따름이다. 곧, 그녀의 시에서 나는 메스꺼움과 종잡기 곤란한 "지독한 삶의 냄새"(「매음녀 4」)는 "몹쓸 추억"

(「위험한 진단」) 때문에 생긴 것이다.

그녀에게 추억은 반역사적이다. 그녀가 보기에 "4월은 이제 패망한 굴욕의 달"(「추억없는 4·19」)에 지나지 않는다. 당초의 순수한 혁명 의지는 소기의 목적을 겨냥하는 권력지향적 인물들에 의해 더렵혀진지 오래이고, 그로 인해 혁명은 자본주의의 발전 속도에 발맞추어 경제 용어로 이적하였다. 사람들은 혁명의 주체들에게 더 이상 경의를 표하지 않으며, 그들이 운위하는 혁명은 이미 "개라고 말하는 날들"(「현대사의 추억거리」)의 값싼 추억으로 전락하였다. 가히 "역사는 잔혹한 종양의 덩어리"(「여섯 알의 아티반과 가위눌림의 날들」)에 불과해지고, 사람들은 이제 혁명을 믿거나 기다리지 않는다. 이와 같은 세상의 평판들에 동조하여 그녀는 철저하게 반인문주의적인 상상력을 가동하여 세계의 위선을 감각적으로 포착한다. 특히 그녀는 후각 이미지를 빈번하게 제시하고 있는 바, 그 여파로 인해 시에서는 '냄새'가 진동하여 독자들의 접근을 가로막는다. 단 한번의 시적 허용조차 용납하지 않는 그녀의 '지독한' 시어들은 작품의 구석구석마다 '삶'의 그로테스크한 형상으로 구체화되어 있다. 그녀의 끈질긴 노력 앞에서 세계는 화해의 대상이라기보다는, 급기야 '저주의 굿판'으로 변모하여 반드시 척결되어야 할 부패의 온상으로 자리매김된다.

바람난 에미가 도망치고 애비가 땅을 치고 울고

애비가 섯다판에서 날을 새고
그 애비의 아이가
애비를 찾아 섯다판 방문을 두드리고

본드 마신 누이가 찢어진 속옷을 뒤집어 입고

지하상가 쓰레기장 옆에서
면도날로 팔목을 긋고

세살난 막내가 절룩, 절룩 자라가고
에미 애비와 누이의 일들을 거침없이 이해하고

오늘,
밤마다 도시가 하나씩 함몰되고, 나는
등불에서
등심지를 싹둑, 싹둑 잘라내고

—「가족사진」 전문

　그녀에게 시인이라는 형벌을 부여한 작품이다. 에미가 바람나고, 아비가 놀음판에서 가산을 탕진하고, 누이가 자살을 기도하는 집안의 막내는 '에미 애비와 누이의 일들을 거침없이 이해하고' 자라난다. 평범한 가정에서 일어날 수 없는 비극적인 일이 '가족사진'이라는 음화로 추억될 때, 그녀가 할 수 있는 일이라고는 등의 심지를 잘라서 까만 밤을 마련하는 것뿐이다. 그녀는 빛이 차단된 밤에 편승하여 가족들의 비행을 이해하는 조숙한 세살배기를 등장시켜서 가족의 해체를 조장하는 "살아 남아 슬프지 않은 나라"(「방화범」)의 왜곡된 모습을 힐난한다. 그녀의 시비는 근대화의 미명하에서 야금야금 무너져버린 가정에 국한된 문제가 아니라, 그녀로 하여금 가족들에게 감당하기 힘든 고통을 강요한 사회의 구조적 모순에 집중되어 있다. 그런 까닭에 그녀는 살아남아 기쁜 표정을 짓는 것이 아니라 '슬프지 않은' 척할 뿐이다. 그녀가 세 살에서 성장하기를 멈추어버린 판국에, 적어도 그녀가 살아 '남아' 있다는 것만으로도 얼마나 '슬프지 않은'가. 자신의 감정조차 그대로 노출하지 못하는 그녀의 조숙성은 병든 육신으로부터 기원한 것이다.

이연주의 시에서 질병은 존재의 이유이다. 그녀는 '말초신경염'(「장마의 시」), '비만증'(「시외전화」), '전염병'(「집단무의식에 관한 한 보고서」), '백내장'(「눈 뜬 장님」), '긴장형 조발성 치매증'(「비극적 삼각관계」), '황달기'(「매음녀 5」), '매독'(「열차는 어디로 가고」), '공수병'(「무꾸리」), '위장병'(「인큐베이터의 휴일」), '코카인'(「구덩이 속 아이들의 희미한 느낌」), '문둥병'(「우리라는 합성어로의 환생」), '실어증'(「탄생의 머릿돌에 관한 회상」), '소화불량증'(「성자의 권리 2」), '진폐증'(「무덤에서의 기침」), '혈전증'(「성마리아의 분만기」), '천식'(「돌아가는 길」) 등, 이루 헤아릴 수 없는 각종 질병을 작품 속에 퍼뜨리는 심술을 부린다. 한편으로 그녀는 '가나마이신'(「가나마이신에게」), '항생제'(「유한부인의 걱정」), '아티반'(「여섯 알의 아티반과 가위눌림의 날들」), '노발긴'(「차용된 인생」), '포르말린'(「성자의 권리 5」), '포도당주사'(「성자의 권리 7」) 등, 여러 가지 약품들을 동원하여 질병을 치료하기도 한다. 말하자면, 그녀는 적어도 작품상으로 '병 주고 약 주는 셈'이다. 그녀의 모순된 행동은 사회를 향한 진단과 치유행위이다. 병명의 나열은 사회의 환부에 대한 나름의 진료 기록이고, 약명은 그에 알맞은 처방전인 것이다.

그녀가 "노란 황달기의 흰자위"(「죽음을 소재로 한 두 가지의 개성 1」)를 통해 질병에 대한 관심을 적극적으로 개진하는 이유는 무엇일까. 그 이유는 병의 대물림에 대한 공포에서 찾을 수 있다. 그녀의 어머니는 딸에게 "나는 너를 낳고 온몸에 두드러기로 고생했다"(「지리한 대화」)고 산후의 병력을 고백한다. 어머니로부터 병인을 물려받은 딸은 태어날 때부터 "무서울 것이 없어져버린 세상"(「매음녀 1」)의 온갖 병균에 대한 항체를 보유한 감염자이다. 그녀는 자신의 질병이 가족력이기 때문에 다른 사람들에게 전염되어 공개되는 것을 꺼렸다. 그녀가 기괴한 '가족사진'을 통해 다수의 작품에서 질병과 약품을 늘어놓으면서 "불길한 병의 발작을 예시"(「봉숭아 꽃물 들일 때 주검 저 너머에서는」)한 것은 결국 사회에 퍼지게 될 전염병을 예방하기 위한 언어적 신호였다. 그녀가 '살아 남아 슬프지 않은' 이유이다. 그녀는 남다른 예지력으로 미구에 창궐하게 될 질병을 예측하고 경고했건만, 사람들은 "코끝을 찌르는 듯한 이상한 냄새"(「외로운 한 증상」)를 풍기는 그녀의 시에 등 돌리고 아는 척도 하지 않았다. 그녀를 고통에 들게 했던 병원들이 그녀의 주검을 빠져나와 퍼진 이후에야, 사람들은 그녀의 시를 꺼내어 병후를 알아보는 등 수선을 피운다. 이미 그녀는 사람들 '사이'에서 빠져나가 버렸는데 말이다.

## 2.) '인간을 달아난 한 여자', 그녀

이연주는 생전에 날마다 꿈을 꾸었다. 남긴 시작품을 통해 추측할 수 있는 그녀의 꿈은 어떻게 하면 하루빨리 "인간을 달아난 한 여자"(「간증하는 여자」)가 될 수 있는가를 꿈꾸는 것이다. 그녀는 살아생전에 단 한 가지, 사람들의 '사이'로부터 탈출하는 꿈을 꾸었다고 해도 과언이 아니다. 비록 그녀는 "낭만주의풍을 이어받은 시인"(「이십세기 최고의 행위」)은 아니더라도, 세상의 대책없는 무질서와 혼란을 외면하는 위선자가 되기 싫었다. 그녀의 시에서 한사코 '냄새'가 자욱하게 피어나더라도, 그것들이 "문벌의 귀족들이 사들인 헐값"(「불행한 노트」)의 은유가 아닌 것이 그 반증이다. 적어도 이연주는 문단의 패거리 문화에 휩쓸리지 않고, 평자들의 우산 속에서 시적 안주를 꾀하지 않았다. 그녀는 도리어 세태를 따르도록 조종하는 문단의 더러운 공기를 내몰기 위해 "허파꽈리"(「사람의 고향」)에 집착하였다. 그녀가 진단하기에, 문단에 만연한 몹쓸 풍토는 신선한 공기가 유통되지 못해서 생긴 호흡기

질환이었다.

> 창과 블라인드 사이에서
> 나는 음울한 노래를 불렀네
> 책상—
> 그렇게 백열전구— 그렇게
> 창과 블라인드 사이에서
> 바람은 어떻게 다스리는 건지
> 나는 알고 싶었다네
> 병들은 엉덩이가 쉴 만했던
> 공원의 나무의자는 아니었을까,
> 방법을 잘 몰랐던 사랑법.
> 언제나 창과 블라인드 사이에서
> 입술은 오랜 먼지로 밀봉이 되고
> 눈은 차마 뜨고 볼 수 없었지만
> 모든 밑바닥이 쉴 만했던 석양,
> 노병처럼 꺼져가는 햇살들을
> 온몸 열어 받아 안네
> ……
> 깊은 내면을 지닌 서역

—「서역」 전문

제목부터 죽음 이후를 암시하는 이 작품은 이연주의 인생을 압축하여 보여준다. 그녀는 방 안이나 방 밖에 존재하는 것이 아니라, 괴상한 '가족사진' 때문에 '창과 블라인드 사이'에서 노래부른다. 그녀에게 '사이'는 "숨을 곳"(「어떤 길에 대한 추측」)이었다. 그곳은 "치유받을 수 있는 곳이라면 나도 가고 싶다"(「풀어진 길」)던 곳으로, 그녀는 오직 안팎의 '사이', 또는 세상과 사람의 '사이'에서만 존재의 이유를 증명한다. 그 '사이'에서 그녀는 석양빛을 느끼며 '쉴만한' 인생이었음을 고백하고, 이윽고 그녀는 '온몸 열어' 자신의 지나온 생을 수긍한다. 그녀는 겉으로는 여러 시편의 기표처럼 "더럽고 악취나고 부패로 질척거리는"(「탄생의 머릿돌에 관한 회상」) 듯하지만, 속으로는 "협상할 수 없는 그리움"(「매 맞는 자들의 고도」) 때문에 가슴에 멍이 든 연약한 여자였던 것이다. 이연주가 힘들어하고 아팠던 것은 바로 창과 블라인드 '사이', 곧 어느 곳에도 속하지 못해서 생긴 공허감 때문이었다. 그녀는 세 살 때부터 성장판을 닫아버렸기 때문에, 속칭 '문단의 귀족'들의 세계에 편입할 자격을 획득할 수도 없었고, 어른들의 위선을 이해하기에도 힘에 부쳤다.

그녀는 '음울한 노래'를 부르면서 생을 반추한다. 책상과 백열전구가 있는 방 안에서 그녀는 입을 다문 채 삶의 허적을 돌아보는 것이다. 그녀는 '석양'의 햇살을 그리워하면서 자살 충동을 억제하고 싶었으나, 그 누구도 '바람은 어떻게 다스리는 건지' 몰랐으므로 그녀에게 진지한 상담을 요청할 수 없었다. 그녀는 불과 세 살짜리의 눈으로 세상을 인식하여 우리들보다 더 순수한 인생을 살았기 때문에, 속세의 이법을 관습화한 사고방식을 지닌 우리로서는 그녀의 번민과 물음에 속시원한 답을 줄 수 없었다. 마침내 시인이 "정직하게 살아왔다는 죄 때문에 내 인생은 실패로 끝나고 말았소"(「죽음을 소재로 한 두 가지의 개성 2」)라고 울부짖을 때, 당대의 구성원들은 한 여인을 죽음으로 내몬 죄로부터 자유로울 수 없다. 그녀가 '정직하게 살아왔다는 죄'로 인해 고통받고 있을 무렵, 세상은 그녀에게 '노병처럼 꺼져가는 햇살'만 허용하였다. 단지 그녀는 '방법을 잘 몰랐던 사랑법' 때문에 세상 사람들과 어울리지 못했을 뿐이었는데, 우리들은 그녀도 '사랑법'을 잘 알고 있으리라 지레 짐작했던 셈이다. 그녀가 되풀이하여 "세상 잘 모르는 꽃"
이고 "여리디 여린 꽃"(「흰 백합꽃」)이라고 강조했는데도 말이다.

　이연주가 보고 싶은 것은 방주인의 인간적인 삶이 아니다. 그녀는
'가족사진'이 놓인 방의 주인이 사는 모습에는 관심이 없다. 그녀는 세
살 때부터 가족의 생활을 '거침없이' 이해하기 시작했으므로, 새삼스
럽게 가족의 사진을 들여다보며 호기심을 발동할 필요를 느끼지 못했
다. 그녀에게 타자는 이해의 대상이 아닌 것이다. 오직 그녀는 세 살
이후에 익히지 못해 잘 몰랐던 '사랑법'이 궁금할 뿐이다. 그렇지만 어
린 시절에 학습하지 못한 사랑의 방법은 '⋯⋯'로 그쳐서 그녀에게 무
한한 불안을 야기하고, 그녀는 이윽고 '서역'의 세계에 관심을 보인다.
왜냐하면 이미 세상을 이해한 그녀에게 이승은 학습의 내용으로서의
가치를 갖지 못하기 때문이다. 그에 대한 예비 동작으로 그녀는 열기
운이 떨어진 석양의 햇살까지 놓치지 않으려고 '온몸 열어 받아' 두었
다. 왜냐하면 바람이 그녀를 '깊은 내면을 지닌 서역'으로 데리고 갈
때까지, 그녀는 '우렁달팽이'처럼 추위를 견딜 힘을 비축할 필요가 있
었기 때문이다.


### 3) '어디에도 소장되지 않는 삶'의 그녀

　이연주는 생전에 "어디에도 소장되지 않는 삶"(「네거티브」)을 꿈꾸었
다. 그녀가 세상의 유혹으로부터 벗어나는 나이에 접어들자마자 스스
로 목숨을 거두어버린 것은 그 꿈의 완성이다. 그녀는 질척이는 이승
의 추악한 삶을 주체의 의지에 따라 종료하고, 유년 시절부터 그녀를
괴롭히던 '가족사진'의 추억으로부터 해방되었다. 그녀는 세상과의 화
해를 도모하기 위해 자유한 삶을 기대했으나, 태생적으로 어긋난 가족
의 질서로 인해 도저한 절망감 속에 살 수밖에 없었다. 그럴수록 그녀

는 도시로부터 탈출을 시도했지만, 사회는 구성원을 '보호'할 책임을
내세우며 그녀의 시도를 번번이 무산시켰다. 세계와의 화해에 실패한
그녀의 꿈은 '어디에' 소장되고 싶은 욕망에 좌절하여 '어디에도' 속하
지 않는 절대적 고독의 성채를 구축하는 꿈으로 변모한다. 하지만 그
꿈속에서 그녀는 '어디에' 소장되고 싶은 본능의 소리를 외면할 수는
없었다.

나는 외투
나는 외투를 입는 사람이다
외투 한쪽 깃을 들락거리는
혼미한 바람

추위가 더는 견디기 어려워질 때
사람들은 이상한 것을 경험한다
절구통에 웅크린 자신을 빻는다
고독한 행위다
환생에 쓰인다면 좋은 일이지만
블랙홀은 크고 물갈이는 어렵다

나는 외투
난 외투를 입는 우렁달팽이
관계가 무너질 것 같다
그러나 외투를 넘혀 진흙길을 가게 하는 힘이 있다
제 몸의 체온이다

누가 와서 내 집 문을 두드린다

내 몸의 체온으로 뜨거운 차를 한 잔 끓일 수 있을 게다

—「우렁달팽이의 꿈」 전문

이연주의 내면이 절로 드러난 작품이다. 그녀는 "사랑의 치욕적인 목마름"(「난장이를 웃다」) 때문에 '외투를 입는 사람'이다. 그녀는 "비단 양말과 따뜻한 외투라니……애당초 내겐/어울리지 않는 것들"(「누구의 탓도 아닌, 房」)인 줄 아는 까닭에, 삶의 무거운 그늘을 짊어지고 맞는 겨울은 스산하다. 비록 "세상일을 보고 싶지 않아"(「눈 뜬 장님」)서 '우렁 달팽이'로 살아가는 그녀지만, 자신처럼 "흰 이빨을 들이대는 파쇼 복제인간들"(「삼류들의 건배」)이 판치는 세상에 절망하여 누옥을 찾아올 미지의 방문객을 성장차림으로 기다린다. 그를 위해 그녀는 '제 몸의 체온'으로 '뜨거운 차'를 대접할 만반의 준비가 되어 있었다. 하지만 그녀의 처소에 "방문객은 이미 끊어진 지 오래"(「유배지의 겨울」)이므로, 그녀가 내방객을 위해 차를 마련하는 것은 사람들과 소통하고 싶은 욕망의 우회적 표현일 따름이다. 단지 그녀는 "귓속말이 수군거리는 거리"(「문밖에서 문밖으로」)로 나아가지 못하는 '우렁달팽이'인 까닭에, 평생 동안 '창과 블라인드 사이'에서 소심한 자신을 책망하며 살았다. 그녀는 세상과 소통할 수 없어서 생긴 병으로 인해 시작 생활 내내 한순간도 평화할 수 없었고, 자신의 불만과 욕망을 각종 질병으로 명명하고 치료하면서 살았던 것이다.

비록 유년기의 일그러진 추억 때문에 이연주는 사람들과의 사랑법을 익히지 못한 병명으로 유폐되었지만, 그곳에서 '모든 밑바닥이 쉴만했던 석양'빛을 켜켜이 쌓아두며 '혼미한 바람'을 견디며 살았다. 그곳에서 그녀는 '제 몸의 체온'이 내방객의 '환생에 쓰인다면 좋은 일'이라고 생각하면서 '우렁달팽이'처럼 살았다. 그렇지만 사람들은 그녀의 '관계가 무너질 것 같다'는 소박한 기대조차 외면하였고, 그녀는 급기

야 그 무섬증을 떨어내지 못하고 "스스로 혼자 된 여자"(「무꾸리 노래」)
의 길을 택하였다. 그녀의 선택은 최후의 수단으로 종결되었지만, 그
러기에 앞서 그녀는 '살고 싶다'는 본능적 욕망을 드러내야 했다. 그녀
의 시작 생활은 곧 그것의 과정이라 해도 과언이 아니다. 그녀는 사람
들 '사이'에 '소장되고' 싶었으나, 사람들은 '사이'를 인정하지 않았으
므로, 그녀는 이승의 '어디에도 소장되지 않는 삶'을 살 수밖에 없었
다. 그녀는 '사이'를 찾아 헤매는 '우렁달팽이'가 된 채, 순결한 영혼을
먼저 데려간다는 저승의 '누가 와서 내 집 문을 두드'릴 때까지 '절구
통에 웅크린 자신을 빻'으며 살았던 것이다.


## 3. 결론

　이상에서 살핀 바처럼, 이연주의 시는 위선의 시대에 위악으로 가득
한 세계의 일그러진 실체를 보여준다. 그녀는 이 더러운 세상의 세속
적 삶을 위선자들에게 남겨두고, 어느 날 갑자기 온다간다 말도 없이
저승으로 이주해버렸다. 그녀가 두 권의 시집 속에 털어놓은 메스꺼움
이란 결국 남은 자들이 감당해야 할 몫이지만, 그녀의 요구조건은 지
극히 단순하다. 그녀는 시편의 이곳저곳에서 "유다는 홀로 완성되지
않는다"(「속죄양, 유다, 그리고 외계인」)고 경고했지만, 우리들은 그녀가
"깡마른 시간을 끌고 온 굴욕의 날들"(「재의 굿놀이」) 때문에 신음하는
줄로 알았다. 이제라도 세계의 정직성을 회복하는 것이야말로, 이승의
우리들이 그녀에게 가했던 심리적 압박과 제도상 불이익을 사죄받는
일이다. 이처럼 문학은, 시는 죽은 자의 작품을 통해서 살아남은 자로
하여금 현생의 삶을 돌아보고 앞으로의 삶을 다짐하는 실마리를 제공
한다. 그와 같이 무력하기 그지없을 만큼 구속 요건을 갖추지 못한 시

의 형편없는 위력이야말로, 역으로 시를 읽는 이유이며 살아 있는 자의 권리이고 의무이다.

　끝으로 이 글은 그녀가 살아 있을 적에 쓸 요량으로 차일피일 미루어 두었던 것임을 밝혀둔다. 그러다가 홀연히 그녀가 우리 곁을 떠나버렸다는 소식을 들었을 때, 그건 망자에 대한 도리가 아니다싶어서 다시 쓴 것이다. 물론 다시 쓴다고 해서 "읽지 않으면 많은 것을 더럽힌다"(「함박눈을 훔치다」)는 그녀의 말마따나 오독할 게 번연한 평론일 터이지만, 추악한 이승의 추억들을 죄다 잊고 저승에서나마 순결한 삶을 영위하기를 기도하는 심정으로 쓰게 되었다. 이 글에 나타난 각종 사유들로 인해 그녀의 시에서 받았던 첫인상의 역겨움이 가실 줄 있으랴만, 그녀의 시를 소홀히 읽은 허물과 "여우의 꼬리를 감춘 양의 탈을 쓰고 어린것들을 뻘밭으로 꼬여간 죄"(「악몽의 낮과 밤」)를 일말의 참회로 갈음하고 싶은 욕구에서 착수했다. 어떤 젊은 시인은 죽어서 상업적 비평가들의 지원에 힘입어 시적 성취수준에 비해 과분한 명성을 얻었으나, 이연주는 죽어서도 평단의 조명을 받지 못했다. 뜻있는 몇몇이 그녀의 유고를 정리하고, 죽음보다 시적 성과에 관심을 기울였던 점은 앞의 시인보다 그녀가 유복한 편에 속한다는 증명이다. 우리들 모두는 그녀가 남겨둔 두 권의 시집을 다시 꺼내어 읽으면서, 예토의 부정직성을 교정하는데 진력하여야 할 것이다.

## 제4부

# 전북 시인들의 최근 시 경향

# 푸석푸석 날아가 버리는 기억들
—강인한 시집 『푸른 심연』

## 1. '혼자 가는 먼 길'

강인한의 새 시집 『푸른 심연』(고요아침, 2005)은 "푸석푸석 날아가버리는 기억들"(「영혼의 물 한 방울」)의 기록이다. 그는 유한한 인간으로서 갖게 되는 휘발성 기억들을 기록하기 위해 시를 쓴다. 기록으로서의 시가 갖는 편린들은 그의 시작을 통해 일관된 모습으로 나타난다. 예컨대, 그는 초기의 시집에서 젊은 날의 방황과 사랑을 무삭제판으로 선보였으며, 『우리나라 날씨』에서는 역사의 기록에 대한 시적 비판을 감행하였고, 『칼레의 시민들』에서는 시대의 증언자로서 시인의 자세를 탐구하였다. 이처럼 그에게 시는 기억의 기록으로서 의미를 갖는다. 세상에 존재하는 모든 서사물들이 인류의 기록이듯, 그에게 시는 삶의 구체적 기록인 셈이다.

인간은 '여행하는 동물'이다. 그러므로 길이 끝나자 여행은 시작되었다는 유명한 명제는 인간이 가야할 여정의 숙명성을 말해준다. 우리들은 길 위에서 생을 마감하기 때문에, 인생은 언제나 미완성이며 완료형 시제를 거부한다. 강인한에게도 인생은 "혼자 가는 먼 길"(「먼 길」)이다. 그는 고독한 여행자로서 삶의 주름을 기록한다. 그에게 남은 생은 지금까지의 생을 반추하도록 강권하지만, 그는 이러한 반성적 성찰 위에서 소리없이 다가와서 사위를 포박한 세월의 무상한 힘을 느낀다. 이번 시집에서 노년을 맞는 소회를 유난히 강조하고 있는 것도, 그 힘의 자장권 속에서 살아가는 그의 처지를 드러내준다. 따라서 이 시집의 분위기는 엄숙하게 외롭다. 그는 지금 과거적 기억을 오늘의 시적 기록으로 남기기 위해 안간힘을 쓰고, 나아가 "꽃 한 송이 보이지 않는 거리"(「달콤한 향기」)에 서서 현재적 삶의 의미를 묻는다. 그러므로 그가 '혼자 가는 먼 길'은 누구나 가는 길이기에 보편성을 확보하여 독자를 감동시킨다.


## 2. '아스라한 기억의 물살'

지금까지 강인한은 섬세한 서정의 안목으로 세상을 바라보고 시대의 징후를 읽어 왔다. 그의 시에서 들려오는 절절한 육성과 소시민들의 손금 속에 은닉된 역정을 살피듯 자잘한 일상의 세목을 형상화하는 힘도 이러한 시정신에서 비롯된 것이다. 남달리 예민한 "아슬히 뻗는 기억의 촉수"(「경계」)를 지닌 그에게 세상은 고해이다. 그의 시에서 병리적 징후는 빈번하게 표출된다. 가령 「치과 의자에 누워」, 「재갈」, 「치과에 가서」, 「귀」 등이 보기이다. 그는 육체의 일부를 통해 시대의 음화를 담아왔다. 말하자면 세계의 육체성을 집요하게 탐색한 셈인데, 육체의 병후를 다루면서도 그는 세상의 질환에 대해서도 외면하지 않는다. 그가 등단 이후 지금까지 견지하였던 사회 현실에 대한 주의깊은

통찰은 이 시집에서도 민첩하게 발휘되고 있다. 예컨대 그는 "아랫것
은 아무래도 위엣것의 반성 없이는/하염없이 부담스럽고 불편한 것"
(「아랫것은 불편하다」)이라며 사회 지도층들의 부정직한 행태를 풍자하
거나, 산행에서 "중도 못된 대머리"(「백담사」)를 조롱하기도 한다. 이렇
게 사회 현실에 대한 시적 긴장감을 잃지 않는 자세야말로 그의 시가
"절박한 실존성을 띠면서도 자기 안에 유폐되지 않고 사회 현실의 영
역에 윤리적으로 서 있을 수 있었던 이유"(정혜경, 「나무가 된 아비의 노
래」, 『현대시』, 1999. 7)이다.

　그는 「耳鳴」, 「늑막염」 등에서 자신의 육체에 일어나고 있는 작은 변
화를 주목하고 있어서 예전과 다른 모습을 보여준다. 나아가 그는 죽
음에 대한 진지한 시적 사유를 통해 "목숨의 길"(「수면내시경」)을 탐색
하기도 한다. 이러한 징후들은 연륜의 이름하에 무방비상태로 노출된
그의 입장을 전적으로 반영한 것이기에, 이전의 시에서 보여주었던 단
정한 심미주의자로서의 조촐한 풍모를 약화시키지 않을까 걱정하게
만든다. 물론 그의 시에서 "죽음에 대한 예감이나 성찰은 강렬한 비극
성을 띠기보다는 화해와 관조를 통해 드러나"(나희덕, 「깊은 물 속의 그림
자」)고 있다는 점은 사실이다. 그렇지만 세월의 엄습 앞에서 외롭게 무
등산을 바라보며 '허공의 집'에서 나이의 무게를 재고 있는 그의 표정
은, 바둑판에서 상대의 급소 공격에 꼼짝 못하는 "오궁도화"(「오궁도화
(五宮桃花)」)를 보는 듯하여 착잡하다. 특히 시인의 마음가짐과 몸가짐,
몸놀림에 한사코 주의하며 살아왔던 그에게 예외없이 방문한 무심한
세월의 두께를 확인하는 감회는 억울하다.

　　아스팔트에 포도알 같은 점들 점점이 검다
　　내가 걷는 시멘트 보도 여기저기에
　　왕소나기의 씨알처럼

마침표가 툭툭 찍혀 있다

허무한 단맛과 박하 향기로 질겅질겅

씹히다가 버려진

더러운 소문과 가래침으로 버려진

오래된 껌 자국

추억은 이제 굴 껍데기보다 딱딱하다

이미 오래 전부터 흰머리가 듬성거리더니

거울 속의 내 뺨에

누가 뱉은 껌 자국일까

검은 꽃 두어 송이 홀연히 피어 있다.

—「검은 꽃」 전문

그는 시집 『황홀한 물살』에서 물리적 나이 앞에 순응하는 자세를 보여주기 시작했다. 이 시집에 와서 그는 더욱 집요한 자세로 생애의 의미를 천착하고 있다. 이러한 그를 가리켜 "감각이 빼어난 서정시인이면서도 서민생활과 관련한 번뜩이는 현실의식"(이성부, 「그리움의 넓이와 깊이」, 『창작과 비평』, 1999. 여름호)이 돋보이는 시인이라고 부르는 것은 당연하다. 그렇지만 위 작품처럼 감각의 촉수가 과민하여 포도상의 '오래 된 껌 자국'과 얼굴에 핀 '검은 꽃'을 등치시키는 것은 너무 허허로워서 읽는 이의 명치를 콕콕 찌른다. 이와 같이 그의 시적 장기는 구체적 일상에서 삶의 실존적 의미를 발견하는데 있다. 이러한 시작 태도는 그의 작품에 정직성을 담보해주며, 아울러 세계와 자아의 반응태를 점검하는데 유용하다. 그러므로 우리는 소란하고 분별없는 이 시대에 그의 시에서 반짝이는 '시리우스' 같은 지혜를 오래 접할 수 있기를 기대하는 것이다. 강인한은 시의 엄정한 위의를 추구하면서도, 한편으로는 소시민들의 삶터에 대한 착목을 게을리 하지 않았다. 그는 도리어 생의 공간에서 시의 자리를 모색하는 시인이다.

　인간이 시도하는 저마다의 여행은 공간 위에서 진행된다. 그런 까닭에 인간의 기억은 공간에 대한 기억이 대부분을 차지한다. 공간은 인간이 가장 먼저 터득하고, 가장 늦게까지 집착하는 사랑의 대상이다. 그것은 일정한 공간을 배경으로 군집 생활을 시작했던 인류에게 선험적으로 계승되고 있다. 인간의 공간애는 유년기 체험과 맞물리면서 "겨우내 자고 있던 기억의 밀실"(「봄의 열쇠」)처럼, 고향에 대한 간절한 그리움으로 회상된다. 강인한도 예외가 아니어서, 그간 발표한 작품에서 아늑한 고향을 그리워하는 모습을 보여주었다. 이 시집에 이르러서는 그의 고향 찾아가기가 다방면에서 이루어지고 있어서 눈에 띈다. 그는 "아버지의 까칠한 그림자"(「병풍 속의 발가숭이」)를 떠올리고, 고향의 "원적암 가는 길"(「세상의 봄빛은」)에서 어머니와의 추억을 상기하며, 청년 시절에 둥지를 틀었던 "나이 든 살구나무 한 그루"(「옛날 살던 집」)가 서있던 옛집을 찾아가는 수고를 마다하지 않는다. 이러한 움직임은 그의 나이먹음에서 비롯된 자연스러운 귀환의 여정이다. 그의 여로가 시작된 고향은 "허물 벗은 풋매미 울음소리"(「백일홍」) 같은 사랑의 흔적이 기억으로 남아 있는 곳이다.

　사랑의 기억은 등단 초기부터 강인한의 시에서 일관되게 시화되었다. 사랑은 그가 '목숨의 길'을 걷는 실존적 조건이다. 그는 길 위에서 만난 세계의 현상과 사물과 사람을 사랑한다. 이렇게 넘치는 사랑도 유독 사람에 이르러 당황스러워진다. 그 사랑은 엄연히 상대가 있어야 성립되는 성질을 갖고 있으므로, 세상살이에 서툰 순결한 영혼의 그로서는 사람끼리의 사랑을 애정으로 발전시키지 못한다. 사랑은 그의 가슴에 삭지 않는 옹이로 남아서 나날의 삶을 갉는다. 이처럼 사랑이 기억으로 존재할 때, 당자의 가슴은 굽이치는 강물에 의해 강안을 베어내는 고통으로 점철된다. 생의 국면에서 간단없이 돌출되는 사랑의 기억은 현실적 삶에서 만나게 되는 사랑과 중첩되어 실존적 번뇌의 숲을 이룬다. 그의 사랑시에서 "보이지 않는 숲"(「이명(耳鳴)」)의 바람소리가 들려오는 것도 이 때문이다. 그가 "소문으로만 남은 첫사랑"(「황사 지난 뒤」)을 고백한 시선집 『어린 신에게』에 수록된 작품들과 달리, 이 시집의 사랑은 "한 줄기 은빛 그리움"(「물소리가 그대를 부를 때」)처럼 소슬하다. 사랑이 사리처럼 굳어 '은빛' 그리움으로 변할 때, 사랑은 더 이상 청년기의 열정의 기억이 아니라 중년의 쓸쓸한 화석이 된다. 따라서 그의 사랑시편은 "비가 와도 젖지 않는 은밀한 욕망"(「세속도시 3」)을 말하기보다는, 도리어 "가만가만 우려낸 글썽한 물빛"(「라일락나무에서 흐르는 밤」)을 보여준다.

나는 가면을 벗을 수 없네
눈부신 삶의 기쁨을 노래하는
디바의 발치에 무릎을 꿇어본들
절망에 입맞춘 내 입술로
사랑을 하소연하여 무엇하리

나의 노래는 어둠 속에 숨어 있네
층계와 벽 속에 있네
그대가 바라보는 거울 속에 있네
춤추며 노래하는
그대의 길을 희미한 꿈결로 따라갈 뿐
그림자처럼 그림자처럼

—「푸른 심연 – 오페라의 유령에서」 부분

이 작품은 영화 『오페라의 유령』에서 주인공 에릭이 프리마돈나 디

바를 납치하여 사랑을 호소하는 장면에 초점을 맞춘 시이다. 그가 이 작품의 시작 배경을 언급하면서 "지옥 같은 장소에서 절망에 입맞춘 입술로 고백하는 사랑의 하소연. 숨어서 꿈결처럼 그림자처럼 사랑하는 여인의 곁을 지켜볼 뿐. 이것이면 극적 상황은 충분하지 않겠는가"(강인한, 「아름다움을 발견하는 즐거움 — 나의 체험적 시론」)라고 말했을 때, 우리들은 "남모르게 별을 키우던 아이"(「四月病」)의 부끄러움을 확인하게 된다. 그는 상대에게 사랑을 고백하지 못하는 에릭의 시선을 통해 사랑에 대한 자신의 견해를 밝히고 있는 셈이다. 그 감도는 '그림자처럼 그림자처럼'의 반복에 의해 더욱 처절한 고통으로 다가선다. 그에게 부끄러워 괴로운 고독한 사랑은 "해우소 깊이 매화 떨어지는 소리"(「세속도시 5」)처럼 일회성으로 그치지 않는다. 에릭처럼 그의 사랑은 '그대의 길을 희미한 꿈결로 따라갈 뿐'이다. 상대에게 수용되기를 거부당한 사랑은 '그림자처럼' 당자의 온 생을 따라다니며 구속한다. 그리하여 마침내 '은빛 그리움'으로 경화되었을 때, 에릭은 속절없이 '절망에 입맞춘' 중년의 나이를 체감하게 된다. 그는 '혼자 가는 먼 길'을 너무 멀리 와버린 것이다. 따라서 그에게 지나간 삶은 "아스라한 기억의 물살"(「모든 구름에는 은빛 자락이 있다」)일 뿐이다. 이러한 사실이 그의 시집 속에 '자수정 푸른 그늘'을 재배하였다.


## 3. '치렁한 물소리'

이상에 살핀 바와 같이, 강인한은 새 시집 『푸른 심연』에서 이전의 시세계에서 나아가 한층 융숭깊은 시적 진경을 보여주고 있다. 그러므로 독자들은 이 시집에서 사소한 일상에서 생의 의미를 묻는 그의 물리적 나이테에 감추어진 순백색 영혼의 결을 발견할 수 있다. 그것은

깊은 물이 남기는 '치렁한 물소리' 같은 기억이다. 평소에 그는 "깊은
물은 소리하지 않는다"(「어라연」)는 단언처럼 본디 남의 입줄에 자자히
오르내리는 것을 경계하는 시인이다. 그런 까닭에 그의 시적 성취에
대한 적절한 보상이 이루어지지 않고 있지만, 일평생 시밖에 모르는
그의 개결한 시정신은 추악한 현실 속에서 더욱 빛난다. 그는 여전히
"내 마음 속으로 가지를 벋는 늙은 매화나무"(「겨울 선암사」)이며, 분명
히 "검은 밤 어둠 속에 희게 빛나는 나무"(「육사시집(陸史詩集)」)이다.

# 용이 되지 못한 이야기
―정양 시집 『길을 잃고 싶을 때가 많았다』

## 1.

정양은 "세상의 남루 속에서 그것을 껴안아 견디는 시인"[1]이다. 세상의 비루함을 남보다 앞서 알아차리는 이는 힘들다. 그것을 외면하지 않고 포옹하는 이의 가슴은 아리다. 그는 켜켜이 퇴적된 고통으로 인해 속이 아프면서도 인간에 대한 믿음과 그리움 때문에 내색하지 않는다. 그런 이유로 그의 시에는 그리움의 감정이 표나게 표출된다. 그것은 세상의 무게를 묵묵히 견디는 동안에도 대상에 대한 따뜻한 시선을 견지하는 자세에서 기인한다. 그의 시편을 읽노라면 듣게 되는 자탄의 목소리는 세계와의 대결 국면에서 자신의 정체성을 지켜내는 실존의 포즈이다. 그가 새로 펴낸 시집 『길을 잃고 싶을 때가 많았다』(문학동네, 2005)에서도 혼자서 끙끙 앓는 고통의 결이 보인다. 그는 이 시집에

---

1) 강연호, 「세상의 남루를 껴안는 쓸쓸함의 깊이」, 『문예연구』, 2001. 여름호, 254쪽.

이르러 자신의 전사였던 민초들의 생애를 더 깊이 천착하고 있다. 그들이야말로 시인보다 앞서 세상의 무게를 감당하는 이들이고, 그들의 삶을 구성하는 세세한 사연 하나하나마다 세상을 향한 진지한 반응이 배어 있다는 사실을 알고 있기 때문이다.

이 시집에서 그는 서정과 서사의 교묘한 결합을 보여준다. 그는 집집마다 뿌리를 내리고 있는 은행나무가 되어 마을사람들의 "사랑하고 미워하고 감추고 다투고 절망하던 것들"과 "떼죽음과 가난과 들켜버린 그리움 같은 것들"(「은행나무」, 『눈 내리는 마을』, 모아드림, 2001)을 구체적 형상으로 되살리고 있다. 그는 세계와의 서정적 조응 속에서 살아왔던 지금까지의 시작 태도를 유예하고, 이 시집에서 공공연하게 '나이 탓'을 핑계로 저문 날의 삽화를 시시콜콜 되살리고 있는 것이다. 그러한 시도가 동시대에 요구되는 이유인즉, 가난의 참맛을 아는 세대로서의 책임감으로부터 온다. 유별나게 소란했던 세상살이로부터 견딤의 덕목을 체득한 그는 농경사회의 판속을 증언할 수 있는 세대에 속한다. 그의 세대는 성장기부터 지독한 가난에 쪼들려 살았고, 이념의 허망 속에서 정치적 대결 국면을 지속하느라 나날의 삶이 바빴던 세대이다. 또한 평생동안 자신들을 억압하던 가난의 굴레를 벗어나는 순간, 아버지의 권위를 부정하는 후세대의 갑작스러운 책임추궁 앞에서 마땅히 할말을 찾지 못하는 궁색한 세대이기도 하다. 이 시집의 도처에는 시대의 질곡에 괴로워하는 그의 일그러진 표정과 함께 후대를 위한 선대의 변명이 자리하고 있다.


**2.**


이 시집의 제1부는 집단적 정서를 형상화한 작품들로 구성되었다.

그것은 걸쭉한 전라도 방언을 매개로 구체화된다. 구어체로 이루어진 시적 진술들은 "눈감아도 떠도 가고 싶은 고향산천"(「신털미산」)의 '용이 되지 못한 이무기'들의 이야기 속에 함의된 현장감을 살리는데 유효하다. 시인은 여기에 한술 더 떠 자신의 장기인 판소리의 감수성을 가미하여 고향마을 사람들의 이야기를 노래한다. 그는 시대의 등쌀에 떠밀려 궤멸되어 가는 농촌마을의 예스런 광경을 촘촘하게 보여준다. 그것은 "이 세상 끝까지 상관하고 싶은 한숨"(「선술집에서」, 『눈 내리는 마을』)에서 비롯된 연민의 감정이다. 그의 시적 노력에 힘입어 가난한 날들의 삽화는 흑백 필름으로 되살아나면서 행간마다 웃음을 선사해준다. 애초부터 판소리는 민초들의 삶에 단단히 뿌리박은 장르인 탓에, 시작품에 차용되는 순간부터 불가피하게 집단적 화자의 출현이 필수적이다. 그러므로 시인의 역할은 그들의 발화를 기록하거나, 서사의 전개에 필요한 자잘한 세목을 삽입하는 일로 국한된다.

남도땅 무안 어디서 왔다던가
윤 생원네 행랑채 살던 홀애비 기수 아저씨
소 잡고 개돼지 잡고 초상집 화톳불 놓고
우물 칠 때면 받아놓고 우물 밑바닥에 내려가고
구들장 밑에 기어들어가 막힌 고래도 긁어내고
마을의 험한 일 궂은 일 도맡던 벙어리 아저씨
지붕 이을 때면 맡아놓고 용마름을 엮던 상일꾼
동글동글 보름달 멍석도 잘도 매던 재주꾼
단옷날이면 왕소나무에 그네 매어주고 돼시 잡을 때
오줌깨 따서 던져주며 씽긋 웃던 벙어리 아저씨
어디 아파도 마을 사람들은
약방집보다 먼저 벙어리를 찾았다

지어주는 단방약으로 효험 본 사람들이 많았다


　　아 그 벙어리가 글씨
　　해방뒹게 말문이 열려떠래야
　　징용 안 갈라고, 이사 옴서부터
　　내내 벙어리 행세를 혀떠래야
　　해방되자마자 장구채부터 잡더래야


은행나무 밑에서 풍물을 칠 때마다
먼 마을 사람들까지 장구재비 구경을 오곤 했다
왔다리갔다리 정신없이 양장구를 몰아치다가
공중에 장구채를 내던지고 천연덕스럽게
골련(卷煙)까지 피워물며 다시 장구채를 받는
그 손발놀림 어깻짓 고갯짓에 사람들은 넋을 놓곤 했다


　　저런 재주를 어치케 참꼬 사러때야
　　아 저 벙어리가 글씨
　　남도에서도 아러주는 장구재비여때야
　　조선 팔도 가는 디마다 각씨 하나씩 둔
　　천하에 바람둥이래야


기수 아저씨 바람처럼 마을에서 사라진 뒤에도
마을에는 장구재비 소문이 꼬리를 물었다


　　아 그 장구재비가 글씨 각씨들 다 데리고
　　삼팔서늘 너머가때야

아 그 장구재비가 글씨

인공 때 남도 어디서 군땅위원장을 혀때야

아 그 장구재비가 글씨

지리산으서 대장 노릇을 허더래야

―「아 그 장구재비가 글씨」 전문

　작품의 배경은 시인의 향리이다. 금만평야에서 "올망졸망한 야산의 끝자락에 기대어 넓은 들판을 껴안고 있는 미헌리"는 시인의 고향이자 작품의 서사가 진행되는 공간이다. 그 마을에는 고려시대부터 자라난 은행나무가 있다. 사람들은 지금도 은행나무 뿌리가 "집집마다 골고루 뻗어 있다"(「은행나무 배꼽」)고 믿는다. 나무 뿌리에 의탁하여 마을사람들은 하나의 공동체가 되어 서로 의지하며 오순도순 살아왔다. 그 작은 마을에서는 크고 작은 일들이 모두 자기일이 되며, 있는 이야기 없는 이야기가 죄다 공유된다. 그러한 관습 속에서 성장한 시인은 마을 사람들의 "아직 신화가 되지 않은 이야기"(「자서」)를 충실하게 기록하는 역할을 자임한다. 그는 기록자로서 문어체를 사용하지만, 서사의 주체들은 구어체를 구사하여 시적 상황에 사실성을 부여한다. 그들의 방언은 '래야'의 형태로 소문에 전형적 성격을 부과하지만, 시인은 그 소문의 이면에 감추어진 장구재비의 진실한 면모를 진술하여 소문의 확산을 경계한다. 그는 서술 상황에 따라 각기 다른 문체를 도입하여 내용의 차별화를 꾀하는 한편, 시적 서사와 소리판을 병치시킨다.

　어느 날 시인의 고향마을에 무안으로부터 낯선이가 전입해 오면서부터 작품은 시작된다. 외지인의 도래는 마을 사람들에게 잠복해 있던 경계심을 발동시킨다. 전입자는 거주자들의 신경을 거슬리지 않기 위해 자신을 한껏 낮추고 살아간다. 기수 아저씨는 "말없이 싱글거리기만 하는 그 벙어리"(「푸른 하늘이」)이다. 그는 벙어리 생활로 철저하게

용이 되지 못한 이야기　421

자신의 정체를 숨긴 채 동네의 상일꾼으로 살아간다. 해방되던 날 그는 더 이상 숨길 이유없이 자신의 정체를 탄로낸다. 그에 관한 소문이 생성되고 전파되는 장소는 "양지뜸 우물가"(「우물가」)이다. 동네 아낙들의 수다에 의해 기수 아저씨는 소문의 중심으로 진입하게 된다. 객지에서 흘러들어온 그가 떠나자마자 동네사람들은 그의 행적에 관해 갖은 억측을 자아내고, 그는 마을을 떠남과 동시에 타자의 신분으로 되돌아간다. 그의 만만치 않은 삶의 이력들은 소박한 마을사람들과 어울리지 않았다. 시인은 장구재비의 존재를 통해 해방공간의 정치적 사건들이 휩쓸고 지나갔던 한적한 시골 마을의 내력을 회억하고 있다.

시인이 마련한 장치의 도움을 받아 불특정 다수는 끊임없이 소문을 재생산하여 장구재비를 마을로부터 배제시킨다. 장구재비는 동리사람들에게 단 한번의 해악을 끼치지 않았지만, 마을에서 살 때나 떠난 다음에도 집단으로부터 외면당한다. 그 역시 자신의 신분을 밝히지 않음으로써 사람들과의 동화를 거부한다. 하지만 소문은 항상 일인에 대한 만인의 입을 빌어 유포된다는 점에서, 그를 소외시킨 사람들의 허물이 훨씬 크다. 시인은 장구재비의 편을 들어줌으로써, 자의와 달리 "토막난 노래 토막난 역사"(「낙지회」) 때문에 고단한 삶을 영위했던 그에게 늦게나마 경의를 표한다. 서사적 진행 상황은 끝없이 종료되고 있지만, 끝 연을 통해 '지리산으서 대장 노릇'을 하던 그의 비극적 최후를 짐작하기란 힘들지 않다. 시인이 고의적으로 작품을 종결처리하지 않은 까닭은 기수 아저씨의 기구한 생애를 문장부호 안에 가두어 놓기를 꺼려하였기 때문이다. 곧, 장구재비와 같은 사람들의 비참한 종말은 분단시대가 종료되지 않는 한 계속된다는 역사적 발화와 함께 그의 죽음을 의도적으로 인정하지 않음으로써, 조국의 산하를 떠돌고 있을 "장총을 베고 잠들던 소년병사"(「상수리나무」)의 가련한 영혼에 대한 나름의 조의 표명으로 보인다.

시인 강인한이 이 작품을 가리켜 "판소리와 토속적 정취, 그리고 역사의식을 화해롭게 조화시킨 탁월한 시적 성취를 보는 것은 참 즐거운 일"[2]이라고 평한 것은 적절하다. 판소리의 차용에 힘입어 장구재비의 비극적 삶은 희화화되고, 동네사람들은 고단했던 과거의 주름을 떨어낸다. 사실 정양은 『판소리의 바탕과 아름다움』(인동, 1986)과 『판소리 더늠의 시학』(문학동네, 2001)이라는 판소리 비평서를 상재할 정도로 소리에 일가견을 갖고 있는 시인이다. 판소리의 심미적 특성은 희극성과 비극성의 통합에 있다. 민초들의 현실적 삶은 곤궁하였지만, 판소리 속에서 그들은 세상에 대한 비판적 욕망을 가감없이 토로하여 웃음을 자아낸다. 웃음은 지성의 영역에 속하고, 울음은 감성의 영역에 속한다. 어떤 비참한 정황 속으로 몰입되는 심적 상태가 울음의 기반이라면, 그것을 비판적으로 파악하면서 극복하는 과정은 웃음의 기반이다. 판소리를 통해 옛 민초들은 미학적으로 비장미와 골계미를 동시에 추구하여 생의 어두운 면과 밝은 면을 함께 투시하려고 하였다. 근대 리얼리즘은 비극과 희극의 양식적 결합에서 비롯되었다는 사실과 결부시킬 때, 시인이 추구하는 판소리의 시적 수용이 초래하는 심미적 결합 양상은 매우 진보적이고 현실적인 미의식이라고 할 수 있다.

이 외에도 1부에는 "속 터지는 만석이"(「이른 봄」), "통쟁이집 큰아들 용봉이"(「술 뒤지는 날」), "말수 적고 살비듬 고운 과부댁"(「고지먹기」), "꿋발 조이러 나다니는 종태 애비"(「내외」), "용개나 친다는 홀애비 용길이"(「죽기도 죽어라 싫어」), "순덕이네 할아버지"(「이 죽는 소리」), "가마 타고 시집온 최면장집 둘째 며느리"(「꽃각씨 할머니」), "천석꾼의 장손 남철이 아저씨"(「또랑광대」), "머리키락 싹둑싹둑 잘라낸 핼쑥한 영이 누나"(「영이 누나」), "화순둠벙 옆 소나무숲"(「화순둠벙」), "천생원네 머

---

2) 강인한, 「시와 판소리의 즐거운 결합 -정양 '아 그 장구재비가 글씨'」, http://www.poet.or.kr/kih

습 하판쇠"(「판쇠의 쓸개」), "웃음걸레"(「제삿날 며느리」) 등, 마을사람들
의 삶의 애환이 시적 형식에 담겨 고스란히 되살려진다. 또 시인은 "누
가 이름을 불러도 대답하면 안 되는 날"(「정월대보름」)의 해학과 슬기를
회상하기도 하고, 이와 함께 "나무껍질 물오르면 보릿고개"(「보릿고
개」), "술 냄새 두엄 냄새 범벅"(「쇠자래기죽」), "청맥죽(靑麥粥), 별똥죽,
옥루죽(玉淚粥)"(「보리민대」), "염소똥 같은 자디잔 방귀총 소리"(「보리방
귀」)가 들리던 가난한 날들의 풍경을 재현한다. 시인의 면밀한 기획에
의해 복원되는 과거적 풍경들은 어느 것 하나도 간과할 수 없는 우리
들의 역사이다. 그들의 불편했던 삶을 부정하면 자식들은 고아가 된
다.

이와 같이 민초들의 삶의 일부분으로 육화된 마을의 이야기들을 역
사의 전면으로 불러오는 시인의 태도는 당대의 역사 서술에 대한 비판
적 견해를 드러낸다. 또한 후대를 향해 현상의 이치를 헤아리기 위해
서는 '안광이 지배를 철해야 한다'는 선배의 훈수이기도 하다. 그는 문
자로 가지런하게 정리된 정사보다는 "이 나라의 억울한 목숨들"(「낙화
암 2」)에게 애정을 보이며, 끝내 "왕후장상이 양반이 쌍놈이 따로 있느
냐"(「大同契 집터」)고 묻는다. 이러한 시인의 태도는 "온몸을 쥐어짜는
식민지의 톱질소리"(「저것들 좀 보아」)에 의해 야기된 것이다. 나아가 그
는 "남북으로 우글거리면 사는 것"(「별」)도 원통한데, 위정자들의 권력
욕에 의해 "왼갖 거짓말과 오리발과 무식한 원천봉쇄"(「봄날은 가고」)가
계속되는 통제된 사회에서 "신음소리 고함소리 늑대처럼 뒤엉켜 울부
짖는 소리"(「눈보라」)를 참고 살아야 하는 민초들에게 연민을 표하며 위
로한다. 그가 시작품에 상처를 내며 애써 견디는 아픔의 소리가 여기
에서 비롯된다. 정작 자신의 속은 "타다만 숯덩이"(「참숯」)가 되면서도,
그는 사위에 존재하는 슬픈 사연에게 다가가 먼저 따뜻한 손을 내민
다.

제2부에 수록된 작품들은 시인의 개별적 정서를 다루고 있다. 주로 이전에 발행한 시집에서 제목을 바꾸거나 그대로 재수록한 작품들이 삽입되어 있어서 시인의 정서적 동선을 보여준다. 그래서 2부에 묶인 작품들도 따지고 보면 1부의 연속선상에서 읽어야 제격이다. 이것은 책의 분량을 감안한 시인의 헤아림이겠지만, 시집의 전체적 품격을 고려한 의도된 선택행위이기도 하다. 시집의 편제상 외면상으로는 시인의 촉수에 닿은 일상의 표정들을 "의시딱딱"(「불갯마을」) 묶은 것처럼 보이지만, 작품 속에 담긴 이미지들은 "이승의 슬픔이 까닭모를 억울함들이"(「산딸기」) 집집마다 뿌리를 내리고 있는 마현리에서 얻어진 것이다.

흐린 하늘 밑
들 건너 마을이 자꾸 멀어 보인다
눈에 묻힌 길은 아예 잃어버렸다
들판을 무작정 가로지른다
발목이 아무 데나 푹푹 빠진다

잃어버린 길 위에 까마귀떼
까마귀떼도 길을 잃었나보다
어디로 날아가지도 않고
눈밭에 우두커니들 서 있거나
느릿느릿 서성거린다

길이 보여도 길을
잃어버리고 싶을 때도 있다고
길이란 잃어버리라고 있는 거라고

구구구구 두런거리며 눈 덮인 들판을
조금씩 비켜주는 까마귀떼

들끓는 검은 피에 취하여
길을 잃고 싶을 때가 많았다
고개를 끄덕이며
눈길을 여는 까마귀를 따라간다
또 눈이 오려는지
먼 마을 연기가 낮게 깔린다

─「눈길」 전문

작품 속의 '들끓는 검은 피에 취'한 까마귀떼는 "토주(土酒)에 취한 까마귀떼"(「까마귀떼」, 『까마귀떼』, 문학동네, 1999)의 재등장이다. 겨울 들녘을 걷다가 추운 논 속에서 어슬렁거리는 까마귀떼를 만나는 일은 어렵지 않다. 눈 내리는 날의 까마귀떼는 흑백의 대조를 이루며 나그네의 눈길을 사로잡기에 충분하다. 까마귀와 시인은 길을 잃어버렸다는 점에서 동질감을 공유한다. 또한 양자는 성한 상태가 아니란 점에서 논 가운데서 서성거리기에 알맞다. 시인은 "꼭 해야 되는 일만 하면서 살자"(「다산초당 가는 길」)던 젊은 날의 목표 상실에 대한 회한으로 막막한 들판에 서있다. 그는 자신의 과거와 현재의 삶을 비교하는 동안에 길을 잃어버렸다는 사실을 깨닫게 된다. 겨울벌에서 우글거리는 까마귀떼의 두런거리는 소리를 듣다가 말고 그는 "유년의 늪에 빠지던 눈보라"(「난로 옆에서」, 『까마귀떼』) 속에서 지워지지 않는 기억을 떠올린다.

그것은 유년 시절부터 결락된 아버지에 대한 기억의 빈터이다. 시인은 장성하여 아버지가 되는 순간부터 절실한 공허감에 사로잡힌다.[3]

그는 아버지의 나이에 이르러 자신에게서 아버지의 잔상을 발견하게
된다. 살아가는 동안 내내 삭제된 아버지로 인해 허허롭던 아들은 눈
내리는 벌판에서 길을 잃은 까마귀떼를 보는 순간에 "나 사는 곳 아무
데나 질기게도 나를 따라다니는"(「쇠비름풀」) 아버지의 환영을 본 것이
다. 황막한 겨울벌판에서 길을 잃은 아들을 향해 아버지는 '길을 잃고
싶을 때가 많았다'라는 환청을 들려준다. 길을 매개로 한 부자간의 정
서적 공감대는 시대와의 불화에 시달리던 아버지와 신산스러운 삶에
지친 아들의 시간적 거리를 일거에 무화시킨다. 까마귀떼 득실거리는
겨울 벌판의 환청 속에서 부자간은 '고개를 끄덕이며' 화해하고, 아들
은 아버지에게 "한 세상 가도가도 어렵더라"(「꽃」, 『눈 내리는 마을』)고
그간의 삶을 고백한다.

　그동안 그리운 아버지에 대한 기억이 없던 까닭에, 시인은 '길은 잃
어버리라고 있는 거'라고 우기면서 고향마을로의 진입을 유예하였다.
왜냐하면 지금까지 고향은 그에게 "못 떠나는 혼들이 모여 사는 곳"
(「귀향」, 『까마귀떼』)이었기 때문이다. 그렇지만 아버지와 화해한 마당에
"아니 이게 누구대여 앵이 아녀?"(「은행나무」, 『눈 내리는 마을』)라고 자신
의 모습을 알아보는 사람들이 여간 반가운 것이 아니다. 그들은 은행
나무 한 그루에 기대어 네탓내탓 탓하지 않고 서로 다독거리며 살아가
는 동기간인 셈이다. 이 점에서 시인이 까마귀떼를 발견하고, 그들 속
에서 배회한 사실은 상징적이다. 검은 새와의 만남은 그로 하여금 자
신의 근본을 확인하는 계기였다. 이제 그는 연기가 낮게 깔리는 마을
사람들과의 해후를 위해 '눈길을 여는 까마귀떼를 따라' 나선다. 오랜
만에 고향을 방문하는 그에게는 은행나무를 연줄로 삼아 아웅다웅 살

---

3) 시인은 아버지에 대한 기억을 "어머니는 생전에 아버지에 관한 얘기를 자식들에게 전혀 한 일이
　없음. 당신의 한과 양심을 자식들에게 옮기지 않으려고 아버지에 관한 기록도 다 없애고 입을
　다문 채 돌아가신 것으로 여기고 있음. 나는 아직도 아버지에 관하여 아는 것이 별로 없음"이라
　고 자술하고 있다. http://www.jyang.org/profile.htm

아가는 동네사람들의 이야기조차 소중해 보인다. 그것은 그가 과거의
원시적 시간 속에서 공동체적 삶을 만날 수 있는 유일한 공간을 확보
하기 위한 시적 몸부림이다.


## 3.


　정양은 정약하여 "혀만 닿아도 캄캄하게 아픈 시인"(「어금니」)이다.
그가 '용이 되지 못한 이무기와 지렁이 얘기'에 애정을 보이는 한, 그
의 혀는 사방에서 캄캄한 어둠을 만나게 될 것이다. 용의 이야기는 하
늘을 나는 비현실적 서사와 관련되지만, 지렁이는 땅에 온몸을 대고
살아가는 현실적 동물이기 때문이다. 그렇지만 그는 "소문난 독초들이
섞여야 더 약이 된다"(「백초즙」)는 사실을 인식하고 있기 때문에, 용과
이무기와 지렁이의 이야기에 고루 관심을 보일 것이다. 설령 자식들이
아버지를 부정한다고 하더라도 그들도 언젠가는 아버지가 되는 법이
고, 비록 용이 되지 못하였다고 하더라도 이무기와 지렁이가 용꿈을
꾸지 말라는 법도 없기 때문이다. 그리고 수백 살 먹은 은행나무가 집
집마다 뿌리를 내리고 있는 한, 그 누구도 용꿈을 훔쳐 가지는 못할 것
이다.

# 굳은살 배긴 그리움의 흔적
—강연호 시집 『세상의 모든 뿌리는 젖어 있다』

## 1.

강연호 시인이 세번째 시집 『세상의 모든 뿌리는 젖어 있다』(문학동
네)를 펴냈다. 이미 『비단길』(세계사, 1994)과 『잘못 든 길이 지도를 만
든다』(문학세계사, 1995)를 발간하여 평단의 주목을 받았던 그의 시는
이번 시집에 이르러 일정한 성취를 얻고 있다. 두 시집에서 그는 '길'
에 대한 집요한 사유를 보여주었다. 그는 아직도 이 '길 위'에 서 있는
것으로 보인다. 이와 같이 그의 시적 이력은 "임의의 한 점 위에서 다
른 점"(「길」)을 찾는, 곧 자꾸만 허망에 빠지는 '잘못 든 길'로부터 벗어
나서 이름도 아름다운 '비단길'을 찾아가는 데 있다. 아마 그것은 평생
동안 내면의 이상적 자아와 현실의 경험적 자아가 길항하면서 그의 시
업을 지탱해주는 버팀목이 될 것이다.

그는 '저 말많은 80년대'에 대학을 다녔으면서도, 작품 속에 "경전의
겹쳐지는 딱딱한 관념"(「낙타의 꿈」)의 형해가 없는 시를 쓴다. 그는 시

대와의 불화 때문에 신음하는 섬약한 가슴을 쥐어뜯으면서도, 행여 "누가 들을세라 겨우 모기만한 소리"(「세월은 바보」)로 '제기동 블루스'를 부른다. 이러한 내성적 발화방식으로 그는 '여전히 까마득한' 세계의 완강한 질서와 생의 고단함을 절묘하게 시화한다. 이 시집에서도 그는 삶의 쓸쓸함을 놓고 자근자근 고뇌했던 흔적들을 가만가만 들려주고 있다.


## 2.

강연호가 "어깨 힘 빼고"(「어깨결림」) 쓴 시편들을 모은 이번 시집에는 "음복 같은 쓸쓸함"(「너무 긴 이별」)이 가득하다. 그 쓸쓸함은 허전한 그리움을 낳는 근원적인 정서이다. 이 시집에도 지금까지 보여주었던 그리움의 시편들이 빼곡하게 들어 차 있다. 이 외에도 '상처', '흔적', '길', '감옥' 이미지가 무리지어 출현한다. 우리는 이들 이미저리 속에서 그가 예나 다름없이 회한의 과거와 신산스런 현재와 막막한 미래로 인해 고통스러워하는 표정을 살필 수 있다. 또 그것들이 그의 시적 사고를 종횡으로 압박하면서, 그로 하여금 세계를 향해 끊임없이 촉수를 내밀도록 부추긴다는 점을 알 수 있다. 그의 고뇌는 세상의 두께에 비해 턱없이 섬세한 감수성을 소유한 데서 비롯된 것이다. 그는 "물 위에 떠서 머뭇거리는 저 나뭇잎의 고요는/사라진 파문의 사라지지 않은 비명을 숨기고 있다"(「세상의 모든 뿌리는 젖어 있다」)에서 보는 바와 같이, 우리들이 건성으로 지나쳤던 물상의 숨죽인 움직임을 하나도 빠뜨리지 않고 저인망으로 포착해서 보여준다. 이렇게 미세한 떨림까지 놓치지 않는 시안을 갖고 있어서 그는 "고요하고 섬세하게 외롭다."(「술과의 화해」) 그의 여린 감수성은 세상의 뿌리가 '젖어 있다'는 사실에 이르러 눈을 깜박거리게 만든다. 그는 동공을 물들이는 물기 때문에 숱한 상처를 받고 있다.

또 하나의 작품 「상처」에서는 그가 세계로부터 받은 상처를 치유하는 태도와 '고요하고 섬세하게 외로운' 이유를 헤아릴 수 있다. 어느 날 그는 강가에서 파문을 만들어내는 빗방울을 거부하느라 상처 난 강물의 물살이 "깊은 속내까지는 덧내지 않으려"고 멈칫멈칫 맺힘과 풀림을 반복하는 모습을 보았다. 그는 고요히 흐르던 물살이 파문을 야기한 빗물과 한살이 됨으로써 '적과의 화해'를 달성한 뒤에 더 이상 아파하지 않고 흘러가는 모습에서 "밑바닥 상처는 고요한 법"이라는 사실을 깨닫는다. 따라서 저마다 상처를 은닉한 채 젖어 있는 모든 뿌리는 "몸 자체가 경전"(「개미」)이다. 이렇게 우리들의 상처는 너무 깊이 아파서 고요하고, 고통의 뿌리는 젖어 있어서 홀로 외롭다. 시인은 이제 몸에 감추어진 상처의 원인을 찾는다. 이것은 그가 세계와의 대결에서 절망할 적마다 스스로를 다스리며 감정을 통어하는 방어기제가 된다. 다음 인용시는 그의 세계 인식과 시세계를 곧이곧대로 드러내주는 작품이다.

9월도 저녁이면 바람은 이분쉼표로 분다
괄호 속의 숫자놀이처럼
노을도 생각이 많아 오래 머물고
하릴없이 도랑 막고 물장구치던 아이들
집 찾아 돌아가길 기다려 등불은 켜진다
9월도 저녁이면 습자지에 물감 번지듯
푸른 산그늘 골똘히 머금은 마을
빈집의 돌담은 제풀에 귀가 빠지고
지난 여름은 어떠했나 살갗의 얼룩 지우며

저무는 일 하나로 남은 사람들은

묵묵히 밥상 물리고 이부자리를 편다

9월도 저녁이면 삶이란 죽음이란

애매한 그리움이란

손바닥에 하나 더 새겨지는 손금 같은 것

지난 여름은 어떠했나

9월도 저녁이면 죄다 글썽해진다

—「9월도 저녁이면」 전문

그는 계절의 변화에 대해 담담하게 묘사하면서도, 삶의 허허로운 국면이 도드라지도록 기술하였다. 여름날의 은성함 뒤에 따라오는 허전함의 밀도는 9월이라는 시간적 배경에 힘입어 더욱 촘촘해진다. 9월은 선선한 바람이 나려나기 시작하여 모든 이들에게 폭염으로부터의 해방을 약속하는 계절이다. 하지만 그에게는 한낱 '삶/죽음/애매한 그리움'을 규정하는 허적의 시간이다. 그가 볼 때에 9월은 8월과 10월 사이에서 두 달에게 몸을 다 내어주고, 종국에는 "더 이상 간직할 슬픔 하나 없이 늙어가는 동안"(「옛날에 나는 나무에 스치는 바람소리를 들었네」, 『잘못 든 길이 지도를 만든다』)에 불과하다. 그러므로 우리들이 '지난 여름은 어떠했나 살갗의 얼룩'을 지우느라 부산을 떠는 일은 무망한 짓이다. 그 행위는 얼룩의 차이가 우리들의 여름나기를 차별화한다는 사실을 외면하고, 아예 그것을 지움으로써 획일화시키는 것이다. 여름을 나며 생긴 얼룩의 크기는 각자의 고유한 상처가 되어 그리움을 안겨 준다. 결국 그리움은 그에게 말할 수 없는 가슴앓이를 안겨주는 심리적 요인이다.

순정의 그리움은 "젖지 않는 파문의 고요"(「별」)처럼 어떤 소요로부터도 흔들리지 않은 채 '세상의 뿌리'를 보여주지 않고 '젖어 있'을 뿐이다. 그것은 마치 삶과 죽음처럼 "손바닥에 하나 더 새겨지는 손금 같은 것"이다. 이미 몸의 일부가 되어 도저히 분리할 수 없는 상태의 그리움, 이것은 그의 그리움을 다른 시인의 것과 달리 가르는 변별점이다. 그러나 그의 그리움은 항상 타자와 공유되지 못한다는 점에서 "악성 중에서도 가장 악질적인 종양"(「진주」)이다. 그것은 결코 충족될 수 없는 "봄밤이 풀어놓은 욕망의 잉걸불"(「봄밤」)과 같아서 그에게 "끈질긴 집착의 근원"(「옛날 손자장」)으로 작용한다. 그리움의 대상에 대한 집착은 그에게 감당하기 버거운 '상처'와 지울 수 없는 '흔적'을 안겨준다. 이 작품에는 그리움의 상처가 남긴 흔적이 고스란히 배어 있다.

아울러 우리는 이 시를 통해 허수한 표정으로 바뀌어 가는 환절기의 변화 속도를 감지하기 위해 구월에는 귀를 쫑긋 세워야 하는 까닭을 알 수 있다. 지난 여름의 '도랑 막고 물장구 치던' 추억에 마냥 빠져 있으면 돌담의 귀가 빠지는 줄 모른다. 낙엽을 보고서야 가을이 서걱거리는 기척을 듣다 보면, 우리들은 '묵묵히 밥상 물리고 이부자리'를 펴는 일상사에 함몰되어 버린다. 그렇게 세월은 '습자지에 물감 번지듯' 야금야금 달력을 뜯어먹으며 우리들로 하여금 '저녁이면 죄다 글썽해' 지도록 만든다. 우리들은 글썽거리는 눈물을 참으며/흘리며 세월의 변화를 체감하고 그리움에 젖는다. 이처럼 그는 대상의 본질적 속성을 예리하게 추출하여 시의 범주로 거두어들이고, 삶의 태도를 문제삼는다.


## 3.


강연호에게 시쓰기는 '비단길'에 이르는 도정이다. 그 길은 "헛 디뎌봐 헛 디뎌봐"(「비단길 · 1」, 『비단길』) 하며 유혹하는 현실고 속에서 "어

차피 잘못 든 길 아니더냐"(「비단길 · 2」)고 날마다 후회하는 길이다. 그
렇지만 그 길은 "멈춰 서기는 쉽지 않은"(「비단길 · 3」) 길이기에, 그는
"시만 쓰며 살고 싶"(「유예의 형식」)은 내밀한 욕망을 꺼내어 자신을 채
근한다. 그러한 결의는 한편으로 또 하나의 그리움을 낳는 요인이 된
다. 그의 그리움은 어김없이 '비단길'과 '잘못 든 길' 사이에서 새벽까
지 욱신거리는 통증을 수반한다. 그는 아픈 밤을 새며 시인의 길을 묻
고, 언어의 꿈에 대해 골똘히 사유한다.

혀끝에 머물던 격렬함이 사라지자
그는 무덤처럼 입을 다문다

그의 침묵 속에는
그가 겨누었던 대상을 향해
파르르 떨며 날아간
그러나 결코 적중하지 못한 흔적이
우울한 갈증에 섞이고 있다

그의 꿈은 바깥을 향하지만
한때 그를 긴장시켰던
오금 저리고 팔뚝마다 소름 돋았던
몸밖의 세상은 여전히 까마득하다

거미줄에 걸린 거미처럼
축축한 사유의 달팽이처럼
제 몸이 바로 존재의 짐이라는 것

모든 언어에는

제 몸을 쥐어뜯은 상처가 있다

—「언어의 꿈은 바깥에 있다」 전문

사람들은 저마다 '제 몸을 쥐어뜯은 상처'를 간직한 채 살아간다. 그래서 동일한 사건이나 대상을 두고도 상이한 반응을 보인다. 한편 마음의 상처가 깊은 사람은 할 말이 많다. 그러나 그 사람은 할 말이 너무 많아서 정작 하고 싶은 말을 하지 않는다. 한 번 발화된 언어는 상처를 덧나게 하고, 가슴 깊은 곳의 그리움을 '우울한 갈증'에 시달리도록 만들어 제 육신을 갉아먹을 줄 알기 때문이다. 그는 가슴속에 켜켜이 묻어둘 뿐이다. 그는 수선스럽지 않게 "스스로를 비틀어 굽이를 만드는"(「강」) 사람이다. 그것이 도리어 상처를 남기고, 결국 그의 온몸은 상처투성이가 된다. 그 상처의 "차이가 의미를 만든다."(「자서」) 따라서 강연호에게 상처는 소중하다. 그것이 비록 "가시 같은 것"(「시인」)이 되어 가슴을 콕콕 찌를지라도, '비단길'을 찾아나선 그의 의지를 훼손하지는 못한다.

시인의 혀끝에서 발화하고 싶어 안달했던 언어는 그리움의 표현수단이다. 시인은 가장 적절한 언어를 선택하여 대상의 한 순간을 포착하려고 안간힘을 쓴다. 그러나 이미 상처투성이의 언어는 '존재의 집'이 아니라 '존재의 짐'이기 때문에, 세계에서 가장 적확한 언어를 찾아 헤매던 시인의 노력은 "결코 적중하지 못한 흔적"에 머문다. 유한한 인간이 무한한 세계를 담아내기 위해 고안한 언어의 태생적 한계이다. 그는 언어의 벽에 직면하여 다시금 좌절한다. 자신의 언어가 결코 '몸밖의 세상'에 닿을 수 없으리라는 절망은 시인을 '거미줄에 걸린 거미'로 둔갑시킨다. 그는 온힘을 다해 발버둥치면서 언어의 거미줄로부터 벗어나려고 몸부림한다. 그 몸부림의 원천은 그리움이다. 그를 힘 팡기

게 했던 언어의 절벽은 마침내 시쓰기를 향한 도저한 그리움에 서서히
밀리기 시작한다. 그 순간 그의 '혀끝에 머물던 격렬함'은 시를 향한
그리움으로 변주된다. 그가 시를 생각한 순간부터 그의 몸에는 상처가
돋아나서 자라고 있었던 것이다. 이렇게 상처는 그리움을 남긴다. 그
는 "흔적의 무게 견디지 못"(「흔적」)하고 고유한 그리움에 애 닳아 하지
만, 몸에 난 상처의 흔적은 한 편의 시로 남게 된다.


**4.**


   강연호는 '적소'에서 '적멸'을 꿈꾼다. 이 시집의 첫 작품은 「적멸」이
고, 끝 작품은 「다시 謫所에서」이다. 그는 '번거로움을 떠난 열반의 경
지'와 '죄인이 귀양가 있는 곳'이라는 전혀 이질적인 시간/공간 속에
시작품들을 배열하였다. 둘 중에서 그가 자꾸 이야기하는 '적소'는 그
리움의 연원이란 점에서 주목할 필요가 있다. 그에게 적소, 곧 이승은
유배의 공간이다. 예로부터 유배지에 귀양간 사람들은 '님'을 향해 절
절한 그리움을 토로하였다. 자신을 유배당한 자로 규정짓는 그의 태도
는 '고요하고 섬세하게 외로운' 그리움의 처소와 그 대상의 실체를 두
렷하게 드러내준다.


   여기 머문 지도 오래되었습니다
   저 산 저 하늘 저 강물
   시선 닿는 곳마다 시퍼런 멍자국들 완연합니다
   너무 자주 바라보면 즈이들도 아픈가봅니다
   입동 지났다고 날은 함부로 저무는데
   두려운 건 삽시간에 몰아치는 어둠이 아닙니다

바람에 섞인 산짐승의 울음소리가 아닙니다

날 바뀌고 계절 바뀔수록

점점 무디어져 굳은 살 배긴 내 그리움에 갇혀

그대 나날이 늙고 병드실 테지요

이 앙갚음, 그대 지금 부재하므로

내 오히려 그대를 온전히 가두어 놓다니요

그대의 부재가 내 존재를 증명하다니요

하긴 누굴 탓할 일도 아닙니다

여기 머문 지도 오래되어

스스로 놓은 덫, 이 서슬 시퍼런 집착

정말 두렵습니다

—「다시 적소에서」 전문

그의 시선이 머무는 곳은 온통 '시퍼런 멍자국들'로 완연하다. 그를 둘러싸고 있는 '저 산 저 하늘 저 강물'의 멍은, 입동이 지난 날씨와 '산짐승의 울음소리'가 더해져서 더욱 음울하고 고적한 분위기를 자아낸다. 그러나 정작 시인을 괴롭히는 것은 '굳은 살 배긴 내 그리움에 갇혀' 그대를 그리워하면서 그대의 부재를 통감하게 되고, 그것이 '오히려 그대를 온전히 가두어 놓'는 예기치 못한 상황을 만들었다는 데 있다. 그러나 이 결과는 순전히 상상의 실재에만 존재하는 부재 상황이다. 심적으로 괴로운 상황을 조성한 줄 분명히 인식하면서도, 그로부터 벗어나려고 노력하지 않는 시인의 태도는 '여기 머문 지도 오래되'었기 때문만은 아닐 터이다. 일찍부터 '잘못 든 길이 지도를 만든다'는 신념을 결행했던 그는 "발로 쓸어모으는 기억은 누구에게나 허전한 법"(「겨울의 빛」)이라는 깨우침을 갖고 있다. 따라서 그 보다 정확한 이유를 알아보기 위해서는, 적소에 들었던 이전의 시편들을 꺼내어

되읽어보아야 한다.

　이 시집의 「자서」 중 '그대만 견디고 있는 게 아니므로'는, 예전의 시 작품에 나오는 "그러니 그리운 이여/그대만 견디고 있는 게 아니다"(「적소에서·1」, 『잘못 든 길이 지도를 만든다』)던 언사의 되풀이이다. 그는 유배지에서 '그대'를 기다리며 세월을 '견디는' 고통을 감수한다. 또한 비록 적소가 아닐 뿐, 그대도 '함께' 견디고 있다. 두 사람은 떨어진 공간에 따로 존재하면서 추억을 매개로 연결된다. 하지만 두 사람은 동일한 추억을 공유하지는 못한다. 그는 적소에 있지만, 그대는 적소 아닌 곳에 있다. 그는 '그대 지금 부재'의 상황을 알고서도 애써 그대를 불러 세운다. 그것은 그의 존재이유이기 때문이다. 그래서 그는 스스로 '덫'을 놓고, 끝까지 '서슬 시퍼런 집착'을 보여주고 있는 것이다. 하지만 그는 적소에서 "읽다가 행간을 놓쳐도 좋을 주간지"(「옛 애인」) 같은 그대가 '오기를' 기다리는 것이 아니라, 자신이 '견디는' 상황에 대해서만 관심을 둔다. 그는 '그대'가 오지 않을 줄 알고 있기 때문이다. 그런 줄 익히 알면서도 인연의 끈을 놓지 못하는 그는 그리움을 집착으로 격하시키며 입술을 깨문다.

　스스로 그리움의 질적 변환을 시도하면서도, 시인은 자신이 '그대'를 생각할수록 '그대'를 구속한다는 사실에 괴로워한다. 그러면서도 그는 그리움을 견디기 위해 "사람 그리운 날"마다 "엉킨 길들 한 올씩 이빨로 끊었다 이어"(「적소에서·2」) 보는 어리석음을 마다하지 않는다. 그대에 대한 "간절함을 포기하면 세상은 조용해"(「적멸」)지는 줄 번연히 알면서도, 그는 쉬 포기하지 못한다. 그에게 그리움은 그대와의 유일한 대화통로이면서, 둘 사이의 애달픈 기억을 공유하는 방식인 까닭이다. 기억은 그를 그 "행방에 대해 오래오래 머뭇거"(「기억의 행방」)리도록 만든다. 그는 "괄호 속에만 머물러"(「고향에 고향에 돌아와도」) 있는 "으깨진 기억들을 꾸역꾸역 삼"(「기억을 으깨다」)키기도 하면서도, 다른

편으로는 "기억은 허구"(「기억을 놓치다」)라고 부정한다. 그러나 이것은 아직도 "빛이 들어간 필름처럼 막막"(「사진」)한 기억에 대한 미련을 버리지 못했다는 반증에 지나지 않는다. 그는 그대와의 기억 속에서만 '고요하고 섬세하게 외롭다'는 실존적 사실을 증명할 수 있는 것이다.


**5.**


　강연호의 세번째 시집 『세상이 모든 뿌리는 젖어 있다』는 '그대'를 향한 그리움 때문에 생긴 상처의 기록이다. 그의 유별한 그리움은 '탁자 위의 물방울이 마른 흔적'으로부터 찾아낸 것이며, 다른 시작품에 나타난 무수한 상처는 '비단길'에 다다르다가 생긴 것으로 보인다. 그것은 곧 이 시집을 "텅 빈 갈증의 육체성"(「몸살」)으로부터 벗어나려는 "좌절된 열망의 흔적"(「자서」)으로 자리매김하도록 만든다. 그리움은 그의 시를 '길 위'에 위치시킨다. 그는 시적 도정 중에 얻은 상흔을 그리움으로 덧씌우려 하지만, 한 번 난 상처는 쉽사리 아물지 않는다. 그리움 때문에 돋은 상처는 그리움이 충족되어야 치유되는데, 이 시집에 수록된 작품에서는 그러한 징후가 보이지 않는다. 아마 그는 허기진 그리움으로 인해 더 아프고 가슴 저미는 고통을 겪어야 할 듯하다.

# 가난한 견딤의 시학
—박성우 시집 『거미』

## 1. 헛짚은 날들

가난에도 시대마다 편차가 있다. 일제시대의 가난은 정치적 질곡의 반영이었다. 오죽하면 이용악은 절창 「낡은 집」에서 "털보네는 또 아들을 봤다우/송아지래두 불었으면 팔아나 먹지"라는 동정적인 쑥덕거림으로 형상화했겠는가. 이에 비해 1960년대의 가난에는 위선의 빛깔이 채색되어 있다. 이른바 근대화 세력들에 의해 가난은 추방되어야 할 구악으로 규정되었다. 그들은 가난의 사회학적 분석을 도외시한 채, 지배계급의 기득권 옹호와 부의 지역적 집중 현상을 심화하기 위한 수단으로 가난을 왜곡하였다. 그들에 의해 가난은 지역적 재생산 구도로 구조화되어 지금에 이르고 있다. 현대의 가난은 가히 블랙홀이라고 할 수 있다. 가난은 정상적인 방법으로는 도저히 무너뜨릴 수 없을 정도로 단단한 벽과 같고, 그 안에서 빠져나오기 위해 안간힘을 써도 끝모를 바닥으로 추락하는 늪과 같다. 가난은 이처럼 극악한 고통을 수반하여 인간의 최소 가치마저도 무참하게 무너뜨리고 만다.

하지만 세상 사람들에게는 천덕꾸러기에 지나지 않은 가난도, 시인에게는 영감의 원천이다. 물리적 현실 속에서 가난한 시인은 경제적 결핍과 불만족한 욕망의 세계와 대결하여 언제나 패배한다. 빈궁으로 인해 예정된 패배는 현실적으로 좌절을 안겨주지만, 시인은 시쓰기를 통해 현실로부터의 일탈을 꿈꾼다. 그는 가난으로 거덜난 육신을 채찍하여 시작의 도정으로 내몬다. 그의 영혼은 추워야 영롱한 빛을 내는 동짓달의 별이며, 그 별빛으로 인해 가난은 사위에 빛살무늬를 찍고 제 모습을 감춘다. 시인에게 가난은 버리고 싶은 유산이면서, 동시에 소중한 실존적 동인인 셈이다.

신예시인 박성우는 첫 시집 『거미』(창작과비평사)에서 가난과 눈물의 참된 의미를 묻는다. 그의 시집에는 재치있는 경박한 젊음보다는, 애늙은이의 초롱초롱한 감수성이 다닥다닥 붙어 있다. 젊은 사람이 어떤 역정으로 말미암아 인생의 장맛을 벌써 알아차렸는지, 앙상한 갈빗살이 다 드러난 그의 시를 읽는 기쁨은 고통이다. 그는 겸손하게 자신의 시적 성과에 대해 "헛짚은 날들"(「개구리밥」)의 기록이라고 둔사를 달았지만, 서른의 나이에 활자화된 시집에서 감히 늙은 젊음을 표나게 내세우고 있다. 그의 젊음은 늙은이를 흉내낸 것이며, 점잖음은 젊은이일 수밖에 없는 육체의 불가역성이 자아내는 물리적 연치의 위족이다. 그 원체험은 가난이다.


## 2. 속살 훤히 보여주는 피라미

세상살이에서는 순조로운 삶보다 수기한 삶이 훨씬 문학적이다. 하지만 현실적 삶의 공간에서는 단조롭더라도 순탄한 삶이 헐렁한 행복을 안겨준다. 수기한 삶의 주인들은 박복한 신세 때문에 삶의 국면마다 험준한 풍파에 직면하기도 하고, 각박한 세파로 인해 생의 굴절을 겪기도 한다. 구불거리며 나아가는 위대한 강일수록 굽은 등마다 시퍼런 쑥물자국을 감추고 있는 것과 같다. 그럴 적마다 그들은 안과 밖의 변증법적 지양을 기획하며 인생의 전환점을 모색한다. 그렇지만 어디 인생이란 것이 주인의 의지대로 바뀌거나 꾸려갈 수 있는 것이던가. 다만 주인된 처지로 끝까지 최선을 다한다는 명분이나 바둥바둥 붙들고 견디며 살아가는 수밖에.

　박성우는 56편의 작품을 통해 개인사적 불행과 경제적 궁핍상을 가감없이 드러냄으로써 "속살 훤히 보여주는 피라미"(「강천사」)가 된다. 그는 평생을 옥박지르는 가난의 불편함과 노동의 노곤함을 견디며 시를 쓴다. 이 두 가지는 그의 시업을 지탱해주는 배사구조이다. 가난은 하늘도 구제할 수 없다는 인간의 업장이며, 노동은 하늘이 인류에게 내린 업명이다. 두 가지 모두 아버지로부터 물려받은 버릴 수 없는 가업이다. 전승된 가업을 폐업하고 대처로 나아가서 가문의 영광을 구현하는 것은 아들의 몫이다. 그러나 아들은 아버지로부터 물려받은 유산을 폐기하지 못한 채, 유업의 변방으로부터 한 발도 나아가지 못한다. 태어나서 단 한번도 가난없는 신세계로 진입해 본 적이 없는 아들은 "둥글고 거대한 고치 하나"(「누에」)로 변신한 아버지의 과거와 자신이 재직하는 대학의 청소부로 "인문대 앞 덩굴장미 화단에 접혀 있"(「어머니」)는 어머니의 현재 사이에서 주춤거린다. 박성우의 시적 진폭은 죽은 아버지와 산 어머니 사이의 진자운동에 다름아니다. 그들은 시인의 과거와 현재의 삶을 확연하게 구획하면서 시작의 모티브로 작용한다. 이 점에서 다음 작품은 박 시인의 과거와 현재의 모습이 담겨진 에세이이다.

옹알종알 붙은 감꽃들 좀 봐라
니가 태어난 기념으로 이 감나무를 심었단다
그새, 가을이 기다려지지 않니?
저도 그래요, 아빠

웬 약주를 하셨어요? 아버지
비켜라 이놈아, 너 같은 자식 둔 적 없다!
담장 위로 톱질당한 감나무, 이파리엔 햇살이
파리떼처럼 덕지덕지 붙어 흔들렸다
몸을 베인 뒤에야 제 나이 드러낸 감나무
나이테 또박또박 세고 또 세어도
더이상의 열매는 맺을 수 없었다

아버지 안에서
나는 그렇게 베어졌다

그해, 장마는 길었다
톱으로 자를 수 없는 것은 뿌리였을까
밑동 잘린 감나무처럼 나도
주먹비에 헛가지를 마구 키웠다
연하디연한 어머니의 말씀에
나는 쉽게 몸살을 앓는 자식이 되기도 했지만
끝내 중심은 서지 않았다
이듬해 우리는 도시로 터를 옮겼다

아버지는 지난 겨울에 흙집으로 들어가셨다

사람들은 가장 큰 안식을 얻었다고 했다

왜 찾아왔을까
상추밭이 되어버린 집터
검게 그을린 구들장 몇개만 햇볕에 데워져 있었다
세상 겉돌던 나무 한그루
잘려진 밑동으로
감꽃이 피려는지 곁가지가 간지럽다

—「감꽃」 전문

　시인의 가정사가 그대로 드러난 작품이다. 아버지는 아들이 태어난 것을 기념하여 감나무 한 그루를 심었다. 감나무가 커가듯이 나날이 장성하는 아들을 대견스럽게 바라보면서 아버지는 가을을 기다린다. 그러나 아들이 성장하는 동안 "두 마리의 두꺼비를 키우셨"(「두꺼비」)던 아버지는 술기운을 빌어서 "너 같은 자식 둔 적 없다!"며 아들을 물리친다. 아버지에게 아들은 어느덧 자신의 '일상사를 간섭하는 거미줄'(「정읍역」)이 된 것이다. 아버지는 화풀이로 감나무를 베어버림으로써, 아들과의 다정한 관계를 격절시킨다. 아들이 태어난 해에 심은 감나무의 베어짐은 아들의 나이먹음을 정지시키지만, 아버지는 감나무의 뿌리까지 자르지는 않음으로써 아들과의 마지막 대화 통로는 열어둔다. 아버지는 "빚 때문에/그해 겨울도 돌아오지 못"(「생솔」)하는 자신의 무능과 가난을 아들에게 차마 설명할 수 없었던 것이다.

　아들은 "주먹비에 헛가지를 마구 키"우면서 '흙집'으로 들어간 아버지를 원망한다. 그러나 아버지는 "형에게서 물려받은 바지처럼"(「방」) 맞지 않으면 벗어버리면 그만인 옷가지가 아니다. 아버지는 아무리 떨어내려고 해도 떨어지지 않는, 명치 끝에 박힌 카페인이었다. 그는 죽어서 시인과 한몸이 되어버린 것이다. 따라서 시인의 성장기는 가장의 무능력을 세습하는 과정이 된다. 그에게 가난은 "세상 조여오던 그물을 온몸으로 기억"(「굴비」)하도록 강요하여 "톱질당한 감나무"를 비추는 햇살마저 샐그러진 이미지로 포착하게 만든다. 햇살이 파리떼처럼 붙어 있는 장면은 가난을 체험한 사람만이 발견할 수 있다. 그것은 "털 헤집는 바람에도 끔쩍하지 않는 파리떼"(「염소의 똥이 둥글게 쏟아진다」)처럼 소년기의 가난 체험에서 비롯된 표현이다.

현실 세계의 궁벽한 원인에 대해 골똘히 생각하던 시인은 "볼태기에다 거시기를 해"(「오이를 썹다가」)준 첫사랑의 아련한 추억이 남아 있는 "전북 정읍군 산내면"(「악연」)을 찾아간다. 인간의 고향 찾기는 자신의 정체성에 대한 탐색 과정에서 나타나는 고질이다. 그러나 한국전쟁 중에 "빨치산이 살았"(「생솔」)던 궁벽한 고향집에는 "검게 그을린 구들장 몇개만 햇볕에 데워져 있"을 뿐이다. 그는 "상추밭이 되어버린 집터"에서 자신이 "세상 곁돌던 나무 한 그루"였음을 깨닫는다. 아버지가 "톱으로 자를 수 없"었던 감나무 뿌리처럼, 그는 여태 고향집으로부터 한 걸음도 나아가지 못했던 것이다. 그것은 아들과의 관계를 단절하면서도 감나무의 밑동을 자르지 않았던 아버지가 마련해둔 탯자리였다. 그는 집집마다 "제 나이 드러낸 감나무"가 푸지게 늘어선 고향에서 아버지와 화해한 것이다.

아버지에 대한 원망이 더러 남아 있는 데 비해, 박성우는 "연하디연한 어머니의 말씀에" 불효를 반성하는 착한 아들이다. 그는 가장을 잃은 미망인의 처지에서 자신을 키워준 "대나무 같은 어머니"(「대나무는 나이테가 없다」)에 대한 채무의식을 작품의 도처에서 고백하고 있다. 그의 시 「주술가」에 의하면, 어머니는 '서울 근교 -지방 소도시-면 단위'를 거쳐서 "내가 조교로 있는 대학의 청소부"(「찜통」)로 근무하고 있다. 어머니는 휴식을 권유하는 아들을 향해 "아직까정은 날품 팔만 헝게

쓰잘데기없는 소리 허덜말어라"(「반나잘 혹은 반나절」)고 꾸짖는 분이다.
그녀의 힐난이 가난으로부터 기원된 것임은 말할 필요도 없다. 그녀는
아들의 효도를 받을 수 없을 정도로 가난하기 때문에, 날이 갈수록 헐
거워지는 육신의 주름을 감추며 일터로 나간다. 그녀의 꾸중은 애정의
표현방식인 줄 아는 시인은 어머니에게 휴식을 재차 권하지 못한다.
그녀에게 노동은 필생의 업이며, 아버지를 대신하여 가난으로부터 해
방된 세계를 아들에게 물려주기 위한 지극한 사랑의 표시이다.

　가난은 한 인간의 일생을 유전시키면서, 그의 일거수일투족을 통제
하고 사유와 언어의 경계를 결정한다. 박성우는 할말이 많은 시인이
다. 그의 시편 속에는 서정의 형식을 빈 서사가 이불 속 흥부네 자식들
의 발가락처럼 꼼지락거린다. 하지만 그는 가난의 불편함조차 철저하
게 무시함으로써, 자신의 생에 덧씌워진 가난의 실체를 무언으로 증언
한다. 그는 소시적부터 입은 누비조차 누더기가 되는 가난을 체화했기
때문에, 세계를 향한 발화 욕망조차 가슴속에 끙끙 삭이며 켜켜이 쌓
는 습관에 길들여졌다. 예컨대 그의 출세작 「거미」는 "일종의 이야기
구조를 품은 시"(강연호, 「세상의 상처에는 옹이가 있다」)이다. 하지만 그는
한 사내의 의문사를 관찰한 뒤에도 "거미는 스스로 제 목에 줄을 감지
않는다"는 근사한 에피그램만 부연할 뿐이다. 언젠가 방문했던 소록도
에서의 기억, 곧 "아픈 사람은 말하지 않는다"는 사실이 떠올랐기 때문
이다. 그곳에서 "손가락이 없고 발가락도 없"(「소록도에서」)는 '옹이' 같
은 사람들은 천형의 고통 속에서 침묵하는 데 비해, 수족이 온전한 사
람들이 더 소란을 피우는 것이 현실이다. 그가 시작품 속에서 생을 압
박하는 가난의 불협화음을 묘사하는 데 그칠 뿐, 이면의 진절머리 나
는 세사를 서술하지 않는 것도 이런 자세에 기인한 것이다.


　맑은 계곡으로 단풍이 진다

온몸에 수천 개의 입술을 숨기고도

사내 하나 유혹하지 못했을까

하루종일 거울 앞에 앉아

빨간 립스틱을 지우는 길손다방 늙은 여자

볼 밑으로 투명한 물이 흐른다

부르다 만 슬픈 노래를 마저 부르려는 듯 그 여자

반쯤 지워진 입술을 부르르 비튼다

세상이 서둘러 단풍들게 한 여자

지우다 만 입술을 깊은 계곡으로 떨군다

—「단풍」 전문

이 시는 시인이 인간과 자연 현상을 응시하는 태도가 드러난 작품이다. 그는 "빨간 립스틱을 지우는 길손다방 늙은 여자"와 낙엽지는 단풍의 일생을 동일시한다. 박성우의 시적 감수성은 이렇게 가난으로부터 한 걸음만 물러나면 격렬한 통증을 수반할 만큼 섬세하다. 세상에 존재하는 옹이의 상처까지 본 시인에게 가을 단풍은 "지우다 만 입술"자국에 지나지 않는다. 그녀는 "하루종일 거울 앞에 앉아"서 "옹이 박힌 손"(「내소사 꽃창살」)을 바라보며 "볼 밑으로 투명한 물"을 흘린다. 「거미」에서 사내의 죽음이 자살이면서 타살이듯이, 그녀의 가슴에 옹이를 남기고 "서둘러 단풍들게" 한 것은 세상이다. 그녀는 "온몸에 수천 개의 입술"을 가졌으면서도 "사내 하나 유혹하지 못했"기 때문에 "반쯤 지워진 입술"을 마저 지우거나 그릴 수 없다. 그녀의 계절은 "그해 가장 더운 여름날을 골라"(「깨꽃」) 연분홍 꽃을 피우는 참깨꽃이 진 다음, 만산에 단풍드는 가을날이 된다. 그러나 단풍의 고운 빛깔은 관광객들의 소음에 남루해지듯이, 그녀의 이마는 사내들의 혹언에 의해 주름살을 깊게 판다. 그녀에게는 인생도, 사랑도, 욕망도 "쏟아지는 그리움"

가난한 견딤의 시학 447

(「기차」)도 이승의 인연이 무쳐진 옹이일 뿐이다.

인간은 자신의 현실적 맥락을 구성하는 삶의 조건에 대해 속으로 삭이거나, 겉으로 분노를 표출하며 세상을 타박하는 두 가지 표정을 보인다. 그들 중에서 외향적인 사람은 허상의 실체를 인식하면서도 아무렇지 않은 척 살아가고, 내향적인 부류는 가슴속에 눈물의 단층을 차곡차곡 쌓으며 몸부림친다. 박성우는 견디는 일에 익숙하기 때문에, 그의 입은 현실 속에서 "힘겹게 힘겹게 참아내면서"(「겨울 둥지」) 늘 더 덜거린다. 하지만 제때에 발화하지 못한 그의 언어는 내밀한 가슴 헛간에 켜켜이 쌓였다가 눈물의 보석으로 빚어진다. 가끔 자신을 "떨어져나가야 했을 귀퉁이"(「귀퉁이」)라고 학대하면서도, 그는 꿋꿋이 일어나 "그 독하다는 염산에도 난 죽지 않으리라"(「개야도 김발」)고 다짐한다. 그의 시작품에서 산견되는 끈질긴 삶의 의지는 죄다 가난했던 시절을 견디면서 형성된 것으로 보인다.

박성우는 노동으로 세계에 대한 분노를 억누른다. 그의 노동시는 "팬티를 만드는 하청공장"(「빨판상어」)에 근무했던 체험에서 비롯된 것이다. 그에게 노동 체험은 생래적인 가난이 마련해준 절실한 실존적 조건이다. 노동은 가난한 자의 몫이다. 노동을 인간의 자주적이고 창조적이며 의식적인 활동으로 바라보는 것은 부르주아의 안락한 시선이다. 기층민중에게 노동은 현재의 실존 상황을 수용하는 필요조건일 뿐이다. 노동자 시인은 "딱, 5분만 자면 피로가 풀릴 것 같"(「미싱창고」)은 피곤한 육신을 그림자처럼 끌면서 일터로 향한다. 평생 동안 가난 때문에 허기진 그는 "육신을 바삐 움직일 때가 좋은 법"(「싸라기밥풀」)이라고 자위한다. 그가 스스로에게 건네는 위로의 말속에는 세상의 위악적 구조에 분노할 힘도 갖지 못한 가난의 무게가 실려 있다. 그는 거북이 등처럼 단단하게 굳어버린 사회의 모순 구조에 항거할 기력조차 상실한 부류에 속한다. 오로지 그는 일용할 양식을 구하기 위해 "죽을

똥 살 똥 아등바등"(「성에꽃, 그 구멍으로」) 하루하루를 견딜 뿐이다.

별들도 이를 악물고 **견디고**                                —「취나물」
그리움을 겨우 **견뎌내던** 어둠의 깊은 침묵                    —「미이라」
고만고만하게 **견딜** 만했다                                 —「시인의 말」

한국의 근대문학사에서 가난은 항상 궁핍에 찌들어 골골거리는 모습으로 다가선다. 그러나 박성우의 시에 나타난 가난은 결코 비루하지 않다. 또 그는 가난을 물려준 아버지를 원망하지도 않는다. 이렇게 외연하고 윤리적인 박성우의 가난한 시적 발화는 전적으로 내성적인 성향에 근거하고 있다. 그는 가난을 꺼내어 만지작거리며 "마른침만 삼키곤 했던 수음의 사춘기"(「수박」) 시절을 견딘다. 그러한 견딤의 자세로 그는 핍박한 언어의 "잘 씻겨진 보름달"(「망해사」) 아래서 "어둠 돌돌 말아 청한 저 새우잠"(「초승달」)을 잔다. 편한 잠조차 잘 수 없을 정도로 그에게 가난은 육탈되지 못한 아버지의 형상인 것이다.


## 3. 버드나무 엉덩이 훔쳐보는 저수지

가난은 사람을 불편하게 한다. 특히 가난을 원체험으로 갖고 있는 시인의 처지에서 볼 때, 가난은 그의 시적 사유를 가난하게 만든다. 첫 시집을 발간한 박성우는 이제 두근거리는 가슴을 다독거리며 "아버지 안녕히 가세요"(「친전」)라는 인사말을 끝으로 가난을 체득시켜준 아버지와 작별해야 한다. 그리고 느긋하게 음흉한 표정으로 "버드나무 엉덩이 훔쳐보는 저수지"(「봄소풍」)에서 자신의 "몸에 맞는 그릇"(「몸에 맞는 그릇」)을 발견할 때까지 길 위에서 방황해야 한다. 그가 가난의 허망

으로부터 빠져나오는 데 걸리는 시간이 "지루한 기다림"(「거미·2」)의
연속이었듯이, 앞으로 나아가는 그의 발길은 이전보다 훨씬 터덕거릴
지도 모른다.

　시집을 읽으며 눈물을 흘려본 사람은 시인의 가슴이 얼마나 여리고
섬세한지 안다. 박성우의 시집을 읽노라면, 그의 서른 해가 '지우다 만
입술'자국을 찾아다닌 눈물의 도정이었다는 사실에 울컥해진다. 그것
은 밤새운 새벽녘의 공복에 쏟아 부은 커피가 자아내는 청아한 가야금
소리를 데불고 온다. 그 소리결 사이로 해읍스름한 해오름을 가르고
"길을 버린 사내"(「길」) 하나가 서있다. 그가 내딛는 발자국을 주시할
일이다.

# 고단한 삶을 외로워하는 시
—진동규 시집 『구시포 노랑모시조개』

  인간이 살아간다는 것은 예나 지금이나 고통의 연속이다. 소년기의 변화무쌍하고 거칠 것 없던 희망은 흘러가는 세월의 수레바퀴 아래 닳아져 형체마저 찾아볼 수 없이 쭈그러든다. 오죽하면 천재작가 이상이 소설 「공포의 기록」에서 "나를 찾아오는 '생활 비슷한 것'도 오직 '고통'이란 요괴뿐"이라고 했을까.

  그렇지만 인간은 욕망의 부질없음을 빤히 알면서도 날마다 꿈꾸며 살아간다. 그의 능동적인 '살아가기'는 점차 연령이 더하면서 수동적인 '살아내기'로 변모하지만, 인간의 한계는 자신의 욕망을 끝내 포기하지 않는다는 데 있다. 인간의 집요한 욕망은 모든 괴로움의 원인이지만, 한 뼘만 뒤로 물러나서 돌아보면 집착은 금세 실체를 드러낸다. 문학은 인간의 욕망을 온갖 방법으로 다 보여준다. 시는 낯익은 것을 낯설게 보여주면서 자동화된 사유방식을 파괴한다.

  진동규는 이미 세 권의 시집을 간행한 향토의 중견시인이다. 그의 시편들은 요란하거나 우람하지는 않지만, 세상살이의 피로를 뒤로 물리기에는 충분하다. 그가 최근 네번째 시집 『구시포 노랑 모시조개』(문학동네)를 펴냈다. 이 시집은 그가 이전부터 추구했던 세계의 심화 정도를 살펴볼 수 있다. 특히 날이 갈수록 체감되는 물리적 연령은 그의 독자들에게 절실한 감동을 안겨주는 데 기여한다. 나이 들수록 향기가 나는 것이 그의 시편이다. 독자들은 제목부터 외로워지는 그의 시 「스스로 외로워지는 섬」을 통해 한 중년의 쓸쓸한 일기를 읽을 수 있다.

> 목욕탕 안에 들어가면
> 버릇처럼 눈을 감는다
> 눈을 감고 버릇처럼
> 더운 숨을 불어낸다
> 물 쏟아지는 소리뿐이다
> 하늘과 땅 사이에서
> 오로지 빗속에 젖고 싶었던
> 첫사랑의
> 몸살나던 기억에 젖어보지만
> 얼마나 부질없는 일인가
> 하루의 무게로 눈을 감고
> 물줄기를 쏟아보지만
> 바다 한 가운데 나는
> 스스로 외로워지는 섬일 뿐

—「<u>스스로 외로워지는 섬</u>」 전문

자신의 현실적 삶에 대한 철저한 자각에서 비롯된 그의 시작 태도는 독자들의 감동을 쉽게 자극하면서, 시인의 고뇌를 자신의 처지와 동일시하도록 부추긴다. 이 작품도 예외가 아니다. 목욕탕에 들어간 중년

남자가 목욕 순서에 따라 더운 김에 몸을 맡기고 평소의 버릇처럼 눈을 감는다. 그날따라 첫사랑의 황홀한 기억을 회고해보지만, 그것을 돌이키기에는 자신이 너무 멀리 흘러왔다는 사실을 깨닫는다. 그는 이미 누구의 관심조차 끌 수 없는 평범한 소시민의 한 사람에 불과한 것이다. 말하자면 그는 "스스로 외로워지는 섬"일 뿐이다.

세인의 관심을 한데 모으고 싶었던 젊은 날의 욕망은 세월의 뒷골목에서 훼손된 지 이미 오래. 그는 날마다 되풀이되는 '하루의 무게'조차 버거워하는 일상인에 불과한 것이다. 그는 목욕을 통해 세사로부터 얻은 때를 벗겨가는 동안, 자신의 몸이 가벼워진다는 사실을 알게 된다. 속된 말로 세월을 이기는 장사는 없는 법이다. 이 시편은 중년의 사내가 목욕탕에서 얻게 된 경험적 사실에 기초하여 쓴 작품이다. 진동규의 시편들은 이렇게 세상을 살아가는 한 시인의 평범한 기록이다. 이점이야말로 독자들을 그의 무릎 앞으로 불어 모으는 장처이다. 우리는 그의 시를 통해서, 시는 세상의 짐진 자들에게 한 모금의 생수로 기능할 수 있다는 진리를 새삼스럽게 깨닫는다. 그것은 시의 위대한 힘 가운데 하나이다.

# '기억'의 문학적 표정
―이희중 평론집 『기억의 풍경』, 시집 『참 오래 쓴 가위』

이희중의 『기억의 풍경』(월인)은 이전의 평론집 『기억의 지도』(하늘연못)를 잇고 있다. 이 평론집은 그가 출퇴근길에서 만났던 "복사나무와 탱자나무의 세부를 영원히 기억하며" 쓴 평문들을 모은 것이다. 그는 이처럼 일상에서 만나는 자잘한 세목까지 '기억'한다. 그러나 문학이라는 요물이 어디 '기억'한다고 위로해주던가. 도리어 문학은 우리들의 '기억'에 상채기를 내며, 또 다른 '기억'을 내민다. 우리들은 문학에 의해 매개된 '기억' 속에서 잊혀진 삶의 기억을 되살리며 안타까움에 젖으며, 가슴속에 묻어두었던 기억들로 인해 현실적 국면 속에서 절망한다. 그의 말처럼 "살아가면서 기억은 늘어나고 기억의 창고 속에서 켜켜이 쌓여 스스로 발효하고 부패하기도" 한다.

그는 이 평론집에 "시인, 비평가, 시연구자, 시교육자 등 여러 얼굴들 사이에서 정체성의 혼란을 겪은 것"을 모았다고 겸사를 달았다. 그는 시인의 감수성으로 작품을 읽으면서, 비평가적 안목으로 시를 연구하고 가르치는 데 소홀하지 않는다. 그는 자타가 공인하는 김소월 연구가이다. 그가 '기억' 하기에 소월은 "사랑이라는 아름다운 재료로 만들어진 치명적인 흉기"를 잘 다루었던 시인이다. 그는 소월이 명품「진달래꽃」에서 사랑하는 사람과의 이별을 가정하며 "나 보기가 역겨워"라고 표현한 것을 "원망을 내면화한 몸짓"으로 '기억'한다. 오랜 시간 학문적 훈련에 의해 습득된 소월의 어법은 그의 시에서 "등 돌린 후 다시 돌아보지 마라"(「한번 등 돌리면」)는 진술로 재현된다. 그것은 "기억의 권능이 없다면 서정시는 없는 것이다"는 비평적 명제의 무의식적 시화이다.

평론집에서 비평가이자 시연구자, 시교육자로서의 다양한 글쓰기를 보여주었다면, 그는 우리 시대의 탁월한 서정시인으로 시집 『참 오래 쓴 가위』(문학동네)에서 여러 가지 '기억'의 모습들을 보여준다. 그는 "태어나서 마흔번째 해"를 살아오는 동안에 쌓인 특정 공간의 '기억'(「분당의 가을」, 「분당에 내린 마지막 눈」, 「분당에서 울다」)과 지난 시대의 '기억'(「카페 쌍화점에서」)과 자연현상의 '기억'(「가시나무, 영원하라」)을 기억한다. 이러한 '기억'들은 우리들의 기억과 공유되면서 정서적 동질감을 형성하고, 독자들을 그의 곁으로 불러모으는 힘이 된다. 그는 기억을 통해 동시대인들과 동서의식을 나누는 한편, 그들과의 인연을 시로써 '기억'하는 것이다.

무릇 시인은 "낡은 기억조차 오래 버리지 않는 사람"(「복사나무는 오래 살지 못한다」)이다. 이 점에서 이희중이 시작품과 비평적 에세이를 통해 보여주는 다양한 국면들은 문학적 '기억'과 현실적 '기억' 사이에 이루어지는 교감이다. 그의 문학적/학문적 성취는 양자의 접점에 위치하고 있는데, 그는 "어지간하면 새 아침은 오지 않도록"(「이 가을 이후」) 바라고 있다는 점에서 현재의 '기억'을 소중하게 여기는 듯하다. 우리는 그 근거를 "책과 학교에서 배운 지식이 이론이라면 내 눈 앞의 양달과 응달"(「아름다운 진리」)을 빚어내는 '햇살의 경계'에 눈을 멈추고 있다는 사실에서 찾을 수 있다.

　헤겔은 명저 『법철학』의 「서문」에서 "미네르바의 올빼미는 황혼이 깃들면 날아오르기 시작한다"고 말했다. 이승에서 가장 견고한 것처럼 보이는 인간의 이성적 체계는 예민한 감성의 축적에 힘입어 사후에 이루어질 뿐이라는 말이다. 이희중은 '만들다 만 세상'과 '크다 만 자신' 사이에서 간단없이 생산되어 쌓이는 '기억'을 믿는다. 그의 시집과 평론집은 바로 '기억'의 순간과 사후를 숨김없이 드러내준다.

# 비문처럼 버벅거리는 삶
—이동재 시집 『세상의 빈집』

  사람들은 저마다 고유한 꿈을 갖고 있다. 그의 꿈은 현실적 삶의 신산스러움을 이기는 힘의 원천이고, 문학은 그것의 문자적 발현 행위이다. 사람들이 문학 작품을 읽으면서 좌절된 욕망을 보상받으려 하는 이유가 여기에 있다. 그는 문학 작품 속에 등장하는 인물에게 자신의 꿈을 투사하기를 그치지 않는다. 하지만 문학 역시 꿈의 훼손된 기록이라는 사실을 알게 되면, 그의 의도는 처음부터 허무의지를 재확인하기 위한 몸부림에 다름아니다.

  독자를 대신하여 세상의 부조리와 대결하는 사람들이 작가이다. 그들은 항상 세계와의 불화로 인해 갈등하는 삶을 살아갈 수밖에 없다. 그 불화의 원인은 특유의 통찰력으로 "보이지 않는 길을 알고 있던 죄" (「손돌목」)에 있다. 그는 일찌감치 죄인으로 규정되었기 때문에, "어차피 난 세상의 주인이 아니었다"(「해직 이후」) 이와 같이 문학 작품은 차안과 피안, 이승과 저승, 삶과 꿈의 세계를 넘나들면서 사람들의 애환을 어루만진다. 이동재의 「남해의 가을」은 시와 삶의 경계에서 방황하는 일상인으로서의 시인의 고뇌가 잘 드러난 작품이다.

> 육지와 바다의 경계를 날 때
> 새들도 느끼려니
> 시리고 쓸쓸한 그 스산함을
> 이곳에선 더 이상 잡을 사람도
> 부르고 싶은 이름도 없다
> 두고 온 집짐승의 먹이와 물밑의 안녕도 모르겠다
> 그러니 아내여,
> 나의 귀가 시간을 묻지 말아다오
> 헤매다 지치면 돌아가겠거니
> 어찌 바다를 두고 뭍으로만 향하겠느냐
> 인간은 누구나 저 망망대해에
> 한번쯤 배를 띄우고 싶으려니
> 나가서 돌아오지 않으려니
> 내 귀향할 항구를 묻지 마라
> 이미 바다인 아내여
> 아직 이곳엔 새가 날고 있으니
> 오늘밤은 또 어느 뭍의 끝에서 잠들겠느냐
> 묻지 마라, 묻지 마라 아내여!
> 돌아갈 길이,
> 돌아갈 둥지가 어디냐고!

—「남해의 가을」 전문

　이 작품은 '가을'이라는 제목에서 암시되듯이, 어중간한 혹은 뿌연 시간적 배경 속에서 출발한다. 작품 속의 육지와 바다는 현실과 이상

의 대비항으로 받아들여도 무방하다. 계절적 특성이 선명하고 긴 여름
과 겨울 사이에 긴 가을의 숙명은 낙엽과 단풍으로 상징된다. 화려한
색채에 힘입어 자신의 단명을 은폐한 가을의 속성은 풍경으로 배치되
어 작품의 어조와 화자의 발화를 결정한다. 그러한 배경 속에서 화자
의 발화는 분위기와 조응하며 논리적으로 연결된다. 그의 "더 이상 잡
을 사람도/부르고 싶은 이름도 없다"는 진술은 "이미 바다인 아내"라
는 진술을 예비한다. 사랑하는 사람조차 이해해줄 수 없는 화자의 현
실적 생애는 가슴아픈 것이다. 그리하여 화자는 답답한 자신의 심정을
"묻지 마라, 묻지 마라 아내여!/돌아갈 길이,/돌아갈 둥지가 어디냐
고!" 반복어법으로 강조하지만, 그것은 내면을 향한 분노의 발현일 뿐
이다. 열심히 꿈을 좇아 살아온 인생을 문득 회고해보니 귀향할 항구
조차 없더라는 시인의 자조는 일상적 삶에 지친 자들로부터 공감을 획
득한다.

　이동재의 두 번째 시집 『세상의 빈집』(문학과경계사)은 "집어등 모두
끄고 제자리로 돌아가는"(「겨울바다」) 꿈을 가진 사람들에게 어울리는
책이다. 이 시집을 통해 우리 모두 현실의 문법체계를 습득하지 못한
허물로 인해 "非文처럼 버벅거리다 돌아서는 잔치의 뒷마당"(「사랑, 미
로, 실종」)으로 밀려난 "목없는 부처"(「박물관 略史」) 같은 인생의 허무를
어루만질 수 있을 것이다.

# 시쓰기의 교범

—강인한 시론집 『시를 찾는 그대에게』

시쓰는 사람들이 늘어나고 있다. 도처에서 일반인을 상대로 문학 강좌가 상설되어 운영 중에 있다. 각종 문학교실의 개설이나 문학 인구의 증가 현상은 쌍수를 들어 환영할 만한 일이다. 요 몇 년 사이에 작가들의 수효가 부쩍 늘어난 것은 그 반증일 것이다. 하지만 문학 강좌 수강생들은 문학 잡지를 몇 종이나 정기구독하는지, 얼마나 많은 불면의 밤을 새우며 자신의 무릎 아래로 모국어를 저장하고 있는지 의구심이 인다. 애초부터 문학이란 혼자 꾸려가는 가난한 살림이기 때문에, 그것은 결 고운 영혼의 소유자가 벌이는 진지한 자아 순례라는 사실을 그들은 잊지 말아야 할 것이다.

또 시쓰기가 어려운 점은 가르침이 될만한 서적이 별로 없다는 사실이다. 대학에 재직하는 사람들의 책은 좌판을 벌이듯, 너무나 학문적이고 불필요한 이론을 현학적으로 표나게 내세우고 있다. 그들의 책이 갖는 강점은 인정할 만하지만, 직접 시를 창작하는 데는 선배시인으로부터 체험을 전수받는 편이 훨씬 경제적이고 감동적이다. 시인들의 체

험기는 시 창작 과정에서 필연적으로 부딪치게 되는 각종 문제사태를
현명하게 극복하는 사례를 찾아볼 수 있을 뿐만 아니라, 자신의 노력
과 글쓴이의 선행 경험을 견주면서 적잖이 도움받을 수 있다.

이런 시기에 마침 강인한 시인이 자신의 체험적 시론을 모아서 『시
를 찾는 그대에게』(시와 사람)를 발간하였다. 그는 1967년《조선일보》
신춘문예에 당선된 이후 『황홀한 물살』(창작과비평사)을 비롯한 6권의
시집을 상재한 정읍 출신의 중견시인이다. 지금은 광주에서 활동하면
서 중후하면서도 단아한 시를 발표하고 있다. 그의 시를 읽는 기쁨은
개결한 언어로부터 전해오는 후들거리는 떨림을 감지하는 데 있다. 이
런 점에서 그의 시론집은 시쓰기에 나선 사람들에게 필독서로 추천할
만하다.

이 책은 그가 평생 동안 실천하고 고뇌한 시의 창작법과 감상법의 강
의록이다. 독자들은 이 책을 읽어가면서 시인으로서 갖추어야 할 도덕
적이고 문학적인 자세와 시를 읽는 독법을 체득할 수 있다. 자신의 머
리말처럼, 그가 이 책을 쓰게 된 동기는 "이제 막 시에 눈뜨기 시작한
이들을 염두에 두고, 먼저 시를 쓰기 시작한 사람으로서 직접 시를 쓰
는 체험의 과정을 기록"하여 전해주려는 데 있다. 그는 이 책 속에 시
의 발상, 시어의 선택, 시상의 전개, 퇴고, 자작시 해설, 그리고 다른
시인들의 시에 대한 평문 등을 한데 모았다.

시쓰기에 온몸을 던지려는 사람들은 이 책을 읽으며, 백석의 당나귀
처럼 내리는 눈 속에 '응앙응앙' 울며 고뇌할 일이다. 시는 언어로 이
루어진 보석이고, 언어는 눈물로 짠 고통의 기호이기 때문이다. 그래
야만 시인들의 숫자가 불어나도, 시의 독자들은 좀체 늘어나지 않는
출판 현실에 분노할 수 있다. 아직도 서점에서는 경박한 수사로 독자
를 현혹시키면서, 시의 수준을 저하시키는 시집들이 꾸준히 팔려가고
있다. 또 시를 공부한 전문적인 독자들의 입에서는 한결같이 시단의

가벼움에 대해 비판하는 목소리가 그치지 않는다. 그 이유는 여러 가지이겠지만, 가장 대표적인 것은 시를 쓰는 데 전제되어야 할 치열한 정신의 유무일 터이다. 시를 포함한 문학의 창작행위가 한갓 여가의 활용 방안으로 거론되는 한, 진정한 시를 읽고 싶은 독자들의 갈증은 지속될 것이다. 그런 점에서 이 책은 시쓰는 이들은 물론이고, 시읽는 방법을 몰라 안타까워하는 독자들에게도 유용하다.